Mentiras no divã

IRVIN D. YALOM

Mentiras no divã

Tradução
Vera de Paula Assis

Rio de Janeiro, 2019

Título original: Lying on the couch

Copyright © 1996 by Irvin Yalom

First Published by HarperCollins Publishers Inc.

Translation rights arranged by Sandra Dijkstra Literary
Agency and Sandra Bruna Agencia Literaria, SL

All Rights Reserved

Todos os direitos desta publicação são reservados por Casa dos Livros Editora LTDA.

Diretora editorial
Raquel Cozer

Gerente editorial
Alice Mello

Editor
Ulisses Teixeira

Revisão
Aline Canejo
Lara Gouvêa
Carolina Vaz

Projeto gráfico de capa e miolo
Elmo Rosa

Diagramação
Abreu's System

Os pontos de vista desta obra são de responsabilidade de seus
autores, não refletindo necessariamente a posição da HarperCollins
Brasil, da HarperCollins Publishers ou de sua equipe editorial.

CIP-BRASIL. CATALOGAÇÃO NA PUBLICAÇÃO
SINDICATO NACIONAL DOS EDITORES DE LIVROS, RJ

Y17m	Yalom, Irvin D., 1931-
	Mentiras no divã / Irvin D. Yalom ; tradução Vera de Paula Assis. - 1.
	ed. – Rio de Janeiro : Harper Collins, 2019.
	464 p. ; 23 cm.
	Tradução de: Lying on the couch
	ISBN 9788595085251
	1. Ficção americana. I. Assis, Vera de Paula. II. Título.
19-56542	CDD: 813
	CDU: 82-3(73)

Vanessa Mafra Xavier Salgado – Bibliotecária – CRB-7/6644

HarperCollins Brasil é uma marca licenciada à Casa dos Livros Editora LTDA.
Todos os direitos reservados à Casa dos Livros Editora LTDA.
Rua da Quitanda, 86, sala 218 – Centro
Rio de Janeiro, RJ – CEP 20091-005
Tel.: (21) 3175-1030
www.harpercollins.com.br

Ao futuro — Lily, Alana, Lenore, Jason, Desmond.
Que suas vidas sejam cheias de deslumbramento.

AGRADECIMENTOS

MUITOS ME AJUDARAM na precária travessia da psiquiatria para a ficção: John Beletsis, Martel Bryant, Casey Feutsch, Peggy Gifford, Ruthellen Josselson, Julius Kaplan, Stina Katchadourian, Elizabeth Tallent, Josiah Thompson, Alan Rinzler, David Spiegel, Saul Spiro, Randy Weingarten, o pessoal do pôquer, Benjamin Yalom e Marilyn Yalom (sem os quais este livro poderia ter sido escrito com muito mais conforto). A todos, a minha mais profunda gratidão.

PRÓLOGO

ERNEST ADORAVA SER psicoterapeuta.* Dia após dia, os pacientes o convidavam a entrar nos recantos mais íntimos de suas vidas. Dia após dia, ele os confortava, cuidava deles, aliviava seu desespero. E, em troca, eles o admiravam e o tratavam com carinho. Pagavam bem, embora Ernest muitas vezes pensasse que, se não precisasse do dinheiro, praticaria psicoterapia* de graça.

Feliz é aquele que ama seu trabalho. Ernest sentia-se um felizardo, claro. Mais que isso. Abençoado. Era um homem que tinha encontrado sua vocação, que poderia dizer: estou exatamente no lugar ao qual pertenço, no turbilhão dos meus talentos, meus interesses, minhas paixões.

Ernest não era religioso. Mas toda manhã, quando abria sua agenda e via os nomes de oito ou nove pessoas queridas com quem passaria o dia, sentia-se dominado por um sentimento que só conseguia descrever como religioso. Nestes momentos, tinha o mais profundo desejo de agradecer — a alguém, a alguma coisa — por tê-lo conduzido até sua vocação.

Havia manhãs em que ele olhava para o alto, através da claraboia de seu prédio vitoriano na Sacramento Street, através da névoa matutina, e imaginava seus antecessores da psicoterapia suspensos no raiar do dia.

---

* Foram mantidos na tradução os termos usados originalmente pelo autor para designar o profissional e a linha terapêutica da psicanálise. (N. do E.)

"Obrigado, obrigado", ele entoava. Agradecia a todos eles, a todos os curadores que tinham se ocupado do desespero. Primeiro, os precursores, seus perfis celestiais quase invisíveis: Jesus, Buda, Sócrates. Abaixo deles, um pouco mais nítidos, os grandes progenitores: Nietzsche, Kierkegaard, Freud, Jung. Mais perto ainda, os avós dos terapeutas: Adler, Horney, Sullivan, Fromm e o doce rosto sorridente de Sandor Ferenczi.

Alguns anos antes, eles responderam ao seu grito de agonia, quando, depois da residência, ele se viu em marcha com todos os jovens e ambiciosos neuropsiquiatras ao se dedicar às pesquisas em neuroquímica — a ciência do futuro, a arena dourada da oportunidade pessoal. Os antecessores sabiam que ele estava equivocado. Não pertencia a um laboratório científico. Nem à prática psicofarmacológica de prescrição de remédios.

Eles enviaram um mensageiro — um mensageiro debochado e poderoso — para conduzi-lo ao seu destino. Até hoje, Ernest não sabia como tinha decidido tornar-se terapeuta. Mas lembrava *quando*. Lembrava-se do dia com uma assombrosa clareza. Lembrava-se também do mensageiro: Seymour Trotter, um homem que viu uma única vez e que mudou sua vida para sempre.

Seis anos antes, o chefe do departamento de Ernest o tinha nomeado para trabalhar por um mandato no Comitê de Ética Médica do Hospital Stanford, e a primeira ação disciplinar de Ernest foi o caso do dr. Trotter. Seymour Trotter, de 71 anos, era um patriarca da comunidade de psiquiatria e ex-presidente da Associação Americana de Psiquiatria, a APA. Fora acusado de má conduta sexual com uma paciente de 32 anos.

Àquela época, Ernest era um professor assistente de psiquiatria que tinha terminado a residência havia apenas quatro anos. Pesquisador de neuroquímica em tempo integral, era completamente inexperiente no mundo da psicoterapia — inexperiente demais para saber que tinha sido designado para esse caso porque ninguém mais queria ter contato com isso: todo psiquiatra mais experiente do norte da Califórnia venerava e temia Seymour Trotter.

Ernest escolheu para a entrevista um austero escritório administrativo do hospital e tentou parecer formal, olhando o relógio enquanto aguardava o dr. Trotter, a pasta com os documentos da queixa na mesa à sua frente, fechada. Para se manter imparcial, Ernest tinha decidido entrevistar o acusado sem nenhum conhecimento prévio e, portanto, ouvir sua história sem preconceitos. Leria o arquivo mais tarde e agendaria um segundo encontro se necessário.

Agora, ele ouvia o som de batidas ecoando pelo corredor. Seria o dr. Trotter cego? Ninguém o tinha preparado para isso. As batidas, acompanhadas de um arrastar de pés, aproximavam-se cada vez mais. Ernest levantou-se e foi até o corredor.

Não, não era cego. Coxo. O dr. Trotter cambaleava pelo corredor, apoiando-se desconfortavelmente em duas muletas. Vergava-se na cintura e segurava as muletas bem separadas uma da outra, com os braços quase na horizontal. As maçãs do rosto e o queixo, belos e vigorosos, ainda se sustentavam, mas a pele tinha sido colonizada por rugas e manchas senis. Dobras profundas pendiam do pescoço, e tufos de pelos brancos se projetavam das orelhas. Ainda assim, a idade não tinha subjugado este homem — algo jovem, mesmo de menino, sobrevivia. O que era? Talvez seus cabelos, grisalhos e grossos num corte à escovinha, ou quem sabe seu traje, uma jaqueta jeans cobrindo um suéter branco de gola alta.

Eles se apresentaram junto à porta. O dr. Trotter entrou na sala com alguns passos vacilantes, ergueu de repente as muletas, girou vigorosamente e, como por puro acaso, fez uma pirueta, pousando em seu assento.

— Na mosca! Peguei-o de surpresa, hein?

Ernest não se deixaria distrair.

— O senhor sabe qual é a finalidade desta entrevista, dr. Trotter, e entende por que a estou gravando?

— Ouvi dizer que a administração do hospital está pensando em me indicar ao prêmio de Funcionário do Mês.

Ernest, olhando sem piscar através dos grandes óculos, nada disse.

— Desculpe, sei que o senhor tem um trabalho a fazer, mas, quando a gente já passou dos setenta anos, ri à toa com gracejos desse tipo. Sim, senhor, fiz 71 anos na semana passada. E você, quantos anos tem, doutor...? Esqueci seu nome. A cada minuto — disse, enquanto dava batidinhas na têmpora —, uma dúzia de neurônios corticais zumbem como moscas agonizantes. A ironia é que publiquei quatro artigos sobre Alzheimer. Naturalmente esqueci onde, mas em bons periódicos científicos. Sabia disso?

Ernest meneou a cabeça.

— Bom, o senhor nunca soube e eu esqueci. Isso nos torna iguais. Sabe quais as únicas coisas boas do Alzheimer? Os velhos amigos se tornam novos amigos e você pode esconder seus próprios ovos de Páscoa.

Apesar da irritação, Ernest não conseguiu evitar o sorriso.

— Por favor, nome, idade e que linha segue.

— Sou o dr. Ernest Lash, e talvez o resto não seja pertinente neste momento, dr. Trotter. Temos muito do que tratar hoje.

— Meu filho tem quarenta anos. O senhor não deve ter mais que isso. Sei que fez residência em Stanford. Ano passado, assisti a uma palestra sua num congresso. Saiu-se bem. Apresentação bem lúcida. Hoje tudo é psicofármaco, não é? Que tipo de estágio prático em psicoterapia vocês estão fazendo hoje em dia? Chegam a fazer algum?

Ernest tirou o relógio do pulso e colocou-o sobre a mesa.

— Em outra ocasião, terei prazer em lhe enviar uma cópia do currículo da residência em Stanford, mas, por ora, passemos ao assunto em questão, dr. Trotter. Talvez fosse melhor se o senhor me contasse sua versão sobre a sra. Felini.

— Tá, tá, tá. O senhor quer que eu fique sério; que lhe conte a minha versão. Sente-se, *garoto*, e vou lhe contar uma história. Começaremos pelo início. Foi cerca de quatro anos atrás... pelo menos quatro anos atrás. Arquivei no lugar errado todos os meus prontuários desta paciente... Qual data era dada segundo a sua ficha de acusação? O quê? Você não a leu. Preguiça? Ou está tentando evitar um viés não científico?

— Por favor, dr. Trotter, continue.

— O primeiro princípio da arte de entrevistar é forjar um ambiente cordial, confiável. Agora que o senhor já o conseguiu com tanta astúcia, sinto-me muito mais à vontade para falar sobre a parte dolorosa e constrangedora. Ah... isto o atingiu. Precisa ter cuidado comigo, dr. Lash, tenho quarenta anos de prática na leitura de expressões faciais. Sou muito bom nisso. Mas, se o senhor já acabou com as interrupções, vou começar. Pronto?

"Anos atrás, digamos uns quatro anos, uma mulher, Belle, entra, ou talvez eu devesse dizer se arrasta para dentro do meu consultório, ou quem sabe rasteja... *rasteja*, isso é melhor. Entre trinta e quarenta anos, de uma família abastada, suíço-italiana, deprimida, usando uma blusa de mangas compridas em pleno verão. Uma automutiladora, obviamente, os pulsos cheios de cicatrizes. Se você vir mangas compridas em pleno verão, paciente desorientado, sempre pense em pulsos cortados ou drogas injetáveis, dr. Lash. Bem-apessoada, ótima pele, olhos sedutores, elegantemente vestida. Classuda, mas em vias de se descompensar.

"Longo histórico de autodestruição. Tudo que se pode imaginar: drogas, experimentou de tudo, não deixou passar nenhuma. Na primeira vez que a vi, tinha voltado a beber e usava um pouco de heroína. Ainda não estava viciada. De algum modo, ela não tinha inclinação para isso, algumas pessoas são assim, mas estava se esforçando bastante para chegar lá. Transtorno alimentar também. Principalmente anorexia, mas purgação bulímica ocasionalmente. Já mencionei as mutilações, muitas delas, de cima a baixo nos dois braços e pulsos... gostava da dor e do sangue; era o único momento em que se sentia viva. Você ouve os pacientes dizerem isso o tempo todo. Meia dúzia de internações; breves. Ela sempre recebia alta em um ou dois dias. O pessoal do hospital fazia festa quando ela ia embora. Belle era boa: um verdadeiro prodígio em chutar o tabuleiro quando se via em xeque. Lembra do *Jogos da vída*, de Eric Berne?

"Não? Acho que não é do seu tempo. Deus, sinto-me velho. Bom material. Berne não era estúpido. Leia-o; não deve ser esquecido.

"Casada, sem filhos. Recusava-se a tê-los, dizia que o mundo era um lugar horripilante demais para infligir às crianças. Bom marido, relacionamento em frangalhos. Ele queria muito ter filhos e tiveram muitas brigas por isso. Era um banqueiro de investimentos, como o pai dela, sempre viajando. Depois de alguns anos de casamento, sua libido acabou ou talvez tenha sido canalizada para ganhar dinheiro. Ganhou um bom dinheiro, mas realmente nunca chegou ao topo como o pai dela. Sempre ocupado, dormia com o computador. Talvez ele tenha fodido com tudo, quem sabe? Certamente não fodia Belle. Segundo ela, o marido a tinha evitado por anos, provavelmente por ficar furioso com a questão de não ter filhos. Difícil dizer o que os manteve casados. Ele foi criado num lar da Ciência Cristã e recusava sistematicamente a terapia de casais ou qualquer outra forma de psicoterapia. Mas ela admite que nunca insistiu muito. Vejamos. O que mais? Me dê uma dica, dr. Lash.

"A terapia anterior dela?", continuou o dr. Trotter. "Bom. Pergunta importante. Sempre pergunto isso nos primeiros trinta minutos. Terapia contínua, ou tentativas de terapia, desde a adolescência. Passou por todos os terapeutas de Genebra e, durante um tempo, viajava até Zurique para fazer análise. Veio fazer faculdade nos Estados Unidos, Pomona, e foi a um terapeuta atrás do outro, muitas vezes para uma única sessão. Insistiu com três ou quatro deles por alguns meses, mas nunca se firmou em nenhum. Belle era, e é, muito arrogante. Ninguém é bom o bastante, ou pelo menos ninguém era certo para ela. Algo de errado com todo terapeuta: formal demais, pomposo demais, julgava demais, condescendente demais, exageradamente orientado pelos negócios, frio demais, apressado demais com o diagnóstico, excessivamente orientado por fórmulas. Psicofármacos? Testes psicológicos? Protocolos comportamentais? Esqueça. Bastava que alguém os sugerisse e era imediatamente uma carta fora do baralho. O que mais?

"Como ela me escolheu? Excelente pergunta, dr. Lash. O foco cai sobre nós e acelera nosso ritmo. Ainda faremos de você um psicoterapeuta. Tive essa impressão sobre o senhor quando assisti às suas apresentações nos congressos. Cabeça boa, incisiva. Dava para ver, à medida que o senhor apresentava os dados. Mas gostei mesmo foi da sua apresentação do caso, particularmente da maneira como o senhor deixava que os pacientes o afetassem. Vi que tinha todos os instintos certos. Carl Rogers costumava dizer: 'Não desperdice seu tempo treinando terapeutas, você gastará melhor o tempo *selecionando-os*.' Sempre achei que havia muita verdade nisso.

"Vejamos, onde eu estava? Ah, como ela chegou a mim? A ginecologista dela, que ela adorava, era uma ex-paciente minha. Disse a ela que eu era um cara normal, não perdia tempo com bobagens e estava disposto a sujar minhas mãos. Ela me investigou na biblioteca e gostou de um artigo que escrevi quinze anos atrás, discutindo a noção de Jung de inventar uma nova linguagem terapêutica para cada paciente. Conhece esse trabalho? Não? *Journal of Orthopsychiatry*. Vou lhe enviar uma cópia. Fui ainda mais longe que Jung. Sugeri que inventemos uma nova terapia para cada paciente, que levemos a sério a noção de unicidade de cada paciente e desenvolvamos uma psicoterapia exclusiva para cada um.

"Café? É, quero sim. Puro. Obrigado. E foi assim que ela chegou. E qual seria a próxima pergunta que o senhor deveria fazer, dr. Lash? *Por que nessa ocasião?* Precisamente. É essa a pergunta. Sempre uma pergunta muito produtiva a fazer a um novo paciente. A resposta: uma perigosa dramatização sexual. Até ela própria percebia. Sempre fez um pouco dessa coisa, mas estava ficando muito perigoso. Imagine dirigir ao lado de furgões ou caminhões em estradas de alta velocidade, perto o bastante para que o motorista olhasse para dentro do carro dela, e então ela levantava a saia e se masturbava... a 130 quilômetros por hora. Loucura. Então, pegava a saída seguinte e, se o motorista a seguisse, ela parava, subia na cabine dele e lhe fazia um boquete. Coisa letal. E isso aconteceu muitas vezes. Ficava tão descontrolada que, quando estava entediada, entrava em algum bar sórdido em San Jose, às vezes de mexicanos, às vezes de negros, e escolhia alguém. Ficar em situações perigosas, cercada por homens desconhecidos, potencialmente violentos, a excitava. E havia o perigo não só dos homens, mas das prostitutas que ficavam ofendidas por ela interferir nos negócios. Elas a ameaçavam de morte, e ela precisava ficar procurando novos lugares. E aids, herpes, sexo seguro, camisinhas? É como se nunca tivesse ouvido falar dessas coisas.

"Portanto", prosseguiu, "era mais ou menos assim que Belle estava quando começamos. Entendeu a situação? Tem alguma pergunta ou devo continuar? O.k. Então, de alguma maneira, na nossa primeira sessão, fui aprovado em todos os testes dela. Ela voltou uma segunda e uma terceira vez e começamos o tratamento, duas, às vezes três vezes por semana. Gastei uma hora inteira levantando a história detalhada do trabalho dela com seus terapeutas anteriores. Essa é sempre uma boa estratégia quando você está examinando um paciente difícil, dr. Lash. Descubra como o tratavam e depois tente evitar os erros deles. Esqueça aquela bobagem sobre o paciente não estar pronto para a terapia! *É a terapia que não está pronta para o paciente.* Mas é preciso ser ousado e criativo para moldar uma nova terapia para cada paciente.

"Belle Felini não era uma paciente a ser abordada com a técnica tradicional. Se eu ficasse no meu papel profissional normal, ouvindo a história, refletindo, empatizando, interpretando, puf!, ela sumiria. Acredite em mim. *Sayonara. Auf Wiedersehen.* Foi o que ela fez com todos os terapeutas com quem se consultou; e muitos deles com boa reputação. Você conhece a velha história: a operação foi um sucesso, mas o paciente morreu.

"Que técnicas empreguei? Temo que você não tenha entendido meu raciocínio. *Minha técnica é abandonar todas as técnicas!* E não estou sendo apenas um espertinho, dr. Lash. Essa é a primeira regra de uma boa terapia. E deve ser a sua regra também, se o senhor se tornar um terapeuta. Tentei ser mais humano e menos mecânico. Não crio um plano terapêutico sistemático. Isso não se faz, mesmo depois de quarenta anos de profissão. Simplesmente confio na minha intuição. Mas isto não é justo com o senhor, um principiante. Imagino, olhando para trás, que o aspecto mais impressionante da patologia de Belle era a sua impulsividade. Ela sente um desejo... Bingo! Ela tem que satisfazê-lo. Lembro-me de querer aumentar a tolerância dela à frustração. Foi esse meu ponto de partida, meu primeiro, talvez o principal, objetivo na terapia. Vejamos, como começamos? É difícil lembrar o começo, tantos anos atrás, sem as minhas anotações...

"Já lhe contei que as perdi. Vejo a dúvida em seu rosto. As anotações sumiram. Desapareceram quando mudei de consultório há uns dois anos. Você não tem outra escolha senão acreditar em mim.

"As lembranças mais importantes que tenho são que, no início, as coisas foram muito melhores do que eu poderia ter imaginado. Não sei bem por quê, mas Belle me adotou imediatamente. Não poderia ter sido pela minha aparência. Tinha acabado de fazer cirurgia de catarata e meu olho estava com uma aparência horrível. E minha ataxia não melhorava meu poder de sedução... é uma ataxia cerebelar familiar, se o senhor quer saber. Sem dúvida progressiva... um andador no meu futuro, daqui a um ou dois anos, e uma cadeira de rodas em três ou quatro. *C'est la vie*.

"Acho que Belle gostou de mim porque eu a tratava como gente. Fiz exatamente o que o senhor está fazendo agora, e quero lhe dizer, dr. Lash, que gosto do seu estilo. Não olhei nenhum dos prontuários dela. Fui às cegas, queria manter a mente aberta. Belle nunca foi um diagnóstico para mim, não era uma personalidade limítrofe, nem um transtorno alimentar, nem um transtorno compulsivo ou antissocial. É como abordo todos os meus pacientes. E espero que nunca me torne um diagnóstico para o senhor.

"O quê, se acho que existe espaço para o diagnóstico? Bem, sei que vocês que estão se formando agora e toda a indústria de psicofármacos vive do diagnóstico. As revistas de psiquiatria estão repletas de discussões sem sentido sobre as nuances do diagnóstico. No futuro, destroços de naufrágio. Sei que é importante em algumas psicoses, mas tem um papel pequeno, na verdade, negativo, na psicoterapia do dia a dia. Já parou para pensar como é fácil fazer um diagnóstico na primeira vez que examinamos um paciente e como fica mais difícil à medida que o conhecemos melhor? Pergunte confidencialmente a qualquer terapeuta, e eles lhe dirão o mesmo! Em outras palavras, a certeza é inversamente proporcional ao conhecimento. Bela ciência, hein?

"O que estou lhe dizendo, dr. Lash, não é simplesmente que não *fiz* um diagnóstico sobre Belle; não *pensei* em diagnose. Ainda não penso. Apesar do que aconteceu, apesar do que ela fez comigo, ainda não penso. E acho que ela sabia disso. Éramos apenas duas pessoas conversando. E gostei de Belle. Sempre gostei. Gostei muito dela! E ela sabia disso também. Talvez seja isso o mais importante.

"Pois bem, Belle não era uma paciente boa de conversa e de terapia, por nenhum padrão. Impulsiva, orientada por ação, sem curiosidade sobre si mesma, não introspectiva, incapaz de fazer livre associação. Sempre se saía mal nas tarefas tradicionais da terapia, como autoexame ou *insight,* e, então, se sentia pior consigo mesma. É por isso que a terapia sempre fracassava. É por isso que eu sabia que tinha que conquistar sua atenção de outras maneiras. É por isso que tive de inventar uma nova terapia para Belle.

"Por exemplo? Bem, deixe-me dar um exemplo do início da terapia, talvez no terceiro ou quarto mês. Eu vinha me concentrando no seu comportamento sexual autodestrutivo e perguntando-lhe sobre o que ela realmente queria dos homens, inclusive o primeiro homem da sua vida: o pai. Mas eu não estava chegando a lugar nenhum. Ela realmente resistia a falar sobre o passado, tinha feito muito isso com outros psiquiatras, ela disse. Também sabia que xeretar as cinzas do passado era meramente uma desculpa para escapar da responsabilidade pessoal por nossas ações. Ela havia lido meu livro sobre psicoterapia e me citou dizendo exatamente isso. Detesto isso. Quando os pacientes resistem citando nossos próprios livros, eles nos pegam de jeito.

"Numa das sessões, pedi que falasse de alguns dos primeiros devaneios ou fantasias sexuais e finalmente, para me agradar, ela descreveu uma fantasia recorrente da época em que estava com oito ou nove anos: uma tempestade lá fora, ela entra num aposento com frio e molhada dos pés à cabeça, e um velho a aguarda. Ele a abraça, tira suas roupas molhadas, seca-a com uma grande toalha quente, lhe dá um chocolate quente. Então sugeri que fizéssemos uma encenação: pedi-lhe que saísse do consultório e voltasse a entrar, fingindo estar molhada e com frio. Pulei, é lógico, a parte de despi-la, arranjei uma toalha de bom tamanho no banheiro e a sequei vigorosamente — permanecendo não sexual, como sempre. 'Sequei' suas costas e cabelos, depois a enrolei na toalha, coloquei-a sentada e preparei uma xícara de chocolate quente instantâneo.

"Não me pergunte por que ou como decidi fazer isso naquela ocasião. Quando você tiver os anos de prática que tenho, saberá confiar na sua intuição. E a intervenção mudou tudo. Belle ficou sem fala por algum tempo, as lágrimas brotaram de seus olhos e, então, berrou como um bebê. Belle nunca tinha chorado numa terapia. Nunca. A resistência simplesmente se dissipou.

"O que quero dizer com a resistência se dissipando? Quero dizer que ela confiou em mim, que acreditou que estávamos do mesmo lado. O termo técnico, dr. Lash, é 'aliança terapêutica'. Depois disso, ela se tornou uma verdadeira paciente. O material relevante simplesmente saiu dela, como numa erupção. Começou a viver pela sessão seguinte. A terapia tornou-se o centro da sua vida. Muitas vezes ela me contou o quanto eu era importante para ela. E isso ocorreu depois de apenas três meses.

"Se eu era importante *demais*? Não, dr. Lash, o terapeuta não pode ser importante demais no início da terapia. Mesmo Freud usou a estratégia de tentar substituir uma psiconeurose por uma neurose de transferência; é uma maneira poderosa de ganhar controle sobre os sintomas destrutivos.

"Isto parece tê-lo desconcertado. Bem, o que acontece é que o paciente se torna obcecado pelo terapeuta, fica ruminando vigorosamente sobre cada sessão, tem longas conversas fantasiosas com o terapeuta entre as sessões. Por fim, os sintomas são dominados pela terapia. Em outras palavras, os sintomas, em vez de serem impelidos por fatores neuróticos internos, começam a flutuar de acordo com as exigências do relacionamento terapêutico.

"Não, obrigado, não quero mais café, Ernest. Mas tome você. Você se importa se eu chamá-lo de Ernest? Ótimo. Então, continuando, tirei proveito deste desenvolvimento. Fiz tudo o que pude para me tornar ainda mais importante para Belle. Respondi a todas as perguntas que ela me fez sobre minha vida, encorajei os aspectos positivos dela. Disse-lhe o quanto ela era uma mulher inteligente, bonita. Eu detestava o que ela estava fazendo a si mesma e disse-lhe isto com grande franqueza. Nada disso foi difícil: tudo o que precisei fazer foi dizer a verdade.

"Você me perguntou há pouco qual foi a minha técnica. Talvez minha melhor resposta seja simplesmente: *eu disse a verdade*. Comecei, gradualmente, a ter um papel maior na sua vida de fantasias. Ela mergulhava em longos devaneios sobre nós dois; simplesmente estarmos juntos, nos abraçando, eu tratando-a como um bebê, alimentando-a. Certa vez, ela trouxe um copinho de gelatina e uma colher ao consultório e me pediu que lhe desse de comer, o que eu fiz, para seu grande deleite.

"Soa inocente, não soa? Mas eu sabia, mesmo no início, que havia uma sombra se avultando. Soube disso quando ela falou o quanto ficava excitada quando eu a alimentava. Soube disso quando ela falou sobre fazer canoagem por longos períodos, dois ou três dias por semana, apenas para que pudesse ficar sozinha, flutuar nas águas e deleitar-se com seus devaneios sobre mim. Sabia que minha abordagem era arriscada, mas foi um risco calculado: permitiria que a transferência positiva crescesse para que eu pudesse usá-la para combater sua autodestrutividade.

"E, depois de alguns meses, eu tinha me tornado tão importante para ela que poderia começar a trabalhar sobre a sua patologia. Em primeiro lugar, concentrei-me na questão de vida ou morte: HIV, a cena do bar, as felações na beira da estrada. Ela fez um teste de HIV; negativo, graças a Deus. Lembro-me de ficar esperando duas semanas pelo resultado. Vou confessar: fiquei tão ansioso quanto ela.

"Você já trabalhou com pacientes que estão esperando pelos resultados do teste de HIV? Não? Bem, Ernest, esse período de espera é uma oportunidade que deve ser aproveitada. Você pode usá-lo para fazer muitos avanços. Durante alguns dias, os pacientes se veem face a face com a morte, possivelmente pela primeira vez. É um período em que você pode ajudá-los a examinar e a organizar suas prioridades, para basear suas vidas e seu comportamento no que realmente importa. *Terapia de choque existencial*, é como costumo chamar. Mas não Belle. Isso não a perturbou. Estava em profunda negação. Assim como tantos outros pacientes autodestrutivos, Belle sentia-se invulnerável para todos, menos para si mesma.

"Ensinei a ela sobre o HIV e sobre herpes, milagrosamente, ela não tinha nenhum deles, e também sobre os procedimentos de sexo seguro. Orientei-a sobre os lugares seguros para arranjar homens se ela tivesse um desejo incontrolável: clubes, reuniões da associação de pais e mestres, sessões de leituras em livrarias. Belle era uma coisa... tão empreendedora! Conseguia arrumar um encontro com um estranho bonito em cinco ou seis minutos, às vezes a esposa estava a apenas três metros e não suspeitava de nada. Tenho de admitir que eu a invejava. A maioria das mulheres não dá valor à sua boa sorte neste aspecto. Você vê homens, particularmente um estropiado como eu, fazendo isso a seu bel-prazer?

"Algo surpreendente em Belle, levando em consideração o que já lhe contei até agora, era sua absoluta honestidade. Nas nossas duas primeiras sessões, quando estávamos decidindo trabalhar juntos, expus minha condição básica da terapia: *total honestidade*. Ela deveria se comprometer a falar sobre todos os eventos importantes da sua vida: uso de drogas, atos sexuais impulsivos, mutilações, orgias de comida, fantasias, tudo. Do contrário, eu lhe disse, estaríamos desperdiçando o tempo dela. Mas, se fosse franca, ela poderia contar comigo em absolutamente tudo para ajudá-la a passar por isso. Ela prometeu e apertamos solenemente as mãos para firmar nosso contrato.

"E, até onde sei, ela manteve a promessa. De fato, isso foi parte do meu trunfo, porque, se houvesse deslizes importantes durante a semana, se, por exemplo, ela arranhasse os pulsos ou fosse a um bar, eu analisaria a questão até o fim. Eu insistia numa investigação profunda e minuciosa do que tinha acontecido imediatamente antes do deslize. 'Por favor, Belle', eu diria, 'preciso saber de tudo o que antecedeu o evento, tudo que possa nos ajudar a entendê-lo: os acontecimentos anteriores do dia, seus pensamentos, seus sentimentos, suas fantasias'. Isso fazia Belle subir pelas paredes. Havia outras coisas sobre as quais ela queria conversar e odiava gastar grande parte do seu tempo de terapia nisto. Só isso já a ajudava a controlar sua impulsividade.

"*Insight?* Não é um elemento importante na terapia de Belle. Ah, ela começou a admitir que na maioria das vezes seu comportamento impulsivo era precedido por um estado emocional de enorme vazio ou de falta de vida e que o comportamento de risco, as mutilações, o sexo casual, os excessos compulsivos, tudo era uma tentativa de se ocupar o máximo possível ou de trazê-la de volta à vida.

"Mas Belle não compreendia que essas tentativas eram em vão. Cada uma delas era um tiro que saía pela culatra, já que acabavam resultando numa profunda vergonha e, então, em tentativas mais frenéticas, e mais autodestrutivas, para se sentir viva. Belle sempre teve uma estranha dificuldade de compreender que seu comportamento tinha consequências.

"Portanto, *insight* não ajudou muito. Eu tinha que fazer alguma coisa, e experimentei todos os expedientes de praxe e mais alguns, para ajudá-la a controlar a impulsividade. Fizemos uma lista de seus comportamentos impulsivos destrutivos e ela concordou em não embarcar em nenhum deles antes de me telefonar e me dar uma chance de convencê-la do contrário. Mas ela raramente telefonava. Não queria abusar do meu tempo. No fundo, ela estava convencida de que meu compromisso com ela era frágil e que eu logo me cansaria dela. Não consegui convencê-la do contrário. Ela pediu alguma lembrança concreta minha para levar sempre com ela. Isto lhe daria mais autocontrole. 'Escolha alguma coisa do consultório', disse-lhe. Ela puxou o lenço do meu paletó. Dei-o a ela, mas antes escrevi nele a essência de sua dinâmica:

Sinto-me morta e me machuco para saber que estou viva.

Sinto-me morta e devo correr riscos para me sentir viva.

Sinto-me vazia e tento me encher de drogas, comida, sêmen.

Mas estes consertos têm vida curta. Acabo me sentindo envergonhada — e ainda mais morta e vazia.

"Instruí Belle a pensar no lenço e naquela mensagem sempre que se sentisse impulsiva.

"Você parece sarcástico, Ernest. Você não aprova? Por quê? Ardiloso demais? Não é. Parece ardiloso, concordo, mas são medidas desesperadas para situações desesperadas. Para pacientes que parecem nunca ter desenvolvido um senso claro de constância das coisas, descobri que uma certa possessão, algum lembrete concreto, é muito útil. Um dos meus professores, Lewis Hill, que era um gênio no tratamento de casos graves de esquizofrenia, costumava respirar dentro de um frasco pequeno e dá-lo para que os pacientes usassem no pescoço quando ele saía de férias.

"Você também acha isso ardiloso, Ernest? Vamos substituir por outra palavra, a palavra correta: *criativo*. Lembra-se do que disse antes sobre criar uma nova terapia para cada paciente? É exatamente a isto que me referia. Além disso, você não fez a pergunta mais importante.

"Funcionou? Exatamente, é isso mesmo. É essa a pergunta certa. A única pergunta. Esqueça as regras. Sim, funcionou! Funcionou para os pacientes do dr. Hill e funcionou para Belle, que carregava por toda parte o meu lenço e ganhou cada vez mais controle sobre sua impulsividade. Seus 'deslizes' tornaram-se menos frequentes e logo pudemos dirigir nossa atenção para outros pontos durante nossas sessões de terapia.

"O quê? Meramente uma cura por transferência? Existe algo nisso que está realmente afetando-o, Ernest. Isso é bom. É bom questionar. Você tem um senso para as verdadeiras questões. Deixe-me dizer, você está no lugar errado da sua vida. Seu destino não é ser um neuroquímico. Bem, o menosprezo de Freud pela 'cura por transferência' tem quase um século. Existe alguma verdade nisso, mas está basicamente errado.

"Acredite em mim: se você interromper um ciclo autodestrutivo de comportamento, não importa *como* você o faça, terá realizado algo importante. O primeiro passo *tem de ser* interromper o ciclo vicioso do ódio de si mesmo, autodestruição e, depois, mais ódio de si mesmo por vergonha do próprio comportamento. Embora ela nunca tenha dito expressamente, imagine a vergonha e o autodesprezo que Belle devia sentir com seu comportamento degradado. Cabe ao terapeuta ajudar a reverter esse processo. Karen Horney certa vez disse... conhece o trabalho de Horney, Ernest?

"É uma pena, mas esse parece ser o destino dos teóricos mais importantes do nosso campo; seus ensinamentos sobrevivem por cerca de uma geração apenas. Horney era uma de minhas favoritas. Li todos os trabalhos dela durante meu estágio. Seu melhor livro, *Neuroses e desenvolvimento humano*, tem mais de cinquenta anos, mas é o melhor livro sobre terapia que você lerá — sem nenhum jargão. Vou enviar meu exemplar para você. Em algum lugar, talvez nesse livro, ela defendeu um único mas poderoso argumento: 'Se quiser ter orgulho de si mesmo, então faça coisas das quais possa ser orgulhar.'

"Perdi o fio da meada. Ajude-me a recomeçar, Ernest. Meu relacionamento com Belle? É claro, é por isso que realmente estamos aqui, não é? Houve muitos avanços interessantes nessa área. Mas sei que o mais importante para o seu comitê é o contato físico. Belle deu muita atenção a isto quase desde o início. Pois bem, tenho o hábito de tocar todos os meus pacientes, homens e mulheres, em toda sessão — geralmente um aperto de mãos na despedida ou, quem sabe, um tapinha no ombro. Bem, Belle não se importava muito com isso: ela se recusava a apertar minha mão e começou a fazer alguns comentários sarcásticos, como 'Esse cumprimento é aprovado pela APA?' ou 'Você não poderia ser um pouco mais formal?'

"Às vezes, ela terminava a sessão me dando um abraço, sempre amigável, não sexual. Na sessão seguinte ela me repreendia por causa do meu comportamento, da minha formalidade, do jeito como me enrijecia quando ela me abraçava. E 'enrijecer' diz respeito ao meu corpo, não ao meu pênis, Ernest, vi esse olhar. Você daria um péssimo jogador de pôquer. Ainda não estamos na parte lasciva. Darei uma deixa quando chegarmos lá.

"Ela se queixava de que eu fazia diferenciação etária. Se ela fosse velha e enrugada, dizia, eu não hesitaria em abraçá-la. Provavelmente estava certa sobre isso. O contato físico era extraordinariamente importante para Belle: sempre insistia que nos tocássemos. Pressão, pressão,

pressão. Ininterruptamente. Mas eu entendia: Belle tinha crescido privada do toque. A mãe morreu quando ela era bebê e ela foi criada por uma série de governantas suíças de olhar frio. E o pai! Imagine crescer com um pai que tinha fobia por germes, nunca a tocava, sempre usava luvas ao entrar e sair da casa. Fazia os criados lavarem e passarem todo o dinheiro de papel.

"Aos poucos, depois de mais ou menos um ano, eu tinha me soltado ou amolecido o bastante pela pressão implacável de Belle, a ponto de terminar as sessões com um abraço avuncular. Avuncular? Significa 'como um tio'. Mas qualquer que fosse o abraço que eu desse, ela sempre pedia mais, sempre tentava beijar meu rosto quando me abraçava. Sempre insisti com ela para que honrasse os limites e ela sempre tentava ultrapassá-los. Não sei lhe dizer quantos pequenos discursos fiz para ela sobre isto, quantos livros e artigos sobre o assunto dei para que ela lesse.

"Mas ela era como uma criança num corpo de mulher, um corpo fenomenal, sem dúvida, e sua ânsia por contato era implacável. Poderia mover a cadeira para mais perto? Será que eu não poderia segurar sua mão por alguns minutos? Não poderíamos nos sentar lado a lado no sofá? Será que eu não poderia simplesmente colocar meu braço em volta dela e sentar em silêncio ou sair para uma caminhada em vez de ficar falando?

"E ela era engenhosamente persuasiva. 'Seymour', ela diria, 'você faz um belo discurso sobre criar uma nova terapia para cada paciente, mas o que você omitiu nos seus artigos foi *contanto que esteja no manual oficial* ou *contanto que não interfira no conforto burguês do terapeuta de meia-idade*'. Ela me censurava por eu me refugiar nas diretrizes da APA sobre os limites e as fronteiras na terapia. Ela sabia que eu tinha sido responsável pela redação daquelas diretrizes quando fui presidente da APA e me acusava de ser prisioneiro de minhas próprias regras. Criticava-me por eu não ler meus próprios artigos. 'Você enfatiza a questão de honrar a particularidade de cada paciente e depois faz de conta que um único conjunto de regras pode servir a todos os pacientes em todas as situações. Somos todos colocados num mesmo saco', ela dizia, 'como se todos os pacientes fossem iguais e devessem ser tratados da mesma maneira'. E o refrão dela era sempre: 'O que é mais importante: seguir as regras? Ficar na zona de conforto da sua poltrona? Ou fazer o que é melhor para o seu paciente?'

"Outras vezes, ela recriminava minha 'terapia defensiva': 'Você tem um medo terrível de ser processado. Todos vocês, terapeutas humanistas, se encolhem de medo na frente dos advogados e, ao mesmo tempo, incitam seus pacientes mentalmente doentes a se agarrarem firmemente à sua liberdade. Você realmente acha que eu o processaria? Ainda não me conhece, Seymour? Você está salvando minha vida. E eu te adoro!'

"E sabe, Ernest, ela estava certa. Ela me pegou fugindo. Eu estava me encolhendo de medo. Estava defendendo minhas diretrizes mesmo numa situação em que sabia que eram antiterapêuticas. Estava colocando minha covardia, meus medos diante da minha pequena carreira, na frente dos melhores interesses dela. Realmente, quando você olha as coisas desinteressadamente, *não havia* nada de errado em deixar que ela se sentasse ao meu lado e segurasse minha mão. Na verdade, toda vez que o fiz, sem exceção, foi um alento à nossa terapia: ela se tornava menos defensiva, confiava mais em mim, tinha mais acesso à sua vida interior.

"O quê? Se existe lugar para fronteiras rígidas nas terapias? É claro que existe. Escute, Ernest. Meu problema era que Belle repreendia energicamente todas as fronteiras, como um touro e uma bandeira vermelha. Onde quer que eu definisse as fronteiras, *em qualquer lugar*, ela as empurrava. Ela recorria a roupas sumárias ou blusas transparentes sem sutiã. Quando eu mencionava isso, ela ridicularizava minhas atitudes vitorianas em relação ao corpo. Eu queria conhecer todo e qualquer contorno íntimo da mente dela, ela dizia, e ainda assim sua pele era um terreno proibido. Algumas vezes, ela reclamou de um caroço na mama e pediu-me que a examinasse. Obviamente, não o fiz. Ela ficava obcecada sobre fazer sexo comigo por horas sem-fim e me implorava para fazer sexo com ela apenas uma vez. Um de seus argumentos era que se fizesse sexo comigo ao menos uma vez quebraria sua obsessão. Ela ficaria sabendo que não havia nada de especial nem de mágico e então estaria livre para pensar em outras coisas.

"Como a campanha dela em prol do contato sexual me fez sentir? Boa pergunta, Ernest, mas é pertinente a esta investigação?

"Você não sabe? O que parece pertinente é o que eu fiz, é por isso que estou sendo julgado, não pelo que senti ou pensei. Ninguém dá a mínima para isso num linchamento! Mas se você desligar o gravador por alguns minutos, eu lhe direi. Considere uma instrução. Você leu *Cartas a um jovem poeta*, de Rilke, não leu? Bem, considere isto minha carta a um jovem terapeuta.

"Bom. Sua caneta também, Ernest. Largue-a e, por um momento, apenas ouça. Quer saber como isto me afetou? Uma bela mulher obcecada por mim, masturbando-se diariamente enquanto pensava em mim, implorando que eu me deitasse com ela, falando sem parar sobre as fantasias que tem sobre mim, sobre esfregar meu esperma em seu rosto ou colocá-lo nos biscoitos com pedaços de chocolate. Como é que você *acha* que me fez sentir? Olhe para mim! Duas muletas, e para piorar, feio, meu rosto sendo engolido por minhas próprias rugas, meu corpo flácido, se desmontando.

"Confesso. Sou apenas humano. Começou a me afetar. Pensava nela quando me vestia nos dias em que tínhamos sessão. Que tipo de camisa vestir? Ela odiava listras largas; faziam-me parecer satisfeito demais comigo mesmo, ela dizia. E que loção pós-barba? Ela gostava mais do Royall Lyme que do Mennen, e todas as vezes eu vacilava sobre qual usar. Geralmente eu borrifava o Royall Lyme. Um dia, no clube, ela conheceu um de meus colegas, um nerd, um verdadeiro narcisista que sempre estava competindo comigo, e assim que ela soube que ele tinha alguma relação comigo, ela o fez falar sobre mim. A relação dele comigo a excitou e ela foi imediatamente para casa com ele. Imagine, o idiota é levado para a cama por esta mulher lindíssima e não sabe que é por minha causa. E nem posso contar a ele. Isso me irritou profundamente.

"Mas ter fortes sentimentos por uma paciente é uma coisa. Controlá-los é outra. Eu lutei contra isso, fiz autoanálise continuamente, consultei dois amigos regularmente e tentei lidar com a situação durante as sessões. Vezes seguidas eu disse a ela que não havia nenhuma possibilidade de algum dia fazermos sexo, que eu nunca mais conseguiria me sentir bem comigo mesmo se o fizesse. Disse-lhe que ela precisava muito mais de um terapeuta bom e afetuoso do que de um amante velho, inválido. Mas eu realmente confessei minha atração por ela. Disse-lhe que não queria que ela se sentasse tão perto de mim porque o contato físico me estimulava e me tornava menos eficiente como terapeuta. Assumi uma postura autoritária: insisti que minha visão de longo alcance era melhor que a dela, que eu sabia de coisas sobre a terapia dela que ela ainda não podia saber.

"Sim, sim, você pode ligar o gravador novamente. Acho que respondi à sua pergunta sobre meus sentimentos. Portanto, continuamos assim por mais de um ano, lutando contra os surtos. Ela teve muitas recaídas, mas, no todo, estávamos nos saindo bem. Sabia que isso não era uma cura. Eu só a estava 'contendo', oferecendo um ambiente de apoio, mantendo-a segura entre uma sessão e outra. Mas eu ouvia o relógio tiquetaqueando: ela estava cada vez mais inquieta e cansada.

"E então, certo dia, ela entrou parecendo inteiramente esgotada. Uma mercadoria nova, muito pura, estava nas ruas e ela confessou que estava bem perto de arranjar um pouco de heroína. 'Não posso continuar vivendo uma vida de frustração', disse. 'Estou tentando desesperadamente fazer isto funcionar, mas estou ficando sem combustível. Eu me conheço, eu me conheço, sei como funciono. Você está me mantendo viva e quero trabalhar com você. Acho que consigo. Mas *preciso de algum incentivo*! Sim, sim, Seymour, sei o que está se preparando para dizer: conheço de cor suas falas. Vai dizer que já tenho um incentivo, que meu incentivo é uma vida melhor, sentir-me melhor comigo mesma, não tentar me matar, autorrespeito. Mas isso não basta. Está muito distante. Etéreo demais. Preciso de algo palpável. Algo em que eu possa tocar!'

"Comecei a dizer algo para acalmá-la, mas ela me cortou. Seu desespero tinha aumentado e, junto com ele, surgiu uma proposta desesperada: 'Seymour, trabalhe comigo. Do meu jeito. Eu imploro. Se eu ficar limpa por um ano, realmente limpa, você sabe o que estou querendo dizer:

sem drogas, sem farras, sem cenas em bares, sem me cortar, sem *nada*, então, *me dê uma recompensa!* Me dê algum incentivo! Prometa me levar ao Havaí por uma semana. E me leve como homem e mulher, não psiquiatra e paciente. Não ria, Seymour, estou falando sério, muito sério. Preciso disso. Ao menos uma vez, coloque minhas necessidades na frente das regras. Trabalhe comigo.'

"Levá-la ao Havaí por uma semana! Você sorri, Ernest; eu também sorri. Um absurdo! Fiz o que você teria feito: dei uma gargalhada. Tentei ignorar, como tinha feito com todas as propostas anteriores de corrupção. Mas essa ela não deixaria passar. Havia algo mais imperioso, mais ameaçador em suas maneiras. E mais persistente. Ela não ia desistir. Não consegui demovê-la dessa ideia. Quando lhe disse que estava fora de cogitação, Belle começou a negociar: aumentou o período de bom comportamento para um ano e meio, mudou de Havaí para São Francisco e reduziu o período, inicialmente para cinco e depois para quatro dias.

"Entre as sessões, contra minha vontade, eu me flagrei pensando na proposta de Belle. Não conseguia evitar. Brincava com ela na minha mente. Um ano e meio, *18 meses*, de bom comportamento? Impossível. Absurdo. Ela jamais conseguiria. Por que estávamos desperdiçando nosso tempo com isso?

"Mas *suponhamos...* 'só um experimento mental', eu dizia a mim mesmo. Suponhamos que ela realmente fosse capaz de mudar seu comportamento por 18 meses. Considere a ideia, Ernest. Pense nisso. Considere a possibilidade. Você não concorda que, se esta mulher impulsiva, teatral, desenvolvesse controle, se se comportasse adequadamente por 18 meses, sem drogas, sem automutilações, sem nenhuma forma de autodestruição, *ela não deixaria de ser a mesma pessoa?*

"Como é? 'Pacientes limítrofes são manipuladores'? Foi o que você disse? Ernest, você nunca será um verdadeiro terapeuta se pensar assim. Foi exatamente o que quis dizer quando falei sobre os perigos do diagnóstico. Existem limítrofes e limítrofes. Os rótulos são uma violência contra as pessoas. Você não pode tratar o rótulo; precisa tratar a pessoa por trás do rótulo. Então, Ernest, volto a lhe perguntar: não concordaria que essa pessoa, não esse rótulo, mas Belle, essa pessoa em carne e osso, estaria intrínseca e radicalmente mudada caso se comportasse de uma maneira totalmente diferente durante 18 meses?

"Você não quer se comprometer? Não posso culpá-lo, considerando sua posição hoje. E o gravador. Bem, só responda em silêncio, para você mesmo. Não, deixe-me responder para você: não acredito que exista um terapeuta vivo que não concordasse que Belle seria uma pessoa muitíssimo diferente se não fosse mais governada por seu transtorno impulsivo. Ela desenvolveria valores diferentes, prioridades diferentes, uma visão diferente da vida. Acordaria, abriria os olhos, veria a realidade, talvez visse sua própria beleza e valor. E me veria de uma maneira diferente, me veria como você me vê: um homem velho, cambaleante, se desfazendo. Uma vez que a realidade se imiscuísse, a transferência erótica dela simplesmente desapareceria e, com ela, é claro, todo o interesse pelo incentivo havaiano.

"Como, Ernest? Se eu sentiria falta da transferência erótica? Se isso me enlouqueceria? É claro que sim! Claro! Adoro ser adorado. Quem não gosta? Você não?

"Vamos, Ernest. Não adora? Não adora o aplauso quando encerra as palestras? Não adora as pessoas, em particular as mulheres, se aglomerando à sua volta?

"Ótimo! Gosto da sua honestidade. Não é motivo para se envergonhar. Quem não adora? Fomos criados assim. Continuando, então, eu sentiria falta da adoração dela, ficaria desolado: mas são ossos do ofício. Esse é o meu trabalho: introduzi-la à realidade, ajudá-la a se afastar cada vez mais de mim. E até, Deus nos acuda, me esquecer.

"Bem, à medida que passavam os dias e as semanas, ficava mais e mais intrigado com a aposta de Belle. *Dezoito meses limpa*, ela ofereceu. E lembre-se de que ainda era uma oferta inicial. Sou um bom negociador e tinha certeza de que provavelmente conseguiria mais, aumentar minha vantagem, ganhar mais tempo. Realmente cimentar a mudança. Pensei em outras condições em que eu poderia insistir: um pouco de terapia de grupo, talvez, e uma tentativa ainda mais trabalhosa de tentar incluir o marido numa terapia de casal.

"Pensava dia e noite na proposta de Belle. Não conseguia tirá-la da cabeça. Sou um apostador e tinha tudo para ganhar. Se Belle perdesse a aposta, se ela fraquejasse, fosse por usar drogas, fazer purgação, rondar os bares ou cortar os pulsos, *não perderíamos nada*. Simplesmente voltaríamos ao ponto onde estávamos antes. Mesmo que conseguisse apenas umas poucas semanas ou meses de abstinência, eu poderia trabalhar a partir daí. E se Belle ganhasse, ela estaria tão mudada que nunca cobraria a aposta. Era uma questão bem simples de entender. Do lado negativo, um risco zero; do positivo, uma boa chance de eu conseguir salvar esta mulher.

"Sempre gostei de ação, adoro corridas, aposto em qualquer coisa: beisebol, basquete. Depois do colégio, entrei na Marinha e financiei a faculdade com meus ganhos em pôquer a bordo do navio; durante meu internato no Monte Sinai de Nova York, passei muitas das minhas noites livres na unidade de obstetrícia apostando com os obstetras da Park Avenue de plantão. Havia um jogo contínuo acontecendo na sala dos médicos ao lado da sala de parto. Sempre que havia uma emergência, o operador chamava o 'dr. Blackwood' pelo alto-falante. Sempre que ouvia a mensagem do bipe, 'dr. Blackwood, queira comparecer à sala de parto', eu saía correndo o mais rápido que podia. Ótimos médicos, todos eles, sem exceção, mas fracos no pôquer. Você sabe, Ernest, os internos não recebiam quase nada naquela época e, no fim do ano, todos eles estavam profundamente endividados. Eu? Durante minha residência no Ann Arbor, eu dirigia um conversível De Soto, cortesia dos obstetras da Park Avenue.

"Voltemos a Belle. Hesitei por semanas sobre a aposta dela e, então, certo dia, resolvi arriscar. Disse a Belle que entendia sua necessidade de incentivo e iniciei uma séria negociação. Insisti em dois anos. Ela ficou tão grata por ser levada a sério que concordou com todas as minhas condições, e rapidamente criamos um contrato firme e claro. A parte dela no negócio era ficar inteiramente limpa por dois anos: sem drogas (inclusive álcool), sem automutilações, sem purgações, sem predação sexual em

IRVIN D. YALOM

bares ou estradas nem qualquer outro comportamento sexual perigoso. Aventuras sexuais urbanas eram permitidas. E sem nenhuma atividade ilegal. Achei que tinha coberto tudo. Ah, sim, ela deveria começar uma terapia de grupo e prometer participar com o marido de uma terapia de casal. Minha parte do contrato era um fim de semana em São Francisco: todos os detalhes, hotéis, atividades, caberiam a ela. Carta branca. Eu ficaria à sua disposição.

"Belle levou isso muito a sério. Ao término da negociação, sugeriu um juramento formal. Trouxe uma Bíblia para a sessão e cada um de nós jurou sobre a Bíblia que cumpriria sua parte do contrato. Depois disso, apertamos as mãos solenemente para selar o acordo.

"O tratamento continuou como antes. Belle e eu nos encontrávamos cerca de duas vezes por semana; três teria sido melhor, mas o marido começou a reclamar das contas da terapia. Como Belle se manteve limpa e não tivemos que perder tempo analisando seus 'deslizes', a terapia tornou-se mais rápida e mais profunda. Sonhos, fantasias, tudo pareceu mais acessível. Pela primeira vez, comecei a ver as sementes de sua curiosidade sobre si própria. Ela se matriculou em alguns cursos de extensão universitária sobre psicologia anormal e começou a escrever uma autobiografia. Aos poucos, ela se lembrou de mais detalhes da infância: sua triste busca de uma nova mãe numa sequência de governantas desinteressadas, a maioria das quais partia em poucos meses por causa da insistência fanática do pai com a limpeza e a ordem. A fobia dele pelos germes controlava todos os aspectos da vida dela. Imagine: até os 14 anos, ela não ia à escola e era educada em casa, porque ele tinha medo de que ela levasse germes para dentro de casa. Consequentemente, ela teve poucos amigos íntimos. Mesmo as refeições com colegas eram raras; ela era proibida de jantar fora e temia o constrangimento de expor os amigos ao comportamento excêntrico do pai durante o jantar: luvas, lavar as mãos entre os pratos, inspeções das mãos dos criados para verificar a higiene. Ela não podia pegar livros emprestados. Uma governanta de quem ela gostava foi imediatamente demitida porque tinha deixado que Belle e uma amiga vestissem as roupas uma da outra. A infância e o relacionamento com o pai terminaram repentinamente aos 14 anos, quando ela foi mandada a um internato em Grenoble. Daí em diante, ela só teve um contato superficial com o pai, que logo depois voltou a se casar. Sua nova esposa era uma bela mulher, mas ex-prostituta; de acordo com uma tia solteirona, que disse que a nova esposa era apenas uma entre as muitas prostitutas que o pai conhecera nos 14 anos anteriores. Belle especulou, e esta foi a primeira interpretação que ela fez durante a terapia, que talvez *ele* se sentisse sujo e por isso estivesse sempre se lavando e se recusando a deixar que a pele dele tocasse a dela.

"Durante aqueles meses, Belle só falou em nossa aposta para expressar sua gratidão por mim. Ela a chamou de a 'mais poderosa promessa' que já havia recebido. Belle sabia que a aposta era um presente: ao contrário dos 'presentes' que recebera de outros psiquiatras... palavras, interpretações, promessas, 'cuidado terapêutico'... este era real e palpável. Pele com pele. Era uma prova tangível do meu compromisso incondicional de ajudá-la. E a prova, para ela, do meu amor. Nunca antes, disse Belle, ela havia sido amada dessa forma. Nunca ninguém a tinha colocado acima dos próprios interesses, acima das regras. Com certeza, não o pai, que nunca lhe ofereceu a mão sem luvas. Até sua morte, dez anos antes, enviava a ela o mesmo presente de aniversário todos os anos: um maço de notas de cem dólares, uma para cada ano de sua idade, cada cédula recém-lavada e passada.

"E a aposta tinha ainda outro significado. Ela se divertia com a minha disposição de me submeter às regras. O que ela mais gostava em mim, segundo me disse, era a minha disposição de assumir riscos, meu canal aberto à minha própria sombra. 'Existe algo de malicioso e sombrio em você, também', disse. 'É por isso que você me entende tão bem. Em certos aspectos, acho que somos cérebros gêmeos.'

"Sabe, Ernest, provavelmente foi por isso que nos identificamos tão rapidamente, por isso que ela logo soube que eu era o terapeuta perfeito para ela: simplesmente viu algo de travesso no meu rosto, uma certa fagulha irreverente nos meus olhos. E tinha razão. Ela me entendeu profundamente. Era esperta.

"E eu sabia exatamente o que ela queria dizer. Exatamente! Também consigo identificar isso nas pessoas. Ernest, desligue o gravador por um minuto. Bom. Obrigado. O que queria dizer é que acho que vejo isso em você. Você e eu estamos sentados em lados diferentes desta mesa de julgamento, mas temos algo em comum. Eu lhe disse, sou bom em ler expressões faciais. E raramente erro.

"Não? Vamos lá, confesse! Você sabe o que quero dizer! Não é exatamente por este motivo que você ouve minha história com tanto interesse? E que interesse! Será que estarei indo longe demais se chamar de *fascinação*? Seus olhos estão arregalados. Isso mesmo, Ernest, você e eu. Você poderia ter estado na minha situação. Minha aposta faustiana poderia ter sido sua também.

"Você meneia a cabeça. Claro! Mas não fale com a cabeça. Estou olhando diretamente para o seu coração, e pode chegar o momento em que você se abrirá ao que estou dizendo. Mais ainda, talvez você se veja não somente em mim, mas também em Belle. Nós três. Não somos tão diferentes um do outro! Tá bom, isto é tudo; voltemos aos negócios.

"Espere! Antes de ligar o gravador, Ernest, gostaria de dizer mais uma coisa. Acha que ligo a mínima para o Comitê de Ética? O que eles podem fazer? Cassar meu registro? Estou com 71 anos, minha carreira acabou, sei disso. Então, por que estou lhe contando tudo isso? Na esperança de que algum bem resulte disso. Na esperança de que, talvez, você deixe que uma partícula de mim entre em você, deixe que eu corra nas suas veias, deixe que ensine a você. Lembre-se, Ernest: quando falo sobre você ter um canal aberto à sua sombra, quero dizer isso *positivamente*, quero dizer que, quem sabe, você tenha a coragem e a grandeza de espírito para ser um ótimo terapeuta. Ligue de novo o gravador, Ernest. Por favor, não há necessidade de resposta. Quando você tem 71 anos, não precisa de respostas.

"Certo, onde estávamos? Bem, o primeiro ano passou com uma melhora significativa. Sem recaídas de qualquer tipo. Ela ficou inteiramente limpa.

MENTIRAS NO DIVÃ

Fez menos exigências a mim. Ocasionalmente pedia para sentar ao meu lado e eu colocava meu braço em volta dela e passávamos alguns minutos assim. Nunca deixei de relaxá-la e torná-la mais produtiva na terapia. Continuei dando-lhe abraços paternais no fim das sessões e ela geralmente me dava um beijo filial, comedido, na bochecha. O marido recusou a terapia de casal, mas concordou em se encontrar com uma conselheira de Ciência Cristã para algumas sessões. Belle me contou que a comunicação entre eles tinha melhorado e que os dois pareciam mais satisfeitos com a relação.

"Aos 16 meses, tudo ainda estava bem. Nada de heroína, nenhuma droga de qualquer espécie, nada de automutilações, bulimia, purgação e nenhum tipo de comportamento autodestrutivo. Ela se envolveu em vários movimentos ativistas: um médium, um grupo de terapia de vidas passadas, um nutricionista de algas, as típicas e inócuas excentricidades californianas. Ela e o marido tinham retomado a atividade sexual, e ela realizou algumas fantasias sexuais com meu colega, aquele idiota, aquele imbecil que ela conhecera no clube. Mas, pelo menos, foi sexo seguro, muito longe das leviandades nos bares e nas estradas.

"Foi a mais incrível reviravolta em terapia que já vi. Belle disse que era a época mais feliz da sua vida. Eu o desafio, Ernest: coloque-a em qualquer um dos seus estudos de resultados clínicos. Ela seria a estrela entre os pacientes! Compare o resultado dela com qualquer terapia com remédios: Risperidona, Prozac, Paxil, Effexor, Wellbutrin, qualquer um que você consiga imaginar, minha terapia ganharia fácil, fácil. A melhor terapia que já fiz, e mesmo assim não poderia publicá-la. Publicá-la? Não poderia sequer contar a alguém sobre ela. Até agora! Você é minha primeira e verdadeira audiência.

"Por volta dos 18 meses, as sessões começaram a mudar. Foi sutil, no início. Mais e mais referências ao nosso fim de semana em São Francisco foram surgindo, e logo Belle começou a falar dele em todas as sessões. Toda manhã, ela ficava na cama por uma hora a mais, devaneando sobre como seria o nosso fim de semana: dormir nos meus braços, telefonar pedindo o café da manhã, depois um passeio de carro e almoço em Sausalito, seguido de uma soneca à tarde. Ela fantasiava que éramos casados, que esperava por mim à noite. Insistia que era capaz de viver feliz pelo resto da vida se soubesse que eu voltaria para casa, para ela. Ela não precisava de muito tempo comigo; estaria disposta a ser a outra, ter-me ao lado dela durante apenas uma ou duas horas por semana; poderia viver saudável e feliz com isso para sempre.

"Bem, você pode imaginar que, nessa época, eu estava ficando um pouco inquieto. E, depois, muito inquieto. Comecei a lutar contra a situação. Fiz o melhor que podia para ajudá-la a enfrentar a realidade. Falava sobre a minha idade em praticamente todas as sessões. Que em três ou quatro anos, eu estaria numa cadeira de rodas. Em dez, estaria com oitenta. Perguntei a ela quanto tempo achava que eu viveria. Os homens na minha família morrem cedo. Na minha idade, meu pai já estava no caixão havia 15 anos. Ela viveria pelo menos 25 anos a mais do que eu. Comecei até a exagerar meu problema neurológico quando estava com ela. Uma vez, encenei uma queda intencional, de tão desesperado que estava ficando. E os velhos não têm muita energia, eu repetia. Caía no sono às 20h30, eu dizia a ela. Já fazia cinco anos desde a última vez que fiquei acordado para o jornal das dez da noite. E minha visão cada vez mais fraca, a bursite no ombro, azia, a próstata, meus gases, a constipação. Até tinha pensado em comprar um aparelho auditivo, só para causar efeito.

"Mas tudo isso foi um terrível engano. Eu estava completamente errado! Só aguei ainda mais o apetite dela. Ela possuía um certo capricho perverso com a ideia de eu ser frágil ou incapacitado. Tinha fantasias de eu ter um derrame, de minha mulher me abandonar, de ela mudar para minha casa para cuidar de mim. Um de seus devaneios prediletos era cuidar de mim: fazer meu chá, me lavar, trocar meus lençóis e meus pijamas, passar talco em mim e, depois, tirar as roupas dela e se enfiar sob os lençóis frescos ao meu lado.

"Aos vinte meses, a melhora de Belle foi ainda mais positiva. Por iniciativa própria, ela se inscreveu nos Narcóticos Anônimos e estava frequentando três reuniões por semana. Estava fazendo trabalho voluntário em escolas de minorias étnicas para ensinar sobre aids e controle da natalidade a meninas adolescentes, e tinha sido aceita num programa de MBA numa universidade local.

"O quê, Ernest? Como eu sabia que ela estava me dizendo a verdade? Você sabe, nunca duvidei dela. Sei que tinha falhas de caráter, mas dizer a verdade, pelo menos para mim, parecia quase uma compulsão. Logo no início da nossa terapia, acho que já mencionei isso, firmamos um acordo para contarmos toda a verdade um ao outro. Algumas vezes, nas primeiras semanas de terapia, ela ocultou alguns episódios particularmente indecorosos, mas não suportou; entrou num frenesi por causa disso, estava convencida de que eu conseguia ver dentro da mente dela e a expulsaria da terapia. Em cada uma das ocasiões, ela não conseguiu esperar até a sessão seguinte para confessar e teve de telefonar para mim, uma vez depois da meia-noite, para ficar devidamente registrado.

"Mas sua pergunta é boa. Havia muita coisa em jogo para que eu simplesmente aceitasse a palavra dela, e fiz o que você teria feito: cheguei todas as fontes possíveis. Nessa época, encontrei-me com o marido dela umas duas vezes. Ele recusou a terapia, mas concordou em vir para ajudar a acelerar o ritmo da terapia de Belle e confirmou tudo o que ela disse. Não apenas isso, ele também me deu permissão para entrar em contato com a consultora de Ciência Cristã. Ironicamente, ela estava fazendo doutorado em psicologia clínica e estava lendo meu trabalho, que confirmou a história de Belle: dedicando-se com afinco ao seu casamento, sem automutilações, sem drogas, trabalho voluntário. Não, Belle estava jogando limpo.

"Bem, o que você teria feito nessa situação, Ernest? O quê? Não estaria nessa situação, para começo de conversa? Tá, tá, eu sei. Resposta superficial. Você me decepciona. Diga-me, Ernest, se você não estaria nesta situação, onde você *estaria*? De volta ao seu laboratório? Ou na biblioteca? Você estaria a salvo. Digno e confortável. Mas onde estaria a paciente? Muito longe! Exatamente como os vinte terapeutas de Belle antes de mim: todos eles pegaram a estrada segura, também. Mas sou um tipo diferente de terapeuta. Um salvador de almas perdidas. Recuso-me a desistir de um paciente. Arrisco meu pescoço, coloco o meu na reta, tento qualquer coisa para salvar o paciente. Tem sido assim por toda a minha carreira. Você conhece minha reputação? Pergunte por aí. Pergunte ao professor titular. Ele sabe. Ele me encaminhou dezenas de pacientes. Sou o terapeuta do último recurso. Os terapeutas me encaminham os pacientes dos quais desistiram. Você está fazendo que sim com a cabeça? Já ouviu falar de mim? Bom! É bom que você saiba que não sou apenas um idiota senil.

"Então, pense cuidadosamente sobre a minha situação. Que diabo! O que mais eu poderia fazer? Eu estava ficando sobressaltado. Lancei mão de todos os obstáculos: comecei a interpretar como um louco, freneticamente, como se minha vida dependesse disso. Interpretei tudo que acontecera. E fiquei impaciente com as ilusões dela.

"Por exemplo, tomemos a fantasia maluca de Belle de nós estarmos casados e de ela parar a vida dela, esperando, a semana toda, para ter uma ou duas horas comigo. 'Que tipo de vida e de relacionamento é esse?', perguntei a ela. Não era um relacionamento, era feitiçaria. Veja isso pelo meu lado, disse: o que ela achava que eu conseguiria de tal arranjo? Tê-la curada por uma hora de minha presença. Era irreal. Seria isto um relacionamento? Não! Não estaríamos sendo verdadeiros um com o outro; ela estaria me usando como referência. E a obsessão dela de me chupar e engolir meu esperma. A mesma coisa. Irreal. Ela se sentia vazia e queria que eu a enchesse com minha essência. Será que ela não via o que estava fazendo? Será que ela não via o erro de tratar o simbólico como se fosse uma realidade concreta? Por quanto tempo ela achava que meu escasso esperma a encheria? Em poucos segundos, o ácido clorídrico do seu estômago não deixaria nada além de cadeias fragmentadas de DNA.

"Belle assentia solenemente para minhas frenéticas interpretações, e, então, voltava ao seu tricô. Sua madrinha nos Narcóticos Anônimos tinha lhe ensinado a tricotar e, durante as últimas semanas, ela trabalhou continuamente num suéter para que eu usasse durante nosso fim de semana. Não descobri nenhum meio de lhe tirar a calma. Sim, ela concordava que era possível que estivesse baseando sua vida numa fantasia. Talvez estivesse procurando pelo arquétipo do velho sábio. Mas isso era tão ruim assim? Além do programa de MBA, ela estava frequentando um curso de antropologia como ouvinte e lendo O *ramo de ouro*. Ela me lembrou que a maioria da humanidade vivia de acordo com conceitos irracionais, como totens, reencarnação, paraíso e inferno, até mesmo terapias de curas por transferência e a deificação de Freud. 'O que funciona, funciona', ela disse, 'e pensar em estarmos juntos no fim de semana funciona. Está sendo a melhor época da minha vida; dá exatamente a sensação de estar casada com você. É como esperar e saber que você virá para casa em pouco tempo; me mantém andando, me mantém satisfeita'. E, com isso, ela voltava ao seu tricô. Aquele maldito suéter! Tinha vontade de arrancá-lo das mãos dela.

"Aos 22 meses, entrei em pânico. Perdi toda a compostura e comecei a adular, a tentar escapulir, a implorar. Fiz discursos para ela sobre o amor. 'Você diz que me ama, mas amor é um relacionamento, amor é se importar com o outro, importar-se com o crescimento e a existência do outro. Você já se importou comigo? Em como me sinto? Alguma vez já pensou na minha culpa, meu medo, o impacto disso sobre meu autorrespeito, sabendo que fiz algo antiético? E o impacto sobre minha reputação, o risco que estou correndo. Minha profissão, meu casamento?'

"'Quantas vezes', Belle respondeu, 'você me lembrou de que somos duas pessoas conversando; nada mais, nada menos? Você me pediu para confiar em você, e eu confiei em você, confiei pela primeira vez na vida. Agora, peço a *você* que confie em *mim*. Será nosso segredo. Levarei para o túmulo comigo. Não importa o que aconteça. Para sempre! E quanto ao seu autorrespeito e culpa e suas preocupações profissionais, bem, o que é mais importante que o fato de que você, um homem que cura, esteja me curando? Você vai deixar que as regras, a reputação e a ética prevaleçam sobre isso?' Você tem uma boa resposta para isto, Ernest? Eu não tive.

"Sutil, mas ameaçadoramente, ela aludiu aos possíveis efeitos de eu não pagar a aposta. Tinha vivido durante dois anos por esse fim de semana comigo. Será que ela voltaria a confiar em alguém? Qualquer terapeuta? Ou *qualquer um*, nesta questão? *Isso*, ela me informou, seria algo pelo qual eu deveria me sentir culpado. Ela não precisou dizer muito mais. Eu sabia o que minha traição significaria para ela. Ela não estava sendo autodestrutiva havia mais de dois anos, mas eu não tinha a menor dúvida de que ela não tinha perdido a tendência. Para ser objetivo, estava convencido de que, se eu não pagasse a aposta, Belle se mataria. Ainda tentei escapar da minha própria armadilha, mas o bater das minhas asas foi ficando cada vez mais débil.

"'Tenho setenta anos, e você, 34', disse a ela. 'Há algo antinatural em dormirmos juntos.'

"'Chaplin, Kissinger, Picasso, Humbert Humbert e Lolita', Belle respondeu, sem sequer se dar o trabalho de desviar os olhos do seu tricô.

"'Você elevou isso a níveis grotescos', eu lhe disse; 'está tudo tão inflado, tão exagerado, tão fora da realidade. Toda essa coisa do fim de semana não será nada senão uma experiência deprimente para você.'

"'Uma experiência deprimente é a melhor coisa que poderia acontecer', replicou. 'Você sabe. Destruir minha obsessão por você, minha... transferência erótica, como você chama. É uma situação sem perdedores para a nossa terapia.'

"Continuei tentando escapar. 'Além disso, na minha idade, a potência diminui.' 'Seymour', ela me repreendeu, 'estou surpresa com você. Você ainda não entendeu, ainda não percebeu que a potência ou a transa não importam. O que quero é que você esteja comigo e me abrace, como uma pessoa, uma mulher. Não como paciente. Além disso, Seymour', e, nesse momento, ela segurou o suéter meio tricotado diante do seu rosto, olhou recatadamente através dele e disse, 'vou lhe dar a transa da sua vida!'

"E, então, o tempo tinha acabado. O 24º mês chegou e não tive alternativa senão pagar ao diabo o que lhe era devido. Se eu não pagasse a aposta, sabia que as consequências seriam catastróficas. E se, por outro lado, eu mantivesse minha palavra? Quem sabe? Talvez ela tivesse razão, talvez *destruísse* sua obsessão. Talvez, sem a transferência erótica, as energias dela fossem liberadas para se relacionar melhor com o marido. Ela manteria a fé na terapia. Eu me aposentaria em uns dois anos, e ela continuaria com outros terapeutas. Um fim de semana com Belle em São Francisco poderia se tornar um grande banquete terapêutico.

"O quê, Ernest? Minha contratransferência? A mesma que teria sido a sua: rodopio desenfreado. Tentei mantê-la fora da minha decisão. Não agi sobre a minha contratransferência; estava convencido de que não tinha outra escolha racional. E ainda estou convencido disso, mesmo à luz do que aconteceu. Mas me furtarei a ser mais que um pouco subjugado. Lá estava eu, um velho encarando o fim, com os neurônios corticais cerebelares morrendo diariamente, os olhos enfraquecendo, a vida sexual praticamente encerrada. Minha mulher, que é boa em desistir das coisas, desistira havia muito do sexo. E minha atração por Belle? Não a nego: eu a adorava. E quando ela me disse que me daria a melhor transa da minha vida, consegui ouvir meus exauridos motores gonadais voltando a roncar e a girar. Mas deixe-me lhe dizer e, ao gravador, deixe-me dizer o mais contundentemente que conseguir, *não foi por isso que o fiz!* Isso pode não ser importante para você nem para o Comitê de Ética, mas é de suprema importância para mim. Nunca rompi meu pacto com Belle. Nunca rompi meu pacto com nenhum paciente. Nunca pus minhas necessidades acima das deles.

"Quanto ao resto da história, imagino que você a conheça. Está tudo aí na sua pasta. Belle e eu nos encontramos em São Francisco para o café da manhã no Mama, em North Beach, no sábado de manhã, e ficamos juntos até a noite de domingo. Decidimos dizer aos nossos cônjuges que eu tinha marcado um encontro de grupo para os meus pacientes no fim de semana. Faço esses grupos para dez a 12 dos meus pacientes cerca de duas vezes por ano. De fato, Belle tinha participado de um desses fins de semana no seu primeiro ano de terapia.

"Você já dirigiu grupos como esse, Ernest? Não? Bem, deixe-me dizer que são poderosos... aceleram loucamente a terapia. Você deveria conhecê-los. Quando voltarmos a nos encontrar, e tenho certeza de que voltaremos, sob circunstâncias diferentes, contarei a você sobre esses grupos; venho fazendo-os há 35 anos.

"Mas voltemos ao fim de semana. Não é justo trazê-lo até aqui e não lhe contar o clímax. Vejamos, o que posso dizer? O que eu *quero* lhe contar? Tentei manter minha dignidade, permanecer dentro da minha *persona* de terapeuta, mas isso não durou muito. Belle cuidou disso. Ela me requisitou assim que nos registramos no Fairmont, e logo éramos homem e mulher e tudo, tudo o que Belle tinha previsto aconteceu.

"Não vou mentir para você, Ernest. Adorei cada minuto do nosso fim de semana, a maior parte do qual passamos na cama. Fiquei preocupado que todos os meus encanamentos estivessem enferrujados e entupidos depois de tantos anos de desuso. Mas Belle era uma baita de uma encanadora e, depois de algumas sacudidas e batidas, tudo começou a funcionar de novo.

"Durante três anos, eu repreendera Belle por viver uma ilusão e impingira minha realidade sobre ela. Agora, por um fim de semana, entrei no mundo dela e descobri que a vida no reino mágico não era tão ruim assim. Ela foi minha fonte da juventude. A cada hora, ficava mais jovem e mais forte. Andava melhor, encolhi a barriga, pareci mais alto. Ernest, eu parecia um lobo uivando. E Belle percebeu. 'Era disso que você precisava, Seymour. E isso é tudo que sempre quis de você: ser abraçada, abraçar, dar meu amor. Entende que essa é a primeira vez na minha vida que dei amor? É tão terrível assim?'

"Ela chorou muito. Assim como todos os outros conduítes, meus ductos lacrimais também tinham sido desentupidos e também chorei. Ela me deu muito naquele fim de semana. Passei toda a minha carreira doando, e essa era a primeira vez que fui retribuído, realmente retribuído. É como se ela tivesse me presenteado por todos os pacientes que eu já tinha atendido.

"Mas, então, voltemos à vida real. O fim de semana acabou. Belle e eu voltamos às nossas sessões duas vezes por semana. Nunca previ perder aquela aposta e, portanto, não tinha nenhum plano de contingência para a terapia após aquele fim de semana. Tentei voltar à rotina de sempre, mas, depois de uma ou duas sessões, vi que estava com um problema. Um grande problema. É quase impossível às pessoas que foram íntimas voltarem a um relacionamento formal. Apesar dos meus esforços, um novo tom de brincadeira amorosa substituiu o trabalho sério da terapia. Às vezes, Belle insistia em se sentar no meu colo. Dava muitos abraços, fazia muito carinho, muitos toques. Tentava me desviar dela, tentava manter uma ética profissional, mas, encaremos os fatos, não era mais terapia.

"Mandei-a parar e sugeri solenemente que tínhamos duas opções: ou tentávamos retomar o trabalho, o que significava voltar a um relacionamento não físico e mais tradicional, ou desistíamos da pretensão de que estávamos fazendo terapia e tentaríamos estabelecer um relacionamento puramente social. E 'social' não significava sexual: eu não queria complicar a situação. Eu lhe disse antes, ajudei a escrever as diretrizes que condenam que terapeutas e pacientes tenham relacionamentos sexuais pós-terapia. Também deixei claro para ela que, já que não estávamos mais fazendo terapia, não aceitaria mais seu dinheiro.

"Nenhuma dessas opções eram aceitáveis para Belle. Uma volta à formalidade na terapia pareceria uma farsa. Não é somente na terapia que as pessoas não manipulam? Quanto a não pagar, era impossível. O marido tinha montado um escritório em casa e passava a maior parte do tempo por lá. Como ela poderia explicar a ele para onde ia regularmente duas horas por semana se não emitisse os cheques para a terapia?

"Belle me repreendeu por minha estreita definição de terapia. 'Nossos encontros... íntimos, divertidos, tocantes, às vezes fazendo um bom amor, amor verdadeiro, no seu divã... também são terapia. E uma boa terapia. Por que você não consegue enxergar isso, Seymour?', ela perguntava. 'Uma terapia eficiente não é uma boa terapia? Você esqueceu suas declarações sobre a *única questão importante da terapia? Funciona?* E a minha terapia não está funcionando? Não estou me saindo bem? Estou limpa. Sem sintomas. Terminando a faculdade. Estou começando uma nova vida. Você me mudou, Seymour, e tudo o que você precisa fazer para manter a mudança é continuar passando duas horas por semana perto de mim.'

"Belle era uma garota esperta, sim. E ficava cada vez mais esperta. Eu não conseguia montar nenhum contra-argumento de que tal arranjo não era uma boa terapia.

"Mesmo assim, eu sabia que não era possível. Gostava muito disso. Gradualmente, comecei a perceber que me encontrava em apuros. Qualquer um que nos visse juntos concluiria que eu estava explorando a transferência e usando esta paciente para o meu próprio prazer. Ou que eu era um gigolô geriátrico muito caro!

"Não sabia o que fazer. Obviamente, eu não podia consultar ninguém. Sabia o que diriam e eu não estava preparado para fazer o que era preciso. Nem poderia encaminhá-la a outro terapeuta, ela não iria. Mas, para ser honesto, não insisti muito nessa opção. Eu me preocupo com isso. Fiz a coisa certa por ela? Perdi algumas noites de sono pensando sobre ela contar tudo a meu respeito a outro terapeuta. Você sabe como os terapeutas fofocam entre si sobre os comportamentos excêntricos dos terapeutas anteriores, e eles simplesmente adorariam uma fofoca picante sobre Seymour Trotter. Mesmo assim, não podia pedir a ela que me protegesse. Manter esse segredo seria autossabotagem.

"Portanto, meus argumentos mal elaborados estavam prontos, mas, mesmo assim, não estava nem um pouco preparado para a fúria da tempestade quando ela finalmente arrebentou. Certa noite, voltei para casa e encontrei-a escura, minha mulher tinha ido embora, e havia quatro fotos minhas e de Belle pregadas na porta da frente: uma delas mostrava nós dois nos registrando na recepção do Fairmont Hotel, outra nos mostrava de malas na mão, entrando em nosso quarto, a terceira era um close da ficha de registro do hotel, Belle tinha pagado em dinheiro e nos registrado como dr. e sra. Seymour; a quarta nos mostrava num abraço apertado na vista panorâmica da ponte Golden Gate.

"Lá dentro, na mesa da cozinha, encontrei duas cartas: uma do marido de Belle para minha mulher, declarando que ela poderia estar interessada nas quatro fotos inclusas, mostrando o tipo de tratamento que o marido dela oferecia à esposa dele. Ele dizia que enviara uma carta semelhante ao Conselho Estadual de Ética Médica e terminava com uma ameaça asquerosa, sugerindo que se eu, algum dia, voltasse a ver Belle, um processo judicial seria a coisa menos importante com que a família Trotter teria de se preocupar. A segunda carta era da minha mulher, curta e grossa, pedindo-me para que eu nem me desse o trabalho de explicar. Poderia falar tudo com o advogado dela. Ela me deu 24 horas para fazer as malas e sair de casa.

"E isso, Ernest, nos traz até aqui. O que mais posso lhe contar?

"Como ele conseguira as fotos? Deve ter contratado um detetive particular para nos vigiar. Que ironia... o marido decidira abandoná-la bem quando Belle começara a melhorar! Mas quem sabe? Talvez ele estivesse procurando por uma saída há muito tempo. Talvez Belle o tivesse esgotado.

"Nunca voltei a ver Belle. Tudo o que sei são boatos que ouvi de um velho amigo no Hospital Pacific Redwood; e não foram bons. O marido pediu o divórcio e acabou partindo apressadamente para o campo com os bens da família. Ele suspeitava de Belle havia meses, desde que encontrara algumas camisinhas na bolsa dela. Isso, naturalmente, é mais uma ironia: somente porque a terapia refreara sua autodestrutividade letal é que ela se dispôs a usar camisinhas nas suas aventuras amorosas.

"Na última vez que tive notícias, a situação de Belle era terrível, de volta à estaca zero. Toda a antiga patologia estava de volta: duas internações por tentativas de suicídio, uma automutilação, uma overdose grave. Ela vai se matar. Eu sei. Aparentemente, ela tentou três novos terapeutas, dispensou um após o outro, se recusa a fazer terapia e agora voltou a usar drogas pesadas.

"E você sabe qual a pior coisa? Sei que eu poderia ajudá-la, mesmo agora. Tenho certeza disso, mas estou proibido de vê-la ou de falar com ela por ordem judicial e sob a ameaça de uma grave punição. Recebi várias mensagens dela, mas meu advogado me avisou que eu estaria em grande perigo e me ordenou que, se não quisesse ir para a cadeia, não respondesse. Ele entrou em contato com Belle e disse-lhe que, por mandado judicial, eu não tinha permissão de me comunicar com ela. Ela finalmente parou de telefonar.

"O que vou fazer? Em relação a Belle, você quer dizer? É uma decisão difícil. Mortifica-me não poder responder aos telefonemas dela, mas não gosto de prisões. Sei que poderia fazer muito por ela numa conversa de dez minutos. Mesmo agora. Confidencialmente. Desligue o gravador, Ernest. Não tenho certeza se serei capaz de simplesmente deixar que ela se afunde. Não tenho certeza se conseguiria manter meu autorrespeito.

"Então, Ernest, é isso. O fim da minha história. *Fínis*. Deixe-me dizer, não é como eu queria encerrar minha carreira. Belle é a principal personagem nessa tragédia, mas a situação também é catastrófica para mim. Os advogados dela insistem para que ela peça indenização. Tirar tudo o que puder. Eles passarão por um frenesi crescente. O processo judicial por má conduta profissional irá a julgamento em uns dois meses.

"Deprimido! Claro que estou deprimido. Quem não estaria? Chamo--a de uma depressão adequada: sou um velho triste e miserável. Desanimado, sozinho, cheio de dúvidas sobre mim mesmo, terminando a vida em desgraça.

"Não, Ernest, não é uma depressão que possa ser tratada com remédios. Não esse tipo de depressão. Sem marcadores biológicos: sintomas psicomotores, insônia, perda de peso, nada disso. Obrigado pela oferta.

"Não, não suicida, embora admita que me sinto atraído pela escuridão. Mas sou um sobrevivente. Rastejo no porão e lambo minhas feridas.

"Sim, sinto-me muito sozinho. Minha mulher e eu vivíamos juntos por hábito havia muitos anos. Sempre vivi para o meu trabalho; o casamento sempre esteve em segundo plano. Minha mulher sempre disse que satisfaço todos os meus desejos por proximidade com meus pacientes. E ela estava certa. Mas não foi por isso que ela me deixou. Minha ataxia está progredindo rápido, e não acho que ela se entusiasmaria com a ideia de se tornar minha enfermeira em tempo integral. Acho que recebeu de bom grado a desculpa para se livrar desse trabalho. Não posso culpá-la.

"Não, não preciso de terapia. Já disse que não estou clinicamente deprimido. Agradeço seu interesse, Ernest, mas eu seria um paciente rabugento. Até aqui, como já disse, estou lambendo minhas próprias feridas e sou muito bom nisso.

"Por mim tudo bem se você telefonar só para conferir. Fico comovido com a sua oferta. Mas fique tranquilo, Ernest. Sou um bastardo resistente. Ficarei bem."

E, com isso, Seymour Trotter pegou suas muletas e saiu da sala cambaleando. Ernest, ainda sentado, ouviu as batidas ficarem cada vez mais distantes.

Quando Ernest telefonou duas semanas depois, o dr. Trotter mais uma vez recusou todas as ofertas de ajuda. Em poucos minutos, ele mudou a conversa para o futuro de Ernest e expressou novamente sua forte convicção de que, quaisquer que fossem os pontos fortes de Ernest como psicofarmacologista, ele ainda estava deixando sua vocação de lado: era um terapeuta nato e devia a si mesmo cumprir seu destino. Convidou-o a discutir a questão durante um almoço, mas Ernest recusou.

— Que imprudência de minha parte — o dr. Trotter tinha respondido sem nenhum pingo de ironia. — Perdoe-me. Aqui estou eu aconselhando-o sobre uma mudança na carreira e, ao mesmo tempo, pedindo-lhe que a coloque em risco por ser visto em público comigo.

— Não, Seymour — pela primeira vez Ernest o chamou pelo primeiro nome —, a razão não é essa. Bem... fico constrangido em dizê-lo a você, mas a verdade é que já me comprometi a me sentar no banco de testemunhas, como especialista, no julgamento da ação civil contra você por má conduta profissional.

— Não há motivo para constrangimento, Ernest. É seu dever testemunhar. Faria o mesmo, exatamente o mesmo, no seu lugar. Nossa profissão é vulnerável, ameaçada por todos os lados. É nosso dever protegê-la e preservar os padrões. Mesmo que você não acredite em mais nada a meu respeito, acredite que dou valor a esse trabalho. Dediquei toda a minha vida a ele. Por isso lhe contei minha história com tantos detalhes: quis que você soubesse que não é uma história de traição. Agi de boa-fé. Sei que soa absurdo, mas, mesmo agora, acho que fiz a coisa certa. Às vezes o destino nos coloca em situações nas quais a coisa certa é a coisa errada. Nunca traí minha profissão, nem um paciente. O que quer que o futuro nos traga, Ernest, acredite em mim. Acredito naquilo que fiz: nunca trairia um paciente.

Ernest realmente testemunhou no julgamento civil. O advogado de Seymour, citando sua idade avançada, seu discernimento diminuído e enfermidade, tentou uma nova e desesperada defesa: alegou que Seymour, e não Belle, tinha sido a vítima. Mas o caso era sem esperança e foi concedido a Belle dois milhões de dólares — o máximo da cobertura que Seymour tinha para erro médico. Os advogados dela teriam ido atrás de mais, mas não fazia muito sentido, já que, depois do divórcio dele e dos honorários legais, os bolsos de Seymour estavam vazios. Esse foi o fim da história pública de Seymour Trotter. Pouco depois do julgamento, ele deixou a cidade na surdina e nunca mais se ouviu falar dele, a não ser por uma carta (sem remetente) que Ernest recebeu um ano depois.

Ernest tinha apenas alguns minutos antes de seu primeiro paciente. Mas não resistiu a inspecionar, uma vez mais, o último rastro de Seymour Trotter.

Caro Ernest,
Somente você, naqueles dias demonizantes de caça às bruxas, expressou preocupação pelo meu bem-estar. Obrigado, foi poderosamente revigorante. Estou bem. Perdido, mas não quero ser encontrado. Devo-lhe muito — certamente, esta carta e esta foto de Belle e eu. É a casa dela no fundo, aliás. Belle pôs a mão numa boa quantia de dinheiro.

Seymour

Ernest, como o fizera tantas vezes antes, olhou fixamente para a foto esmaecida. Numa relva salpicada de palmeiras, Seymour estava sentado numa cadeira de rodas. Belle estava de pé atrás dele, desesperançada e muito magra, os punhos agarrando os braços da cadeira de rodas. Os olhos dela estavam abatidos. Atrás dela, uma graciosa casa colonial e, ao fundo, a resplandecente água verde-leitosa de um mar tropical. Seymour tinha um grande sorriso maroto, algo sonso. Ele se segurava à cadeira de rodas com uma das mãos; com a outra, apontava sua muleta jubilantemente em direção ao céu.

Como sempre, quando estudava a fotografia, Ernest sentiu-se inquieto. Esquadrinhou mais de perto, tentando entrar na foto, tentando descobrir algum indício, alguma resposta definitiva para o verdadeiro destino de Seymour e Belle. O segredo, achava ele, estava nos olhos de Belle. Pareciam melancólicos, desesperançados até. Por quê? Tinha conseguido o que queria, não tinha? Ele se aproximou mais de Belle e tentou captar seu olhar intenso. Mas ela sempre desviava os olhos.

CAPÍTULO I

TRÊS VEZES POR semana, durante os últimos cinco anos, Justin Astrid começava o dia com uma consulta com o dr. Ernest Lash. A de hoje tinha começado como qualquer outra das setecentas sessões de terapia anteriores: às 7h50 da manhã, subia as escadas externas do edifício vitoriano na Sacramento Street, elegantemente pintado em malva e mogno, atravessava o saguão, subia ao segundo andar e entrava na sala de espera tenuemente iluminada de Ernest, permeada com o aroma penetrante e úmido do café italiano torrado. Justin inspirou profundamente, depois verteu o café numa caneca japonesa adornada com um caqui pintado à mão, sentou-se no rígido sofá de couro verde e abriu a seção de esportes do *San Francisco Chronicle*.

Mas Justin não conseguiu ler sobre o jogo de beisebol do dia anterior. Não hoje. Algo muito importante tinha acontecido — algo que exigia comemoração. Ele dobrou o jornal e olhou fixamente para a porta de Ernest.

Às oito horas, Ernest colocou a pasta de Seymour Trotter no arquivo, passou os olhos rapidamente pelo prontuário de Justin, endireitou a mesa, colocou o jornal numa gaveta, colocou a xícara de café fora de vista, levantou-se e, antes de abrir a porta, olhou para trás para examinar o consultório. Sem sinais visíveis de habitação. Bom.

Abriu a porta e, por um momento, os dois homens se olharam. Médico e paciente. Justin segurando o *Chronicle*, o jornal de Ernest bem escondido no fundo da mesa. Justin usando seu paletó azul-escuro e gravata listrada de seda italiana. Ernest num blazer azul-marinho e gravata florida Liberty. Ambos sete quilos acima do peso, a pele de Justin transbordando no queixo e papadas, a barriga de Ernest se arqueando sobre o cinto. O bigode de Justin curvado para cima, em direção às narinas. A barba bem-feita de Ernest era sua principal característica. O rosto de Justin era expressivo, nervoso; seus olhos, irrequietos. Ernest usava óculos grandes e conseguia ficar longos períodos sem piscar.

— Deixei minha mulher — começou Justin, depois de sentar-se no consultório. — Ontem à noite. Simplesmente saí de casa. Passei a noite com Laura. — Ele proferiu estas primeiras palavras calma e desapaixonadamente, depois encarou Ernest.

— Simples assim? — perguntou Ernest tranquilamente. Sem piscar.

— Simples assim. — Justin sorriu. — Quando vejo o que precisa ser feito, não perco tempo.

Um pouco de humor tinha se insinuado na relação deles nos últimos meses. Normalmente, Ernest consideraria aquilo algo bem-vindo. Seu supervisor, Marshal Streider, tinha dito que o surgimento de improvisação bem-humorada na terapia era frequentemente um sinal propício.

Mas o comentário "simples assim" de Ernest não tinha sido uma improvisação de boa-fé. Ficou inquieto com o anúncio de Justin. E irritado! Ele estava tratando Justin havia cinco anos — cinco anos fazendo o maior esforço para ajudá-lo a deixar a mulher! E, hoje, Justin o informa casualmente que a deixou. Ernest se lembrou da primeira sessão deles, das primeiras palavras de Justin: "Preciso de ajuda para cair fora do meu casamento!" Durante meses, Ernest tinha investigado minuciosamente a situação. Por fim, concordou: Justin *deveria* cair fora — era um dos piores casamentos que Ernest já tinha visto. E, nos cinco anos seguintes, Ernest havia empregado todos os recursos conhecidos da psicoterapia para ajudar Justin a dar no pé. Todos fracassaram.

Ernest era um terapeuta obstinado. Ninguém jamais o acusara de não tentar com suficiente afinco. A maioria dos colegas o considerava ativo demais, ambicioso demais na sua terapia. Seu supervisor sempre dizia, num tom de reprimenda: "Ô, rapaz, baixe a bola! Prepare o terreno. Você não pode *forçar* as pessoas a mudar." Mas, finalmente, até Ernest teve de perder a esperança. Embora nunca tenha deixado de gostar de Justin nem de desejar coisas melhores para ele, Ernest gradualmente começou a se convencer de que Justin jamais deixaria a mulher, que ele jamais se mexeria, que poderia ficar preso por toda a vida num casamento torturante.

Ernest então definiu objetivos mais limitados para Justin: obter o melhor de um casamento ruim, tornar-se mais autônomo no trabalho, desenvolver melhores aptidões sociais. Ernest poderia fazê-lo tão bem quanto o terapeuta da porta ao lado. Mas era um tédio. A terapia ficava cada vez mais previsível; não acontecia nada de inesperado. Ernest sufocou os bocejos e ajeitou os óculos para se manter desperto. Já não discutia Justin com o supervisor. Imaginava conversas com Justin nas quais sugeria encaminhá-lo a outro terapeuta.

E aqui, hoje, Justin entra tagarelando e anuncia com indiferença que deixou a mulher!

Ernest tentou esconder a frustração, limpando seus óculos com um lenço de papel tirado da caixa.

— Fale sobre isso, Justin.

Péssima técnica! Percebeu instantaneamente. Colocou de volta os óculos e anotou no seu bloco: "Erro — pedi informações — contratransferência?"

Mais tarde, na supervisão, ele repassaria essas anotações com Marshal. Mas ele próprio sabia que tinha sido bobagem extrair informações. Por que precisaria induzir Justin a continuar? Ele não devia ter se deixado controlar pela curiosidade. *Incontinente* — foi como Marshal o chamara duas semanas antes. "Aprenda a esperar", diria Marshal. "Deveria ser mais importante Justin lhe contar do que você ouvir. E, se decidir não lhe contar, então você deve se concentrar nos motivos pelos quais ele vem consultá-lo, paga seus honorários e, ainda assim, sonega informações."

Ernest sabia que Marshal tinha razão. Ainda assim, não se importava com a correção técnica — esta não era uma sessão comum. O pacato Justin tinha despertado e largado a mulher! Ernest olhou seu paciente; seria sua imaginação ou Justin parecia mais poderoso hoje? Nada do baixar a cabeça obsequioso, sem a postura encolhida, sem se mexer irrequieto na cadeira para ajeitar a cueca, nenhuma hesitação, sem pedidos de desculpa por deixar o jornal cair no chão ao lado da cadeira.

— Bem, eu gostaria que houvesse mais para contar... Foi tudo tão fácil. Como se eu estivesse no piloto automático. Simplesmente fiz. Simplesmente fui embora!

Justin ficou em silêncio.

De novo, Ernest não conseguiu esperar.

— Fale-me mais, Justin.

— Deve ter alguma coisa a ver com Laura, minha jovem amiga.

Justin raramente falava de Laura, mas, quando o fazia, ela era sempre simplesmente "minha jovem amiga". Ernest achava isso irritante. Mas não deixou transparecer nada e permaneceu em silêncio.

— Você sabe que eu a tenho visto muito; talvez eu tenha minimizado um pouco para você. Não sei por que escondi isso. Mas eu a tenho visto quase diariamente: para almoçar, ou dar uma caminhada, ou ir ao apartamento dela para uma diversão na cama. Eu estava me sentindo cada vez mais unido, à vontade, com ela. E então, ontem, Laura disse, de uma maneira bem trivial: "Está na hora, Justin, de você vir morar comigo."

"E, sabe", continuou Justin, roçando para tirar os pelos da barba que faziam cócegas nas narinas, "pensei: ela tem razão, *está* na hora."

Laura diz a ele para largar a mulher e ele larga. Por um momento, Ernest pensou num ensaio que tinha lido sobre o acasalamento dos peixes em recifes de coral. Aparentemente, os biólogos marinhos conseguem identificar com facilidade o peixe fêmea e macho dominantes: simplesmente observam a fêmea nadar e analisam o quanto ela perturba os padrões de nado da maioria dos peixes machos — todos, exceto os machos dominantes. O poder da bela fêmea, peixe ou humana! Impressionante! Laura, recém-saída do ensino médio, simplesmente disse a Justin que estava na hora de largar a mulher e ele obedeceu. Enquanto ele, Ernest Lash, um terapeuta talentoso, altamente renomado, tinha desperdiçado cinco anos tentando tirar Justin do casamento.

— E então — disse Justin —, em casa, na noite passada, Carol facilitou as coisas para mim, pois se mostrou detestável como sempre, batendo na velha tecla de eu não estar *presente*. "Mesmo quando você está presente, você está ausente", ela disse. "Puxe sua cadeira até a mesa! Por que você fica sempre tão longe? Fale! Olhe para nós! Quando foi a última vez que você fez um único comentário espontâneo para mim ou as crianças? Onde você está? Seu corpo está aqui, você não!" No fim da refeição, enquanto limpava a mesa, batendo e tinindo os pratos, ela acrescentou: "Nem sei por que você se dá o trabalho de trazer o seu corpo para casa."

"E então, de repente, Ernest, a ficha caiu: Carol está certa. Ela tem razão. *Por que me dou o trabalho?* Repeti para mim mesmo: *Por que me dou o trabalho?* Então, sem mais nem menos, eu disse em voz alta: 'Carol, você tem razão. Nisto, como em todas as outras coisas, você está certa! Não sei *por que* me dou o trabalho de vir para casa. Você está totalmente certa.'

"Assim, sem nenhuma outra palavra, subi, coloquei tudo o que pude na primeira mala que encontrei e saí de casa. Tive vontade de levar mais coisas, de voltar para pegar mais uma mala. Você conhece a Carol, ela vai destruir e queimar tudo o que eu deixar para trás. Quis voltar para pegar meu computador; ela o destruirá com um martelo. Mas sabia que era agora ou nunca. 'Entre de novo na casa', eu disse a mim mesmo, 'e você estará perdido'. Eu me conheço. Conheço a Carol. Não olhei para trás. Continuei andando e, antes de fechar a porta da frente, coloquei a cabeça para dentro e gritei, sem saber onde Carol ou as crianças estavam: 'Eu te telefono.' E, então, fui embora!"

Justin estava debruçado para a frente em sua cadeira. Respirou fundo, inclinou-se para trás, exausto, e disse:

— E isso é tudo o que há para contar.

— E isso foi na noite passada?

Justin assentiu.

— Fui direto para a casa da Laura e ficamos abraçados a noite inteira. Deus, foi difícil sair dos braços dela esta manhã. Mal consigo descrever como foi difícil.

— Tente — incitou Ernest.

— Bem, quando comecei a me separar de Laura, subitamente vi a imagem de uma ameba se dividindo em duas, algo em que não pensava desde as aulas de biologia no ensino médio. Éramos como as duas metades da ameba, separando-se pedacinho por pedacinho até que havia apenas um único e delgado filamento nos conectando. E, então, *plop*, um doloroso *plop*, estávamos separados. Eu me levantei, me vesti, olhei para o relógio e pensei: "Só mais 14 horas até eu estar de volta à cama, novamente preso a Laura." E então vim para cá.

— Aquela cena com Carol na noite passada, você teve pavor dela por anos. Mesmo assim, você parece decidido.

— Como eu disse, Laura e eu combinamos, pertencemos um ao outro. Ela é um anjo, criada no céu para mim. Esta tarde, vamos sair para procurar apartamento. Ela tem um pequeno estúdio na Russian Hill. Linda vista da Bay Bridge. Mas é pequeno demais para nós dois.

Criada no céu! Ernest sentiu vontade de vomitar.

— Se ao menos — continuou Justin — Laura tivesse aparecido anos atrás! Estivemos conversando sobre quanto poderemos pagar de aluguel. No caminho para cá, hoje, comecei a calcular quanto gastei com a terapia. Três vezes por semana por cinco anos. Quanto é isso? Setenta, oitenta mil dólares? Não leve para o lado pessoal, Ernest, mas não consigo deixar de especular o que teria acontecido se Laura tivesse aparecido cinco anos antes. Talvez eu tivesse deixado Carol naquela época. E a terapia, também. Talvez estivesse procurando um apartamento agora com oitenta mil dólares no bolso!

Ernest sentiu o rosto corar. As palavras de Justin ecoavam em sua cabeça. *Oitenta mil dólares! Não leve isto para o lado pessoal!*

Mas Ernest não deixou transparecer nada. Não piscou nem se defendeu. Nem apontou que, cinco anos atrás, Laura teria uns 14 anos, e Justin não conseguiria limpar o traseiro sem pedir a permissão de Carol, não conseguiria passar a noite sem telefonar para o seu terapeuta, não conseguiria escolher uma refeição sem a orientação da mulher, não conseguiria se vestir de manhã se ela não deixasse as roupas separadas. E, de qualquer maneira, foi o dinheiro dela que pagou as contas, não o dele; Carol ganhava o triplo do que ele ganhava. Se não fosse pelos cinco anos de terapia, ele teria oitenta mil dólares no bolso! Merda, cinco anos atrás Justin não conseguiria decidir em que bolso guardar o dinheiro!

Mas Ernest não disse nada disso. Ficou orgulhoso do próprio controle, um sinal claro de seu amadurecimento como terapeuta. Em vez disso, perguntou inocentemente:

— Você está alegre em todos os sentidos?

— O que quer dizer?

— Bem, esta é uma ocasião importantíssima. Com certeza você deve ter muitos sentimentos em relação a ela.

Mas Justin não deu a Ernest o que ele desejava. Falou pouco por vontade própria, pareceu distante, desconfiado. Por fim, Ernest percebeu que não deveria se concentrar no *conteúdo*, mas no *processo*, isto é, no *relacionamento* entre paciente e terapeuta.

Processo é o amuleto mágico do terapeuta, sempre eficiente nos momentos de impasse. É seu segredo comercial mais poderoso, aquele procedimento que torna conversar com um terapeuta diferente e mais eficiente do que conversar com um amigo íntimo. Aprender a focar o processo naquilo que estava acontecendo entre o paciente e o terapeuta era a coisa mais valiosa que tinha absorvido de sua supervisão com Marshal e, por sua vez, era o ensino mais valioso que ele próprio oferecia quando era supervisor dos residentes. Gradualmente, ao longo dos anos, ele tinha entendido que o *processo* não era apenas um amuleto a ser usado em tempos de dificuldade; era o próprio coração da terapia. Um dos exercícios de treinamento mais úteis que Marshal tinha lhe dado era enfocar o processo em pelo menos três momentos diferentes em cada sessão.

— Justin — Ernest se aventurou —, podemos examinar o que está acontecendo hoje entre nós dois?

— Como? O que você quer dizer com "o que está acontecendo"?

Mais resistência. Justin fazendo-se de sonso. Mas, pensou Ernest, talvez rebelião, mesmo rebelião passiva, não fosse uma coisa ruim. Lembrou-se daquelas muitas horas que tinham trabalhado na enlouquecedora subserviência de Justin — as sessões gastas na tendência de Justin de se desculpar por tudo e não pedir nada, nem mesmo reclamar do sol da manhã nos olhos ou pedir para baixar as persianas. Dado esse histórico, Ernest sabia que deveria aplaudir Justin, apoiá-lo por tomar uma posição firme. A tarefa hoje era ajudá-lo a converter essa ridícula resistência em franca expressão.

— Quero dizer, como você se sente sobre conversar comigo hoje? Alguma coisa está diferente. Você não acha?

— O que *você* sente? — perguntou Justin.

Epa, outra resposta bem imprópria de Justin. Uma declaração de independência. *Fique feliz*, pensou Ernest. *Lembra da alegria de Gepeto quando Pinóquio dançou sem os fios pela primeira vez?*

— Muito justo, Justin. Bem, sinto-me distante, deixado de fora, como se algo importante tivesse acontecido a você. Não, não está certo. Deixe-me colocar da seguinte maneira: *como se você tivesse feito com que algo importante acontecesse* e quisesse mantê-lo separado de mim, como se não quisesse estar aqui, como se quisesse me excluir.

Justin assentiu com apreciação.

— É isso, Ernest. *Exatamente* isso. Realmente me sinto assim. *Estou* me distanciando de você. Quero continuar me sentindo bem. Não quero que me puxem para baixo.

— E eu vou puxar você para baixo? Vou tentar tirar isso de você?

— Você já tentou — afirmou Justin, olhando diretamente nos olhos de Ernest, o que não era de seu feitio.

Ernest ergueu as sobrancelhas zombeteiramente.

— Bem, não era o que você estava fazendo quando perguntou se eu estava alegre em todos os sentidos?

Ernest prendeu a respiração. Uau! Um verdadeiro desafio vindo de Justin. Talvez ele tivesse aprendido alguma coisa da terapia, afinal de contas! Agora, *Ernest* bancou o inocente.

— Como assim?

— *É claro* que não me sinto bem em todos os sentidos. Tenho vários sentimentos sobre deixar Carol e minha família para sempre. Você não sabe? Como poderia não saber? Acabo de me afastar de tudo: minha casa, meu laptop Toshiba, meus filhos, minhas roupas, minha bicicleta, minhas raquetes de raquetebol, minhas gravatas, minha tevê Mitsubishi, minhas fitas de vídeo, meus CDs. Você conhece a Carol: ela não me dará nada, destruirá tudo que possuo. Aaahh... — Justin fez uma careta, cruzou os braços e se curvou para a frente como se tivesse acabado de receber um soco na barriga. — Essa dor existe, eu posso tocá-la, você vê o quanto está perto. Mas hoje, por um único dia, queria esquecer, mesmo que por poucas horas. E você não quis que eu esquecesse. Nem mesmo parece satisfeito de eu ter finalmente deixado Carol.

Ernest ficou atordoado. Ele tinha deixado transparecer tanto assim? O que Marshal faria nesta situação? Que diabo, Marshal não estaria nesta situação!

— Você está? — perguntou Justin, insistente.

— Estou o quê? — Como um pugilista aturdido, Ernest deu um *clinch* no oponente enquanto desanuviava sua cabeça.

— Satisfeito com o que fiz?

— Você acha — Ernest saía pela tangente, tentando duramente regular a voz — que não estou satisfeito com o seu progresso?

— Satisfeito? Você não age como se estivesse.

— E quanto a *você*? — Ernest saiu de novo pela tangente. — *Você* está satisfeito?

Justin afrouxou e ignorou a tentativa de esquiva desta vez. Tudo tem um limite. Ele precisava de Ernest e abandonou a defensiva:

— Satisfeito? Sim. E apavorado. E decidido. E vacilando. Tudo misturado. O mais importante agora é eu nunca voltar atrás. Eu me libertei e o importante agora é ficar longe, ficar longe para sempre.

Durante o restante da sessão, Ernest tentou fazer emendas, apoiando e animando o paciente:

— Defenda seu terreno... Lembre por quanto tempo você ansiou por dar esse passo... Você agiu segundo os seus melhores interesses... Esta pode ser a coisa mais importante que você já fez.

— Devo voltar para discutir isso com Carol? Depois de nove anos, não devo isso a ela?

— Vamos fazer uma dramatização — sugeriu Ernest. — O que aconteceria se você voltasse agora para conversar?

— Confusão. Você sabe o que ela é capaz de fazer. Para mim. Para ela mesma.

Ernest não precisava ser lembrado. Um incidente que Justin tinha descrito um ano antes ainda estava fresco na memória. Vários sócios de Carol na firma de advocacia estavam vindo para um *brunch* de domingo e, de manhã cedo, Justin, Carol e os dois filhos tinham saído para fazer compras. Justin, que cuidava da cozinha, quis servir peixe defumado, *bagels* e *leo* (salmão defumado, ovos mexidos e cebolas). "Muito vulgar", Carol dissera. Não queria sequer ouvir falar disso, apesar de, como Justin lembrou a ela, metade dos sócios serem judeus. Justin decidiu tomar uma decisão firme e começou a virar o carro em direção à rotisseria. "Não, não se atreva, seu filho da puta!", gritou Carol, e deu uma guinada no volante para virar de volta. A luta no tráfego em movimento terminou quando ela bateu o carro contra uma motocicleta estacionada.

Carol era uma gata brava, uma leoa, uma louca que tiranizava através de sua irracionalidade. Ernest se lembrou de outra aventura com carro que Justin descrevera dois anos antes. Enquanto dirigiam numa quente noite de verão, ela e Justin tinham discutido sobre a escolha de um filme, ela a favor de *As bruxas de Eastwick*, ele a favor de *O exterminador do futuro II*. Ela ergueu a voz, mas Justin, que tinha sido incentivado por Ernest naquela semana a fazer valer seus direitos, se recusou a capitular. Finalmente, ela abriu a porta do carro, novamente em movimento, e disse: "Seu safado miserável, não vou gastar nem mais um minuto com você." Justin a agarrou, mas ela fincou as unhas no antebraço dele e, enquanto pulava do carro, abriu quatro violentos sulcos vermelhos na pele dele.

Uma vez fora do carro, que se movia a cerca de 25 quilômetros por hora, Carol cambaleou para a frente, dando três ou quatro passos aos trancos, e depois ficou socando a capota de um carro estacionado. Justin parou o carro e correu em direção a ela, abrindo caminho pela multidão que tinha se juntado. Ela se prostrou na rua, atordoada, mas serena, as meias rasgadas e ensanguentadas nos joelhos, arranhões nas mãos, cotovelos e bochechas, e um pulso obviamente fraturado. O restante da noite foi um pesadelo: a ambulância, o pronto-socorro, o humilhante interrogatório da polícia e da equipe médica.

Justin ficou seriamente abalado. Percebeu que, mesmo com a ajuda de Ernest, não conseguiria dar um lance maior que o de Carol. Nenhuma aposta era alta demais para ela. Aquele mergulho para fora do carro em movimento foi o evento que tinha despedaçado Justin para sempre. Ele não conseguia se opor à esposa, nem deixá-la. Ela era uma tirana, mas ele precisava de tirania. Mesmo uma única noite longe dela o deixava inteiramente ansioso. Sempre que Ernest lhe pedira, como um experimento mental, que imaginasse deixar o casamento, Justin ficava inteiramente aterrorizado. Romper sua ligação com Carol parecia inconcebível. Até Laura — 19 anos, bonita, engenhosa, atrevida, sem medo de tiranos — aparecer.

— O que você acha? — repetiu Justin. — Devo agir como um homem e tentar conversar com Carol sobre tudo isso?

Ernest refletiu sobre as suas opções. Justin precisava de uma mulher dominadora: estaria ele meramente trocando uma tirana pela outra? Será que, em poucos anos, este novo relacionamento iria se transformar no antigo? Ainda assim, as coisas tinham esfriado com Carol. Talvez, uma vez tendo conseguido se afastar dela, Justin pudesse se abrir, mesmo que por um breve período, ao trabalho terapêutico.

— Realmente preciso de algum conselho agora.

Ernest, assim como todos os terapeutas, detestava dar conselhos diretos. Era uma situação sem vencedores: se funcionasse, você teria infantilizado o paciente; se fracassasse, você pareceria um idiota. Mas, neste caso, ele não tinha escolha.

— Justin, não acho que, por ora, seja sensato encontrar-se com ela. Dê tempo ao tempo. Deixe que ela se aprume. Ou, talvez, tente se encontrar com ela com um terapeuta na sala. Eu me colocarei à disposição ou, melhor ainda, darei a você o nome de um terapeuta conjugal. Não estou dizendo aqueles que você já consultou. Sei que não funcionaram. Alguém novo.

Ernest sabia que seu conselho não seria aceito: Carol sempre sabotou a terapia de casal. Mas *conteúdo*, o conselho exato que ele deu, não era a questão. O que era importante neste ponto era o *processo*: o relacionamento por trás das palavras, ele oferecendo apoio a Justin, se expiando pela tentativa de saída pela tangente, voltando a dar integridade à sessão.

— E se você se sentir pressionado e precisar conversar antes da nossa próxima sessão, pode me telefonar — acrescentou.

Boa técnica. Justin pareceu se tranquilizar. Ernest recobrou seu prumo. Tinha salvado a sessão. Sabia que seu supervisor aprovaria sua técnica. Mas ele próprio não aprovou. Sentiu-se sujo. Contaminado. Não tinha sido honesto com Justin. Eles não tinham sido *verdadeiros* um com o outro. E era isso que ele valorizava em Seymour Trotter. Diga o que você quiser sobre ele — e Deus sabe que muita coisa foi dita —, mas Seymour sabia como ser *verdadeiro*. Ainda se lembrava da resposta de Seymour à sua pergunta sobre a técnica: *"Minha técnica é abandonar todas as técnicas. Minha técnica é dizer a verdade."*

Quando a sessão se encerrou, ocorreu algo fora do comum. Ernest sempre fizera questão de tocar fisicamente seus pacientes em todas as sessões. Ele e Justin costumeiramente se despediam com um aperto de mãos. Mas não este dia: Ernest abriu a porta e inclinou sombriamente a cabeça para Justin quando este saiu.

CAPÍTULO

2

ERA MEIA-NOITE, E Justin Astrid estava há menos de quatro horas fora da casa dela, quando Carol Astrid começou a excluí-lo de sua vida. Começou no chão do *closet*, com os cadarços de Justin e uma tesoura, e terminou quatro horas depois, no sótão, recortando o grande R vermelho do blusão de tênis de Justin, do Colégio Roosevelt. Nesse intervalo, ela foi de um quarto a outro, destruindo todas as roupas dele, os lençóis de flanela, chinelos de pele, a coleção de besouros na caixa de vidro, os diplomas do colégio e da faculdade, a videoteca de pornôs. As fotos do acampamento de verão, onde ele e seu co-conselheiro posaram com seu grupo de garotos de oito anos de idade, sua equipe de tênis do colegial, o baile do último ano do colégio com seu par com cara de cavalo, tudo foi inteiramente retalhado. Depois, Carol se voltou para o álbum de casamento. Com a ajuda de um estilete que o filho usava para aeromodelismo, em pouco tempo ela não deixou nenhum vestígio da presença de Justin em St. Marks, o lugar predileto dos casamentos episcopais elegantes de Chicago.

Enquanto se dedicava a isso, ela recortou os rostos dos sogros das fotos do casamento. Não fosse por eles e suas promessas vazias de muito, muito dinheiro, ela provavelmente nunca teria se casado com Justin. Seria mais fácil nevar no inferno do que eles voltarem a ver os netos. E também Jeb, o irmão dela. O que a foto dele ainda estava fazendo lá? Ela a retalhou. Não tinha nenhuma utilidade. E todas as fotos dos parentes de Justin, mesa após mesa de cretinos: gordos, sorrisos com dentes arreganhados, levantando as taças para fazer brindes estúpidos, virando seus pesados filhos para a câmera, arrastando os pés na pista de dança. Para o inferno com todos eles! Em pouco tempo, todos os vestígios de Justin e sua família ardiam em chamas na lareira. Agora, sua festa de casamento, bem como o casamento, tinha se transformado em cinzas.

Tudo o que sobrou no álbum foram fotos dela mesma, da mãe e de um punhado de amigos, inclusive suas sócias na firma de advocacia, Norma e Heather, a quem telefonaria pela manhã para pedir ajuda. Olhou fixamente para a foto da mãe, ansiando desesperadamente por sua ajuda. Mas a mãe se fora, 15 anos em seu túmulo. Na verdade, ela se fora muito antes disso. Quando o câncer de mama começou lentamente a colonizar seu corpo, a mãe tinha ficado paralisada de terror e, durante anos, Carol se tornara mãe de sua mãe. Carol rasgou as páginas com as fotos que queria, retalhou o álbum e também o lançou no fogo. Um minuto depois, pensou melhor — as capas brancas de plástico poderiam expelir gases tóxicos para os filhos gêmeos de oito anos. Ela tirou-as do fogo e levou até a garagem. Mais tarde, com outros entulhos, ela faria um pacote para devolver a Justin.

Em seguida, a escrivaninha de Justin. Carol estava com sorte: era o final do mês e Justin, que trabalhava como contador da cadeia de lojas de sapatos do pai, tinha trazido trabalho para casa. Todos os seus registros em papel — livros-razões e recibos da folha de pagamento — foram rapidamente vitimados pela tesoura. O material importante, Carol sabia, estava em seu laptop. Seu impulso foi destruí-lo com uma marretada, mas pensou melhor — poderia fazer uso de um computador de cinco mil dólares. Apagar os arquivos era a técnica certa. Ela tentou entrar nos documentos dele, mas Justin os tinha criptografado. Filho da puta paranoico! Mais tarde, conseguiria alguma ajuda. Enquanto isso, ela trancou o computador no seu baú de cedro e fez uma anotação mental de mandar trocar todas as fechaduras da casa.

Antes do amanhecer, ela caiu na cama depois de dar uma olhada nos gêmeos pela terceira vez. As camas estavam abarrotadas de bonecas e bichos de pelúcia. Respiração tranquila e profunda. Que sono inocente, tranquilo. Deus, ela os invejava. Ela dormiu intermitentemente por três horas até ser despertada por uma dor na mandíbula. Tinha rangido os dentes durante o sono. Colocando as mãos em concha sobre o rosto enquanto abria e fechava lentamente o maxilar, ela conseguia ouvir as crepitações.

Olhou para o outro lado da cama, o lugar vazio de Justin, e murmurou: "Seu filho da puta. Você não merece meus dentes!" Então, tremendo e segurando os joelhos, sentou-se na cama e se perguntou onde ele estaria. As lágrimas descendo pelo rosto e chegando até a camisola a sobressaltaram. Secou-as e cravou os olhos nas cintilantes pontas dos seus dedos. Carol era uma mulher de extraordinária energia e de ação rápida e decisiva. Nunca encontrara o alívio de olhar o seu interior e considerava moralmente fracos aqueles que o faziam, como Justin.

Mas não era possível fazer mais nada. Ela havia quebrado tudo o que sobrara de Justin e agora sentia-se tão pesada que mal conseguia se mover. Mas ainda conseguia respirar e, lembrando-se de alguns exercícios respiratórios das aulas de ioga, inspirou profundamente e soltou lentamente metade. Soltou então a metade do ar restante e novamente metade dessa metade do ar. Isso ajudou. Tentou outro exercício que sua professora tinha sugerido. Ela pensava em sua mente como um palco e sentava-se na plateia, assistindo desapaixonadamente ao desfile dos seus pensamentos. Nada veio, somente uma progressão de sentimentos dolorosos e incipientes. Mas como diferenciá-los e separá-los? Tudo parecia emaranhado.

Uma imagem flutuou em sua mente — o rosto de um homem que ela odiava, um homem cuja traição tinha deixado uma cicatriz nela para toda a vida: dr. Ralph Cooke, o psiquiatra que tinha consultado no serviço de saúde mental da faculdade. Um rosto rosado, redondo como a lua, encimado por cabelos louros ralos. Ela o tinha procurado no seu segundo ano por causa de Rusty, um garoto que namorava desde os 14 anos. Rusty tinha sido seu primeiro namorado e, nos quatro anos seguintes, lhe servira bem, permitindo que ela não passasse pelos inconvenientes de procurar por encontros e acompanhantes de bailes e, mais tarde, parceiros sexuais. Ela seguiu Rusty até a Universidade de Brown, matriculou-se em todos os cursos que ele fazia, mudou-se para um dormitório perto do dele. Mas talvez tivesse exagerado um pouco: no final, Rusty começou a sair com uma bela estudante franco-vietnamita.

Carol nunca sentira tamanha dor. No início, ela guardou tudo para si: chorava toda noite, recusava-se a comer, faltava às aulas, tomava anfetaminas. Mais tarde, a raiva emergiu com violência: depredou o quarto de Rusty, os pneus da bicicleta, caçou e assediou a nova namorada dele. Certa vez, seguiu os dois até um bar e jogou uma garrafa de cerveja neles.

No início, o dr. Cooke ajudou. Depois de ganhar sua confiança, ele a ajudou a externar sua perda. O motivo de sua dor ser tão intensa, explicou ele, era que a perda de Rusty deixou aberta uma grande ferida na vida dela: ser abandonada pelo pai. Seu pai era um "desaparecido woodstockiano"; quando ela estava com oito anos, ele foi ao Festival de Woodstock e nunca voltou. No início, houve alguns cartões de Natal vindos de Vancouver, Sri Lanka e São Francisco, mas, depois, ele interrompeu até mesmo esse contato. Ela se lembrava da mãe rasgando e queimando as fotos e roupas de seu pai. Depois disso, a mãe nunca mais falou dele. Dr. Cooke insistiu que a perda de Rusty extraía seu poder da deserção do pai. Carol resistiu, alegando que não tinha memórias positivas do pai. Talvez nenhuma memória *consciente*, respondeu dr. Cooke, mas não poderia haver um monte de episódios de sua criação esquecidos? E quanto ao pai dos seus desejos e sonhos, o pai amoroso que apoia e protege, que ela nunca teve? Ela choraria a morte desse pai, também, e o abandono de Rusty também tinha aberto a cripta dessa dor.

Dr. Cooke também a consolou, ajudando-a a assumir uma perspectiva diferente — avaliar a perda de Rusty na trajetória de sua vida inteira: tinha apenas 19 anos, as memórias de Rusty se desvaneceriam. Dali a poucos meses, ela raramente pensaria nele; em poucos anos, teria apenas uma vaga recordação de um belo e jovem rapaz chamado Rusty. Outros homens iriam aparecer.

De fato, outro homem *estava* aparecendo, pois o dr. Cooke, enquanto falava, avançava pouco a pouco a cadeira dele para mais perto. Ele garantiu a Carol que ela era uma mulher *muito* atraente, segurou-lhe a mão enquanto ela chorava, abraçou-a com carinho no final das sessões e lhe assegurou que uma mulher com a graça dela não teria nenhuma dificuldade em atrair outros homens. Ele falava por ele mesmo, disse, e acrescentou que se sentia atraído por ela. Dr. Cooke racionalizou suas ações com teoria: "O toque é necessário para sua cura, Carol. A perda de Rusty atiçou as brasas das primeiras perdas, pré-verbais, e a abordagem terapêutica deveria, também, ser não verbal. Não é possível falar com as memórias corporais desta espécie. Para serem aliviadas, elas precisam ser consoladas e embaladas fisicamente."

O consolo físico logo progrediu para consolo sexual, oferecido no triste e gasto tapete Kashan que separava as duas cadeiras. A partir de então, as sessões assumiram um ritual prescrito: alguns minutos de checagem dos eventos da semana dela, empáticos "tsc-tsc" do dr. Cooke (ela nunca o chamou pelo primeiro nome), depois uma exploração dos sintomas — pensamento obsessivo sobre Rusty, insônia, anorexia, dificuldade em se concentrar — e, então, finalmente, uma reiteração da interpretação dele de que a reação catastrófica dela a Rusty extraía a força da deserção do pai dela.

Ele era habilidoso. Carol sentia-se mais calma, tratada e agradecida. E, então, depois que se passava mais ou menos metade da sessão, dr. Cooke mudava das palavras à ação. Podia ser no contexto das fantasias sexuais de Carol: ele diria que era importante fazer com que algumas dessas fantasias se realizassem; ou, respondendo à raiva de Carol contra os homens, ele diria que o trabalho dele era provar que nem todos os homens eram safados; ou, quando Carol falava sobre se sentir feia e sem atrativos para os homens, ele diria que poderia provar pessoalmente que essa hipótese estava errada, que, de fato, Carol era muito atraente. Talvez pudesse se seguir ao choro de Carol, quando ele diria: "Pronto, pronto, é bom deixar extravasar, mas você precisa de um abraço."

Qualquer que fosse a transição, o restante da sessão era igual. Ele escorregava da cadeira, descia até o tapete persa puído, curvava o dedo para ela pedindo que o seguisse. Depois de abraçá-la e acariciá-la por poucos minutos, abria as mãos, uma camisinha de cor diferente em cada uma, e pedia que ela escolhesse. Talvez essa escolha o permitisse racionalizar que ela estava no controle do ato. Carol então abria a camisinha, deslizava-a pelo pênis ereto, da mesma cor de suas bochechas rosadas. Dr. Cooke sempre assumia uma posição passiva, deitando-se de costas e permitindo que Carol se deixasse penetrar por ele e controlasse o ritmo e a profundidade de sua dança sexual. Talvez isso também fosse para fomentar a ilusão de que ela estava no comando.

Essas sessões eram úteis? Carol achava que sim. Toda semana, por cinco meses, ela saía do consultório do dr. Cooke sentindo-se querida. E, exatamente como o dr. Cooke previra, os pensamentos de Rusty de fato desvaneceram da sua mente, uma sensação de calma retornou e ela voltou a assistir às aulas. Tudo parecia bem até que, um dia, depois de cerca de vinte dessas sessões, dr. Cooke a declarou curada. Seu trabalho estava terminado, ele lhe disse, e era hora de encerrar o tratamento.

Encerrar a terapia! A deserção dele a jogou de volta à estaca zero. Embora não considerasse o relacionamento entre eles permanente, ela nunca, nem por um momento, havia previsto que seria descartada desta maneira. Ela telefonava diariamente para o dr. Cooke. Cordial e gentil no início, ele foi ficando cada vez mais brusco e impaciente à medida que os telefonemas continuavam. Ele a lembrou que o serviço de saúde para estudantes só oferecia terapias curtas e a desestimulou a voltar a lhe telefonar. Carol estava convencida de que ele tinha encontrado outra paciente para tratar com afirmação sexual. Então, tudo tinha sido uma mentira: a preocupação dele, o cuidado com ela, e achá-la atraente. Tudo tinha sido manipulação, tudo tinha sido para o prazer dele, não para o benefício dela. Ela não sabia mais no que ou em quem acreditar.

As semanas seguintes foram um pesadelo. Ela queria desesperadamente o dr. Cooke e aguardava do lado de fora do consultório dele, esperando por um olhar, por uma migalha de sua atenção. Noites seguidas foram gastas telefonando para ele ou se esforçando para vê-lo por entre a cerca de ferro da sua enorme casa na Prospect Street. Mesmo agora, quase vinte anos depois, ainda conseguia sentir as frias barras de ferro torcidas contra suas bochechas enquanto via as silhuetas dele e de sua família, andando de um cômodo a outro. Em pouco tempo, sua mágoa se transformou em raiva e em pensamentos de vingança. Ela fora estuprada pelo dr. Cooke — um estupro não violento, mas ainda assim um estupro. Ela recorreu à ajuda de uma professora assistente, que a aconselhou a desistir. "Você não tem uma boa causa", ela lhe disse; "ninguém levará você a sério. E mesmo que levem, pense na humilhação: ter que descrever o estupro, em particular sua participação nele, e por que você voltava de livre vontade para outros estupros, semana após semana."

Isso tinha acontecido 15 anos antes. Foi então que Carol decidiu se tornar advogada.

No seu último ano, Carol se sobressaiu em ciência política e seu professor concordou em escrever para ela uma excelente carta de recomendação para a escola de direito, mas insinuou fortemente que, em troca, esperava favores sexuais. Carol mal pôde controlar sua raiva. Vendo--se novamente em um estado de desamparo e depressão, buscou a ajuda do dr. Zweizung, um psicólogo com consultório particular. Nas primeiras duas sessões, dr. Zweizung foi prestativo, mas, então, assumiu uma ameaçadora semelhança com dr. Cooke, quando moveu a cadeira mais para perto e insistiu em falar sobre o quanto ela era muitíssimo atraente. Desta vez, Carol sabia o que fazer e saiu indignada do consultório, gritando a plenos pulmões: "Seu porco desprezível!" Foi a última vez que Carol procurou ajuda.

Ela balançou a cabeça vigorosamente, como se para expulsar as imagens. Por que pensar nesses cretinos agora? Especialmente naquele merdinha, Ralph Cooke? Era porque ela estava tentando separar os sentimentos emaranhados. Ralph Cooke tinha lhe dado uma coisa boa — uma mnemônica para ajudar a identificar os sentimentos, começando com os quatro sentimentos principais: ruim, furioso, alegre e triste.* Tinha sido útil mais de uma vez.

Ela colocou um travesseiro para apoiar as costas e se concentrou. "Alegre" ela poderia eliminar imediatamente. Muito tempo havia passado desde a última vez em que se sentira alegre. Voltou-se aos outros três. "Furioso" — esse era fácil; ela conhecia a fúria: era onde ela vivia. Cerrou os punhos e sentiu clara e nitidamente a raiva aumentando vertiginosamente dentro dela. Simples. Natural. Estendeu o braço, socou o travesseiro de Justin e falou entre os dentes: "Safado, safado, safado! Onde diabo você passou a noite?"

E Carol conhecia "triste" também. Não bem, não vividamente, mas como uma vaga e sombria companhia. Hoje ela percebeu nitidamente a antiga presença pela atual ausência. Durante meses, ela odiara as manhãs: seu despertar sofrido enquanto pensava sobre a programação do dia, o nervosismo, o estômago revolto, as juntas rígidas. Se aquilo era "tristeza", tinha se desvanecido hoje; sentiu-se diferente esta manhã, energizada, eriçada. E furiosa!

"Ruim"? Carol não sabia muito sobre "ruim". Justin frequentemente falava de "ruim" e apontava para o peito, onde sentia a opressiva pressão da culpa e da ansiedade. Mas ela tivera pouca experiência com "ruim" — e pouca tolerância para aqueles que, como Justin, se queixavam disso.

O quarto ainda estava escuro. Indo em direção ao banheiro, Carol tropeçou num monte macio. Um toque no interruptor a fez lembrar do massacre das roupas na noite anterior. Retalhos das gravatas e pernas das calças de Justin estavam espalhados pelo quarto inteiro. Ela enfiou o dedão do pé num pequeno monte de calça retalhada e chutou-o para o alto. Isso lhe pareceu certo. Mas as gravatas. Foi estupidez tê-las retalhado. Justin tinha cinco gravatas que guardava como um tesouro — sua coleção de arte, ele as chamava —, penduradas separadamente num estojo de camurça com zíper que ela lhe dera de aniversário. Ele raramente usava uma gravata da sua coleção de arte, somente para ocasiões

---

* No original inglês: bad, mad, glad, sad. (N. da T.)

muito especiais e, portanto, elas duravam muitos anos. Tinha comprado duas delas antes de eles terem se casado, havia nove anos. Na noite anterior, Carol havia destruído todas as gravatas do dia a dia e, então, tinha passado às gravatas da coleção de arte. Mas, depois de picar duas delas, parou e olhou atentamente para a favorita do Justin: um refinado desenho japonês, organizado em torno de uma ousada e gloriosa florescência em camadas de verde-floresta. *Isto é estúpido!*, pensou ela. Deve existir algo mais doloroso, mais potente, que ela pudesse fazer com essas gravatas. Ela a colocou, bem como as duas restantes, em cima do computador, trancadas no seu baú de cedro.

Ela ligou para Norma e Heather e lhes pediu que viessem naquela noite para uma reunião de emergência. Embora as três não saíssem regularmente — Carol não tinha amigas íntimas —, elas se consideravam um conselho de guerra permanente e frequentemente se reuniam em época de grande necessidade, em geral alguma crise de discriminação sexual na firma de advocacia de Kaplan, Jarndyce e Tuttle, onde todas trabalhavam nos últimos oito anos.

Norma e Heather chegaram depois do jantar e as três se reuniram na sala de estar, com vigas aparentes e cadeiras Neanderthal feitas de pranchas maciças de madeira vermelha e cobertas com espessas peles de animais. Carol acendeu a lareira com toras de eucalipto e pinheiro, e pediu a Norma e a Heather que se servissem de vinho ou cerveja da geladeira. Carol estava tão agitada que derramou a espuma da cerveja na manga da blusa ao abrir sua lata. Heather, grávida de sete meses, levantou-se num pulo, correu até a cozinha, voltou com um pano úmido e limpou o braço de Carol, que se sentou ao lado da lareira, tentando secar o suéter, e descreveu os detalhes da partida de Justin.

— Carol, é uma bênção. Pense nisso como um *mitzvah* — disse Norma, enquanto se servia de um pouco de vinho branco. Norma era pequena, intensa, com franjas pretas emoldurando um rosto de proporções perfeitas. Embora sua ascendência fosse puramente católica irlandesa, pois era filha de um policial irlandês do sul de Boston, o marido tinha lhe ensinado as expressões em iídiche para cada ocasião. — Justin tem sido um grande peso nas suas costas desde que a conhecemos.

Heather, uma sueca de rosto longo e seios enormes, que engordara mais de 18 quilos com a gravidez, concordou:

— É isso mesmo, Carol. Ele se foi. Você está livre. A casa é sua. Não há tempo para desespero; é hora de trocar as fechaduras. Cuidado com a manga, Carol! Estou sentindo cheiro de queimado.

Carol se afastou da lareira e se afundou numa das cadeiras revestidas de pele.

Norma tomou um grande gole de vinho.

— *L'chaim*, Carol. À libertação. Sei que você está em choque agora, mas, lembre-se: *era isso que você queria*. Em todos os anos que a conheço, não consigo lembrar de uma palavra positiva vinda de você, nem uma única, sobre Justin ou seu casamento.

Carol, que tinha tirado os sapatos e estava sentada abraçando os joelhos, permaneceu em silêncio. Ela era magra e tinha um longo e gracioso pescoço, cabelos pretos encaracolados e curtos, maçãs do rosto e maxilares pronunciados e olhos que inflamavam como brasas incandescentes. Usava uma calça Levi's preta justa e um suéter largo de tricô em cordões torcidos, com um capuz enorme.

Norma e Heather procuraram o tom certo. Continuaram a falar, parando e trocando olhares frequentemente, em busca de orientação.

— Carol — disse Norma, esfregando as costas da amiga —, pense desta maneira: você ficou curada da peste. Aleluia!

Mas Carol se encolheu com o toque de Norma e apertou ainda mais os joelhos.

— Sim, sim. Sei disso. Sei de tudo isso. Isso não ajuda. Sei o que Justin é. Sei que ele desperdiçou nove anos da minha vida. Mas ele não vai sair impune.

— Sair impune *do quê?* — perguntou Heather. — Não se esqueça: você quer ele fora. Não o *quer* de volta. Isso que aconteceu é uma coisa *boa*.

— Não é essa a questão.

— Você acabou de extrair um furúnculo. Quer o pus de volta? Deixe isso para lá — sugeriu Norma.

— Não é essa a questão também.

— Qual *é* a questão?

— Vingança é a questão!

Heather e Norma falaram ao mesmo tempo, uma encobrindo a voz da outra:

— O quê?! Ele não vale o tempo perdido! Ele se foi, deixe-o assim. Não deixe que continue a controlar a sua vida.

Nesse momento, Jimmy, um dos gêmeos, chamou Carol. Ela se levantou para ir até ele, murmurando:

— Adoro meus filhos, mas quando penso em ficar de prontidão 24 horas por dia nos próximos dez anos... Deus do céu!

Norma e Heather sentiram um certo incômodo com a ausência da dona da casa. Melhor, cada uma pensou, evitar conversas conspiratórias. Norma colocou mais uma tora pequena de eucalipto na lareira e ambas ficaram olhando-a crepitar até que Carol voltasse. Ela retomou imediatamente:

— É claro que não o deixarei voltar. Vocês ainda não entenderam a questão. Estou contente que ele tenha ido embora. Não o aceitaria de volta. Mas quero que ele pague por ter me deixado dessa maneira.

Heather conhecia Carol desde a faculdade e estava acostumada aos seus modos antagônicos.

— Vamos tentar entender — disse ela. — Quero chegar ao cerne da questão. Você está furiosa porque Justin foi embora? Ou está apenas furiosa com a ideia de ele ter ido embora?

Antes que Carol respondesse, Norma acrescentou:

— É mais provável que você esteja furiosa com você mesma por não ter mandado ele embora!

Carol balançou a cabeça.

— Norma, você sabe a resposta para isso. Durante anos, ele tentou fazer com que eu o mandasse embora porque era fraco demais para me deixar, fraco demais para suportar a culpa de separar a família. Eu não daria a ele essa satisfação.

— Então — perguntou Norma —, você está dizendo que manteve o casamento só para puni-lo?

Carol balançou a cabeça, irritada.

— Jurei há muito, muito tempo, que nunca mais nenhum homem iria me abandonar. *Eu* é que lhe diria quando podia ir embora. Eu decido isso! Justin não foi embora. Ele não tem coragem: ele foi levado ou incentivado por alguém. E quero descobrir quem é ela. Um mês atrás, minha secretária me disse que o viu no Yank Sing comendo alegremente um *dim sum* com uma garota bem jovem, de uns 18 anos. Sabem o que me deixou mais furiosa? O *dim sum*! Adoro *dim sum*, mas ele não me levou nem uma vez para comer *dim sum*. Comigo, o canalha tem tremores e dores de cabeça causados por glutamato sempre que vê um mapa da China.

— Você perguntou a ele sobre a mulher? — quis saber Heather.

— Claro que perguntei! O que você acha? Que eu deixaria passar? Ele mentiu. Disse que era uma cliente. Na noite seguinte, acertei as contas ficando com um cara qualquer no bar do Sheraton. Tinha esquecido inteiramente a mulher do *dim sum*. Mas vou descobrir quem ela é. Posso imaginar. Provavelmente alguém que trabalha para ele. Uma pobre coitada. Alguém estúpida ou míope o suficiente para adorar aquele pauzinho dele! Ele não teria coragem de se aproximar de uma mulher de verdade. Eu vou encontrá-la.

— Carol — disse Heather —, você sabe que Justin arruinou sua carreira jurídica. Quantas vezes ouvi você dizer que o medo dele de ficar sozinho em casa sabotou toda a sua carreira? Lembra da oferta da Chipman, Bremer and Robey que você rejeitou?

— Se eu lembro? Claro que sim! Ele *realmente* arruinou minha carreira! Vocês sabem das ofertas que recebi quando me formei. Poderia ter feito qualquer coisa. Aquele cargo era uma oportunidade dos sonhos, mas *tive* que recusar. Quem já ouviu falar de alguém em direito internacional que não pudesse viajar? Eu devia ter contratado uma maldita babá. E depois vieram os gêmeos e eles foram os pregos no caixão da minha carreira. Se eu tivesse ido para a C, B and R dez anos atrás, eu seria sócia a essa altura. Veja aquela nerd, Marsha. Ela conseguiu. Vocês acham que eu não teria conseguido ser sócia? Claro que sim, agora eu já seria sócia.

— Mas — disse Heather — é aí que eu quero chegar! A fraqueza dele controlou sua vida. Gaste seu tempo e sua energia planejando uma vingança e ele continuará a controlá-la.

— Heather tem razão — interferiu Norma. — Agora, você tem uma segunda chance. Siga em frente!

— Siga em frente — repetiu Carol. — Fácil de dizer. Não tão simples de fazer. Ele sugou nove anos da minha vida! Fui estúpida o bastante para acreditar em promessas para o futuro. Quando nos casamos, o pai dele estava doente e prestes a transferir a rede de lojas de calçados para ele, avaliada em milhões. Agora já se passaram nove anos e aquele maldito velho está mais saudável do que nunca! Nem mesmo se aposentou. E Justin ainda está trabalhando por migalhas como contador do papai. Adivinha o que vou ganhar quando o pai dele bater as botas? Depois de todos estes anos de espera? Como uma ex-nora? Nada! Absolutamente nada.

Ela prosseguiu:

— "Siga em frente", vocês dizem. Simplesmente não dá para seguir em frente depois de nove anos. — Carol jogou uma almofada no chão com raiva, levantou-se e começou a andar de um lado para o outro. — Dei tudo a ele, eu o vesti, o inútil, ele nunca conseguiu comprar sozinho as cuecas, ou as meias! As meias pretas que ele usa, eu tive de comprá-las, porque as que ele comprou não eram macias e ficavam sempre escorregando. Fui uma mãe para ele, uma esposa, sacrifiquei-me por ele. Desisti de outros homens por ele. Fico louca só de pensar nos homens que eu poderia ter tido. E, agora, uma cabeça de vento qualquer dá um puxãozinho no cabresto e ele simplesmente dá no pé.

— Você tem certeza? — perguntou Heather, virando a cadeira para ficar de frente para Carol. — Quero dizer, sobre a mulher. Ele disse alguma coisa nesse sentido?

— Tenho certeza. Conheço esse estúpido. Seria possível ele ter ido embora por conta própria? Aposto mil dólares que ele já foi morar com alguém... na noite passada.

Ninguém aceitou a aposta. Carol geralmente ganhava suas apostas. E, se perdesse, não valia a pena. Ela era uma péssima perdedora.

— Sabe — disse Norma, também virando a cadeira —, quando meu primeiro marido me deixou, fiquei apavorada por seis meses. Ainda estaria se não fosse a terapia. Consultei um psiquiatra, dr. Seth Pande, de São Francisco, um analista. Ele foi incrível para mim, mas, então, conheci Shelly. Éramos ótimos juntos, especialmente na cama, mas Shelly tinha um problema com jogos e pedi que ele fosse tratar seu vício com o dr. Pande antes de nos casarmos. Pande foi maravilhoso. Mudou Shelly completamente. Ele costumava apostar o salário inteiro em qualquer coisa que se movesse: cavalos, galgos, futebol. Agora se satisfaz com um pouco de pôquer. Shelly põe a mão no fogo por Pande. Deixe-me dar o número dele para você.

— Não! Pelo amor de Deus, não! Um psiquiatra é a última coisa de que preciso — exclamou Carol, enquanto se levantava e andava atrás delas. — Sei que você está tentando ajudar, Norma, vocês duas, mas, acredite em mim, isso não ajuda. E terapia não ajuda. E, de qualquer maneira, o quanto ele ajudou você e Shelly? Conte sua história direito; quantas vezes você nos contou que Shelly é um peso? Que ele está jogando tanto quanto antes? Que você precisa manter uma conta separada no banco para impedir que ele a assalte?

Carol ficava impaciente sempre que Norma elogiava Shelly. Ela conhecia muito bem a personalidade do marido da amiga e suas façanhas sexuais: foi com *ele* que ela acertou as contas do *dim sum*. Mas ela era boa em guardar segredos.

— Confesso que não foi uma cura permanente — revelou Norma —, mas Pande ajudou. Shelly sossegou por anos. Só depois de ser demitido que alguns dos velhos hábitos voltaram. As coisas ficam bem quando ele consegue trabalho. Mas, Carol, por que você é tão dura com os terapeutas?

— Algum dia vou lhe contar sobre a minha lista maldita de terapeutas. Uma coisa que aprendi de minha experiência com eles: não engula sua raiva. Acredite, é o único erro que jamais voltarei a cometer.

Carol sentou-se e olhou para Norma.

— Quando o Melvin partiu, talvez você ainda o amasse, estivesse confusa, o quisesse de volta ou sua autoestima estivesse ferida. Pode ser que seu analista tenha ajudado com isso. Mas isso era *você*. E não é onde eu estou. Não estou confusa. Justin me roubou quase dez anos, minha melhor década, minha década de sucesso ou fracasso total na profissão. Ele entregou os gêmeos para mim, deixou que eu o sustentasse, lamentava-se dia e noite sobre seu empreguinho de contador de um tostão para o papai, gastou uma fortuna do nosso dinheiro, *meu* dinheiro, no seu maldito analista. Eram três, às vezes quatro sessões por semana, dá para acreditar? E agora, quando lhe dá vontade, ele simplesmente vai embora. Diga-me, estou exagerando?

— Bem — começou Heather —, talvez haja uma outra maneira de encarar...

— Acredite em mim — interrompeu Carol —, não estou confusa. Tenho a maldita certeza de que não o amo. E não o quero de volta. Não, não é verdade. *Realmente* quero-o de volta... para que eu possa lhe dar um chute no traseiro! Sei exatamente onde estou e o que realmente quero. Quero *machucá-lo*, e àquela cabeça de vento, também, quando eu a encontrar. Querem me ajudar? Digam-me como magoá-lo. Magoá-lo de verdade.

Norma apanhou um velho boneco de pano que estava ao lado do baú de madeira (Alice e Jimmy, os gêmeos de Carol, agora com oito anos, já tinham deixado de lado a maioria dos seus bonecos) e colocou-o na cornija da lareira, dizendo:

— Alguém tem uma agulha?

— Agora estamos nos entendendo — disse Carol.

Elas trocaram ideias por horas. Primeiro, foi o dinheiro, o velho e bom remédio: fazê-lo pagar. Endividá-lo pelo resto da vida, tirar o traseiro dele daquele BMW e aqueles ternos e gravatas italianos. Arruiná-lo, mexer nas contas comerciais dele e fazer o pai ser preso por sonegação fiscal, cancelar o seguro do carro e seu plano de saúde.

— Cancelar o plano de saúde. Hum, isso é interessante. O plano paga apenas trinta por centro dos honorários do psiquiatra, mas é alguma coisa. O que eu não daria para cortar inteiramente as consultas dele com o psiquiatra... Isso o deixaria desesperado. Seria um chute no saco! Ele sempre diz que Lash é seu melhor amigo. Gostaria que ele visse o quanto Lash é um bom amigo se Justin não puder pagar seus honorários!

Mas tudo isso era encenação: estas mulheres eram profissionais e cultas; todas sabiam que o dinheiro seria parte do problema, não parte da vingança. Finalmente, ocorreu a Heather, uma advogada especializada em divórcios, lembrar gentilmente a Carol que ela ganhava muito mais que Justin e que, sem dúvida, qualquer acordo de divórcio na Califórnia exigiria que ela pagasse pensão *a ele*. E, é claro, ela própria não poderia reivindicar os milhões que ele acabaria herdando. A triste verdade era que qualquer esquema que elas inventassem para arruinar Justin financeiramente só faria com que Carol tivesse de dar mais dinheiro a ele.

— Você sabe, Carol — disse Norma —, que não está sozinha nisso; posso enfrentar o mesmo problema muito em breve. Deixe-me falar francamente sobre Shelly. Já faz seis meses desde que ele perdeu o emprego: eu *realmente* sinto que ele é um fardo. É bem ruim ele não estar se matando para encontrar um novo emprego, mas você está certa: ele *está* jogando de novo; o dinheiro está desaparecendo. Ele está me consumindo aos poucos. E toda vez que o confronto, ele tem alguma desculpa. Deus sabe o que ele está perdendo; tenho medo de fazer um inventário dos nossos bens. Gostaria de poder dar um ultimato: procure um emprego e nada de jogo, ou este casamento está terminado. Eu deveria. Mas simplesmente não consigo. Cristo, gostaria que ele colocasse alguma ordem na sua vida.

— Talvez — disse Heather — seja porque você gosta dele. Não é segredo nenhum. Ele é divertido e bonito. Você diz que é um grande amante. Todo mundo diz que ele parece um Sean Connery jovem.

— Não nego. Ele é ótimo na cama. O melhor! Porém, caro. Mas um divórcio é mais caro ainda. Custará muito: imagino que terei de pagar mais pensão a ele do que o tanto que ele está perdendo no pôquer. E há uma grande chance. Houve um precedente no Tribunal do Condado de Sonoma, no mês passado, de que minha sociedade na firma, a sua, também, Carol, seja considerada um bem conjunto tangível, e muito valioso.

— Você está numa situação diferente, Norma. Você está conseguindo *alguma coisa* do casamento. Pelo menos você gosta do seu marido. De minha parte, desisto do meu emprego, mudo para outro estado, antes de pagar pensão àquele vagabundo.

— Desistir da sua casa, desistir de São Francisco, desistir de nós, de mim e da Heather, e depois começar a trabalhar em Boise, Idaho, em cima de uma lavanderia? — perguntou Norma. — Bela ideia! Isto ensinará a ele!

Carol arremessou com raiva um punhado de gravetos no fogo e olhou atentamente as chamas flamejarem.

— Estou me sentido pior. Esta conversa está fazendo eu me sentir pior. Vocês, garotas, não entendem, não têm a menor ideia do quanto estou falando sério. Especialmente você, Heather, explicando calmamente as questões técnicas da lei do divórcio, e passei o dia todo pensando em assassinos de aluguel. Existe um monte deles por aí. E de quanto dinheiro estamos falando? Vinte, 25 mil? Eu tenho. Tenho essa quantia no exterior, que não pode ser rastreada! Não consigo imaginar um dinheiro mais bem gasto. Se eu gostaria de vê-lo morto? Pode apostar!

Heather e Norma Ficaram em silêncio. Evitaram fazer contato visual entre elas e com Carol, que estudava seus rostos.

— Estou chocando vocês?

As amigas balançaram a cabeça. Negaram o choque, mas, internamente, ficaram preocupadas. Foi demais para Heather, que se levantou, se esticou, foi até a cozinha por alguns minutos e voltou com uma porção de sorvete de cereja e três colheres. As outras recusaram a oferta, e ela começou a atacar o sorvete sozinha, separando metodicamente as cerejas.

Carol agarrou de repente uma colher e se serviu.

— Vem cá, deixa eu comer algumas antes que seja tarde demais. Odeio quando você faz isso, Heather. As cerejas são a única coisa boa.

Norma foi até a cozinha para pegar mais vinho, fingindo alegria e erguendo a taça:

— Aos seus assassinos de aluguel. Beberei a isso! Eu devia ter pensado nisso quando Williams votou contra eu ser sócia.

Ela bebeu um gole.

— Ou, se não assassinato — continuou —, que tal uma grande surra? Tenho um cliente siciliano que oferece uma especial: surra de corrente de pneu por cinco mil.

— Correntes de pneu por cinco mil? Soa atraente. Você confia nesse cara? — perguntou Carol.

Norma captou um olhar de desaprovação de Heather.

— Vi esse olhar — disse Carol. — O que está acontecendo?

— Precisamos manter o equilíbrio — sugeriu Heather. — Norma, não acho que você esteja ajudando, alimentando a raiva de Carol, mesmo de brincadeira. Se for uma brincadeira. Carol, pense se o momento é oportuno. Qualquer coisa ilegal, *qualquer coisa*, que aconteça a Justin nos próximos meses vai implicar você. Automaticamente. Seus motivos, seu gênio...

— Meu o quê?

— Bem, coloquemos desta maneira — continuou Heather —, sua propensão a um comportamento impulsivo torna você...

Carol sacudiu violentamente a cabeça e desviou o olhar.

— Carol, sejamos objetivas. Você tem o pavio curto: você sabe, nós sabemos, é uma questão de conhecimento público. O advogado de Justin não teria nenhuma dificuldade em provar isso no tribunal.

Carol não respondeu. Heather continuou:

— O que quis dizer é que você ficaria muito exposta e, se chegar a ser investigada pelo Comitê de Vigilância, você terá grandes chances de ser expulsa da Ordem dos Advogados.

Novamente o silêncio. O fogo crepitou e as toras rolaram ruidosamente em novas posições instáveis. Ninguém se levantou para atiçar o fogo nem colocar mais madeira.

Norma segurou corajosamente o boneco de pano.

— Agulhas? Alguém se habilita? Agulhas seguras, legais?

— Alguém conhece algum bom livro sobre vingança? — perguntou Carol. — Um livro prático do tipo "como fazer"?

Heather e Norma balançaram a cabeça.

— Bem, há um mercado então. Talvez eu devesse escrever um, com receitas testadas pessoalmente.

— Dessa maneira, o preço do assassino poderia ser lançado como uma despesa comercial — comentou Norma.

— Li certa vez uma biografia do D.H. Lawrence — disse Heather —, e lembro-me vagamente de uma história macabra sobre sua viúva, Frieda, que ignorou seus últimos desejos e mandou cremá-lo e depois espalhou as cinzas num bloco de cimento.

Carol assentiu num gesto de aprovação.

— O espírito livre de Lawrence aprisionado para sempre em cimento. *Chapeau*, Frieda! É isso que chamo de vingança! Vingança criativa!

Heather olhou seu relógio.

— Sejamos práticas, Carol, existem meios seguros e legais para punir Justin. O que ele ama? Com que se importa? É *esse* nosso ponto de partida.

— Não tem muita coisa — respondeu Carol. — É esse o problema. Ah, suas comodidades, suas roupas... ele adora suas roupas. Mas não preciso de sua ajuda para retalhar o guarda-roupa dele. Já cuidei disso, mas não acho que vá afetá-lo. Ele irá simplesmente fazer compras com o meu dinheiro e uma nova mulher, que escolherá um novo guarda-roupa de acordo com o gosto dela. Eu devia ter feito alguma outra coisa com as roupas, como enviá-las ao seu pior inimigo. O problema é que ele é nerd demais para ter inimigos. Ou dar para o próximo homem da minha vida. Se houver um próximo homem. Poupei as gravatas favoritas dele. E, se ele tivesse um chefe, eu dormiria com o chefe e lhe daria as gravatas.

"O que mais ele ama? Talvez seu BMW, não as crianças. Ele é incrivelmente indiferente aos filhos. Negar-lhe o direito a visitas seria um favor, não uma punição. Naturalmente, farei a cabeça delas contra ele. Nem precisava dizer. Mas não acho que ele notará. Eu poderia inventar algumas acusações de abuso sexual, mas as crianças são muito velhas para lavagem cerebral. Além do mais, isso tornaria impossível ele cuidar delas e me dar uma folga."

— O que mais? — perguntou Norma. — Deve haver alguma coisa.

— Não muito! Este é o homem mais egocêntrico que existe. Ah, tem o raquetebol, duas, três vezes por semana. Pensei em serrar as raquetes pela metade, mas ele as guarda no ginásio. Ele pode ter conhecido a mulher no ginásio, talvez uma das líderes da aula de aeróbica. E com todo aquele exercício, ele ainda é um porco. Acho que é a cerveja. Ah, sim, ele adora suas cervejas.

— E pessoas? — perguntou Norma. — Tem que haver pessoas!

— Cerca de cinquenta por cento desta conversa é ficar sentada e reclamar. Qual o termo iídiche que você usa, Norma?

— *Kvetch!*

— Isso aí, sentar e *kvetch* sobre a falta de amigos. Ele não tem amigos íntimos, exceto, claro, a garota do *dim sum*. Ela é a melhor aposta para chegar até ele.

— Se ela for tão má quanto você imagina — disse Heather —, poderia ser melhor não fazer nada, deixá-los inteiramente emaranhados. Será tipo *Sem saída:* eles criarão seu próprio inferno pessoal.

— Você ainda não entendeu, Heather. Não quero simplesmente que ele seja infeliz. *Quero que ele saiba que fui eu.*

— Então — disse Norma —, já decidimos qual o primeiro passo: descobrir quem é ela.

Carol assentiu.

— Certo! E, depois, vou encontrar um meio de pegá-lo através dela. Vou matar dois coelhos com uma cajadada só. Heather, você conhece um detetive particular que já tenha contratado em casos de divórcio?

MENTIRAS NO DIVÃ

— Fácil: Bat Thomas. Ele é ótimo. Vai seguir Justin e a identificará em 24 horas.

— E Bat é bonito, também — acrescentou Norma. — Pode até lhe oferecer alguma afirmação sexual... sem taxa extra.

— Vinte e quatro horas? — respondeu Carol. — Ele conseguiria o nome em uma hora se colocasse uma escuta no divã do psiquiatra de Justin. Ele provavelmente fala dela o tempo todo.

— O psiquiatra de Justin... — comentou Norma. — Veja só, é curioso como não demos atenção ao psiquiatra de Justin. Há quanto tempo você disse que Justin o consulta?

— Cinco anos!

— Cinco anos, três vezes por semana. Vejamos... com as férias, isso significa cerca de 140 horas por ano... multiplicado por cinco, isso totaliza cerca de setecentas horas.

— *Setecentas horas!* — exclamou Heather. — Que diabo eles ficaram conversando por mais ou menos setecentas horas?

— Posso imaginar — disse Norma — o que eles estiveram discutindo ultimamente.

Nos últimos minutos, numa tentativa de esconder a irritação com Heather e Norma, Carol tinha baixado tanto o capuz do suéter que apenas os olhos estavam visíveis. Assim como acontecera tantas vezes antes, ela se sentiu mais sozinha do que nunca. Isto não a surpreendeu. Muitas vezes, as amigas percorriam parte do caminho com ela, muitas vezes prometiam lealdade; ainda assim, no fim, elas sempre entendiam errado.

Não foi a menção ao psiquiatra de Justin que chamou sua atenção. Agora, como uma tartaruga emergindo do casco, ela lentamente esticou a cabeça.

— O que você quer dizer? O que eles *vinham* discutindo?

— A grande partida, é claro. O que mais? — disse Norma. — Você parece surpresa, Carol.

— Não! Quer dizer, sim. Sei que Justin *tinha* que estar falando sobre mim com o psiquiatra. Engraçado como não pensei nisso. Talvez eu tenha que esquecer. Me dá arrepios pensar que eu estava sob escuta permanente, pensar em Justin contando ao psiquiatra sobre cada conversa nossa. Mas é claro! É claro! Aqueles dois planejaram cada passo juntos. Eu te disse! Disse que Justin nunca conseguiria ir embora por conta própria.

— Ele alguma vez contou sobre o que conversavam? — perguntou Norma.

— Nunca! Lash aconselhou-o a não me contar, disse que eu era controladora demais e ele precisava de um santuário particular onde eu não pudesse entrar. Parei de perguntar há muito tempo. Mas houve uma época, dois ou três anos atrás, em que ele estava de implicância com o psiquiatra e falou mal dele por umas semanas. Disse que Lash estava louco por insistir em uma separação conjugal. Na época, não sei por que, talvez porque Justin é tão obviamente patético, pensei que Lash estivesse do meu lado, talvez tentando mostrar a Justin que, se ele ficasse longe de mim, perceberia o quanto realmente recebia de mim. Mas, agora, vejo tudo de uma maneira diferente. Droga, tive um espião na minha casa durante anos!

— Cinco anos — disse Heather. — É muito tempo. Não conheço ninguém que tenha feito terapia por tanto tempo. Por que cinco anos?

— Você não conhece a indústria da terapia — replicou Carol. — Alguns psiquiatras manterão você para sempre. E, ah sim, não contei que são cinco anos com este terapeuta. Houve outros antes dele. Justin sempre teve problemas: indeciso, obcecado, tinha que checar tudo vinte vezes. Saímos de casa e ele vai e volta até a porta para ver se a trancou. Quando ele chega até o carro, esquece se checou e sai do carro e volta de novo. Pobre idiota! Pode imaginar um contador assim? É uma piada. Ele era dependente de remédios. Não conseguia dormir sem eles, voar sem eles, encontrar com um auditor sem eles.

— Ainda? — perguntou Heather.

— Ele trocou o vício em remédios pelo vício em terapia. Lash é o seu mamilo. Encontrá-lo três vezes por semana não é o suficiente: Justin não consegue passar a semana sem telefonar para Lash. Alguém o critica no trabalho, cinco minutos depois ele está se lamentando sobre isso pelo telefone com o psiquiatra. É revoltante.

— É revoltante também — disse Heather — pensar no médico explorando essa espécie de dependência. Ótimo para a conta bancária do psiquiatra. Que motivação ele tem para ajudar um paciente a agir por conta própria? Existe um ângulo de má conduta profissional?

— Heather, você não está ouvindo. Eu disse que a indústria considera cinco anos normal. Algumas análises continuam por oito, nove anos, quatro ou cinco vezes por semana. E você já tentou fazer um desses caras testemunhar contra o outro? É um clube fechado.

— Veja — disse Norma —, acho que estamos progredindo. — Ela pegou um segundo boneco, colocou-o ao lado do outro na cornija da lareira e passou um cordão ao redor dos dois. — São gêmeos siameses. Pegue um, e pegaremos o outro. Machuque o médico, e machucaremos Justin.

— Não exatamente — afirmou Carol, seu esguio pescoço agora totalmente fora do capuz, a voz dura e impaciente. — Só machucar Lash não faria nada. Poderia até aproximá-los mais. Não, o verdadeiro alvo é o relacionamento: se destruir *isso*, atingirei Justin.

— Você já se encontrou com Lash, Carol? — perguntou Heather.

— Não. Várias vezes Justin me disse que ele queria que eu o acompanhasse em uma das sessões, mas eu tenho um bloqueio com psiquiatras. Certa vez, há cerca de um ano, a curiosidade foi maior e fui a uma de suas palestras. Um reacionário arrogante. Lembro-me de pensar em como eu gostaria de jogar uma bomba embaixo do divã dele ou de dar um soco naquele rosto hipócrita. Isto ajustaria algumas contas. As velhas e as novas.

Enquanto Heather e Norma quebravam a cabeça sobre como apanhar um psiquiatra, Carol ficou cada vez mais silenciosa. Olhou fixamente o fogo, pensando no dr. Ernest Lash, as bochechas brilhando e refletindo o fulgor das brasas de eucalipto. E, então, aconteceu. Uma porta se abriu em sua mente; uma ideia, uma ideia estupenda, surgiu. Carol sabia exatamente o que tinha de fazer! Levantou-se, pegou os bonecos da cornija da lareira e os jogou no fogo. O delicado cordão que os unia flamejou brevemente e se transformou num fio incandescente antes de cair nas cinzas. Os bonecos soltaram fumaça, escureceram com o calor e logo explodiram em chamas. Carol atiçou as cinzas e então anunciou:

— Obrigada, queridas amigas. Sei o que farei agora. Vejamos como Justin se vira com seu psiquiatra fora de jogo. A reunião está terminada, senhoras.

Heather e Norma não arredaram o pé.

— Acreditem em mim — disse Carol, fechando o guarda-fogo. — É melhor não saber detalhes. Se não souberem, nunca precisarão cometer perjúrio.

CAPÍTULO
3

ERNEST ENTROU NA livraria Printer's Inc., em Palo Alto, e olhou de relance o cartaz na porta.

DR. ERNEST LASH
Prof. Clín. Assoc. de Psiquiatria.
Universidade da Califórnia, São Francisco

Falando sobre seu novo livro:
LUTO: FATOS, MODAS E FALÁCIAS
19 de fevereiro, 20h-21h
seguido de sessão de autógrafos

Ernest olhou de relance para a lista de palestrantes da semana anterior. Impressionante! Ele estava em boa companhia: Alice Walker, Amy Tan, James Hillman, David Lodge. *David Lodge* — da Inglaterra? Como eles o pegaram?

Enquanto entrava, Ernest se perguntou se os clientes que perambulavam pela loja o teriam reconhecido como o palestrante da noite. Ele se apresentou a Susan, a dona, e aceitou a xícara de café na cafeteria da livraria. Indo em direção à sala de leitura, Ernest passou os olhos pelos novos títulos de seus escritores preferidos. A maioria das lojas permitia que os palestrantes escolhessem um livro de graça em troca dos seus préstimos. Ah, um novo livro do Paul Auster!

Em minutos, bateu a tristeza que costumava sentir em livrarias. Livros por toda parte, clamando por atenção nas grandes mesas de exposição, desavergonhadamente exibindo suas iridescentes sobrecapas verde e rosa, empilhados no chão esperando pacientemente para serem colocados nas prateleiras, caindo pelas bordas das mesas, despencando no chão. Contra a parede no fundo da loja, grandes montes de livros fracassados esperavam soturnamente a devolução às editoras. Ao lado deles estavam caixotes fechados de jovens e brilhantes volumes ansiosos por seu momento ao sol.

Ernest lamentou intensamente pelo seu bebezinho. Que chance teria neste mar de livros, um pequeno e frágil espírito, nadando pela própria vida?

Ele entrou na sala de leitura, onde 15 fileiras de cadeiras de metal tinham sido organizadas. Aqui, o seu *Luto: fatos, modas e falácias* era exibido em destaque; várias pilhas, talvez um total de sessenta livros, aguardavam o autógrafo e a compra ao lado da tribuna. Ótimo. Mas o que dizer do futuro do seu livro? E daqui a dois ou três meses? Talvez uma ou duas cópias colocadas imperceptivelmente sob a letra L na seção de psicologia ou de autoajuda. Daqui a seis meses? Desapareceria! "Disponível somente sob encomenda; chega em três a quatro semanas."

Ernest achava que nenhuma loja tinha espaço suficiente para exibir todos os livros, mesmo aqueles com grande mérito. Pelo menos, ele conseguia entender isso em relação aos livros dos outros autores. Mas, com certeza, não era justo que o livro *dele* precisasse morrer. Não o livro no qual trabalhara por três anos, não estas frases primorosamente esculpidas e a maneira elegante como ele pegava os leitores pela mão e os conduzia gentilmente pelos mais sombrios reinos da vida. Ano que vem, daqui a dez anos, haveria viúvas e viúvos, muitos deles, que precisariam do seu livro. As verdades que ele escreveu seriam tão profundas e tão atuais como o são agora.

Não confunda valor e permanência, nisso se situa o niilismo, pensou Ernest enquanto tentava afugentar sua tristeza. Invocou os catecismos familiares: *Tudo desvanece*, lembrou a si mesmo. *É a natureza da experiência. Nada per-*

siste. Permanência é uma ilusão e, um dia, o sistema solar estará em ruínas. Ah, sim, isto soava melhor! E melhor ainda quando Ernest evocou Sísifo: um livro desvanece? Bem, então escreva um novo livro! E depois outro e outro ainda.

Embora ainda faltassem 15 minutos, os lugares estavam começando a ser ocupados. Ernest se acomodou na última fila para examinar suas anotações e verificar se as tinha colocado de volta na ordem correta depois de sua leitura em Berkeley na semana anterior. Uma mulher carregando uma xícara de café sentou-se a dois lugares de distância. Alguma força fez Ernest olhar para cima e, então, viu que ela estava com o olhar fixo nele.

Ele a mediu de cima a baixo e gostou do que viu: uma mulher bonita, de olhos grandes, cerca de quarenta anos, com longos cabelos louros, pesados brincos de prata que balançavam, um colar de prata em forma de serpente, meias de renda preta e um suéter angorá laranja tentando valentemente conter os seios imponentes. Aqueles seios! O pulso de Ernest acelerou; ele teve que se esforçar para desviar os olhos deles.

O olhar dela era intenso. Ernest raramente pensava em Ruth, sua mulher, que morrera seis anos antes num acidente de carro, mas lembrou com gratidão de um presente que ela havia lhe dado. Certa vez, ainda no início, antes que tivessem parado de se tocar e se amar, Ruth tinha lhe revelado o segredo definitivo de uma mulher: como capturar um homem. "Uma questão bem simples", ela dissera. "Só é preciso olhar dentro dos olhos dele e sustentar o olhar por alguns segundos a mais. Isso é tudo!" O segredo de Ruth tinha se revelado correto: inúmeras vezes ele havia identificado mulheres tentando capturá-lo. Esta mulher passou no teste. Ele olhou de novo para cima. Ela ainda estava olhando. Absolutamente nenhuma dúvida. Esta mulher estava flertando com ele! E num momento bem oportuno: seu relacionamento com a atual mulher de sua vida estava se dissolvendo rapidamente e Ernest estava vorazmente excitado. Quase não se contendo, ele encolheu a barriga e devolveu ousadamente o olhar.

— Dr. Lash? — Ela se debruçou em sua direção e estendeu a mão. Ele a apertou. — Meu nome é Nan Swensen. — Ela segurou a mão dele dois ou três segundos a mais do que o necessário.

— Ernest Lash. — Ernest tentou modular a voz. O coração batia forte. Ele adorava a perseguição sexual, mas odiava o primeiro estágio, o ritual, o risco. Como invejava a postura de Nan Swensen: seu controle absoluto, sua autoconfiança. *Como algumas mulheres têm sorte,* pensou ele. *Sem necessidade de falar, sem gaguejar, sem convites desajeitados para um drinque, uma dança ou uma conversa. Tudo o que elas precisam fazer é deixar que a beleza fale por elas.*

— Sei quem você é — disse ela. — A pergunta é: você sabe quem *eu* sou?

— Deveria?

— Ficarei desolada se não souber.

Ernest ficou desorientado. Olhou para cima e para baixo, tentando não deixar que seus olhos parassem nos seios dela.

— Acho que preciso de um olhar mais atento e demorado... mais tarde. — Ele sorriu e deu um olhar sugestivo para o público crescente, que logo o requisitaria.

— Talvez o nome Nan Carlin possa ajudar.

— Nan Carlin! Nan Carlin! É claro!

Ernest apertou entusiasticamente os ombros dela, o que a fez derramar café na sua bolsa e saia. Ele se levantou num salto, deu a volta desajeitadamente pela sala em busca de um guardanapo e finalmente voltou com um maço de toalhas de papel.

Enquanto ela secava o café, Ernest repassava suas lembranças sobre Nan Carlin. Ela havia sido uma de suas primeiras pacientes, dez anos antes, bem no início da residência. O chefe da residência, dr. Molay, um fanático por terapia de grupo, tinha insistido que todos os residentes iniciassem um grupo de terapia logo no primeiro ano. Nan Carlin tinha sido um dos membros desse grupo. Embora tivesse sido há anos, tudo voltou com clareza. Nan era obesa na época, por isso ele não a tinha reconhecido. Também lembrava dela como uma pessoa tímida e que se autodesprezava, novamente sem nenhuma semelhança com a mulher dona de si à sua frente. Se ele bem se lembrava, Nan estava no meio de um casamento em ruínas — é, era isso. Na verdade, o marido tinha lhe dito que ia deixá-la porque ela havia ficado gorda demais. Ele a acusou de quebrar

os votos conjugais, alegando que ela estava deliberadamente desonrando-
-o e desobedecendo-o por se tornar repulsiva.

— Se me lembro? — respondeu Ernest. — Lembro o quanto você era tímida no grupo, quanto tempo levou até você pronunciar uma palavra. E lembro, então, o quanto você mudou, o quanto ficou furiosa com um dos homens; Saul, acho. Você o acusou, com uma boa justificativa, de se esconder por trás da barba e de lançar granadas no grupo.

Ernest estava se exibindo. Tinha uma memória prodigiosa, com retenção quase total, mesmo anos depois, das sessões de psicoterapias individuais e de grupo.

Nan sorriu e assentiu vigorosamente.

— Lembro-me daquele grupo também: Jay, Mort, Bea, Germana, Irinia, Claudia. Só participei dele por dois ou três meses antes de ser transferida para a Costa Leste, mas acho que o grupo salvou minha vida. Aquele casamento estava acabando comigo.

— Fico feliz em saber que você está numa situação melhor. E que o grupo teve um papel nisso. Nan, você parece maravilhosa. É realmente possível que dez anos tenham se passado? Honestamente, de verdade, e isto não é uma mera farsa de terapeuta... — *farsa* não era uma das suas palavras prediletas? Novamente se exibindo. — Você parece mais confiante, mais jovem. Mais atraente. Você se sente assim também?

Ela assentiu com a cabeça e, enquanto falava, tocou a mão dele.

— Estou muito bem. Solteira, saudável, magra.

— Lembro que você estava sempre lutando contra o peso!

— Essa batalha foi vencida. Sou realmente uma nova mulher.

— Como você conseguiu? Talvez eu deva usar seu método — apertou uma dobra da barriga entre os dedos.

— Você não precisa disso. Os homens têm sorte. Ganham peso muito bem. Até são recompensados com palavras como *poderoso* e *robusto*. Mas, meu método? Se você quer mesmo saber, tive a ajuda de um bom médico!

Foi uma novidade desanimadora para Ernest.

— Você esteve em terapia todo esse tempo?

— Não, permaneci fiel a você, meu primeiro e único psiquiatra! — Ela deu um tapinha travesso na mão dele. — Estou falando de um médico *médico*, um cirurgião plástico que me esculpiu um novo nariz e agitou sua varinha mágica de lipoaspiração na minha barriga.

A sala estava lotada e Ernest ouviu a apresentação, que terminou com a conhecida "e, portanto, juntem-se a mim para dar as boas-vindas ao dr. Ernest Lash".

Antes de se levantar, Ernest colocou uma das mãos no ombro de Nan e sussurrou:

— Foi realmente muito bom vê-la. Vamos conversar mais tarde.

Ele caminhou até a tribuna com a cabeça em turbilhão. Nan era linda. Absolutamente estonteante. E sua, se quisesse. Nenhuma mulher tinha se colocado tão disponível para ele. Era apenas uma questão de encontrar a cama — ou o divã — mais próximo.

Divã. Sim, exatamente! Aí está o problema, Ernest lembrou a si mesmo: *dez anos atrás ou não, ela ainda é uma paciente e está fora dos limites. Está na zona proibida!* Não, não é — ela foi *uma paciente*, pensou ele, *um dos oito membros de uma terapia de grupo durante poucas semanas. Além de uma sessão de triagem antes da formação do grupo, não acho que a tenha visto numa sessão individual.*

Que diferença isso faz? Uma paciente é uma paciente.

Para sempre? Depois de dez anos? Cedo ou tarde, os pacientes se formam para a idade adulta plena, com todos os privilégios concomitantes.

Ernest deu um basta ao seu monólogo interno e voltou sua atenção para o público.

— Por quê? Senhoras e senhores, por que escrever um livro sobre luto? Olhem para a seção de privação e perda desta livraria. As prateleiras estão sobrecarregadas. Por que mais um livro?

Mesmo enquanto falava, ele continuou o debate interno. *Ela diz que nunca esteve melhor. Ela não é uma paciente psiquiátrica. Não está em terapia há nove anos! É perfeito. Por que não, pelo amor de Deus? Dois adultos por livre e espontânea vontade!*

— Como uma enfermidade psicológica, o luto ocupa um lugar singular. Antes de tudo, é universal. Ninguém da nossa época...

MENTIRAS NO DIVÃ

Ernest sorriu e fez contato visual com muitas pessoas do público; ele era bom nisso. Percebeu Nan na última fila, assentindo e sorrindo. Sentada ao lado de Nan estava uma mulher séria e atraente, com cabelos pretos curtos encaracolados, que parecia estudá-lo intencionalmente. Seria outra mulher flertando com ele? Ele captou o olhar dela por um único instante. Ela rapidamente desviou o olhar.

— Ninguém da nossa época — continuou Ernest — escapa do luto. É a única doença psiquiátrica universal.

Não, é esse o problema, Ernest lembrou a si mesmo: *Nan e eu não somos dois adultos por livre e espontânea vontade. Sei coisas demais a respeito dela. Por ela ter confiado tanto em mim, ela se sente conectada a mim de uma maneira fora do comum. Lembro que o pai morreu quando ela era adolescente. Fiz o papel do pai dela. Eu a trairia se me envolvesse com ela.*

— Muitos notaram que é mais fácil dar palestras aos estudantes de medicina sobre o luto do que sobre outras síndromes psiquiátricas. Os estudantes o compreendem. De todas as doenças psiquiátricas, é a que mais se assemelha a outras enfermidades clínicas, por exemplo, doenças infecciosas ou trauma físico. Nenhuma outra enfermidade psiquiátrica tem um início tão preciso, uma causa tão identificável, um desenvolvimento razoavelmente previsível, um tratamento temporalmente limitado e um ponto final específico bem definido.

Não, Ernest argumentou consigo mesmo, *depois de dez anos todas as apostas estão canceladas. Em tempos passados, ela pode ter me considerado paternal. E daí? Aquilo foi naquela época, isto é agora. Ela está me enxergando como um homem inteligente, sensível. Olhe para ela: está bebendo as minhas palavras. Está incrivelmente atraída por mim. Encare. Sou sensível. Sou profundo. Com que frequência uma mulher solteira da idade dela, de qualquer idade, conhece um homem como eu?*

— Mas, senhoras e senhores, o fato de os estudantes, os médicos ou os psicoterapeutas ansiarem por diagnósticos e tratamentos simples e diretos do luto não torna isso possível. Tentar compreender o luto com o emprego de um modelo de doença é omitir precisamente aquilo que há de mais humano em nós. A perda não é como uma invasão bacteriana, não é como um trauma físico; a dor psíquica não é análoga à disfunção somática; mente não é corpo. A intensidade, a natureza, da angústia que sentimos é determinada não pela (ou não *apenas* pela) natureza do trauma, mas por seu *significado*. E *significado* é precisamente a diferença entre o soma e a psiquê.

Ernest estava acertando o passo. Examinou seu público para ter certeza da atenção.

Lembra o quanto ela sentia medo do divórcio por causa da experiência anterior com homens, que a usaram sexualmente e depois simplesmente seguiram seu caminho? Lembra como ela se sentia vazia? Se eu fosse para casa com Nan esta noite, estaria simplesmente fazendo o mesmo com ela: seria mais um de uma longa fila de homens exploradores.

— Gostaria de dar um exemplo da importância de "significado" tirado da minha pesquisa. Consideremos a seguinte situação: duas viúvas, recentemente de luto, cada uma tendo estado casada por quarenta anos. Uma delas passou por muito sofrimento, mas gradualmente recuperou a sua vida e desfrutou alguns períodos de equanimidade e, ocasionalmente, até de enorme prazer. A outra se saiu muito pior: um ano depois, estava mergulhada numa profunda depressão, às vezes suicida, e exigiu atenção psiquiátrica contínua. Como podemos explicar a diferença nos desfechos? É um mistério. Agora me deixem dar uma dica. Embora essas duas mulheres fossem parecidas em muitos aspectos, elas eram extremamente diferentes num único aspecto significativo: a natureza de seus casamentos. Uma delas teve um relacionamento conjugal de tumultos e conflitos, a outra, um relacionamento amoroso, de respeito mútuo. Bem, minha pergunta para vocês é: quem é quem?

Enquanto esperava uma resposta do público, Ernest captou novamente o olhar de Nan e pensou: *Como sei que ela se sentiria vazia? Ou explorada? E quanto à gratidão? Talvez nosso relacionamento leve a algum lugar. Quem sabe ela esteja sexualmente tão impaciente quanto eu! Nunca consigo ficar de folga do dever? Preciso ser um psiquiatra 24 horas por dia? Se tiver de me preocupar com as nuances de cada ato isolado, cada relacionamento, nunca conseguirei ir para a cama!*

Mulheres, peitos grandes, ir para a cama... você é nojento, ele disse a si mesmo. *Você não tem nada mais importante para fazer? Alguma coisa mais elevada em que pensar?*

— Sim, exatamente! — disse Ernest a uma mulher da terceira fileira que tinha se arriscado a dar uma resposta. — Você está certa: a mulher com o relacionamento conflituoso teve o pior desfecho. Muito bom. Aposto que já leu o meu livro, ou talvez você não precise. — Adorando os sorrisos da plateia, Ernest continuou: — Mas isso não parece ir contra a intuição? Poderíamos imaginar que a viúva que tivera um relacionamento profundamente gratificante e amoroso de quarenta anos poderia ficar pior. Afinal, não foi ela quem teve a maior perda?

"Contudo, como você sugere, o inverso é frequentemente o caso. Existem várias explicações. Acho que 'arrependimento' é a ideia central. Pense na angústia da viúva que sente, bem lá no fundo, que passou quarenta anos casada com o homem errado. Portanto, seu pesar não é, ou não é *apenas*, pelo marido. Ela está de luto por sua própria vida."

Ernest, ele se repreendeu, *existem milhões, bilhões, de mulheres no mundo. Existe, provavelmente, uma dúzia na plateia desta noite que adoraria ir para a cama com você se tivesse coragem suficiente para abordá-las. Fique longe das pacientes! Repito: fique longe das pacientes!*

Mas ela não é uma paciente. É uma mulher livre.

Ela o viu, e ainda o vê, de uma maneira irreal. Você a ajudou; ela confiou em você. A transferência foi poderosa. E você está tentando explorá-la!

Dez anos! A transferência é imortal? Onde está esse mandamento?

Olhe para ela! Está magnífica. Adora você. Quando foi que uma mulher como essa já o escolheu numa multidão e deu bola para você desse jeito? Olhe para você mesmo. Olhe a sua pança. Mais alguns quilos e você não conseguirá ver a braguilha. Quer uma prova? Aqui está a sua prova!

A atenção de Ernest estava tão dividida que ele começou a se sentir tonto. A divisão era familiar para ele. De um lado, preocupação sincera com os pacientes, estudantes, seu público. E preocupação genuína, também, com os verdadeiros problemas da existência: crescimento, arrependimento, vida, morte, significado. De outro, sua sombra: egoísmo e carnalidade. Ah, ele era adepto de ajudar os pacientes a recuperar suas sombras, tirar força delas: poder, energia vital, impulso criativo. Ele conhecia todas as palavras; adorava a proclamação de Nietzsche de que as árvores mais poderosas precisam enterrar as raízes bem no fundo, no fundo da escuridão, no fundo do mal.

Ainda assim, essas palavras maravilhosas tinham pouco significado para ele. Ernest odiava seu lado obscuro, odiava o domínio que o lado obscuro tinha sobre ele. Odiava a servidão, odiava ser impelido pelo instinto animal, odiava ser escravizado por uma programação precoce. E hoje era um exemplo perfeito: o farejo e gorjeio do quintal, sua luxúria primitiva por sedução e conquista. O que *seriam* eles, senão os fósseis vindos diretamente do alvorecer da história? E sua paixão pelo seio, pelo amasso e pela mamada. Patético! Uma relíquia vinda do berçário!

Ernest cerrou o punho e enterrou as unhas na palma da mão, com força! *Preste atenção! Você tem cem pessoas aí! Dê a elas o máximo que puder.*

— E outra coisa com relação ao casamento conflituoso: a morte o congela no tempo. Será para sempre conflituoso, para sempre inacabado, insatisfatório. Pense na culpa! Pense nas ocasiões em que a viúva ou o viúvo de luto diz: *Se ao menos eu tivesse...* Acho que esse é um dos motivos pelos quais o luto em consequência de uma morte súbita, por exemplo, um acidente de carro, é muito difícil. Nessas situações, marido e mulher não tiveram tempo de dizer adeus, não tiveram tempo para a preparação; muitos problemas inacabados, muitos conflitos não resolvidos.

Ernest agora estava mais tranquilo diante da plateia atenta e silenciosa. Ele não olhava mais para Nan.

— Quero deixar com vocês uma última questão antes de parar para as perguntas. Pensem por um momento sobre como os profissionais de saúde avaliam o processo do luto conjugal. O que é um luto bem-sucedido? Quando acaba? Um ano? Dois anos? O senso comum diz que o luto termina quando o viúvo tiver se afastado suficientemente do cônjuge morto para, de novo, retomar uma vida funcional. Mas é mais complicado que isso! Bem mais complicado!

"Uma das descobertas mais interessantes de minha pesquisa é que uma proporção considerável dos cônjuges enlutados, talvez 25%, simplesmente não retomam a vida nem voltam ao nível anterior de funcionamento, mas, pelo contrário, passam por um crescimento pessoal significativo."

Ernest adorava esta parte; o público sempre a considerava importante.

— *Crescimento pessoal* não é o termo perfeito. Não sei como chamá-lo, talvez *percepção existencial intensificada* seja melhor. Só sei que uma certa proporção das viúvas, e ocasionalmente dos viúvos, aprende a encarar a vida de uma maneira bem diferente. Essas pessoas passam a valorizar mais a vida. Desenvolvem um novo conjunto de prioridades. Como caracterizar? Poderíamos dizer que elas aprendem a encarar as trivialidades como tal. Aprendem a dizer *não* para o que não querem fazer, a se dedicar àqueles aspectos da vida a que dão significado: amor dos amigos íntimos e família. Também aprendem a sorver de suas próprias fontes criativas, a vivenciar a mudança das estações e a beleza natural que as cerca. Talvez o mais importante de tudo, ganham um aguçado senso de sua própria finitude e, em consequência, aprendem a viver o presente, em vez de adiar a vida para algum momento futuro: o fim de semana, as férias de verão, a aposentadoria. Descrevo tudo isto detalhadamente no meu livro e também especulo sobre as causas e os antecedentes desta percepção existencial. Agora, alguma pergunta?

Ernest gostava das perguntas de campo: "Quanto tempo você trabalhou no livro?" "As histórias eram casos reais e, se eram, o que dizer sobre o sigilo profissional?" "Quando planeja escrever o próximo livro?" "Qual a utilidade da terapia no luto?" Perguntas sobre terapia eram sempre feitas por alguém no meio de um luto pessoal, e Ernest respondia a tais perguntas com extrema delicadeza. Portanto, ele ressaltava que o luto é autolimitado — os indivíduos enlutados, na maioria das vezes, irão melhorar com ou sem terapia — e que não existe nenhuma prova de que, na média das pessoas enlutadas, aquelas que estão em terapia se saem melhor ao final de um ano do que as que não estão. Mas, para não parecer que ele estava banalizando a terapia, Ernest se apressou em acrescentar que existem provas de que a terapia pode tornar o primeiro ano menos doloroso,

e evidências incontestáveis da eficiência da terapia com pessoas enlutadas que sofrem de uma intensa culpa ou raiva.

As perguntas foram todas rotineiras e educadas. Ele não esperava menos
de um público de Palo Alto. Bem diferentes das perguntas agressivas, irri-
tantes, da multidão de Berkeley. Ernest olhou seu relógio de relance e fez
um sinal para sua anfitriã de que ele tinha terminado, fechou o bloco de
notas e se sentou. Depois de uma declaração formal de gratidão da dona
da livraria, houve uma grande salva de palmas. Um enxame de fãs cer-
cou Ernest. Ele sorria graciosamente enquanto autografava cada livro.
É possível que fosse fantasia pura, mas lhe pareceu que várias mulheres
atraentes olhavam para ele com interesse e fixavam o olhar por um ou
dois segundos a mais. Ele não correspondia: Nan Carlin esperava por ele.

Lentamente, a multidão se dispersou. Por fim, ele estava livre para se
juntar a ela. Como ele deveria lidar com isso? Um *cappuccino* na cafeteria
da livraria? Um lugar menos público? Ou, quem sabe, uns poucos minutos apenas de conversa na livraria e desistir de todo esse problema complicado? O que fazer? O coração de Ernest começou a bater mais forte.
Ele olhou por toda a sala. Onde ela estava?

Ernest fechou sua maleta e se apressou, procurando-a pela livraria.
Nenhum sinal de Nan. Ele voltaria a espiar a sala de leitura para uma
última olhada. Estava inteiramente vazia, exceto por uma mulher sentada silenciosamente no lugar que Nan tinha ocupado — a mulher esguia
e compenetrada com cabelos pretos curtos e encaracolados. Tinha olhos
irritados, penetrantes. Mesmo assim, Ernest tentou novamente capturar
o seu olhar. Mais uma vez, ela o desviou.

CAPÍTULO
4

UM CANCELAMENTO DE última hora de um paciente deu ao dr. Marshal Streider uma hora livre antes de seu encontro semanal de supervisão com Ernest Lash. Seus sentimentos sobre o cancelamento eram confusos. Sentia-se incomodado com a profundidade da resistência do paciente: nem por um minuto sequer ele acreditou na frágil desculpa de uma viagem de negócios, mas, ainda assim, recebeu de bom grado o tempo livre. O dinheiro era o mesmo de qualquer modo: iria, naturalmente, cobrar o paciente pela hora, independentemente da desculpa.

Depois de retornar os telefonemas e responder a correspondência, Marshal saiu do consultório para seu pequeno terraço, a fim de regar os quatro bonsais que ficavam numa prateleira de madeira do lado de fora da janela: uma serissa com raízes expostas milagrosamente delicadas (algum jardineiro meticuloso a tinha plantado de modo que crescesse sobre uma rocha e, então, quatro anos depois, lascou meticulosamente a rocha, desfazendo-se dela); um pinheiro retorcido de cinco galhos, de pelo menos sessenta anos; um grupo de nove árvores de bordo; e um junípero. Shirley, sua mulher, tinha passado o domingo anterior ajudando-o a moldar o junípero, e este parecia transformado, muito parecido com um garoto de quatro anos depois do seu primeiro e verdadeiro corte de cabelo; eles tinham podado todos os brotos do lado de baixo das duas principais ramificações em oposição, amputado uma ramificação dissi-

IRVIN D. YALOM

dente que crescia para a frente e aparado a árvore para o elegante formato de triângulo escaleno.

Então, Marshal se permitiu um dos seus maiores prazeres: dedicou-se às tabelas de ações do *Wall Street Journal* e tirou da carteira os dois instrumentos do tamanho de um cartão de crédito que lhe permitiam calcular seus lucros: uma lupa para ler as letras pequenas dos preços de mercado e uma calculadora movida a energia solar. Um mercado de pouca movimentação ontem. Nada havia mudado, exceto seus maiores títulos, o Banco do Vale do Silício, comprado por uma boa dica de um ex-paciente, que tinha subido 1,125%; com 1.500 ações, o que significava quase 1.700 dólares. Consultou as tabelas de ações e sorriu. A vida era boa.

Separando a edição mais recente do *The American Journal of Psychoanalysis*, Marshal deu uma olhada no sumário, mas fechou rapidamente. Mil e setecentos dólares! Meu Deus, por que ele não tinha comprado mais? Recostado na cadeira giratória de couro, inspecionou a vista do seu consultório: o Hundertwasser e as gravuras de Chagall, a coleção de taças de vinho do século XVIII com os pés em forma de fita delicadamente torcida, brilhantemente exibida numa bem polida vitrine de jacarandá. Acima de tudo, gostava de suas três peças gloriosas de escultura de vidro de Musler. Levantou-se para tirar o pó com um velho espanador de penas que o pai tinha usado em tempos passados para limpar as estantes no seu pequenino armazém na esquina da rua R com a Quinta, em Washington.

Embora fizesse um rodízio das pinturas e gravuras de sua grande coleção em casa, as delicadas taças de xerez e as frágeis peças de Musler eram acessórios permanentes do consultório. Depois de checar as montagens à prova de terremoto das esculturas de vidro, ele acariciou a sua predileta: A Borda Dourada do Tempo, uma imensa e resplandecente tigela laranja, fina como uma hóstia, com bordas lembrando alguma linha do horizonte metropolitano futurista. Desde que a comprara, doze anos antes, ele dificilmente passara um dia sem acariciá-la; seus contornos perfeitos e seu extraordinário frescor eram maravilhosamente relaxantes. Mais de uma vez ele se sentira tentado, apenas tentado obviamente, a estimular um paciente perturbado a afagá-la e absorver seu mistério refrescante e calmante.

Graças a Deus, ele tinha passado por cima dos desejos da esposa e comprado as três peças: tinham sido as melhores compras que ele já fizera. E, possivelmente, as últimas. Os preços de Musler tinham subido tanto que outra peça lhe custaria seis meses de salário. Mas, se conseguisse pegar uma nova alta do mercado com os futuros da Standard and Poor, como fizera no ano anterior, talvez então... Mas, naturalmente, seu melhor palpiteiro tinha sido desatencioso o bastante para encerrar a terapia. Ou, talvez, quando seus dois filhos terminassem a faculdade e a pós-graduação, mas isso levaria pelo menos cinco anos.

Três minutos depois das onze. Ernest Lash estava atrasado, como de costume. Marshal era supervisor de Ernest havia dois anos e, apesar de Ernest pagar dez por cento a menos que um paciente, Marshal quase sempre esperava ansiosamente por sua hora semanal. Ernest era uma folga reparadora no dia para sua carga de casos clínicos. Um estudante perfeito: um investigador brilhante, receptivo a novas ideias. Um aluno que possuía uma imensa curiosidade... e uma ignorância ainda maior em psicoterapia.

Embora Ernest fosse velho, tinha 38 anos, para ainda estar sob supervisão, Marshal considerava isso um ponto forte, não uma fraqueza. Durante a residência em psiquiatria, concluída há mais de dez anos, Ernest tinha resistido bravamente a aprender qualquer coisa sobre psicoterapia. Em vez disso, prestando atenção ao canto da sereia da psiquiatria biológica, ele se concentrara no tratamento farmacológico das doenças mentais e, depois da residência, optara por gastar vários anos em pesquisas no laboratório de biologia molecular.

Ernest não era um caso único. A maioria de seus colegas tinha assumido a mesma postura. Dez anos antes, a psiquiatria parecia estar à beira de importantes avanços biológicos nas causas bioquímicas da doença mental, na psicofarmacologia, em novos métodos de diagnóstico por imagem para o estudo da anatomia e função do cérebro, na psicogenética e na iminente descoberta da localização cromossômica do gene específico para cada um dos principais transtornos mentais.

Esses novos desenvolvimentos, porém, não fizeram Marshal vacilar. Aos 63 anos, ele tinha sido psiquiatra por tempo suficiente para ter passado por várias dessas fases positivistas. Ele se lembrou de uma onda atrás de outra de otimismo e êxtase (e subsequente decepção) cercando a introdução do Thorazine, psicocirurgia, Miltown, Reserpina, Pacatal, LSD, Tofranil, lítio, Ecstasy, betabloqueadores, Xanax e Prozac — e não ficou surpreso quando parte do fervor pela biologia molecular começou a diminuir, quando muitas das extravagantes alegações investigativas não foram provadas e quando os cientistas começaram a reconhecer que, talvez, afinal de contas, eles ainda não tinham localizado o cromossomo corrompido por trás de cada pensamento corrompido. Na semana anterior, Marshal tinha comparecido a um seminário patrocinado pela universidade, no qual os mais importantes cientistas apresentaram a vanguarda de seu trabalho ao Dalai Lama. Embora não fosse nenhum defensor das visões não materialistas de mundo, ele se encantou com a resposta do Dalai Lama às novas fotos de átomos individuais que os cientistas obtiveram e de sua certeza de que nada existia fora da matéria. "E o tempo?", o Dalai Lama perguntara docemente. "Essas moléculas já foram vistas? E, por favor, os senhores poderiam me mostrar as fotos do 'eu', o permanente senso do 'eu'?"

Depois de trabalhar anos como pesquisador em psicogenética, Ernest ficou cada vez mais desencantado com a pesquisa e com a política acadêmica e começou a atender em um consultório particular. Por dois anos, exerceu a profissão como um psicofarmacologista puro, examinando pacientes em consultas de vinte minutos e receitando medicamentos para todos. Gradualmente — e, aqui, Seymour Trotter teve um papel importante —, Ernest percebeu as limitações, até a vulgaridade, de tratar todos os pacientes com medicamentos e, pelo sacrifício de 40% de seus rendimentos, mudou gradualmente para um consultório de psicoterapia.

Marshal sentia que era mérito de Ernest, portanto, ter procurado a supervisão de um especialista em psicoterapia e planejado se candidatar

MENTIRAS NO DIVÃ

a um instituto de psicanálise. Ele estremeceu ao pensar em todos os psiquiatras no mercado, bem como todos os psicólogos, assistentes sociais e conselheiros, que aplicavam a terapia sem um estágio prático adequado em análise.

Ernest, como sempre, entrou correndo no consultório, exatamente cinco minutos atrasado, serviu-se de uma xícara de café, afundou-se na cadeira branca de couro italiano de Marshal e procurou suas notas clínicas na maleta.

Marshal tinha parado de indagar sobre os atrasos de Ernest. Durante meses, sem satisfação, tinha questionado sobre isso. Certa vez, Marshal até saiu do prédio e cronometrou a caminhada de uma quadra entre seu consultório e o de Ernest. Quatro minutos! Como a consulta das 11h terminava às 11h50, Ernest tinha tempo suficiente, com folga até mesmo para uma parada no toalete, para chegar ao meio-dia. Ainda assim, algum obstáculo invariavelmente surgia, afirmava Ernest: um paciente tinha passado da hora, ou uma chamada telefônica exigiu atenção, ou Ernest esqueceu suas anotações e teve de voltar correndo ao consultório. Sempre havia alguma coisa.

E essa alguma coisa era obviamente resistência. Pagar uma grande quantia de dinheiro por cinquenta minutos e, então, desperdiçar sistematicamente dez por cento desse dinheiro e tempo, pensava Marshal, é obviamente uma evidência inequívoca de ambivalência.

Normalmente, Marshal teria sido implacável em sua insistência de que aquele atraso deveria ser explorado. Mas Ernest não era um paciente. Não exatamente. A supervisão situava-se numa terra de ninguém entre a terapia e a instrução. Havia ocasiões em que um bom supervisor tinha de sondar além do caso material e penetrar profundamente nos conflitos e motivações inconscientes do estudante. Mas, sem um contrato terapêutico específico, havia limites além dos quais o supervisor não poderia ir.

Portanto, Marshal deixou o assunto morrer, embora fizesse questão de encerrar seu tempo de supervisão de cinquenta minutos exatamente na hora, com uma exatidão quase de segundos.

— Muito para conversar — começou Ernest. — Não tenho certeza por onde começar. Queria discutir algo diferente hoje. Sem novos desenvolvimentos com os dois casos regulares que estamos acompanhando. Tive apenas as sessões corriqueiras com Jonathan e Wendy; eles estão indo bem.

"Quero falar de uma sessão com Justin em que surgiu muito material de contratransferência. E também sobre um encontro social que tive, na noite passada, com uma ex-paciente, na palestra que dei na Printer's sobre meu livro."

— O livro está vendendo bem?

— As livrarias ainda o estão expondo. Todos os meus amigos estão lendo. E recebi algumas boas resenhas. Uma foi publicada esta semana no boletim da American Medical Association.

— Ótimo! É um livro importante. Vou enviar um exemplar para minha irmã mais velha, que perdeu o marido no verão passado.

Ernest pensou em dizer que ficaria feliz em autografar o livro com uma nota um pouco pessoal. Mas as palavras congelaram na sua garganta. Pareceria presunçoso dizer isso a Marshal.

— Muito bem, vamos ao trabalho... Justin... Justin... — Marshal folheou as suas anotações. — Justin? Refresque minha memória. Não era o seu obsessivo-compulsivo crônico? Aquele com tantos problemas conjugais?

— É. Não falava sobre ele há muito tempo. Mas você lembra que acompanhamos atentamente o tratamento dele durante vários meses.

— Não sabia que você ainda estava tratando dele. Esqueci... Qual o motivo para termos parado de acompanhá-lo na supervisão?

— Bem, para ser honesto, o verdadeiro motivo é que eu tinha perdido o interesse por ele. Tornou-se evidente que ele não conseguiria ir muito adiante. Não estávamos realmente fazendo terapia... era mais um procedimento de manutenção. Mesmo assim, ele ainda continua indo três vezes por semana.

— Um procedimento de manutenção... três vezes por semana? É muita manutenção.

Marshal recostou-se na cadeira e olhou fixamente para o teto, como geralmente fazia quando estava ouvindo atentamente.

— Bem, eu me preocupo com isso. Não é o porquê de eu ter decidido falar sobre ele hoje, mas talvez também seja bom que tratemos disso. Parece que não consigo reduzir as consultas; e são três vezes por semana, mais uma ou duas ligações!

— Ernest, você tem uma lista de espera?

— Muito curta. Na verdade, apenas um paciente. Por quê? — Mas Ernest sabia exatamente para onde Marshal estava indo e admirava sua maneira de fazer perguntas difíceis com uma pose perfeita. Droga, ele era duro!

— Bem, meu argumento é que muitos terapeutas se sentem tão ameaçados por horas em aberto que inconscientemente mantêm seus pacientes dependentes.

— Estou sob controle nesse aspecto, e conversei diversas vezes com Justin sobre reduzir as nossas sessões. Se eu mantivesse um paciente em terapia em prol da minha carteira, não dormiria muito bem à noite.

Marshal inclinou ligeiramente a cabeça, sinalizando que por ora estava satisfeito com a resposta de Ernest.

— Alguns minutos atrás você disse que *não* achava que ele poderia ir mais adiante. Tempo passado. E, agora, aconteceu algo para mudar sua opinião a respeito?

Marshal estava ouvindo muito bem — uma retenção total. Ernest o olhou com admiração: cabelos louros queimados, olhos escuros alertas, pele sem manchas, o corpo de um homem vinte anos mais jovem. A psiquê de Marshal era como sua persona: sem gordura, sem desperdício, musculatura firme. Ele já tinha jogado como *linebacker** na Universidade de Rochester. Seus bíceps largos e seus antebraços cheios de sardas preenchiam inteiramente as mangas da jaqueta — uma rocha! E uma

---

* Jogador de futebol americano da linha de defesa, o *linebacker* tem como função o bloqueio às corridas de ataque adversárias, podendo também interceptar passes. (N. do E.)

rocha também no seu papel profissional: sem desperdícios nem dúvidas, sempre confiante, sempre certo do caminho a seguir. Alguns dos outros analistas didatas também tinham um ar de certeza, uma certeza gerada pela ortodoxia e crença, mas nenhum era como Marshal, nenhum falava com uma autoridade esclarecida, flexível. A certeza de Marshal se originava de outra fonte, alguma firmeza instintiva do corpo e da mente que dispersava toda dúvida, que invariavelmente o dotava de uma percepção imediata e penetrante das questões mais amplas. Desde seu primeiro encontro, dez anos atrás, quando Ernest ouviu uma palestra de Marshal sobre psicoterapia analítica, ele vinha usando Marshal como um modelo.

— Você tem razão. Para atualizá-lo, precisarei retroceder um pouco — disse Ernest. — Talvez você se lembre de que, desde o início, Justin pediu explicitamente minha ajuda para deixar a esposa. Você achou que me envolvi demais, que o divórcio de Justin tinha se tornado minha missão, que tinha feito disso uma cruzada. Isso foi quando você se referiu a mim como "terapeuticamente incontinente", lembra?

Marshal lembrava, é claro. Ele assentiu com um sorriso.

— Bem, você estava certo. Meus esforços estavam mal direcionados. Tudo o que fiz para ajudar Justin a deixar a mulher fracassou. Sempre que ele estava prestes a deixá-la, sempre que a mulher sugeria que talvez eles devessem pensar em separação, ele entrava em pânico. Mais de uma vez cheguei perto de interná-lo.

— E a mulher dele? — Marshal tirou uma folha de papel em branco e começou a fazer anotações. — Desculpe, Ernest, não tenho as minhas observações antigas.

— O que tem a mulher?

— Você alguma vez encontrou-se com eles como um casal? Como ela é? Ela também faz terapia?

— Nunca a vi! Não sei sequer qual a sua aparência, mas penso nela como um demônio. Ela se recusava a vir me ver, disse que era uma patologia do Justin, não dela. Nem entraria em terapia individual; pela mesma razão, imagino. Não, havia mais alguma coisa... Lembro de Justin ter me contado que ela odiava psiquiatras. Tinha consultado uns dois ou três quando era mais jovem e todos fizeram ou tentaram fazer sexo com ela. Como você sabe, já examinei várias pacientes que sofreram abuso e ninguém se sente mais ultrajado que eu com esta traição despropositada. Ainda assim, se tivesse acontecido com a mesma mulher duas ou três vezes... não sei. Talvez devêssemos nos perguntar sobre as motivações inconscientes *dela*.

— Ernest — disse Marshal, balançando a cabeça vigorosamente —, esta será a única vez que você me ouvirá dizer isto, mas, neste caso, as motivações inconscientes são irrelevantes! Quando ocorre sexo entre paciente-terapeuta, devemos esquecer a dinâmica e examinar apenas o comportamento. Os terapeutas que agem sexualmente com seus pacientes são invariavelmente irresponsáveis e destrutivos. Não há nenhuma defesa para eles. Devem ficar fora do campo! Talvez alguns pacientes tenham conflitos sexuais, talvez queiram seduzir os homens, ou as mulheres, em posições de autoridade, talvez sejam sexualmente compulsivos, mas é por esse motivo que estão fazendo terapia. E se o terapeuta não consegue entender e enfrentar isso, então ele deve mudar de profissão.

"Já contei que estou no Conselho Estadual de Ética Médica. Pois bem, passei a noite passada lendo os casos da reunião mensal da semana que vem, em Sacramento. Aliás, eu ia conversar com você sobre isso. Quero indicar seu nome para exercer um cargo no conselho. Meu mandato de três anos vence no mês que vem e acho que você faria um excelente trabalho. Lembro-me de sua postura naquele caso de Seymour Trotter há vários anos. Você demonstrou coragem e integridade; todos os outros estavam tão intimidados pelo velho canalha nojento que não quiseram testemunhar contra ele. Você prestou um grande serviço à profissão. Mas o que eu ia dizer era que o abuso sexual terapeuta-paciente está ficando epidêmico. Há um novo escândalo publicado nos jornais quase todos os dias. Um amigo me enviou uma história publicada no *Boston Globe* que conta sobre 16 psiquiatras que foram acusados de abuso sexual nos últimos anos, inclusive algumas figuras bem conhecidas: o ex-reitor da Tufts e um dos analistas didatas veteranos do Instituto de Boston. E, é claro, há o caso de Jules Masserman, que, assim como Trotter, é ex-presidente da Associação Americana de Psiquiatria. Consegue acreditar no que ele fez? Ministrou pentotal sódico para as pacientes e então fez sexo com elas enquanto estavam inconscientes! É impensável!"

— É, foi esse o que mais me chocou — disse Ernest. — Meus colegas de quarto do internato frequentemente me zombavam por eu ter passado aquele ano deixando os meus pés de molho, pois tinha unhas encravadas terríveis, e lendo Masserman: seu *Princípios de psiquiatria dinâmica* foi o melhor compêndio que já li!

— Sei, sei — comentou Marshal —, todos os ídolos caídos. E está piorando! Não entendo o que está acontecendo. Na noite passada, li acusações contra oito terapeutas. Material chocante, repulsivo. Dá para acreditar que um terapeuta deitou com sua paciente em cada sessão, e cobrou, duas vezes por semana, por *oito* anos? Ou que um psiquiatra infantil foi apanhado num motel com uma paciente de 15 anos? Ele estava coberto de calda de chocolate e sua paciente estava lambendo-o! Repugnante! E houve uma ofensa voyeurística: um terapeuta que tratava estados de múltiplas personalidades hipnotizava os pacientes e estimulava as personalidades mais primitivas a emergirem e a se masturbarem na frente dele. A defesa do terapeuta foi que ele nunca tocou em seus pacientes e também que era o tratamento correto; primeiro, dar a essas personalidades uma livre expressão num ambiente seguro e, então, gradualmente, estimular o teste da realidade e a integração.

— E durante o tempo todo se excitando sexualmente enquanto os via se masturbarem — acrescentou Ernest, olhando sorrateiramente o seu relógio.

— Você olhou o relógio, Ernest. Pode colocar isso em palavras?

— Bem, o tempo está passando. Queria tratar de Justin.

— Em outras palavras, embora esta discussão possa ser interessante, não é para isto que você veio. Na verdade, você preferiria não desperdiçar seu tempo e dinheiro de supervisão nisso?

Ernest deu de ombros.

— Estou perto?

Ernest assentiu.

— Então por que não dizê-lo? É seu tempo; você está pagando por ele!

— Certo, Marshal, é aquela velha história de querer agradar. De ainda lhe devotar uma grande reverência.

— Um pouco menos reverência e mais franqueza prestarão um melhor serviço para esta supervisão.

Como uma rocha, pensou Ernest. Uma montanha. Estas pequenas trocas, geralmente bem separadas da tarefa formal de discutir os pacientes, eram frequentemente o ensinamento mais valioso que Marshal dava. Ernest esperava que, mais cedo ou mais tarde, ele conseguisse internalizar a dureza mental de Marshal. Ele também tomou nota das atitudes draconianas de Marshal sobre as relações sexuais paciente-terapeuta; tinha a intenção de conversar sobre seu dilema envolvendo Nan Carlin na palestra na livraria. Agora, não tinha tanta certeza.

Ernest voltou a Justin.

— Bem, quanto mais eu trabalhava com Justin, mais ficava convencido de que qualquer progresso feito em nossos encontros era imediatamente desfeito em casa, no seu relacionamento com a esposa, Carol, uma górgone completa.

— Os fatos estão voltando para mim. Ela não era a limítrofe que se jogou do carro para impedi-lo de comprar *bagels* e *lox?*

Ernest assentiu.

— Essa é a Carol, sim! A mulher mais malvada e dura que já conheci, mesmo indiretamente, e que espero nunca conhecer pessoalmente. Quanto a Justin, por cerca de dois a três anos, fiz um bom trabalho tradicional com ele: boa aliança terapêutica, interpretações claras da dinâmica dele, o distanciamento profissional correto. Ainda assim, não consegui fazê-lo mudar de opinião. Tentei de tudo, levantei todas as perguntas certas: por que ele tinha decidido se casar com Carol? Que compensação ele obtinha em permanecer no relacionamento? Por que decidira ter filhos? Mas nada do que conversamos jamais se traduziu em comportamento.

"Ficou óbvio para mim que nossas premissas habituais, que interpretação e *insight* suficientes levam à mudança externa, não eram a resposta. Interpretei por anos, mas Justin tinha, parecia-me, uma paralisa total da força de vontade. Talvez você lembre que, em consequência do meu trabalho com Justin, fiquei fascinado com o conceito de vontade e comecei a ler tudo que conseguia sobre o assunto: William James, Rollo May, Hannah Arendt, Allen Wheelis, Leslie Farber, Silvano Arieti. Acho que foi cerca de dois anos atrás que dei uma palestra, num seminário, sobre a paralisia da vontade.

— Sim, lembro-me daquela palestra. Você se saiu bem, Ernest. Ainda acho que você deveria prepará-la para publicação.

— Obrigado. Eu mesmo tive uma pequena paralisia de vontade em terminar aquele artigo. Atualmente, está empilhado atrás de outros dois projetos que pretendo escrever. Talvez você se lembre de que, nesse seminário, concluí que, se *insight* não der o pontapé inicial na vontade, então os terapeutas precisarão descobrir alguma outra maneira de mobilizá-la. Tentei exortação: de uma maneira ou de outra, comecei a sussurrar no ouvido dele: "Você tem que tentar, você sabe." Entendi, eu realmente entendi, o comentário de Allen Wheelis de que alguns pacientes precisam se afastar do divã e colocar mãos à obra.

"Tentei visualização", continuou Ernest, "e incitei Justin a se projetar no futuro, daqui a dez, vinte anos, e a se imaginar ainda parado neste casamento letal, imaginar seu remorso e arrependimento por aquilo que tinha feito com sua própria vida. Não ajudou.

"Tornei-me uma espécie de técnico de um pugilista no ringue, oferecendo conselhos, orientando-o, ajudando-o a ensaiar as declarações de libertação conjugal. Mas eu estava treinando um peso-pena e a mulher dele era um peso-pesado. Nada funcionava. Imagino que a gota d'água tenha sido a história do grande acampamento. Contei sobre isso?"

— Vá em frente; interromperei se já tiver ouvido.

— Bem, há cerca de quatro anos, Justin decidiu que seria ótimo a família ir acampar. Ele tem gêmeos, um menino e uma menina, agora com oito ou nove anos. Eu o estimulei. Ficava encantado com qualquer coisa que tivesse um ar de iniciativa. Ele sempre se sentia culpado por não passar tempo suficiente com os filhos. Sugeri que ele pensasse em uma maneira de mudar isso e ele decidiu que uma viagem para acampar poderia ser um exercício de como ser um bom pai. Fiquei maravilhado. Mas Carol não ficou maravilhada! Ela se recusou a ir... nenhum motivo em particular, apenas simples perversidade... e proibiu as crianças de irem com Justin. Não queria que elas dormissem no bosque. Ela tem fobia de tudo, tudo o que você possa imaginar: insetos, sumagre-venenoso, cobras, escorpiões. Além disso, ela tem problemas em ficar sozinha em casa, o que é estranho, já que não tem nenhuma dificuldade em viajar sozinha a negócios; ela é advogada, uma implacável advogada de tribunal. E Justin tampouco consegue ficar em casa sozinho. Uma *folie à deux*.

"Justin, com minha veemente incitação, é claro, insistiu que ele iria acampar, com ou sem a permissão dela. Dessa vez, ele estava batendo o pé! *'Coragem, vamos lá!'*, sussurrei. *'Agora estamos avançando.'* Ela fez o diabo, adulou, barganhou, prometeu que, se naquele ano todos eles fossem a Yosemite e ficassem no hotel Ahwahnee, então no ano seguinte ela iria acampar com eles. 'Nada de acordo', eu o orientei, 'fique firme'."

— Então, o que aconteceu?

— Justin a encarou firmemente, sem titubear. Ela cedeu e convidou a irmã para ficar com ela enquanto Justin e as crianças fossem acampar. Mas, então... entrou em cena o crepúsculo... além da imaginação... coisas estranhas começaram a acontecer. Justin, deslumbrado com seu triunfo, começou a ficar preocupado que ele não estivesse numa forma física boa o bastante para tal aventura. Seria necessário, primeiro, perder peso, ele definiu nove quilos como meta, e, depois, fortalecer as costas. Então, começou a malhar, principalmente subindo quarenta andares para chegar e sair do escritório. Durante uma das sessões de exercícios, ele desenvolveu um quadro agudo de falta de ar e passou por uma extensa avaliação médica.

— Que foi negativa, naturalmente — disse Marshal. — Não me lembro de você me contar essa história, mas acho que consigo preencher as lacunas. Seu paciente tornou-se morbidamente preocupado com o acampamento, não conseguiu perder peso, ficou cada vez mais convencido de que as costas não aguentariam e que ele não conseguiria cuidar dos filhos. Por fim, desenvolveu ataques de pânico e deixou de lado o acampamento. A família partiu para o hotel Ahwahnee e todo mundo se perguntou como o psiquiatra idiota dele chegou a cogitar um plano tão estapafúrdio assim.

— Para o hotel da Disneylândia.

— Ernest, esta é uma história muito velha. E um erro bem velho! Você pode contar com este cenário sempre que o terapeuta confundir os sintomas do sistema familiar com os sintomas do indivíduo. Foi nesse momento então que você desistiu?

Ernest assentiu.

— Foi quando mudei para um procedimento de manutenção. Presumi que ele estava paralisado para sempre na sua terapia, seu casamento, sua vida. Foi quando parei de falar sobre ele na nossa supervisão.

— Mas, agora, surge um grande e novo desenvolvimento?

— Sim. Ontem ele veio e, com uma indiferença quase total, me contou que tinha deixado Carol e ido morar com uma mulher bem mais jovem, alguém que ele mal tinha mencionado para mim. Ele me vê três vezes por semana e *esquece* de falar sobre ela.

— Arrá! Isso é interessante! E...?

— Bem, foi uma péssima hora. Estávamos fora de sincronia. Eu me senti difusamente irritado a maior parte da sessão.

— Passe rapidamente pela sessão comigo, Ernest.

Ernest narrou os eventos da sessão, e Marshal foi diretamente para a contratransferência — a resposta emocional do terapeuta para o paciente.

— Ernest, vamos focar primeiro a sua irritação com Justin. Tente reviver a consulta. Quando seu paciente lhe contou que deixou a mulher, o que você começou a sentir? Faça simplesmente uma associação livre por um minuto. Não tente ser racional. Fique solto!

Ernest se arriscou.

— Bem, foi como se ele estivesse fazendo pouco, até ridicularizando, nossos anos de bom trabalho juntos. Trabalhei o diabo durante anos com este sujeito, me fiz de bobo. Durante anos, ele foi um peso morto em minhas costas... isto é matéria bruta, Marshal.

— Continue. A *premissa* é que seja matéria bruta.

Ernest analisou seus sentimentos. Havia muitos, mas quais ele ousaria compartilhar com Marshal? Ele não estava em terapia. E desejava o respeito profissional de Marshal, também seus encaminhamentos e seu aval para o instituto de análise. Mas também queria que a supervisão fosse supervisão.

— Bem, fiquei furioso. Furioso por ele jogar na minha cara os oitenta mil dólares, furioso por ele ter simplesmente caído fora daquele casamento sem discutir comigo. Ele sabia o quanto eu tinha investido para que ele a deixasse. Nem mesmo um telefonema! E, deixe-me dizer, este cara me telefonou para falar sobre coisas incrivelmente triviais. Além disso, ele escondeu a outra mulher de mim e isso também me deixou furioso. Também fiquei irritado com a capacidade dela, a capacidade de qualquer mulher, simplesmente estalar os dedos ou sacudir a genitália e dar a ele a coragem de fazer o que não consegui em quatro anos.

— E quanto aos seus sentimentos com o fato de que ele realmente deixou a mulher?

— Bem, ele o fez! E isso é bom. Não importa como tenha feito, é bom. Mas ele não fez do jeito certo. Por que ele não conseguiu fazer do jeito certo? Marshal, isso é loucura. Matéria bruta, praticamente processo primário. Realmente, não me sinto à vontade verbalizando isso.

Marshal inclinou-se para a frente e colocou a mão no braço de Ernest, um gesto bem fora do comum para ele.

— Acredite em mim, Ernest. Isso não é nada fácil. Você está se saindo muito bem. Tente continuar.

Ernest sentiu-se estimulado. Era interessante experimentar aquele estranho paradoxo de terapia e supervisão: quanto mais ilegal, vergonhoso, sombrio era o que você revelava, mais você era recompensado! Mas suas associações tinham perdido o impulso:

— Vejamos, preciso explorar. Odiei que Justin se permitisse ser levado para qualquer lado por seu pênis. Esperava mais dele, esperava que ele conseguisse deixar aquela ogra do jeito certo. Aquela esposa dele, a Carol... ela mexe comigo.

— Faça uma associação livre com ela, apenas por um ou dois minutos — pediu Marshal. Sua frase tranquilizadora "apenas por um ou dois minutos" era uma das poucas concessões de Marshal a um contrato de supervisão, e não de terapia. Um limite de tempo curto e claro colocava fronteiras em torno da autorrevelação e fazia o processo dar a impressão de ser mais seguro para Ernest.

— Carol?... essência ruim... cabeça de górgone... mulher egoísta, limítrofe, perversa... dentes afiados... olhos estreitos e puxados... encarnação do mal... a mulher mais asquerosa que já conheci...

— Então você *de fato* a conheceu?

— Quis dizer a mulher mais asquerosa que *nunca* conheci. Só a conheço através do Justin. Mas, depois de setecentas horas, conheço-a muito bem.

— O que quis dizer quando disse que ele não fez do jeito *certo*. Qual é o jeito certo?

Ernest se contorceu. Olhou pela janela, evitando os olhos de Marshal.

— Bem, posso dizer qual o jeito *errado*: é ir da cama de uma mulher para a cama de outra. Vejamos... se eu tivesse um desejo para o Justin, o que seria? Que, por uma vez, apenas uma vez, ele fosse um *homem*! E que largasse Carol como *um homem*! Que ele decidisse que esta era a escolha errada, o jeito errado de gastar sua única vida, que ele simplesmente saísse de casa, enfrentasse seu próprio isolamento, chegasse à conclusão de quem ele é e se aceitasse, como uma pessoa, como um adulto, como um ser humano independente. O que fez é patético: abandonar sua responsabilidade, cair em transe, apaixonado por algum rosto jovem e bonito, "um anjo criado no céu", como ele disse. Mesmo que funcione por algum tempo, ele não vai crescer, não vai aprender nada!

"Bem, aí está, Marshal! Não é bonito! E não tenho orgulho disso! Mas se você quer matéria bruta, aí está. Bastante, e é patente. Posso perceber a maior parte disso sozinho!" Ernest suspirou e se recostou, exausto, esperando a resposta de Marshal.

— Você sabe, já disseram que o objetivo da terapia é se transformar na própria mãe e no próprio pai. Acho que poderíamos dizer algo análogo sobre supervisão. O objetivo é você se tornar seu próprio supervisor. Então... vamos dar uma olhada no que você vê em si mesmo.

Antes de olhar para dentro, Ernest lançou um olhar para Marshal e pensou: *Ser minha própria mãe e pai, ser meu próprio supervisor... nossa, ele é bom.*

— Bem, a coisa mais óbvia é a profundidade dos meus sentimentos. Estou excessivamente envolvido, com toda a certeza. E esta sensação louca de ultraje, de ser proprietário, de *como ele ousa* tomar esta decisão sem antes me consultar.

— Certo! — Marshal assentiu vigorosamente. — Agora, coloque lado a lado o ultraje com sua meta de diminuir a dependência dele em relação a você e de reduzir as consultas dele.

— Eu sei, eu sei. A contradição é ofuscante. Quero que ele quebre sua ligação comigo, mas, mesmo assim, fico com raiva quando ele age independentemente. É um sinal saudável quando ele insiste no seu mundo privado, até escondendo de mim essa mulher.

— Não apenas um sinal saudável — disse Marshal —, mas um sinal de que você estava fazendo uma boa terapia. Muito boa mesmo! Quando você trabalha com um paciente dependente, sua recompensa é a rebeldia, não a ingratidão. Sinta-se feliz com isso.

Ernest ficou comovido. Sentou-se em silêncio, segurando as lágrimas, digerindo com gratidão o que Marshal lhe tinha dado. Há tantos anos um cuidador, não estava acostumado a ser cuidado por outros.

— O que você enxerga — continuou Marshal — nos seus comentários sobre o jeito certo de Justin largar a mulher?

— Minha arrogância! Uma única maneira: a *minha* maneira! Mas é muito forte. Sinto-o ainda agora. Estou decepcionado com Justin. Queria mais dele. Acho que estou falando como um pai exigente, eu sei!

— Você está assumindo uma postura forte, tão extrema que você mesmo não acredita nela. Por que tão forte, Ernest? De onde vem o ímpeto? E quanto às suas exigências consigo mesmo?

— Mas eu realmente *acredito* nisso! Ele saiu de uma posição dependente para outra, de uma esposa-demônio-mãe para outra anjo-mãe. E, sentindo-se desmaiar, apaixonando-se, a coisa do "anjo do céu", ele está numa fusão de grande felicidade, como uma ameba incompletamente dividida, ele disse... qualquer coisa para evitar enfrentar seu próprio isolamento. E é o medo do isolamento que o manteve nesse casamento letal todos esses anos. Preciso ajudá-lo a enxergar isso.

— Mas tão forte assim, Ernest? Tão exigente? Acho que, teoricamente, você está certo, mas qual paciente em processo de divórcio conseguirá algum dia atingir esse padrão? Você exige o herói existencial. Ótimo para romances, mas, quando olho para trás e penso nos meus anos de consultório, não consigo me lembrar de um único paciente que tenha deixado um cônjuge daquela maneira nobre. Portanto, deixe-me perguntar de novo, de onde vem esse ímpeto? O que dizer das questões semelhantes na sua própria vida? Sei que sua esposa morreu num acidente de carro há vários anos. Mas não sei muito mais sobre sua vida com mulheres. Você casou novamente? Passou por um divórcio?

Ernest balançou a cabeça, e Marshal continuou:

— Avise-me se eu estiver indo longe demais, se estivermos cruzando o limite entre terapia e supervisão.

— Não, você está na pista certa. Nunca voltei a casar. Minha mulher, Ruth, morreu há seis anos. Mas a verdade é que nosso casamento tinha acabado muito antes. Estávamos vivendo separados, mas na mesma casa, simplesmente continuando juntos por comodidade. Tive muita dificuldade em deixar Ruth, mesmo sabendo muito cedo, ambos sabíamos, que éramos errados um para o outro.

— Portanto — Marshal insistiu —, voltando ao Justin e sua contratransferência...

— Obviamente eu tinha algum trabalho a fazer e precisava parar de pedir a Justin para fazê-lo por mim. — Ernest olhou para cima, para o ornamentado relógio Luís XIV folheado a ouro na cornija da lareira de Marshal, só para lembrar, mais uma vez, que era puramente decorativo. Ele olhou para o seu relógio: — Restam cinco minutos. Deixe-me discutir outro ponto.

— Você mencionou algo sobre uma palestra numa livraria e um encontro social com uma ex-paciente.

— Bem, antes há outra coisa. A questão toda de se eu deveria ter confessado francamente minha irritação a Justin quando ele me questionou. Quando ele me acusou de tentar dissuadi-lo de sua felicidade amorosa, ele estava com toda a razão. Ele estava lendo corretamente a realidade. Acho que, *por não confirmar suas percepções precisas*, eu estava fazendo antiterapia.

Marshal balançou a cabeça severamente.

— Pense nisso, Ernest: o que você teria dito?

— Bem, uma possibilidade era ter simplesmente contado a verdade a Justin, mais ou menos o que lhe contei hoje.

Era o que Seymour Trotter teria feito. Mas, é claro, Ernest não mencionou isso.

— Como o quê? O que você quer dizer?

— Que eu tinha me tornado inadvertidamente possessivo; que posso tê-lo confundido por desestimular sua independência com relação à terapia; e também que posso ter deixado que alguns dos meus problemas pessoais turvassem a minha visão.

Marshal estivera olhando fixamente para o teto e de repente olhou para Ernest, esperando ver um sorriso no rosto. Mas não havia nenhum sorriso.

— Está falando sério, Ernest?

— Por que não?

— Não vê que você já está envolvido demais nisso? Quem disse que o objetivo da terapia é ser verdadeiro sobre tudo? *O ponto central, o primeiro e único ponto, é sempre agir no interesse do paciente.* Se os terapeutas descartassem as diretrizes estruturais e, em vez disso, decidissem fazer do seu próprio jeito, improvisar de qualquer maneira, ser sincero o tempo todo, ora, imagine, a terapia se transformaria em caos. Imagine um general com um rosto lúgubre andando entre seus soldados, retorcendo as mãos na véspera de uma batalha. Imagine contar a uma pessoa gravemente limítrofe que, não importa o quanto ela se esforce, ela está fadada a outros vinte anos de terapia, outras 15 internações, outros doze cortes de pulso ou overdoses. Imagine contar ao seu paciente que você está cansado, entediado, flatulento, esfomeado, que está farto de ouvir ou simplesmente morrendo de vontade de entrar numa quadra de basquete. Três vezes por semana jogo basquete ao meio-dia e, durante uma ou duas horas antes, sou inundado com fantasias de arremessos com salto e lances com giro em direção à cesta. Devo contar essas coisas ao paciente?

"Claro que não!", Marshal respondeu a própria pergunta. "Guardo essas fantasias para mim. E se elas atrapalharem a terapia, então analiso minha própria contratransferência ou faço exatamente o que você está fazendo nesse exato momento, e se saindo bem, devo acrescentar: trabalho nela com um supervisor."

Marshal olhou o relógio.

— Desculpe por me alongar tanto. Estamos ficando sem tempo. E parte disso é culpa minha por falar sobre o Comitê de Ética. Na semana que vem, quero lhe dar os detalhes sobre você começar um mandato no comitê. Mas agora, por favor, Ernest, fale dois minutos sobre o encontro na livraria com sua ex-paciente. Sei que isso estava na sua agenda.

Ernest começou a guardar as anotações na maleta.

— Ah, não foi nada dramático, mas a situação foi interessante, o tipo de coisa que poderia gerar uma boa discussão num grupo de estudo do instituto. No início da noite, uma mulher muito atraente flertou agressivamente comigo, e eu, por um instante ou dois, correspondi ao flerte. Então, ela me disse que tinha sido minha paciente por um período curto, bem curto, num grupo, há cerca de dez anos, no meu primeiro ano de residência, que a terapia tinha sido bem-sucedida e que ela estava indo muito bem em sua vida.

— E...? — perguntou Marshal.

— Então ela me convidou para um encontro depois da palestra, apenas tomar um café na própria livraria.

— E o que você fez?

— Dei uma desculpa, é claro. Disse que tinha um compromisso naquela noite.

— Hum... sim, entendo o que você quer dizer. É uma situação interessante. Alguns terapeutas, mesmo alguns analistas, poderiam ter se encontrado com ela por um breve momento para um café. Alguns poderiam dizer, dado que você a viu somente numa curta terapia, e em grupo, que você estava sendo rígido demais. Mas — Marshal se levantou para sinalizar o fim da consulta — concordo com você, Ernest. Você fez a coisa certa. Eu teria feito exatamente o mesmo.

CAPÍTULO
5

OM 45 MINUTOS livres antes do seu próximo paciente, Ernest saiu para uma longa caminhada pela Fillmore até Japantown. Tinha ficado inquieto, por vários motivos, com a sessão de supervisão, em especial com o convite, ou melhor, a intimação de Marshal para que fizesse parte do Comitê Estadual de Ética Médica.

Marshal tinha, de fato, ordenado que ele integrasse a força policial da profissão. E, se ele quisesse se tornar um analista, não poderia se afastar de Marshal. Mas por que Marshal estava pressionando tanto? Ele deveria saber que a função não era apropriada para Ernest. Quanto mais pensava no assunto, mais ansioso ficava. Não era uma sugestão inocente. Com certeza, Marshal estava lhe enviando uma espécie de mensagem retorcida, codificada. Talvez: "Veja com seus próprios olhos o destino dos psiquiatras incontinentes."

Acalme-se, não faça disso um grande drama, disse Ernest a si mesmo. Talvez os motivos de Marshal fossem totalmente benignos. Provavelmente, cumprir um mandato nesse comitê facilitaria a aceitação como candidato ao instituto de análise. Mesmo assim, Ernest não gostou da ideia. Sua natureza era entender alguém em termos humanos, não condenar. Ele tinha agido como policial somente uma vez antes, com Seymour Trotter, e, embora seu comportamento tenha sido publicamente impecável naquela ocasião, ele resolvera nunca mais participar de outro julgamento.

MENTIRAS NO DIVÃ

Ernest olhou o relógio: somente 18 minutos antes do primeiro de seus quatro pacientes da tarde. Comprou duas maçãs fuji de um armazém na Divisadero e as devorou enquanto voltava apressado ao consultório. Almoços rápidos de maçãs ou cenouras eram a mais recente de uma longa série de estratégias para perder peso, todas elas um estrondoso fracasso. Ernest ficava tão faminto à noite que devorava o equivalente a vários almoços durante o jantar.

A simples verdade: Ernest era um glutão. Comia muito e nunca perderia peso simplesmente trocando as proporções durante o dia. A teoria de Marshal (que Ernest secretamente considerava uma bobagem analítica) era que ele fazia demais as vezes de uma mãe na terapia, permitia-se ser sugado por seus pacientes até quase secar, então se empanturrava para preencher seu vazio. Na supervisão, Marshal tinha repetidamente incitado-o a se doar menos e a dizer menos, limitando-se a apenas três ou quatro interpretações a cada consulta.

Dando uma olhada à sua volta — Ernest detestaria que um paciente o visse comendo —, continuou a refletir sobre a sessão de supervisão. "O general torcendo as mãos diante dos soldados na véspera de uma batalha!" Soava bem. Tudo o que Marshal disse naquele atrevido sotaque bostoniano soava bem. Quase tão bem quanto a palestra em Oxford dos dois analistas britânicos no Departamento de Psiquiatria. Ernest ficou maravilhado com a maneira como ele e todos os demais se prenderam a cada palavra deles, mesmo que ainda não tivesse ouvido nenhum deles expressar um pensamento original.

E Marshal também soava bem. Mas o que ele realmente tinha dito? Que Ernest deveria se ocultar, que deveria esconder quaisquer dúvidas ou incertezas. E quanto ao general retorcendo as mãos... que tipo de analogia era aquela? Que diabo o campo de batalha tinha a ver com ele e Justin? Estaria ocorrendo uma guerra? Seria ele um general? Justin, um soldado? Puro sofisma!

Esses pensamentos eram perigosos. Nunca antes Ernest se permitira ser tão crítico a Marshal. Ele chegou ao consultório e começou a esquadrinhar suas anotações em preparação para o próximo paciente. Ernest não se permitia nenhum tempo ocioso para devaneios pessoais quando estava prestes a atender um paciente. Pensamentos hereges sobre Marshal teriam de esperar. Uma das regras fundamentais da terapia de Ernest era dar a cada paciente cem por cento de sua atenção.

Ele frequentemente citava esta regra quando os pacientes reclamavam que pensavam nele muito mais do que ele pensava nos pacientes, que ele não era nada mais que um amigo alugado por hora. Ele geralmente respondia que, quando estava com eles no aqui-e-agora da terapia, estava inteira e integralmente com eles. Sim, é claro que os pacientes pensavam mais nele do que o contrário. Como poderia ser de outra maneira? Ele tinha muitos pacientes, eles tinham um único terapeuta. Seria de alguma forma diferente para o professor com muitos alunos ou pais com muitos filhos? Ernest muitas vezes ficava tentado a dizer aos pacientes que, quando ele estivera em terapia, sentira o mesmo por seu terapeuta, mas esse era exatamente o tipo de revelação que provocava a mais severa crítica de Marshal.

"Pelo amor de Deus, Ernest", ele diria. "Guarde alguma coisa para seus amigos. Seus pacientes são clientes, não amigos." Mas, ultimamente, Ernest estava começando a questionar mais seriamente a discrepância entre as personas pessoal e profissional.

Seria tão impossível que terapeutas fossem genuínos, autênticos, em todos os encontros? Ernest pensava numa fita que recentemente ouvira do Dalai Lama falando para uma plateia de professores budistas. Um dos membros da plateia tinha lhe perguntado sobre a exaustão do professor e se seria aconselhável um tempo de folga estruturado. O Dalai Lama deu uma risadinha e disse: "O Buda teve folga? Jesus Cristo teve folga?"

Mais tarde naquela mesma noite, durante o jantar com seu velho amigo Paul, ele voltou a esses pensamentos. Paul e Ernest se conheciam desde o sexto ano e a amizade deles se solidificara durante a faculdade de medicina e residência na Johns Hopkins, quando dividiram um quarto numa pequena casa branca em Mount Vernon Place, em Baltimore.

MENTIRAS NO DIVÃ

Nos últimos anos, a relação de amizade vinha sendo conduzida principalmente por telefone, já que Paul, recluso por natureza, vivia num terreno de oito hectares coberto de bosques no contraforte de Sierra, a três horas de carro de São Francisco. Eles tinham feito uma promessa de passar uma noite por mês juntos. Às vezes, se encontravam a meio caminho, outras, alternavam a viagem de carro. Era o mês de Paul viajar e eles se encontraram para um jantar cedo. Paul nunca mais passara a noite; sempre misantrópico, tinha se tornado cada vez mais à medida que envelhecia e recentemente havia desenvolvido uma forte aversão a dormir em qualquer lugar que não sua própria cama. Ficava impassível às interpretações de Ernest sobre o pânico homossexual ou a suas gozações sobre colocar o amado cobertor e o colchão no carro.

A crescente satisfação de Paul com as jornadas interiores era uma fonte de aborrecimento para Ernest, que sentia falta do seu companheiro de viagens de antes. Embora Paul fosse extremamente culto em psicoterapia — certa vez ele passara um ano como candidato no Instituto Junguiano de Zurique —, a predileção pela vida rural limitava a clientela de pacientes de longo prazo. Ele ganhava a vida como psicofarmacologista numa clínica psiquiátrica do condado. Mas esculpir era sua verdadeira paixão. Trabalhando em metal e vidro, dava uma forma gráfica às suas mais profundas preocupações psicológicas e existenciais. A peça favorita de Ernest era a que tinha sido dedicada a ele: uma enorme tigela de barro contendo uma pequena figura em bronze que agarrava uma grande rocha enquanto examinava inquisitivamente por sobre a borda. Paul a tinha chamado de Sísifo curtindo a paisagem.

Jantaram no Grazie, um pequeno restaurante em North Beach. Ernest foi direto do consultório, vestido elegantemente num paletó cinza-claro com um colete em xadrez preto e verde. O traje de Paul — botas de caubói, camisa xadrez e gravata fininha presa por uma grande pedra azul-turquesa — não condizia com sua barba professoral pontuda e seus óculos de aro grosso. Parecia um cruzamento entre Espinosa e Roy Rogers.

Ernest pediu uma grande refeição, enquanto Paul, vegetariano, desagradou o garçom italiano recusando todas as suas sugestões e pedindo apenas uma salada de abobrinha marinada e grelhada. Ernest não perdeu tempo contando a Paul os eventos da sua semana. Mergulhando sua focaccia em azeite de oliva, ele descreveu seu encontro na livraria com Nan Carlin e se queixou de ter fracassado com as três mulheres que abordara naquela semana.

— Aqui está você, num tesão dos infernos — disse Paul, olhando detidamente através de seus óculos grossos e comendo calma e alegremente a sua salada de radicchio —, e ouça o que está falando: uma linda mulher vem atrás de você e, por causa de alguma desculpa disparatada de tê-la visto vinte anos atrás...

— Não de tê-la "visto", Paul; fui seu terapeuta. E foi há dez anos.

— Dez anos, então. Porque ela foi membro do seu grupo por algumas sessões dez anos atrás, meia geração atrás, você não pode ter um relacionamento diferente com ela agora? Ela provavelmente está com fome de sexo e a melhor coisa que você poderia ter lhe oferecido era o seu pau.

— Espere aí, Paul, fale sério... Garçom! Mais focaccia, azeite e Chianti, por favor.

— Estou falando sério — continuou Paul. — Sabe por que você nunca vai pra cama? Ambivalência. Um oceano, um grande oceano de ambivalência. É um motivo diferente a cada vez. Com Myrna, você teve medo de que ela se apaixonasse por você e ficasse permanentemente magoada. Com a não-sei-quem do mês passado, você teve medo de que ela percebesse que você só estava interessado em seus grandes seios e se sentisse usada. Com Marcie, você temia que uma travessura na cama com você destruísse o casamento dela. As letras são diferentes, mas a música é sempre a mesma: a dama admira você, você age com nobreza, não vai para cama com ela, a dama o respeita ainda mais e, então, volta para casa e vai para a cama com o vibrador.

— Não posso ligar e desligar. Não posso ser um modelo de responsabilidade durante o dia e, à noite, ficar na fila da curra.

— Fila da curra? Ouça você falando! Você não consegue acreditar que existam tantas mulheres interessadas em sexo casual quanto nós. Tudo o que estou dizendo é que você mesmo se encurralou num beco sem saída de tesão piedoso. Você assume muita responsabilidade "terapêutica" por todas as mulheres, não lhes dá aquilo que elas talvez realmente queiram.

O argumento de Paul foi um golpe certeiro. De uma maneira curiosa, era parecido com o que Marshal vinha dizendo há anos: não usurpe a responsabilidade pessoal dos outros. Não almeje ser a mama universal. Se quiser que as pessoas cresçam, ajude-as a aprender a ser sua própria mãe e seu próprio pai. Apesar da rabugice misantrópica de Paul, seus *insights* eram invariavelmente incisivos e criativos.

— Paul, não vejo você ministrando as necessidades de peregrinas sexualmente carentes.

— Mas não me vê reclamando. Não sou eu quem está sendo guiado pelo meu pau. Não mais. E não sinto falta disso. Envelhecer não é de todo ruim. Acabei de terminar uma ode à "tranquilidade gonadal".

— Ugh! "Tranquilidade gonadal!" Realmente vejo isso gravado no tímpano do seu mausoléu.

— Tímpano? Boa palavra, Ernest. — Paul a anotou no seu guardanapo e enfiou-o no bolso da camisa de flanela xadrez. Ele tinha começado a escrever poesia para acompanhar suas peças de escultura e coligia palavras interessantes. — Mas não estou morto, apenas sossegado. Pacífico. Não o cara que está fugindo da coisa jogada no meu colo. Aquela na livraria que quer um pouco de sexo com o psiquiatra? Mande-a para mim. Garanto que não vou arrumar uma desculpa para não ir para a cama com ela. Diga-lhe que ela pode contar com um homem esclarecido e, ao mesmo tempo, voraz.

— Falei sério sobre apresentá-lo a Irene, aquela mulher bem-arrumada que conheci através dos anúncios pessoais. Você está mesmo interessado?

— Só se ela ficar satisfeita com o que receber, não ficar se intrometendo na minha casa e voltar para casa na mesma noite. Ela pode espremer qualquer coisa que quiser, contanto que não seja suco de laranja pela manhã.

Ernest levantou o olhar do seu minestrone para captar o sorriso de Paul. Mas não havia nenhum sorriso. Só os olhos arregalados de Paul olhando atentamente através de seus óculos grossos.

— Paul, temos que enfrentar isso. Você está sendo levado à misantropia terminal. Mais um ano e você terá se mudado para uma caverna na montanha, com uma imagem de São Jerônimo na parede.

— Santo Antônio, você quer dizer. São Jerônimo viveu no deserto e se associou aos pedintes. Detesto pedintes. E o que você tem contra cavernas?

— Quase nada, só os insetos, o frio, a umidade, a escuridão, a cavernosidade... Ah, que inferno, este projeto é grande demais para esta noite, especialmente sem a cooperação do sujeito em questão.

O garçom se aproximou, olhou para baixo avaliando a entrada de Ernest.

— Deixe-me adivinhar quem fica com o quê. O ossobuco, o fagiolini e o acompanhamento do gnocchi al pesto devem ser para você? — perguntou ele, colocando-os na frente de Paul num gesto brincalhão. — E você — voltando-se para Ernest —, você vai adorar estes vegetais frios e secos.

Ernest riu.

— Abobrinha demais. Não consigo comer tudo isso! — Ele trocou os pratos e pôs mãos à obra. — Fale sério comigo sobre meu paciente Justin — disse entre os bocados de comida — e a orientação que estou recebendo de Marshal. Isso realmente está me deixando agitado, Paul. Por um lado, Marshal parece saber o que está fazendo, quero dizer, afinal, existe um corpo de conhecimento real neste negócio. A ciência da psicoterapia tem quase cem anos...

— Ciência? Está brincando? Droga, quase tão científico quanto a alquimia. Talvez menos!

— Tá certo. A arte da terapia... — Ernest percebeu a carranca de Paul e tentou se corrigir. — Ah, você sabe o que quero dizer... o campo, o empreendimento... O que quero dizer é que, por cem anos, houve muitas pessoas brilhantes neste campo. Freud não era intelectualmente indolente, você sabe. Não são muitos os que estão à altura dele. E todos esses analistas gastando décadas, milhares, dezenas de milhares de horas ouvindo os pacientes. É esse o argumento de Marshal: que seria o cúmulo da arrogância ignorar tudo o que eles aprenderam, simplesmente para inventar tudo de novo, para inventar enquanto vou em frente.

Paul balançou a cabeça.

— Não aceite esta estupidez de que ouvir invariavelmente gera conhecimento. Há coisas como o ouvir indisciplinado, a concretização do erro, a desatenção seletiva, as profecias que se autorrealizam, incitar inconscientemente o paciente a lhe dar o material que você quer ouvir. Quer fazer algo interessante? Vá até as estantes da biblioteca, escolha um texto de hidroterapia do século XIX, não um resumo histórico, mas o texto original. Vi textos de mil páginas com as mais precisas instruções; temperatura da água, duração da imersão, força do borrifo, a sequência correta de calor e frio, e tudo calibrado para cada tipo específico de diagnóstico. Bem impressionante, bem quantitativo, bem científico, mas não tem nada a ver com a realidade. Portanto, não fico impressionado com a "tradição", e você também não deveria. Outro dia, algum especialista em eneagrama reagiu a uma contestação alegando que o eneagrama tinha suas raízes nos antigos textos sagrados sufistas. Como se quisesse dizer que deveria ser levado a sério. Tudo o que provavelmente significava, e ele não gostou que eu lhe dissesse, era que num grupo informal de discussão, há muitíssimo tempo, alguns condutores de camelo, reunidos em torno de pilhas de esterco seco, remexiam esterco na areia e desenhavam diagramas de personalidade.

— Estranho... fico me perguntando por que ele não gostou disso — disse Ernest, enquanto acabava com o que restava do molho de pesto com um naco de focaccia.

Paul continuou:

— Sei em que você está pensando: misantropia terminal, especialmente com os especialistas. Contei sobre minha decisão de Ano-Novo? Irritar um especialista todos os dias! Essa pose dos especialistas é tudo uma farsa. A verdade é que muitas vezes não sabemos o que estamos fazendo. Por que não sermos verdadeiros, por que não admiti-lo, por que não ser um ser humano com o seu paciente?

"Já lhe contei", Paul continuou, "sobre minha análise em Zurique? Consultei um tal dr. Feifer, um cara da velha-guarda, que tinha sido um associado próximo de Jung. Falou sobre autorrevelação do terapeuta! Este cara me contava os sonhos dele, especialmente se um sonho me envolvia ou se envolvia remotamente algum tema, mesmo que indiretamente, relevante para minha terapia. Você leu *Memórias, sonhos, reflexões*, de Jung?"

Ernest assentiu.

— É um livro bizarro. Desonesto também.

— Desonesto? Desonesto como? Coloque-o em sua agenda para o mês que vem. Mas, por ora, se lembra dos comentários dele sobre o curador ferido?

— Que somente o curador ferido pode verdadeiramente curar?

— O velho foi além disso. Disse que a situação terapêutica ideal ocorria quando o paciente trazia o emplasto perfeito para a ferida do terapeuta.

— O paciente ministra a ferida do terapeuta? — perguntou Ernest.

— Exatamente! Imagine só as implicações disso! Explode a droga da sua cabeça! E não importa o que você pense de Jung, Deus sabe que ele não era nenhum palerma. Não da classe de Freud, mas perto. Bem, muitos do círculo inicial de Jung adotaram essa ideia bem literalmente e trabalhavam em seus próprios problemas quando eles surgiam na terapia. Meu analista não apenas me contou seus sonhos; entrou em uma análise muito pessoal nas interpretações dele sobre os sonhos, inclusive, em certa ocasião, seus ardentes desejos homossexuais por mim. Nessa hora, quase que saí correndo do consultório dele. Descobri mais tarde que ele não estava realmente interessado no meu traseiro peludo. Estava ocupado demais trepando com duas de suas pacientes.

— Aprendeu isso do decano, tenho certeza — disse Ernest.

— Sem dúvida. O velho Jung não tinha nenhum escrúpulo em dar em cima das pacientes. Aqueles primeiros analistas eram inteiramente predatórios, praticamente todos eles. Otto Rank estava trepando com Anaïs Nin, Jung estava trepando com Sabina Spielrein e Toni Wolff, e Ernest

Jones trepou com todo mundo, teve que sair de pelo menos duas cidades por causa de escândalo sexual. E, é claro, Ferenczi teve dificuldade em manter suas mãos longe de seus pacientes. Praticamente o único que não o fez foi o próprio Freud.

— Provavelmente porque estava ocupado demais se dedicando a Minna, sua cunhada.

— Não, não acho — replicou Paul. — Não há nenhuma evidência real disso. Acho que Freud chegou prematuramente à tranquilidade gonadal.

— Obviamente você tem sentimentos tão fortes quanto eu sobre ser predador das pacientes. Então, como você se sentiu, há alguns minutos, quando lhe contei sobre a ex-paciente que encontrei na livraria?

— Sabe o que essa cena me fez lembrar? O meu tio ortodoxo Morris, que se mantinha tão kosher que não comia um sanduíche de queijo numa lanchonete não kosher: ele tinha medo de que fosse cortado com uma faca que antes tivesse cortado um sanduíche de presunto. Há responsabilidade e há fanatismo com máscara de responsabilidade. Que diabo, lembro-me das nossas sociais em Hopkins com estudantes de enfermagem: você invariavelmente saía de lá correndo e voltava para o seu romance, ou, então, ia atrás daquela que fosse mais receptiva. Lembra da Mathilda Gallo? Nós a chamávamos de "Mathilda Galinha"? Era a que você escolheria! E aquela maravilhosa que costumava segui-lo por toda parte, você a evitava como quem evita a peste. Como ela se chamava?

— Betsy. Ela parecia incrivelmente frágil e, mais, o namorado dela era um detetive da polícia.

— Olha aí, é isso que quero dizer! Fragilidade, namorado. Ernest, esses problemas são dela, não seus. Quem foi que o nomeou terapeuta mundial? Mas me deixe terminar de contar sobre dr. Feifer. Em várias ocasiões, ele costumava trocar de cadeira comigo.

— Trocar de cadeira?

— Literalmente. Algumas vezes, bem no meio da consulta, ele se levantava e sugeria que eu me sentasse na cadeira dele, e ele, na minha. Ele poderia começar a falar sobre as suas dificuldades pessoais com o problema que eu estava discutindo. Ou, então, poderia revelar alguma forte contratransferência e trabalhar nisso imediatamente.

— Isto é parte do cânone junguiano?

— De certa maneira, sim. Ouvi dizer que Jung fez alguma experimentação com esta estranha figura chamada Otto Gross.

— Alguma coisa escrita sobre isso?

— Não tenho certeza. Sei que Ferenczi e Jung conversaram sobre troca de cadeiras e fizeram experiências com isso. Nem mesmo tenho certeza de quem fez isso com quem.

— Então, o que seu analista revelou a você? Dê um exemplo.

— A revelação de que me lembro mais claramente tinha a ver com o fato de eu ser judeu. Embora ele pessoalmente não fosse antissemita, o pai fora um simpatizante nazista suíço e ele tinha uma grande vergonha disso. Ele me contou que esse foi o principal motivo para ele se casar com uma mulher judia.

— E como isso afetou sua análise?

— Bem, olhe para mim! Já viu alguém mais integrado?

— Certo. Mais uns dois anos com ele e, a esta altura, você já teria levantado uma parede de tijolos na entrada da caverna! Sério, Paul, o que aconteceu?

— Você sabe o quanto a atribuição é difícil, mas minha melhor leitura é que a revelação dele nunca atrapalhou o processo. De modo geral, ajudou. Me libertou, me permitiu acreditar nele. Lembre-se de que, em Baltimore, consultei três ou quatro analistas ríspidos e nunca voltei para uma segunda sessão.

— Eu fui bem mais submisso do que você. Olivia Smithers foi a primeira analista que consultei e fiquei com ela por cerca de seiscentas horas. Ela era uma analista didata e, portanto, imaginei que deveria saber o que estava fazendo, e, se eu não conseguisse entender, então o problema era meu. Grande erro. Gostaria de ter de volta aquelas seiscentas horas. Ela não compartilhou nada sobre ela mesma. Nunca tivemos um momento honesto entre nós.

— Bom, não quero lhe dar a ideia errada do meu relacionamento com Feifer. Uma revelação *à la suisse* não é necessariamente verdadeira. Na maior parte do tempo, ele não se relacionava comigo. Sua autorrevelação era pontuada. Ele não olharia para mim, sentado a uns três metros de distância e, então, de repente, se abriria num estalo, como uma caixa de surpresas, e me contaria o quanto queria decapitar o pai ou trepar com a irmã. Então, no minuto seguinte, ele voltaria, num estalar de dedos, à sua persona rígida, arrogante.

— Estou mais interessado no contínuo realismo do relacionamento — disse Ernest. — Pense naquela sessão com Justin que lhe contei. Ele deve ter percebido que eu estava magoado com ele, que estava sendo mesquinho. Veja o paradoxo em que o coloquei: primeiro, digo a ele que a finalidade da minha terapia é melhorar seu modo de se relacionar com os outros. Segundo, tento formar um relacionamento autêntico com ele. Terceiro, acontece uma situação em que ele percebe, com grande precisão, algum aspecto problemático do nosso relacionamento. Então, pergunto a você: se eu negar a observação correta dele, do que você chamaria isso senão antiterapia?

— Por Deus, Ernest, você não acha que está insistindo num único e minúsculo evento na história da humanidade? Sabe quantos pacientes atendi hoje? Vinte e dois! E isso porque parei cedo para vir até aqui. Dê a esse sujeito um pouco de Prozac e marque uma consulta de 15 minutos nas próximas semanas. Você realmente acha que ele estaria pior?

— Que inferno, esqueça isso, Paul, já passamos por essa discussão. Fique comigo pelo menos dessa vez.

— Bem, então simplesmente o faça. Faça a experiência; troque de cadeiras durante a sessão e seja um verdadeiro contador da verdade. Você diz que o vê três vezes por semana. Você quer que ele desmame de você, que ele o desidealize; portanto, mostre-lhe algumas das suas limitações. Quais seriam os riscos?

— Provavelmente poucos riscos com Justin, exceto que, depois de tantos anos, ele ficaria confuso com uma mudança radical na técnica. A idealização é tenaz. Poderia até ser um tiro pela culatra. Conhecendo Justin, ele provavelmente me idealizaria ainda mais por ser tão honesto.

— E daí? Você então chamaria a atenção dele para isso.

— Tem razão, Paul. A verdade é que o risco real não é para o paciente, mas para mim. Como posso ser supervisionado por Marshal e fazer algo ao qual ele se opõe com tanta intensidade? E certamente não posso mentir a um supervisor. Imagine pagar 160 dólares por hora para mentir.

— Talvez você esteja profissionalmente maduro. Talvez tenha chegado a hora de parar de consultar Marshal. Ele pode até concordar com isso. Você teve seu aprendizado.

— Rá! No mundo da análise, nem sequer comecei. Preciso de uma análise didática completa, talvez quatro ou cinco anos, anos de aulas, anos de supervisão intensiva nos meus casos de treinamento prático.

— Bem, isso ocupa perfeitamente bem o restante da sua vida — respondeu Paul. — É o *modus operandi* da ortodoxia. Eles asfixiam um jovem e perigoso cérebro que está florescendo no estrume da doutrina durante alguns anos até que ele passe a semear. Então, quando a última partícula de criatividade tiver sido soprada e eliminada, eles diplomam o iniciado e confiam que ele, em sua imbecilidade, perpetue o santo livro. É assim que funciona, não é? Qualquer contestação de um trainee seria interpretada como resistência, não seria?

— Algo assim. Com certeza, Marshal interpretaria qualquer experimentação como encenação ou, como ele o coloca, como minha incontinência terapêutica.

Paul fez um sinal para o garçom e pediu um café espresso.

— Existe uma longa história de terapeutas fazendo experiências com autorrevelação. Acabei de começar a ler os novos diários clínicos de Ferenczi. Fascinante. Do círculo íntimo de Freud, só Ferenczi teve coragem de desenvolver tratamentos mais eficientes. O velho estava muito preocupado com a teoria, o cuidado e a preservação do seu movimento para prestar muita atenção aos resultados clínicos. Além disso, acho que ele era cínico demais, estava convencido demais da inexorabilidade do desespero humano para esperar que alguma mudança real pudesse ocorrer a partir de qualquer forma de tratamento psicológico. Logo, Freud tolerava Ferenczi, amava-o de uma forma, tanto quanto era capaz de amar uma pessoa. Costumava levar Ferenczi nas férias com ele e analisá-lo enquanto caminhavam juntos. Mas todas as vezes que Ferenczi ia longe demais em sua experimentação, todas as vezes que seus procedimentos ameaçavam dar à psicanálise uma má fama, então Freud atacava com dureza, muita dureza. Existe uma carta de Freud repreendendo Ferenczi por entrar na sua terceira puberdade.

— Mas Ferenczi não mereceu isso? Não estava dormindo com pacientes?

— Não tenho tanta certeza. É possível, mas acho que ele perseguia o mesmo objetivo que você: uma maneira de humanizar o procedimento terapêutico. Leia o livro. Acho que traz um material interessante sobre aquilo que ele chama de análise "dupla" ou "mútua": ele analisa o paciente por uma hora e a hora seguinte o paciente o analisa. Vou lhe emprestar o livro, assim que você devolver os outros 14. E todas as multas vencidas.

— Obrigado, Paul. Mas já o tenho. Está na minha estante esperando a sua vez. Mas sua oferta de um empréstimo... Fico comovido com ela, para não dizer desconcertado.

Durante vinte anos, Paul e Ernest tinham recomendado livros um ao outro, principalmente romances, mas também não ficção. A especialidade de Paul eram os romances contemporâneos, em particular aqueles ignorados ou repudiados pelo establishment nova-iorquino, enquanto Ernest se deliciava em surpreender Paul com escritores mortos, praticamente esquecidos, como Joseph Roth, Stefan Zweig ou Bruno Schulz. Emprestar livros estava fora de questão. Paul não gostava de dividir, nem mesmo comida, sempre frustrando o desejo de Ernest de dividir as entradas. As paredes da casa de Paul estavam cobertas de livros e ele frequentemente passava os olhos por eles, sentindo novamente a alegria de vivenciar velhas amizades com cada um. Ernest também não gostava de emprestar livros. Lia até mesmo os best-sellers efêmeros, com lápis na mão, sublinhando partes que o comoveram ou o fizeram pensar, possivelmente para usar em seus próprios textos. Paul procurava palavras e imagens poéticas interessantes, Ernest, ideias.

Quando chegou em casa naquela noite, Ernest levou uma hora passando os olhos no diário de Ferenczi. Também começou a pensar sobre os comentários de Seymour Trotter sobre contar a verdade na terapia. Seymour disse que devemos mostrar aos pacientes que comemos a comida que nós cozinhamos, que, quanto mais abertos, quanto mais genuínos nos tornarmos, mais eles seguirão o exemplo. Apesar da desonra terminal de Trotter, Ernest intuiu que havia nele um quê de mago.

E se ele seguisse a sugestão de Trotter? Revelar-se totalmente a um paciente? Antes que a noite tivesse terminado, Ernest tomou uma ousada decisão: conduziria um experimento empregando uma terapia radicalmente igualitária. Ele se revelaria inteiramente, tendo um único objetivo: estabelecer um autêntico relacionamento com esse paciente e partir da premissa de que o relacionamento, somente o relacionamento e por si só, seria curativo. Nada de reconstrução histórica, nada de interpretações do passado, nada de explorações do desenvolvimento psicossexual. Ele não se concentraria em nada além daquilo que estivesse entre ele e o paciente. E ele começaria o experimento imediatamente.

Mas quem seria o paciente experimental? Nenhum dos seus atuais pacientes; a transição para o novo método seria desastrosa. Melhor, muito melhor, fazer um novo começo com um novo paciente.

Ele pegou sua agenda e examinou os compromissos do dia seguinte. Havia uma nova paciente às dez da manhã chamada Carolyn Leftman. Ele não sabia nada dela, exceto que tinha ido por conta própria, depois de assistir à palestra dele na livraria Printer's Inc., em Palo Alto. "Bem, quem quer que você seja, Carolyn Leftman, você está prestes a entrar numa experiência terapêutica inédita", disse ele, e então apagou a luz.

CAPÍTULO
6

ÀS 9H45, CAROL chegou ao consultório de Ernest e, seguindo as instruções que recebera quando telefonou para marcar a consulta, entrou sem ser anunciada na sala de espera. Como a maioria dos psiquiatras, Ernest não tinha recepcionista. Carol havia chegado cedo para ter alguns minutos para se acalmar, repassar a história clínica que tinha inventado e mergulhar no seu personagem. Sentou-se no mesmo sofá de couro verde em que Justin habitualmente se sentava. Apenas duas horas antes, Justin tinha subido impetuosa e alegremente as escadas e amarrotado o mesmo acolchoado em que agora Carol estava sentada.

Ela serviu-se de um pouco de café, sorveu lentamente em pequenos goles e, então, respirou profundamente várias vezes para sentir o cheiro da antecâmara de Ernest. *Então é aqui*, ela pensou enquanto seus olhos passeavam pela sala; *é esta a sala de guerra onde este detestável homem e meu marido conspiraram contra mim por tanto tempo.*

Ela examinou os móveis. Hediondos! A tapeçaria de parede de mau gosto — sobrevivente da feira da Haight Street dos anos 1960 —, as poltronas emboloradas, as fotografias amadoras de São Francisco, inclusive a cena obrigatória das casas vitorianas da praça Alamo. *Deus me livre de mais fotografias domésticas de psiquiatra*, pensou Carol. Ela teve um calafrio com a lembrança do consultório do dr. Cooke, em Providence, de se deitar naquele tapete persa surrado e olhar fixamente nas paredes as fotos do sonolento nascer do sol de Truro enquanto o médico segurava suas nádegas com as mãos congeladas e, com grunhidos sombrios e silenciosos, impelia vigorosamente dentro dela a afirmação sexual de que, ele insistia, ela precisava.

Ela havia levado mais de uma hora se vestindo. Querendo parecer sensual, mas ainda assim carente e vulnerável, ela passara das meias de seda até a longa saia estampada, da transparente blusa de cetim até o suéter magenta de *cashmere*. Finalmente, decidiu-se por uma saia preta curta, um suéter justo com nervuras, também preto, e uma corrente de ouro simples. Debaixo disso, um sutiã de renda novinho em folha, bem acolchoado e que levantava os seios, comprado especialmente para a ocasião. Não tinha sido à toa que ela estudara a interação de Ernest com Nan na livraria. Somente um tolo não perceberia seu interesse pueril pelos seios. Aquele olhar asqueroso, aqueles lábios tremendo, babando. Ele tinha praticamente se inclinado e começado a sugar. Pior ainda, ele era tão presunçoso, tão cheio de si, que provavelmente nunca tinha lhe ocorrido que as mulheres percebem seu olhar malicioso. Como Ernest não era alto, mais ou menos da altura de Justin, ela usou sapatos baixos. Pensou em usar meias pretas rendadas, mas desistiu. Ainda não.

Ernest entrou na sala de espera e ofereceu sua mão.

— Carolyn Leftman? Sou Ernest Lash.

— Como vai, doutor? — disse Carol, apertando a mão dele.

— Por favor, entre, Carolyn — pediu Ernest, fazendo um gesto para ela se sentar na poltrona em frente à dele. — Na Califórnia, costumo tratar meus pacientes pelo primeiro nome. "Ernest" e "Carolyn" está bom para você?

— Tentarei me acostumar, doutor. Pode ser que eu leve algum tempo.

Ela adentrou o consultório e rapidamente apreendeu o ambiente. Duas poltronas de couro baratas colocadas em ângulos retos, para que tanto o médico quanto o paciente tivessem que se virar ligeiramente para olhar de frente. No chão, um surrado tapete Kashan falso. E contra uma das paredes, o divã obrigatório — bom! —, acima do qual estava pendurado um par de diplomas emoldurados. O cesto de lixo estava cheio, com alguns

MENTIRAS NO DIVÃ

papéis amassados, com manchas visíveis de gordura, provavelmente do Burger King. Um biombo mexicano em mau estado, feito de madeira compensada e corda puída, estava em frente à abarrotada mesa de Ernest, que tinha pilhas altas de livros e papéis e eram coroadas com um grande monitor de computador. Nenhuma evidência de qualquer sensibilidade estética. Nem o menor vestígio de um toque feminino. Bom!

Sua cadeira dava a impressão de ser dura e nada convidativa. No início, ela resistiu a colocar todo o seu peso nela, apoiando-se nos braços. A cadeira de Justin. Durante quantas horas, horas que ela pagara, Justin tinha se sentado nesta cadeira e a violado? Ela tremeu ao imaginar ele e este asno sentados neste consultório, suas gordas cabeças juntas, fazendo planos contra ela.

Numa voz bem agradável, ela disse:

— Obrigada por me atender tão rápido. Senti que estava no limite das minhas forças.

— Você pareceu sob pressão no telefone. Vamos começar do início — disse Ernest, pegando seu bloco de anotações. — Conte-me tudo que preciso saber. De nossa rápida conversa, sei apenas que seu marido tem câncer e que você me telefonou depois de me ouvir numa livraria.

— É isso. Depois, li seu livro. Fiquei bem impressionada. Por muitas coisas: sua compaixão, sua sensibilidade, sua inteligência. Nunca tive muito respeito pela terapia ou pelos terapeutas que conheci. Com uma única exceção. Mas quando o ouvi falar, tive a forte sensação de que você, e só você, seria capaz de me ajudar.

Ah, Deus, pensou Ernest, *é esta a paciente que escolhi para a terapia de contar a verdade, para um relacionamento honesto, e aqui estamos nós, logo no primeiro minuto, decolando para o mais falso dos inícios.* Ele se lembrava bem demais de sua luta com a própria sombra naquela noite na livraria. Mas o que ele poderia dizer a Carolyn? Certamente não a verdade! Que ele oscilava para a frente e para trás entre seu pênis e seu cérebro, entre o desejo ardente por Nan e a preocupação por seu tema e sua plateia. Não! Disciplina! Disciplina! Naquela hora e lugar, Ernest começou a desenvolver um conjunto de diretrizes para sua terapia de contar a verdade. Primeiro princípio: *Revele de si próprio somente o que possa ser útil ao paciente.*

Fiel a isto, Ernest deu uma resposta honesta, porém comedida:

— Tenho algumas respostas ao seu comentário, Carolyn. Naturalmente, fico satisfeito com seus elogios. Mas, ao mesmo tempo, não me sinto à vontade com sua sensação de que somente eu posso ajudá-la. Porque sou também um escritor e, aos olhos do público, as pessoas tendem a me imbuir com mais sabedoria e conhecimento terapêutico do que possuo.

"Carolyn, digo isto a você porque, se descobrirmos que não trabalhamos bem juntos por qualquer motivo, quero que você saiba que existem muitos terapeutas nesta comunidade tão competentes quanto eu. Deixe-me acrescentar, porém, que darei o melhor de mim para corresponder às suas expectativas".

Ernest sentiu um cálido arrebatamento. Ficou satisfeito. Nada mal. Nada mal mesmo.

Carol mostrou um sorriso de admiração. *Nada pior que uma falsa humildade*, ela pensou. *Canalha pretensioso! E se ele continuar dizendo "Carolyn" a cada frase, vou vomitar.*

— Então, Carolyn, vamos começar do início. Primeiro, alguns fatos básicos sobre você: idade, família, vida, situação no trabalho.

Carol tinha decidido tomar um meio caminho entre a mentira e a verdade. Para evitar que ela própria caísse na armadilha das mentiras, ficaria o mais perto possível da verdade sobre sua vida e alteraria os fatos somente o quanto fosse necessário para evitar que Ernest percebesse que ela era a esposa de Justin. No início, planejou usar o nome Caroline, mas lhe pareceu muito estranho e ela se decidiu por Carolyn, esperando que fosse suficientemente distante de Carol. A farsa veio fácil para ela. Voltou a olhar de relance para o divã. *Não levaria muito tempo*, ela pensou. *Talvez apenas duas ou três horas!*

Ela apresentou sua bem ensaiada história ao desprevenido Ernest. Tinha preparado tudo cuidadosamente. Tinha adquirido uma nova linha telefô-

MENTIRAS NO DIVÃ

nica para casa, temendo que Ernest percebesse que ela possuía o mesmo número de Justin. Pagou em dinheiro para evitar o contratempo de abrir uma conta com seu nome de solteira, Leftman. E tinha preparado um roteiro sobre sua vida, que era tão próximo da verdade quanto possível para não levantar suspeitas. Tinha 35 anos, contou a Ernest, advogada, mãe de uma filha de oito anos, infeliz num casamento de nove anos com um homem que, há alguns meses, passou por uma cirurgia radical de câncer da próstata. O câncer voltou e foi tratado com orquiectomia, hormônios e quimioterapia. Ela também tinha planejado dizer que, em decorrência dos hormônios e da remoção cirúrgica dos testículos, ele ficara impotente, e ela, sexualmente frustrada. Mas, agora, pareceu que tudo isso de uma só vez seria demais. Sem pressa. Tudo no devido tempo.

Em vez disso, decidiu concentrar esta primeira consulta em sua desesperada sensação de ter sido apanhada numa armadilha. Seu casamento, ela contou a Ernest, nunca tinha sido satisfatório e ela vinha pensando seriamente na separação, quando o câncer foi diagnosticado. Uma vez firmado o diagnóstico, o marido caiu num profundo desespero. Ficou aterrorizado pela ideia de morrer sozinho e ela não conseguiu levantar a questão do divórcio. E, então, apenas alguns meses depois, o câncer voltou. O prognóstico era sombrio. O marido lhe implorou que não o deixasse morrer sozinho. Ela concordou e, agora, pelo resto da vida dele, ela estava aprisionada. Ele tinha insistido que deveriam se mudar do Meio-Oeste para São Francisco, para ficar perto do centro de tratamento de câncer da Universidade da Califórnia. Portanto, há cerca de dois meses, ela deixou todos os amigos em Chicago, abandonou a carreira de advogada e mudou-se para São Francisco.

Ernest ouviu atentamente. Ficou surpreso com a similaridade da história dela com a de uma viúva que ele tinha tratado alguns anos antes, uma professora que estava prestes a pedir o divórcio quando o marido também desenvolveu câncer de próstata. Ela prometeu a ele que não o deixaria morrer sozinho. Mas o horror disso era que ele levou nove anos para morrer! Nove anos sendo sua enfermeira enquanto o câncer se espalhava lentamente por todo o seu corpo. Horrível! E depois da morte dele ela ficou arrasada pela raiva e pelo arrependimento. Tinha jogado fora os melhores anos de sua vida por um homem de quem não gostava. Seria esse o futuro de Carolyn? Ernest sentiu uma forte simpatia por ela.

Ele tentou imaginar-se na situação dela. Percebeu a própria relutância. Como que mergulhando numa piscina fria. Que armadilha pavorosa!

— Diga-me, agora, como isso a afetou.

Carol recitou seus sintomas: insônia, ansiedade, solidão, crises de choro, um senso de futilidade sobre a sua vida. Não tinha ninguém com quem conversar. Certamente, não com o marido. Eles nunca tinham conversado no passado e, agora, mais do que nunca, um grande abismo crescia entre os dois. Uma única coisa ajudava — maconha — e, desde que tinha se mudado para São Francisco, fumava dois ou três grandes cigarros por dia. Ela suspirou profundamente e caiu em silêncio.

Ernest examinou Carolyn atentamente. Uma mulher triste, atraente, com lábios finos torcidos nos cantos numa careta amarga; grandes olhos castanhos, chorosos; cabelos pretos curtos encaracolados; pescoço longo e gracioso surgindo de um suéter justo de nervuras, que abrigava seios grandes e firmes; uma saia justa e curta; um vislumbre da calcinha preta quando ela cruzava lentamente as pernas esguias. Em circunstâncias sociais, Ernest teria diligentemente dado em cima desta mulher, mas hoje ele estava indiferente ao seu feitiço sexual. Durante o curso de medicina, ele tinha aprendido o truque de apertar um botão e desligar toda a excitação, até mesmo o interesse sexual, quando trabalhava com pacientes. Ele fez exames pélvicos à tarde em uma clínica praticamente sem qualquer pensamento sexual e, então, posteriormente, à noite, se passou por completo idiota tentando abrir caminho pela calcinha de alguma enfermeira.

O que ele poderia fazer por Carolyn?, Ernest se perguntou. Seria este realmente um problema psiquiátrico? Talvez ela fosse simplesmente uma vítima inocente que estava no lugar errado na hora errada. Sem dúvida, numa época anterior, ela teria procurado o padre em busca de consolo.

E, talvez, um consolo sacerdotal fosse exatamente o que ele deveria oferecer. Certamente havia algo a ser aprendido dos dois mil anos da Igreja em relação à terapia. Ernest sempre especulara sobre o treinamento dos sacerdotes. O quanto eles eram realmente bons em oferecer consolo? Onde aprenderam sua técnica? Cursos sobre consolação? Cursos sobre aconselhamento no confessionário? Certa vez, a curiosidade de Ernest o tinha levado a fazer uma pesquisa de literatura na biblioteca sobre o aconselhamento católico. Ele não encontrou nada. Em outra ocasião, ele tinha investigado num seminário local e soube que os currículos não ofereciam nenhum treinamento psicológico explícito. Uma vez, enquanto visitava uma catedral deserta em Xangai, Ernest entrou sorrateiramente no confessionário e, por trinta minutos, sentou-se no lugar do padre, inalando o ar católico e murmurando, repetidamente: "Você está perdoado. Meu filho, você está perdoado!" Ele emergiu do confessionário cheio de inveja. Que poderosas as armas jovianas contra o desespero que os padres brandiam; em contraste, seu próprio arsenal secular de interpretações e confortos das criaturas lhe pareceu insignificante.

Uma viúva, a quem ele tinha orientado durante o período de luto e que ainda voltava ocasionalmente para uma sessão de manutenção, certa vez se referiu ao papel dele como o de uma testemunha piedosa. *Talvez*, pensou Ernest, *o testemunho piedoso seja tudo o que poderei oferecer a Carolyn Leftman*.

Mas talvez não! Talvez existam algumas aberturas para um verdadeiro trabalho aqui.

Ernest formulou silenciosamente uma lista de áreas a explorar. Antes de mais nada, por que um relacionamento tão ruim com o marido antes que ele tivesse câncer? Por que permanecer por dez anos com alguém que você não ama? Ernest meditou sobre seu próprio casamento sem amor. Se Ruth não tivesse morrido no acidente de carro, ele seria capaz de se separar? Talvez não. Ainda assim, se o casamento de Carolyn era tão ruim, por que não tentaram terapia conjugal? E deveria a avaliação dela do casamento ser aceita tal e qual apresentada? Talvez ainda existisse uma chance de salvar o relacionamento. Por que se mudar para São Francisco para o tratamento do câncer? Muitos pacientes vêm ao centro de tratamento por breves períodos e depois voltam para casa. Por que desistir tão resignadamente da carreira e dos amigos?

— Você vem se sentindo presa numa armadilha há muito tempo, Carolyn, primeiro conjugalmente, agora conjugal *e* moralmente — se aventurou Ernest. — Ou conjugal *versus* moralmente.

Carol tentou inclinar a cabeça num assentimento arrebatado. *Ah, muito brilhante*, pensou ela. *Devo me ajoelhar?*

— Sabe, gostaria que você me pusesse a par, me contasse tudo sobre você mesma, tudo o que você acha que eu deveria saber para nos ajudar a encontrar uma explicação para a difícil situação da sua vida.

Nós, Carol pensou, hum, interessante. Eles são tão espertos. Pegam o gancho tão habilmente. Quinze minutos de sessão e já é "nós", é "conte-me tudo"; parece que "nós" já concordamos que encontrar uma explicação da minha "difícil situação" oferecerá salvação. E ele precisa saber de tudo, tudinho. Não há pressa. Por que deveria haver, a 150 dólares a hora? São 150 limpos, sem cinquenta por cento de custos indiretos, sem auxiliares de escritórios, sem sala de reuniões, sem biblioteca do consultório, sem assistentes de advogado, nem mesmo uma secretária.

Voltando sua atenção novamente para Ernest, Carol começou a recontar sua história pessoal. Permaneça segura na verdade. Dentro dos limites. Com certeza, ela raciocinou, Justin era egocêntrico demais para ter falado muito sobre os detalhes da vida da esposa. Quanto menos mentiras contasse, mais convincente seria. Portanto, além de trocar seus estudos de Brown e da Escola de Direito de Brown para Radcliff e e Direito em Chicago, ela simplesmente contou a Ernest a verdade sobre o início de sua vida, sobre uma mãe frustrada e amarga que lecionava na escola primária e que nunca se recuperou do fato de o marido tê-la abandonado.

Memórias do pai? Foi embora quando ela tinha oito anos. De acordo com a mãe, ele ficou louco aos 35 anos, juntou-se ao repugnante grupo dos filhos da flor, seguiu o Grateful Dead por alguns anos e permaneceu alucinado numa comunidade de São Francisco pelos 15 anos seguintes. Ele lhe enviou cartões de aniversário (sem endereço para resposta) por alguns anos e, depois... nada. Até o funeral da mãe. Então, ele reapareceu repentinamente, vestido, como se numa dobra temporal, num uniforme puído da comunidade Haight-Ashbury, com sandálias rotas, jeans desbotado em frangalhos e uma camisa *tie-dyed*, e declarou que apenas a presença da esposa tinha impedido, todos esses anos, que ele assumisse seu papel natural de pai. Carol queria e precisava desesperadamente de um pai, mas começou a suspeitar do juízo dele quando ele sussurrou para ela, durante o enterro, que ela não deveria demorar em tirar do peito toda a sua raiva contra a mãe.

Qualquer ilusão que restava da volta de um pai se evaporou no dia seguinte, quando, gaguejando, coçando seus cabelos infestados de piolhos e enchendo a sala com o mau cheiro de seus cigarros enrolados à mão, ele apresentou uma proposta comercial que consistia em ela entregar a ele sua pequena herança para investir numa loja de drogas do Haight Street. Quando ela se recusou, ele contra-atacou, insistindo que a casa da mãe pertencia "propriamente" a ele — segundo a "lei humana" se não pela "lei legal", já que ele tinha pagado a entrada 25 anos antes. Naturalmente, ela havia sugerido que ele fosse embora (as palavras dela, que ela não disse a Ernest, tinham sido: "Pegue a estrada, seu asqueroso"). Ela teve sorte suficiente de nunca mais ouvir falar dele.

— Então, você perdeu seu pai e sua mãe ao mesmo tempo?

Carol assentiu, com bravura.

— Irmãos?

— Um irmão, três anos mais velho.

— O nome dele?

— Jeb.

— Onde ele está?

— Nova York ou Nova Jersey, não tenho certeza. Algum lugar na Costa Leste.

— Ele não telefona para você?

— É bom que não telefone!

A resposta de Carol foi tão incisiva e amarga que, involuntariamente, Ernest teve um sobressalto.

— Por que "é bom que ele não telefone"? — perguntou.

— Jeb casou-se aos 19 anos e entrou para a Marinha aos 21. Aos 31 anos, molestou sexualmente as filhas pequenas. Fui ao julgamento: pegou apenas uma sentença de três anos de prisão e uma baixa com desonra. Está sob injunção do tribunal para não viver a menos de 1.600 quilômetros de Chicago, onde moram as filhas.

— Vejamos. — Ernest consultou as anotações e calculou: — Ele é três anos mais velho... você devia estar com 28... portanto, tudo isto aconteceu há dez anos. Você não o viu desde que ele foi condenado à prisão?

— Uma pena de três anos é curta. Ele recebeu uma pena maior de mim.

— De quanto tempo?

— Perpétua!

Um calafrio percorreu o corpo de Ernest.

— Uma sentença longa.

— Para uma ofensa capital?

— E quanto a *antes*? Você tinha raiva do seu irmão?

— As filhas dele tinham oito e dez anos quando ele abusou delas.

— Não, não, quero dizer a raiva contra ele que existia *antes* da ofensa.

— As filhas tinham *oito* e *dez* quando ele abusou delas — repetiu Carol por entre os dentes cerrados.

Uau! Ernest tinha tropeçado numa mina terrestre. Sabia que estava fazendo uma sessão "arriscada", que ele nunca poderia descrever a Marshal. Ele podia imaginar as críticas: "Que diabo você estava pensando ao pressioná-la sobre o irmão antes mesmo de obter uma história pregressa sistemática e decente? Você não explorou sequer o casamento dela, o motivo manifesto para ela ir ao consultório." Sim, ele conseguia ouvir as palavras de Marshal: "Sem dúvida, existe alguma coisa aí. Mas, pelo amor de Deus, você não consegue esperar? Armazene-o; volte a isso na ocasião correta. Você está novamente incontinente."

Mas Ernest sabia que tinha de tirar Marshal de sua mente. Sua resolução de ser inteiramente franco e honesto com Carolyn exigia que ele fosse espontâneo, que partilhasse *o que* sentisse *quando* o sentisse. Sem tática, sem guardar ideias com esta paciente! O tema hoje era: "Seja você mesmo. Doe-se."

Além disso, Ernest ficou fascinado com a raiva de Carolyn — tão imediata, tão real. Um pouco antes, ele teve dificuldade em chegar até ela: parecia tão afável, trivial. Agora havia substância: ela havia ganhado vida; seu rosto e suas palavras estavam em sincronia. Para chegar até esta mulher, ele tinha que mantê-la verdadeira. Ele decidiu confiar na intuição e ir até onde estava a emoção.

— Você está com raiva, Carolyn, e não só de Jeb, mas de mim também.

Finalmente, seu idiota, você entendeu alguma coisa direito, pensou Carol. *Meu Deus, você é pior do que imaginei. Não admira que nunca tenha pensado duas vezes sobre o que você e Justin estavam fazendo comigo. Você nem sequer vacila com a imagem de uma menina de oito anos de idade sendo violada pelo pai!*

— Peço desculpas, Carolyn, por ter remexido tão agressivamente numa ferida tão dolorosa. Talvez eu tenha me precipitado. Mas permita que eu seja franco com você. Eu estava tentando chegar ao seguinte: se Jeb foi bárbaro o bastante para fazer aquilo com as próprias filhas pequenas, o que ele poderia ter feito com a irmã mais nova?

— O que você quer dizer...? — Carol abaixou a cabeça; de repente, ela se sentiu desfalecer.

— Você está bem? Quer um pouco de água?

Carol balançou a cabeça e se recompôs rapidamente.

— Desculpe, de repente senti que ia desmaiar. Não sei o que foi isso.

— O que você acha que foi?

— Não sei.

— Não perca a sensação, Carolyn. Fique com ela por apenas mais uns minutos. Aconteceu quando perguntei sobre Jeb e você. Estava pensando em você aos dez anos de idade e como era sua vida com um irmão mais velho como esse.

— Fui advogada em dois processos judiciais envolvendo abuso sexual infantil. É o processo mais brutal que já testemunhei. Não somente as horríveis memórias recuperadas, mas a violenta convulsão nas famílias e toda a controvérsia sobre memórias implantadas. É brutal para todos. Imagino que tenha ficado pálida com a ideia de passar por isso eu mesma. Não tenho certeza se você estava me levando para essa direção. Se estava, tenho de lhe contar agora mesmo que não me lembro de nenhum trauma particular envolvendo Jeb: minhas lembranças são os típicos tormentos entre irmão e irmã. Mas também é verdade que me lembro bem pouco do início da minha infância.

— Não, não, me perdoe, Carolyn, não fui claro. Não estava pensando em algum trauma importante de infância e o consequente estresse pós-traumático. Embora eu concorde com você que esse tipo de raciocínio esteja na moda hoje. O que eu tinha em mente era algo menos dramático, mais insidioso, mais contínuo. Algo do tipo: como teria sido para você ter crescido, ter passado parte considerável de cada dia, com um irmão indiferente e, até, abusivo?

— Sim, sim, entendo a diferença.

Ernest olhou de relance para o relógio. *Droga, pensou ele, só restam sete minutos. Tanto a fazer! Tenho que examinar o casamento dela.*

Embora o olhar de relance de Ernest para o relógio tenha sido furtivo, Carol o percebeu. Sua primeira reação foi inexplicável. Ela se sentiu magoada. Mas isso passou rapidamente e ela pensou: *Olha ele... que canalha dissimulado, ganancioso, imaginando quantos minutos faltam antes que possa se livrar de mim e recomeçar o tique-taque do cronômetro para os próximos 150 dólares.*

O relógio de Ernest estava no fundo de uma estante, fora do ângulo de visão do paciente. Em contraste, Marshal colocava seu relógio bem à vista, sobre uma mesinha entre ele e o paciente. "Só para ser honesto", disse Marshal. "É de conhecimento público que o paciente paga por cinquenta minutos do meu tempo; portanto, por que manter o relógio escondido? Esconder o relógio é conspirar na presunção de que você e o paciente têm um relacionamento pessoal, e não profissional." Típico de Marshal: sólido, irrefutável. Mesmo assim, Ernest mantinha seu relógio um pouco fora do campo de visão.

MENTIRAS NO DIVÃ

Ernest tentou dedicar os poucos minutos que restavam ao marido de Carolyn:

— Estou impressionado com o fato de que todos os homens que você mencionou, os homens centrais na sua vida, a decepcionaram profundamente e sei que "decepção" é uma palavra inexpressiva demais: seu pai, seu irmão e, é claro, seu marido. Mas eu realmente não sei muito sobre o seu marido ainda.

Carol ignorou o convite de Ernest. Ela possuía seu próprio roteiro.

— Como estamos conversando sobre os homens da minha vida que me decepcionaram, devo mencionar uma única e importante exceção. Quando eu era estudante de graduação em Radcliffe, eu estava num estado psicológico perigoso. Nunca estive pior: abatida comigo mesma, deprimida, sentindo-me inadequada, feia. E, então, a gota d'água: Rusty, meu namorado desde o colegial, me deixou. Realmente cheguei ao fundo do poço, bebendo, usando drogas, pensando em largar a faculdade, e até em suicídio. Então, consultei um terapeuta, o dr. Ralph Cooke, que salvou a minha vida. Ele foi extraordinariamente bondoso, gentil e afirmativo.

— Por quanto tempo você o viu?

— Cerca de um ano e meio, como terapeuta.

— Existe mais alguma coisa, Carolyn?

— Estou com um pouco de receio de entrar nisso. Realmente dou valor a este homem e não quero que você entenda errado. — Carol pegou um lenço de papel e arrancou uma lágrima.

— Consegue continuar?

— Bem... estou muito constrangida em falar sobre isto... tenho medo de que você o julgue. Nunca deveria ter mencionado o nome dele. Sei que a terapia é confidencial. Mas... mas...

— Existe aí uma pergunta para mim, Carolyn? — Ernest não queria perder tempo em deixá-la saber que ele era um terapeuta a quem ela poderia questionar e que responderia a todas as perguntas.

Que diabo, pensou Carol, contorcendo-se com irritação na cadeira. *"Carolyn, Carolyn, Carolyn." A cada maldita frase, ele precisa dizer "Carolyn"!*

Ela continuou:

— Uma pergunta... bem, tenho. Mais de uma. Primeiro, isto é inteiramente confidencial? Para não ser dito a ninguém mais? E, segundo, você irá julgá-lo ou estereotipá-lo?

— Confidencial? Claro, sem dúvida. Conte comigo.

Contar com você?, pensou Carol. *É, assim como pude contar com Ralph Cooke.*

— E quanto a julgar, minha tarefa aqui é entender, não julgar. Darei o melhor de mim e prometo que serei franco com você sobre isso. Responderei a qualquer uma das suas perguntas — disse Ernest, urdindo firmemente a sua resolução de falar a verdade no decorrer desta primeira sessão.

— Bem, vou simplesmente desembuchar. O dr. Cooke e eu nos tornamos amantes. Depois de algumas sessões, ele começou a me abraçar de tempos em tempos para me confortar e, então, simplesmente aconteceu, lá, naquele glorioso tapete persa do seu consultório. Foi a melhor coisa que apareceu no meu caminho. Não sei como falar sobre isso, exceto dizer que salvou minha vida. Eu o via todas as semanas. E, todas as semanas, fazíamos amor, e toda a dor e a desgraça simplesmente desapareciam. Finalmente, ele não achou mais que eu precisava de terapia, mas continuamos sendo amantes por mais um ano. Com a ajuda dele, eu me graduei e ingressei na faculdade de direito. Na melhor: a Universidade de Chicago.

— O relacionamento de vocês terminou quando você entrou na faculdade de direito?

— Basicamente. Mas, algumas vezes, quando precisei dele, fui até Cambridge e, a cada vez, ele estava lá e me deu o conforto de que eu precisava.

— Ele ainda está na sua vida?

— Morto. Morreu jovem, cerca de três anos depois que me formei. Acho que nunca parei de procurar por ele. Conheci meu marido, Wayne, pouco depois disso e decidi me casar com ele. Uma decisão apressada. E ruim. Talvez eu quisesse tanto o Ralph que imaginei tê-lo visto no meu marido.

Carol pegou mais lenço de papel, esvaziando a caixa de Ernest. Ela não precisava forçar as lágrimas, agora; elas corriam por vontade pró-

MENTIRAS NO DIVÃ

pria. Ernest esticou a mão até a gaveta da escrivaninha para pegar uma nova caixa de lenços de papel, arrancou a cobertura de plástico e deu início ao fluxo de papel, tirando o primeiro lenço, que entregou a Carol. Ela estava estarrecida com suas lágrimas: uma trágica e romântica inspeção da sua própria vida passou como uma onda por cima dela quando sua ficção se transformou na sua verdade. Como foi sublime ter sido tão amada por este magnífico homem tão generoso; e como foi horrível, como foi insuportável — com este pensamento, Carol chorou ainda mais — nunca mais tê-lo visto, tê-lo perdido para sempre! Quando os soluços de Carol diminuíram, ela colocou de lado o lenço de papel e levantou os olhos para Ernest em expectativa.

— Agora, já contei. Você não está julgando? Você falou que me diria a verdade.

Ernest estava numa enrascada. A verdade era que ele sentiu pouca afeição para com este falecido dr. Cooke. Ele considerou rapidamente as suas opções. Lembrou a si mesmo: revelação total. Mas torceu o nariz. Revelação total nesse caso não seria o melhor interesse da sua paciente.

Sua entrevista com Seymour Trotter tinha sido sua primeira exposição a um abuso sexual praticado por um terapeuta. Nos oito anos seguintes, ele trabalhara com vários pacientes que se envolveram sexualmente com seus terapeutas anteriores e, em todos os casos, sem exceção, o resultado tinha sido calamitoso para o paciente. E, apesar da fotografia de Seymour, apesar do seu braço erguido jubilantemente em direção ao céu, quem pode dizer qual foi o desfecho para Belle? Naturalmente, houve o dinheiro que foi concedido a ela no julgamento, mas o que mais? A deterioração cerebelar de Seymour era progressiva. Provavelmente depois de um ano ou dois, ela ficou presa como enfermeira em tempo integral pelo resto da vida dele. Não, de forma alguma seria possível dizer que, a longo prazo, o desfecho foi bom para Belle. Nem para qualquer paciente de que ele já ouviu falar. Ainda assim, hoje, aqui, Carolyn diz que ela e seu terapeuta tiveram um relacionamento sexual contínuo e isso salvou sua vida. Ernest ficou atordoado.

Seu primeiro impulso foi não dar crédito à declaração de Carolyn: talvez a transferência a este dr. Cooke fosse tão forte que ela escondia a verdade dela mesma. Afinal de contas, era evidente que Carolyn não estava livre. Aí está, 15 anos depois e ela ainda está soluçando por causa dele. Além do mais, como resultado do encontro dela com o dr. Cooke, ela fez um mau casamento, que a tem afligido desde então.

Com cuidado!, Ernest advertiu a si mesmo, *não faça um prejulgamento. Assuma uma postura moralista, honrada, e você perderá a paciente. Seja franco; tente entrar no mundo das experiências de Carolyn. E, acima de tudo, não fale mal do dr. Cooke agora.* Marshal tinha ensinado isso a ele. A maioria dos pacientes sente uma profunda ligação com os terapeutas ofensores e precisa de tempo para trabalhar os restos de seu amor. Não é incomum que pacientes sexualmente abusados passem por vários novos terapeutas antes de encontrarem aquele com quem conseguem trabalhar.

— Então seu pai, irmão e marido acabaram abandonando-a, traindo-a ou pegando-a numa armadilha. E o único homem com quem você realmente se importava morreu. Às vezes a morte também dá a sensação de abandono. — Ernest ficou desgostoso consigo mesmo, com esse clichê da terapia, mas, sob as circunstâncias, era o melhor que podia fazer.

— Não acho que o dr. Cooke ficou muito feliz em morrer.

Carol imediatamente se arrependeu de suas palavras. *Não seja estúpida!*, ela repreendeu a si mesma. *Você quer seduzir este cara, sugá-lo, por que você está ficando suscetível e defendendo este maravilhoso dr. Cooke, que é pura imaginação?*

— Desculpe, dr. Lash... quero dizer, Ernest. Sei que não foi o que você quis dizer. Imagino que eu esteja sentindo muita saudade do Ralph agora. Estou me sentindo muito sozinha.

— Sei disso, Carolyn. E exatamente por isso é importante que fiquemos próximos.

Ernest percebeu os olhos de Carolyn se arregalarem. *Cuidado*, ele advertiu a si mesmo, *ela poderia considerar que essa declaração fosse sedutora.* Numa voz mais formal, ele continuou:

— E é precisamente por isso que o terapeuta e o paciente devem examinar todas as coisas que sejam um obstáculo no seu relacionamento, como, por exemplo, sua irritação comigo uns minutos atrás.

Bom, bom, muito melhor, ele pensou.

— Você disse que partilharia os seus pensamentos comigo. Imagino que eu me perguntava se você *estava* fazendo um juízo dele ou de mim.

— Existe uma pergunta aí para mim, Carolyn? — Ernest estava protelando por um tempo.

Bom Deus! Será que tenho de dizer com todas as letras?, pensou Carol.

— Você *estava* fazendo um juízo? *Como* você se sente?

— Sobre Ralph? — Mais protelação. Carol inclinou a cabeça, gemendo silenciosamente. Ernest lançou cautela ao entusiasmo e disse a verdade. Praticamente.

— Admito que o que você me contou me *tirou* o equilíbrio. E imagino que *realmente* sinto que estou julgando-o. Mas estou trabalhando nisso. Não quero me fechar; quero ficar inteiramente aberto à sua experiência.

"Deixe-me lhe contar por que perdi o equilíbrio", continuou Ernest. "Você me diz que ele foi imensamente útil a você, e eu acredito nisso. Por que você viria aqui, me pagaria muito dinheiro e não me contaria a verdade? Portanto, não duvido das suas palavras. Contudo, aquilo que eu deveria supostamente fazer com minha experiência, para não citar uma vasta literatura profissional e um poderoso consenso clínico, é que me leva a diferentes conclusões: ou seja, que o contato sexual entre paciente e terapeuta é invariavelmente destrutivo para o paciente, e, em última instância, também para o terapeuta."

Carol tinha se preparado bem para este argumento.

— O senhor sabe, dr. Lash... desculpe, Ernest. Logo irei me acostumar; não estou acostumada com psiquiatras como pessoas reais, com seus primeiros nomes. Eles geralmente se escondem por trás dos títulos. Geralmente não são francos com sua humanidade como você. O que eu estava dizendo... ah, sim, tomei a liberdade, enquanto decidia consultá-lo, de conferir sua bibliografia na biblioteca. Um velho hábito profissional: checar as credenciais dos médicos que estão testemunhando no tribunal na qualidade de especialista.

— E...?

— E descobri que você teve um bom treinamento científico e publicou vários relatos da sua pesquisa psicofarmacológica.

— E...?

— Bem, é possível que você esteja ignorando seus padrões científicos aqui? Considere os dados que você está usando para formar conclusões sobre Ralph. Examine suas evidências, uma amostra inteiramente sem controle. Seja honesto: seria aprovado em qualquer tipo de revisão científica? É claro que sua amostra de pacientes que tiveram envolvimento sexual com os terapeutas é formada por pacientes magoados ou insatisfeitos, mas isso é porque *eles são aqueles que vêm em busca de ajuda*. Mas os outros, clientes satisfeitos como eu, não vêm consultá-lo e você não tem a menor ideia do tamanho dessa população. Em outras palavras, tudo o que você conhece é o numerador, apenas aqueles que vêm em busca de terapia. Você nada sabe do denominador, o número de pacientes e terapeutas que têm contato sexual ou o número dos que tiveram ajuda ou o número daqueles para os quais a experiência foi irrelevante.

Impressionante, pensou Ernest. *Interessante ver sua* persona *profissional; eu não gostaria de estar do lado oposto ao desta mulher num tribunal.*

— Entende meu argumento, Ernest? É possível que eu esteja certa? Seja honesto comigo. Você já se deparou com alguém antes de mim que não foi magoado por um relacionamento assim?

Sua mente foi novamente levada até Belle, a paciente de Seymour Trotter. *Será que Belle se encaixaria na categoria daquelas que foram ajudadas?* Uma vez mais, a fotografia esmaecida de Seymour e Belle passou rapidamente por sua mente. *Aqueles olhos tristes. Mas talvez ela estivesse em melhor situação. Quem sabe, talvez, os dois tenham acabado em melhor situação? Ou temporariamente em melhor situação. Não, quem pode ter certeza de alguma coisa naquele caso, muito menos como acabaram juntos?* Durante anos, Ernest especulara em que momento eles decidiram se retirar para uma ilha. Teria Seymour, bem no final, decidido resgatá-la? Ou eles teriam planejado juntos muito antes? Talvez desde o início?

Não, estes não eram pensamentos a serem compartilhados. Ernest varreu Seymour e Belle para fora da sua mente e balançou suavemente a cabeça em resposta à pergunta de Carolyn.

— Não, não me deparei, Carolyn. Nunca tive um paciente que não tenha sofrido danos por isso. Mas, apesar disso, seu argumento sobre objetividade foi bem colocado. Será útil para que eu não faça um prejulgamento. — Ernest lançou um longo olhar para o relógio. — Já passamos do nosso horário, mas ainda preciso registrar algumas perguntas.

— Claro. — Carol se animou. Outro sinal promissor. *Primeiro ele me pediu para lhe fazer perguntas. Nenhum psiquiatra sério faz isso. Há até uma implicação que ele responderá a perguntas pessoais sobre sua vida. Vou testar isso da próxima vez. E agora ele está quebrando as regras ultrapassando os cinquenta minutos.*

Ela havia lido as diretrizes da APA para os psiquiatras sobre como evitar acusações de abuso sexual: manter-se firme a todos os limites, evitar declives escorregadios, não chamar os pacientes pelo primeiro nome, começar e terminar prontamente as sessões. Cada um dos casos isolados de abuso do terapeuta em que ela fora advogada começara com o terapeuta prolongando os cinquenta minutos. *Ah*, ela pensou, *um pequeno deslize aqui, outro ali, quem sabe onde estaremos depois de algumas sessões?*

— Em primeiro lugar, quero saber sobre qualquer mal-estar que você levaria para casa em relação à sessão de hoje. Que me diz sobre os fortes sentimentos do início, quando conversamos sobre Jed?

— Não *Jed*, *Jeb*.

— Desculpe. Jeb. Você se sentiu desfalecer por um breve instante quando falamos dele.

— Ainda estou um pouco abalada, mas não perturbada. Acho que você captou algo importante.

— Certo. Segundo, quero descobrir alguma coisa sobre o espaço entre nós. Você trabalhou muito hoje, assumiu alguns grandes riscos, revelou partes realmente importantes de si mesma. Confiou muito em mim, e dou valor à sua confiança. Você acha que podemos trabalhar juntos? Como está se sentindo a meu respeito? O que lhe parece ter se revelado tanto para mim?

— Sinto-me bem em trabalhar com você. Realmente bem, Ernest. Você é afável e flexível; você faz com que seja fácil falar e tem uma habilidade impressionante de focar os pontos feridos, pontos que não conheço sobre mim mesma. Sinto que estou em bons braços. E aqui está seu honorário. — Ela lhe entregou três notas de cinquenta dólares. — Estou trocando de banco, de Chicago para São Francisco, e é mais fácil pagar tudo em dinheiro.

Em bons braços, refletiu Ernest enquanto a acompanhava até a porta. A expressão não seria *"em boas mãos"*?

À porta, Carol se virou. Com olhos úmidos, disse:

— Obrigada. Você é uma dádiva de Deus!

Então, ela se inclinou, deu um leve abraço por dois ou três segundos num Ernest surpreso e saiu.

Enquanto Carol descia as escadas, uma onda de tristeza a atingiu. Imagens indesejadas de muito tempo atrás passaram por ela: ela e Jeb fazendo uma guerra de travesseiros; pulando e gritando na cama dos pais; o pai carregando seus livros quando a levava a pé para a escola; o caixão da mãe afundando na terra; o rosto de menino de Rusty lançando um largo sorriso para ela ao pegar os livros dela do armário do colégio; o calamitoso reaparecimento do pai em sua vida; o triste e puído tapete persa no consultório do dr. Cooke. Ela fechou os olhos para expulsá-las. Então pensou em Justin, talvez nesse exato momento andando de mãos dadas com sua nova mulher em algum outro lugar da cidade. Talvez perto daqui. Chegou à entrada do edifício vitoriano e olhou para os dois lados da Sacramento Street. Nenhum sinal de Justin. Mas um jovem atraente com cabelos louros, calça de moletom, uma camisa rosa e um suéter cor de marfim passou correndo e subiu as escadas de dois em dois degraus. *Provavelmente o próximo bobão de Lash*, ela pensou. Começou a se afastar e depois se virou

MENTIRAS NO DIVÃ

para olhar para cima, para a janela do consultório de Ernest. *Maldição*, ela pensou, *aquele filho da puta está tentando me ajudar.*

Lá em cima, Ernest estava sentado à mesa registrando as anotações da sessão. O pungente aroma cítrico do perfume de Carolyn permaneceria por muito tempo.

CAPÍTULO

7

EPOIS DA SESSÃO de supervisão de Ernest, Marshal Streider se recostou em sua cadeira e pensou em charutos da vitória. Vinte anos atrás, ele tinha ouvido o dr. Roy Grinker, um eminente analista de Chicago, descrever seu ano no divã de Freud. Eram os anos 1920, nos dias em que a respeitabilidade analítica exigia uma peregrinação até o divã do mestre — às vezes por duas semanas, outras, se a pessoa sonhasse em se tornar uma promovedora e agitadora analítica, por até um ano. De acordo com Grinker, Freud nunca escondeu sua alegria quando fazia uma interpretação incisiva. E se Freud achasse que tinha feito uma interpretação monumental, abria sua caixa de charutos baratos, oferecia um ao paciente e sugeria que fumassem um charuto da "vitória". Marshal sorriu ao pensar no modo afável e ingênuo com que Freud manejava a transferência. Se ainda fumasse, ele teria acendido um charuto de celebração depois de Ernest ter saído.

Seu jovem orientando vinha se saindo bem nos últimos meses, mas a sessão hoje tinha sido histórica. Colocar Ernest no Comitê de Ética Médica foi, no mínimo, uma ideia iluminada. Marshal muitas vezes achava que o ego de Ernest estava crivado de lacunas: ele era pretensioso e impulsivo. Partes incontroláveis de seu id sexual se projetavam, formando estranhos ângulos. Mas o pior de tudo era a sua iconoclástica e juvenil barba por fazer: Ernest tinha muito pouco respeito pela disciplina, pela autoridade legitimada, pelo conhecimento elaborado durante décadas por analistas diligentes com mentes mais aguçadas que a dele.

E que melhor método, pensou Marshal, *de ajudar a resolver a iconoclastia do que nomear Ernest para a função de juiz? Brilhante!* Era em ocasiões como esta que Marshal ansiava por observadores, um público para apreciar o trabalho de arte que ele tinha elaborado. Todo mundo reconhecia os motivos tradicionais para o analista ser integralmente analisado. Mas Marshal pretendia, mais cedo ou mais tarde (sua lista de artigos a redigir tinha crescido muito), escrever um artigo sobre um aspecto não valorizado da maturidade: a capacidade de ser criativo ano após ano, década após década, na ausência de qualquer público externo. Afinal de contas, que outros artistas — que ainda conseguem levar a sério a afirmação de Freud de que a psicanálise é uma ciência? — podem se dedicar a vida inteira a uma arte que nunca é vista pelos outros? Imagine Cellini moldando um cálice de prata de luminosa beleza e lacrando-o num cofre. Ou Musler girando o vidro e moldando-o numa obra-prima de graça e, então, na privacidade do seu estúdio, estilhaçando-a. Horrível! *Não é a "audiência"*, pensou Marshal, *um dos nutrientes não anunciados mais importantes que a supervisão fornece para o terapeuta ainda imaturo? Uma pessoa precisa de décadas de experiência para ser capaz de criar sem espectadores.*

O mesmo acontece na vida, refletiu Marshal. *Nada pior que viver uma vida não observada.* Repetidas vezes, em seu trabalho analítico, ele percebera uma extraordinária sede dos pacientes por sua atenção — de fato, a necessidade de um público é um importante fator não devidamente reconhecido na terapia prolongada. No trabalho com seus pacientes em luto (e, nisto, ele concordava com as observações de Ernest em seu livro), ele tinha frequentemente visto seus pacientes caírem em desespero porque haviam perdido seu público: suas vidas não eram mais observadas (exceto se fossem os felizardos que acreditavam numa deidade que tinha o tempo de lazer para examinar minuciosamente todas as ações deles).

Espere!, pensou Marshal. *Seria realmente verdadeiro que os artistas analíticos trabalham na solidão? Não seriam os pacientes um público? Não, neste aspecto, eles não contam. Os pacientes nunca são suficientemente desinteressados. Mesmo as declarações analíticas mais elegantemente criativas são perdidas neles! E eles são gananciosos! Preste atenção em como sugam a essência de uma interpretação sem um olhar de admiração para a magnificência de seu recipiente. E os estudantes ou orientandos? Não seriam eles uma audiência? É muito raro que um estudante seja suficientemente perspicaz para captar o talento artístico de um analista. Geralmente, a interpretação está além de sua capacidade; mais tarde em seu exercício clínico, talvez meses, até anos depois, alguma coisa atiçará sua memória e, subitamente, num lampejo, eles apreenderão a sutileza e a grandeza da arte de seu professor e perderão o fôlego.*

Certamente será assim com Ernest. Haverá um dia em que ele chegará à compreensão e à gratidão. Ao forçá-lo agora a se identificar com o agressor, poupei-lhe pelo menos um ano na sua análise didática.

Não que ele tivesse pressa para que Ernest terminasse. Marshal o queria por perto durante muito tempo.

Mais tarde naquele dia, depois de atender seus cinco pacientes analíticos da tarde, Marshal apressou-se em voltar para casa só para encontrá-la vazia e um bilhete da esposa, Shirley, dizendo que o jantar estava na geladeira e que ela estaria de volta de uma exposição de arranjos florais por volta das sete. Como sempre, havia deixado uma *ikebana* para ele: um longo e tubular vaso de cerâmica contendo um leito de ramos de *Euonymus* cinza, angulares, pelados, voltados para baixo. De uma das pontas do leito emergiam dois lírios brancos de cabo longo voltados para lados opostos.

Que droga, pensou ele, enquanto empurrava o arranjo na mesa, quase até sua borda. *Tive oito horas com pacientes e uma hora de supervisão hoje, mil e quatrocentos dólares, e ela não pode colocar o jantar na mesa para mim porque está ocupada demais com esses malditos arranjos florais!* A raiva de Marshal se dissipou assim que abriu os recipientes plásticos na geladeira: gaspacho com um aroma arrasador, uma salada *niçoise* jovialmente colorida feita com atum fresco tostado com pimenta e uma salada de frutas com manga, uvas verdes e papaia num molho de maracujá. Shirley tinha colado um bilhete na tigela do gaspacho: "Eureca! Finalmente, uma receita com calorias negativas: quanto mais você come, mais magro fica. Só duas tigelas. Não desapareça

MENTIRAS NO DIVÃ

da minha vista." Marshal sorriu. Mas somente por um momento. Ele se lembrava vagamente de outra piada sobre "desaparecer" que Shirley tinha feito havia apenas alguns dias.

Enquanto comia, Marshal abriu o *Examiner* da tarde, na seção de finanças. O índice Dow Jones tinha subido vinte pontos. Naturalmente, o *Examiner* tinha apenas as cotações da uma da tarde e, ultimamente, o mercado estava oscilando violentamente no fim do dia. Mas não importa: ele gostava de checar as cotações duas vezes ao dia e veria as cotações de fechamento no *Chronicle*, na manhã seguinte. Ele prendeu a respiração enquanto teclava impacientemente a alta de cada uma de suas ações na calculadora e computava os lucros do dia. Mil e cem dólares — e poderia ser mais quando o mercado fechasse. Uma cálida onda de satisfação percorreu seu corpo e ele pegou sua primeira colher de um rubro e espesso gaspacho com pequenos cubos verde-esbranquiçados brilhantes de cebola, pepino e abobrinha. Mil e quatrocentos dólares das faturas da clínica e mil e cem dos lucros das ações. Tinha sido um bom dia.

Depois da seção de esportes e de uma rápida olhada nas notícias do mundo, Marshal trocou rapidamente a camisa e saiu. Sua paixão por exercícios quase se equiparava ao seu amor pelos lucros. Jogava basquete na YMCA às segundas, quartas e sextas durante sua hora de almoço. Nos fins de semana, andava de bicicleta e jogava tênis ou raquetebol. Às terças e quintas, tinha de encaixar um tempo para aeróbica a todo o custo — havia uma reunião do Instituto Psicanalítico Golden Gate às oito horas e Marshal saía suficientemente cedo para a enérgica caminhada de trinta minutos até o instituto.

A cada grande e forte passada, a expectativa de Marshal crescia, enquanto pensava na reunião daquela noite. Seria uma sessão extraordinária. Nenhuma dúvida: haveria muito drama. Haveria sangue derramado. Ah, o sangue — sim, essa era a parte excitante. Nunca ele tinha apreendido com tanta clareza a fascinação do horror. A atmosfera carnavalesca nas execuções públicas dos velhos tempos, os vendedores ambulantes apregoando forcas de brinquedo, o burburinho de excitação quando os tambores rufavam e os condenados se arrastavam para subir as escadas do cadafalso. O enforcamento, as decapitações, as fogueiras, o arraste e os esquartejamentos — imagine os quatro membros de um homem sendo amarrados a um grupo de cavalos que eram chicoteados, esporeados e incitados por espectadores até que fossem separados em quartos, todas as grandes artérias jorrando de uma só vez. Horror, sim. Mas o horror de outra pessoa — alguém que oferecia uma visão da conjuntura precisa de ser e de não ser no momento, no exato instante, em que espírito e corpo são arrancados e separados.

Quanto mais grandiosa a vida a ser aniquilada, maior a fascinação. A excitação durante o Reino do Terror deve ter sido extraordinária, quando cabeças de nobres rolaram e o sangue jorrava rubro dos torsos reais. E a excitação, também, sobre aquelas últimas palavras sagradas. À medida que se aproxima aquela conjuntura entre ser e não ser, até mesmo os livres-pensadores falam com vozes abafadas, fazendo força para ouvir as sílabas finais da pessoa agonizante — como se, naquele exato momento, quando a vida é arrancada e a carne viva começa a se transformar em carne morta, fosse haver uma revelação, uma pista para os grandes mistérios. Isso lembrava Marshal da avalanche de interesse nas experiências de quase morte. Todo mundo sabia que era puro charlatanismo, mas a novidade durou vinte anos e vendeu milhões de livros. *Deus!*, pensou Marshal, *o dinheiro que se ganhou com esse disparate!*

Não que houvesse um regicídio na pauta do instituto naquela noite. Mas o assunto perdia por pouco: excomunhão e expulsão. Seth Pande, um dos membros fundadores do instituto e um analista didata veterano, estava em julgamento e certamente seria expulso por diversas atividades antianalíticas. Desde a expulsão de Seymour Trotter vários anos antes, por manter relações sexuais com uma paciente, não havia uma ocasião como esta.

Marshal sabia que sua posição política era delicada e que, naquela noite, ele teria de agir com enorme cautela. Era de conhecimento público que Seth Pande tinha sido seu analista didata 15 anos antes e fora imensamente útil a Marshal, tanto pessoal quanto profissionalmente.

MENTIRAS NO DIVÃ

Contudo, a estrela de Seth estava se apagando; estava com mais de setenta anos e, três anos antes, passara por uma séria cirurgia de câncer do pulmão. Sempre pomposo, Seth tinha considerado privilégio seu desconsiderar todas as regras da técnica e da moralidade. E agora sua doença e confrontação com a morte o tinham libertado de quaisquer pressões de conformidade. Seus colegas de análise haviam ficado cada vez mais constrangidos e irritados com sua postura antianalítica extrema em relação à psicoterapia e seu ultrajante comportamento pessoal. Mas ele ainda era uma presença: seu carisma era tão imenso que foi imediatamente procurado pela imprensa e pelas emissoras de tevê para dar declarações sobre quase todas as pautas quentes — o impacto da violência na tevê sobre as crianças, a indiferença municipal em relação aos sem-teto, as atitudes com as esmolas públicas, o controle de armas, os imbróglios sexuais dos políticos. Sobre cada uma delas, Seth tinha algum comentário irreverente, jornalisticamente interessante e frequentemente escandaloso. Nos últimos meses, a coisa tinha ido longe demais, e o atual presidente do instituto, John Weldon, e o velho contingente analítico anti-Pande tinham finalmente trabalhado com afinco para contestá-lo.

Marshal ponderou sobre sua estratégia: ultimamente, Seth tinha se excedido tanto, havia sido tão flagrante em sua exploração sexual e financeira dos pacientes, que seria um suicídio político apoiá-lo agora. Marshal sabia que sua voz tinha de ser ouvida. John Weldon estava contando com seu apoio. Não seria fácil. Embora Seth fosse um homem agonizante, ele ainda tinha seus aliados. Muitos dos seus analisandos atuais e passados estariam presentes. Durante quarenta anos, ele teve um importante papel intelectual nas questões do instituto. Ao lado de Seymour Trotter, Seth era um dos dois membros fundadores vivos do instituto — isto é, supondo que Seymour ainda estivesse vivo. Fazia anos que ninguém via Seymour — graças a Deus! O dano que aquele homem tinha causado à reputação do campo! Seth, por outro lado, era uma ameaça viva e tinha cumprido tantos mandatos de três anos como presidente que teria de ser tirado do poder à força.

Marshal se perguntava se Seth sobreviveria sem o instituto: o instituto e sua identidade estavam amalgamados. Banir Seth seria como proferir uma sentença de morte. Muito ruim! Seth deveria ter pensado nisso antes de lançar o bom nome da psicanálise em descrédito. Não havia outra maneira: Marshal tinha de dar seu voto contra Seth. Contudo, Seth foi seu ex-analista. Como evitar parecer cruel ou parricida? Delicado. Muito delicado.

As perspectivas para o futuro de Marshal no instituto eram excelentes. Estava tão certo de que sua liderança era fundamental que sua única preocupação era como fazer isso acontecer o mais rápido possível. Ele era um dos poucos membros-chave que haviam entrado no instituto durante os anos 1970, quando a estrela da análise parecia estar em declínio e o número de candidatos tinha sofrido uma queda significativa. Nos anos 1980 e 1990, o pêndulo tinha oscilado de volta e muitos se inscreveram à candidatura no programa de sete a oito anos. Portanto, o instituto tinha essencialmente uma distribuição etária bimodal: havia a velha-guarda, os sábios idosos chefiados por John Weldon, que tinham se associado para desafiar Seth, e vários novatos, alguns deles analisandos de Marshal, aceitos como membros com plenos direitos somente nos últimos dois a três anos.

Em sua faixa etária, Marshal teve poucos desafios: dois dos mais promissores do grupo tiveram mortes extemporâneas por doença arterial coronariana. De fato, foi a morte deles que estimulou as frenéticas tentativas aeróbicas de Marshal para limpar os debris arteriais que eram uma consequência da profissão sedentária da psicanálise. Os únicos verdadeiros concorrentes de Marshal eram Bert Kantrell, Ted Rollins e Dalton Salz.

Bert, um sujeito doce, mas sem qualquer senso político, tinha se comprometido por seu profundo envolvimento com projetos não analíticos, particularmente seu trabalho de terapia de apoio com os pacientes soropositivos. Ted era inteiramente incompetente: seu treinamento em análise havia levado onze anos e todo mundo sabia que ele tinha finalmente se diplomado puramente por piedade e fadiga analítica. Dalton recentemente se dedicara tanto às questões ambientais que nenhum analista o levava a sério. Quando Dalton leu seu artigo idiota sobre analisar as arcaicas fantasias destrutivas ambientais — estuprando a Mãe Terra e urinando nas paredes do nosso lar planetário —, o primeiro comentário de John Weldon foi: "Isso é sério?" Dalton manteve sua posição e, no final — depois da rejeição de todos os periódicos analíticos —, publicou o artigo num periódico junguiano. Marshal sabia que tudo o que tinha de fazer era esperar e não cometer erros. Todos esses três palhaços estavam destruindo suas chances sem nenhuma ajuda.

Mas a ambição de Marshal ia muito além da presidência do Instituto Psicanalítico Golden Gate. Aquele gabinete serviria como um trampolim para um gabinete nacional, possivelmente até da Associação Internacional de Psicanálise, a IPA. Esta era a hora: nunca houvera um presidente da IPA que tivesse se graduado em um instituto do oeste dos Estados Unidos. Mas havia um único obstáculo: Marshal precisava de publicações. Ideias não lhe faltavam. Um de seus casos atuais — uma paciente limítrofe que tinha uma gêmea idêntica esquizoide sem, no entanto, características limítrofes — teve implicações enormes para a teoria do espelho e estava pedindo para ser escrito. Suas ideias sobre a natureza da cena principal e as plateias das execuções resultariam numa importante revisão da teoria básica. Sim, Marshal sabia que suas ideias fluíam em abundância. O problema era sua redação: suas palavras e sentenças deselegantes ficam muito atrás de suas ideias.

É aí que entrava Ernest. Ultimamente, Ernest tinha se tornado irritante — sua imaturidade, sua impulsividade, sua insistência de que o terapeuta fosse autêntico e autorrevelador era um teste de paciência para qualquer supervisor. Mas Marshal contava com um bom motivo para ser paciente: Ernest tinha um extraordinário talento literário. Frases elegantes fluíam de seu teclado. As ideias de Marshal e as frases de Ernest seriam uma combinação imbatível. Tudo de que ele precisava era refrear Ernest o bastante para que ele fosse aceito no instituto. Convencer Ernest a colaborar em artigos para periódicos, até projetos de livros, não seria um problema. Marshal já tinha plantado as sementes, exagerando sistematicamente a dificuldade que Ernest enfrentaria em ser admitido no instituto e a importância do patrocínio de Marshal. Ernest ficaria grato por anos. Além disso, Ernest era tão ambicioso, acreditava Marshal, que agarraria a oportunidade de coautoria com ele.

À medida que se aproximava do prédio, Marshal respirou o ar frio profundamente várias vezes para clarear a mente. Ele precisaria estar alerta; uma batalha pelo controle certamente irromperia esta noite.

John Weldon, um homem alto e imponente, na casa dos sessenta anos, tez vermelha, cabelos brancos ralos e um longo pescoço, com um formidável pomo de adão, já estava de pé no salão revestido de livros que servia à dupla função de biblioteca e sala de reuniões. Marshal passou os olhos pela grande assembleia e não conseguiu pensar em nenhum membro do instituto que estivesse ausente. Exceto Seth Pande, obviamente, que tinha sido exaustivamente entrevistado por um subcomitê e a quem fora solicitado que não comparecesse.

Além dos membros, estavam presentes três candidatos a estudante, analisandos de Seth, que tinham apresentado uma petição para estarem presentes, fato sem precedentes. E suas apostas eram altas: se Seth fosse expulso ou banido ou, de fato, se ele simplesmente perdesse sua condição de analista didata, eles perderiam o crédito por seus anos de trabalho analítico com ele e seriam forçados a começar de novo com outro analista didata. Todos os três tinham deixado claro que poderiam se recusar a trocar de analista, mesmo que isso significasse renunciar à sua candidatura. Houve até uma conversa sobre a formação de um instituto dissidente. Dadas estas considerações, o comitê gestor, na esperança de que os três descobrissem que sua lealdade a Seth estava equivocada, deu o passo extraordinário e altamente controverso de permitir que eles comparecessem como participantes sem direito a voto.

No instante em que Marshal tomou um assento na segunda fileira, John Weldon, como se estivesse esperando por sua entrada, bateu seu pequeno martelo laqueado e abriu a sessão.

— Cada um de vocês — começou ele — foi informado sobre a finalidade desta reunião extraordinária. A dolorosa tarefa que enfrentamos esta noite é considerar acusações sérias, muito sérias, contra um dos nossos mais venerados membros, Seth Pande, e estudar qual conduta, se necessário for, o instituto deve seguir. Como todos vocês foram informados por carta, o subcomitê *ad hoc* investigou cada uma dessas acusações com grande cuidado, e achou que deveríamos proceder diretamente às suas apreciações.

— Dr. Weldon, uma questão de procedimento! — Era Terry Fuller, um jovem e atrevido analista admitido há apenas um ano. Ele tinha sido analisado por Seth.

— A mesa reconhece, dr. Fuller. — Weldon endereçou seus comentários a Perry Wheeler, um analista parcialmente surdo de 71 anos de idade que cumpriu um mandado como secretário do instituto e estava escrevendo furiosamente as minutas.

— Seria correto tratarmos dessas "acusações" na ausência de Seth Pande? Um julgamento em ausência não apenas é moralmente repugnante, mas viola os estatutos do instituto.

— Falei com o dr. Pande e ambos concordamos que seria melhor para todos os envolvidos se ele não comparecesse à reunião.

— Correção! *Você*, não nós, pensou que seria melhor, John. — A poderosa voz de Seth Pande retumbou. Ele estava de pé junto à porta, inspecionando cuidadosamente o público e, então, pegou uma cadeira no fundo da sala e carregou-a até a fileira da frente. Em seu caminho, deu a Terry Fuller um afetuoso tapinha no ombro e continuou: — Eu disse que levaria em consideração a questão e lhes informaria a minha decisão. E minha decisão, como veem, é estar aqui, no seio dos meus amados irmãos e distintos colegas.

A constituição física de Seth, de 1,90m, tinha sido vergada pelo câncer, mas ele ainda era um homem imponente, com cabelos brancos brilhantes, tez bronzeada, nariz fino aquilino e queixo régio. Ele provinha de uma linhagem real e, em seus primeiros anos de vida, tinha sido criado na corte real de Kipoche, uma província do norte da Índia. Quando o pai foi nomeado representante da Índia na ONU, Seth mudou-se para os Estados Unidos e continuou seus estudos em Exeter e Harvard.

Paciência, pensou Marshal. *Fique fora do caminho e deixe os peixes grandes comerem.* Ele se encolheu tanto quanto possível.

Um rubor correu o rosto de John Weldon, mas sua voz continuou calma.

— Lamento sua decisão, Seth, e acredito sinceramente que você também terá motivos para lamentá-la. Eu estava meramente protegendo-o de você mesmo. Poderá ser humilhante para você ouvir a uma discussão pública detalhada do seu comportamento profissional, e não profissional.

— Nada tenho a esconder. Sempre tive orgulho do meu trabalho. — Seth olhou o público e continuou: — Se você precisar de provas, John, sugiro que olhe ao seu redor. A presença nesta sala de pelo menos meia dúzia de meus ex-analisandos e três atuais, cada um criativo, integrado, uma honra para a profissão dele ou dela (e, aqui, ele fez uma profunda e polida reverência em direção a Karen Jaye, uma das analistas), atesta a solidez do meu trabalho.

Marshal estremeceu. *Seth tornará isto o mais difícil possível. Ah, meu Deus!* Ao percorrer a sala com os olhos, Seth tinha momentaneamente captado seu olhar. Marshal olhou na outra direção apenas para encontrar o olhar atento de Weldon esperando por ele. Fechou os olhos e se encolheu ainda mais.

Seth continuou:

— O que realmente me humilharia, John, e neste ponto posso ser diferente de você, é ser injustamente acusado, possivelmente caluniado, e não fazer nenhum esforço para me defender. Vamos direto ao assunto. Quais são as acusações? Quem são meus acusadores? Vamos ouvi-los um por um.

— A carta que cada um de vocês, e isso inclui você, Seth, recebeu do Comitê de Ensino — respondeu John Weldon — enumera as queixas. Eu as lerei uma por uma. Comecemos com o escambo: a troca de horas de análise por serviços pessoais.

— Tenho o direito — exigiu Seth — de saber quem apresentou cada acusação.

Marshal estremeceu. *Minha hora chegou*, pensou. Fora ele quem havia informado a Weldon sobre a prática de escambo de Seth. Ele não teve outra opção senão se levantar e falar com toda a franqueza e confiança que conseguisse reunir.

— Assumo a responsabilidade pela queixa do escambo. Alguns meses atrás, atendi um novo paciente, um consultor financeiro, e em nossa discussão sobre os honorários, ele sugeriu uma permuta de serviços. Como nossos honorários por hora eram semelhantes, ele disse: "Por que não trocar simplesmente os serviços sem a necessidade de dinheiro tributável trocando de mãos?" Naturalmente, declinei e expliquei que tal acordo sabotaria, em vários níveis, a terapia. Ele me acusou de ter a mente estreita e ser intransigente e disse o nome de duas pessoas, um de seus associados e um cliente, um jovem arquiteto, que tinha um acordo de permuta com Seth Pande, o ex-presidente do instituto psicanalítico.

— Responderei substantivamente a essa queixa no devido momento, Marshal, mas naturalmente não é possível que, antes de tudo, nos perguntemos por que um colega, amigo e, ainda mais, ex-analisando optou por não falar comigo, não levantar a questão diretamente comigo?!

— Onde está escrito — retrucou Marshal — que o analisando corretamente analisado deve tratar para sempre seu ex-analista com parcialidade filial? Aprendi com você que a meta do tratamento e da exploração da transferência do começo ao fim é ajudar o analisando a deixar seus pais, desenvolver autonomia e integridade.

Seth exibiu um amplo sorriso, como um pai que fica radiante quando o filho lhe dá um xeque-mate pela primeira vez.

— Bravo, Marshal. E *touché*. Você aprendeu bem suas lições e tenho orgulho pelo seu desempenho. Mas, ainda assim, eu me pergunto se, apesar de nosso trabalho, dos nossos cinco anos de feios polimentos psicanalíticos, ainda restam manchas de sofisma?

— Sofisma? — alfinetou Marshal teimosamente.

Como um *linebacker* de futebol americano na faculdade, suas pernas poderosas e vigorosas empurravam implacavelmente para trás homens com o dobro do seu tamanho. Uma vez que se engalfinhasse com um oponente, ele nunca desistia.

— Não vejo sofisma. Devo, em atenção ao pai analítico, colocar entre parênteses minha convicção, convicção a qual tenho certeza de que todos nesta sala compartilham: de que trocar horas de análise por serviços pessoais é errado? Errado em todos os sentidos. É legal e moralmente errado: é expressamente proibido pelas leis fiscais deste país. É tecnicamente errado: é uma devastação para a transferência e a contratransferência. E seu erro é agravado quando os serviços desfrutados pelo analista são de espécie pessoal: por exemplo, consultoria financeira, em que o paciente precisa conhecer os detalhes mais íntimos de suas finanças. Ou, segundo entendo no caso do paciente arquiteto, projetar uma nova casa, de forma que o paciente precisa ter conhecimento dos detalhes mais íntimos dos seus hábitos e preferências domésticas. Você acoberta seus próprios erros com acusações capciosas ao meu caráter.

E, com isso, Marshal sentou-se, satisfeito consigo mesmo. Ele se absteve de olhar à volta. Não era necessário. Quase conseguiu ouvir as respirações ofegantes de admiração. Ele sabia que tinha se definido como um homem com quem é necessário ajustar as contas. Também conhecia Seth bem o suficiente para prever o que aconteceria. Sempre que era atacado, Seth invariavelmente atacava de volta de uma maneira que o implicava ainda mais profundamente. Não havia necessidade de explicar detalhadamente a natureza destrutiva do comportamento de Seth; ele mesmo se prejudicaria.

— Basta! — disse John Weldon, batendo o martelo. — Esta questão é importante demais para nos enredarmos num tumulto *ad hominem*. Vamos nos ater à substância: uma revisão sistemática das acusações e uma discussão substantiva de cada uma.

— Escambo — disse Seth, ignorando inteiramente o comentário de Weldon — não é senão um termo feio que insinua que um ato de ágape analítico é uma outra coisa, algo hostil.

— Como você pode defender o escambo, Seth? — perguntou Olive Smith, uma analista idosa cuja principal pretensão à fama era sua linhagem psicanalítica régia: 45 anos antes, tinha sido analisada por Frieda Fromm-Reichman, que, por sua vez, tinha sido analisada pelo próprio Freud. Além do mais, ela mantivera em tempos passados uma breve amizade e correspondência com Anna Freud e conhecia alguns dos netos de Freud. — Obviamente, um referencial não contaminado, particularmente no tocante aos honorários, é parte integrante do processo analítico.

— Você fala sobre ágape analítico como uma maneira de justificar o escambo. Certamente você não está falando sério — disse Harvey Green, um rechonchudo e vistoso analista que raramente deixava de fazer um comentário irritante. — Suponha que sua cliente trabalhasse como prostituta. Como, então, funcionaria o seu sistema de escambo?

— Um comentário venal e original, Harvey — devolveu Seth. — A venalidade, bem, isto não me surpreende vindo de você. Mas a originalidade, a esperteza da sua pergunta, é de fato inesperada. Mas uma pergunta sem qualquer mérito. O sofisma criou um lar no Instituto Golden Gate, pelo que vejo. — Seth voltou a cabeça em direção a Marshal e, então, voltou a olhar fixamente para Harvey. — Diga-nos, Harvey, quantas prostitutas você analisou recentemente? Qualquer de vocês? — Os olhos escuros de Seth varreram a sala. — Quantas prostitutas podem ter um profundo olhar analítico sobre elas mesmas e ainda serem prostitutas?

"Cresça, Harvey!", continuou Seth, obviamente saboreando a confrontação. "Você confirma algo sobre o qual escrevi no *International Journal*, isto é, que deveria ser exigido que nós, velhos habitantes analíticos, qual o termo oficial que vocês judeus usam? *Alte cockers!*, tivéssemos regularmente análises de manutenção, digamos, a cada dez anos mais ou menos. De fato, poderíamos servir como casos-controle para os candidatos. Isto seria uma maneira de prevenir o engessamento. Certamente esta organização precisa disso."

— Ordem! — disse Weldon, batendo o martelo. — Retornemos ao tópico em discussão. Como presidente, insisto...

— Escambo! — continuou Seth, que tinha ficado de costas para o pódio e agora encarava os membros do comitê. — Escambo! Que crime!

Uma ofensa capital! Um jovem arquiteto profundamente perturbado, um homem com anorexia, a quem tratei por três anos e levei à beira de uma importante mudança de caráter, subitamente perdeu seu cargo quando a firma dele foi englobada por outra empresa. Ele levará um ou dois anos para se estabelecer como autônomo. Enquanto isso, praticamente não tem renda. Qual a ação analítica correta? Abandoná-lo? Permitir que incorra numa dívida de vários milhares de dólares, uma alternativa fundamentalmente inaceitável para ele? Enquanto isso, por motivos relacionados à minha saúde, tinha planejado construir uma área na minha casa que incluísse um escritório e uma sala de espera. Eu estava procurando um arquiteto. Ele estava procurando um cliente.

"A solução, a solução correta, a solução moral, de acordo com meu julgamento, que não tenho de justificar a este ou qualquer outro público, era óbvia. O paciente projetou minha nova estrutura. O problema dos honorários foi aliviado e ele foi afetado de uma maneira terapeuticamente positiva por minha confiança nele. Pretendo escrever sobre este caso: o ato de projetar minha casa, a toca íntima do pai, levou-o às camadas mais profundas das memórias arcaicas e fantasias do seu pai, camadas inacessíveis por técnicas conservadoras. Preciso, alguma vez precisei, de sua permissão para exercer criativamente a minha profissão?"

Aqui, Seth voltou a percorrer dramaticamente os olhos pelo público, deixando que seu olhar fixo parasse por alguns momentos sobre Marshal.

Somente John Weldon ousou responder:

— Limites! Limites! Seth, você está além de toda a técnica estabelecida? Fazer o paciente inspecionar e projetar a sua casa? Você pode chamar isso de criativo. Mas eu lhe digo, e sei que todos concordam comigo, *isso não é análise*.

— "Técnica estabelecida." "Não é análise." — Seth parodiou John Weldon, repetindo suas palavras de uma maneira monótona e aguda. — A lamúria das mentes pequenas. Você acha que a técnica vem das tábuas de Moisés? A técnica é moldada por analistas visionários: Ferenczi, Rank, Reich, Sullivan, Searles. Sim, e Seth Pande!

— Um status visionário autoproclamado — Morris Fender, um homem calvo, olhos esbugalhados parecendo um gnomo, com óculos imensos e sem pescoço, entrou na discussão — é um veículo inteligente, diabólico, para ocultar e racionalizar inumeráveis pecados. Tenho algumas preocupações profundas, Seth, sobre o seu comportamento. Degrada o bom nome da análise para o público geral e, francamente, estremeço só de pensar que você está treinando jovens analistas. Reflita sobre seu próprio texto, como as suas afirmações na *London Literary Review*.

Morris tirou algumas páginas de jornal do bolso e as desdobrou tremulamente.

— Isto — disse, sacudindo as páginas na frente dele — é de sua própria revisão da correspondência Freud-Ferenczi. Aqui você proclama publicamente que diz aos pacientes que você os ama, que você os abraça e discute detalhes íntimos da sua vida com eles: seu divórcio pendente, seu câncer. Você lhes diz que eles são seus melhores amigos. Você os convida a ir à sua casa tomar um chá, conversa com eles sobre suas preferências sexuais. Pois bem, sua preferência sexual é assunto seu, e a natureza dela não está em discussão aqui, mas por que o público leitor, bem como seus analisandos, têm de saber sobre sua bissexualidade? Você não pode negar isto. — Novamente Morris agitou os jornais na frente dele. — São suas próprias palavras.

— Claro, são minhas próprias palavras. Seria plágio também uma acusação na ordem do dia? — Seth apanhou a carta do comitê *ad hoc* e fingiu zombeteiramente estudá-la cuidadosamente: — Plágio, plágio... ah, tantas outras ofensas capitais, tantas outras variedades de depravação capital, mas nada de plágio. Disso pelo menos fui poupado. Sim, é claro, minhas próprias palavras. E eu as defendo. Existe uma ligação mais íntima que aquela entre o analista e o analisando?

Marshal ouviu em expectativa. *Bom para você, Morris*, pensou ele. *Provocação perfeita. Primeira coisa inteligente que já vi você fazer!* Os foguetes de Seth estavam soltando fumaça; ele estava prestes a explodir numa órbita de autodestruição.

— Sim — continuou Seth, seu único pulmão trabalhando penosamente, a voz cada vez mais rouca. — Mantenho minhas palavras de que meus pacientes são meus amigos mais íntimos. E isto é verdadeiro para todos vocês. Você também, Morris. Meus pacientes e eu passamos quatro horas por semana na mais íntima discussão possível. Digam-me, quais de vocês passam tanto tempo assim com um amigo? Respondo por vocês: nenhum. Certamente não você, Morris. Todos nós conhecemos os padrões americanos de amizade masculina. Talvez alguns de vocês almocem com um amigo e, entre o pedido e a refeição, gastem trinta minutos numa conversa íntima.

"Vocês negam", a voz de Seth ocupou toda a sala, "que a hora de terapia objetiva é um templo de honestidade? Se seus pacientes forem suas conexões mais íntimas, *então tenham a coragem de deixar de lado a hipocrisia e digam a eles!* E que diferença faz se eles conhecerem os detalhes da sua vida pessoal? Nem uma única vez minha autorrevelação interferiu no meu procedimento analítico. Pelo contrário, acelera o processo. Talvez, devido ao meu câncer, a velocidade tenha se tornado importante para mim. Meu único arrependimento é ter esperado tanto tempo para descobrir isso. Meus novos analisandos presentes nesta sala podem atestar a velocidade com que trabalhamos. Perguntem-lhes! Estou convencido agora de que nenhuma análise didática precisa ser de mais de três anos. Vão em frente, deixem que eles falem!"

Marshal levantou-se:

— Eu faço objeção! É impróprio e incontinente — aquela palavra novamente, sua palavra favorita! — envolver seus analisandos de qualquer maneira nesta discussão deplorável. É um sinal de mau juízo até mesmo considerá-lo. O ponto de vista deles é duplamente atravancado: pela transferência e pelo interesse próprio. Você lhes pergunta sobre velocidade, sobre uma análise rápida e suja, *é claro* que concordarão. É claro que serão seduzidos pela ideia de uma breve análise didática de três anos. Que candidato não seria? Mas não estamos evitando a questão central: sua doença e o impacto que tem sobre seus pontos de vista e seu trabalho. Como você mesmo sugere, Seth, sua doença o imbuiu com uma urgência para terminar rapidamente com os pacientes. Nenhum de nós deixa de entender e ser simpático a isso. Sua doença muda sua perspectiva de várias maneiras, perfeitamente compreensíveis, dada a situação.

"Mas isso não significa", continuou Marshal com crescente confiança, "que sua nova perspectiva, nascida da urgência pessoal, deva ser apresentada aos estudantes como uma doutrina psicanalítica. Desculpe-me, Seth, mas devo concordar com o Comitê de Ensino que é certo e oportuno levantar a questão do seu status de instrutor e sua capacidade de continuar exercendo tal função. Uma organização psicanalítica não pode se dar ao luxo de negligenciar a questão da sucessão. Como poderemos esperar que outras organizações que buscam nossa ajuda, corporações, governos, cuidem do processo da transferência de responsabilidade e poder da velha e poderosa geração à próxima, se os analistas não puderem fazê-lo?"

— Nem podemos — exaltou-se Seth — nos dar ao luxo de ignorar aqueles muito medíocres que se agarram selvagemente ao poder, sem merecê-lo!

— Ordem! — John Weldon bateu seu martelo. — Voltemos à substância. O comitê *ad hoc* trouxe à nossa atenção os seus comentários públicos e publicados, atacando e repudiando depreciativamente alguns dos pilares centrais da teoria psicanalítica. Por exemplo, na sua recente entrevista à *Vanity Fair*, você ridiculariza o complexo de Édipo e o rechaça, qualificando-o como um "erro judeu", e, então, vai em frente para dizer que é um dos muitos cânones fundamentais da psicanálise...

— É claro — desferiu Seth, todas as tentativas de troça ou humor esgotadas —, *é claro que é um erro judeu*. O erro de elevar o pequeno triângulo familiar judaico-vienense à família universal e depois tentar resolver para o mundo aquilo que os judeus atormentados pelo remorso não conseguem resolver sozinhos!

Nesse momento, o salão estava em alvoroço e vários analistas tentaram falar ao mesmo tempo. "Antissemita!", disse um deles. Muitos outros comentários podiam ser ouvidos: "massagear os pacientes", "sexo com pacientes", "autoengrandecimento", "não é análise... deixem que ele faça qualquer coisa que ele queira, mas não chamem de análise".

Seth falou mais alto que todos.

— É claro, John, eu disse e escrevi essas coisas. E mantenho esses comentários, também. Todo mundo, lá no fundo, sabe que estou certo. O pequeno gueto familiar judeu de Freud representa uma minúscula minoria da humanidade. Tomemos minha própria cultura, por exemplo. Para cada família judia que resta na Terra, existem milhares de famílias muçulmanas. A análise nada sabe sobre essas famílias e esses pacientes. Nada sabe sobre o papel diferente e arrogante do pai, sobre o profundo desejo inconsciente pelo pai, por uma volta ao seu conforto e segurança, para uma fusão com ele.

— Sim — disse Morris, e abriu um periódico —, está aqui numa carta ao editor no *Contemporary Psychoanalysis*. Você discute sua interpretação de um jovem bissexual e o anseio dele, e eu cito: "que era um anseio universal para voltar à sinecura mundial primordial — o ventre-reto do pai". Você se refere a isso com a sua costumeira modéstia como — aqui Morris leu mais adiante — "uma interpretação fundamental transformadora que tem sido inteiramente obscurecida pelo preconceito racial da psicanálise".

— Exatamente! Mas esse artigo, publicado há apenas dois anos, foi escrito seis anos atrás. Não vai longe o bastante. É uma interpretação universal; torno-o central agora no meu trabalho com todos os meus pacientes. A psicanálise não é nenhum empreendimento provinciano judeu. Deve reconhecer e abraçar as verdades do Oriente e do Ocidente. Cada um de vocês tem muito a aprender e tenho sérias dúvidas tanto sobre o seu desejo quanto à sua capacidade de absorver novas ideias.

Foi Louise Saint Clare, uma dócil analista de cabelos grisalhos, de grande integridade, que fez o primeiro desafio decisivo. Falou diretamente à mesa.

— Acho que ouvi o suficiente, sr. presidente, para me convencer de que o dr. Pande afastou-se demais do corpo dos ensinamentos psicanalíticos para ser responsável pelo treinamento de jovens analistas. Proponho a moção do afastamento do seu status de analista didata!

Marshal ergueu a mão:

MENTIRAS NO DIVÃ

— Apoio essa moção.

Seth levantou-se ameaçadoramente e lançou um olhar fulminante aos membros.

— Vocês *me* afastarem? Não esperava menos da máfia analítica judia.

— Máfia judia? — questionou Louise Saint Clare. — O padre da minha paróquia ficará espantado de ouvir isto.

— Judeus, cristãos, nenhuma diferença, uma máfia judaico-cristã. E vocês acham que podem me afastar. Bem, eu os afastarei. Criei este instituto. Sou este instituto. E para onde eu for, e acreditem, estou partindo, lá estará o instituto. — Com isto, Seth empurrou sua cadeira para o lado, apanhou o chapéu e o casaco e, a passos largos, saiu ruidosamente.

Rick Chapton quebrou o silêncio depois que Seth Pande saiu. Naturalmente, Rick, como um dos ex-analisandos de Seth, sentiria de uma maneira particularmente intensa os efeitos do afastamento de Seth. Muito embora seu estágio prático estivesse inteiramente terminado e ele fosse um membro efetivo do instituto, Rick, assim como a maioria, continuava a se orgulhar do status do seu analista didata.

— Gostaria de falar em defesa de Seth — disse Rick. — Tenho sérias dúvidas sobre o espírito e a propriedade dos procedimentos desta noite. Nem acho que várias das últimas declarações de Seth sejam pertinentes. Elas nada provam. Ele é um homem doente e orgulhoso e todos nós sabemos que, quando pressionado, e poderíamos suspeitar que ele foi intencionalmente pressionado esta noite, ele sabidamente reage de uma maneira defensiva e arrogante.

Rick parou por um momento para consultar uma ficha de oito por doze centímetros e, então, continuou:

— Eu gostaria de oferecer uma interpretação sobre os procedimentos processuais desta noite. Vejo muitos de vocês se fustigando num frenesi de pretensa superioridade moral sobre a postura teórica de Seth. Mas eu me pergunto se é realmente o *conteúdo* das interpretações do dr. Pande o tema em discussão, e não seu estilo e visibilidade! Seria possível que muitos de vocês se sintam ameaçados por seu brilhantismo, por suas contribuições ao nosso campo, por sua habilidade literária e, acima de tudo, por sua ambição? Não estariam os membros com inveja da frequente presença de Seth nas revistas e jornais e na tevê? Podemos tolerar um inconformista? Podemos tolerar alguém que contesta a ortodoxia de uma maneira bem parecida com a que Sandor Ferenczi contestou a doutrina analítica 75 anos atrás? Sugiro que a controvérsia desta noite não esteja dirigida ao *conteúdo* das interpretações analíticas de Seth Pande. A discussão de sua teoria focada no pai é uma pista falsa, um exemplo clássico de deslocamento. Não, isto é uma vendeta, um ataque pessoal, e, neste sentido, indigno. Sugiro que os verdadeiros motivos em ação aqui são a inveja, a defesa da ortodoxia, o medo do pai e o medo da mudança.

Marshal reagiu. Conhecia bem Rick, pois supervisionara um de seus casos analíticos por três anos.

— Rick, respeito sua coragem, sua lealdade e sua disposição de falar o que pensa, mas devo discordar de você. O conteúdo interpretativo de Seth Pande é bem o meu tema em discussão aqui. Ele se afastou tanto da teoria analítica que é nossa responsabilidade nos diferenciarmos dele. Examine o conteúdo das interpretações dele: a pulsão de se fundir com o pai, a volta ao ventre-reto do pai. Francamente!

— Marshal — contrapôs Rick —, você está tomando uma das interpretações inteiramente fora de contexto. Quantos de vocês fizeram alguma interpretação idiossincrática que, fora do contexto, pareceria tola ou indefensável?

— É possível. Mas não é esse o caso com Seth. Ele muitas vezes deu palestras e escreveu para os profissionais da área e para o público geral dizendo que considera este mote, ou este tema, uma dinâmica crucial na análise de todo homem. Ele deixou claro esta noite que não era alguma situação interpretativa isolada. Uma "interpretação universal", ele a chamou. Ele se vangloriou de ter feito esta mesma interpretação perigosa a todos os seus pacientes masculinos!

— Bravo, apoiado. — Marshal teve o apoio de um coro de vozes.

— "Perigosa", Marshal? — repreendeu Rick. — Não estamos exagerando?

— Talvez subestimando. — A voz de Marshal ficou mais forte. Ele tinha agora claramente emergido como um poderoso porta-voz do instituto. — Você questiona o papel supremo ou o poder da interpretação? Tem alguma ideia de quanto dano esta interpretação pode ter causado? Todo homem adulto que tenha algum anseio por um período regressivo, alguma volta temporária a um lugar de repouso terno, afetuoso, recebe a interpretação de que ele deseja se rastejar através do ânus do pai de volta ao ventre-reto. Pense na culpa e ansiedade iatrogênicas da regressão homossexual.

— Concordo inteiramente — acrescentou John Weldon. — O Comitê de Ensino foi unânime em sua recomendação de que Seth Pande seja afastado do seu status como analista didata. Foram somente a grave doença de Seth Pande e suas contribuições a este instituto no passado que nos levaram a não expulsá-lo inteiramente. Os membros devem votar se aceitam a recomendação do Comitê de Ensino.

— Proponho que a questão seja decidida numa votação — sugeriu Olive Smith.

Marshal apoiou, e a votação teria sido unânime, não fosse o voto contra de Rick Chapton. Mian Khan, um analista paquistanês que trabalhou frequentemente em colaboração com Seth, e quatro dos ex-analisandos anteriores de Seth se abstiveram.

O grupo dos três atuais analisandos não votantes de Seth sussurrava, e um deles disse que precisavam de tempo para decidir seu curso futuro, mas que, como grupo, estavam consternados com o teor da reunião. Então, se retiraram da sala.

— Estou mais que consternado — disse Rick, que juntou ruidosamente suas coisas e então se dirigiu à saída. — Isto é escandaloso, pura hipocrisia. — Ao chegar à porta, ele acrescentou: — Junto-me à Nietzsche na crença de que a única verdade verdadeira é a verdade vivida!

— O que isso significa neste contexto? — perguntou John Weldon, batendo o martelo para pedir silêncio.

— Esta organização realmente se junta a Marshal Streider na crença de que Seth Pande infligiu um dano sério a seus pacientes masculinos com suas interpretações baseadas em fusões com o pai?

— Acredito que possa falar pelo instituto — replicou John Weldon —, quando digo que nenhum analista responsável discordaria da opinião de que Seth infligiu um deplorável dano a vários pacientes.

Rick, de pé junto à porta, disse:

— Então a implicação de Nietzsche para você é bem simples. Se esta organização realmente acredita que um terrível mal foi feito aos pacientes de Seth, e se restou alguma integridade a esta organização, então só lhe resta uma alternativa, isto é, se você quiser agir de uma maneira moral e legalmente responsável.

— E o que é? — perguntou Weldon.

— *Recall!*

— *Recall?* O que é isso?

— Se — respondeu Rick — a General Motors e a Toyota tiverem a integridade e os colhões, desculpem-me, senhoras, não existe um termo equivalente politicamente correto, para fazer um *recall* de veículos mal planejados, veículos com algum defeito de fábrica que acabará causando prejuízo a seus proprietários, então o caminho a seguir é certamente evidente.

— Você quer dizer...?

— Você sabe exatamente o que quero dizer. — Rick saiu pisando forte e não hesitou em bater a porta atrás de si.

Três ex-analisandos de Seth e Mian Khan partiram imediatamente depois de Rick. À porta, Terry Fuller deu este aviso:

— Levem isto muito a sério, senhores. Há uma ameaça real de cisma irreversível.

John Weldon não precisava de nenhum lembrete para levar o êxodo a sério. A última coisa que ele queria sob sua supervisão era um cisma e a formação de um instituto psicanalítico dissidente. Havia acontecido muitas vezes em outras cidades: Nova York tinha três institutos depois da dissidência dos seguidores de Karen Horney e, mais tarde, dos interpersonalistas sullivanianos. Tinha acontecido em Chicago, em Los Angeles, na escola Washington-Baltimore. Deveria ter provavelmente acontecido em Londres, onde, por décadas, três grupos, os seguidores de Melanie Klein, Anna Freud e a "escola do meio" — os discípulos das relações objetais de Fairbairn e Winnicott — tinham travado uma guerra implacável.

O Instituto Psicanalítico Golden Gate tinha vivido em paz por cinquenta anos, talvez porque suas energias agressivas tivessem sido efetivamente lançadas contra inimigos mais visíveis: um robusto Instituto Junguiano e uma sucessão de escolas de terapias alternativas — transpessoal, reichiana, de vidas passadas, da respiração holotrópica, homeopática, *rolfing* — que se originaram implacável e milagrosamente das nascentes vaporosas e banheiras quentes do Condado de Marin. Além do mais, John sabia que haveria algum jornalista culto que não resistiria a uma matéria sobre uma divisão no instituto psicanalítico. O espetáculo de analistas corretamente analisados incapazes de viver juntos, fazendo poses, lutando pelo poder, discutindo trivialidades e finalmente divorciando-se num acesso de raiva, era uma maravilhosa literatura burlesca. John não quis ser lembrado como aquele que presidiu a fragmentação do instituto.

— *Recall?* — exclamou Morris. — Uma coisa assim nunca foi feita.

— Medidas desesperadas para tempos difíceis — murmurou Olive Smith.

Marshal olhou atentamente o rosto de John Weldon. Ao ver uma ligeira inclinação de cabeça em resposta a Olive, ele seguiu seu exemplo.

— Se não aceitarmos o desafio de Rick, que tenho certeza se tornará de domínio público em pouco tempo, então nossas chances de remediar esta fratura serão bem baixas.

— Mas *recall* — insistiu Morris Fender —, por causa de interpretação errada?

— Não minimize uma questão séria, Morris — aconselhou Marshal.

— Existe alguma ferramenta analítica mais poderosa que a interpretação?

E não estamos de acordo que a formulação de Seth é, ao mesmo tempo, errada e perigosa?

— É perigosa *porque* é errada — aventurou-se Morris.

— Não — disse Marshal —, poderia ser errada, mas é passiva. Passiva porque não leva junto o paciente. Mas isto é errado e ativamente perigoso. Imagine! Cada um de seus pacientes homens que anseia por algum ligeiro conforto, algum ligeiro contato humano, é levado a acreditar que está vivenciando um desejo primitivo de se arrastar novamente através do ânus do pai para chegar ao conforto de seu ventre-reto. É sem precedentes, mas acredito que seja correto que tomemos as providências para proteger os pacientes dele. — Um rápido olhar garantiu a Marshal que John não apenas apoiava, mas dava valor à sua postura.

— Ventre-reto! De onde surgiu esta porcaria, esta heresia, este... esta... *este desvario?* — disse Jacob, um analista de aparência selvagem com papadas e enormes costeletas e sobrancelhas grisalhas.

— Da própria análise dele com Allen Janeway, ele me contou — disse Morris.

— E Allen já está morto há três anos. Você sabe que nunca confiei em Allen. Não tinha nenhuma evidência, mas sua misoginia, sua vaidade, aquelas gravatas-borboleta, seus amigos gays, ele escolher um condomínio no Castro, ele construir toda a sua vida em torno da ópera...

— Vamos manter o foco, Jacob — interrompeu John Weldon. — A questão neste momento não é a preferência sexual de Allen Janeway. Nem a de Seth. Precisamos ser bem circunspectos sobre isto. No clima de hoje, seria uma catástrofe política se fôssemos vistos como aqueles que censuraram ou repeliram um membro porque ele era gay.

— Ele ou *ela* era gay — disse Olive.

John inclinou impacientemente a cabeça em assentimento e continuou:

— E, neste sentido, também não é a questão da suposta má conduta sexual de Seth com os pacientes, a qual ainda não discutimos esta noite. Recebemos relatos de má conduta sexual de terapeutas que trataram de duas das ex-pacientes de Seth, mas nenhuma, por enquanto, concordou em protocolar uma queixa formal. Uma delas não está convencida de que ele tenha causado algum dano duradouro nela; a outra declara que a má conduta introduziu uma duplicidade insidiosa e destrutiva no casamento dela, mas, seja por alguma perversa lealdade transferencial a Seth ou porque ela está relutante em enfrentar a publicidade, recusou-se a insistir nas acusações. Concordo com Marshal: nossa melhor alternativa é permanecer numa única questão, a saber, que sob a égide da psicanálise, ele fez interpretações incorretas, não analíticas e perigosas.

— Mas veja os problemas — disse Bert Kantrell, uma das coortes de Marshal na sua classe analítica —, pense nas questões de sigilo. Seth poderia nos processar por calúnia. E quanto à má conduta profissional? Se Seth for judicialmente processado por má conduta profissional por um de seus ex-pacientes, o que impediria outros pacientes de vir em busca dos polpudos bolsos do nosso instituto ou até do instituto nacional? Afinal, seria muito fácil eles dizerem que éramos responsáveis por Seth, que nós o nomeamos para um importante cargo didático. É um ninho de vespas; seria melhor que nos mantivéssemos fora disso.

Marshal adorava ver seus concorrentes parecerem fracos e indecisos. Para ressaltar o contraste, ele falou com toda a sua confiança.

— *Au contraire*, Bert. Seremos muito *mais* vulneráveis se *não* agirmos. O próprio argumento que você defende para não agir é o motivo pelo qual *devemos* agir com rapidez para nos dissociarmos de Seth e fazer tudo o que pudermos para corrigir os danos. Simplesmente consigo ver Rick Chapton, maldito seja, trazendo uma ação judicial contra nós ou, no mínimo, incitando um repórter do *Times* contra nós, se censurarmos Seth e nada fizermos para proteger os pacientes dele.

— Marshal tem razão — disse Olive, que frequentemente fazia as vezes da consciência moral do instituto. — Acreditando, como o fazemos, que nosso tratamento é potente e que a aplicação equivocada da psicanálise, a análise selvagem, é poderosamente prejudicial, então não temos outra opção senão viver de acordo com as nossas palavras. Precisamos trazer de volta os ex-pacientes de Seth para um curso de psicoterapia corretiva.

— Mais fácil falar do que fazer — advertiu Jacob. — Nenhum poder na Terra poderia convencer Seth a revelar os nomes dos seus ex-pacientes.

— Isso não será necessário — garantiu Marshal. — Nosso procedimento preferencial, parece-me, é fazer um apelo público na imprensa popular a todos os seus pacientes dos últimos anos, ou pelo menos todos os homens. — Com um sorriso, Marshal acrescentou: — Vamos partir da premissa de que ele maneja as mulheres de maneira diferente.

Toda a plateia sorriu com o duplo sentido de Marshal. Embora os rumores da encenação sexual de Seth com as pacientes fossem conhecidos há anos pelos membros, era um enorme alívio finalmente ouvir abertamente.

— Estamos de acordo, então — perguntou John Weldon, batendo o martelo —, que devemos tentar oferecer terapia corretiva aos pacientes de Seth?

— Proponho essa moção — disse Harvey.

Depois de uma votação unânime, Weldon dirigiu-se a Marshal:

— Você estaria disposto a assumir a responsabilidade por esta moção? Bastará formalizar junto ao comitê diretor seus planos precisos.

— Sim, é claro, John — disse Marshal, mal contendo sua alegria e seu assombro no quanto sua estrela tinha brilhado naquela noite. — Irei também pedir autorização para todas as nossas ações junto à Associação Internacional de Psicanálise; preciso conversar com o secretário, Ray Wellington, sobre outra questão esta semana.

CAPÍTULO
8

UATRO E MEIA da manhã. Tiburon estava escuro, exceto por uma casa fortemente iluminada empoleirada no alto de um promontório com vista para a baía de São Francisco. As luzes da poderosa Golden Gate eram obscurecidas pela névoa leitosa, mas as delicadas luzes na linha do horizonte da cidade tremulavam a distância. Oito homens exaustos se debruçavam sobre uma mesa e não prestavam a menor atenção à ponte, à névoa ou ao horizonte; tinham olhos apenas para as cartas distribuídas a eles.

Len, robusto, rosto vermelho, usando largos suspensórios amarelos decorados com dados e jogando cartas, anunciou: "Última rodada." Era decisão do carteador e Len escolheu o *high-low* de sete cartas: as duas primeiras cartas fechadas, quatro abertas e a última fechada. As fichas da mesa eram divididas por dois vencedores: aquele com a maior e com a menor mão.

Shelly, cuja esposa, Norma, era uma das sócias da firma de advocacia de Carol, era o grande perdedor daquela noite (e todas as noites nos últimos cinco meses), mas apanhou suas cartas avidamente. Era um homem bonito, poderoso, com olhos sombrios, otimismo irreprimível e costas ruins. Antes de olhar as duas primeiras cartas, Shelly levantou-se e ajustou a bolsa de gelo presa com uma tira ao redor da cintura. Quando jovem, tinha excursionado como tenista profissional e, mesmo agora, apesar das evidentes objeções de alguns discos intervertebrais protuberantes, ainda jogava quase todos os dias.

Ele pegou as duas cartas, uma sobre a outra. O ás de ouros! Nada mal. Lentamente, deslizou a segunda carta para ver. O dois de ouros. Um ás e um dois de ouros! Cartas fechadas perfeitas! Seria possível, depois de uma sucessão de cartas miseráveis? Ele as colocou de volta à mesa e, alguns segundos depois, não conseguiu resistir e voltou a olhá-las. Shelly não percebeu os outros jogadores olhando-o atentamente — aquele segundo olhar carinhoso era um dos muitos "gestos denunciadores" de Shelly, pequenos maneirismos relaxados que denunciavam sua mão.

As duas cartas seguintes abertas eram igualmente boas: um cinco e, depois, um quatro de ouros. Santo Cristo! Um milhão de dólares na mão. Shelly quase explodiu num coro de *Iupííí! Que maravilha*. Ás, dois, quatro e cinco de ouros — um jogo pelo qual morrer! Finalmente sua sorte tinha mudado. Ele sabia que tinha que acontecer, bastando que se mantivesse firme lá. E Deus sabe que ele se manteve.

Ainda faltava vir mais três cartas e tudo de que ele precisava para um *flush** com o ás na cabeça seria mais uma carta de ouros, ou um três de ouros para uma sequência do mesmo naipe — que lhe daria a metade das fichas na mesa que cabe ao melhor jogo. Qualquer carta baixa — três, seis ou mesmo um sete — lhe daria a metade que vai para o jogo mais baixo. Se conseguisse um ouros *e* uma carta baixa, conseguiria ganhar *tanto* pelo melhor *quanto* pelo pior jogo — todas as fichas da mesa. Esta mão o tornaria mais saudável, mas não inteiramente íntegro; ele devia doze mil.

Em geral, nas raras ocasiões em que ele teve a mão decente, a maioria dos caras desistiu cedo. Que azar! Será que foi mesmo? Era aí que seus "gestos denunciadores" o entregavam — os jogadores desistiam em uníssono quando captavam sua animação, ele contando silenciosamente o total de fichas apostadas, protegendo as cartas mais firmemente, apostando com mais prontidão que o habitual, desviando o olhar do apostador para estimular mais apostas, as patéticas tentativas de camuflagem, ao fingir estudar as mãos altas, tendo, de fato, uma fraca.

---

* No jogo de pôquer, combinação de cinco cartas quaisquer do mesmo naipe. (N. do E.)

Mas ninguém desistiria desta vez! Todos pareciam fascinados com suas próprias mãos (isso não era incomum para a última mão — os rapazes adoravam tanto jogar que sugavam até a última gota da última rodada). Haveria uma enorme bolada em jogo.

Para atrair para si a maior mesa possível, Shelly começou a apostar na terceira carta. Na quarta, apostou cem (o cacife tinha um limite de 25 dólares na primeira rodada, cem nas rodadas seguintes e duzentos nas últimas duas) e ficou espantado quando Len aumentou a aposta. Len não mostrava muito na mesa: duas cartas de espadas, um dois e um rei. O melhor que Len conseguiria era um *flush* encabeçado pelo rei (o ás de espadas estava entre as cartas abertas de Harry).

Continue aumentando, Len, Shelly torceu. *Por favor, continue aumentando. Que Deus lhe conceda seu* flush *com rei na cabeça! Vai perder para o meu* flush *de ouros com ás na cabeça.* Ele voltou a aumentar e todos os sete jogadores entraram no jogo. Todos os sete... impressionante! O coração de Shelly bateu mais rápido. Ele ia ganhar uma fortuna. Deus, como era bom estar vivo! Deus, como adorava jogar pôquer!

A quinta carta de Shelly foi decepcionante, um inútil valete de copas. Mesmo assim, ele ainda tinha mais duas cartas a receber. Era hora de pensar nesta mão. Passou os olhos apressadamente pela mesa e tentou calcular as chances. Quatro cartas de ouros na mão e outras três abertas na mesa. Isso significava que sete das treze cartas de ouros estavam fora. Sobravam seis cartas de ouros. Chances enormes de conseguir o *flush*. E, então, havia o jogo mais baixo. Bem poucas cartas baixas na mesa; muitas e muitas sobrando no baralho e ele tinha direito a mais duas cartas.

A cabeça de Shelly girou — complicado demais imaginar com precisão, mas as chances a seu favor eram fabulosas. Para o inferno ficar calculando as chances, ele iria com tudo nesta mão, não importa o que acontecesse. Com sete jogadores na rodada, ele conseguiria três dólares e meio de volta para cada dólar investido. E uma boa chance de ganhar toda a bolada — um retorno de sete para um.

A carta seguinte foi um ás de copas. Shelly estremeceu. Um par de ases não tinha muita utilidade. Ele começou a se preocupar. Tudo dependia da última carta. Ainda assim, uma única carta de ouros e apenas duas cartas baixas foram abertas na última rodada; suas chances ainda eram fabulosas. Ele apostou o máximo: duzentos. Len e Bill aumentaram. Havia um limite de três repiques e Shelly voltou a aumentar num terceiro repique. Seis jogadores pagaram. Shelly estudou as mãos. Ninguém mostrava muito. Somente dois pares baixos na mesa inteira. Por que todos eles continuavam a apostar? Haveria algumas surpresas desagradáveis? Shelly continuou tentando contar dissimuladamente a bolada. Gigantesca! Provavelmente mais de sete mil, e ainda restava mais uma grande rodada de apostas.

A sétima e última carta foi distribuída. Shelly apanhou suas três cartas fechadas, mudou todas de lugar e, então, abriu-as lentamente. Ele tinha visto seu pai fazer isso mil vezes. Um ás de paus! Droga! A pior carta que ele poderia conseguir. Começando com quatro ouros baixos e terminando com três ases. Não eram nada — pior que nada, porque ele provavelmente não conseguiria ganhar e, ainda assim, eram boas demais para desistir. Esta mão era uma maldição! Ele estava preso numa armadilha; tinha de continuar! Pediu mesa. Len, Arnie e Willy apostaram, aumentaram, aumentaram de novo e aumentaram mais uma vez. Ted e Harry desistiram. Oitocentos para ele. Deveria soltar a grana? Cinco jogadores dentro. Sem chance de ganhar. Inconcebível que nenhum deles não ganhasse de três ases.

Mas mesmo assim... mesmo assim... não havia mão alta aberta. Talvez, apenas talvez, Shelly pensou, *todos os outros quatro jogadores apostassem pelo jogo mais baixo! Len tinha um par de três em aberto; talvez estivesse forçando com dois pares ou uma trinca de três. Ele era conhecido por isso. Não! Acorde, sonhador! Economize os oitocentos. Sem chance de ganhar com trinca de ases — tinha de haver sequências ou flushes escondidos. Com certeza. Com o que mais eles poderiam estar apostando? Quanto estava em jogo? No mínimo doze mil, talvez mais. Poderia voltar para casa e para Norma como um vencedor.*

E desistir desta mão agora — e ficar sabendo que sua trinca de ases teria vencido —, Cristo, ele nunca se perdoaria por essa covardia. Nunca se recuperaria. Maldição! Ele não tinha escolha. Tinha ido longe demais para recuar. Shelly pagou os oitocentos.

O desenlace foi rápido e misericordioso. Len abriu um *flush* encabeçado pelo rei, e a trinca de ases de Shelly morreu na praia. Mesmo o *flush* de Len não ganhou; Arnie tinha um *full house*,* inteiramente oculto — o que significava que ele o completara na última carta. Droga! Shelly viu que, mesmo que tivesse conseguido seu *flush* de ouros, teria perdido. E, mesmo que tivesse conseguido seu três ou quatro, ainda teria perdido para o menor jogo — Bill virou uma *minhoca*, o perfeito jogo baixo: cinco, quatro, três, dois, ás. Por um instante, Shelly quis chorar, mas, em vez disso, abriu seu grande sorriso e falou:

— Digam-me se não foi uma diversão digna de dois mil dólares!

Todos contaram suas fichas e pegaram o dinheiro com Len. O jogo fazia um rodízio de casa em casa, a cada duas semanas. O anfitrião fazia as vezes de banqueiro e acertava todas as contas no fim da noite. Shelly ficou no prejuízo de 14.300 dólares. Ele fez um cheque e explicou, pedindo desculpas, que estava fazendo um pré-datado para dali a alguns dias. Tirando um enorme maço de notas de cem dólares, Len disse:

— Esqueça, Shelly, eu cubro. Traga o cheque para o próximo jogo.

Este jogo era assim. A confiança era tão profunda que os caras muitas vezes diziam que, no caso de uma enchente ou um terremoto, eles poderiam jogar pôquer por telefone.

— Não, sem problema — respondeu Shelly com indiferença. — Trouxe o talão errado e só preciso transferir os fundos para esta conta.

Mas Shelly realmente tinha um problema. Um grande problema. Quatro mil dólares na sua conta bancária e ele devia 14 mil. E se Norma descobrisse sobre suas perdas, o casamento estaria acabado. Era bem possível que este fosse seu último jogo de pôquer. Ao sair, ele fez um passeio nostálgico em volta da casa de Len. Talvez esta fosse sua última caminhada em volta da casa de Len, ou de qualquer um dos amigos. As lágrimas vie-

---

* No pôquer, uma trinca e um par. (N. do E.)

ram aos seus olhos enquanto olhava os cavalos do carrossel antigo no patamar da escada e o brilho da enorme mesa de madeira koa* lustrada da sala de jantar, a laje de meio metro quadrado de arenito coberta com as impressões de um peixe pré-histórico congelado para todo o sempre.

Sete horas antes, a noite tinha começado naquela mesa, com um banquete de sanduíches de carne-seca apimentada, língua e *pastrami*, que Len fatiou, colocou numa pilha alta cercada de picles de legumes e salada de repolho e batata ao molho azedo — tudo isso especialmente de avião naquele mesmo dia, trazido da Carnegie Deli de Nova York. Len comeu e divertiu-se muitíssimo. Depois, exercitou-se para perder as calorias, ou a maior parte, no *transport* e na esteira da sua bem equipada sala de ginástica.

Shelly entrou no salão e se juntou aos outros que estavam de pé admirando uma pintura antiga que Len acabara de comprar num leilão em Londres. Não reconhecendo o artista e com medo de revelar sua ignorância, Shelly permaneceu em silêncio. Arte era apenas um dos assuntos dos quais Shelly se sentia excluído; havia outros: vinho (vários de seus colegas de pôquer tinham adegas do tamanho da de um restaurante e muitas vezes viajavam juntos para leilões de vinhos), ópera, balé, cruzeiros, restaurantes parisienses três estrelas, limites de aposta em cassinos. Tudo pesado demais para Shelly.

Ele deu uma boa olhada para os jogadores, como se para gravar cada um indelevelmente na sua memória. Sabia que estes eram os bons e velhos tempos e que, em algum momento no futuro — talvez depois de um derrame, enquanto estivesse sentado no gramado de uma clínica de repouso num dia de outono, as folhas secas tombando ao vento, um cobertor xadrez desbotado no colo —, ele gostaria de se lembrar de cada um dos rostos sorridentes.

Tinha o Jim, o Duque de Ferro ou o Rochedo de Gibraltar, como era frequentemente chamado. Jim tinha mãos gigantescas e um queixo imponente. Deus, ele era durão. Ninguém tinha tirado Jim de uma rodada com um blefe, nunca.

---

* Madeira nativa das ilhas do Havaí. (N. do E.)

E Vince: enorme. Ou *às vezes* enorme. Às vezes, não era. Vince tinha um relacionamento ioiô com os centros de saúde e de emagrecimento Pritikin: sempre indo até um (duas vezes, seu despertador tinha ficado numa cadeira em um dos jogos só para interrompê-lo) ou saindo de um, esbelto e elegante — e trazendo refrigerantes dietéticos de pêssego, maçãs frescas e biscoitos cobertos de chocolate sem gordura. Quando o jogo era na sua casa, na maioria das vezes ele colocava aparadores generosos — a esposa fazia uma ótima comida italiana —, mas durante os primeiros dois meses depois de sair de um centro Pritikin, os rapazes ficaram apavorados com a comida que ele servia: lascas de tortilhas assadas, cenouras e cogumelos crus, salada de frango chinês sem óleo de gergelim. A maioria dos rapazes comia antes de ir. Eles gostavam de comida pesada — quanto mais gordurosa, melhor.

Em seguida, Shelly pensou em Dave, um psiquiatra calvo, de barba, que tinha a visão ruim e entrava em parafuso quando o anfitrião não fornecia baralho de pôquer extragrande. Ele correria para fora da casa e sairia rugindo na sua Honda Civic de um vermelho brilhante até a loja de conveniência mais próxima — uma façanha nada simples, já que algumas das casas se situavam em bairros residenciais bem afastados. A insistência de Dave em cartas corretas era uma fonte de grande diversão. Ele era um jogador tão ruim, distribuindo "gestos denunciadores" por toda a mesa, que a maioria dos rapazes achava que ele se sairia melhor se não visse suas cartas. E o mais cômico era que Dave realmente se achava um ótimo jogador de pôquer! E o engraçado era que ele geralmente acabava no lucro. Era o grande mistério dos jogos das terças: *Por que diabo Dave não perdia?*

Era uma fonte interminável de diversão pensar que um psiquiatra fosse menos consciente de si próprio que qualquer outra pessoa na mesa. Ou, no mínimo, estivesse menos consciente. Dave se aproximava. Não mais as imbecilidades intelectuais arrogantes e cheias de si. Não mais palavras de dez sílabas. Quais eram? "Penúltima mão" ou "estratégia dúplice". Ou, em vez de "derrame", ele diria "acidente vascular cerebral". E a comida que ele costumava servir — *sushi*, *kabobs* de melão, sopa fria de frutas, picles de abobrinha. Pior que a de Vince. Ninguém arriscava uma única mordida sequer, mas Dave levou um ano para perceber — e, mesmo assim, só depois de ter começado a receber fax anônimos de receitas de peito bovino, brownie e cheesecake.

Ele está tão melhor agora, pensou Shelly, que age como uma pessoa real. Deveríamos tê-lo cobrado pelos nossos serviços. Vários caras cuidam dele. Arnie vendeu a ele uma participação de cinco por cento em um de seus cavalos de corrida, levou-o para os treinos e corridas, ensinou-lhe a ler as tabelas e como entender os cavalos examinando seus treinos. Harry apresentou-o ao basquete profissional. Quando se conheceram, Dave não sabia diferenciar um armador de um free safety ou de uma interbase. Onde ele tinha passado os primeiros quarenta anos? Agora, Dave dirige um Alfa vinho, divide os ingressos da temporada de basquete com Ted e de hóquei com Len, faz suas apostas com os outros rapazes com o bookmaker do Arnie de Las Vegas e quase soltou mil pratas para ir ao concerto da Streisand, em Las Vegas, com Vince e Harry.

Shelly ficou vendo Arnie sair pela porta usando seu chapéu idiota estilo Sherlock Holmes. Ele sempre usava um chapéu durante o jogo e, se ganhasse, continuava usando o mesmo chapéu até que sua sorte fosse embora. Então, ele saía e comprava um novo. Aquele maldito chapéu Sherlock Holmes faturou para ele cerca de quarenta mil. Arnie dirigia seu Porsche feito sob encomenda por duas horas e meia para o jogo. Uns dois anos atrás, ele se mudou para Los Angeles por um ano para administrar sua empresa de telefones celulares e voava regularmente para visitar seu dentista e jogar pôquer. Como um ritual, os rapazes tiravam o valor da passagem aérea dele das primeiras rodadas. Seu dentista, Jack, também jogou algumas vezes — até que perdeu demais. Jack era um péssimo jogador, mas era pior para se vestir. Certa vez, Len gostou muito da camisa rancheira com pesponto metálico de Jack e fez uma aposta paralela numa rodada: duzentos dólares contra a camisa. Jack perdeu: um *full house* com "rainha na cabeça" contra um *straight flush** do Len. Len deixou

---

* No pôquer, sequência de cinco cartas do mesmo naipe. O *royal straight flush* é a sequência mais alta, constituída de dez, valete, dama, rei e ás. (N. do E.)

que ele usasse a camisa para voltar para casa, mas foi buscá-la na manhã seguinte. Esse foi o último jogo de Jack. E em todos os jogos seguintes, por cerca de um ano, Len usou aquela camisa.

Mesmo durante seus melhores tempos, Shelly era quem tinha, de longe, menos dinheiro no grupo. Dez vezes menos. E agora, com a baixa do Vale do Silício, não era uma de suas melhores épocas; ele estava sem trabalho desde que a Digilog Microsystems tinha falido, cinco meses antes. No início, ele tinha ido atrás dos *headhunters* e esquadrinhado os anúncios classificados todos os dias. Norma cobrava 250 dólares por hora por seus serviços legais. Isso foi ótimo para as finanças familiares, mas Shelly ficou envergonhado de aceitar um trabalho que pagava vinte ou 25 por hora. Ele fixou tão no alto suas exigências que os *headhunters* acabaram desistindo dele e ele aos poucos se acostumou à ideia de ser sustentado pela mulher.

Não, Shelly não tinha talento para ganhar dinheiro. E era uma coisa de família. O pai tinha trabalhado e "ralado" por anos para salvar duas apostas quando Shelly era jovem. E perdeu as duas. Ele afundou a primeira num restaurante japonês em Washington, D.C., que foi inaugurado duas semanas antes de Pearl Harbor. A segunda, dez anos depois, ele usou para comprar uma concessão do Edsel.

Shelly manteve a tradição familiar. Foi um jogador de tênis universitário de nível internacional, mas só venceu três jogos em três anos no circuito profissional. Era bonito, jogava com brilhantismo, as multidões o adoravam, sempre conseguia quebrar o primeiro serviço — mas simplesmente não conseguia vencer o oponente. Talvez ele fosse bonzinho demais. Talvez precisasse de um "fechador". Quando se aposentou do circuito profissional, investiu sua modesta herança num clube de tênis perto de Santa Cruz, um mês antes de o terremoto de 1989 ter engolido seu vale inteiro. Recebeu uma pequena quantia num acordo com a seguradora, a maior parte da qual investiu em ações da Pan Am Airlines, logo antes desta falir; parte foi para ações de alto risco por meio da corretora de Michael Milken; o restante, ele investiu no San Jose Nets da Liga Americana de Vôlei.

Talvez essa fosse uma das atrações do jogo para Shelly. Esses caras sabiam o que estavam fazendo. Sabiam ganhar dinheiro. Talvez parte disso sobrasse para ele.

De todos os rapazes, Willy era de longe o mais rico. Quando vendeu sua jovem empresa de softwares de finanças pessoais para a Microsoft, ele saiu com cerca de quarenta milhões. Shelly sabia pelos jornais; nenhum dos rapazes jamais falou abertamente sobre isso. O que ele adorava em Willy era a maneira como aproveitava o dinheiro. Ele não fazia nenhum mistério sobre isso: sua missão na Terra era se divertir. Sem culpa. Sem vergonha. Willy falava e lia grego — seus parentes eram imigrantes gregos. Ele gostava particularmente do escritor grego Kazantzakis e tentava se espelhar em Zorba, um de seus personagens, cujo objetivo na vida era deixar para a morte "nada além de um castelo inteiramente consumido pelo fogo".

Willy adorava ação. Sempre que desistia de uma rodada, corria até a outra sala para espiar algum jogo na tevê — basquete, futebol, beisebol — no qual ele tinha apostado uma grande soma em dinheiro. Certa vez, ele alugou um rancho de jogos de guerra em Santa Cruz por um dia inteiro, o tipo de lugar onde se joga *paintball*. Shelly sorriu ao se lembrar de dirigir até o local e ver os rapazes assistindo a um duelo. Willy, usando óculos de proteção e um chapéu de piloto de avião de combate da Primeira Guerra Mundial, e Vince, ambos com armas na mão e de costas um para o outro, estavam se afastando dez passos. Len, o árbitro, usava a camisa de Jack e segurava um punhado de notas de cem dólares da aposta. Aqueles sujeitos eram malucos... apostavam em qualquer coisa.

Shelly seguiu Willy para fora, onde os Porsches, os Bentleys e os Jags estavam roncando os motores e esperando que Len abrisse os imensos portões de ferro. Willy se virou e colocou o braço em volta dos ombros de Shelly; os rapazes se tocam bastante.

— Como vai a busca por emprego, Shelly?

— *Comme çi, comme ça.*

— Aguente firme — disse Willy. — Os negócios estão mudando. Tenho a sensação de que o Vale vai voltar a abrir em breve. Vamos almoçar.

Os dois tinham se tornado amigos íntimos com o correr dos anos. Willy adorava jogar tênis e Shelly muitas vezes lhe dava algumas instruções e tinha, durante anos, ensinado informalmente os filhos de Willy, e um deles agora jogava na equipe do Stanford.

— Ótimo! Semana que vem?

— Não, mais pra frente. Vou ficar muito tempo fora nas próximas duas semanas, mas com muito tempo livre no fim do mês. Minha agenda está no escritório. Telefono pra você amanhã. Quero conversar com você sobre uma coisa. Te vejo no próximo jogo.

Sem comentários de Shelly.

— Certo?

Shelly assentiu.

— Certo, Willy.

— Tchau, Shelly. — "Tchau, Shelly." Os gritos desapareceram enquanto os grandes sedãs se afastavam. Shelly sentiu um aperto ao vê-los se afastando de carro e sumindo na noite. Ah, como ele sentiria falta deles. Deus, ele adorava esses caras!

Shelly dirigiu para casa em profundo sofrimento. *Perder 14 mil. Que inferno — é preciso talento para perder tanto dinheiro.* Mas não era o dinheiro. Shelly não se importava com os 14 mil. Ele se importava com os rapazes e o jogo. Mas não tinha jeito de continuar jogando. De jeito nenhum! A aritmética era simples: não havia mais dinheiro. *Preciso conseguir um emprego. Se não em vendas de softwares, então que seja em outro ramo — talvez voltar a vender iates em Monterey. Ugh! Posso fazer isso? Ficar sentado por semanas à espera da minha única venda a cada mês, ou a cada dois meses, seria o bastante para me levar de volta aos cavalos.* Shelly precisava de ação.

Nos últimos seis meses, ele tinha perdido muito dinheiro no jogo. Talvez quarenta, cinquenta mil dólares — ele temia fazer o cálculo exato. Não tinha nenhum jeito de conseguir mais dinheiro. Norma depositava o pagamento dela numa conta bancária separada. Ele tinha feito empréstimo em tudo. E com todo mundo. Exceto, é claro, com um dos rapazes. Isso seria uma solução ruim. A única e última posse em que ele poderia colocar as mãos — mil ações da Imperial Valley Bank — valia cerca de 15 mil dólares. Seu problema era como trocar por dinheiro sem que Norma descobrisse. De uma forma ou de outra, ela havia ficado esperta. Ele já não tinha mais nenhuma desculpa. E ela estava ficando sem paciência. Era só uma questão de tempo.

Catorze mil? Aquela última e maldita mão. Ele continuou revivendo--a. Estava convicto de que tinha jogado certo: quando as chances estão a seu favor, você tem que pressionar... perca a coragem e está tudo acabado. Foram as cartas. Ele sabia que mudariam logo. Foi assim que aconteceu. Ele pensou a longo prazo. Sabia o que estava fazendo. Vinha jogando pesadamente desde que era adolescente e tinha dirigido uma operação de apostas em beisebol durante todo o colegial. E uma baita operação lucrativa também.

Quando estava com 14 anos, ele tinha lido, não lembrava onde, que as chances de escolher três jogadores de beisebol para conseguir um total combinado de seis rebatidas válidas em qualquer dia era de cerca de vinte para um. Portanto, ele oferecia nove ou dez para um e conseguia muitos apostadores. Dia após dia os idiotas continuavam a acreditar que três jogadores selecionados entre aqueles do nível do Mantle, Musial, Berra, Pesky, Bench, Carew, Banks, McQuinn, Rose e Kaline *tinham* de conseguir seis rebatidas válidas entre eles. Bobalhões! Nunca aprenderam.

Talvez agora fosse *ele* que não estivesse aprendendo. Talvez *ele* fosse o idiota e não devesse estar neste jogo. Sem dinheiro ou coragem suficientes, um jogador que não era bom o bastante. Mas Shelly passou por maus bocados por não acreditar que poderia ser tão ruim assim. De repente, depois de manter sua posição por mais de 15 anos neste jogo, teria se tornado um mau jogador? Não fazia sentido. Mas, talvez, houvesse algumas pequenas coisas que ele estivesse fazendo diferente. Talvez a má série de cartas estivesse afetando seu modo de jogar.

Seu pior pecado, ele sabia, durante toda a maré de má sorte, foi ter sido impaciente demais e tentado forçar em mãos medíocres. Sim, sem dúvida. Foram as cartas. E elas mudariam. Só uma questão de tempo. Poderia

MENTIRAS NO DIVÃ

acontecer em qualquer jogo — provavelmente no próximo — e, então, ele poderia decolar num fantástico impulso vencedor. Ele tinha participado do jogo por 15 anos e, mais cedo ou mais tarde, as coisas se equilibrariam. Era só questão de tempo. Mas, agora, Shelly não conseguiria comprar mais tempo.

Uma chuva leve começou a cair. Seu para-brisa embaçou. Shelly ligou os limpadores e o desembaçador, parou para pagar seus três dólares no pedágio da Golden Gate e seguiu para a Lombard Street. Ele não era bom em planejar o futuro, mas agora, quanto mais pensava sobre o futuro, mais percebia o quanto estava em jogo: sua participação no pôquer, seu orgulho, sua autoestima como jogador. Para não mencionar o casamento — isto também estava em jogo!

Norma sabia sobre suas apostas. Antes de se casarem há oito anos, ela tivera uma longa conversa com a primeira mulher dele — que o tinha deixado seis anos antes quando, numa maratona de jogos num cruzeiro para as Bahamas, quatro valetes tinham acabado com toda a poupança deles.

Shelly realmente amava Norma e estava falando sério e sendo sincero quando lhe fez a promessa: abandonar de vez os jogos, participar das reuniões dos Jogadores Anônimos, entregar a ela os salários e deixar que cuidasse das finanças. E, então, numa demonstração de boa-fé, Shelly até propôs trabalhar seu problema com qualquer terapeuta que ela escolhesse. Norma escolheu um psiquiatra que ela havia consultado dois anos antes. Ele foi ao psiquiatra — um tipo estúpido — durante alguns meses. Uma total perda de tempo; não se lembrava de nada do que discutiram. Mas um bom investimento — firmou o acordo, provando a Norma que ele levava a sério suas promessas.

E, na maior parte, Shelly as tinha mantido. Desistiu de jogar, exceto pôquer. Nada de apostas em futebol ou basquete, disse adeus ao Sonny e ao Lenny, seus *bookmakers* de longa data; nada de Las Vegas ou Reno. Cancelou suas assinaturas do *The Sporting Life* e *Card Player*. O único evento esportivo em que ele apostava era o U.S. Open; sabia ler as tabelas de tênis. (Mas perdeu uma fábula apostando em McEnroe contra o Sampras.)

E, até que a Digilog quebrasse seis meses antes, ele entregava fielmente seu salário a Norma. Ela sabia sobre o jogo de pôquer, é claro, e lhe dava uma quantia específica para isso. Ela achava que fosse um jogo de cinco e dez dólares e, por vezes, adiantava a ele de bom grado duzentos dólares — Norma até que gostava da ideia de o marido socializar com alguns dos homens de negócios mais ricos e mais influentes do norte da Califórnia. Além do mais, dois dos rapazes a contrataram para aconselhamento legal.

Mas havia duas coisas de que Norma não sabia. Primeiro, das apostas. Os rapazes eram muito discretos sobre isso — sem dinheiro na mesa, só as fichas que eles sempre chamavam de "quartos" (25 dólares), "meios" (cinquenta dólares) e "dólares" (cem dólares). Ocasionalmente, os filhos de um dos rapazes assistiam ao jogo durante algumas mãos e não tinham nenhuma ideia das apostas reais. Às vezes, quando Norma encontrava um dos jogadores ou suas esposas socialmente — em casamentos, crismas, *bar mitzvahs* —, Shelly se preparava para ela ficar sabendo sobre suas perdas ou da magnitude do risco. Mas os rapazes — que Deus os abençoe — sabiam o que dizer: ninguém nunca cometeu um deslize. Era uma daquelas regras que ninguém nunca mencionou, mas todo mundo conhecia.

A outra coisa que Norma não sabia era sobre a conta dele no pôquer. Entre os casamentos, Shelly juntou sessenta mil dólares em capital. Ele tinha sido um supervendedor de *softwares*... sempre que decidia trabalhar. Ele contribuiu com vinte mil dólares no casamento, mas tinha ainda quarenta mil como seu fundo do pôquer e ele o manteve escondido de Norma numa conta bancária secreta em Wells Fargo. Ele achou que quarenta mil poderiam durar para sempre, que conseguiria aguentar qualquer maré de azar. E conseguiu. Por 15 anos. Até esta agora — esta maré de azar do inferno!

As apostas tinham aumentado gradualmente. Ele se opôs sutilmente aos aumentos, mas ficou com vergonha de dar muita importância ao assunto. Para ter emoção no jogo, todo mundo precisa de apostas altas. As perdas precisam doer um pouco. O problema era que os outros tinham dinheiro

MENTIRAS NO DIVÃ

demais: apostas altas para Shelley eram como uma "pingada"* de centavos para os demais. O que ele podia fazer? Aguentar a humilhação de dizer: "Desculpe, rapazes, não tenho dinheiro suficiente para jogar cartas com vocês. Sou pobre demais, covarde demais, fracassado demais para estar à altura de vocês?" Sem chances.

Mas agora seu fundo de pôquer estava acabado, exceto por quatro mil. Graças a Deus que Norma nunca ficou sabendo dos quarenta mil. Senão, ela já teria ido embora há muito. Norma odiava apostas porque o pai dela perdera a casa da família no mercado de ações: ele não jogava pôquer (era um diácono da igreja, uma vara reta), e sim no mercado de ações — a mesma coisa! *Os mercados*, Shelly sempre pensava, *eram para os delicados sem a valentia para o pôquer!*

Shelly tentou se concentrar; precisava de dez mil bem rápido: tinha pré--datado o cheque para dali a apenas quatro dias. O que ele tinha de fazer era conseguir o dinheiro de algum lugar em que Norma não pensaria em olhar por duas semanas. Shelly *sabia*, sem dúvida alguma *sabia*, como soubera de algumas coisas na sua vida antes, que se ele apenas conseguisse levantar uma aposta e jogar no próximo jogo, as cartas iriam mudar, ele ganharia uma bolada e tudo voltaria aos eixos.

Quando chegou em casa às cinco e meia, Shelly tinha decidido o que fazer. A melhor solução, a única solução, era vender parte de suas ações do Imperial Bank. Cerca de três anos atrás, Willy tinha comprado o Imperial Bank e, com informações internas privilegiadas, tinha dado a Shelly uma dica que era infalível. Willy achava que, no mínimo, ele dobraria seu investimento em uns dois anos, quando o banco fosse lançado na bolsa de valores. Portanto, Shelly comprou mil ações com o pé--de-meia de vinte mil dólares que ele tinha levado para o casamento, vangloriando-se para Norma sobre a dica privilegiada e o dinheiro que ele e Willy iriam ganhar.

---

* A "pingada", ou "pingo", é a aposta obrigatória inicial, realizada em cada rodada ("mão") do jogo de pôquer. (N. do E.)

O histórico de Shelly de estar no lugar errado na hora errada permaneceu intacto: foi a época do escândalo das poupanças e empréstimos. O banco de Willy foi gravemente prejudicado: as ações caíram de vinte para 11. Agora, tinha voltado a 15. Shelly recebeu a perda com calma e sabia que Willy tinha perdido muito também. Mesmo assim, ele se perguntou por que, imerso na rede dos velhos camaradas, ele não conseguia, uma vez sequer, tirar proveito. Tudo em que ele tocava virava lixo.

Ele ficou acordado até as 6 horas para que pudesse ligar para Earl, seu corretor, e dar-lhe uma ordem de venda a preço de mercado. Inicialmente, ele tinha planejado vender apenas 650 ações — isso lhe daria os dez mil dólares líquidos de que precisava. Mas enquanto estava ao telefone, decidiu vender todo o lote de mil ações, para poder cobrir os dez mil e ter cinco mil extras para um último jogo.

— Quer que telefone de volta para confirmar a venda, Shelly? — perguntou Earl naquela sua voz de taquara rachada.

— Quero sim, amigo, estarei em casa o dia todo. Quero saber o valor exato. Ah, sim, apresse as coisas para mim e não deposite o cheque na nossa conta. Isso é importante, não o deposite. Fique com ele que vou passar aí e pegar.

Tudo correria bem, pensou Shelly. *Em duas semanas, depois do próximo jogo, ele compraria de volta as ações com seus ganhos e Norma nunca perceberia.* Sua animação voltou. Ele assobiou suavemente e se enfiou na cama. Norma, que tinha um sono leve, estava dormindo no quarto de hóspedes, como de costume nas noites de pôquer. Ele leu um pouco da revista *Tennis Pro* para se acalmar, desligou a campainha do telefone, colocou protetores auriculares para não ouvir Norma se preparando para o trabalho e apagou a luz. Com um pouco de sorte, ele dormiria até o meio-dia.

Era quase uma da tarde quando ele entrou cambaleando na cozinha e serviu-se de um pouco de café. Assim que voltou a ligar a campainha do telefone, este tocou. Era Carol, amiga de Norma, advogada da mesma firma.

— Oi, Carol, está procurando pela Norma? Ela saiu faz tempo. Não está no escritório? Escute, Carol, fico contente de falar com você. Soube que Justin saiu de casa. Norma disse que você ficou abalada. Que idiota deixar alguém de classe como você. Ele nunca esteve à sua altura. Desculpe nunca ter telefonado para conversar. Mas a oferta agora está aberta. Almoço? Uma bebida? Um carinho? — Desde a tarde em que Carol o escolheu para ir para a cama como vingança, Shelly tinha tido fantasias quentes de uma repetição de performance.

— Obrigada, Shelly — disse Carol na sua voz mais fria —, mas preciso adiar o bate-papo social. É um telefonema profissional.

— O que você está dizendo? Eu disse a você que a Norma não está aqui.

— Shelly, estou telefonando para você, não para a Norma. Ela me contratou como advogada para representá-la. É uma situação embaraçosa, é claro, dado o nosso pequeno encontro, mas Norma pediu e eu não poderia recusar de maneira alguma.

"Vou direto ao ponto", continuou Carol na sua voz profissional pausada. "Minha cliente me pediu que preparasse os documentos para entrar com um pedido de separação e, por meio deste ato, eu o instruo a estar fora da casa, inteiramente fora, até as 19h. Ela não deseja mais nenhum contato direto com o senhor. O senhor não deve tentar falar com ela, sr. Merriman. Eu a aconselhei que todas as transações necessárias entre vocês fossem executadas através de mim, a advogada da sua esposa."

— Pare com esse juridiquês, Carol. Já fui pra cama com uma piranha, não vou ser intimidado pela linguagem pomposa dela! Fale de modo claro. Que diabo está acontecendo?

— Sr. Merriman, fui instruída pela minha cliente para dirigir sua atenção à sua máquina de fax. A resposta a todas as suas perguntas ficará evidente. Mesmo para o senhor. Lembre-se, temos um mandado judicial, às sete horas desta noite. Ah, sim, mais uma coisa, sr. Merriman. Se for permitido que esta advogada faça um curto comentário pessoal: o senhor é uma anta. Cresça! — E, com isso, Carol bateu o telefone.

Os ouvidos de Shelly zumbiram por um momento. Ele correu à máquina de fax. Lá, para o seu horror, estava uma cópia da sua transação das ações da manhã, com um bilhete de que Shelly poderia apanhar o cheque no dia seguinte. E, embaixo, algo ainda pior: uma cópia do extrato do fundo secreto de pôquer de Shelly no Wells Fargo. E colado a ele, um *post-it* amarelo com um bilhete conciso de Norma: "Você não queria que eu visse? Descubra um jeito de esconder as suas pegadas! Nosso casamento já era!"

Shelly telefonou para o seu corretor.

— Ei, Earl, que diabo está acontecendo? Pedi pra você *me* telefonar com a confirmação. Que belo amigo!

— Calma aí, idiota — disse Earl. — Você pediu para telefonar para sua casa para confirmar. Vendemos às 7h15. Minha secretária telefonou às 7h30. Sua mulher atendeu e minha secretária lhe deu o recado. Ela nos pediu que enviasse por fax para o escritório dela. Minha secretária deveria saber que não era para contar para a sua mulher? Lembre-se, os títulos eram mantidos numa conta conjunta. Deveríamos esconder a transação dela? Eu deveria perder minha licença por sua mísera conta de 15 mil?

Shelly desligou. Sua cabeça girava. Ele tentou entender o que tinha acontecido. Ele nunca deveria ter pedido um telefonema de confirmação. E aqueles malditos protetores de ouvido. Quando Norma ficou sabendo da venda das ações, ela deve ter começado a examinar todos os seus documentos e encontrado sua conta no Wells Fargo. E agora ela sabia de tudo. Estava tudo acabado.

Shelly releu o fax de Norma e então gritou: "Pro inferno com tudo, pro inferno!" e rasgou-o em pedacinhos. Voltou à cozinha, esquentou café e abriu o *Chronicle* da manhã. Hora dos classificados. Só que, agora, ele não precisava de um emprego apenas, mas também de um apartamento mobiliado. Entretanto, uma estranha manchete na primeira página da editoria de Cidades chamou a sua atenção.

ABRAM CAMINHO, FORD, TOYOTA, CHEVROLET!
AGORA OS PSIQUIATRAS FAZEM RECALL DE PRODUTO!

MENTIRAS NO DIVÃ

Shelly leu.

Tirando uma página dos cadernos dos gigantes fabricantes de automóveis, o Instituto Psicanalítico Golden Gate publicou um comunicado de *recall* (veja a página D2). Numa reunião tempestuosa em 24 de outubro, o instituto censurou e suspendeu um de seus luminares, o dr. Seth Pande, "por conduta prejudicial à psicanálise".

Seth Pande! Seth Pande! Ei, pensou Shelly, *não foi o psiquiatra que Norma pediu que eu consultasse antes de nos casarmos? Seth Pande... é, tenho certeza: quantos Pandes podem existir?* Shelly continuou a ler:

O dr. Marshal Streider, porta-voz do instituto, não quis dar maiores detalhes, exceto dizer que os membros acreditavam que os pacientes do dr. Pande podem não ter recebido o melhor tratamento que a psicanálise tinha a oferecer e possivelmente podem ter sofrido algum dano como consequência do trabalho analítico com o dr. Pande. Está sendo oferecido aos pacientes do dr. Pande um "ajuste psicanalítico" gratuito! "Foi a bomba de gasolina?", perguntou este repórter. "A bateria? O escapamento." O dr. Streider não quis comentar.

O dr. Streider diz que o ato é uma evidência do compromisso do instituto psicanalítico com os mais elevados padrões possíveis de cuidados do paciente, responsabilidade profissional e integridade.

É possível que sim. Mas este desenvolvimento não levantaria outras questões sobre a presunção do empreendimento psiquiátrico como um todo? Quanto tempo mais os psiquiatras poderão fingir que oferecem orientação para indivíduos, grupos e organizações, quando, mais uma vez — lembram do escandaloso caso de Seymour Trotter anos atrás? —, surgem evidências concretas de sua incapacidade de governarem a si próprios?

Entramos em contato com o dr. Pande. Seu comentário (surpresa!): "Fale com meu advogado".

Shelly pulou para a página D2 para ler o aviso formal.

Recall de Pacientes Psiquiátricos

O Instituto Psicanalítico Golden Gate solicita a todos os pacientes do sexo masculino tratados pelo dr. Seth Pande, a partir de 1984, que telefonem para 415-555-2441 para uma avaliação psicológica e, se necessário, um período de tratamento psiquiátrico corretivo. É possível que o tratamento do dr. Pande possa ter se desviado significativamente das diretrizes psicanalíticas e possa ter tido efeitos deletérios. Todos os serviços serão oferecidos gratuitamente.

Em segundos, Shelly estava ao telefone com a secretária do instituto psicanalítico.

— Sim, sr. Merriman, o senhor tem o direito, de fato é estimulado, a passar por um período gratuito de terapia com um dos nossos membros. Nossos terapeutas estão oferecendo seus serviços em sistema de rodízio. O senhor é a primeira pessoa a telefonar. Posso lhe oferecer uma consulta com o dr. Marshal Streider, um dos nossos analistas mais experientes? Sexta-feira, às 9h na California Street, n° 2.313.

— Você poderia me informar de que se trata exatamente? Isto está me deixando nervoso. Não quero ter um ataque de pânico enquanto espero.

— Não posso lhe informar muito. O dr. Streider lhe dará todos os detalhes, mas o instituto acha que algumas das interpretações do dr. Pande podem não ter sido úteis para alguns dos pacientes.

— Portanto, se eu tinha um sintoma, digamos, um vício, você está me dizendo que ele pode ter me ferrado.

— Bem... é possível. Não estamos dizendo que o dr. Pande o prejudicou *intencionalmente*. O instituto simplesmente foi a público para dizer que discorda veementemente dos métodos dele.

— Certo, nove da manhã de sexta-feira está ótimo. Mas, você sabe, sou muito propenso a ataques de pânico. Tudo isso está me deixando perturbado e não quero acabar num pronto-socorro; seria um grande alívio ter por escrito isso que você acabou de me dizer, inclusive a hora e o lugar da minha consulta. Qual o nome dele? Vê o que estou querendo dizer? Já estou perdido. Acho que preciso disso agora. Você pode me enviar por fax agora mesmo?

— Com prazer, sr. Merriman.

Shelly foi até a máquina de fax e esperou. Finalmente alguma coisa tinha dado certo. Ele escreveu rapidamente um bilhete:

Norma,

Leia esta notícia! Um mistério resolvido! Lembra-se do seu terapeuta, o dr. Pande? E de como cheguei até ele? E o quanto eu era contra a terapia? E como me coloquei nas mãos dele a seu pedido? Isto me causou, e a você, a nós, muito sofrimento. Tentei fazer a coisa certa. Não admira que a terapia não tenha ajudado! Agora sabemos o porquê. Estou tentando fazer a coisa certa de novo — vou fazer todos os consertos. Vou fazê-lo! Não importa o que seja necessário. Por mais tempo que leve. Fique comigo. Por favor!

Seu primeiro e único marido

Shelly então enviou por fax o seu bilhete para Norma, juntamente com o artigo do jornal e a carta da secretária do instituto psicanalítico. Meia hora depois, a máquina de fax voltou a tinir e uma mensagem de Norma deslizou.

Shelly,

Disposta a conversar. Vejo-o às 18h.

Norma

Shelly voltou ao seu café, fechou a seção de classificados e voltou à página de esportes.

"Ufa!"

CAPÍTULO

9

ARSHAL CHECOU SUA agenda de consultas. O paciente seguinte, Peter Macondo, um homem de negócios mexicano que morava na Suíça, vinha para sua oitava e última sessão. O sr. Macondo, em visita a São Francisco durante um mês, tinha telefonado pedindo uma terapia rápida para uma crise familiar. Até dois ou três anos atrás, Marshal só aceitava casos analíticos de longo prazo, mas os tempos tinham mudado. Agora, assim como metade dos terapeutas da cidade, ele tinha horas vagas e ficou feliz em atender o sr. Macondo duas vezes por semana durante um mês.

Tinha sido um prazer trabalhar com o sr. Macondo, que fez um bom uso da terapia. Realmente bom. Além do mais, ele pagava em dinheiro vivo, à vista. No final da primeira sessão, ele entregou a Marshal duas notas de cem dólares e disse: "Prefiro simplificar a vida com dinheiro vivo. A propósito, talvez o senhor queira saber que não declaro imposto de renda nos Estados Unidos e não incluo despesas médicas nos meus impostos suíços".

Com isso, ele se dirigiu à porta.

Marshal sabia exatamente o que fazer. Seria um erro egrégio começar a terapia sob a sombra de algum conluio num projeto desonesto, mesmo um projeto tão disseminado como ocultar renda em dinheiro vivo. Embora desejasse ser firme, Marshal falou num tom gentil; Peter Macondo era um homem gentil que tinha um ar de inocente nobreza.

— Sr. Macondo, preciso lhe dizer duas coisas. Em primeiro lugar, sempre declaro todos os meus rendimentos. É a coisa certa a fazer. Eu lhe darei um recibo no final de cada mês. Segundo, o senhor me pagou demais. Meus honorários são de 175 dólares. Olhe, deixe-me ver se tenho troco.

Ele esticou o braço até a mesa.

O sr. Macondo, uma das mãos na maçaneta, virou-se e levantou a outra mão, a palma voltada para Marshal.

— Por favor, dr. Streider, em Zurique a consulta custa duzentos dólares. E os terapeutas suíços são menos qualificados que o senhor. Bem menos qualificados. Peço-lhe a gentileza de aceitar minha cortesia de fixar os mesmos honorários. Isto me deixará à vontade e, portanto, facilitará meu trabalho com o senhor. Até quinta-feira.

Marshal, a mão ainda no bolso, ficou embasbacado com a figura que se afastava. Muitos pacientes tinham considerado seus honorários altos demais, mas nunca Marshal tinha encontrado um que insistisse que era baixo demais. *Ah, bem*, ele pensou, *ele é europeu. E não existem implicações de transferência de longo prazo; é apenas uma terapia rápida.*

Não era simplesmente que Marshal tivesse pouco respeito pela terapia rápida. Ele a desprezava. Terapia focada no alívio dos sintomas... o modelo do cliente satisfeito... ao diabo com isso! O que contava para Marshal, e para a maioria dos analistas, era a *profundidade* da mudança. Profundidade era tudo. Psicanalistas de todos os lugares sabiam que quanto mais profunda a exploração, mais efetiva a terapia. "Aprofunde-se" — Marshal ouvia a voz de Bob McCallum, seu próprio supervisor psicanalítico —, "aprofunde-se nos domínios mais antigos da consciência, nos sentimentos primitivos, nas fantasias arcaicas; volte para as camadas mais iniciais da memória e, então, e só então, você será capaz de erradicar inteiramente a neurose e conseguirá uma cura analítica".

Mas a terapia profunda estava perdendo a batalha: as hordas bárbaras da diligência estavam em todos os lugares. Avançando para as novas bandeiras engomadas dos planos de saúde, os batalhões da terapia rápida obscureceram a paisagem e golpearam os institutos analíticos, os últimos enclaves armados de sabedoria, verdade e razão na psicoterapia. O inimigo estava perto o bastante para que Marshal enxergasse suas várias faces: *biofeedback* e relaxamento muscular para transtornos da ansiedade; implosão ou dessensibilização para fobias; fármacos para distimia e transtornos obsessivos/compulsivos; terapia cognitiva de grupo para transtornos da alimentação; treinamento de afirmação para os tímidos; grupos de respiração diafragmática para pacientes em pânico; treinos em aptidões sociais para os misantropos; intervenções hipnóticas de uma única sessão para o tabagismo; e aqueles malditos grupos de doze passos para todo o resto!

A irresistível força econômica dos planos de saúde tinha esmagado as defesas médicas em muitas partes do país. Os terapeutas nos estados subjugados eram forçados, se desejassem permanecer na profissão, a se ajoelhar diante do conquistador, que lhes pagava uma fração de seus honorários costumeiros e lhes encaminhava os pacientes para um tratamento de cinco ou, talvez, seis sessões, quando, na verdade, eram necessárias cinquenta ou sessenta.

Quando os terapeutas esgotavam suas escassas sessões, a charada tornava-se séria e eles eram forçados a implorar ao plano por mais sessões para continuar o tratamento. E, é claro, eles tinham de registrar sua solicitação com montanhas de documentação falsificada que consumia muito tempo para ser elaborada, em que eram forçados a mentir, exagerando o risco suicida do paciente, o abuso de substâncias ou a propensão à violência; aquelas eram as palavras mágicas que chamavam a atenção dos planos de saúde — não porque os administradores tivessem qualquer preocupação com o paciente, mas porque ficavam intimidados pela ameaça de algum futuro litígio.

Portanto, os terapeutas não apenas recebiam a ordem de tratar pacientes em períodos impossivelmente curtos, mas também tinham a humilhante tarefa adicional de apaziguar e obsequiar os planos — frequentemente administrados por jovens impetuosos com um conhecimento bem rudimentar do campo. Um dia desses, Victor Young, um colega respeitável, recebeu uma nota do seu gerente de 27 anos de idade, concedendo mais

MENTIRAS NO DIVÃ

quatro sessões para tratamento de um paciente gravemente esquizoide. Na margem estava rabiscada a instrução críptica e idiota do gerente de casos: "Negação avançada!"

Não apenas a dignidade dos psiquiatras estava sendo agredida, mas também seus bolsos. Um dos colegas de consultório de Marshal tinha largado a psiquiatria e, aos 43 anos, iniciou uma residência em radiologia. Outros, que tinham investido bastante, pensavam numa aposentadoria precoce. Marshal não tinha mais uma lista de espera e aceitava de bom grado pacientes que, no passado, teria encaminhado a outros. Muitas vezes ele se preocupava com o futuro — o seu futuro e o do ramo.

Normalmente, Marshal sentia que o máximo que conseguiria realizar na terapia rápida era alguma ligeira melhora dos sintomas, o que, com sorte, poderia segurar o paciente até o ano fiscal seguinte, quando os gerentes dos planos poderiam permitir mais algumas sessões. Mas Peter Macondo tinha sido uma notável exceção. Há apenas quatro semanas, ele estava altamente sintomático: carregado de culpa, com intensa ansiedade, insônia e desconforto gástrico. E agora ele estava praticamente sem sintomas. Raramente Marshal tinha tido um paciente a que ele havia ajudado tanto num período tão curto.

Teria essa mudança alterado a opinião de Marshal sobre a eficácia da terapia rápida? De maneira alguma! A explicação para o incrível sucesso de Peter Macondo era simples e claro: o sr. Macondo não apresentava nenhum problema neurótico ou de caráter significativo. Ele era um indivíduo excepcionalmente engenhoso e bem integrado, cujos sintomas emanavam do estresse que era, na maior parte, vinculado a uma situação.

O sr. Macondo era um homem de negócios de grande sucesso que, acreditava Marshal, se viu diante de problemas típicos dos muito ricos. Divorciado há poucos anos, estava agora pensando em um casamento com Adriana, uma jovem e bela mulher. Embora a amasse muito, estava paralisado pela hesitação — tinha conhecido um número grande demais de divórcios que foram um pesadelo e que envolviam ricos homens de negócios e esposas mais novas. Ele sentia que sua única alternativa — alternativa detestável e embaraçosa — era insistir num acordo pré-nupcial. Mas como apresentá-lo sem comercializar e contaminar o amor entre eles? Ele ficou andando em círculos, obcecado, e adiou a decisão. Era esse o principal problema que o tinha levado à terapia.

Os dois filhos de Peter eram outro problema. Fortemente influenciadas por Evelyn, sua raivosa ex-esposa, as crianças eram inabalavelmente contrárias ao casamento e se recusavam até a conhecer Adriana. Peter e Evelyn haviam sido inseparáveis na faculdade e tinham se casado no dia seguinte à formatura. Mas o casamento rapidamente perdeu o brilho e, em poucos anos, Evelyn se afundara num grave alcoolismo. Peter heroicamente mantivera a família intacta, garantira que os filhos tivessem uma boa educação católica e, então, quando se formaram no ensino médio, entrou com um pedido de divórcio. Mas os anos de convivência em meio a um amargo conflito cobravam seu preço dos filhos. Retrospectivamente, Peter sabia que teria sido melhor se tivesse se divorciado mais cedo e lutado pela guarda das crianças.

Os filhos, com seus vinte e poucos anos, acusavam abertamente Adriana de planejar ficar com a fortuna da família. Nem eram tímidos em expressar seu ressentimento contra o pai. Mesmo Peter tendo colocado quase três milhões em custódia para cada um, eles insistiam que o pai não tinha sido justo. Para apoiar sua alegação, se referiram a uma recente reportagem no *Financial Times* de Londres que descrevia um investimento dele altamente lucrativo de duzentos milhões de libras.

Ele ficou paralisado pelos sentimentos conflitantes. Por natureza um homem generoso, não queria nada além de dividir seus bens com os filhos — eles eram sua única razão para acumular propriedades. Ainda assim, o dinheiro tinha se transformado numa maldição. Os dois filhos haviam desistido da faculdade, largado a igreja e não tinham quaisquer interesses profissionais, sem ambição, sem visão de futuro e sem um conjunto de valores morais. E, para piorar, o filho estava abusando das drogas.

Peter Macondo estava despencando no niilismo. Para que ele tinha trabalhado nos últimos vinte anos? Sua própria fé tinha diminuído gradualmente, seus filhos já não representavam um projeto significativo para o futuro e até seus empreendimentos filantrópicos tinham começado a perder o sentido. Ele dera dinheiro para várias universidades do México, seu país de origem, mas se sentia esmagado pela pobreza, pela corrupção policial, a explosão populacional descontrolada na Cidade do México, a catástrofe ambiental. Na última vez que tinha visitado a Cidade do México, ele teve de usar uma máscara de tecido porque não conseguia respirar o ar. O que seus poucos milhões poderiam fazer?

Marshal não tinha dúvida de que ele era o terapeuta perfeito para Peter Macondo. Estava acostumado a trabalhar com pacientes ultrarricos e seus filhos e entendia seus problemas. Ministrara várias palestras públicas a grupos filantrópicos e de capital de investimento sobre o assunto e sonhava, algum dia, escrever um livro. Mas este livro — para o qual ele já tinha um título: *Riqueza: a maldição da classe governante* —, assim como outras boas ideias de Marshal, continuava um sonho. Subtrair tempo de um consultório de grande movimento para escrever um livro parecia impossível. Como os grandes teóricos — Freud, Jung, Rank, Fromm, May, Horney — tinham conseguido?

Marshal usou várias técnicas de terapia rápida com Peter Macondo e, para seu enorme prazer, cada uma delas funcionou à perfeição. Ele normalizou o dilema de seu paciente e, para atenuar a culpa dele, informou-o sobre a universalidade desses problemas entre os muito ricos. Para diminuir a tensão no relacionamento de Peter com os filhos, ele o ajudou a ficar mais ciente do mundo de experiências dos filhos, em particular, o aprisionamento deles na batalha existente entre a mãe e o pai. Ele sugeriu que a melhor maneira de melhorar seu relacionamento com os filhos era melhorar seu relacionamento com a ex-esposa. Gradualmente, ele restabeleceu um relacionamento mais respeitoso com ela e, depois da quarta sessão, o sr. Macondo convidou-a para um almoço durante o qual os dois tiveram sua primeira conversa não agressiva em anos.

Novamente, seguindo uma sugestão de Marshal, Peter estimulou a ex--mulher a se juntar a ele em reconhecer que, embora não pudessem mais viver juntos, eles tinham se amado durante muitos anos e a realidade desse amor passado ainda existia: era importante valorizá-lo, e não jogá-lo no lixo. Peter ofereceu, por sugestão de Marshal, pagar vinte mil dólares para ela permanecer um mês no Centro de Reabilitação de Alcoólicos Betty Ford. Embora ela houvesse recebido um acordo de divórcio extremamente generoso e tivesse condições financeiras de pagar, sem dificuldade, do próprio bolso, ela sempre resistira ao tratamento. Mas o gesto de afeição de Peter a comoveu bastante e, para a surpresa dele, ela aceitou a oferta.

Assim que Peter e a ex-mulher começaram a se entender, o relacionamento dele com os filhos melhorou. Com a ajuda de Marshal, ele fez um plano para uma custódia de mais cinco milhões de dólares para cada filho, a ser distribuída nos dez anos seguintes, quando certos objetivos específicos fossem atingidos: faculdade, casamento, dois anos em algum empreendimento profissional estabelecido com valor intrínseco e o serviço em conselhos de projetos orientados para a comunidade. Esta custódia generosa, mas estritamente estruturada, fez maravilhas pelos filhos e, num tempo excepcionalmente curto, a atitude deles para com o pai mudou drasticamente.

Marshal dedicou duas das sessões à propensão do sr. Macondo em assumir a culpa. Ele odiava decepcionar as pessoas e, embora tendesse a minimizar as inúmeras brilhantes decisões de investimento que tinha feito para seus investidores — um grupo fiel de banqueiros suíços e escoceses —, ele se lembrava nitidamente de cada decisão insatisfatória e ficava mais triste no consultório de Marshal quando se lembrava dos rostos de seus poucos clientes decepcionados.

Marshal e o sr. Macondo gastaram a maior parte da quinta sessão em um único incidente de investimento. Cerca de um ano antes, o pai de Macondo, um eminente professor de economia na Universidade do México, tinha ido de avião do México para Boston, a fim de se submeter a uma cirurgia de ponte de safena.

Depois da operação, o cirurgião, dr. Black, a quem o sr. Macondo se mostrou excessivamente grato, pediu uma doação para o programa de pesquisas cardiovasculares em Harvard. Não apenas o sr. Macondo concordou prontamente, como também expressou um desejo de fazer uma doação ao dr. Black pessoalmente. O dr. Black declinou da oferta, declarando que os honorários cirúrgicos de dez mil dólares eram um pagamento adequado. Entretanto, numa conversa, o sr. Macondo mencionou casualmente que esperava obter um lucro considerável por uma grande posição que tinha assumido no dia anterior quanto ao futuro do peso mexicano. O dr. Black imediatamente fez o mesmo investimento e acabou perdendo setenta por cento dele na semana seguinte, quando Luis Colosio, o candidato presidencial, foi assassinado.

O sr. Macondo ficou cheio de culpa. Marshal empreendeu grandes esforços para confrontá-lo com a realidade, lembrando a seu paciente que ele tinha agido de boa-fé, que ele também tinha perdido muito, que o dr. Black havia tomado uma decisão independente de investir. Mas o sr. Macondo continuou a ruminar sobre como ele poderia corrigir as coisas. Depois da sessão, e apesar dos protestos de Marshal, ele impulsivamente enviou ao dr. Black um cheque pessoal de trinta mil dólares, a quantia que ele tinha perdido no investimento.

Mas o dr. Black, para o seu crédito, imediatamente enviou o cheque de volta, com agradecimentos, mas um lembrete lacônico de que ele era adulto e que sabia lidar com as intempéries. Além disso, o dr. Black acrescentou, ele poderia usar as perdas para compensar alguns ganhos de capital no mercado de futuros em açúcar. Finalmente, o sr. Macondo acalmou sua consciência com uma doação adicional de trinta mil dólares para o programa de pesquisas cardiovasculares em Harvard.

Seu trabalho com o sr. Macondo lhe trouxe responsabilidades. Nenhum dos seus pacientes tinha estado numa situação financeira tão confortável quanto esta. Era arrepiante ter um vislumbre íntimo da grande fortuna a partir da perspectiva de um *insider*, e partilhar as decisões sobre gastar um milhão aqui, outro acolá. Ele não conseguia deixar de salivar com o relato de Peter sobre sua generosidade com o médico do pai. Mais e mais, ele sonhava acordado sobre seu paciente agradecido enviando dinheiro.

Mas, todas as vezes, Marshal afastava apressadamente a fantasia; a memória da excomunhão de Seth Pande por má conduta profissional era demasiado vívida. Era má conduta profissional aceitar presentes consideráveis de qualquer paciente da terapia, particularmente de um paciente que fosse patologicamente generoso e escrupuloso. Qualquer comitê de ética, certamente *qualquer* comitê de ética em que *ele* fosse um membro, condenaria vigorosamente um terapeuta por explorar tal paciente.

O desafio mais difícil na terapia do sr. Macondo era seu medo irracional de discutir o acordo pré-nupcial com a noiva. Marshal escolheu uma abordagem sistemática e disciplinada. Em primeiro lugar, ajudou a elaborar os termos do contrato: uma soma redonda de um milhão de dólares, que aumentaria rapidamente de acordo com a longevidade do casamento e mudaria, após dez anos, para um terço de todas as suas propriedades. Em seguida, ele e o paciente encenaram a discussão diversas vezes. Mas, mesmo assim, o sr. Macondo expressou dúvidas sobre confrontar Adriana. Por fim, Marshal ofereceu facilitar a discussão e pediu que ele trouxesse Adriana com ele para uma sessão a três.

Quando os dois chegaram, alguns dias depois, Marshal temeu ter cometido um engano: nunca tinha visto o sr. Macondo tão agitado — ele mal conseguia permanecer na cadeira. Adriana, entretanto, era o epítome da graça e da calma. Quando o sr. Macondo iniciou a sessão com uma declaração dolorosamente atrapalhada sobre os conflitos entre seus desejos matrimoniais e as reivindicações da família à sua herança, ela imediatamente interrompeu e comentou que achava que um acordo pré-nupcial não apenas seria adequado, mas também desejável.

Ela disse que entendia bem as preocupações de Peter. De fato, ela também tinha muitas dessas preocupações. Outro dia mesmo, seu pai, que estava muito doente, tinha conversado com ela sobre a sensatez de manter a própria herança fora da comunhão de bens. Mesmo que os pertences dela fossem pequenos em comparação aos de Peter, ela acabaria recebendo uma herança muito maior — o pai era um importante acionista de uma grande rede de cinemas da Califórnia.

MENTIRAS NO DIVÃ

A questão foi resolvida imediatamente. Peter apresentou nervosamente suas condições e Adriana as aceitou com entusiasmo, com a cláusula adicional de que os recursos pessoais dela permaneceriam no seu próprio nome. Marshal percebeu, com desprazer, que seu paciente tinha dobrado as quantias que eles haviam discutido anteriormente, talvez por conta da gratidão para com Adriana, por ela tornar as coisas tão fáceis. *Generosidade incurável*, Marshal pensou. *Mas existem doenças piores, imagino*. Depois que o casal saiu, Peter voltou, apertou a mão de Marshal e disse:

— Nunca esquecerei o que você fez por mim hoje.

Marshal abriu a porta e convidou o sr. Macondo a entrar. Peter vestia uma jaqueta de *cashmere* castanho-avermelhada suntuosamente macia, que combinava com os cabelos castanhos sedosos que caíam graciosamente sobre os olhos e precisavam ser colocados no lugar repetidas vezes.

Marshal dedicou a sessão final deles a revisar e solidificar os ganhos. O sr. Macondo lamentou o fim do trabalho, e salientou o quanto ele se sentia imensuravelmente devedor de Marshal.

— Dr. Streider, durante toda a minha vida paguei aos consultores somas consideráveis por aquilo que geralmente tinha pouco ou nenhum valor. Com o senhor, tive a experiência oposta: o senhor me deu algo de valor inestimável e, em troca, não lhe dei praticamente nada. Nestas poucas sessões, o senhor mudou minha vida. E como correspondi? Mil e seiscentos dólares? Se eu estiver disposto a suportar o tédio, posso ganhar esse dinheiro em 15 minutos investindo em futuros financeiros.

Ele se apressou, falando cada vez mais rápido:

— O senhor me conhece bem, dr. Streider, bem o bastante para perceber que esta desigualdade não se assenta bem em mim. É um fator de irritação: ficará preso na minha garganta. Não podemos ignorá-lo porque, quem sabe?, poderá até cancelar alguns dos ganhos que obtive em consequência do nosso trabalho. Quero, *insisto*, que acertemos as contas.

"Bem, você sabe", ele continuou, "que não sou bom em comunicação interpessoal direta. E não sou bom em ser paternal. Ou em enfrentar as mulheres. Mas existe uma coisa em que sou muito bom, que é ganhar dinheiro. O senhor me daria uma grande honra se permitisse que eu lhe presenteasse com uma parte de um de meus novos investimentos".

Marshal corou. Sentiu que ia desmaiar, invadido por um choque entre ganância e decoro. Mas ele cerrou os dentes, fez a coisa certa e declinou da oportunidade que só aparece uma vez na vida:

— Sr. Macondo, fico comovido, mas está absolutamente fora de cogitação. Temo que, no meu campo, seja antiético aceitar um presente monetário, ou qualquer outro presente, dos pacientes. Uma questão que nunca discutimos na terapia é seu mal-estar em aceitar ajuda. Talvez se algum dia trabalharmos juntos no futuro, isso deverá estar em nossa pauta. Por ora, só há tempo para que eu simplesmente o lembre de que determinei, e o senhor pagou, honorários justos pelos meus serviços. Defendo a mesma postura do cirurgião do seu pai e garanto-lhe que não existe nenhuma dívida.

— Dr. Black? Que comparação! O dr. Black cobrou dez mil dólares por um trabalho de poucas horas. E trinta minutos depois da cirurgia, ele me mordeu em um milhão para uma cadeira em cirurgia cardiovascular em Harvard.

Marshal balançou a cabeça enfaticamente.

— Sr. Macondo, admiro sua generosidade; é maravilhosa. E eu adoraria aceitar. Gosto da ideia de segurança financeira tanto quanto qualquer outra pessoa — mais que a maioria, já que anseio por um tempo livre para escrever; tenho vários projetos em teoria analítica lutando para nascer. Mas não posso aceitar. Violaria o código de ética da minha profissão.

— Outra sugestão — o sr. Macondo contrapôs rapidamente —, não um presente monetário. Permita-me abrir uma conta de futuros em seu nome e negociar durante um mês. Conversaremos todos os dias e lhe ensinarei a arte de ganhar dinheiro, negociando diariamente os contratos de mercado futuro. Depois, pego de volta meu investimento original e lhe repasso os lucros.

Ora, esta sugestão, esta possibilidade de aprender as técnicas de negociação com alguém de dentro, um *insider*, era extraordinariamente atraente para Marshal. Foi tão doloroso recusar que seus olhos se encheram de lágrimas. Mas ele sustentou sua resolução e balançou a cabeça com ainda mais vigor.

— Sr. Macondo, se estivéssemos em alguma outra... uh... situação... aceitaria com prazer. Fico comovido com sua oferta e gostaria de aprender técnicas de negociação com o senhor. Mas não. Não. Não é possível. E ainda tem uma coisa que esqueci de dizer antes. Obtive do senhor mais que os meus honorários. Há mais alguma coisa, que é o prazer de testemunhar a sua melhora. É muito gratificante para mim.

O sr. Macondo se deixou afundar repentinamente em sua cadeira, os olhos cheios de admiração pelo profissionalismo e integridade de Marshal. Ele ergueu as mãos, como que para dizer: "Eu me rendo; tentei de tudo." A sessão tinha terminado. Os dois homens apertaram as mãos pela última vez. No caminho em direção à saída, o sr. Macondo pareceu perdido em pensamentos. De repente, ele parou e se voltou.

— Um último pedido. Isto o senhor não pode recusar. Por favor, seja meu convidado para um almoço amanhã. Ou sexta-feira. Parto para Zurique no domingo.

Marshal hesitou.

O sr. Macondo acrescentou rapidamente:

— Sei que existem regras contra a socialização com os pacientes, mas com aquele último aperto de mãos um minuto atrás não somos mais médico e paciente. Graças aos seus bons serviços, superei minha doença e somos ambos novamente colegas cidadãos.

Marshal considerou o convite. Ele gostou. O sr. Macondo e suas histórias de fazer a riqueza, de um *insider*. Que mal poderia fazer? Não havia aqui nenhuma violação da ética.

Vendo a hesitação de Marshal, o sr. Macondo acrescentou:

— Embora eu vá retornar a São Francisco de tempos em tempos para os negócios, com certeza duas vezes por ano para as reuniões do conselho, ver meus filhos e visitar o pai e as irmãs de Adriana, estaremos vivendo em continentes diferentes. Com certeza não existe nenhuma regra contra um almoço depois de terminada a terapia.

Marshal pegou sua agenda.

— Uma hora, na sexta?

— Excelente. No Pacific Union Club. Conhece?

— Ouvi falar. Mas nunca estive lá.

— Na Califórnia, no alto do monte Nob. Ao lado do Fairmont. Tem um estacionamento nos fundos. Basta mencionar meu nome. Vejo-o lá então.

Na sexta de manhã, Marshal recebeu um fax: uma cópia de um fax que o sr. Macondo recebera da Universidade do México.

Caro sr. Macondo,

Ficamos encantados com sua generosa dotação para custear o encontro anual do Ciclo de Palestras Marshal Streider: Saúde Mental no Terceiro Milênio. Convidaremos, é claro, por sua sugestão, o dr. Streider para fazer parte do comitê de três membros para selecionar os palestrantes anuais. O reitor da universidade, Raoul Menendez, entrará em contato com ele em breve. O reitor Menendez pediu-me que lhe enviasse suas saudações pessoais; a propósito, ele almoçou com seu pai no início desta semana.

Somos gratos por esta e muitas outras doações em apoio à pesquisa e ensino mexicanos. É doloroso imaginar a difícil situação desta universidade sem a força revigorante de sua parte e de um pequeno grupo de benfeitores visionários com a mesma opinião.

Atenciosamente,

Raoul Gomez
Diretor, Universidade do México

O bilhete de Peter Macondo anexado:

Nunca desisto. Aqui está um presente que nem mesmo o senhor pode recusar! Vejo-o amanhã.

MENTIRAS NO DIVÃ

Marshal leu o fax duas vezes, lentamente, tentando pôr em ordem seus sentimentos. O ciclo de palestras patrocinado por Marshal Streider — um memorial que se estenderia indefinidamente. Quem não ficaria satisfeito? A perfeita apólice de seguro da autoestima. Daqui a anos, sempre que se sentisse diminuído, ele poderia pensar no seu ciclo de palestras com dotação. Ou voar até acidade do México para a palestra e levantar-se, relutantemente, a mão erguida, virando lenta e modestamente para receber os aplausos de uma plateia grata.

Mas era um presente agridoce, um pobre conforto por deixar a oportunidade financeira de toda uma vida escorregar por entre seus dedos. Quando ele voltaria a ter um paciente multimilionário que não quisesse nada além de fazer dele um homem rico? A oferta de um presente do sr. Macondo — "uma parte de um de meus novos investimentos" —; Marshal ficou especulando quanto poderia ter sido. Cinquenta mil? Cem mil? Deus, que diferença faria na sua vida! E ele poderia negociar isso rapidamente. Mesmo com sua própria estratégia de investimento — usando um programa de computador para acompanhar o mercado e entrar e sair dos fundos seletos da Fidelity — tinha conseguido um lucro líquido de 16% ao ano nos últimos dois anos. Com a oferta do sr. Macondo de negociar nas bolsas de futuros estrangeiras, ele provavelmente poderia dobrar ou triplicar esses ganhos. Marshal sabia que ele era o insignificante forasteiro da bolsa de valores — era invariavelmente tarde demais quando conseguia quaisquer migalhas de informação. Aqui, pela primeira vez na vida, ele tinha recebido a chance de ser um *insider*.

Sim, como um *insider*, ele poderia se arrumar para o resto da vida. Não precisava de muito. Tudo o que ele realmente queria era tempo livre e dedicar três ou quatro tardes por semana para pesquisar e escrever. E o dinheiro!

E, ainda assim, ele teve de recusar tudo isso. Maldição! Maldição! Maldição! Mas que escolha ele tinha? Queria seguir os passos de Seth Pande? Ou de Seymour Trotter? Ele sabia que tinha feito a coisa certa.

* * *

Na sexta-feira, ao se aproximar do imenso vão da porta do Pacific Union Club, Marshal sentiu um arrepio, quase uma reverência. Durante anos, ele tinha se sentido excluído de lugares tão fabulosos quanto o P.U. Club, o Burlingame Club e o Bohemian Grove. Agora, as portas estavam se abrindo para ele. Ele parou junto à soleira, tomou um fôlego e andou a passos largos na toca mais profunda dos *insiders*.

Era o fim de uma jornada, pensou Marshal, uma jornada que tinha começado em 1924, na apinhada e fétida terceira classe de uma barcaça transatlântica que trouxe seus pais, de Southampton à Ilha Ellis. Não, não, começou antes disso, em Prussina, uma shtetl *próxima à fronteira polaco-russa feita de raquíticas casas de madeira com chão de terra. Numa dessas casas, o pai tinha dormido, quando criança, num pequeno e quente recanto em cima do grande forno de barro que ocupava boa parte da sala comunal.*

Como eles tinham conseguido ir de Prussina até Southampton? Marshal especulava. Por terra? Barco? Ele nunca tinha lhes perguntado. E, agora, era tarde demais. A mãe e o pai tinham virado pó, lado a lado, há muito tempo, nas altas relvas de um cemitério de Anacostia, bem perto de Washington, D.C. Havia um único sobrevivente daquela longa jornada que ainda poderia saber — o irmão de sua mãe, Label, embalando seus anos finais na longa varanda de madeira de uma casa de repouso de Miami Beach cheirando a urina, com paredes de estuque rosa. Hora de telefonar para Label.

A rotunda central, um gracioso octógono, era rodeada por imponentes sofás de couro cor de mogno e encimada, a três metros e meio, por um magnífico teto de vidro translúcido gravado com um delicado padrão floral. O mordomo, vestido de smoking e sapato de couro envernizado, cumprimentou Marshal com grande deferência e, ao ouvir seu nome, inclinou a cabeça e o dirigiu para a sala de estar. Lá, na extremidade mais distante, diante de uma enorme lareira, estava sentado Peter Macondo.

A sala de estar era imensa — metade de Prussina provavelmente caberia sob o alto teto sustentado pelas reluzentes paredes de carvalho que se alternavam com os painéis de cetim escarlate de *fleur-de-lis*. E couro por toda a parte — Marshal rapidamente contou doze longos sofás e trinta cadeiras imensas. Em algumas das cadeiras estavam sentados homens com rugas, cabelos grisalhos e ternos de risca de giz, lendo seus jornais. Marshal teve de examinar atentamente para determinar se eles ainda estavam respirando. Doze candelabros numa das paredes — o que significava 48 na sala, cada um com três fileiras de bulbos, a mais interna com cinco, a seguinte com sete, a mais externa com nove, um total de 21 lâmpadas, um total geral de... Marshal parou de multiplicar ao perceber um par de aparadores de livros de metal de cerca de um metro de altura em uma das lareiras, réplicas dos escravos presos de Michelangelo; no centro do salão estava uma imensa mesa com pilhas altas de jornais, a maioria financeiros, de todo o mundo; junto de uma das paredes, um estojo de vidro contendo uma enorme tigela de porcelana de fins do século XVIII com uma placa declarando que tinha sido doada por um membro e era cerâmica Ching-te Cheng. Suas cenas pintadas representavam episódios do romance *Sonho do quarto vermelho*.

Autênticos. *Sim, eram autênticos*, Marshal pensou, enquanto se aproximava de Peter, que estava num sofá conversando amigavelmente com outro homem — alto, imponente, vestindo um paletó xadrez vermelho, uma camisa rosa e uma echarpe de seda vivamente florida. Marshal nunca tinha visto ninguém se vestir assim, nunca tinha visto qualquer um que *pudesse* se vestir com roupas que conflitavam tão chocantemente e, ainda assim, revelavam graça e dignidade.

— Ah, Marshal — disse Peter —, que bom vê-lo. Quero lhe apresentar Roscoe Richardson. O pai de Roscoe foi o melhor prefeito que São Francisco já teve. Roscoe, dr. Marshal Streider, um dos melhores psicanalistas de São Francisco. Existe um rumor, Roscoe, de que o dr. Streider acabou de receber a honra de ter um ciclo de palestras com seu nome numa universidade.

Depois de uma rápida troca de cumprimentos, Peter levou Marshal até a sala de jantar e, então, virou-se para um último comentário.

— Roscoe, *não* acredito que exista espaço no mercado para mais um sistema *mainframe*, mas não estou inteiramente fechado a ele; se a Cisco realmente decidir investir, eu também poderia me interessar. Convença-me e eu convencerei meus próprios investidores. Por favor, envie o plano comercial a Zurique e me dedicarei a ele na segunda-feira, quando voltar ao escritório.

"Um bom homem", disse Peter enquanto se afastavam. "Nossos pais se conheciam. E um grande golfista. A casa dele fica exatamente em frente ao campo Cypress Point. Uma possibilidade de investimento interessante, mas eu não recomendaria a você: essas empresas novas representam um grande risco. Muito caro entrar no jogo: você acerta numa única empresa em cada vinte. É claro que, quando você *realmente* acerta, elas pagam mais, bem mais, que vinte para um. A propósito, espero que não esteja sendo presunçoso em chamá-lo de Marshal."

— Não, claro que não. Não estamos mais num relacionamento profissional.

— Você disse que nunca esteve no Club antes?

— Não — disse Marshal. — Passei por ele. Admirei-o. Não faz parte dos círculos frequentados pela comunidade médica. Não sei quase nada sobre o Club. Qual o perfil dos seus membros? Principalmente homens de negócios?

— Principalmente dinheiro tradicional de São Francisco. Conservador. A maioria formada de sovinas, que dependem da riqueza herdada. Roscoe é uma exceção, é por isso que gosto dele. Aos 71 anos, é ainda um grande especulador. Vejamos... o que mais? Todos homens, principalmente brancos protestantes anglo-saxões, politicamente incorretos. No princípio provoquei objeções, há dez anos, mas as coisas mudam lentamente por aqui, especialmente depois do almoço. Entende o que quero dizer? — Peter fez um gesto sutil em direção às cadeiras em que dois octogenários de *tweed* tiravam uma soneca, ainda se agarrando aos seus exemplares do *Financial Times* de Londres como se suas vidas estivessem em jogo.

MENTIRAS NO DIVÃ

Ao chegarem ao salão de jantar, Peter dirigiu-se ao mordomo:

— Emil, estamos prontos. Alguma chance de termos um pouco daquele salmão *en croute* hoje? *Il est toujours délicieux.*

— Acredito que eu consiga convencer o chef a preparar algum especialmente para o senhor, sr. Macondo.

— Emil, lembro-me do quanto era maravilhoso no Cercle Union Interalliée, em Paris. — Peter então sussurrou a Emil: — Não conte meu segredo a nenhum francês, mas prefiro o modo como é preparado aqui.

Peter continuou a conversar animadamente com Emil. Marshal não ouviu a conversa porque estava atordoado com a magnificência do salão de jantar, com uma gigantesca tigela de porcelana sustentando a mãe de todos os arranjos florais japoneses — gloriosas orquídeas *cymbidium* descendo em cascata por um ramo de bordo de folhas escarlates. *Se minha mulher visse isso*, pensou Marshal. *Pagaram muito por esse arranjo — poderia ser uma maneira de ela transformar seu pequeno* hobby *em algo útil.*

— Peter — disse Marshal depois que Emil os tinha acomodado —, você está em São Francisco tão raramente. Você mantém uma filiação continuamente ativa neste clube e também em Zurique e Paris?

— Não, não, não — disse Peter, sorrindo com a ingenuidade de Marshal. — Se o almoço é esse preço, um sanduíche aqui custaria cerca de cinco mil. Todos esses clubes, o Circolo dell'Unione de Milão, o Atheneum de Londres, o Cosmos Club de Washington, o Cercle Union Interalliée de Paris, o Pacific Union de São Francisco, o Baur au Lac de Zurique, todos eles fazem parte de uma rede: a afiliação a um deles concede privilégios em todos. Na verdade, foi assim que conheci Emil: ele trabalhava no Cercle Union Interalliée de Paris. — Peter pegou o menu. — Então, Marshal, começamos com um drinque?

— Só uma água Calistoga. Ainda tenho quatro pacientes para atender.

Peter pediu um Dubonnet e soda e, quando as bebidas chegaram, ergueu sua taça.

— A você e ao ciclo de palestras sob o patrocínio de Marshal Streider.

Marshal ruborizou. Estava tão encantado com o clube que tinha se esquecido de agradecer a Peter.

— Peter, as palestras patrocinadas... quanta honra. Queria lhe agradecer antes de mais nada, mas fiquei preocupado com meu último paciente.

— Seu último paciente? Isso me surpreende. De certa forma, tinha a sensação de que, quando os pacientes saem, eles só voltam a ocupar a mente do terapeuta quando chegam para a próxima consulta.

— Seria melhor assim. Mas, e isto é um segredo profissional, mesmo os analistas mais disciplinados carregam os pacientes por toda parte e têm conversas imaginárias com alguns entre as sessões.

— Sem honorários extras!

— Ah, meu Deus, não. Somente os advogados cobram pelo tempo que ficam pensando.

— Interessante! É possível que você esteja falando de todos os terapeutas, Marshal, mas tenho um pressentimento de que você está falando de si mesmo. Muitas vezes me perguntei por que obtive tão pouco dos outros terapeutas. Talvez você seja mais dedicado, talvez seus pacientes signifiquem mais para você.

O salmão *en croute* chegou, mas Peter o ignorou enquanto continuava contando como Adriana também tinha ficado muito insatisfeita com seus terapeutas anteriores.

— Na verdade, Marshal — continuou ele —, essa é uma das duas coisas que eu gostaria de discutir com você hoje. Adriana gostaria muito de trabalhar com você por algumas sessões: ela precisa resolver alguns problemas no relacionamento com o pai, particularmente agora que é possível que ele não tenha muito tempo de vida.

Marshal, um atento observador das diferenças de classe, sabia há muito que a classe alta deliberadamente demorava para pegar o primeiro bocado de comida; de fato, quanto mais antiga a riqueza, maior a espera antes da primeira garfada. Marshal fez todo o possível para acompanhar a pausa de Peter. Ele também ignorou o salmão, bebericou sua Calistoga, ouviu atentamente, inclinou a cabeça e garantiu a Peter que ficaria feliz em atender Adriana numa terapia rápida.

Finalmente, Marshal não conseguiu mais suportar. Pôs mãos à obra. Ficou contente de ter aceitado a recomendação de Peter de pedir o salmão. *Era* delicioso. A delicada crosta amanteigada crocante derretia na boca; não era necessário mastigar o salmão — com a mais ligeira pressão da língua no palato, os flocos com alecrim se separavam e, num leito de manteiga quente cremosa, deslizavam suavemente pela garganta. *Dane-se o colesterol*, pensou Marshal, sentindo-se verdadeiramente perverso.

Peter, pela primeira vez, olhou a comida, quase surpreso em vê-la ali. Pegou um bom pedaço, então pousou o garfo e voltou a falar.

— Bom. Adriana precisa de você. Estou bem aliviado. Ela lhe telefonará esta tarde. Aqui está o cartão dela. Se ela não conseguir entrar em contato, ficará agradecida se você ligar para ela e marcar uma consulta para a semana que vem. Qualquer horário livre que você tiver: ela acertará a agenda dela em função do horário das consultas. Além disso, Marshal, já combinei com Adriana, gostaria de pagar pelas consultas dela. Isto cobrirá cinco sessões. — Ele entregou a Marshal um envelope com dez notas de cem dólares. — Não sei nem como lhe dizer o quanto sou grato por você atendê-la. E, é claro, isto confere mais ímpeto ao meu desejo de pagar minha dívida com você.

O interesse de Marshal foi despertado. Ele supusera que o patrocínio do ciclo de palestras significava que sua janela de oportunidades tinha se fechado para sempre. O destino, ao que parecia, tinha decidido seduzi-lo novamente. Mas ele sabia que seu profissionalismo iria prevalecer:

— Há pouco, você falou de dois assuntos que queria discutir. Um deles era eu atender Adriana. Seria sua contínua sensação de ter uma dívida o segundo assunto?

Peter inclinou a cabeça.

— Peter, você precisa esquecer isso. Ou então, e isso é uma grande ameaça, vou ter de sugerir que você adie sua viagem por três ou quatro anos para que possamos resolver essa questão na análise. Vou repetir:

não existe nenhuma dívida pendente. Você contratou os meus serviços. Cobrei honorários adequados. Você pagou esses honorários. Aliás, pagou mais que cobro. Lembra? E, então, você foi muito bondoso e generoso e fez uma doação para um ciclo de palestras em meu nome. Nunca *houve* uma dívida pendente. E, mesmo que houvesse, sua doação sem dúvida alguma a teria saldado. Mais do que isso: sinto-me em dívida com *você*!

— Marshal, você me ensinou a ser verdadeiro comigo mesmo e a expressar abertamente os meus sentimentos. Portanto, vou fazer exatamente isso. Faça-me esta gentileza por alguns minutos. Escute-me até o fim. Cinco minutos. Está bem?

— Cinco minutos. E, depois, enterraremos esse assunto para sempre. Estamos entendidos?

Peter assentiu. Com um sorriso, Marshal tirou seu relógio e o colocou entre eles.

Peter apanhou o relógio de Marshal, estudou-o atentamente por um momento, devolveu-o à mesa e começou.

— Primeira coisa: deixe-me esclarecer algo. Eu me sentiria uma fraude se deixasse você pensar que a doação para a universidade foi realmente um presente. A verdade é que faço uma doação de valor moderado para a universidade quase todos os anos. Quatro anos atrás, estabeleci uma doação para a própria cadeira de economia que pertence ao meu pai. Portanto, teria feito a doação de qualquer maneira. Tudo que fiz de diferente foi destiná-la para o seu ciclo de palestras.

"Segunda coisa: entendo perfeitamente seus sentimentos sobre presentes e os respeito. Entretanto, tenho uma sugestão que você poderá achar aceitável. Quanto tempo resta?"

— Três minutos. — Marshal deu um sorriso forçado.

— Não lhe contei muito sobre meus negócios, mas o que faço principalmente é comprar e vender empresas. Sou um especialista em determinar o preço das empresas; trabalhei para a Citicorp vários anos antes de trabalhar por conta própria. Imagino que tenha participado da compra de mais de duas centenas de empresa nesses anos todos.

"Recentemente, identifiquei uma empresa holandesa que está com um preço tão incrivelmente subavaliado e com tal potencial de grandes lucros que comprei-a para mim. Estou sendo egoísta, possivelmente, mas minha nova parceria ainda não foi concluída. Estamos levantando 250 milhões. A oportunidade de comprar esta empresa é ótima e, vou ser honesto, boa demais para dividir com os outros."

Contrariado, Marshal ficou intrigado.

— E...?

— Espere, deixe-me terminar. Esta empresa, a Rucksen, é o segundo maior fabricante de capacetes para ciclistas, com 14 por cento do mercado. As vendas foram boas no ano passado, 23 milhões, mas tenho certeza de que posso quadruplicá-las em dois anos. Eis o motivo: a maior fatia do mercado, 26%, é controlada pela Solvag, uma empresa finlandesa, e simplesmente acontece que meu consórcio controla uma parte da Solvag! E eu possuo uma participação de controle no consórcio. Bem, o principal produto da Solvag são os capacetes para motociclistas e aquela divisão é muito mais lucrativa que a divisão de capacetes para ciclistas. Meus planos são agilizar a Solvag, fundindo-a com uma empresa austríaca de capacetes para motociclistas que estou agora em licitação para comprar. Quando isto acontecer, vou fechar a divisão de capacetes para ciclistas da Solvag e converter sua fábrica para se dedicar inteiramente aos capacetes para motociclistas. Enquanto isso, terei ampliado a capacidade produtiva da Rucksen e a posicionado para ocupar o espaço deixado pela Solvag. Enxerga a beleza disto, Marshal?

Marshal inclinou a cabeça. De fato ele entendia. A beleza de ser um *insider*. E também enxergava a futilidade de suas patéticas tentativas de cronometrar o mercado de ações ou comprar uma ação com migalhas inúteis de informações que chegavam aos *outsiders*.

— Eis o que eu proponho. — Peter olhou de relance para o relógio. — Só mais dois minutos. Ouça-me até o fim. — Mas Marshal tinha esquecido inteiramente do limite de cinco minutos.

"Eu alavanquei a compra da Rucksen e só preciso colocar nove milhões em dinheiro. Minha previsão é tornar a Rucksen uma empresa de capital aberto em aproximadamente 22 meses e tenho razões muitos boas para esperar um retorno de mais de quinhentos por cento. A saída da Solvag do setor deixará a Rucksen sem nenhum concorrente de peso, o que, é claro, ninguém mais sabe, exceto eu, e portanto você precisa manter isto sob sigilo. Tenho também a informação, não posso revelar a fonte, nem mesmo para você, de uma legislação que torna obrigatório para os menores de idade o uso de capacete de ciclista, que está para ser apresentada em três países europeus.

"Proponho que você pegue uma parte do investimento, digamos, um por cento. Não, espere, Marshal, antes de recusar: não é um presente e não sou mais um paciente. É um investimento de boa-fé. Você me dá um cheque e se torna dono de uma parte. Com uma única cláusula, entretanto, e é aqui que peço que você seja flexível: não quero me ver em outra situação como a do dr. Black. Lembra o prejuízo que me causou?

"Portanto", continuou Peter, percebendo o crescente interesse de Marshal e falando agora com mais confiança, "aqui está minha solução. Em prol da minha saúde mental, quero que isto seja sem riscos para você. Se, a qualquer momento, você se sentir insatisfeito com o investimento, comprarei suas ações ao preço que você pagou. Proponho lhe dar uma nota promissória em meu nome, totalmente garantida e pagável mediante solicitação num valor igual a cem por cento do seu investimento mais juros de dez por cento ao ano. Mas você precisa me prometer que fará uso desta nota na eventualidade de algum incidente imprevisível. Vai saber... assassinato do presidente, minha morte acidental ou qualquer outra coisa que você sinta que o colocará em risco. Em outras palavras, você terá a obrigação de fazer uso dessa nota."

Peter se recostou, ergueu o relógio de Marshal e entregou-o de volta a ele.

— Sete minutos e meio. Agora, terminei.

Todas as engrenagens de Marshal estavam girando ao mesmo tempo. E, por fim, elas não estavam mais rangendo. *Noventa mil dólares*, ele pensou. *Ganho, digamos, setecentos por cento — é um lucro de mais de seiscentos mil dólares. Em 22 meses. Como eu poderia, como qualquer um poderia, recusar essa oferta? Investir isso a 12% significa 72 mil dólares por ano pelo resto da minha vida. Peter tem razão. Ele não é mais um paciente. Não é um presente por transferência — eu coloco dinheiro; é um investimento. E qual o problema se for sem riscos! É uma nota privada. Não existe aqui uma má conduta profissional. Isto é limpo. Limpíssimo.*

Marshal parou de pensar. Era hora de agir.

— Peter, só vi parte de você em meu consultório. Agora, eu o conheço melhor. Agora sei por que você é tão bem-sucedido. Você define uma meta e a persegue com uma tenacidade e inteligência que raramente vi... e elegância, também. — Marshal estendeu a mão. — Aceito sua oferta. E com gratidão.

O restante da transação foi rapidamente concluído. Peter ofereceu aceitar Marshal como sócio por qualquer quantia até um por cento da empresa. Marshal decidiu, agora que tinha ido tão longe, agarrar a oportunidade de ouro e investir o máximo: noventa mil. Ele levantaria o dinheiro da venda das ações da Wells Fargo e suas ações eletrônicas da Fidelity e o transferiria para o banco de Peter em Zurique em cinco dias. Peter fecharia a compra da Rucksen em oito dias e a lei holandesa exigia a listagem de todas as partes. Enquanto isto, Peter prepararia uma nota garantida e a deixaria no consultório de Marshal antes de partir para Zurique.

Mais tarde, naquele mesmo dia, depois de Marshal ter atendido seu último paciente, alguém bateu à sua porta. Um adolescente com espinhas, de bicicleta, numa jaqueta jeans com braceletes fluorescentes magenta e o obrigatório boné surrado dos Giants de São Francisco, entregou-lhe um envelope em papel *kraft* contendo uma nota autenticada especificando todos os aspectos da transação. Uma segunda nota para assinatura de Marshal especificava que ele era obrigado a solicitar ressarcimento integral do seu investimento caso, por qualquer motivo, o valor da Rucksen caísse abaixo do seu preço de compra. Um memorando de Peter também foi anexado: "Para sua completa paz de espírito, uma nota garantida elaborada pelo meu advogado chegará às suas mãos até quarta-feira. Aprecie minha lembrança para a celebração da assinatura de nossa parceria."

Marshal enfiou a mão no envelope e tirou uma caixa da Joalheria Shreve's. Ele a abriu, perdeu o fôlego e colocou alegremente seu primeiro relógio Rolex cravado de pedras preciosas.

CAPÍTULO
10

OUCO ANTES DAS seis da tarde de uma terça-feira, Ernest recebeu um telefonema da irmã de Eva Galsworth, uma de suas pacientes.

— Eva me disse para lhe telefonar e dizer apenas: "Está na hora."

Ernest escreveu uma mensagem com pedido de desculpas para seu paciente das 18h10, colou-a com uma fita adesiva na porta do consultório e foi correndo até a casa de Eva, uma mulher de 51 anos de idade com câncer avançado de ovário. Eva era uma professora de redação criativa, uma mulher elegante, de grande dignidade. Ernest muitas vezes imaginou, com prazer, viver sua vida ao lado de Eva, se ela fosse mais jovem e eles tivessem se conhecido em circunstâncias diferentes. Ele a achava bela, admirava-a profundamente e ficava maravilhado com o compromisso dela com a vida. No último ano e meio, ele tinha se dedicado incansavelmente a aliviar a dor de sua agonia.

Com muitos dos seus pacientes, Ernest introduziu o conceito de arrependimento em sua terapia. Ele pedia que os pacientes examinassem seus arrependimentos por sua conduta passada e evitassem os futuros. "O objetivo", ele dizia, "é viver de maneira que, daqui a cinco anos, você não olhe para trás cheio de arrependimento".

Às vezes, a estratégia de Ernest de "antecipar o arrependimento" fracassava. Geralmente se revelava significativo. Mas nenhum paciente nunca levou isso tão a sério quanto Eva, que se dedicou, como ela dizia, "a sugar a medula óssea da vida". Ela juntou muita coisa nos dois anos depois do seu diagnóstico: deixou um casamento infeliz, teve aventuras amorosas tempestuosas com dois homens que há muito desejava, fez um safári no Quênia, escreveu dois contos e viajou pelos Estados Unidos visitando seus três filhos e alguns de seus ex-alunos prediletos.

Durante todas essas mudanças, Ernest e ela tinham trabalhado bem e em íntima associação. Eva considerava o consultório do Ernest um porto seguro, um lugar para levar todos os medos dela sobre a morte, todos os sentimentos macabros que ela não ousava expressar aos amigos. Ernest prometeu enfrentar tudo diretamente com ela, não recuar diante de nada, tratá-la não como uma paciente, mas uma colega de viagem e de sofrimentos.

E Ernest manteve sua palavra. Passou a marcar para Eva a última hora do dia, porque ele muitas vezes terminava a consulta tomado de ansiedade com a morte de Eva e também com a sua própria morte. Ele a lembrava seguidas vezes que não estava inteiramente sozinha em sua agonia, que estavam ambos enfrentando o terror da finitude, que ele iria com ela tão longe quanto fosse humanamente possível. Quando Eva pediu que ele prometesse estar com ela quando morresse, Ernest lhe deu sua palavra. Ela esteve doente demais nos últimos dois meses para ir ao seu consultório, mas Ernest manteve contato por telefone e fez visitas ocasionais em sua casa, pelas quais decidiu não cobrar.

Ernest foi recebido pela irmã de Eva e conduzido ao seu quarto. Eva, intensamente ictérica por causa do tumor que tinha invadido o fígado, respirava com grande dificuldade e suava tão intensamente que seus cabelos encharcados estavam grudados à cabeça. Ela inclinou a cabeça e, num sussurro entre respirações, pediu à irmã que saísse.

— Quero mais uma sessão particular com meu médico.

Ernest sentou-se ao seu lado.

— Consegue falar?

— Tarde demais. Sem mais palavras. Apenas me abrace.

Ernest tomou a mão de Eva, mas ela meneou a cabeça.

— Não, por favor, só me abrace — sussurrou ela.

Ernest sentou-se na cama e se inclinou para abraçá-la, mas não conseguiu encontrar nenhuma posição razoável. Não havia nada a fazer senão subir na cama, deitar-se ao seu lado e colocar os braços ao seu redor. Ele continuou com seu paletó e sapatos e lançou nervosamente um olhar para a porta, preocupado que alguém entrasse e houvesse um mal-entendido. Sentiu-se desajeitado no início e ficou grato pelas camadas entre eles — lençol, edredom, colcha, paletó. Eva puxou-o para ela. Gradualmente, a tensão dele se dissipou. Ele relaxou, tirou o paletó, puxou de volta o edredom e apertou Eva firmemente. Ela devolveu o aperto. Por um instante, sentiu um indesejável ruído surdo e quente, o prenúncio de excitação sexual, mas, furioso consigo mesmo, conseguiu bani-lo e se dedicar a abraçar Eva carinhosamente. Depois de alguns minutos, ele perguntou:

— Está melhor, Eva?

Nenhuma resposta. A respiração dela tinha se tornado difícil.

Ernest saltou da cama, inclinou-se sobre ela e chamou pelo seu nome.

Ainda nenhuma resposta. A irmã de Eva, ouvindo seu chamado, entrou correndo no quarto. Ernest pegou o pulso de Eva, mas não conseguiu senti-lo. Colocou a mão sobre seu seio, apertando gentilmente a lateral de seu grande seio, e tentou sentir um pulso apical. Constatando que as batidas do seu coração estavam fracas e muito irregulares, ele pronunciou:

— Fibrilação ventricular. É muito ruim.

Os dois sentaram-se vigilantes por cerca de duas horas, ouvindo a pesada e errática respiração de Eva. *Respiração de "Cheyne-Stokes"*, pensou Ernest, surpreso de como o termo tinha surgido dos profundos recantos inconscientes do terceiro ano da faculdade de medicina. Os olhos de Eva tremiam de tempos em tempos, mas não voltaram a se abrir. Uma espuma seca se formava continuamente nos seus lábios e Ernest a limpava com o lenço de papel em intervalos de poucos minutos.

— É um sinal de edema pulmonar — pronunciou Ernest. — O coração está falhando e, por isso, o fluido se acumula nos pulmões.

A irmã de Eva inclinou a cabeça e pareceu aliviada. *Interessante*, pensou Ernest, *como estes rituais científicos — dar nome e explicar os fenômenos — aliviam o terror. Então dou um nome para a sua respiração? Explico como o ventrículo esquerdo enfraquecido faz o fluido voltar para a aurícula esquerda e depois para os pulmões, provocando a espuma? Pra quê? Não ofereci nada! Tudo que fiz foi dar um nome ao monstro. Mas sinto-me melhor, a irmã dela se sente melhor e, se a pobre Eva estivesse consciente, provavelmente também se sentiria melhor.*

Ernest segurou a mão de Eva enquanto a respiração ficava cada vez mais superficial e irregular e, depois de cerca de uma hora, parou inteiramente. Ernest não pôde sentir nenhum pulso.

— Ela se foi.

Ele e a irmã de Eva ficaram sentados em silêncio por alguns minutos e, então, começaram a fazer planos. Redigiram uma lista de telefonemas a serem dados — aos filhos, aos amigos, ao jornal, à funerária. Depois de um tempo, Ernest levantou-se para sair, enquanto a irmã prepararia o corpo de Eva. Eles conversaram rapidamente sobre como vesti-la. Eva seria cremada, disse a irmã, e ela achava que a funerária forneceria algum tipo de manto. Ernest concordou, embora não soubesse nada sobre o assunto.

Sabia muito pouco sobre isso tudo, Ernest refletiu a caminho de casa. Apesar de sua extensa experiência médica e em dissecção de cadáver na faculdade de medicina, ele, assim como muitos médicos, nunca estivera presente no momento real da morte. Ele se manteve calmo e clínico; embora fosse sentir falta de Eva, sua morte tinha sido misericordiosamente fácil. Ele sabia que tinha feito tudo o que podia, mas continuou sentindo a pressão do corpo dela contra seu peito durante toda aquela noite de grande aflição.

Ele acordou logo antes das cinco da manhã, preso aos restos de um sonho intenso. Fez exatamente o que sempre orientava os pacientes a fazer depois de um sonho perturbador: permaneceu na cama sem se mover e recordou o sonho antes mesmo de abrir os olhos. Esforçando-se para pegar um lápis e um bloco de anotações ao lado da cama, Ernest escreveu o sonho no papel.

> Eu estava caminhando com meus pais e meu irmão num shopping e decidimos subir um andar. Eu me vi sozinho num elevador. Foi um percurso muito,

muito longo. Quando saí, estava na praia. Mas não conseguia encontrar minha família. Procurei por eles por todo lado. Embora fosse um cenário adorável... a praia é um paraíso... comecei a sentir um pavor irracional. Então, comecei a vestir um camisão de dormir que tinha um gracioso rosto sorridente do urso Smokey. Aquele rosto se tornou mais claro, depois brilhante... logo o rosto se transformou no único foco do sonho — como se toda a energia do sonho tivesse sido transferida para aquele pequeno e gracioso rosto sorridente do urso Smokey.

Quanto mais Ernest pensava nele, mais importante este sonho parecia. Não conseguindo voltar a dormir, vestiu-se e foi para o consultório às seis da manhã, para digitar o sonho no computador. Era perfeito para o capítulo sobre sonhos do novo livro que estava escrevendo, *Ansiedade pela morte e psicoterapia*. Ou, talvez, *Psicoterapia, morte e ansiedade*. Ernest não conseguia se decidir sobre o título.

O sonho não era nenhum mistério. Os eventos da noite anterior tornaram o significado inteiramente claro. A morte de Eva o tinha arremessado para um confronto com sua própria morte (representada no sonho pelo medo irracional, pela separação da família e por sua longa subida pelo elevador até uma praia paradisíaca). *Como era irritante*, pensou Ernest, *que seu criador de sonhos tivesse comprado o conto de fadas de uma ascensão ao paraíso! Mas o que ele podia fazer? O criador de sonhos era senhor de si, formado no alvorecer da consciência, e obviamente moldado mais pela cultura popular que por volição.*

O poder do sonho residia no camisão de dormir com o brilhante emblema do urso Smokey, personagem dos anúncios de prevenção de incêndios. Ernest sabia que esse símbolo fora incitado pela discussão de como vestir Eva para a cremação — o urso Smokey representando a cremação! Sinistro, porém, instrutivo.

Quanto mais Ernest pensasse nele, mais útil este sonho poderia ser para o ensino dos psicoterapeutas. Por um lado, ilustrava um argumento de Freud de que uma função primária dos sonhos era a preservação do sono. Neste caso, um pensamento aterrador — cremação — é transformado em algo mais benigno e prazeroso: a bela e adorável figura do urso Smokey. Mas o sonho teve um sucesso apenas parcial: embora tenha permitido que ele continuasse dormindo, a ansiedade pela morte que passou pelo filtro foi suficiente para impregnar de pavor todo o sonho.

Ernest escreveu por duas horas, até Justin chegar para sua consulta. Ele adorava escrever nas primeiras horas da manhã, mesmo que isso implicasse ficar exausto no início da noite.

— Peço desculpas por segunda-feira — disse Justin, caminhando diretamente à sua cadeira e evitando fazer contato visual com Ernest. — Não acredito que fiz aquilo. Por volta das dez da manhã, estava a caminho do escritório, assobiando, sentindo-me com um ótimo humor quando, de repente, foi como se uma tonelada de tijolos tivesse me atingido: *eu tinha me esquecido da consulta com você*. O que posso dizer? Não tenho nenhuma desculpa. Nenhuma mesmo. Simplesmente esqueci por completo. Nunca aconteceu antes. Vou ser cobrado?

— Bem... — Ernest hesitou. Odiava cobrar um paciente por faltar a uma consulta, mesmo quando, como era o caso, fosse obviamente por causa da resistência. — Bem, Justin, já que, em todos os nossos anos juntos, essa é a primeira vez que você faltou... Ah, Justin, por que não combinamos que, de hoje em diante, cobrarei pelas sessões que você faltar sem um aviso prévio de 24 horas?

Ernest mal pôde acreditar nos seus próprios ouvidos. Ele realmente disse isso? Como poderia não cobrar de Justin? Ficou apavorado com a próxima sessão de supervisão. Marshal viria com tudo para cima dele por causa disso! Marshal não aceitava nenhuma desculpa — acidente de automóvel, doença, tempestade de granizo, enchente repentina, perna quebrada. Ele cobraria dos pacientes se eles tivessem faltado para ir ao funeral da própria mãe.

Ele conseguia ouvir Marshal agora: "Você está nisso para ser um cara legal, Ernest? É esse o objetivo? Para que, um dia, seus pacientes digam a alguém: 'Ernest Lash é um cara legal?' Ou você ainda se sente culpado porque ficou irritado com Justin por ele deixar a mulher antes de falar com você? Que tipo de referencial volúvel e incoerente você está oferecendo para a terapia?"

Bem, não havia nada a fazer a respeito agora.

— Vamos mais fundo, Justin. Existem mais coisas acontecendo que simplesmente faltar à sessão da segunda. Na nossa última sessão, você chegou alguns minutos atrasado e também tivemos alguns silêncios, longos silêncios, nas duas últimas sessões. O que você acha que está acontecendo?

— Bem — disse Justin com uma franqueza fora do normal —, não haverá silêncio hoje. Tem uma coisa importante e quero conversar sobre isso: decidi assaltar minha casa.

Justin, Ernest percebeu, estava falando de uma maneira diferente: havia mais franqueza e menos deferência em sua voz. Entretanto, ele ainda estava se esquivando de uma discussão sobre o relacionamento entre eles. Ernest voltaria a isso mais tarde — por hora ele estava morrendo de curiosidade diante das palavras de Justin.

— O que você quer dizer com *assaltar*?

— Bem, Laura acha que devo pegar o que me pertence. Nada mais, nada menos. Neste exato momento só tenho as coisas que enfiei numa única maleta na noite em que parti. Tenho um guarda-roupa imenso. Sempre satisfiz meus caprichos quando se trata de roupas. Deus, as lindas gravatas que tenho em casa; parte o meu coração. Laura acha estúpido sair e comprar tudo novo quando possuo tantas coisas. Além disso, precisamos do dinheiro para outras coisas, começando com casa e comida. Laura acha que devo simplesmente ir a minha casa e pegar o que é meu.

— Grande passo. Como você se sente a respeito disso?

— Bem, acho que Laura está certa. Ela é muito jovem, mas nem um pouco mimada, e nunca fez análise. Deixa de lado um monte de bobagens e vê direto o centro das questões.

— E Carol? A reação dela?

— Bem, telefonei duas vezes para ela, sobre ver as crianças e sobre pegar algumas das minhas coisas. Tinha alguns dados da folha de pagamento do próximo mês no meu computador de casa, meu pai vai me matar. Não contei a ela sobre os dados no computador, pois ela iria apagá-los. — Justin caiu em silêncio.

— E...? — Ernest voltava a sentir parte da irritação que tinha sentido na semana anterior. Depois de cinco anos de tratamento, ele não deveria ter que se esforçar tanto para arrancar cada pedacinho de informação.

— Bem, Carol foi a Carol. Antes que eu conseguisse dizer qualquer coisa, ela perguntou quando eu voltaria para casa. Quando lhe disse que não voltaria, ela me chamou de "maldito canalha" e desligou.

— Carol foi a Carol, você diz.

— Veja, é engraçado, ela está me ajudando por ser a peste de sempre. Depois que ela gritou e desligou, eu me senti melhor. Cada vez que a ouço esbravejar no telefone, tenho mais certeza de que eu estava certo em sair de lá. Cada vez mais, fico pensando que idiota eu fui para ter jogado nove anos da minha vida naquele casamento.

— É, Justin, ouço as suas lamentações, mas importante é não olhar para trás, daqui a dez anos, e ser vencido por lamentações semelhantes. E veja o começo que você está criando! Que maravilha que você tenha deixado esta mulher. Que maravilha que tenha tido a coragem de dar esse passo.

— É, doutor, você sempre disse estas palavras: "evite lamentações futuras", "evite lamentações futuras". Eu costumava dizê-las durante o meu sono. Mas não conseguia realmente ouvi-las antes.

— Bem, Justin, pense da seguinte maneira: você não estava pronto para ouvi-las. E, agora, você está pronto para ouvi-las *e agir segundo elas*.

— Que maravilha — disse Justin — que Laura apareceu na hora certa. Não consigo lhe dizer que diferença faz estar com uma mulher que realmente *gosta* de mim, que até me admira, que está do meu lado.

Embora Ernest estivesse irritado por Justin falar continuamente de Laura, ele próprio estava sob um bom controle. A sessão de supervisão com Marshal realmente tinha ajudado. Ernest sabia que não tinha nenhum outro recurso senão se aliar a Laura. Ainda assim, ele não queria que Justin entregasse todo o seu poder a ela. Afinal de contas, ele tinha acabado de recuperá-lo, tirando-o das mãos de Carol, e seria bom que ele o possuísse por algum tempo.

— É maravilhoso que Laura tenha entrado na sua vida, Justin, mas não quero que você subestime sua própria participação nisso. Você realizou a ação, foram seus pés que caminharam para fora da vida de Carol. Mas, um pouco antes, você disse alguma coisa sobre um "assalto"?

— Bem, aceitei o conselho de Laura e ontem fui de carro até a casa para apanhar minhas posses.

Justin percebeu a surpresa de Ernest e acrescentou:

— Não se preocupe; não perdi inteiramente a cabeça. Telefonei antes para ter certeza de que Carol tinha saído para o trabalho. Bem, pode acreditar que Carol me trancou fora da minha própria casa? A bruxa trocou as fechaduras. A noite inteira, Laura e eu conversamos sobre o que fazer. Ela acha que devo apanhar um pé de cabra de uma das lojas do meu pai e voltar, arrombar a porta e simplesmente pegar o que me pertence. Quanto mais penso nisso, mais acho que ela está certa.

— Muitos maridos trancados fora de casa fizeram essas coisas — disse Ernest, perplexo com o poder recém-descoberto de Justin. Ele imaginou, por um momento, Justin em um casaco de couro preto e máscara de esquiador, pé de cabra na mão, arrancando as novas fechaduras que Carol colocou na casa. Delicioso! Ernest estava começando a gostar mais de Laura. Porém, prevaleceu a razão: ele sabia que era melhor se proteger, porque, mais tarde, teria que descrever esta entrevista a Marshal. — Mas o que você me diz sobre as consequências legais? Você pensou em consultar um advogado?

— Laura é contra qualquer delonga: procurar por um advogado só dará a Carol mais tempo para pilhar e destruir minhas coisas. Além disso, sua brutalidade no tribunal é conhecida. Eu teria muita dificuldade de encontrar um advogado nesta cidade que estivesse disposto a lutar contra ela. Você sabe, este negócio de pegar minhas coisas de volta não é opcional: Laura e eu estamos ficando sem dinheiro. Não tenho dinheiro para pagar mais nada, e temo que isso inclua seus honorários!

— Mais um motivo para procurar a ajuda de um advogado. Você me disse que Carol ganhava muito mais que você. Na Califórnia, isso significa que você tem direito a pensão conjugal.

— Você está brincando! Consegue ver Carol me pagando pensão?

— Ela é como qualquer outra pessoa; precisa obedecer às leis do país.

— Carol nunca me pagará pensão. Ela levaria isso até a Suprema Corte, jogaria o dinheiro pela privada, iria para a cadeia, antes de me pagar.

— Ótimo, então ela vai para a cadeia, e você vai poder entrar, pegar suas coisas, seus filhos e sua casa de volta. Não percebe o quanto você a vê de uma maneira irreal? Ouça a você mesmo! Ouça o que você está dizendo: Carol tem poderes sobrenaturais! Carol inspira tanto terror que nenhum advogado da Califórnia ousaria se opor a ela! Carol está acima de toda a lei! Justin, estamos falando da sua esposa, não de Deus! Não de Al Capone!

— Você não a conhece como eu conheço. Mesmo depois de todos esses anos de terapia, você realmente ainda não a conhece. E meus pais não são muito melhores. Se eles estivessem me pagando um salário justo, eu estaria bem. Sei, sei, você vem me pressionando há anos para eu exigir um salário razoável. Eu deveria ter feito isso há muito tempo. Mas agora não é a hora, eles estão realmente furiosos comigo.

— Furiosos? Como assim? — perguntou Ernest. — Pensei que você tinha dito que eles odiavam Carol.

— Nada os agradaria mais se nunca mais a vissem. Mas ela os deixou com os pés e as mãos atados: está usando as crianças para fazer chantagem. Desde que saí de casa, ela não permitiu que eles vissem os netos, nem que conversassem com eles pelo telefone. Ela avisou que, se eles me ajudassem e apoiassem agora, poderiam dizer adeus aos netos para sempre. Estão tremendo da cabeça aos pés, com medo de fazer qualquer coisa para me ajudar.

Durante o resto da sessão, Justin e Ernest conversaram sobre o futuro da sua terapia. Faltar a uma sessão e chegar atrasado obviamente era um reflexo de um compromisso decrescente com o tratamento, comentou Ernest. Justin concordou e deixou claro que não teria mais condições financeiras para bancar a terapia. Ernest aconselhou-o contra a interrupção da terapia em meio a tanto tumulto e ofereceu permitir que Justin adiasse o pagamento até que suas finanças tivessem se organizado. Mas Justin, ostentando sua recém-descoberta segurança em si mesmo, discordou porque não conseguia enxergar suas finanças se organizando por anos a fio — não até que seus pais morressem. E Laura sentia (e ele concordava) que não era uma boa ideia começar a nova vida deles com uma grande dívida.

Mas não era apenas o dinheiro. Justin disse a Ernest que não precisava mais de terapia. Conversar com Laura dava toda a ajuda de que precisava. Ernest não gostou disso, mas se acalmou ao se lembrar das palavras de Marshal de que a rebelião de Justin era um sinal de verdadeiro progresso. Ele aceitou a decisão de Justin de encerrar a terapia, mas argumentou suavemente contra a interrupção tão repentina. Justin estava obstinado, mas finalmente concordou em voltar para mais duas sessões.

A maioria dos terapeutas fazia uma pausa de dez minutos entre os pacientes e compromissos agendados a cada hora. Não Ernest — era indisciplinado demais para isso e muitas vezes começava tarde ou ia além dos cinquenta minutos. Desde que tinha começado a clinicar, ele havia organizado um intervalo de 15 ou vinte minutos entre as sessões e agendava os pacientes em horários estranhos: 9h10, 11h20, 14h50. Naturalmente, Ernest mantinha essa prática não ortodoxa em segredo para Marshal, que teria criticado sua incapacidade de manter os limites.

Geralmente, Ernest usava o intervalo para fazer anotações no prontuário do paciente ou escrever ideias em um diário, para seu atual projeto de livro. Mas ele não fez anotações depois que Justin saiu. Ernest simplesmente ficou sentado em silêncio, meditando sobre a conclusão de Justin. Era um fim incompleto. Embora Ernest soubesse que tinha ajudado Justin, ele não o tinha levado longe o bastante. E, é claro, era irritante que Justin atribuísse toda a sua melhora a Laura. Mas, de alguma forma, isso já não importava tanto para Ernest. A supervisão tinha ajudado a atenuar esses sentimentos. Ele precisava, sem falta, lembrar de contar isso a Marshal. Os indivíduos tão supremamente autoconfiantes quanto Marshal geralmente recebem poucos afagos — a maioria das pessoas não acha que eles precisem de alguma coisa. Mas Ernest tinha uma intuição de que ele gostaria de algum *feedback*.

Apesar do seu desejo de que tivesse conseguido levar Justin um pouco mais adiante, Ernest não estava insatisfeito com o fim. Cinco anos bastavam. Ele não tinha talento para manter pacientes crônicos. Era um aventureiro, e, quando os pacientes perdiam o interesse em explorar um novo território, Ernest se desinteressava. E Justin nunca tinha sido o tipo explorador. Sim, era verdade que, finalmente, Justin havia rompido suas correntes e se libertado daquele abominável casamento. Mas Ernest deu a Justin pouco crédito por essa ação — não foi Justin, mas uma nova entidade: Justin-Laura. Quando Laura sumisse, como certamente aconteceria, Ernest suspeitava que Justin estivesse preso ao mesmo e velho Justin.

CAPÍTULO

11

NA TARDE SEGUINTE, Ernest rabiscou apressadamente algumas anotações clínicas antes que Carolyn Leftman chegasse para sua segunda sessão. Tinha sido um longo dia, mas Ernest não estava cansado: ele sempre se sentia revigorado por fazer uma boa terapia e, até agora, estava satisfeito com seu dia.

Pelo menos, satisfeito com quatro de suas cinco sessões. O quinto paciente, Brad, usou o tempo, como sempre, para fazer um relatório detalhado, e enfadonho, das atividades da semana. Muitos desses pacientes pareciam essencialmente incapazes de usar a terapia. Depois de fracassar com todas as tentativas para guiá-lo a níveis mais profundos, Ernest começou a sugerir que outra abordagem terapêutica, talvez uma comportamental, poderia oferecer mais ajuda a Brad com relação à sua ansiedade crônica e à delonga incapacitante. Entretanto, a cada vez que ele começava a emitir as palavras, Brad comentava gratuitamente sobre o quanto esta terapia tinha sido imensamente útil, o quanto seus ataques de pânico tinham diminuído e o quanto ele valorizava seu trabalho com Ernest.

Ernest não estava mais satisfeito em conter a ansiedade de Brad. Tinha ficado muito impaciente com ele como tinha ficado com Justin. Os critérios de Ernest de bom trabalho terapêutico haviam mudado: agora só ficava satisfeito se os pacientes se revelassem, assumissem riscos, abrissem novos horizontes e, mais que tudo, estivessem dispostos a se concentrar e explorar a "intermedialidade" — o espaço entre paciente e terapeuta.

Na sua última sessão supervisora, Marshal tinha censurado Ernest por sua desfaçatez em pensar que um foco na intermedialidade fosse algo original; durante as últimas oito décadas, os analistas vinham se concentrando microscopicamente na transferência, nos sentimentos irracionais do paciente dirigidos ao terapeuta.

Mas Ernest não seria silenciado e continuou obstinadamente a tomar notas destinadas a um artigo para um periódico sobre o relacionamento terapêutico intitulado *Intermedialidade: o argumento a favor da autenticidade na terapia*. Apesar de Marshal, ele estava convencido de que introduzia algo de novo na terapia ao se focar não na transferência — o relacionamento irreal, distorcido —, mas no relacionamento *autêntico, verdadeiro* entre ele e o paciente.

A abordagem que Ernest estava desenvolvendo exigia que ele revelasse mais de si próprio aos pacientes, que ele e o paciente se concentrassem no seu verdadeiro relacionamento — o *nós* no consultório terapêutico. Ele há muito pensava que o trabalho da terapia consistia na compreensão e remoção de todos os obstáculos que diminuem esse relacionamento. O experimento radical de autorrevelação de Ernest com Carolyn Leftman era simplesmente o próximo passo lógico na evolução de sua nova abordagem.

Não apenas Ernest estava satisfeito com seu trabalho do dia, como também havia recebido um bônus especial: os pacientes tinham lhe descrito dois sonhos arrepiantes, que, com sua permissão, poderia utilizar no seu livro sobre a ansiedade da morte. Ele ainda tinha cinco minutos antes do horário de Carolyn e ligou o computador para anotar os sonhos. O primeiro foi apenas um excerto:

Vim ao seu consultório para uma consulta marcada. Você não estava. Olhei para todos os lados e vi seu chapéu de palha no porta-chapéus — estava coberto de teias de aranha. Uma onda opressiva de enorme tristeza invadiu todo o meu corpo.

Madeline, a sonhadora, tinha câncer de mama e acabara de saber que havia se espalhado para a sua coluna. No sonho de Madeline, o alvo da

morte muda: não é ela que enfrenta a morte e a deterioração, mas o terapeuta, que desapareceu, deixando para trás somente seu chapéu coberto
de teias de aranha. *Ou, pensou Ernest, o sonho poderia refletir seu senso de perda
do mundo: se a consciência dela for responsável pelo modelo, forma e significado de toda a
realidade "objetiva" — seu mundo inteiro pessoalmente significativo —, então a extinção
de sua consciência resultaria no desaparecimento de tudo.*

Ernest estava acostumado a trabalhar com pacientes agonizantes. Mas
esta imagem particular — seu adorado chapéu-panamá com teias de aranha — causou-lhe um calafrio.

Matt, um médico de 64 anos, contou o outro sonho:

> Eu estava caminhando por um alto penhasco na costa de Big Sur e cheguei até
> um riacho que corria para o Pacífico. Ao me aproximar, fiquei surpreso em ver
> que o rio estava fluindo para longe do oceano, correndo ao contrário. Então
> vi um velho encurvado, que lembrava o meu pai, de pé, sozinho e abatido,
> em frente a uma caverna fluvial. Não consegui me aproximar dele já que não
> existia nenhuma trilha para baixo e, portanto, continuei seguindo o rio. Pouco
> tempo depois, deparei-me com outro homem, ainda mais encurvado, talvez
> meu avô. Não consegui descobrir uma maneira de chegar até ele, tampouco, e
> acordei irrequieto e frustrado.

O maior medo de Matt não era a morte em si, mas morrer sozinho. O
pai, um alcoólatra crônico, tinha morrido alguns meses antes e, embora
tivessem tido um longo e conflituoso relacionamento, Matt não conseguia se perdoar por deixar que seu pai morresse sozinho. Ele tinha medo
que seu destino também fosse morrer sozinho e sem lar, como acontecera com todos os homens de sua família. Frequentemente, quando dominado pela ansiedade no meio da noite, Matt se acalmava sentando-se ao
lado da cama do filho de oito anos e ouvindo-o respirar. Ele era arras-
tado para uma fantasia de nadar no oceano, longe da praia, com seus dois
filhos, que carinhosamente o ajudavam a escorregar debaixo das ondas

para sempre. Mas, já que não tinha ajudado o pai nem o avô a morrer, ele se perguntava se merecia esses filhos.

Um rio fluindo ao contrário! O rio, carregando pinhas e folhas de carvalho marrons e quebradiças, correndo *a montante*, afastando-se do oceano. Um rio fluindo para trás até a idade dourada da infância e a reunião da família primeva. Que imagem visual extraordinária para o tempo correndo para trás, para o anseio por uma fuga do destino do envelhecimento e da diminuição! Ernest estava muito admirado com o artista latente em todos os seus pacientes; muitas vezes, ele quis tirar seu chapéu em homenagem ao criador de sonhos inconsciente que, noite após noite, ano após ano, teceu obras-primas de ilusão.

Na sala de espera do outro lado da parede, Carol também escrevia: anotações da sua primeira sessão terapêutica com Ernest. Ela parou e releu suas palavras:

PRIMEIRA SESSÃO
12 de fevereiro de 1995

Dr. Lash — inadequadamente informal. Intrometido. Insistiu, contra meus protestos, que o chamasse de Ernest... tocou-me nos primeiros trinta segundos — meu cotovelo quando eu entrava na sala... muito gentil —, voltou a me tocar, minha mão, quando me entregou um lenço... extraiu a história dos meus problemas mais importantes e a história da minha família... pressionou bastante nas memórias reprimidas de abuso sexual na primeira sessão! É demais, rápido demais — eu me senti sufocada e confusa! Revelou-me seus sentimentos pessoais... me diz que é importante que fiquemos próximos... convida-me a lhe fazer perguntas e promete revelar tudo sobre ele mesmo... expressou aprovação com a minha aventura amorosa com o dr. Cooke... foi dez minutos além da hora... insistiu em me dar um abraço de despedida...

Ela se sentiu satisfeita. *Estas anotações serão muito úteis*, pensou. *Não sei bem como. Mas algum dia, alguém — Justin, meu advogado de má conduta profissional, o*

Comitê Estadual de Ética — irá considerá-las de grande interesse. Carol fechou seu caderno. Ela precisava se concentrar para sua sessão com Ernest. Depois dos eventos das últimas 24 horas, não estava pensando muito bem.

No dia anterior, chegou em casa e encontrou um bilhete de Justin colado à porta da frente: "Voltei para pegar minhas coisas." A porta dos fundos havia sido arrombada e ele apanhara tudo o que ela ainda não tinha destruído: as raquetes de raquetebol, roupas, produtos de perfumaria, sapatos, livros, assim como alguns artigos de posse conjunta — livros, câmera, binóculos, CD player portátil, a maioria da sua coleção de CDs e várias panelas, frigideiras e copos. Ele tinha até arrombado seu baú de cedro e levado o computador.

Num frenesi, Carol telefonara para os pais de Justin e lhes informara que pretendia vê-lo atrás das grades e que os colocaria na cela ao lado se eles, de alguma maneira, ajudassem o filho delinquente. Os telefonemas para Norma e Heather não ajudaram em nada — na verdade, as coisas ficaram piores. Norma estava preocupada com sua própria crise conjugal e Heather, de seu jeito suave e irritante, lembrou a ela que Justin tinha direito às próprias coisas. Não seria possível fazer nenhuma acusação formal de arrombamento e invasão — era a casa dele e ela não tinha nenhum direito legal de mudar as fechaduras nem de tentar excluí-lo de qualquer outra maneira sem uma medida cautelar.

Carol sabia que Heather estava com razão. Ela não tinha obtido uma ordem do tribunal impedindo Justin de entrar no local porque nunca — nem nos seus sonhos mais loucos — conseguiria imaginar ele tomando tal atitude.

Como se não fosse ruim o bastante ele ter levado os objetos, ao se vestir naquela manhã ela encontrou todas as suas calcinhas cortadas. E apenas para que não houvesse nenhuma confusão sobre como isso tinha acontecido, Justin deixara, em cada uma, um pequeno pedaço de uma das gravatas que ela havia retalhado e jogado de volta no armário dele.

Carol ficou aturdida. Isso não era Justin. Não o Justin que ela conhecia. Não, não havia nenhuma possibilidade de que Justin conseguisse fazer isso sozinho. Ele não tinha coragem. Nem imaginação. A única maneira pela qual poderia ter acontecido... somente uma pessoa poderia ter orquestrado tudo isso: Ernest Lash! Ela olhou para cima e lá estava ele em carne e osso — inclinando sua gorda cabeça para ela e convidando-a a entrar no consultório! *Não importa o quanto custe, seu filho da puta*, resolveu Carol, *não importa quanto tempo leve, não importa o que eu precise fazer, vou destruir sua carreira.*

— Então — disse Ernest depois que os dois estavam sentados —, o que lhe parece importante hoje?

— Tantas coisas. Preciso de um momento para ordenar meus pensamentos. Não sei ao certo por que estou me sentindo tão agitada.

— Sim, vejo no seu rosto que muita coisa está acontecendo hoje.

Ah, brilhante, seu asno, pensou Carol.

— Mas estou com uma grande dificuldade de ler você, Carolyn — continuou Ernest. — Um tanto perturbada, talvez. Um tanto triste.

— Ralph, meu falecido terapeuta, costumava dizer que existem quatro sentimentos básicos...

— Sim — Ernest apressou-se em intervir —, ruim, furioso, alegre e triste. É uma boa mnemônica.

Boa mnemônica? Este campo é um verdadeiro grupo de especialistas... uma profissão de uma nota só, pensou Carol. *Vocês canalhas são todos iguais!*

— Imagino que eu esteja sentindo um pouco de cada um, Ernest.

— Como assim, Carolyn?

— Bem, "furiosa" com as rupturas ruins da minha vida, com algumas das coisas que discutimos da última vez: meu irmão, meu pai, especialmente. E "ruim", ansiosa, quando penso na armadilha em que me encontro, esperando meu marido morrer. E "triste"... Imagino que "triste" quando penso nos anos que desperdicei num casamento ruim.

— E alegre?

MENTIRAS NO DIVÃ

— Essa é a fácil... "alegre" quando penso em você e na sorte que tive em encontrá-lo. Pensar em você e em vê-lo hoje foi o que me ajudou a atravessar esta semana.

— Pode me falar mais sobre isso?

Carol tirou a bolsa do colo, colocou-a no chão e cruzou graciosamente as longas pernas.

— Tenho medo que você me faça corar. — Fez uma pausa, recatada-mente, pensando: *Perfeito! Mas devagar, vá devagar, Carol.* — A verdade é que a semana inteira venho sonhando acordada com você. Devaneios sensuais. Mas você provavelmente está acostumado com suas pacientes achando-o atraente.

Ernest ficou aturdido ao pensar em Carolyn tendo devaneios, prova-velmente fantasias masturbatórias, com ele. Ele pensou sobre como rea-gir. Como responder *honestamente*.

— Você *não* está acostumado a isto, Ernest? Você disse que eu deveria lhe fazer perguntas.

— Carolyn, existe algo na sua pergunta que me deixa constrangido e estou tentando imaginar por quê. Acho que é porque ela pressupõe que o que acontece aqui entre nós é algo padronizado, algo previsível.

— Não tenho certeza se estou entendendo.

— Bem, eu a considero singular. E sua situação de vida, singular. E este encontro entre nós, singular. Portanto, uma pergunta sobre aquilo que sempre acontece parece de alguma forma deslocada.

Carol apertou os olhos num olhar fixo faiscante.

Ernest saboreou as próprias palavras. *Que ótima resposta! Preciso tentar me lembrar dela. Ela se ajustará com perfeição no meu artigo sobre "intermedialidade".* Ernest também percebeu, contudo, que tinha desviado a sessão para o território abstrato, impessoal, e se apressou a corrigir isso:

— Mas, Carolyn, estou me afastando da sua verdadeira pergunta... que é...?

— Que é como você se sente sobre eu achá-lo atraente — replicou Carol. — Passei tanto tempo pensando em você nesta última semana... de como poderia ter sido se tivéssemos, por acaso, talvez numa de suas palestras, nos conhecido como homem e mulher, em vez de como terapeuta e paciente. Sei que devo falar sobre isso, mas é difícil... é embaraçoso... talvez você ache isso, quero dizer, me ache, repugnante. *Sinto-me repugnante.*

Bom, muito bom, pensou Carol. *Puxa, sou boa nisso!*

— Bem, Carolyn, prometi respostas honestas. E a verdade é que acho muito agradável ouvir que uma mulher, uma mulher muito interessante, poderia acrescentar, me acha atraente. Assim como a maioria das pessoas, tenho dúvidas sobre minha atratividade física.

Ernest fez uma pausa. *Meu coração está acelerado. Nunca disse algo tão pessoal a uma paciente. Gostei de lhe contar que ela é atraente — me deu energia. Provavelmente um erro. Demasiadamente sedutor. Ainda assim, ela se considera repugnante. Ela não sabe que é uma mulher bonita. Por que não lhe oferecer alguma afirmação, um ensaio de realidade, sobre sua aparência?*

Carol, da parte dela, ficou exultante pela primeira vez em semanas. *Uma mulher muito atraente. Vitória! Eu me lembro de Ralph Cooke pronunciando as mesmas palavras. Esse foi o primeiro avanço dele. E foram as palavras exatas que aquele nojento dr. Zweizung tinha usado. Graças a Deus fui sensata o bastante para chamá-lo de porco desprezível e sair daquele consultório. Mas esses dois provavelmente continuam a fazer o mesmo com outras vítimas. Se eu tivesse tido ao menos a sensatez de conseguir as evidências, delatar esses canalhas. Agora posso compensar. Se eu tivesse ao menos trazido um gravador na bolsa. Na próxima vez! Eu simplesmente não acreditava que ele seria tão lascivo com tanta rapidez.*

— Mas — continuou Ernest —, para ser inteiramente honesto com você, não levo suas palavras de uma maneira muito pessoal. Pode haver um pouco de mim, mas, num grau muito maior, você não está reagindo a mim; está reagindo ao meu papel.

Carol foi pega de surpresa.

— O que você quer dizer?

— Bem, voltemos alguns passos. Vamos examinar imparcialmente os eventos recentes. Aconteceram algumas coisas horríveis com você; você manteve tudo dentro, partilhando pouco com outras pessoas. Você teve relacionamentos desastrosos com os homens importantes da sua vida, um depois do outro: seu pai, seu irmão, seu marido e... Rusty, não foi? Seu namorado do colegial. E o único homem com quem se sentiu bem, seu ex-terapeuta, a abandonou, pois morreu.

"E, então, você vem me ver e, pela primeira vez, resolve se arriscar e partilhar tudo comigo. Sabendo disto tudo, Carolyn, seria uma surpresa que você desenvolvesse alguns sentimentos intensos por mim? Acho que não. É isso que quero dizer quando afirmo que é o papel, não eu. E também aqueles sentimentos poderosos para com o dr. Cooke? Não é surpreendente que eu herde alguns daqueles sentimentos. Quer dizer, eles foram transferidos para mim."

— Concordo com essa última parte, Ernest. *Estou* começando a sentir por você o mesmo que sentia pelo dr. Cooke.

Um breve silêncio. Carol cravou os olhos em Ernest. Marshal teria esperado mais tempo. Não Ernest.

— Discutimos o "alegre" — disse Ernest —, e gostei de sua honestidade aí. Poderíamos dar uma olhada nos outros três sentimentos? Vejamos, você disse "furiosa" com as circunstâncias do seu passado, particularmente os homens da sua vida; "ruim" para a armadilha em que você se encontra com o seu marido; e "triste" porque... porque... me lembre, Carolyn.

Carol ruborizou. Tinha esquecido a própria história.

— Eu mesma esqueci o que disse... estou agitada demais para me concentrar. — *Isso não bastará*, pensou ela. *Preciso permanecer no papel. A única maneira de evitar estes escorregões é ser honesta, exceto, é claro, sobre Justin.*

— Ah, lembrei — disse Ernest —, "triste" por causa dos arrependimentos acumulados na sua vida, "os anos desperdiçados", acho que foi como você colocou. Veja, Carolyn, que aquela mnemônica de "ruim, furioso, alegre e triste" é bem simplista. Você é obviamente uma mulher inteligente e tenho medo de insultar sua inteligência: contudo, ela *foi* útil hoje. As questões associadas a cada um desses quatro sentimentos são absolutamente centrais, vamos continuar a explorá-los.

Carol assentiu. Sentiu-se decepcionada por terem mudado e se afastado tão rapidamente dos comentários dele sobre ela ser atraente. *Paciência*, lembrou a si mesma. *Lembre-se de Ralph Cooke. É este o modus operandi deles. Primeiro, eles ganham sua confiança; depois, tornam você inteiramente dependente e fazem com que eles próprios se tornem absolutamente indispensáveis. E só então eles agem. Não há nenhuma maneira de evitar esta farsa. Dê-lhe duas semanas. Teremos que passar por isso no ritmo dele.*

— Como começaremos? — perguntou Ernest.

— Triste — respondeu Carol —, triste pensar em todos os anos que gastei com um homem que não consigo suportar.

— Nove anos... Uma boa parte da sua vida.

— Uma parte muito grande. Gostaria de tê-la de volta.

— Carolyn, vamos tentar descobrir por que você abriu mão de nove anos.

— Vasculhei muito o passado com outros terapeutas. Nunca ajudou. Olhar para o passado não nos afastará da minha presente situação, meu dilema?

— Boa pergunta, Carolyn. Acredite em mim, não sou um vasculhador. Mesmo assim, o passado faz parte da sua consciência presente; forma os óculos através dos quais você experimenta o presente. Caso eu queira conhecê-la inteiramente, preciso ver o que você vê. Quero também descobrir como você tomou decisões no passado para que possamos ajudá-la a tomar melhores decisões no futuro.

Carol concordou inclinando a cabeça.

— Entendo.

— Então, fale-me sobre o seu casamento. Como aconteceu de você ter decidido se casar e ficar casada por nove anos com um homem que detestava?

Carol seguiu seu plano de ficar perto da verdade e contou a Ernest uma história honesta do seu casamento, mudando somente a geografia e detalhes factuais que pudessem levantar alguma suspeita.

— Conheci Wayne antes de terminar a faculdade de direito. Estava trabalhando como auxiliar numa firma de advocacia de Evanston e fui designada a um caso representando o negócio do pai de Wayne, uma cadeia de lojas de sapatos de grande sucesso. Passei muito tempo com Wayne. Era bonito, meigo, dedicado, pensativo e destinado a assumir o controle do negócio de cinco milhões de dólares do pai em um ano ou dois. Eu não tinha nenhum dinheiro e havia acumulado enormes empréstimos estudantis. Decidi me casar rápido demais. Foi uma decisão bem estúpida.

— Como assim?

— Depois de poucos meses de casamento, comecei a enxergar as qualidades de Wayne de uma maneira mais realista. Logo aprendi que "meigo" não era bondade, mas covardia. "Pensativo" transformou-se em uma indecisão monstruosa. "Dedicado" tornou-se dependência e carência. E "rico" virou cinzas quando o comércio de sapatos do pai foi à falência três anos depois.

— E a boa aparência?

— Um imbecil bonito e pobre, sem um puto no bolso, só compra *cappuccino* para você. Foi uma decisão ruim em todos os sentidos, uma decisão capaz de arruinar uma vida.

— O que você sabe sobre tomar aquela decisão?

— Bem, sei o que aconteceu depois. Contei-lhe que meu namorado do colegial, Rusty, me largou no meu segundo ano da faculdade sem nenhuma explicação. Durante todo o curso de direito, estive continuamente na companhia de Michael. Éramos a equipe dos sonhos; Michael era o segundo da classe...

— Como isso fez de vocês a equipe dos sonhos? — interrompeu Ernest. — Você também era uma boa aluna?

— Bem, tínhamos um futuro brilhante. Ele era o segundo da classe, e eu, a primeira. Mas Michael acabou me largando para se casar com a filha cabeça oca de um dos sócios mais antigos da maior firma de direito corporativo de Nova York. E, então, durante meu estágio de verão na comarca, lá estava Ed, um influente assistente de juiz, que foi meu tutor particular no divã do seu escritório quase todas as tardes. Mas ele não queria ser visto em público comigo e, depois de terminado o verão, nunca respondeu às minhas cartas ou telefonemas. Eu não me aproximava de um homem havia um ano e meio quando conheci Wayne. Arrisco-me a dizer que casar com ele foi uma decisão reativa.

— Estou ciente de um grande número de homens que a traíram ou a abandonaram: seu pai, Jed...

— Jeb. É com *b*. — *B, b, b, seu idiota*, pensou Carol. Ela forçou um sorriso amigável. — Pense em *b* de *besta*... uma mnemônica de suas sílabas. Ou *babaca, bosta, bundão*.

— Desculpe, Carolyn. Jeb, dr. Cooke e Rusty e, então, hoje acrescentamos o Michael e o Ed. É uma lista e tanto! Imagino que, quando Wayne se aproximou, você deve ter ficado aliviada por encontrar alguém que parecia seguro e confiável.

— Sem nenhum perigo de Wayne me abandonar. Ele era tão pegajoso, quase não podia ir ao banheiro sem mim.

— Talvez "pegajoso" tivesse seu apelo na época. E este bando de homens fracassados? É um bando sem quebras? Não ouvi você falar de nenhuma exceção, de qualquer homem que tenha sido bom para você. E bom com você.

— Só Ralph Cooke. — Carol se apressou a entrar na segurança da trapaça. Uns momentos antes, quando ele listou os homens que a traíram, Ernest estava começando a revolver emoções dolorosas, exatamente como fizera na última sessão. Ela percebeu que devia ficar alerta. Nunca tinha se dado conta de o quanto a terapia era sedutora. E o quanto era traiçoeira.

— E ele morreu — disse Ernest.

— E, agora, tem você. Você vai ser bom comigo?

Antes que Ernest conseguisse responder, Carol sorriu e fez outra pergunta:

— E como está a *sua* saúde?

Ernest sorriu.

— Minha saúde é excelente, Carolyn. Planejo continuar por aqui durante muito tempo.

— E minha outra pergunta?

Ernest a encarou.

— Você vai ser bom comigo? — repetiu ela.

Ernest hesitou e então escolheu suas palavras com cuidado:

— Sim, tentarei ser o mais útil que puder. Você pode contar com isso. Sabe, estou pensando no seu comentário de que você foi a oradora da turma. Tive quase que arrancá-lo de você. Primeira da classe na Faculdade de Direito da Universidade de Chicago. Não é uma conquista pequena, Carolyn. Você tem orgulho disso?

Carol deu de ombros.

— Carolyn, seja condescendente comigo. Por favor, conte-me de novo: academicamente, como é que você se saiu na Faculdade de Direito da Universidade de Chicago?

— Me saí muito bem.

— Quão bem você se saiu?

Silêncio e, então, numa voz baixa, Carol disse:

— Fui a primeira na minha classe.

— Vamos tentar de novo. Quão bem você se saiu? — Ernest colocou a mão em concha no ouvido para dar a entender que ele mal conseguia ouvir.

— Fui a primeira na minha classe — repetiu Carol em voz alta. E acrescentou: — E editora da revista de direito. E ninguém mais, nem mesmo Michael, chegou perto de mim.

E, então, ela explodiu num choro.

Ernest lhe entregou um lenço de papel, esperou até que seus ombros parassem de subir e descer e, então, perguntou suavemente:

— Consegue colocar algumas dessas lágrimas em palavras?

— Você sabe, você tem alguma ideia, das perspectivas que estavam abertas para mim? Eu poderia ter feito qualquer coisa. Recebi uma dúzia de ótimas ofertas, poderia ter escolhido minha firma. Poderia até ter feito direito internacional, já que tive a oportunidade de trabalhar no gabinete do advogado-geral da Agência de Desenvolvimento Internacional dos Estados Unidos. Poderia estar fazendo alguma coisa de grande influência na política governamental. Ou, se tivesse ido para uma firma de prestígio de Wall Street, agora eu estaria ganhando quinhentos mil dólares por ano. Em vez disso, olhe para mim: trabalhando direito de família, testamentos, trabalho tributário de meia-pataca... e ganhando trocados. Desperdicei tudo.

— Por Wayne?

— Por Wayne e também por Mary, que nasceu dez meses depois de nos casarmos. Eu a amo muito, mas ela foi parte da armadilha.

— Fale-me mais sobre a armadilha.

— O que eu realmente queria fazer era direito internacional. Mas como você faz trabalho internacional quando tem uma filha pequena e um marido imaturo demais até mesmo para cuidar da casa? Um marido que se apavora quando fica sozinho em casa uma única noite, que não consegue decidir o que vestir de manhã sem me consultar? Portanto, decidi por menos, dei as costas às minhas oportunidades e aceitei a oferta de uma firma menor, fiquei em Evanston para que Wayne morasse perto da matriz da empresa do pai.

— Há quanto tempo você percebeu seu erro? Você sabia, realmente sabia, em que você tinha se metido?

— Difícil dizer. Tive minhas suspeitas nos primeiros dois anos, mas houve um incidente, a grande briga do acampamento, aquilo removeu qualquer sombra de dúvida. Foi cerca de cinco anos atrás.

— Fale-me sobre isso.

— Bem, Wayne decidiu que a família deveria aderir ao passatempo predileto dos Estados Unidos: uma viagem para acampar. Certa vez, na minha adolescência, quase morri por causa de uma picada de abelha, choque anafilático, e tenho reações alérgicas severas ao sumagre-venenoso; portanto, eu não ia acampar de jeito nenhum. Sugeri uma dúzia de outras viagens: canoagem, *snorkel*, viagens por rotas fluviais até o Alasca, navegação a vela nas ilhas de San Juan, Caribe ou Maine. Sou uma boa marinheira. Mas Wayne decidiu que sua masculinidade estava em jogo e que nada mais serviria, exceto um acampamento.

— Mas como ele queria que você fosse acampar se tinha sensibilidade a picadas de abelha? Ele pretendia colocar sua vida em risco?

— Ele só conseguia ver que eu estava tentando controlá-lo. Tivemos uma briga colossal. Disse-lhe que nunca iria e, então, ele insistiu em levar Mary sem mim. Não via nenhum problema em ele ser um mochileiro e insisti que fosse com alguns amigos. Mas ele não tinha amigos. Senti que não era seguro ele levar Mary, ela só tinha quatro anos. Ele é tão inepto, tão covarde, que temi pela segurança dela. Acredito que ele quisesse Mary lá para a proteção dele, em vez do contrário. Mas ele não arredava o pé. Finalmente, ele me venceu pelo cansaço e concordei.

"E foi quando as coisas ficaram bizarras", continuou Carol. "Primeiro, ele decidiu que precisava entrar em forma e perder quatro ou cinco quilos: 14 quilos teria sido mais correto. A propósito, é essa a resposta à sua pergunta sobre a boa aparência: ele engordou logo depois do nosso casamento. Começou a ir à academia de ginástica todos os dias para fazer musculação e perder os quilos extras, o que ele conseguiu, mas depois desistiu e voltou a ganhar peso. Ele ficava tão ansioso, que muitas vezes hiperventilava. Uma vez, num jantar em minha homenagem, quando tornei-me sócia efetiva da firma, tive que sair para levá-lo ao pronto-socorro. É tudo que preciso falar sobre o acampamento. Foi quando comecei a ter plena consciência do horror do meu erro."

— Uau, que história, Carolyn. — Ernest ficou espantado com as semelhanças entre este relato e a história de Justin sobre seu fiasco do acampamento com a mulher e os gêmeos. Fascinado por ouvir duas histórias tão semelhantes, mas de perspectivas bem diferentes.

— Mas, diga-me, quando você realmente percebeu seu erro? Vejamos, há quanto tempo foi essa viagem para acampar? Você disse que sua filha tinha quatro anos?

— Faz cinco anos. — A cada intervalo de alguns minutos, Carol se refreava; apesar de abominar Ernest, ela se pegava imersa no interrogatório dele. *Surpreendente, pensou ela, o quanto o processo terapêutico se torna cativante. Eles conseguem fisgar em uma ou duas horas e, depois que pegam, eles podem fazer o que quiser — fazer você vir todos os dias, cobrar o quanto quiserem, transar com você no tapete e até cobrá-la por isso. Talvez seja perigoso demais me apresentar honestamente. Mas não tenho outra escolha — se eu inventasse uma persona, em algum momento eu tropeçaria nas minhas próprias mentiras. Este sujeito é um pulha, mas não é nenhum palerma. Não, preciso ser eu mesma. Tenha cuidado. Muito cuidado.*

— Então, você percebeu seu erro há cinco anos, Carolyn. Mas, mesmo assim, continuou no casamento! Talvez tenham partes mais positivas que você ainda não discutiu.

— Não, foi um casamento hediondo. Não tive nenhum amor por Wayne. Nenhum respeito. Nem ele por mim. Não ganhei nada dele. — Carol enxugou os olhos. — O que me manteve no casamento? Meu Deus, não sei! Hábito, medo, minha filha, embora Wayne não seja um pai dedicado. Não tenho certeza... o câncer e minha promessa a Wayne... nenhum outro lugar para ir... não tive nenhuma outra oferta.

— Oferta? De homens, você quer dizer?

— Bem, nenhuma oferta dos homens, certamente, e, por favor, Ernest, vamos dizer que hoje preciso fazer alguma coisa sobre os meus desejos sexuais. Estou faminta, estou desesperada nessa área. Mas não foi o que quis dizer. Quis dizer nenhuma oferta profissional interessante. Não como aquelas de quando eu era jovem.

— Sim, aquelas ofertas de ouro. Sabe, ainda estou pensando nas suas lágrimas alguns minutos atrás quando você falou sobre ser a primeira da sua classe e da perspectiva ilimitada de carreira à sua frente...

Carol armou-se de coragem. *Ele está tentando penetrar de novo, pensou. Uma vez que encontram a área vulnerável, eles continuam a fazer a prospecção dela.*

— Há muita dor aí — continuou Ernest —, sobre como sua vida poderia ter sido. Estava pensando naquele maravilhoso poema de Whittier: "de todas as tristes palavras da língua ou caneta, / As mais tristes são estas: 'Poderia ter sido'."

Ah, não, pensou Carol. *Poupe-me. Agora é poesia. Ele está se esforçando ao máximo. A próxima coisa vai ser ele afinar o velho violão.*

— E — continuou Ernest — você abriu mão de todas aquelas possibilidades por uma vida com Wayne. Uma barganha ruim. Não é de admirar que tente não pensar sobre isso... você vê a dor que surge quando enfrentamos as coisas? Acho que é por isso que você ainda não o deixou. Seria o mesmo que colocar o estigma de realidade sobre isso tudo. Não haveria mais como negar que você desistiu de tanta coisa, de todo o seu futuro, por tão pouco.

Mesmo contra a sua vontade, Carol estremeceu. *A interpretação de Ernest soou verdadeira. Seu puto, você quer parar de se intrometer na minha vida? Quem lhe pediu para pontificar tudo?*

— Talvez você tenha razão. Mas já era; como isso pode ajudar agora? É exatamente isso que eu queria dizer quando falei sobre vasculhar o passado. O que passou, passou.

— É mesmo, Carolyn? Acho que não. Não acho que se trate apenas de você ter tomado uma decisão ruim no passado: acho que você ainda está fazendo escolhas ruins. Agora mesmo, na sua vida atual.

— Que escolha eu tenho? Abandonar um marido à beira da morte?

— Dá a impressão de ser muito cruel, eu sei. Mas é assim que as más escolhas são sempre formadas, convencendo-se de que não existe nenhuma outra opção. Talvez essa possa ser uma das nossas metas.

— O que você está querendo dizer?

— Ajudá-la a entender que talvez existam outras escolhas possíveis, uma maior gama de opções.

— Não, Ernest, ainda se resume à mesma coisa. Só existem duas opções: ou abandono Wayne ou fico com ele. Certo?

Carol recobrou sua compostura: este Wayne inventado estava bem afastado de Justin. Mesmo assim, ver Ernest tentar ajudá-la a deixá-lo revelou os métodos dele de fazer lavagem cerebral em Justin para que a deixasse.

— Não, de forma alguma. Você está partindo de suposições que não são necessariamente verdadeiras. Por exemplo, que você e Wayne sempre sentirão desprezo um pelo outro. Você omitiu a possibilidade de que as pessoas podem mudar. A confrontação com a morte é um grande catalisador para a mudança, para ele, e possivelmente para você. Uma terapia conjugal poderia ajudar, você mencionou que não tentou isso. Talvez exista algum amor enterrado que você ou ele possam redescobrir. Afinal de contas, vocês viveram juntos e criaram uma filha por nove anos. Como seria para você se o deixasse ou se ele morresse e você soubesse que poderia ter tentado com mais empenho melhorar as coisas no seu casamento? Tenho certeza de que você estaria melhor sentindo que não deixou de revolver nenhuma pedra.

"E outra maneira de olhar para isso", continuou Ernest, "é questionar sua suposição básica de que acompanhá-lo até o fim da vida dele é uma boa coisa. Isto é necessariamente verdadeiro? Duvido."

— É melhor do que ele morrer sozinho.

— É? — perguntou Ernest. — É uma boa coisa que Wayne morra na presença de alguém que o despreza? E ainda outra possibilidade é lembrar sempre que o divórcio não precisa ser sinônimo de abandono. Não seria possível imaginar um cenário em que você constrói uma vida diferente para você mesma, mesmo com outro homem, e ainda não abandonar Wayne? Você poderia até conseguir estar mais presente se não tivesse tanto ressentimento. Você vê? Existe todo tipo de possibilidade.

Carol assentiu, desejando que ele parasse. Parecia que Ernest era capaz de continuar para sempre. Ela olhou para o relógio.

— Você olhou para o seu relógio, Carolyn. Pode traduzir isso em palavras? — Ernest sorriu ligeiramente ao se lembrar da sessão de supervisão na qual Marshal o confrontou com as mesmas palavras.

— Bem, nosso tempo está quase no fim — disse Carol, enxugando os olhos —, e existem outras coisas sobre as quais eu queria conversar hoje.

Ernest ficou mortificado ao pensar que tinha sido tão condutor que sua paciente não havia conseguido abordar a própria pauta. Ele agiu rapidamente.

— Alguns minutos atrás, Carolyn, você mencionou a pressão sexual pela qual você está passando. É essa uma das coisas?

— É a principal. Estou fora de mim pela frustração... tenho certeza de que é a raiz de toda a minha ansiedade. Nossa vida sexual não foi muito ativa antes, mas, desde que Wayne fez a cirurgia de próstata, ele está impotente. Sei que não é incomum depois da cirurgia. — Carol tinha feito sua lição de casa.

Ernest assentiu. E esperou.

— Então, Ernest... tem certeza de que está certo chamá-lo de Ernest?

— Se eu a chamo de Carolyn, você deve me chamar de Ernest.

— Está bem. Então, *Ernest*, o que devo fazer? Muita energia sexual e nenhum lugar para onde direcioná-la.

— Conte-me sobre você e Wayne. Mesmo que ele esteja impotente, existem maneiras de você e ele ficarem juntos.

— Se por "ficarem juntos" você estiver pensando em alguma maneira para me satisfazer, esqueça. Não há nenhuma solução aí. Nossa vida sexual estava acabada muito antes da cirurgia. Essa era uma das razões pelas quais eu queria deixá-lo. Agora fico totalmente fria com qualquer contato físico com ele. E ele próprio não poderia estar menos interessado. Ele nunca me achou atraente, disse que sou magra demais, muito ossuda. Agora, ele me diz para sair e ir pra cama em algum outro lugar.

— E...? — perguntou Ernest.

— Bem, não sei o que nem como fazer. Ou para onde ir. Estou numa cidade estranha. Não conheço ninguém. Não sou de ir para um bar e me fazer disponível. É uma selva aí fora. Perigosa. Tenho certeza de que você concordaria que a última coisa no mundo de que preciso é sofrer um novo abuso.

— Sem dúvida alguma, Carolyn.

— Você é solteiro, Ernest? Divorciado? A quarta capa do seu livro não menciona uma esposa.

Ernest respirou fundo. Nunca tinha conversado sobre a morte da sua mulher com um paciente. Agora, seu compromisso com a autorrevelação seria colocado à prova.

— Minha mulher morreu seis anos atrás num acidente de carro.

— Ah, sinto muito. Deve ter sido difícil.

Ernest assentiu.

— Difícil... sim.

Desonesto, ele pensou. *Embora seja verdade que Ruth morreu seis anos atrás, é também verdade que, de qualquer forma, meu casamento nunca teria durado. Mas ela precisa saber disso? Fique com aquilo que ajudará a paciente.*

— Então, você também está batalhando no mundo dos solteiros agora? — perguntou Carol.

Ernest sentiu-se emperrado. Esta mulher era imprevisível. Ele não previra uma navegação tão agitada assim para sua viagem inaugural de revelação total e estava fortemente tentado a rumar para as águas calmas da neutralidade analítica. Conhecia esse curso maquinalmente: seria bem simples dizer: "eu me pergunto por que você está fazendo essas perguntas" ou "tento imaginar quais as suas fantasias sobre eu estar no mundo dos solteiros". Mas tal neutralidade tortuosa, tal falta de autenticidade, era precisamente o que Ernest tinha prometido evitar.

O que fazer? Ele não ficaria surpreso se, a seguir, ela indagasse sobre as estratégias dele para ter um encontro. Por um momento, imaginou Carolyn, dali a alguns meses ou anos, contando a algum outro terapeuta sobre a abordagem terapêutica do dr. Ernest Lash: "Ah, sim, o dr. Lash discutia frequentemente seus problemas pessoais e suas técnicas de conhecer mulheres solteiras."

Sim, quanto mais Ernest pensava sobre isso, mais percebia que era neste ponto que se situava um grande problema da autorrevelação do terapeuta. *O paciente tem sigilo, mas o terapeuta não!* Nem pode um terapeuta exigi-lo: se os pacientes iniciarem uma terapia no futuro com outra pessoa, eles devem ter liberdade absoluta para discutir tudo, inclusive as peculiaridades de seus ex-terapeutas. E, embora possamos ter a confiança de que os terapeutas protegerão o sigilo do paciente, muitas vezes trocam fofocas entre eles sobre os pontos fracos dos colegas.

Várias semanas atrás, por exemplo, Ernest encaminhou a esposa de um de seus pacientes a outro terapeuta, um amigo chamado Dave. Recentemente, o mesmo paciente pediu outra recomendação para a esposa; ela havia encerrado a terapia com Dave por causa do hábito dele de *a cheirar* como maneira de apreender o humor dela! Normalmente, Ernest teria ficado horrorizado com este comportamento e nunca mais teria encaminhado um paciente a ele. Mas Dave era tão bom amigo que Ernest lhe perguntou o que tinha acontecido. Dave disse que a paciente havia largado a terapia porque ficara furiosa com ele por ter se recusado a prescrever Valium, que ela vinha consumindo abusivamente há anos, em segredo. "E sobre cheirar?" A princípio, Dave ficou confuso, mas, alguns minutos depois, lembrou de uma única ocasião em que, no início da terapia, ele fez um elogio casual sobre um novo perfume particularmente forte que ela estava usando.

Ernest acrescentou um novo item às suas regras de revelação: *revele-se até o ponto em que isso seja útil ao seu paciente; mas, se você quiser continuar a clinicar, tenha cuidado sobre como sua autorrevelação soará para os outros terapeutas.*

— Então, você também está batalhando no mundo dos solteiros? — repetiu Carol.

— Estou solteiro, mas não estou batalhando. Não no momento, pelo menos. — Ernest se esforçou para dar um sorriso simpático, mas ainda assim indiferente.

— Eu gostaria que você me contasse mais sobre como lida com a vida de solteiro em São Francisco.

Ernest hesitou. Existe uma diferença entre espontaneidade e impulsividade, ele lembrou a si mesmo. Ele não deve, por bem ou por mal, responder a todas as perguntas.

— Carolyn, gostaria que você me contasse mais sobre o motivo pelo qual está fazendo esta pergunta. Fiz algumas promessas a você: ser o mais útil que puder, isto é, essencial, e, a serviço disto, ser o mais honesto possível. Portanto, agora, do ponto de vista do meu objetivo principal, ser útil a você, vamos tentar entender a sua pergunta: diga-me, o que realmente você está me perguntando? E por quê?

Nada mau, pensou Ernest, *nada mau mesmo*. Ser transparente não significa ser escravo de todos os caprichos e voos de curiosidade do paciente.

Ernest anotou sua resposta a Carolyn; era boa demais para perder — poderia usar no seu artigo do periódico.

Carol estava preparada para a pergunta dele e ensaiou silenciosamente esta sequência.

— Eu sentiria que seria mais inteiramente compreendida por você se soubesse que você está lidando com problemas parecidos. E, em especial, se você conseguiu passar por eles. Posso senti-lo mais parecido comigo.

— Isso faz sentido, Carolyn. Mas deve existir mais que isso na sua pergunta, já que eu disse que estou enfrentando, e satisfatoriamente, o fato de ser solteiro.

— Tinha esperança de que você pudesse me dar uma orientação direta, me colocar na direção certa. Estou me sentindo realmente paralisada. Para ser honesta, sinto-me excitada e aterrorizada ao mesmo tempo.

Ernest olhou o relógio.

— Sabe, Carolyn, estamos sem tempo. Antes da nossa próxima sessão, quero sugerir que você trabalhe no desenvolvimento de uma série de opções para conhecer homens e, então, estudaremos os prós e os contras de cada uma. Sinto-me muito pouco à vontade de lhe dar sugestões concretas ou, como você colocou, "colocá-la na direção certa". Aceite a minha palavra, passei por isso incontáveis vezes: esse tipo de orientação direta raramente se revela útil ao paciente. O que é bom para mim ou alguma outra pessoa pode não ser bom para você.

Carol se sentiu frustrada e furiosa. *Seu canalha presunçoso e hipócrita*, pensou ela. *Não vou terminar esta consulta sem algum progresso categórico.*

— Ernest, vou passar por maus bocados esperando mais uma semana inteira. Poderíamos marcar alguma coisa antes? Preciso vê-lo com maior frequência. Lembre-se, sou uma boa cliente que paga em dinheiro. — Ela abriu a bolsa e contou 150 dólares.

Ernest ficou desconcertado com o comentário de Carol sobre o dinheiro. *Cliente* pareceu uma palavra particularmente feia: ele detestava enfrentar qualquer parte do aspecto comercial da psicoterapia.

— Ah... é... Carolyn, isso não é necessário... sei que você pagou em dinheiro na primeira sessão, mas, de agora em diante, prefiro lhe enviar uma conta no final de cada mês. E realmente prefiro um cheque a dinheiro; mais fácil para os meus métodos primitivos de contabilidade. Sei que um cheque é menos cômodo porque você não quer que Wayne saiba que você está me consultando, então talvez um cheque administrativo?

Ernest abriu sua agenda de consultas. O único horário disponível era o da consulta das 8h da manhã de Justin que tinha acabado de ficar vago e que Ernest queria reservar para escrever.

— Vamos improvisar, Carolyn. No momento, estou um pouco apertado de tempo. Espere um dia ou dois e se você sentir que realmente precisa me ver antes da semana que vem, ligue para mim e darei um jeito. Aqui está o meu cartão; deixe uma mensagem na minha secretária eletrônica e eu retornarei e deixarei uma hora marcada.

— Seria inconveniente se você telefonasse. Ainda não estou trabalhando e meu marido está sempre em casa...

— Certo. Olhe, vou escrever no cartão o número da minha casa. Você geralmente me encontra lá entre nove e onze da noite. — Ao contrário de muitos de seus colegas, Ernest não tinha nenhuma preocupação em dar o número da sua casa. Ele tinha aprendido há muito que, em geral, quanto mais facilmente pudesse ser encontrado pelos pacientes, era menos provável que eles telefonassem.

Quando estava saindo do consultório, Carol jogou a última carta que tinha na manga. Voltou-se para Ernest e lhe deu um abraço, um pouco mais longo, um pouco mais apertado que o anterior. Sentindo o corpo dele ficar tenso, ela comentou:

— Obrigada, Ernest. Precisava desse abraço para o caso de eu ter que aguentar mais uma semana inteira. Precisava muito ser tocada, mal consigo suportar.

Enquanto descia as escadas, Carol se perguntou: *É minha imaginação ou o peixe está mordendo a isca? Ele respondeu àquele abraço só um pouquinho?* Já estava na metade do caminho quando o corredor do suéter marfim chegou subindo as escadas correndo, quase a derrubando. Ele agarrou firmemente o braço dela para equilibrá-la, levantou seu boné branco pela aba, e lançou um sorriso brilhante para Carol.

— Ei, voltamos a nos encontrar. Desculpe por quase atropelar você. Sou Jess. Parece que temos o mesmo psiquiatra. Obrigado por mantê--lo além da hora; do contrário, ele interpretaria o meu atraso durante a metade da sessão. Ele está bem hoje?

Carol olhou fixamente para a boca dele. Nunca tinha visto dentes brancos tão perfeitos.

— Bem? Sim, está bem. Você vai ver. Ah, sou Carol.

Ela se virou para ver Jess subir o resto da escada de dois em dois degraus. *Bela bunda!*

CAPÍTULO
12

NA QUINTA DE manhã, alguns minutos antes das nove horas, Shelly fechou sua tabela de corridas e bateu os pés impacientemente na sala de espera de Marshal Streider. Assim que terminasse com o dr. Streider, ele teria um bom dia pela frente. Primeiro, um pouco de tênis com Willy e os filhos, que estavam em casa para o feriado da Páscoa. Os filhos de Willy jogavam tão bem agora que parecia menos uma aula e mais um jogo de duplas competitivo. Depois, almoço no clube de Willy: alguns daqueles lagostins grelhados com manteiga e anis ou talvez aquele sushi de siri-mole. E depois até a pista de Bay Meadows com Willy para o sexto páreo. Ting-a-ling, cavalo de Willy e de Arnie, estava correndo no grande prêmio de Santa Clara. (Ting-a-ling era o nome do jogo de pôquer predileto de Shelly: um jogo aberto de cinco cartas de mão maior e mão menor, onde uma sexta carta poderia ser comprada ao final por 250 dólares.)

Shelly achava os psiquiatras meio inúteis. Mas tinha boa vontade para com Streider. Embora ainda não o conhecesse, Streider já lhe tinha servido bem. Quando Norma — que, apesar de tudo, realmente o amava — voltou para casa à noite, depois de receber seus fax, ela estava tão grata por não ter que pôr um fim ao casamento que se jogou nos braços de Shelly e o arrastou até o quarto. Eles renovaram seus votos: Shelly, de fazer bom uso da terapia para ajudar no seu hábito de jogar, e Norma de dar a Shelly um dia ocasional de descanso para as vorazes necessidades sexuais dela.

Agora, pensou Shelly, *tudo que tenho de fazer é passar pelas formalidades com este dr. Streider e aí terei passado pelo pior. Mas talvez possa haver algum jeito de eu tirar proveito. Deve existir alguma coisa. Já que preciso gastar o tempo, provavelmente várias horas, para satisfazer Norma — e satisfazer o psiquiatra também —, talvez exista algum uso real que eu possa fazer desse sujeito.*

A porta se abriu. Marshal se apresentou, apertou a mão de Shelly e o convidou a entrar. Shelly escondeu sua tabela de corridas no jornal, entrou no consultório e começou a avaliar seu conteúdo.

— Bela coleção de cristais o senhor tem aqui, doutor! — Shelly apontou as peças de Musler. — Gosto daquela grande cor de laranja. Importa--se se eu a tocar?

Shelly já tinha se levantado e, ao gesto de Marshal de "fique à vontade", acariciou a Borda Dourada do Tempo.

— Legal. Bem relaxante. Aposto que o senhor tem pacientes que gostariam de levá-la para casa. E aquela borda denteada, sabe, parece alguma coisa como o horizonte de Manhattan. E aqueles cristais? Antigos, hein?

— Muito antigo, sr. Merriman. Cerca de 250 anos. Gosta deles?

— Bem, gosto de vinho antigo. Não sei sobre cristais antigos. Valiosos, hein?

— Difícil de dizer. Não é possível dizer que existe um mercado florescente de taças antigas de *cherry*. Bem, sr. Merriman... — Marshal adotou sua voz formal de início de sessão —, por favor, sente-se e vamos começar.

Shelly acariciou o globo laranja uma última vez e sentou-se.

— Sei pouco sobre o senhor, exceto que já foi paciente do dr. Pande e que contou à secretária do instituto que precisava marcar uma hora imediatamente.

— Bem, não é todo dia que você lê no jornal que seu terapeuta é um pulha. Qual é a acusação contra ele? O que ele fez comigo?

Marshal assumiu um controle mais firme da sessão:

— Por que não começamos com o senhor me contando um pouco sobre si mesmo e por que começou o tratamento com o dr. Pande?

MENTIRAS NO DIVÃ

— Calminha aí, doutor. Preciso de mais foco. A General Motors não coloca um aviso público dizendo que existe alguma coisa muito errada com o seu carro e depois deixa o dono adivinhar o que é. Eles dizem que existe alguma coisa errada com o seu sistema de ignição, ou bomba de gasolina, ou transmissão automática. Por que não começamos com o senhor me contando sobre o problema com a terapia do dr. Pande?

Tendo se sentido sobressaltado por um momento, Marshal rapidamente recobrou seu equilíbrio. Este não era um paciente comum, disse a si mesmo: era um caso-teste — o primeiro caso de tratamento por *recall* na história da psiquiatria. Se houvesse necessidade de flexibilidade, ele poderia ser flexível. Desde os dias de *linebacker*, ele se orgulhava da sua capacidade de ler os rivais. Respeite a necessidade do sr. Merriman de saber, decidiu. Dê-lhe isso... e nada mais.

— Muito justo, sr. Merriman. O instituto psicanalítico decidiu que o dr. Pande frequentemente oferecia interpretações que eram idiossincráticas e inteiramente sem fundamento.

— Como é que é?

— Desculpe, quis dizer que ele dava aos pacientes explicações agressivas e frequentemente problemáticas para o comportamento deles.

— Ainda não estou entendendo. Que tipo de comportamento? Me dê um exemplo ilustrativo.

— Bem, por exemplo, que todos os homens anseiam por algum tipo de união homossexual com seu pai.

— O *quê*?

— Bem, que eles podem querer entrar no corpo do pai e fundir-se com ele.

— É? O *corpo* do pai? O que mais?

— E esse desejo pode interferir no contato e amizade deles com outros homens. Isso lhe soa familiar a alguma coisa do seu trabalho com o dr. Pande?

— Sim, sim. Soa familiar. Está começando a voltar para mim. Foi há muitos anos e já esqueci a coisa toda. Mas é verdade que a gente nunca realmente esquece? Tudo está armazenado no andar de cima, tudo que já aconteceu com a gente?

— Exatamente — disse Marshal, inclinando a cabeça. — Dizemos que está no nosso *inconsciente*. Fale-me, agora, do que o senhor se lembra da sua terapia.

— Só aquilo... aquela coisa sobre fazer com o meu pai.

— E os seus relacionamentos com outros homens? Problemas nessa área?

— Grandes problemas. — Shelly ainda estava tateando, mas lentamente começava a discernir os contornos de como se aproveitar. — Problemas enormes! Por exemplo, estou procurando emprego desde que minha empresa faliu há alguns meses e toda vez que vou para uma entrevista, quase sempre com homens, estrago tudo, de uma maneira ou de outra.

— O que acontece nas entrevistas?

— Simplesmente fracasso. Fico alterado. Acho que deve ser aquela coisa inconsciente com meu pai.

— Alterado, como?

— Muito alterado. Como é que vocês chamam? O senhor sabe, pânico. Respirando rápido e tudo mais.

Shelly viu Marshal fazer algumas anotações e imaginou que estava acertando na mina de ouro.

— É, pânico. É a melhor palavra pra isso. Não consigo respirar. Suo feito doido. Os entrevistadores me olham como se eu estivesse louco e devem imaginar: "Como é que este cara vai vender os nossos produtos?"

Marshal anotou isso também.

— É, os entrevistadores me mostram a saída bem rapidinho. Fico tão nervoso que eles ficam nervosos. Então, estou sem trabalho há muito tempo. E tem mais uma coisa, doutor, tenho este jogo de pôquer, jogando com os mesmos caras há 15 anos. Jogo amigável, mas apostas grandes o bastante para perder uma nota preta... isto é confidencial, não é? Quer dizer, mesmo que, em algum momento, o senhor se encontre com minha mulher, isso é confidencial, não é? O senhor fez o juramento do sigilo?

MENTIRAS NO DIVÃ

— É claro que sim. Tudo o que o senhor disser ficará aqui nesta sala. Estas anotações são apenas para meu uso.

— Isso é bom. Não queria que minha mulher ficasse sabendo das minhas perdas; meu casamento já está por um fio. *Perdi* uma fábula e, agora que penso nisso, comecei a perder mais ou menos na época em que fui atendido pelo dr. Pande. Desde a terapia com ele, perdi minha capacidade: ansiedade quando estava junto com os caras, exatamente como estávamos conversando agora há pouco. O senhor sabe, antes da terapia, eu costumava ser um bom jogador, melhor que a média. Depois da terapia, comecei a ficar amarrado, tenso, deixava adivinharem a minha mão... perdi todos os jogos. O senhor joga pôquer, doutor?

Marshal balançou a cabeça.

— Temos muito a tratar. Talvez devêssemos conversar um pouco sobre o motivo pelo qual o senhor marcou a primeira consulta com o dr. Pande.

— Num segundo. Deixe-me terminar antes, doutor. O que eu ia dizer é que o pôquer não tem a ver com a sorte: o pôquer tem a ver com os nervos. Setenta e cinco por cento do jogo de pôquer é psicologia: como você controla as emoções, como você blefa, como reage aos blefes, os sinais que você exibe num lampejo, involuntariamente, quando você tem mãos boas e ruins.

— Sim, entendo o seu argumento, sr. Merriman. Se não estiver à vontade com seus colegas jogadores, não vai ter sucesso no jogo.

— "Não ter sucesso" no jogo significa perder o rabo. Dinheiro grosso.

— Então, vamos voltar à questão do por que você procurou o dr. Pande. Vejamos... em que ano foi isso?

— Então, o que imagino é que, entre o pôquer e ser transformado em alguém "incontratável", este dr. Pande e suas interpretações erradas acabaram me custando minha grana; grana grossa, bem grossa!

— Sim, entendo. Mas diga-me por que você consultou o dr. Pande pela primeira vez.

Exatamente quando Marshal tinha começado a ficar cada vez mais alarmado com o rumo que a sessão estava tomando, Shelly de repente relaxou. Já sabia de que precisava. Não era à toa que ele estava casado há nove anos com uma advogada de primeira ordem especializada em atos ilícitos. A partir deste ponto, imaginou ele, tinha tudo a ganhar e nada a perder se fosse um paciente cooperativo. Ele intuiu que teria um caso bem mais forte no tribunal se demonstrasse que respondia bem às técnicas convencionais de psicoterapia. Portanto, continuou no sentido de responder a todas as perguntas de Marshal com grande honestidade e minúcia — exceto as perguntas, é lógico, sobre seu tratamento com o dr. Pande, sobre o qual Shelly não lembrava absolutamente nada.

Quando Marshal perguntou sobre seus pais, Shelly aprofundou no passado: na glorificação resoluta da mãe dos talentos e da beleza dele, que contrastava inteiramente com a persistente decepção dela com os muitos planos e muitos fracassos do pai. A despeito da devoção da mãe, Shelly estava convencido de que o pai tinha sido o ator principal na sua vida.

Sim, quanto mais ele pensava no assunto, mais perturbado ficava — contou ele a Marshal — com relação às interpretações do dr. Pande sobre o seu pai. Apesar da irresponsabilidade do pai, sentia uma profunda conexão com ele. Quando era jovem, idolatrava-o. Adorava vê-lo com os amigos, jogando pôquer, indo às corridas — a Monmouth em Nova Jersey, a Hialeah e Pimlico quando viajavam de férias a Miami Beach. O pai apostava em qualquer esporte — nos galgos, na pelota basca, tabelas de todos os jogos de futebol, basquete — e jogava qualquer jogo: pôquer, pinocle*, copas, gamão. Um dos momentos favoritos de Shelly, ele contou, era ficar sentado no colo do pai e organizar suas mãos de pinocle. Sua iniciação para a vida adulta ocorreu quando o pai permitiu que ele participasse do jogo. Shelly estremeceu ao lembrar-se de seu pedido sabichão, aos 16 anos, para que as apostas do pinocle fossem aumentadas.

Sim, Shelly concordava com o comentário de Marshal de que sua identificação com o pai tinha sido muito profunda, muito extensa. Ele tinha a

---

* É jogado por duas pessoas que utilizam dois baralhos com 48 cartas — excluindo-se as cartas do 2 ao 8. A partida é de mil pontos. (N. do E.)

voz do pai e muitas vezes cantava todas as músicas de Johnnie Ray que o pai costumava cantar. Costumava usar o mesmo creme de barbear e loção pós-barba que o pai. Escovava os dentes com fermento em pó também e nunca deixava de terminar o banho matutino com alguns segundos de ducha fria. Gostava das batatas crocantes e, exatamente como o pai, costumava pedir no restaurante que o garçom levasse-as de volta e as *queimasse*!

Quando Marshal perguntou sobre a morte do pai, as lágrimas inundaram os olhos de Shelly ao descrevê-lo morrendo de uma coronária aos 58 anos, cercado por seus camaradas, enquanto puxava um peixe num cruzeiro de pesca em alto-mar na costa de Key West. Shelly até contou a Marshal o quanto ficou envergonhado no funeral por se preocupar com o último peixe que o pai fisgou. Ele o tinha tirado do mar? De que tamanho era? Os rapazes sempre tinham um bolão gigante de apostas para o maior peixe e, talvez, estivesse chegando algum dinheiro para o pai — ou para o seu herdeiro. Era possível que ele nunca mais visse os amigos de pescaria do pai e estava dolorosamente tentado a fazer essas perguntas no funeral. Só a vergonha o impediu de fazê-lo.

Desde a morte do pai, Shelly, de uma maneira ou de outra, pensou nele todos os dias. Quando se vestia de manhã e se olhava no espelho, percebia os músculos protuberantes da panturrilha, as nádegas pequenas. Aos 39 anos, ele começava a se parecer cada vez mais com o pai.

Quando chegou o fim da consulta, Marshal e Shelly concordaram que, já que estavam indo muito bem, eles deveriam se encontrar novamente em breve. Marshal tinha vários horários vagos — não tinha preenchido o de Peter Macondo — e combinou de se encontrar com Shelly três vezes na semana seguinte.

CAPÍTULO
13

— ENTÃO, ESTE ANALISTA tem dois pacientes que, por acaso, são amigos íntimos... Você está ouvindo? — perguntou Paul a Ernest, que estava absorto tirando uma espinha do bacalhau vermelho agridoce com seus pauzinhos chineses. Ernest tinha uma palestra em Sacramento e Paul tinha ido de carro até lá para se encontrar com ele. Estavam sentados numa mesa de canto no China Bistrô, um grande restaurante com patos e frangos assados caramelados em exposição numa ilha central de cromo e vidro. Ernest estava vestido no seu uniforme para palestras: um blazer azul trespassado sobre um *cashmere* branco de gola alta.

— É claro que estou ouvindo. Você acha que não consigo comer e ouvir ao mesmo tempo? Dois amigos íntimos estão em análise com o mesmo analista e...

— E depois do tênis, certo dia — continuou Paul —, trocam figurinhas sobre seu analista. Exasperados com a pose dele de serena onisciência, eles tramam um pouco de diversão: os dois amigos concordam em contar a ele o mesmo sonho. Então, no dia seguinte, um deles o conta ao analista às oito da manhã e, às onze, o outro descreve o sonho idêntico. O analista, sereno como de costume, exclama: "Não é incrível? É a *terceira* vez que ouço esse sonho hoje!"

— Boa história — disse Ernest, gargalhando, quase engasgando no seu *chow fun* —, mas por que a contou?

— Bem, de um lado, porque não são apenas os terapeutas que se escondem. Muitos pacientes foram apanhados mentindo no divã. Já contei sobre um paciente que eu estava atendendo que, uns dois anos atrás, consultava dois terapeutas ao mesmo tempo sem contar a um sobre o outro?

— Qual o motivo?

— Ah, algum tipo de triunfo vingativo. Ele comparava os comentários dos dois e ridicularizava ambos em silêncio por proclamarem, com grande certeza, interpretações inteiramente contrárias, igualmente absurdas.

— Um triunfo e tanto! — disse Ernest. — Lembra como o velho professor Whitehorn chamaria isso?

— Uma vitória pírrica!

— *Pírrica* — repetiu Ernest —, sua palavra predileta. Nós a ouvíamos toda vez que ele falava de pacientes que resistiam à psicoterapia!

"Mas", continuou Ernest, "seu paciente que frequentava dois terapeutas... lembra quando estávamos na Hopkins e apresentávamos o mesmo paciente a dois supervisores diferentes e gozávamos sobre a falta de concordância deles em qualquer coisa? A mesma coisa. Fiquei intrigado com sua história sobre os dois terapeutas." Ernest repousou seus pauzinhos. "Eu me pergunto: isso poderia acontecer comigo? Acho que não. Estou bem certo de que sei quando um paciente está sendo honesto comigo. Às vezes, no início, há uma certa dúvida, mas chega um momento em que não pode mais haver dúvida de que estamos juntos na verdade."

— *Juntos na verdade*. Soa bem, Ernest, mas o que significa? Nem sei dizer quantas vezes atendi um paciente por um ano ou dois e, então, acontece ou fico sabendo de alguma coisa que me faz reavaliar tudo o que sei sobre ele. Às vezes, examino um paciente em terapia individual por anos e depois o coloco num grupo e fico surpreso com o que vejo. É a mesma pessoa? Todas as partes dele mesmo que não tinha me mostrado!

"Há três anos", continuou Paul, "estou trabalhando com uma paciente, uma mulher muito inteligente, com cerca de trinta anos, que começou, sem absolutamente nenhum estímulo de minha parte, a recuperar espontaneamente memórias de incesto com o pai. Bem, trabalhamos nisso por cerca de um ano e estava convencido de que, para usar as palavras que você usou, estávamos juntos na verdade. Segurei-lhe a mão durante os meses de terror à medida que as memórias reapareciam, apoiei-a em algumas cenas cabeludas na família depois que ela tentou confrontar o pai a este respeito. Agora, talvez seguindo o ritmo da mídia, ela de repente começou a duvidar de todas essas memórias antigas.

"Vou lhe dizer, minha cabeça está dando nó. Não tenho a menor ideia de o que é verdade e o que é ficção. Além disso, ela está me criticando cada vez mais por eu ser tão crédulo. Na semana passada, ela sonhou que estava na casa dos pais e um caminhão da Boa Vontade começa a desferir repetidos golpes contra as fundações da sua casa. Por que você está sorrindo?"

— Três chances para adivinhar quem é o caminhão da Boa Vontade?

— Certo. Nenhum mistério aí. Quando pedi a ela associações sobre o caminhão, ela disse em tom de brincadeira que o nome do sonho era: "A mão que ajuda volta a atacar." Portanto, a mensagem do sonho é que, sob o disfarce ou crença da ajuda, estou minando as próprias fundações da sua casa e família.

— Ingrata.

— Pois é. E fui estúpido o bastante para tentar me defender. Quando chamei a atenção de que eram as memórias *dela* que eu estava analisando, ela me chamou de simplista por acreditar em tudo o que ela dizia.

"E, sabe", continuou Paul, "talvez ela tenha razão. Talvez sejamos crédulos demais. Estamos tão acostumados com os pacientes nos pagando para ouvir suas verdades que somos provavelmente ingênuos sobre a possibilidade das mentiras. Ouvi falar de uma pesquisa recente que mostrou que os psiquiatras, e também os agentes do FBI, eram particularmente ineptos em identificar mentirosos. E a controvérsia do incesto fica ainda mais bizarra... está ouvindo, Ernest?"

— Continue. Você estava dizendo que a controvérsia do incesto fica ainda mais bizarra...

— Certo. Fica realmente bizarro quando você entra no mundo do abuso ritual satânico. Sou o médico de serviço este mês na unidade hospitalar do condado. Seis dos vinte pacientes na unidade alegam abuso ritual. Você não acredita no que acontece nos grupos de terapia: estes seis pacientes descrevem seu abuso ritual satânico, inclusive sacrifício humano e canibalismo, com tanta vivacidade e convicção que ninguém ousa expressar qualquer ceticismo. E isso inclui a equipe hospitalar! Se os terapeutas de grupo fossem contestar esses relatos, seriam apedrejados pelos grupos; se tornariam inteiramente ineficazes. Para lhe dizer a verdade, vários da equipe realmente acreditam nesses relatos. É um hospício.

Ernest inclinou a cabeça enquanto virava habilmente o peixe e começava o outro lado.

— O mesmo problema com o transtorno de múltiplas personalidades — continuou Paul. — Conheço terapeutas, realmente bons, que relataram dezenas de casos desses, e conheço outros bons terapeutas que estão clinicando há trinta anos e ainda afirmam que nunca encontraram um único caso.

— Você conhece o comentário de Hegel — replicou Ernest —, "A coruja de Minerva só voa ao cair da noite". Talvez só descobriremos a verdade sobre esta epidemia depois que ela passar e pudermos ter um olhar mais objetivo. Concordo com o que você disse sobre os sobreviventes de incesto e múltiplas personalidades. Mas deixe-os de lado por um momento e examine o seu caso de terapia ambulatorial do dia a dia. Acho que um bom terapeuta reconhece a verdade com os pacientes.

— Com sociopatas?

— Não, não, não, você sabe o que estou dizendo; seu paciente de terapia do dia a dia. Quando você chega a ter um sociopata em terapia, alguém que pague pela terapia e que não esteja lá por ordem judicial? Sabe aquela nova paciente sobre quem lhe falei, a cobaia do meu grande experimento com revelação total? Bem, na nossa segunda sessão na semana passada, não consegui lê-la por um tempo... estávamos tão distantes... como se não estivéssemos na mesma sala. E, então, ela começou a falar sobre ser a primeira na classe de direito e, de repente, caiu em lágrimas e passou a um estado de intensa honestidade. Falou sobre grandes arrependimentos... sobre desperdiçar todas as suas chances de ouro para a carreira e, em vez disso, escolher um casamento que logo se tornou uma ruína para ela. E, sabe, exatamente a mesma coisa, o mesmo tipo de grande avanço em direção à verdade, aconteceu na primeira sessão quando ela falou sobre o irmão e algum abuso, ou possível abuso, quando ela era jovem.

"Lamentei sinceramente por ela a cada vez... sabe, nós realmente nos tocamos. Tocamos de tal maneira que a desonestidade é agora impossível entre nós. Na verdade, logo depois daquele momento na última sessão, ela penetrou incrivelmente fundo na verdade... começou a falar de uma maneira incrivelmente sincera... sobre frustração sexual... sobre ficar maluca se não for para a cama."

— Bem, vejo que vocês dois têm muito em comum.

— Sim, sim. Estou trabalhando nisso. Paul, pare com os brotos de feijão. Está num treino sério para a olimpíada dos anoréxicos? Olhe aqui, experimente um pouco destes escalopes tostadinhos, especialidade da casa. Por que sempre acaba ficando comigo o trabalho dos dois no jantar? Olha este linguado, é lindo.

— Não, obrigado, consigo meu mercúrio mastigando termômetros.

— Muito engraçado. Meu Deus, que semana! Minha paciente Eva morreu há dois dias. Lembra da Eva? Contei sobre ela, a esposa, ou a mãe, que gostaria de ter tido? Câncer de ovário? Uma professora de redação. Uma grande mulher.

— Ela é aquela que teve aquele sonho do pai dizendo: "Não fique em casa comendo canja de galinha como eu, vá, vá para a África."

— Ah, sim. Tinha esquecido. Sim, essa era a Eva, sim. Vou sentir saudades dela. Esta morte machuca.

— Não sei como você trabalha com pacientes com câncer assim. Como você aguenta, Ernest? Vai ao enterro dela?

— Não. É onde traço um limite. Preciso me proteger, tenho uma zona de amortecimento. E mantenho um limite no número de pacientes agonizantes que atendo. Estou tratando uma paciente que é assistente social psiquiátrica na clínica de oncologia e só atende pacientes com câncer, o dia inteiro, e digo mais, esta mulher está sofrendo.

— É uma profissão de alto risco, Ernest. Viu os índices de suicídios entre os oncologistas? Tão altos quanto da psiquiatria! Você tem que ser masoquista para continuar fazendo isso.

— Não é tudo ruim — replicou Ernest. — Dá para tirar alguma coisa disso, também. Se você trabalha com pacientes que estão morrendo e você próprio estiver em terapia, você entra em contato com diferentes partes de você mesmo, reorganiza as prioridades, não dá importância às trivialidades. Sei que geralmente saio das sessões de terapia me sentindo melhor comigo mesmo e com minha vida. Esta assistente social passou por uma análise bem-sucedida de cinco anos, mas, depois de trabalhar com pacientes agonizantes, emergiu todo tipo de material novo. Os sonhos, por exemplo, estavam repletos de ansiedade pela morte.

"Ela teve um ótimo na semana passada depois que uma de suas pacientes prediletas morreu. Sonhou que estava presente numa reunião do comitê que eu estava presidindo. Ela precisava me trazer algumas pastas e tinha que passar por uma grande janela aberta que ia até o chão. Estava furiosa com a minha indiferença ao risco que ela teve que correr. Então, veio uma tempestade e fiquei responsável pelo grupo, e fiz todos subirem por uma escada com degraus metálicos, como de uma saída de incêndio. Todos eles subiram, mas os degraus terminavam num beco sem saída no teto, sem nenhum lugar para ir, e todo mundo teve de descer de novo."

— Em outras palavras — replicou Paul —, você e ninguém mais vai conseguir protegê-la ou tirá-la desta doença que leva à morte.

— Exatamente. Mas a tese que quis defender é que, em cinco anos de análise, o tema da sua mortalidade nunca veio à tona.

— Também quase nunca vem com meus pacientes de terapia.

— Você precisa ir atrás. Está sempre se espalhando sob a superfície.

— Então, e quanto a você, Ernest, com toda esta confrontação onto-lógica? Novo material surgindo, isso significa mais terapia na livraria?

— É por isso que estou escrevendo o livro sobre a angústia da morte. Lembre-se que Hemingway costumava dizer que Corona era seu terapeuta.

— Charuto Corona?

— Máquina de escrever. Antes do seu tempo. E, além dos meus escritos, *você* está me dando uma boa terapia.

— Certo, e aqui está minha conta pela noite. — Paul apontou para a conta e fez um gesto indicando que fosse entregue a Ernest. Ele olhou para o relógio. — Você precisa estar na livraria em vinte minutos. Conte-me rapidamente sobre seu experimento de autorrevelação com aquela nova paciente. Como ela é?

— Uma estranha dama. Altamente inteligente, competente e, ainda assim, estranhamente ingênua. Casamento ruim; gostaria de levá-la até um ponto onde ela conseguisse encontrar uma saída. Quis o divórcio uns dois anos atrás, mas o marido apareceu com câncer de próstata e agora ela se sente presa a ele nos anos que lhe restam. Sua única terapia anterior que teve sucesso foi com um psiquiatra da Costa Leste. E, agora, ouça isso, Paul, ela teve um longo caso com esse cara! Ele morreu há alguns anos. O mais lastimável é que ela insiste que foi curativo, ela põe a mão no fogo por esse sujeito. É a primeira vez que vejo isso. Nunca soube de uma paciente que afirmou que transar com o terapeuta foi útil. Já soube de um caso assim?

— Útil? Foi útil para o terapeuta, com certeza! Mas para a paciente... é sempre ruim para a paciente!

— Como você pode dizer "sempre"? Um minuto atrás, contei-lhe sobre um caso em que foi útil. Não vamos deixar que os fatos fiquem no caminho da verdade científica!

— Certo, Ernest. Sinto-me corrigido. Deixe-me tentar ser objetivo. Vejamos, deixe-me pensar. Lembro-me daquele caso em que você esteve envolvido há alguns anos como testemunha-especialista. Seymour Trotter, não era? Ele alegou que ajudou sua paciente, que era a única maneira pela qual ele conseguiria tratá-la com sucesso. Mas aquele sujeito era tão narcisista, uma ameaça, quem consegue acreditar nele? Trabalhei certa vez, anos atrás, com uma paciente que tinha dormido algumas vezes com seu antigo terapeuta depois que a esposa dele morreu. "Uma transa misericordiosa", foi como ela chamou. Afirma que não foi particularmente doloroso nem útil, mas, no mínimo, foi mais positivo do que negativo.

"Naturalmente", continuou Paul, "houve muitos terapeutas que se envolveram com as pacientes e depois se casaram com elas. Precisamos contá-los também. Nunca vi nenhum dado sobre isso. Quem sabe sobre o destino desses casamentos? Talvez acabem funcionando melhor do que poderíamos prever! A verdade é: simplesmente não temos os dados. Sabemos somente sobre as vítimas. Em outras palavras, só conhecemos o numerador, não o denominador."

— Estranho — disse Ernest —, é exatamente esse, palavra por palavra, o argumento que minha paciente apresentou.

— Bem, é óbvio: sabemos sobre as vítimas, mas não o total geral do qual elas surgem. Talvez existam por aí pacientes que lucraram com tal relacionamento e nunca ouvimos falar deles! Os motivos para o seu silêncio não são difíceis de imaginar. Primeiro, não é o tipo de coisa sobre a qual você fala publicamente. Segundo, talvez tenham sido ajudados e não ouvimos falar sobre eles porque não vêm em busca de mais terapia. Terceiro, se tiver sido uma boa experiência, então tentarão proteger seu terapeuta-amante com o silêncio.

"Portanto, Ernest, existe a resposta à sua pergunta sobre a verdade científica. Agora já prestei minha homenagem à ciência. Mas, por mim, a questão do sexo entre terapeuta e paciente é uma questão moral; não existe nenhuma chance de a ciência vir a me provar que essa imoralidade é moral. Acredito que sexo com seus pacientes não é terapia nem amor, é exploração, violação de uma confiança. Ainda assim, não sei o que fazer com sua série de uma única paciente que diz o contrário; nenhum motivo pelo qual essa paciente devesse mentir para você!"

Ernest pagou a conta. Ao saírem do restaurante para a curta caminhada até a livraria, Paul perguntou:

— Então... fale-me mais sobre o experimento. Quanto você está revelando?

— Estou desbravando novos territórios com minha própria transparência, mas não está acontecendo do jeito que esperava. Não o que eu tinha em mente.

— Por que não?

— Bem, eu queria um tipo mais humano, mais existencial de revelação, uma que resultasse em "cá estamos nós, juntos, enfrentando as exigências da existência". Achei que falaria sobre os meus sentimentos aqui-e-agora em relação a ela, sobre nosso relacionamento, sobre minhas próprias ansiedades, as preocupações fundamentais que ela e eu temos em comum. Mas ela não pergunta sobre nada profundo ou significativo; pelo contrário, está me pressionando em relação a coisas triviais: meu casamento, minhas práticas para namorar.

— Como você responde?

— Estou lutando para encontrar um caminho. Tentando diferenciar entre reagir com autenticidade e satisfazer a curiosidade lasciva.

— O que ela quer de você?

— Alívio. Ela está presa numa situação de vida miserável, mas se fixa estreitamente na sua frustração sexual. Tem uma verdadeira comichão sexual. E chegou ao ponto de me abraçar no fim de cada sessão.

— Abraçar? E você coopera com isso?

— Por que não? Estou experimentando um relacionamento completo. Na sua vida de eremita, você pode estar perdendo de vista o fato de que, no mundo real, as pessoas se tocam o tempo todo. Não é um abraço sexual. Conheço o sexual.

— E conheço você. Cuidado, Ernest.

— Paul, deixe-me aliviar o seu espírito. Lembra da passagem em *Memórias, sonhos, reflexões* em que Jung diz que o terapeuta deve inventar uma nova linguagem terapêutica para cada paciente? Quanto mais penso nessas palavras, mais elas parecem me inspirar. Acho que é a coisa mais interessante que Jung já disse sobre psicoterapia, exceto que acho que ele não levou longe o bastante, não percebeu que não era a invenção de uma nova linguagem ou, de fato, de uma nova terapia para cada paciente, mas a *inven-*

ção é que era importante! Em outras palavras, o importante é o processo do terapeuta e paciente trabalhando, inventando juntos com honestidade. É algo que aprendi com o velho Seymour Trotter.

— Grande professor — replicou Paul. — Olhe onde ele acabou.

Numa linda praia do Caribe, Ernest ficou tentado a dizer, mas, em vez disso, disse:

— Não desconsidere tudo sobre ele. Ele sabia de uma ou duas coisas. Mas com essa paciente... Será mais fácil conversar sobre ela se eu lhe der um nome; vamos chamá-la de Mary. Com a Mary, estou levando tudo isso muito a sério. Eu me comprometi a ser totalmente honesto com ela e, até agora, tenho a sensação de que o resultado é bem autêntico. O abraço é apenas uma parte disso, não é nada de mais. É uma mulher privada de toque e o toque é apenas um símbolo de afeição. Acredite, o abraço representa caridade, não luxúria.

— Mas, Ernest, acredito em você. Acredito que é isso que o abraço representa *para você*. Mas, e *para ela*? O que significa para ela?

— Quero responder contando-lhe uma conversa que ouvi na semana passada sobre a natureza da ligação terapêutica. O conferencista descreveu um sonho terrível de uma de suas pacientes perto do fim da terapia. A paciente sonhou que ela e seu terapeuta estavam assistindo a uma conferência juntos num hotel. Em algum momento, o terapeuta sugeriu que ela pegasse um quarto ao lado do seu, para que pudessem dormir juntos. Ela vai até a recepção e providencia isso. Então, um pouco depois, o terapeuta se arrepende e diz que não é uma boa ideia. Portanto, ela volta à recepção para cancelar a transferência. Mas é tarde demais. Todas as coisas dela tinham sido transferidas para o novo quarto. Acontece que o novo quarto é muito mais bonito, maior, mais alto, tem vista melhor. E, numerologicamente, o número do quarto, 929, é mais propício.

— Bonito. Entendi — disse Paul. — Com a esperança de união sexual, a paciente faz algumas mudanças positivas importantes; o quarto melhor. No momento em que a esperança de sexo se revela uma mera ilusão, as mudanças são irreversíveis, ela não consegue voltar a trocar, também não conseguiria ter de volta o antigo quarto do hotel.

— Exatamente. Portanto, essa é a minha resposta para você. É a chave da minha estratégia com Mary.

Eles caminharam em silêncio por alguns minutos, e então Paul disse:

— Quando era estudante de medicina em Harvard, eu me lembro de Elvin Semrad, um professor maravilhoso, dizendo alguma coisa bem parecida... sobre as vantagens, mesmo a necessidade, de alguns pacientes terem uma certa tensão sexual no relacionamento. Mesmo assim, é uma estratégia arriscada para você, Ernest. Espero que você tenha uma margem de segurança grande o bastante. Ela é atraente?

— Muito! Não necessariamente meu estilo, mas, sem dúvida, uma mulher elegante.

— É possível que você a esteja lendo erradamente? É possível que ela esteja dando em cima de você? Quer um terapeuta que a ame exatamente como o último?

— Ela realmente quer isso. Mas vou usar isso como uma alavanca na terapia. Acredite em mim. E, da minha parte, o abraço é assexual. Avuncular.

Pararam em frente à Livraria Tower.

— Bem, aqui estamos — disse Ernest.

— Estamos adiantados. Ernest, quero lhe perguntar mais uma coisa antes de você entrar. Diga-me a verdade: você gosta dos abraços avunculares de Mary?

Ernest vacilou.

— A verdade, Ernest.

— Sim, gosto de abraçá-la. Gosto muito dela. Ela usa um perfume incrível. Se não gostasse, não o faria!

— Ah? É um comentário interessante. Pensei que este abraço avuncular fosse pela paciente.

— É. Mas se eu não gostasse dele, ela perceberia e o gesto perderia toda a autenticidade.

MENTIRAS NO DIVÃ

— E você me falando num palavreado complicado e sem sentido!

— Paul, estamos falando sobre um rápido abraço amigável. Estou controlando.

— Bem, mantenha o zíper fechado. Do contrário, seu posto no Comitê Estadual de Ética Médica vai ser embaraçosamente curto. Quando é essa reunião do comitê? Vamos nos encontrar para jantar.

— Daqui a duas semanas. Soube que tem um novo restaurante cambojano.

— Minha vez de escolher. Acredite, tenho uma festa reservada para você, uma grande surpresa macrobiótica!

CAPÍTULO
14

N A NOITE SEGUINTE, Carol telefonou para Ernest em casa, dizendo que estava tendo um ataque de pânico e precisava de uma sessão de emergência. Ernest falou com ela demoradamente, deu-lhe um horário para a manhã seguinte e recomendou que pedisse, por telefone, um remédio para aliviar a ansiedade numa farmácia 24 horas.

Enquanto estava sentada na sala de espera, Carol leu todas as anotações da sessão anterior.

> *Disse que sou uma mulher atraente, muito atraente... deu-me o telefone de sua casa, pediu-me para telefonar para ele lá... sondou em profundidade a minha vida sexual... revelou sua vida pessoal, a morte da mulher, namoros, mundo dos solteiros... me abraçou no fim da sessão, por mais tempo que da última vez... disse que gosta que eu tenha fantasias sexuais com ele, passou dez minutos além da hora... estranhamente incomodado em aceitar meu dinheiro.*

As coisas estão progredindo, pensou Carol. Inserindo uma fita em seu minigravador, ela o deslizou numa bolsa de palha porosa, comprada especialmente para a ocasião. Entrou no consultório de Ernest animada por saber que a armadilha estava pronta, que cada palavra, cada irregularidade, seria capturada.

Vendo que a urgência da noite anterior tinha desaparecido, Ernest voltou sua atenção para entender o ataque de pânico. Ele e sua paciente, tornou-se rapidamente evidente, tinham pontos de vista bem diferentes. Ernest achava que a ansiedade de Carolyn tinha sido evocada pela sessão anterior. Ela, por outro lado, afirmava que estava explodindo em tensão sexual e frustração e continuou suas tentativas de arrancar dele sugestões sobre possíveis saídas sexuais.

Quando Ernest interrogou mais sistematicamente sobre a vida sexual de Carol, obteve mais do que tinha regateado. Ela descreveu, detalhadamente, muitas fantasias masturbatórias nas quais ele desempenhava um papel proeminente. Sem um pingo de inibição, ela contou sobre sua excitação ao desabotoar a camisa dele, ajoelhando-se diante da cadeira dele no consultório, abrindo seu zíper, deslizando seu membro para a boca. Ela gostava do pensamento de levá-lo seguidas vezes quase ao ponto do orgasmo e, então, desacelerando e esperando até que ele afrouxasse para então começar tudo de novo. Isso, disse ela, geralmente era suficiente para levá-la ao orgasmo enquanto se masturbava. Ou então, ela continuava a fantasia, arrastando-o até o chão e imaginando-o levantando a saia dela, puxando apressadamente a calcinha para o lado e penetrando-a com força. Ernest ouviu atentamente e tentou não se contorcer.

— Mas a masturbação — continuou Carol — nunca foi realmente satisfatória para mim. Em parte, acredito que seja a vergonha ligada a isso. Exceto uma ou duas vezes com Ralph, esta é a primeira vez que converso sobre isso com alguém; homem ou mulher. O problema é que muitas vezes não culmina num orgasmo completo, mas, pelo contrário, tenho vários pequenos espasmos sexuais que ainda me deixam num estado de grande excitação. Estou começando a me perguntar se poderia ser minha técnica de masturbação. Você poderia me dar algumas instruções?

A pergunta de Carol fez Ernest corar. Ele estava se acostumando com seu jeito casual de falar sobre sexo. De fato, ele admirava sua qualidade de falar de suas práticas sexuais — por exemplo, o modo como ela, no passado, havia arranjado homens em bares sempre que viajava ou estava furiosa com o marido. Parecia tudo tão fácil, tão natural para ela. Ele pensou nas horas de agonia — e futilidade — que ele tinha tolerado nos bares e nas festas. Ele tinha passado um ano em Chicago durante o internato. *Por que, ah, por que,* pensou Ernest, *eu não poderia ter me deparado com Carolyn quando ela caçava nos bares de Chicago?*

Quanto à sua pergunta sobre técnica masturbatória, o que ele sabia sobre o assunto? Praticamente nada, exceto a óbvia necessidade da estimulação do clitóris. As pessoas frequentemente supunham que os psiquiatras sabiam mais que elas.

— Não sou especialista nisso, Carolyn. — Onde, Ernest se perguntou, ela imaginou que ele poderia ter aprendido sobre masturbação feminina? Na faculdade de medicina? Talvez seu próximo livro devesse ser *Coisas que não ensinam na faculdade de medicina!*

— A única coisa que me vem à mente, Carolyn, é uma palestra de uma terapeuta sexual que ouvi recentemente sobre ser aconselhável liberar o clitóris de todas as adesões.

— Ah, isso é algo que você possa checar num exame físico, dr. Lash? Para mim, não teria nenhum problema.

Ernest ruborizou de novo.

— Não, pendurei meu estetoscópio e fiz meu último exame físico sete anos atrás. Sugiro que você leve isso ao seu ginecologista. Algumas mulheres acham mais fácil falar dessas coisas com uma ginecologista mulher.

— É diferente para os homens, dr. Lash, quer dizer, você... os homens têm problema de orgasmo parcial com masturbação?

— De novo, não sou especialista, mas acredito que os homens geralmente têm uma experiência do tipo tudo ou nada. Você discutiu isto com Wayne?

— Com Wayne? Não, não conversamos sobre nada. É por isso que faço estas perguntas a você. Você é a pessoa certa. Neste exato momento, você é o homem mais importante, o único homem, na minha vida!

Ernest sentiu-se perdido. Sua resolução de ser honesto não oferecia nenhuma instrução. Ele se sentia confuso com a agressividade de Carolyn; ela estava passando dos limites. Ele recorreu ao seu supervisor, e tentou imaginar como Marshal teria respondido à pergunta de Carolyn.

A técnica correta, teria dito Marshal, era obter mais dados: tirar uma história sexual sistemática, desapaixonada, inclusive os detalhes da prática de masturbação de Carolyn e as fantasias que a acompanhavam — tanto no presente quanto no passado.

Sim, era essa a abordagem correta. Mas Ernest tinha um problema: Carolyn estava começando a excitá-lo. Em toda a sua vida adulta, Ernest tinha se sentido sem atrativos para as mulheres. Toda a sua vida, ele acreditou que precisava trabalhar duro, para usar seu intelecto, sensibilidade e charme a fim de vencer sua aparência de nerd. Dava uma sensação violentamente excitante ouvir esta mulher adorável descrever uma masturbação pensando em despi-lo e arrastá-lo até o chão.

A excitação de Ernest limitava sua liberdade como terapeuta. Se ele pedisse a Carolyn detalhes mais íntimos de suas fantasias sexuais, ele poderia não ser franco sobre seus motivos. Estaria fazendo em benefício dela ou para o seu próprio estímulo sexual? Daria a impressão de voyeurismo, como se excitar com sexo verbal. Por outro lado, se evitasse as fantasias dela, estaria sendo justo com sua paciente em não permitir que ela falasse sobre o que era mais importante na sua mente? E evitar não seria dizer a ela que suas fantasias eram vergonhosas demais para serem discutidas?

E quanto ao seu contrato de autorrevelação? Ele não deveria simplesmente compartilhar com Carolyn exatamente aquilo em que estava pensando? Mas não, ele estava certo de que isso seria um erro! Haveria aí outro princípio da transparência do terapeuta? Talvez os terapeutas não devessem compartilhar coisas que lhes fossem fortemente conflituosas. Melhor que o terapeuta trabalhasse antes nessas questões na terapia pessoal. Do contrário, o paciente ficaria sobrecarregado com a tarefa de trabalhar nos problemas do terapeuta. Ele escreveu esse princípio no seu bloco de notas — valia a pena lembrar.

Ernest agarrou a primeira oportunidade para desviar o foco. Voltou ao ataque de ansiedade de Carolyn da noite anterior e especulou se ela poderia ter estado ansiosa por causa de algumas das questões difíceis que tinha levantado na sessão anterior. Por exemplo, por que ela havia permanecido tanto tempo num casamento amargo, sem amor? E por que ela nunca tinha tentado melhorar o casamento com terapia de casais?

— É difícil transmitir o quanto me sinto total e extremamente desesperançada com meu casamento, ou com o casamento em geral. Não houve nenhuma centelha de felicidade nem de respeito no nosso casamento durante anos. E Wayne é tão niilista quanto eu: ele teve muitos e muitos anos infrutíferos e caros de terapia.

Ernest não seria tão facilmente frustrado.

— Carolyn, quando penso na sua desesperança com o casamento, não consigo deixar de me perguntar que papel o casamento fracassado dos seus pais teve no seu próprio. Quando perguntei na semana passada sobre seus pais, você disse que nunca ouviu sua mãe mencionar seu pai de qualquer maneira que não fosse com ódio e desdém. Talvez sua mãe não tenha lhe feito nenhum favor ao alimentá-la com ódio. Talvez não tenha sido no melhor dos seus interesses ela ter martelado na sua cabeça, dia após dia, ano após ano, que não era possível confiar em nenhum homem para cuidar de qualquer coisa, exceto dos seus próprios interesses.

Carol quis voltar para a pauta sexual, mas não conseguiu deixar de correr em defesa da mãe:

— Não foi fácil para ela criar dois filhos, inteiramente sozinha, sem ajuda de ninguém.

— Por que sozinha, Carolyn? O que você me diz da família dela?

— Que família? Mamãe era completamente sozinha. O pai da minha mãe também foi embora quando ela era jovem. Um dos pioneiros entre os pais malandros. E ela teve pouca ajuda da mãe dela. Uma mulher amarga, paranoica. Elas mal se falavam.

— E a rede social da sua mãe? Amigas?

— Ninguém!

— Sua mãe teve um padrasto? Sua avó voltou a se casar?

— Não, fora de cogitação. Você tinha que conhecer vovó. Usou preto para sempre. Até lenços pretos. Nunca vi um sorriso seu.

— E sua mãe? Outros homens na vida dela?

— Está brincando? Nunca vi um homem na nossa casa. Ela odiava os homens! Mas passei por tudo isto antes na terapia. Essa história é antiga. Achei que você tinha dito que não era um vasculhador.

— Interessante — disse Ernest, ignorando os protestos de Carol — o quanto o roteiro de vida da sua mãe seguiu bem de perto o da mãe *dela*. Como se este legado de dor na família fosse passado para os descendentes, como uma batata quente, de uma geração de mulheres para a seguinte.

Ernest captou o olhar impaciente de Carol para o relógio.

— Sei que estamos além da hora, mas fique comigo nisso mais um minuto, Carolyn. Você sabe, isso é realmente importante. Eu lhe direi por que... porque levanta a urgente questão daquilo que você pode estar passando para sua filha! Veja você, talvez a melhor coisa que possamos fazer na sua terapia seja ajudá-la a quebrar o ciclo! Quero ajudá-la, Carolyn, e me comprometo com isso. Mas talvez a verdadeira beneficiária, a principal beneficiária, de nosso trabalho juntos seja sua filha!

Carol estava totalmente despreparada para este comentário e isto a deixou atônita. A contragosto, as lágrimas brotaram copiosamente e transbordaram. Sem qualquer outra palavra, ela saiu correndo do consultório, ainda chorando e pensando: *Que maldito, ele fez de novo. Por que estou deixando esse canalha me atingir?*

Descendo as escadas, Carol tentou identificar quais dos comentários de Ernest se aplicavam à persona fictícia que ela havia criado e quais se aplicavam verdadeiramente a ela. Ficou tão abalada e tão perdida nos pensamentos que quase pisou em Jess, que estava sentado no primeiro degrau.

— Oi, Carol. Jess. Lembra de mim?

— Ah, oi, Jess. Não o reconheci. — Ela secou uma lágrima. — Não estou acostumada a vê-lo sentado, parado.

— Adoro fazer jogging, mas sou conhecido por caminhar. O motivo para você sempre me ver correndo aqui é que estou cronicamente atrasado; um problema difícil de trabalhar na terapia porque sempre chego lá tarde demais para falar a respeito!

— Não está atrasado hoje?

— Bem, troquei meu horário para as oito da manhã.

O *horário de Justin*, pensou Carol.

— Então, você não tem uma hora marcada com Ernest agora?

— Não. Parei para falar com você. Fiquei pensando se poderíamos conversar alguma hora, talvez correr juntos. Ou almoçar. Ou os dois.

— Não sei nada sobre jogging. Nunca fiz. — Carol enxugou as lágrimas.

— Sou um bom professor. Tome um lenço. Vejo que você teve uma sessão "daquelas" hoje. Ernest também me atinge. É curioso como ele sabe onde a dor está. Alguma coisa que eu possa fazer? Dar uma caminhada?

Carol ia devolver o lenço de Jess, mas começou a soluçar novamente.

— Não, fique com o lenço. Olha, tive esse tipo de sessão também, e quase sempre quis um tempo sozinho para digerir as coisas. Então, vou embora. Mas eu poderia telefonar para você? Aqui está o meu cartão.

— E aqui está o meu. — Carol tirou um cartão de sua bolsa. — Mas quero que minhas reservas sobre jogging continuem registradas.

Jess olhou o cartão.

— Anotado e gravado, advogada. — Com isso, ele bateu de leve o boné de iatista e partiu para fazer jogging pela Sacramento Street. Enquanto ele se afastava, Carol ficou olhando fixamente para ele, os longos cabelos louros voando ao vento e o suéter branco fechado em torno do pescoço que se erguia e descia com as ondulações dos seus poderosos ombros.

No andar de cima, Ernest incluiu suas anotações no prontuário de Carolyn:

Progredindo bem. Hora dura de trabalho. Autorrevelação intensa sobre sexo e fantasias de masturbação. Transferência erótica crescente. Preciso encontrar uma maneira de abordar isso. Trabalhei no relacionamento com a mãe, com o modelo de papéis familiares. Defensiva sobre qualquer percepção de crítica contra a mãe. Terminei a sessão com um comentário sobre o tipo de modelo de família que ela passará à filha. Saiu chorando, em disparada, do consultório. Devo esperar outra chamada de emergência. É um erro encerrar uma sessão com uma mensagem tão poderosa?

Além disso, pensou Ernest ao fechar a pasta, *não posso deixar que ela saia impulsivamente do meu consultório desse jeito — perdi o meu abraço!*

CAPÍTULO

15

EPOIS DE ALMOÇAR com Peter Macondo na semana anterior, Marshal vendeu imediatamente ações no valor de noventa mil dólares com o intuito de transferir o dinheiro para Peter assim que fosse compensado. Mas a mulher insistiu para que ele discutisse o investimento com o primo dele, Melvin, um advogado tributarista do Ministério da Justiça.

Shirley geralmente não tinha nenhum papel nas finanças da família Streider. À medida que passou a se dedicar à meditação e ao *ikebana*, começou a ficar não apenas mais despreocupada com os bens materiais, mas cada vez mais insolente com a obsessão do marido de adquiri-los. Sempre que Marshal se deleitava com a beleza de uma pintura ou uma escultura de cristal e lamentava o preço de tabela de cinquenta mil dólares, ela respondia simplesmente dizendo: "Beleza? Por que você não a vê lá?" E, então, apontava para um dos seus arranjos de *ikebana* — um gracioso minueto de um ramo de carvalho em espiral e seis camélias Aurora da Manhã florescentes — ou para as elegantes linhas inclinadas de um bonsai de um altivo e retorcido pinheiro de cinco agulhas.

Embora indiferente ao dinheiro, Shirley era ardentemente interessada na única coisa que o dinheiro é capaz de oferecer: a melhor educação possível para os filhos. Marshal tinha sido tão expansivo, tão grandiloquente, em descrever os retornos futuros do seu investimento na fábrica de capacete para ciclistas de Peter que ela ficou preocupada e, antes de concordar com o investimento (a posse de todas as ações era conjunta), ela insistiu que Marshal telefonasse para Melvin.

Durante anos, Marshal e Melvin tiveram um arranjo de permuta informal mutuamente lucrativo: Marshal oferecia a Melvin conselhos médicos e psicológicos e Melvin compensava com orientação em investimentos e impostos. Marshal telefonou ao primo e contou sobre o plano de Peter Macondo.

— Isso não me cheira bem — disse Melvin. — Qualquer investimento prometendo essa taxa de retorno é suspeito. Quinhentos, setecentos por cento de retorno... Pense nisso, Marshal! Setecentos por cento! Cai na real. E a nota promissória que você me enviou por fax? Sabe quanto vale? Nada, Marshal! Exatamente nada!

— Por que nada, Melvin? Uma nota promissória assinada por um homem de negócios altamente visível? Este sujeito é conhecido em todos os lugares.

— Se ele é um ótimo empresário — disse Melvin na sua voz áspera —, diga-me, por que ele lhe dá um pedaço de papel sem garantia; uma promessa vazia? Não vejo nenhuma vantagem. Digamos que ele decida não lhe pagar. Ele sempre poderá criar justificativas contra o pagamento, desculpas para não pagar. Você teria que abrir um processo judicial contra ele; isso custaria milhares e milhares, e, então, você só teria mais um pedaço de papel, um julgamento, e ainda teria de descobrir os bens dele para cobrar. Isto lhe custaria ainda mais dinheiro. A nota não remove esse risco, Marshal. Sei do que estou falando. Vejo essas coisas o tempo todo.

Marshal desconsiderou os comentários de Melvin imediatamente. Em primeiro lugar, Melvin era pago para suspeitar de tudo. Segundo, sempre pensava pequeno. Era exatamente como o pai, o tio Max, que, ao contrário de todos os parentes que tinham vindo da Rússia, não tinha conseguido prosperar no novo país. O pai implorara a Max para fazer sociedade num armazém, mas Max zombou da ideia de se levantar às quatro da manhã para ir ao mercado, trabalhar 16 horas e terminar o dia jogando fora as maçãs podres e as toranjas estragadas. Max tinha pensamento pequeno, tinha escolhido a proteção e segurança de um emprego público, e Melvin, esse pobre infeliz com orelhas de abano e um filho com braços que praticamente chegam ao chão, tinha seguido os passos do pai.

Mas Shirley, que tinha por acaso ouvido a conversa entre eles, não desconsiderou tão facilmente os avisos de Melvin. Ficou alarmada. Noventa mil dólares pagariam a faculdade do filho por completo. Marshal tentou esconder seu aborrecimento com a interferência de Shirley. Durante seu casamento de 19 anos, nem uma vez ela havia mostrado o menor interesse em qualquer um dos investimentos dele. E agora, quando estava prestes a agarrar a oportunidade econômica da sua vida, ela decidia intrometer seu nariz desinformado. Mas Marshal se acalmou — entendeu que Shirley tinha ficado alarmada por causa da ignorância nos assuntos financeiros. Teria sido diferente se ela tivesse conhecido Peter. A cooperação dela, porém, era essencial. Para obtê-la, ele deveria apaziguar Melvin.

— Tudo bem, Melvin, diga-me o que fazer. Seguirei suas recomendações.

— Muito simples. O que queremos é um banco para garantir o pagamento da nota, isto é, um compromisso irrevogável e incondicional de um banco de primeira linha que honre a nota *a qualquer momento que você exigir o seu dinheiro*. Se as propriedades desse homem forem tão extensas quanto você descreve, ele não deverá ter nenhuma dificuldade em obter isto. Se quiser, redigirei pessoalmente uma nota blindada da qual nem Houdini conseguiria escapar.

— Isso é bom, Melvin. Faça isso — pediu Shirley, que tinha se juntado à discussão numa extensão do telefone.

— Uau, espere um minuto, Shirley. — Marshal estava ficando irritado com essas obstruções mesquinhas. — Peter me prometeu uma nota garantida na quarta-feira. Por que não esperamos e vemos o que ele envia? Eu a enviarei por fax para você, Melvin.

— Certo. Estarei por aqui a semana inteira. Mas não transfira o dinheiro enquanto eu não falar com você. Ah, mais uma coisa: você diz que o Rolex veio numa caixa da Joalheria Shreve's? A Shreve's é uma joa-

MENTIRAS NO DIVÃ

lheria de prestígio. Faça-me um favor, Marshal. Reserve vinte minutos, pegue o relógio, leve até a Shreve's e peça que eles o autentiquem! Rolexes falsos estão em voga, são vendidos em qualquer esquina no centro de Manhattan.

— Ele irá, Melvin — disse Shirley —, e eu irei com ele.

A ida até a Shreve's acalmou e deu segurança a Shirley. O relógio era, de fato, um Rolex — um Rolex de 3.500 dólares! Não apenas tinha sido comprado lá, mas o vendedor se lembrava bem de Peter.

— Um cavalheiro de boa aparência. O mais belo casaco que já vi: *cashmere* cinza trespassado que chegava quase até o chão. Estava quase comprando um segundo relógio idêntico para o pai, mas, então, pensou melhor. Disse que pegaria um avião para Zurique naquele fim de semana e compraria o relógio lá.

Marshal ficou tão satisfeito que ofereceu um presente a Shirley. Ela escolheu um refinado vaso verde de duas bocas de cerâmica para o *ikebana*.

Na quarta-feira, como prometido, a nota de Peter chegou e, para o grande prazer de Marshal, atendia com precisão às especificações de Melvin — uma nota garantida pelo Crédit Suisse, de noventa mil dólares mais taxa referencial de juros, pagável mediante solicitação nas centenas de agências do Crédit Suisse em todo o mundo. Nem mesmo Melvin conseguiu encontrar qualquer falha nela e admitiu, a contragosto, que parecia totalmente inexpugnável. Assim mesmo, Melvin reiterou, ele não se sentia à vontade com qualquer investimento que insinuava aquela taxa de retorno.

— Isso significa — disse Marshal — que você não iria querer uma parte deste investimento?

— Você está me oferecendo uma parte? — perguntou Melvin.

— Deixe-me pensar a respeito! Eu telefono de volta. — *Sem chance*, pensou Marshal ao desligar o telefone. *Melvin terá que esperar muito para pegar uma parte disto.*

No dia seguinte, o dinheiro da venda de ações de Marshal entrou na sua conta e ele transferiu noventa mil a Peter em Zurique. Ele jogou muito bem basquete ao meio-dia e teve um rápido almoço com Vince, um dos jogadores, um psicólogo que tinha um consultório ao lado do seu. Embora Vince e ele fossem confidentes, Marshal não falou sobre o investimento com ele. Ou com ninguém no seu ramo. Só Melvin sabia. E, ainda assim, Marshal tranquilizou a si próprio, esta transação era totalmente irrepreensível. Peter não era um paciente; era um ex-paciente, e um ex-paciente de terapia rápida. Transferência não era um problema. Mesmo sabendo que não havia nenhum conflito profissional de interesses, Marshal lembrou a si mesmo de pedir a Melvin que mantivesse isto inteiramente confidencial.

Ainda naquela mesma tarde, quando se encontrou com Adriana, a noiva de Peter, Marshal tomou cuidado para manter os limites de seu relacionamento profissional, evitando qualquer discussão sobre seu investimento com Peter. Ele agradeceu elegantemente os cumprimentos dela por suas palestras patrocinadas, mas quando ela o informou que soubera no dia anterior, por Peter, que um projeto de lei exigindo que ciclistas adolescentes usem capacetes tinha sido apresentado na legislatura tanto da Suécia quanto da Suíça, ele apenas assentiu rapidamente e voltou de imediato para os problemas dela: uma investigação do relacionamento dela com o pai, um homem basicamente benevolente que, entretanto, era tão intimidador que ninguém ousava confrontá-lo. O pai de Adriana tinha sentimentos bem positivos para com Peter — na verdade, fazia parte do grupo de investidores de Peter —, mas, ainda assim, era vigorosamente contrário a um casamento que levaria não apenas a filha, mas seus futuros netos e herdeiros para fora do país.

Os comentários de Marshal sobre o relacionamento de Adriana com o pai — sobre como ser um bom pai consiste em preparar os filhos para tornarem-se indivíduos, tornarem-se autônomos, serem capazes de deixar o ninho — se revelaram úteis. Pela primeira vez, Adriana começou a compreender que ela não precisaria necessariamente aceitar a culpa que o pai lançava sobre ela. Não era culpa sua que a mãe tivesse morrido. Nem era culpa sua que o pai estivesse envelhecendo ou que a vida dele tivesse tão poucas pessoas. A sessão terminou com ela questionando se ele poderia continuar por mais que as cinco horas que Peter tinha solicitado.

MENTIRAS NO DIVÃ

— Seria possível também, dr. Streider — perguntou Adriana ao se levantar para sair —, que o senhor nos recebesse conjuntamente, a mim e a meu pai?

Ainda não tinha nascido o paciente que conseguiria forçar Marshal Streider a estender a sessão. Mesmo em um minuto ou dois. Marshal se orgulhava disso. Mas sem conseguir resistir a uma referência ao presente de Peter, fez um gesto apontando seu pulso e disse:

— Meu novo relógio, com precisão de até um milissegundo, diz 14h50 exatamente. Poderíamos começar nossa próxima sessão com suas perguntas, srta. Roberts?

CAPÍTULO
16

ARSHAL ESTAVA ANIMADO quando se preparava para ver Shelly. *Que grande dia!*, pensou ele. Não poderia ser melhor que isso: o dinheiro foi finalmente transferido para Peter, uma sessão brilhante com Adriana e um jogo de basquete glorioso — aquele gancho num impulso final, o corredor se abrindo como mágica, ninguém ousando ficar no seu caminho.

E ele estava ansioso para ver Shelly. Era a quarta sessão deles. Suas duas sessões naquela semana tinham sido extraordinárias. Seria possível que qualquer outro terapeuta trabalhasse com tanto brilhantismo? Ele havia iniciado uma hábil e eficiente análise de setores no relacionamento de Shelly com o pai e, com a precisão de um cirurgião, tinha metodicamente substituído as interpretações corrompidas de Seth Pande pelas corretas.

Shelly entrou no consultório e, como sempre, acariciou a tigela laranja da escultura de cristal antes de tomar seu assento. Então, sem qualquer persuasão de Marshal, ele começou imediatamente.

— Você se lembra do Willy, meu companheiro de pôquer e tênis? Falei sobre ele na semana passada. Ele é um dos que valem cerca de quarenta, cinquenta milhões. Bem, ele me convidou para uma viagem a La Costa por uma semana para ser seu parceiro no torneio anual de duplas convidadas de Pancho Segura. Achei que não tinha nenhum problema, mas... bem, tem alguma coisa nisso que não soa bem. Não sei bem o quê.

MENTIRAS NO DIVÃ

— Quais são as suas ideias sobre isso?

— Gosto do Willy. Ele está tentando ser um bom amigo. Sei que os dois mil que ele desembolsará por mim em La Costa não são nada para ele. Ele é tão podre de rico que não conseguiria gastar nem mesmo os juros sobre o seu dinheiro. Além disso, não é o caso de ele não estar recebendo alguma coisa de volta. Ele está de olho no ranking nacional de duplas seniores e, deixe-me dizer, ele não vai encontrar um parceiro melhor do que eu. Mas não sei. Isto ainda não explica como me sinto.

— Tente uma coisa, sr. Merriman. Gostaria que o senhor fizesse algo diferente hoje. Concentre-se na sua sensação ruim e concentre-se, também, no Willy e deixe simplesmente que os pensamentos corram soltos. Diga qualquer coisa que vier à mente. Não tente prejulgar nem selecionar coisas que façam sentido. Não tente dar sentido a nada. Simplesmente pense em voz alta.

— *Gigolô* é a primeira palavra que me vem à mente, sou um gigolô cativo, um moço de recados para a diversão do Willy. Mesmo assim, gosto do Willy; se ele não fosse obscenamente rico, poderíamos ser amigos íntimos... bem, talvez não... não confio em mim mesmo. Talvez, se ele não fosse rico, eu perdesse o interesse.

— Vá em frente, sr. Merriman, está se saindo muito bem. Não escolha, não censure. Qualquer coisa que vier à mente, deixe-a entrar e depois fale sobre ela. Não importa em que o senhor pense ou o que veja, descreva-o para mim.

— Montanha de dinheiro... moedas, notas... o dinheiro se assoma... sempre que estou com Willy estou fazendo planos... sempre fazendo planos... como posso usá-lo? Conseguir alguma coisa dele? Qualquer coisa... Quero alguma coisa: dinheiro, favores, almoços caros, novas raquetes de tênis, dicas de negócios. Fico impressionado com ele... seu sucesso... ser visto com ele me torna maior. Também me torna menor... Eu me vejo segurando a grande mão do meu pai...

— Fique com essa imagem do senhor e do seu pai. Concentre-se nela. Deixe alguma coisa acontecer.

— Vejo esta cena, devia ter menos de dez anos porque foi quando mudamos para Washington, D.C., do outro lado da cidade, para morar em cima da loja do meu pai. Meu pai segurava a minha mão quando me levava ao parque Lincoln aos domingos. Neve suja e lama nas ruas. Lembro-me da minha calça cinza de veludo cotelê roçando quando eu andava e fazendo aquele som de catraca. Eu estava com um saco de amendoins, acho, e estava alimentando os esquilos, jogando os amendoins para eles. Um deles mordeu meu dedo. Mordeu com força.

— O que aconteceu depois?

— Doía muito. Mas não consigo me lembrar de mais nada. Nada.

— Como um deles o mordeu se o senhor estava jogando amendoins?

— Certo! Boa pergunta. Não faz sentido. Talvez estivesse com as mãos para baixo em direção ao chão e ele estivesse comendo na minha mão, mas estou chutando, não lembro.

— Você deve ter ficado apavorado.

— Provavelmente. Não lembro.

— Lembra-se de receber um tratamento? As mordidas de esquilo podem ser graves... raiva.

— É verdade. Raiva em esquilos costumava ser um grande problema na Costa Leste. Mas nada me vem à mente. Pode ser que tenha puxado bruscamente a mão para trás. Mas estou pressionando.

— Continue descrevendo apenas o seu fluxo de consciência.

— Willy. Como ele me faz sentir menor. O sucesso dele faz meus próprios fracassos se destacarem mais. E, sabe, a verdade é que quando estou perto dele, não apenas me sinto menor, mas meu desempenho é menor... ele fala sobre seu projeto de um condomínio imobiliário e o quanto as vendas estão lentas... Tenho algumas boas ideias sobre promoção, sou ótimo nisso, mas quando lhe conto minhas ideias, meu coração começa a pular e esqueço metade delas... acontece até com o tênis... quando jogo como seu parceiro de duplas... Jogo no mesmo nível dele... Eu poderia me sair melhor... estou me segurando, só forçando meu segundo serviço...

quando jogo com qualquer outra pessoa, acerto aquela virada no canto, de revés. Consigo acertar a linha nove entre dez vezes... não sei por quê... não quero que ele se destaque... preciso mudar isso quando jogarmos no torneio de duplas. É engraçado, quero que ele tenha sucesso... mas quero que ele fracasse... na semana passada, ele me contou sobre um investimento em arbitragem que estava azedando e... droga, sabe como me senti? Feliz! Acredita nisso? Feliz. Eu me senti um sacana... que belo amigo eu sou... este cara nunca fez nada, exceto ser bom comigo...

Marshal ouviu as associações de Shelly durante a metade da sessão antes de oferecer uma interpretação.

— O que me chama a atenção, sr. Merriman, são seus sentimentos profundamente ambivalentes com relação a Willy e a seu pai. Acredito que o relacionamento com seu pai seja o modelo pelo qual podemos entender seu relacionamento com Willy.

— *Modelo?*

— O que quero dizer é que seu relacionamento com seu pai é a chave, o fundamento, para os seus relacionamentos com outros "grandes" homens ou os homens de sucesso. Durante as duas últimas sessões, o senhor me falou muito sobre como seu pai o negligenciava ou depreciava. Hoje, pela primeira vez, o senhor me apresentou uma memória calorosa, positiva, do seu pai e, ainda assim, veja como termina o episódio; com uma terrível ferida. E veja a natureza da ferida, uma mordida no dedo!

— Não entendi seu raciocínio.

— Parece improvável que seja uma memória verdadeira! Afinal de contas, como o senhor mesmo ressalta, como pode um esquilo morder seu dedo enquanto você está jogando os amendoins? E um pai permitiria que o filho alimentasse na mão um roedor portador de raiva? Improvável! Portanto, é possível que essa ferida em particular, ser mordido no dedo, seja um símbolo de algum outro tipo de ferida temida.

— Explique de novo. Aonde o senhor quer chegar, doutor?

— Lembra daquela memória antiga que o senhor descreveu na última sessão? A primeira memória que o senhor lembra de toda a sua vida? O senhor disse que estava na cama dos seus pais e que colocou o seu caminhão de chumbo de brinquedo no soquete de luz no criado-mudo e que levou um choque terrível e que metade do seu caminhão derreteu.

— Sim, é assim que me lembro. Claro como o dia.

— Então, vamos juntar estas memórias: você coloca o caminhão no soquete da mamãe e se queima. Há perigo ali. Perigo de ficar perto demais da sua mãe. Esse é o território do papai. Então, como o senhor enfrenta o perigo que vem do seu pai? Talvez tente se aproximar dele, mas seu dedo ganha uma ferida grave. E não é evidente que essas feridas, ao seu caminhãozinho e ao seu dedo, pareçam simbólicas: o que mais poderiam representar senão algum ferimento no seu pênis?

"O senhor disse que sua mãe é louca pelo senhor", continuou Marshal, notando que ele tinha toda a atenção de Shelly. "Ela era pródiga em afeto para o senhor e, ao mesmo tempo, difamava seu pai. Isso parece uma posição perigosa para uma criança pequena, ser colocada contra o pai. Então, o que o senhor faz? Como enfrenta? Uma maneira é se identificar com seu pai. E foi o que o senhor fez, de todas as maneiras que descreveu: imitando o gosto dele por batatas queimadas, o jogo, a falta de cuidado com o dinheiro, a maneira como se sente sobre seu corpo ser parecido com o dele. Outra maneira é competir com ele. E foi o que o senhor fez. Pinocle, boxe, tênis; na verdade, foi fácil derrotá-lo, ser melhor que ele, porque ele era muito malsucedido. E, ainda assim, o senhor se sente bem pouco à vontade de superá-lo, como se existisse algum perigo nisso, algum perigo em ter sucesso."

— Qual é exatamente o perigo? Sinceramente, acho que o velho queria que eu tivesse sucesso.

— O perigo não está no sucesso em si, mas em ter um sucesso *maior* que o dele, de ser melhor que ele, de substituí-lo. Talvez, na sua mente de menininho, o senhor quisesse que ele fosse embora, seria bem natural, quisesse que ele desaparecesse para que o senhor pudesse ser o único dono da mamãe. Mas, para a criança, "desaparecer" equivale à morte.

Portanto, o senhor desejou a morte de seu pai. E esta não é uma acusação contra o senhor. É o que acontece em todas as famílias, é simplesmente o modo como somos construídos. O filho se ressente da obstrução do pai. E o pai se ressente do filho por tentar substituí-lo na família, na vida.

"Pense nisto: é incômodo ter desejos de morte. Dá a sensação de perigo. Qual é o perigo? Olhe o seu caminhão! Olhe o seu dedo! *O perigo está na retaliação do seu pai.* Pois bem, são eventos antigos, velhos sentimentos, aconteceram há décadas. E, ainda assim, não se dissolveram. Estão enterrados dentro do senhor, ainda dão a sensação de serem recentes, ainda influenciam a maneira como o senhor vive. A sensação de perigo daquela criança ainda está no senhor. Já faz muito tempo que o senhor esqueceu o motivo, mas pense no que o senhor me contou hoje: *o senhor age como se o sucesso fosse muito perigoso.* Portanto, não se permite ter sucesso, ou ser engenhoso, perto de Willy. Nem sequer se permite jogar tênis bem. Portanto, todas as suas aptidões, seus talentos, permanecem trancados, não utilizados, dentro do senhor."

Shelly não respondeu. Quase nada disso fazia sentido para ele. Ele fechou os olhos e esquadrinhou as palavras de Marshal, procurando freneticamente por qualquer porcaria que pudesse ser útil.

— Um pouco mais alto — disse Marshal, sorrindo. — Mal consigo ouvi-lo.

— Não sei em que pensar. O senhor falou muito. Imagino que eu esteja me perguntando por que o dr. Pande não chamou minha atenção para tudo isso. Suas explicações parecem tão certas, muito mais no alvo que aquele lixo homossexual com meu pai. Em quatro sessões, o senhor fez mais que o dr. Pande em quarenta.

Marshal estava subindo ao céu. Sentia-se um garanhão interpretativo. Uma vez a cada ano ou a cada dois anos, ele entrava numa "zona" no basquete: a cesta parecia um enorme barril lá em cima. Cesta de três pontos, ganchos em giro, arremessos com salto com qualquer uma das mãos. Ele simplesmente não erraria. Agora, ele estava numa zona no consultório, com Peter, Adriana, Shelly. Simplesmente não erraria. Cada interpretação ia zunindo — zzzuuuuuum — direto no coração.

Deus, ele queria que Ernest Lash tivesse visto e ouvido esta sessão. Ele tivera outra confrontação com Ernest durante a supervisão de ontem. Elas ocorriam com maior frequência agora. Quase sempre. Cristo, o que ele tinha que tolerar. Todos esses terapeutas como Ernest, esses amadores, simplesmente não entendem, simplesmente não captam, não compreendem que a tarefa do terapeuta é interpretar, somente interpretar. Ernest não consegue compreender que a interpretação não é uma das muitas opções, não é somente uma das coisas que o terapeuta pode fazer. É *tudo* o que o terapeuta deve fazer. É um insulto à sabedoria e à ordem natural que alguém de seu nível de desenvolvimento tenha que tolerar a contestação juvenil de Ernest contra a eficácia da interpretação, os disparates verborrágicos de Ernest sobre a autenticidade e franqueza e toda aquela porcaria transpessoal sobre os encontros entre almas.

De repente, as nuvens se dissiparam e Marshal viu tudo e entendeu tudo. Ernest e todos os críticos da análise estavam certos, tudo bem, sobre a ineficácia das interpretações; *interpretações* deles! A interpretação, nas mãos deles, era ineficaz porque o conteúdo estava errado. *E sem dúvida alguma*, pensou Marshal, *não é apenas o conteúdo que o tornava excepcional, mas sua maneira de oferecer, sua capacidade de emoldurar a interpretação precisamente na linguagem certa e na metáfora perfeita para cada paciente e sua genialidade em ser capaz de alcançar cada paciente em qualquer fase da vida: o acadêmico mais sofisticado, o ganhador do Nobel em física, até as vidas inferiores — os jogadores e tenistas desocupados —, até o sr. Merriman, que estava comendo na sua mão.* Mais do que nunca, ele viu que instrumento soberbamente afiado de interpretação ele era.

Marshal pensou em seus honorários. Certamente, não era natural que ele cobrasse o mesmo que os outros terapeutas quando estava obviamente no topo da linha. Na verdade, Marshal pensou, *quem* seria igual a ele? Com certeza, se esta sessão tivesse sido testemunhada por algum tribunal celeste de imortais analíticos — Freud, Ferenczi, Fenichel, Fairbairn, Sullivan, Winnicott —, eles diriam, maravilhados: "*Wunderbar*, impressionante, extraordinário. Aquele garoto Streider tem um quê a mais. Passe a bola para ele e saia do seu caminho. Sem dúvida, ele é o maior terapeuta vivo do mundo!"

Já fazia muito tempo desde a última vez que se sentira tão bem assim — talvez desde seus gloriosos anos de *linebacker* na faculdade. *Talvez*, pensou Marshal, *ele tenha estado subclinicamente deprimido todos estes anos. Talvez Seth Pande não tivesse realmente analisado em profundidade a sua depressão e as sutilezas de suas fantasias de grandeza. Deus sabe que Seth tinha pontos cegos em relação à grandiosidade.* Mas agora, hoje, Marshal entendeu com mais clareza do que nunca que a *grandiosidade* não precisava ser abandonada, que é o jeito natural do ego de romper as limitações, a monotonia e o desespero da vida cotidiana. O que é necessário é descobrir uma maneira de canalizar a grandiosidade numa forma adulta, adaptativa, realizável. Como descontar um cheque de capacetes de ciclistas de seiscentos mil dólares em dinheiro ou fazer o juramento de presidente da Associação Psicanalítica Internacional. E tudo isso estava chegando. Em breve!

Palavras ásperas indesejáveis arrancaram Marshal de seu devaneio.

— Sabe, doutor — disse Shelly —, a maneira como o senhor foi direto à base das coisas, como me ajudou tão rapidamente, me faz ficar ainda mais furioso com o modo como esse estúpido do Seth Pande me despedaçou! Na noite passada, eu estava fazendo uma lista, somando o quanto o tratamento dele, como o senhor o chamou... os "métodos errôneos"?, me custaram. Bom, isto é entre mim e o senhor, não quero que vá a público, mas calculo perdas de quarenta mil dólares no pôquer. Explique como minha tensão perto dos homens, tensão que Pande causou com suas explicações malucas, ferrou com o meu pôquer. Aliás, o senhor não precisa aceitar minha palavra sobre os quarenta mil; posso facilmente provar essa quantia, a qualquer investigador, em qualquer tribunal, com os registros bancários e cheques cancelados da minha conta de pôquer. E depois tem o emprego e minha incapacidade de fazer uma boa entrevista devido aos efeitos do mau tratamento psiquiátrico. São pelo menos seis meses sem salários e benefícios, outros quarenta mil. Então, de quanto estamos falando? Estamos falando de, aproximadamente, oitenta mil.

— Sim, entendo seus sentimentos de amargura em relação ao dr. Pande.

— Bem, vai além dos sentimentos, doutor. E vai além da amargura. Para colocar em termos legais, é mais uma exigência de indenização. Acho, e minha esposa e seus colegas advogados concordam, que tenho um bom caso para uma ação judicial. Não sei quem deverá ser processado. O dr. Pande, é claro, mas, nos dias de hoje, os advogados vão atrás dos "bolsos mais recheados". Poderia ser o instituto psicanalítico.

Quando tinha a mão certa, Shelly era um bom blefador. E ele estava com cartas muito boas nas mãos.

Todo o plano do *recall* tinha nascido da cabeça de Marshal. Ele tinha montado na ideia e esperava cavalgar direto até a presidência do instituto. E, então, o primeiro paciente de terapia de *recall* ameaçava processar judicialmente o instituto naquele que indubitavelmente seria um julgamento altamente embaraçoso e de grande visibilidade. Marshal tentou manter a calma.

— Sim, sr. Merriman, entendo sua aflição. Mas será que um juiz ou um júri a entenderá?

— Parece-me que este é um caso claríssimo. Nunca chegará a um julgamento. Eu estaria bem disposto a estudar a possibilidade, estudar seriamente a possibilidade, de uma oferta de acordo. Talvez o dr. Pande e o instituto possam dividir os custos.

— Só posso agir como seu terapeuta e não tenho nenhuma autoridade para falar pelo instituto ou qualquer outra pessoa, mas parece-me que *teria* de chegar a um julgamento. Em primeiro lugar, conheço o dr. Pande, ele é duro. E teimoso. Um verdadeiro lutador. Acredite em mim, não existe nenhuma maneira no mundo de que ele algum dia admita conduta ilegal. Ele lutaria sem trégua até o fim, contrataria os melhores advogados de defesa do país, gastaria nessa luta até o último centavo que possui. E o instituto, também. Eles lutariam. Nunca fariam um acordo voluntariamente porque isso abriria o caminho para processos judiciais intermináveis. Seria a sentença de morte do instituto.

Shelly pagou a aposta de Marshal e a aumentou sem pestanejar.

— O julgamento está bem para mim. É barato também. Tudo em família. Minha mulher é uma advogada incrível especializada em processos litigiosos.

Marshal voltou a aumentar a aposta.

— Passei por julgamentos envolvendo má conduta em terapia. Deixe-me dizer, o paciente paga um alto preço emocional. Toda aquela exposição pessoal; não apenas o senhor, mas os outros. Inclusive sua esposa, que talvez não possa ser sua advogada, já que teria de testemunhar sobre o grau da sua dor emocional. E, depois, e quanto à quantia das suas perdas no jogo? Se se tornasse pública, não seria muito bom em termos de relações públicas para o exercício profissional dela. E, é claro, todos os seus amigos que jogam pôquer seriam chamados para testemunhar.

Shelly respondeu com confiança:

— Eles não são apenas jogadores de pôquer, mas amigos íntimos. Ninguém, nenhum deles, se recusaria a testemunhar.

— Mas o senhor, se eles são amigos, lhes pediria para testemunhar, ir a público com informações de que estão envolvidos em jogos desta magnitude? Pode não ser bom para a vida pessoal ou profissional deles. Além disso, jogo privado é ilegal na Califórnia, não é? O senhor estaria pedindo a cada um deles que colocasse a cabeça na forca. O senhor não disse que alguns são advogados?

— Amigos fazem coisas assim uns pelos outros.

— Quando fazem, não continuam amigos.

Shelly deu mais uma olhada em Marshal. *Este cara tem a constituição de uma casa de alvenaria,* pensou ele, *nem um único pingo de gordura — ele seria capaz de parar um tanque.* Ele parou para dar uma outra olhada nas cartas. *Droga,* pensou, *este cara é um jogador. Está jogando como se tivesse um* full house *com trinca de ás contra o meu* flush. *Melhor economizar um pouco para a próxima mão.* Shelly pediu mesa.

— Bem, vou pensar nisso, doutor. Conversar longamente com os meus advogados.

Shelly caiu em silêncio. Marshal, é claro, esperou ele sair do silêncio.

— Doutor, posso lhe perguntar uma coisa?

— Você pode perguntar qualquer coisa. Sem promessas sobre responder.

— Volte cinco minutos... nossa conversa sobre o processo judicial... o senhor se agarrou a isso com dureza. O que foi isso? O que aconteceu?

— Sr. Merriman, acredito que é mais importante explorar a motivação por trás da sua pergunta. O que o senhor está realmente perguntando? E como isso pode articular com a minha interpretação anterior sobre o senhor e seu pai?

— Não, doutor, não é daí que vem a coisa. Terminamos isso. Entendi. Falo sério. Sinto-me inteiramente esclarecido sobre o soquete da minha mãe, sobre o meu pai e a competição e os desejos de morte. Eu quero conversar agora é sobre esta mão que acabamos de jogar. Vamos voltar e jogar com as cartas abertas na mesa. É assim que o senhor pode realmente ajudar.

— O senhor ainda não me contou *o porquê*.

— Certo. O *porquê* é fácil. Estamos trabalhando na causa das minhas ações... como o senhor a chamou? A *chave molde*?

— *Modelo.*

— Certo. E parece que jogamos sem comprar cartas. Mas ainda continuo com os padrões danificados, maus hábitos de demonstrar minha tensão. Não estou aqui apenas para entender; preciso de ajuda para mudar meus maus padrões. O senhor sabe que sofri danos, do contrário, não estaria sentado aqui me dando de graça sessões de 175 dólares. Certo?

— Certo, estou começando a entender sua intenção. Bem, diga-me de novo o que o senhor está me perguntando.

— Voltando então. Cinco ou dez minutos atrás, quando estávamos conversando sobre julgamento, júri e perdas no pôquer, o senhor poderia ter desistido da sua mão. Mas calmamente pagou minha aposta. Quero saber como revelei minhas cartas!

— Não tenho certeza. Mas acho que foi o seu pé.

— Meu pé?

— É, ao tentar ser mais convincente, o senhor dobrou muito o seu pé, sr. Merriman. Um dos sinais mais garantidos de ansiedade. Ah, e sua voz... um pouco mais alta, meia oitava acima.

— Não brinca! Ei, isso é ótimo. Sabe, isso é útil. É *isso* o que eu *realmente* chamo de ajuda. Estou tendo uma ideia, uma inspiração sobre como o senhor pode realmente consertar o dano.

— Temo, sr. Merriman, que o senhor já tenha visto o que posso fazer. Já exauri meu estoque de observações. Estou convencido de que posso ser mais útil fazendo exatamente o que estivemos fazendo nestas últimas quatro sessões.

— Doutor, o senhor me ajudou por toda aquela coisa do pai na infância. Tive uma nova concepção. Boa concepção! Mas estou ferido: não posso me reunir com os meus amigos para um jogo de pôquer. Uma terapia verdadeiramente eficaz deve conseguir consertar isso. Certo? Uma nova terapia deve me libertar o bastante para que eu possa escolher como gastar meu tempo livre.

— Não estou entendendo. Sou um terapeuta, não posso ajudá-lo a jogar pôquer.

— Doutor, o senhor sabe o que é um "gesto denunciador"?

— Um gesto denunciador?

— Deixe-me mostrar. — Shelly pegou sua carteira e tirou um maço de notas. — Vou pegar esta nota de dez dólares, dobrá-la, colocar minhas mãos atrás de mim e colocá-la em uma das minhas mãos. — Shelly fez como descreveu e, então, estendeu as mãos, os punhos cerrados. — Agora, a sua tarefa é adivinhar em que mão. Se acertar, você fica com os dez dólares; se errar, você me dá dez dólares. Vou repetir isto seis vezes.

— Vou cooperar com isto, sr. Merriman, mas sem jogar.

— Não! Acredite em mim, não funcionará sem risco. Tem que valer alguma coisa ou não funcionará. Quer me ajudar ou não?

Marshal aquiesceu. Estava tão grato por Shelly parecer ter desistido da ideia de um processo judicial que teria concordado em jogar amarelinha se fosse isso o que Shelly desejasse.

Seis vezes Shelly esticou as mãos e seis vezes Marshal tentou adivinhar. Acertou três vezes e errou três.

— Certo, doutor, o senhor ganhou trinta pratas e perdeu trinta pratas. Estamos quites. É a ordem natural. Do jeito que deveria ser. Aqui, pegue a nota de dez. Coloque-a na sua mão. Agora, é a minha vez de adivinhar.

Seis vezes, Marshal escondeu a nota dez em uma ou outra mão. Shelly errou a primeira vez e depois adivinhou corretamente as cinco seguintes.

— O senhor ganhou dez mangos, doutor, e eu ganhei cinquenta. O senhor me deve quarenta. Precisa de troco?

Marshal colocou a mão no bolso, pegou um maço de notas presas por um forte clipe prateado. O clipe do pai. Vinte anos atrás, seu pai tinha sucumbido a um derrame fulminante. Enquanto esperava que o Corpo de Bombeiros respondesse à chamada de emergência, a mãe tirou o dinheiro do bolso do pai, colocou as notas na bolsa dela e deu o clipe para o filho. "Olha aqui, Marshal, isto é para você", disse ela. "Quando usar, pense no seu pai." Marshal respirou profunda e silenciosamente, tirou duas notas de vinte — o máximo que já tinha perdido numa aposta em sua vida — e entregou-as a Shelly.

— Como o senhor faz isto, sr. Merriman?

— Os nós dos seus dedos estavam um pouco brancos na mão vazia, o senhor apertou muito forte. E seu nariz virava, muito ligeiramente, para a mão dos dez dólares. Isso é um gesto denunciador, doutor. Quer uma revanche?

— Uma boa demonstração, sr. Merriman. Sem necessidade de revanche: entendi o argumento. Ainda não tenho certeza de para onde isso está indo; entretanto, temo que nosso tempo tenha terminado. Vejo-o na quarta-feira.

MENTIRAS NO DIVÃ

Marshal se levantou.

— Tive uma ideia, uma ideia fantástica, sobre para onde estamos indo. Quer ouvir?

— De fato, eu quero, sr. Merriman. — Marshal voltou a olhar o relógio. — Na quarta-feira, às quatro em ponto.

CAPÍTULO
17

EZ MINUTOS ANTES de sua sessão, Carol tentou se preparar mentalmente. Hoje, sem gravador. O gravador, escondido na sua bolsa na última sessão, não tinha captado nada de inteligível. Para conseguir uma gravação decente, ela percebeu, teria de investir num aparelho de escuta de nível profissional — talvez pudesse comprar algo do tipo na loja de espionagem que tinha aberto recentemente perto da Union Square.

Não que houvesse alguma coisa que valesse a pena gravar. Ernest estava sendo mais astuto do que ela esperava. E mais dissimulado. E mais paciente. Ele estava dedicando um tempo surpreendentemente grande para ganhar a confiança dela e torná-la dependente dele. Ele não parecia ter nenhuma pressa — provavelmente estava transando satisfatoriamente com outra de suas pacientes. Ela, também, tinha que ter paciência: mais cedo ou mais tarde, sabia que o verdadeiro Ernest emergiria, o Ernest malicioso, lascivo e predador que ela havia visto na livraria.

Carol resolveu ser mais forte. Ela não podia continuar desmoronando como fez na semana passada quando Ernest comentou sobre passar a raiva da sua mãe para a filha. Aquela observação ficou soando nos seus ouvidos nos últimos dias e, de uma maneira inesperada, afetou abruptamente seu relacionamento com os filhos. Seu filho até comentou que estava feliz porque ela não ia mais ficar triste, e a filha deixou um desenho de um grande rosto sorridente no seu travesseiro.

E, então, na noite passada, aconteceu uma coisa extraordinária. Pela primeira vez em semanas, Carol sentiu uma onda de bem-estar. Tinha acontecido enquanto abraçava os filhos e lia seu capítulo noturno da *Maravilhosa viagem de Nils Holgersson*, o mesmo livro marcado com uma dobra no canto que, décadas atrás, sua mãe lera para ela todas as noites. Voltaram as memórias dela e de Jeb se apegando à mãe e juntando suas cabecinhas para ver as imagens. Estranho que, vez ou outra na semana passada, ela tivesse pensado sobre o imperdoável e banido Jeb. Não querendo vê-lo, é claro — ela falou sério quando falou sobre prisão perpétua —, mas apenas se perguntando sobre ele: onde estaria, o que estaria fazendo.

Mas então, Carol se perguntou, é realmente necessário usar de evasivas para esconder de Ernest os meus sentimentos? Talvez minhas lágrimas não sejam algo tão ruim — servem a um propósito: aumentam a autenticidade. Embora dificilmente seja necessário — Ernest, pobre coitado, não tem a menor ideia. Contudo, mesmo assim, este é um jogo arriscado; por que dar a ele qualquer poder sobre mim? Por outro lado, por que eu não deveria obter alguma coisa positiva dele? Estou pagando bem. Mesmo ele precisa dizer algo de útil, às vezes. Mesmo um porco cego encontra uma trufa de vez em quando!

Carol esfregou as pernas. Apesar de Jess, fiel à sua palavra, ter sido um orientador de jogging paciente e gentil, as batatas da perna e as coxas estavam doendo. Jess havia telefonado na noite anterior e eles tinham se encontrado de manhã cedo em frente ao Museu de Young para correr no meio da névoa que se erguia em volta do lago e nas trilhas do parque Golden Gate. Ela havia seguido seu conselho e não impôs um ritmo mais forte que uma caminhada rápida, deslizando, arrastando os pés, mais que correndo, mal erguendo os tênis da grama orvalhada. Depois de 15 minutos, ela estava sem fôlego e lançou um olhar de súplica a Jess, que deslizava graciosamente ao lado dela.

— Apenas mais alguns minutos — prometeu ele. — Mantenha o ritmo de uma caminhada rápida; encontre o ritmo em que você consiga respirar facilmente. Vamos parar na casa de chá japonês.

E, então, depois de minutos de corrida, algo maravilhoso tinha acontecido. A fadiga desapareceu e Carol foi tomada de uma sensação de energia ilimitada. Ela lançou um olhar intenso a Jess, que assentiu e sorriu em êxtase, como se esperasse sua segunda onda de iluminação. Carol acelerou o passo. Ela voou, sem peso, sobre a grama. Ergueu os pés a uma altura maior, depois mais alto ainda. Conseguiria continuar para sempre. E, então, quando eles reduziram a velocidade e pararam na frente da casa de chá, Carol desmoronou prostrada e ficou grata pelo apoio do poderoso braço de Jess. Enquanto isso, Ernest, do outro lado da parede, colocava em seu computador um incidente de uma reunião do grupo de terapia que ele tinha acabado de dirigir — uma adição valiosa ao seu artigo sobre a intermedialidade terapeuta-paciente. Um dos membros do seu grupo tinha trazido um sonho cativante:

> Todos nós, membros do grupo, estávamos sentados ao redor de uma mesa longa com o terapeuta numa das pontas segurando um pedaço de papel. Todos nós estávamos ávidos, esticando o pescoço, nos debruçando, tentando ver a anotação, mas ele a manteve escondida. De alguma forma, todos sabíamos que, naquele pedaço de papel, estava escrita a resposta à pergunta: qual de nós você mais ama?

Esta pergunta — Qual de nós você mais ama? — Ernest escreveu, *é de fato o pesadelo do terapeuta de grupo. Todo terapeuta tem medo de que, algum dia, o grupo exija saber com qual de seus membros ele mais se importa. E é precisamente por esta razão que muitos terapeutas de grupo (e terapeutas individuais também) são avessos a expressar seus sentimentos aos pacientes.*

O que houve de especial nesta sessão foi que Ernest tinha sido fiel à sua resolução de agir de maneira transparente e, ao fazê-lo, sentiu que havia enfrentado a situação brilhantemente. Primeiro, ele tinha conduzido o grupo para uma discussão produtiva da fantasia de cada membro sobre quem era a criança favorita do terapeuta. Isso, naturalmente, era o estratagema convencional — muitos terapeutas o fariam. Mas, então, ele fez algo que poucos terapeutas fariam: discutiu abertamente seus sentimentos para com cada pessoa do grupo. Não se ele gostava ou amava

MENTIRAS NO DIVÃ

cada pessoa, é lógico — respostas tão globais nunca eram úteis —, mas quais características de cada um o atraíam mais e quais o repeliam. E a tática tinha surtido efeito maravilhosamente: cada pessoa no grupo decidiu fazer o mesmo com os outros e todos receberam um retorno valioso. Que prazer, Ernest refletiu, liderar seus soldados diretamente no *front*, e não na retaguarda.

Ele desligou o computador e folheou rapidamente suas anotações sobre a sessão anterior de Carolyn. Antes de se levantar para ir buscá-la, também revisou os princípios da autorrevelação do terapeuta que ele tinha formulado até então.

1. Revele-se somente até o ponto em que será útil ao paciente.
2. Revele-se judiciosamente. Lembre-se de que você está se revelando ao paciente, não para você mesmo.
3. Se quiser continuar a clinicar, tenha cuidado sobre como sua autorrevelação soará a outros terapeutas.
4. A autorrevelação do terapeuta deve ser dependente do estágio. Considere se o momento é oportuno: algumas revelações úteis mais tardias na terapia podem, num estágio inicial, ser contraproducentes.
5. Os terapeutas não devem compartilhar coisas sobre as quais sintam um grande conflito; devem resolvê-las antes na supervisão ou na terapia pessoal.

Carol entrou no consultório de Ernest determinada a obter resultados. Deu alguns passos além da porta, mas não tomou seu assento. Em vez disso, simplesmente permaneceu de pé ao lado da cadeira. Ernest começou a sentar, olhou de relance para Carolyn se assomando sobre ele, interrompeu o movimento, levantou-se de novo e a encarou.

— Ernest, na quarta-feira, saí correndo daqui tão comovida com aquilo que você disse que esqueci uma coisa: meu abraço. Nem sei explicar quanta diferença isso fez. O quanto senti falta dele nos últimos dois dias. É como se eu tivesse perdido você, como se você não existisse mais. Pensei em lhe

315

telefonar, mas sua voz incorpórea não serve para mim. Preciso do contato físico. Pode ser indulgente comigo e me dar esta satisfação?

Ernest, não querendo demonstrar seu prazer em receber um abraço de compensação, hesitou por um momento e disse: "Contanto que concordemos em conversar sobre isso", e lhe deu um breve abraço.

Ernest sentou-se, o pulso palpitando. Gostava de Carolyn e adorava seu toque: a sensação felpuda do suéter de *cashmere*, o ombro quente, a delgada e recatada tira de seu sutiã nas costas, a sensação dos seios firmes contra o peito dele. Mesmo sendo um abraço inocente, Ernest voltou à sua cadeira sentindo-se maculado.

— Você percebeu que saí sem um abraço? — perguntou Carol.

— Sim, percebi.

— Sentiu falta?

— Bem, entendi que meu comentário sobre sua filha tocou em algumas coisas sensíveis e profundas em você.

— Você prometeu que seria franco comigo, Ernest. Por favor, sem táticas evasivas de psiquiatra. Não vai me dizer se você sentiu falta do abraço? Um abraço meu é desagradável para você? Ou agradável?

Ernest estava consciente da urgência na voz de Carolyn. Obviamente o abraço tinha um significado tremendo para ela — como uma afirmação tanto de sua atratividade quanto do compromisso dele de ser íntimo dela. Ele se sentiu encurralado, procurou a resposta certa e, então, tentando um sorriso encantador, respondeu:

— Quando chegar o dia em que eu achar que um abraço de uma mulher atraente como você, atraente em todos os sentidos da palavra, é desagradável, pode chamar o agente funerário.

Carol ficou extremamente estimulada. *"Uma mulher atraente como você, atraente em todos os sentidos da palavra!"* Sombras do dr. Cooke e do dr. Zweizung. Agora o caçador está começando a fazer sua jogada. É tempo da presa acossar a armadilha.

Ernest continuou:

— Fale-me mais sobre o toque e da importância para você.

— Não tenho certeza do que mais posso dizer — respondeu ela. — Sei que penso em tocar você por horas sem-fim. Às vezes é bem sexual, às vezes estou morrendo de vontade de tê-lo dentro de mim, explodir como um gêiser e me encher com o seu calor e umidade. E existem outras vezes em que não é sexual, apenas quente, amoroso, protetor. A maioria das noites desta semana fui para a cama cedo só para imaginar estar com você.

Não, isso não basta, pensou Carol. *Preciso ser explícita, preciso subir mais um degrau. Mas é realmente difícil imaginar ser sexual com esse nojento. Gordo e sebento — a mesma gravata manchada dia após dia, aqueles sapatos surrados que imitam os sapatos sociais da Rockport.*

Ela continuou:

— Minha cena favorita é imaginar nós dois nestas cadeiras e, depois, vou para cima de você, sento-me no chão ao seu lado e você começa a acariciar meus cabelos e depois escorrega para baixo para ficar comigo e me acaricia inteira.

Ernest tinha encontrado outras pacientes com transferência erótica, mas nenhuma que a expressasse tão explicitamente e nenhuma que o tivesse abalado tanto. Ficou sentado em silêncio, transpirando, ponderando as opções e se concentrando vigorosamente para não ter uma ereção.

— Você me pediu para falar honestamente — continuou Carol —, para dizer aquilo em que eu estivesse pensando.

— Foi isso mesmo que fiz, Carolyn. E você está fazendo exatamente o que deveria. A honestidade é a principal virtude no reino da terapia. Podemos, devemos, falar sobre *tudo*, expressar *tudo*... contanto que cada um de nós permaneça em seu próprio espaço físico.

— Ernest, isso não funciona para mim. Conversas e palavras não bastam. Você conhece minha história com os homens. A desconfiança corre muito fundo. Não consigo acreditar em palavras. Antes do Ralph, consultei vários terapeutas, cada um por uma ou duas sessões. Eles seguiram o procedimento, seguiram a fórmula até a última letra, foram fiéis ao seu código profissional, permaneceram corretamente distantes. E cada um deles fracassou comigo. Até Ralph. Até que conheci um verdadeiro terapeuta, alguém disposto a ser flexível, a trabalhar com o lugar onde eu estava, com aquilo de que eu precisava. Ele salvou a minha vida.

— Fora Ralph, ninguém lhe ofereceu nada de útil?

— Só palavras. Quando saía do consultório deles, não levava nada comigo. É o mesmo agora. Quando saio sem tocá-lo, as palavras simplesmente desaparecem, você desaparece, a menos que eu tenha alguma impressão sua na minha pele.

Preciso fazer alguma coisa acontecer hoje, pensou Carol. *Preciso colocar logo meu plano em prática. E acabar com isto.*

— Na verdade, Ernest — continuou ela —, o que realmente quero hoje não é conversar, mas sentar-me ao seu lado no divã e apenas sentir sua presença perto de mim.

— Eu não me sentiria à vontade fazendo isso. Não é dessa maneira que poderei lhe ajudar. Temos muito trabalho a fazer, muitas coisas sobre as quais conversar.

Ernest estava ficando mais impressionado com a profundidade e o poder da necessidade de contato físico que Carolyn sentia. Não era, ele disse a si mesmo, uma necessidade da qual ele precisasse bater em retirada aterrorizado. Era uma parte da paciente que devia ser levada a sério; era uma necessidade que havia de ser compreendida e tratada como qualquer outra.

Durante a semana anterior, Ernest tinha passado algum tempo na biblioteca revisando a literatura sobre transferência erotizada. Tinha ficado impressionado com algumas das advertências de Freud no tocante ao tratamento de "mulheres de uma passionalidade elementar". Freud se referia a essas pacientes como "filhas da natureza" que se recusavam a aceitar o espiritual no lugar do físico e que só respondiam "à lógica do mingau e ao argumento dos bolinhos".

Pessimista sobre o tratamento de tais pacientes, Freud defendia que o terapeuta tinha apenas duas alternativas inaceitáveis: corresponder ao amor do paciente ou ser o alvo da fúria de uma mulher mortificada. *Em um ou outro caso*, disse Freud, *é necessário reconhecer o fracasso e retirar-se do caso.*

MENTIRAS NO DIVÃ

Carol era uma dessas "filhas da natureza", tudo bem. Nenhuma dúvida sobre isso. Mas Freud estava certo? Havia apenas duas alternativas possíveis igualmente inaceitáveis para o terapeuta? Freud tinha chegado a essas conclusões quase cem anos atrás enquanto estava imerso no *zeitgeist* do autoritarismo vienense. Talvez as coisas pudessem ser diferentes agora. Freud não poderia ter sido capaz de imaginar o fim do século XX — tempos de maior transparência do terapeuta, tempos em que paciente e terapeuta poderiam ser reciprocamente *francos*.

As palavras de Carol tiraram Ernest de seu devaneio.

— Poderíamos simplesmente ir até o divã e conversar lá? É frio demais, opressivo demais, conversar com você desta distância. Experimente por alguns minutos. Só fique sentado ao meu lado. Prometo não exigir mais de você. E garanto que me ajudará a falar e entrar em contato com questões mais profundas. Ah, não balance a cabeça; sei tudo sobre os códigos de comportamento da APA e a padronização das táticas e condutas. Mas, Ernest, não existe lugar para a criatividade? O verdadeiro terapeuta não precisa encontrar uma maneira de ajudar todos os pacientes Não precisa ter flexibilidade?

Carol tocava Ernest como a um violino: escolheu as palavras perfeitas: "Associação Americana de Psiquiatria", "padronização", "códigos de comportamento", "códigos de conduta profissional", "criatividade", "flexibilidade". Era como agitar palavras vermelhas diante de um touro iconoclasta.

Enquanto Ernest ouvia, algumas das palavras de Seymour Trotter vieram à sua mente: *Técnica formal aprovada? Abandone toda a técnica. Quando você crescer como terapeuta, estará disposto a dar o salto de autenticidade e fazer das necessidades do paciente — não os padrões profissionais da APA — o seu manual de terapia.* Estranho o quanto ele vinha ultimamente pensando em Seymour. Talvez fosse simplesmente reconfortante conhecer um terapeuta que já tinha andado por este mesmo caminho. Mas naquele momento, Ernest tinha esquecido que aquele Seymour nunca encontrara o caminho de volta.

Estaria a transferência de Carolyn saindo de controle? Seymour dissera que não poderia ser poderosa demais. *Quanto mais forte a transferência, mais eficiente deve ser a arma para combater a autodestrutividade do paciente.* E Deus sabe que Carolyn era autodestrutiva! Por que mais ela permaneceria num casamento como aquele?

— Ernest — repetiu Carol —, sente-se ao meu lado no divã. Preciso disso.

Ernest pensou no conselho de Jung de tratar cada paciente o mais individualmente possível, de *criar uma nova linguagem de terapia para cada paciente.* Pensou em como Seymour tinha levado isso mais adiante e defendido que o terapeuta precisa inventar uma nova terapia para cada paciente. Essas palavras lhe deram força. E resolução. Ele se levantou, caminhou até o divã, acomodou-se no canto e disse:

— Vamos experimentar.

Carol levantou-se e sentou-se ao seu lado, o mais perto possível sem tocá-lo, e imediatamente começou:

— Hoje é meu aniversário. Fiz 36 anos. Contei que meu aniversário é no mesmo dia do da minha mãe?

— Feliz aniversário, Carolyn. Espero que os próximos 36 aniversários sejam cada vez melhores para você.

— Obrigada, Ernest. Você é realmente amável. — E, com isso, ela se debruçou e deu a Ernest um beijinho na bochecha. *Ugh,* pensou ela, *pós-barba de soda limonada. Nojento.*

A necessidade de estar fisicamente próxima, o sentar no sofá e, agora, o beijo na bochecha — tudo fazia Ernest sinistramente se lembrar da paciente de Seymour Trotter. Mas, obviamente, Carolyn era muito melhor em articular tudo do que a impulsiva Belle. Ernest estava ciente da comichão quente dentro de si. Simplesmente deixou correr, aproveitou por um minuto e então conduziu sua crescente excitação a um canto remoto da sua mente, voltando ao trabalho e assumindo sua voz profissional:

— Fale-me de novo das datas da sua mãe, Carolyn.

— Ela nasceu em 1937 e morreu dez anos atrás, aos 48 anos. Fiquei pensando esta semana que tenho três quartos da idade com que ela morreu.

— Que sentimentos isso provoca?

— Tristeza por ela. Que vida sem realização ela teve. Abandonada por um marido aos trinta anos. Gastou a vida inteira criando os dois filhos. Não teve nada; bem pouco prazer. Fico contente que ela tenha vivido até eu me formar em direito. E contente também que ela tenha morrido antes da condenação de Jeb e de sua ida para a prisão. E antes que minha vida desmoronasse.

— Foi aqui que ficamos na última sessão, Carolyn. Estou chocado, de novo, por sua convicção de que sua mãe estava condenada aos trinta anos, que ela não teve nenhuma outra escolha exceto ser infeliz e morrer sobrecarregada de lamentações. Como se todas as mulheres que perderam os maridos estivessem fadadas ao mesmo destino. Isso é verdadeiro? Não havia nenhum outro caminho possível para ela? Um caminho mais afirmativo para a vida?

Despautério tipicamente masculino, pensou Carol. Gostaria de vê-lo criando uma vida de autoafirmação preso a dois filhos, sem instrução porque colocou o cônjuge na escola e o sustentou, e depois não recebeu nenhuma ajuda do cônjuge ocioso, além de portas fechadas para todos os empregos decentes no país.

— Não sei, Ernest. Talvez você tenha razão. São pensamentos novos para mim. — Mas, então, ela não conseguiu deixar de acrescentar: — No entanto, fico incomodada quando homens banalizam a armadilha em que a maioria das mulheres cai.

— Você quer dizer *este* homem? Aqui? Agora?

— Não, não quis dizer isso; feminismo reflexo. Sei que você está do meu lado, Ernest.

— Tenho meus pontos cegos, Carolyn, e estou aberto para você apontá-los. Na verdade, eu *gostaria* que você fizesse isso. Mas não acredito que este seja um deles. Parece-me que você não está considerando qualquer responsabilidade de sua mãe pelo próprio projeto de vida dela.

Carol mordeu a língua e não disse nada.

— Mas vamos falar mais sobre o seu aniversário, Carolyn. Você sabe que habitualmente comemoramos os aniversários como se fossem ocasiões de alegria, mas sempre acreditei que o oposto era verdadeiro, que os aniversários são marcadores tristes de nossas vidas passando e que a comemoração do aniversário é uma tentativa de negar a tristeza. Há alguma verdade nisso para você? Consegue conversar sobre os pensamentos de ter 36 anos? Você diz que tem três quartos da idade da sua mãe quando ela morreu. Você está, assim como ela, inteiramente aprisionada na vida que vive agora? Foi realmente sentenciada para sempre a viver num casamento infeliz?

— *Estou* numa armadilha, Ernest. O que você acha que devo fazer?

Ernest, para encarar Carolyn mais facilmente, tinha repousado o braço ao longo das costas do sofá. Carolyn havia, sub-repticiamente, desabotoado o segundo botão da sua blusa e agora havia se aproximado furtivamente e inclinado a cabeça sobre o braço e o ombro dele. Por um momento, apenas por um momento, Ernest deixou que sua mão repousasse na cabeça dela e acariciasse seus cabelos.

Ah, o nojento começa a rastejar, pensou Carol. *Vejamos até onde ele vai rastejar hoje. Espero que eu tenha estômago para aguentar.* Ela pressionou a cabeça mais para perto. Ernest sentiu o peso da cabeça dela no seu ombro. Inspirou o perfume cítrico. Olhou fixamente para baixo, na fenda entre os seios. E, então, subitamente, levantou-se.

— Carolyn, acho que é melhor voltarmos a nos sentar como antes. — Ernest voltou para a sua cadeira.

Carol permaneceu onde estava. Parecia prestes a derramar lágrimas ao perguntar:

— Por que não fica no divã? Por que pus minha cabeça no seu ombro?

— Não é o modo que sinto que posso ser mais útil a você. Acho que preciso manter um certo espaço e distância para ser capaz de trabalhar com você.

Relutantemente, Carol voltou à sua cadeira, tirou os sapatos e dobrou as pernas debaixo de si.

— Talvez eu não devesse dizer isto, talvez seja injusto para você, mas me pergunto se você se sentiria diferente se eu fosse uma mulher realmente atraente.

MENTIRAS NO DIVÃ

— Não é essa, de forma alguma, a questão. — Ernest tentou se recompor. — Na verdade, é exatamente o contrário; o verdadeiro motivo pelo qual *não posso* ficar em contato físico íntimo com você é exatamente porque a considero atraente. E não posso ser eroticamente atraído por você e ser seu terapeuta ao mesmo tempo.

— Sabe, Ernest, estive pensando. Contei... não contei? Que fui a uma das suas palestras na livraria Printer's Inc. cerca de um mês atrás?

— Sim, você disse que foi então que tomou a decisão de vir me ver.

— Bem, eu estava olhando você lá antes da leitura e não pude deixar de reparar que você estava dando em cima daquela mulher sentada ao seu lado.

Ernest estremeceu. *Droga! Ela me viu com Nan Carlin. Isto é um belo de um atoleiro. Onde fui me meter?*

Nunca mais Ernest seria tão superficial ao considerar a transparência do terapeuta. Não havia mais nenhum sentido em tentar pensar como Marshal, ou outros mentores, poderiam reagir à declaração de Carolyn. Ele estava numa posição tão isolada, muito além do que decretava a técnica tradicional, tão além da prática clínica aceitável, que sabia que estava inteiramente por sua própria conta e risco: perdido na selva da terapia arriscada. Sua única alternativa era continuar sendo honesto e seguir seus instintos.

— E... seus sentimentos sobre isso, Carolyn?

— E quanto aos *seus* sentimentos, Ernest?

— Constrangimento. Para ser honesto com você, Carolyn, este é o pior pesadelo de um terapeuta. É extremamente desconfortável estar conversando com você, ou qualquer paciente, sobre minha vida pessoal com as mulheres, mas tenho o compromisso de ser *sincero* com você e tentarei continuar fazendo isso, Carolyn. Agora, *seus* sentimentos?

— Ah, todos os tipos de sentimentos. Inveja. Raiva. Sensação de injustiça. Azarada.

— Poderia se aprofundar neles? Por exemplo, raiva ou sensação de injustiça.

— É só que tudo é tão arbitrário. Se eu tivesse feito apenas aquilo que ela fez: aproximou-se e sentou-se ao seu lado. Se pelo menos eu tivesse a ousadia, a coragem, de falar com você.

— E... então?

— Então tudo poderia ter sido diferente. Fale-me a verdade, Ernest, o que teria acontecido se eu tivesse me aproximado de você, se eu tivesse tentado flertar? Teria ficado interessado em mim?

— Todas essas perguntas condicionais, estes "ses", "teria", "tivesse", o que você está realmente perguntando, Carolyn? Mencionei mais de uma vez que a considero uma mulher atraente. Não consigo deixar de me perguntar: você quer que eu repita isso?

— E eu estou me perguntando se você está evitando minha pergunta, Ernest.

— Se eu poderia ter reagido aos seus avanços? A resposta é que é bem possível que eu poderia. Isto é, sim. Eu provavelmente teria.

Silêncio. Ernest sentiu-se nu. Ele nunca havia tido um discurso tão violentamente diferente com qualquer outro paciente e já estava considerando seriamente se poderia continuar tratando de Carolyn. Certamente não apenas Freud, mas os teóricos psicanalíticos que ele estivera lendo durante a semana teriam decretado que uma paciente com uma transferência erotizada como Carolyn era intratável. E, sem dúvida, por ele.

— Então, o que você sente agora? — perguntou ele.

— Bem, é exatamente isto que quero dizer com arbitrário, Ernest. Um lançamento ligeiramente diferente dos dados e você e eu poderíamos ser amantes agora, em vez de terapeuta e paciente. E, honestamente, acredito que você poderia fazer mais por mim como amante do que como terapeuta. Eu não pediria muito, Ernest, somente um encontro uma ou duas vezes por semana, para me abraçar e me livrar desta frustração sexual que está me matando.

— Entendo, Carolyn, mas sou seu terapeuta e não seu amante.

— Mas isso é puramente arbitrário. Nada é obrigatório. Tudo poderia ser diferente. Ernest, vamos voltar o relógio, voltar à livraria e lançar de novo os dados. Torne-se meu amante; estou morrendo de frustração.

MENTIRAS NO DIVÃ

Enquanto falava, Carol escorregou para fora da cadeira, deslizou sobre Ernest, sentou-se no chão ao lado da cadeira dele e repousou a mão em seu joelho.

Ernest uma vez mais colocou a mão na cabeça de Carolyn. *Deus, como gosto de tocar esta mulher. E seu desejo ardente de fazer amor comigo... Cristo sabe que posso empatizar. Quantas vezes fui sobrepujado pela luxúria? Sinto pena dela. E entendo o que ela quer dizer sobre a arbitrariedade do nosso encontro. É bem ruim para mim também. Preferiria ser seu amante a seu terapeuta. Adoraria me arrastar para fora desta cadeira e tirar suas roupas. Adoraria acariciar seu corpo. E, quem sabe? Suponhamos que eu a tivesse conhecido na livraria. Suponhamos que tivéssemos nos tornado amantes. Talvez ela esteja certa, talvez eu tivesse lhe oferecido mais dessa maneira do que como terapeuta! Mas nunca saberemos. É um experimento que não pode ser feito.*

— Carolyn, o que você está pedindo, voltar o relógio, tornar-me seu amante... Serei honesto com você... você não é a única que se sente tentada, isto soa maravilhoso para mim também. Acho que poderíamos nos divertir muito. Mas temo que *este* relógio — disse Ernest, apontando para o relógio discreto na estante de livros — não possa voltar o tempo.

Enquanto Ernest falava, ele começou de novo a afagar os cabelos de Carolyn. Ela se encostou mais pesadamente contra a perna dele. Subitamente, ele retirou a mão e disse:

— Por favor, Carolyn, volte à sua cadeira e deixe-me dizer uma coisa importante para você.

Ele esperou enquanto Carol deu um rápido beijo no joelho dele e tomou seu assento. *Deixe-o fazer seu pequeno discurso de protesto, ir em frente com o seu jogo. Ele precisa fingir para ele mesmo que está resistindo.*

— Vamos voltar alguns passos — pediu Ernest — e examinar o que está acontecendo aqui. Deixe-me revisar as coisas como as vejo. Você está em sofrimento. Buscou minha assistência como um profissional de saúde mental. Nós nos conhecemos e fiz um acordo solene com você, um acordo pelo qual me comprometi a ajudá-la nas suas lutas. Como consequência da natureza íntima dos nossos encontros, você desenvolveu sentimentos amorosos dirigidos à minha pessoa. E temo dizer que não fui inteiramente inocente aqui: acredito que meu comportamento, abraçando-a, tocando seus cabelos, esteja atiçando as chamas. E estou preocupado com isso. De qualquer forma, não posso mudar de ideia de uma hora para outra, tirar vantagem desses sentimentos amorosos e decidir ir em busca de meu próprio prazer.

— Mas, Ernest, você não está vendo o ponto principal. O que estou dizendo é que ser meu amante é ser o melhor terapeuta possível para mim. Durante cinco anos Ralph e eu...

— Ralph é Ralph e eu sou eu. Carolyn, estamos sem tempo e teremos de continuar esta discussão na próxima sessão. — Ernest levantou-se para marcar o fim da hora. — Permita-me, porém, uma última observação. Espero que na nossa próxima sessão você comece a explorar outras maneiras de aceitar o que tenho realmente a oferecer em vez de continuar me pressionando contra os meus limites.

Enquanto Carol recebia o abraço de despedida de Ernest, ela disse:

— E um último comentário meu, Ernest. Você argumentou, com eloquência, que não devo seguir a rota da minha mãe, que não devo abdicar da responsabilidade pelo curso da minha vida. E aqui, hoje, estou colocando em cena o seu conselho, estou tentando melhorar as coisas por mim mesma. Vejo do que, e de quem, preciso na minha vida e estou correndo atrás disso. Você me disse para viver de forma a eliminar arrependimentos futuros, e é exatamente isso que estou tentando fazer.

Ernest não conseguiu encontrar uma resposta adequada.

CAPÍTULO
18

MARSHAL SENTOU-SE NO seu terraço durante sua hora livre e ficou apreciando seu bonsai de bordo: nove belos e diminutos bordos, suas folhas escarlates começando a lançar os envoltórios dos brotos. No último fim de semana, ele os tinha transplantado. Com suaves estocadas com um pauzinho oriental, ele tirara a terra das raízes de cada árvore e, depois, reposicionara as árvores na grande bacia de cerâmica azul da maneira tradicional: dois grupamentos desiguais, de seis e três árvores, separados por uma diminuta pedra redonda rosa-acinzentada, importada do Japão. Marshal percebeu que uma das árvores no grupamento maior estava começando a se desviar e, em alguns meses, cruzaria o plano de sua vizinha. Ele cortou um pedaço de fio de cobre de 15 centímetros, enrolou-o cuidadosamente ao redor do tronco do obstinado bordo e vergou-o suavemente numa posição mais vertical. Em alguns dias, ele vergaria o fio um pouco mais e, então, num prazo de cinco ou seis meses, removeria o fio antes que machucasse o tronco do impressionável bordo. *Ah*, pensou ele, *se ao menos a psicoterapia fosse tão simples e direta.*

Normalmente, ele teria requisitado o dedo verde da esposa para ajustar o curso do bordo errante, mas ele e Shirley tinham tido uma briga sobre o fim de semana e não se falavam havia três dias. Este último episódio era, na verdade, sintoma de uma desavença que vinha crescendo há anos.

Tudo tinha começado, acreditava Marshal, vários anos antes quando Shirley se matriculou no seu primeiro curso de *ikebana*. Ela desenvolvera uma paixão pela arte e revelara um talento fora do comum. Não que Marshal fosse capaz de julgar a capacidade dela — não sabia nada sobre *ikebana* e fazia questão de continuar não sabendo — mas não havia como negar a sala cheia de prêmios e fitas que ela ganhara nas competições.

Shirley logo centrou toda a sua vida em torno do *ikebana*. Seu círculo de amizades consistia exclusivamente de colegas que se devotavam ao *ikebana*, enquanto ela e Marshal tinham cada vez menos em comum. Para piorar ainda mais as coisas, sua mestre de *ikebana* de oitenta anos de idade, a quem ela se devotava incondicionalmente, a estimulou a começar a prática da meditação budista vipassana, que logo começou a exigir cada vez mais do seu tempo.

Três anos antes, Marshal tinha ficado tão preocupado com o impacto do *ikebana* e da meditação (sobre a qual Marshal também optou por continuar desinformado) em seu casamento que suplicou a Shirley que fizesse um doutorado em psicologia clínica. Ele esperava que compartilhar o mesmo campo voltaria a aproximá-los. Esperava também que, uma vez que Shirley entrasse no campo dele, ela seria capaz de apreciar o talento artístico-profissional dele. Então, também não demoraria muito até que ele pudesse encaminhar pacientes a ela, e a ideia de uma segunda fonte de renda era deliciosa.

Mas as coisas não tinham acontecido como ele desejara. Shirley de fato entrou no doutorado, mas não desistiu de seus outros interesses. Agora, com os estudos mais o tempo gasto na coleta e preparação das flores ou na meditação no Centro Zen, não tinha sobrado praticamente nenhum tempo para Marshal. E, então, três dias antes, ela o tinha deixado devastado ao informá-lo de que a sua tese de doutorado, já nos estágios finais, era um estudo da eficácia da prática do *ikebana* no controle do transtorno do pânico.

"Perfeito", ele dissera. "O perfeito apoio conjugal para a minha candidatura à presidência do instituto psicanalítico — uma esposa excêntrica fazendo uma excêntrica terapia de arranjo floral!"

Eles pouco se falavam. Shirley voltava para casa apenas para dormir, e eles dormiam em quartos separados. Sua vida sexual era inexistente havia meses. E, agora, Shirley tinha entrado em greve na cozinha; toda noite, tudo o que Marshal encontrava na mesa da cozinha era um novo arranjo floral.

Os cuidados com seu pequeno bordo davam a Marshal uma certa tranquilidade dolorosamente necessária. Havia algo de profundamente sereno no ato de enrolar o bordo com o cobre. Prazer... sim, o bonsai era uma diversão prazerosa.

Mas não um meio de vida. Shirley tinha que amplificar tudo, fazer das flores sua *raison d'être*. Nenhum sentido de proporção. Ela havia até proposto que ele introduzisse a terapia com bonsai na sua prática terapêutica de tantos anos. Idiotice! Marshal podou alguns novos enxertos do juniper que estavam pendendo e regou todas as árvores. Não era uma boa época para ele. Não estava apenas irritado com Shirley; também estava decepcionado com Ernest, que tinha precipitadamente encerrado a supervisão. E, depois, houve outros contratempos.

Primeiro, Adriana não tinha comparecido para a sessão. Nem sequer telefonara. Muito estranho. Muito impróprio dela. Marshal tinha aguardado alguns dias, depois telefonou para ela e deixou um recado na secretária eletrônica informando sobre uma sessão marcada para a mesma hora na semana seguinte, pedindo-lhe que o avisasse se o horário não fosse conveniente.

E os honorários para a hora perdida de Adriana? Normalmente, Marshal cobraria, sem piscar, pela hora perdida. Mas não eram circunstâncias normais e ele ruminou sobre os honorários durante dias. Peter tinha lhe dado mil dólares — os honorários para cinco sessões com Adriana. Por que não deduzir simplesmente os duzentos pela sessão perdida? Peter chegaria a saber disso? Se chegasse a saber, se sentiria insultado? Sentiria que Marshal estava sendo desleal ou mesquinho? Ou ingrato com sua generosidade — o investimento na empresa de capacetes para ciclistas, o ciclo de palestras patrocinado, o Rolex?

Por outro lado, seria melhor cuidar da questão dos honorários exatamente como ele o faria com qualquer outro paciente. Peter respeitaria sua coerência profissional e a observância aos seus próprios padrões. De fato,

Peter não o tinha repreendido mais de uma vez por não pedir um valor correto pelos seus serviços?

No fim, Marshal decidiu cobrar Adriana pela sessão à qual ela faltou. Era a coisa certa a fazer — tinha certeza disso. Mas, então, por que ele estava tão impaciente? Por que não conseguia espantar a sensação sombria, persistente, de que ele se arrependeria desta decisão?

Este enervante ataque de "ruminite" era uma pequena nuvem de poeira em comparação com a tempestade que estava irrompendo no papel de Marshal na expulsão de Seth Pande do instituto. Art Bookert, um eminente colunista de humor, tinha escolhido a notícia do *recall* no *San Francisco Chronicle* (Abram caminho, Ford, Toyota, Chevrolet; agora os psiquiatras também fazem *recall*) e escrito uma matéria satírica prevendo que os terapeutas em breve estariam abrindo consultórios nas oficinas de automóveis, onde, em maratona de sessões, tratariam os clientes à espera do serviço automotivo. Na sua nova parceria, dizia a coluna, os terapeutas e os operadores de oficinas de automóveis ofereceriam uma garantia conjunta de cinco anos para freios e controle de impulso, sistemas de ignição e reafirmação pessoal, lubrificação automática e mecanismos de autocontrole, volante e controle do humor, sistemas de amortecimento/escapamento e serenidade gastrointestinal, e integridade do eixo principal e potência erótica.

A coluna de Bookert (Henry Ford e Sigmund Freud chegam a um acordo sobre a fusão) teve um grande destaque tanto no *The New York Times* como no *International Herald Tribune*. O acossado presidente do instituto, John Weldon, imediatamente lavou as mãos, encaminhando todas as perguntas a Marshal, o executor do plano de *recall*. Colegas psicanalistas de todo o país, que não acharam a história divertida, telefonaram para Marshal a semana inteira. Num único dia, os presidentes dos quatro institutos psicanalíticos — de Nova York, Chicago, Filadélfia e Boston — tinham telefonado para expressar sua grande inquietude.

Marshal fez o máximo possível para tranquilizá-los com a notícia de que somente um paciente tinha respondido, que ele próprio estava tra-

MENTIRAS NO DIVÃ

tando este paciente num curso altamente eficiente de terapia rápida, e que o aviso de *recall* não voltaria a ser publicado.

Mas tal tranquilização não foi possível quando um altamente irritado dr. Sunderland, presidente da Associação Internacional de Psicanálise, telefonou com a perturbadora notícia de que Shelly Merriman tinha repetida e agressivamente enviado faxes e telefonado para o seu consultório afirmando que tinha sido prejudicado pelos métodos errôneos do dr. Pande, e em breve instituiria uma ação legal se suas exigências de acordo financeiro não fossem imediatamente atendidas.

— Que diabo está acontecendo aí? — tinha perguntado o dr. Sunderland. — O país inteiro está rindo de nós. De novo! Os pacientes estão trazendo exemplares do *Ouvindo o Prozac* para as consultas analíticas; as companhias farmacêuticas, os neuroquímicos, os behavioristas e os críticos como Jeffrey Masson estão atacando a golpes de picareta nossas instituições; ações judiciais ligadas a memórias recuperadas e contraprocessos judiciais de memórias implantadas estão nos nossos calcanhares. Que inferno! Não é disso, repito, NÃO É DISSO, que o empreendimento analítico precisa! Com que autoridade você colocou aquele aviso de *recall*?

Marshal explicou calmamente a natureza da emergência que o instituto enfrentava e a necessidade da ação de *recall*.

— Estou surpreso em saber que o senhor não foi informado sobre estes eventos, dr. Sunderland — acrescentou Marshal. — Assim que tiver inteirado de tudo, tenho certeza de que entenderá a lógica por trás de nossas ações. Além disso, seguimos o devido protocolo. No dia seguinte à votação em nosso instituto, conferenciei com Ray Wellington, o secretário da Internacional, para verificar a aceitabilidade.

— Wellington? Acabo de tomar conhecimento de que ele está mudando seu consultório e sua clínica inteira para a Califórnia! Agora estou começando a entender a lógica. A lógica sul-californiana do tipo couve-de--bruxelas e espinafre. Toda esta catástrofe foi roteirizada em Hollywood.

— São Francisco, dr. Sunderland, fica na região norte da Califórnia, 640 quilômetros ao norte de Hollywood, uma distância aproximadamente igual àquela entre Boston e Washington. Não estamos no sul da Califórnia. Acredite em mim quando digo que existe uma lógica nortista por trás das nossas ações.

— Lógica nortista? Droga! Por que a sua lógica nortista não o informou que o dr. Pande tem 74 anos e está morrendo de câncer de pulmão? Sei que ele é um pé no saco, mas quanto tempo mais ele pode durar? Um ano? Dois? O senhor é o conservador da sementeira psicanalítica: um pouco mais de paciência, um pouco mais de continência, e a natureza teria capinado o seu jardim.

"Está bem, já chega!", continuou o dr. Sunderland. "O que está feito está feito. Precisamos nos concentrar no futuro: tenho uma decisão imediata a tomar e quero sua ajuda. Este Shelly Merriman está ameaçando com um processo judicial. Ele está disposto a recuar por um acordo de setenta mil. Nossos advogados acham que ele entrará em acordo pela metade dessa quantia. Temos medo de estabelecer um precedente, é claro. Qual a sua leitura disso? Até que ponto a ameaça é séria? Setenta ou mesmo 35 mil dólares farão o sr. Merriman ir embora? E ficar longe? Esse dinheiro vai comprar seu silêncio? O quanto esse seu sr. Merriman é discreto?"

Marshal respondeu rapidamente, na sua voz mais segura de si:

— Meu conselho é não fazer nada, dr. Sunderland. Deixe comigo. O senhor pode contar comigo para resolver a questão categórica e eficientemente. A ameaça é vazia, eu lhe garanto. O homem está blefando. E quanto a dinheiro comprando o silêncio e discrição dele? Nenhuma chance. Esqueça, existe uma sociopatia significativa. Devemos assumir uma postura firme.

Foi só mais tarde naquele dia, quando acompanhava Shelly para dentro do seu consultório, que Marshal percebeu que tinha cometido um erro categórico: pela primeira vez na sua carreira profissional, tinha violado o sigilo paciente-terapeuta. Havia entrado em pânico enquanto conversava com Sunderland. Como pôde fazer aquele comentário sobre sociopatia? Ele não deveria ter contado nada sobre o sr. Merriman a Sunderland.

Estava fora de si. Se Merriman descobrisse, iria processá-lo por má conduta profissional ou, sendo informado da incerteza da Internacional, aumentaria suas exigências para um acordo financeiro. A situação estava entrando numa espiral que levaria a uma verdadeira catástrofe.

Só havia um caminho sensato a seguir, Marshal decidiu: telefonar ao dr. Sunderland o mais rapidamente possível e reconhecer sua indiscrição — um lapso momentâneo, compreensível, emanando de um conflito de lealdade: o desejo de servir à Internacional e ao seu paciente ao mesmo tempo. Sem dúvida o dr. Sunderland compreenderia e estaria obrigado pela honra a não repetir seus comentários sobre este paciente a ninguém. Claro que nada disso restauraria sua reputação nos círculos psicanalíticos nacionais ou internacionais, mas Marshal não podia mais se preocupar com sua imagem nem com seu futuro político: sua meta agora era controlar os danos.

Shelly entrou no consultório e demorou-se na escultura de Musler mais tempo que o habitual.

— Adoro esse globo laranja, doutor. Se algum dia quiser vendê-lo, me dê um toque. Eu passaria a mão nele, ficaria frio e me tranquilizaria antes de todo jogo importante. — Shelly se deixou cair no seu assento. — Bom, doutor, estou me sentindo um pouco melhor. Suas interpretações ajudaram. Melhor tênis, com certeza; eu me soltei feito louco no meu segundo serviço. Willy e eu temos treinado três, quatro horas por dia e acho que temos uma boa chance de ganhar no torneio de La Costa na semana que vem. Então é essa a parte boa. Mas ainda há um bom caminho a percorrer na outra coisa. É nisso que quero trabalhar.

— Outra coisa? — perguntou Marshal, embora soubesse muito bem o que era a outra coisa.

— O senhor sabe. A coisa em que estávamos trabalhando na última vez. Os gestos denunciadores. Quer tentar tudo aquilo de novo? Refrescar a memória? Nota de dez dólares... o senhor adivinha cinco vezes, eu adivinho cinco vezes.

— Não. Não será necessário. Entendi o conceito... o senhor explicou com eficiência. Mas o senhor disse no final da última sessão que tinha algumas ideias sobre como continuar o trabalho.

— Sem dúvida alguma. É este o meu plano. Assim como o senhor fez alguns gestos denunciadores na última vez e lhe custou quarenta dólares no nosso joguinho, bem, tenho certeza de que estou fazendo esses gestos o tempo todo no meu jogo, no pôquer. E por que eu faço esses gestos denunciadores? Por causa do estresse, por causa de toda a "terapia errônea" do dr. Pande. Não foi assim que você colocou?

— Talvez.

— Acho que foram essas as suas palavras.

— Métodos errôneos; acho que foi o que eu disse.

— Tá, "métodos errôneos". Tanto faz. Por causa dos métodos errôneos do Pande desenvolvi maus hábitos nervosos no pôquer. Exatamente como o senhor fez seus gestos denunciadores na semana passada, fiquei com uma tonelada de maus gestos no pôquer. Tenho certeza disso. Deve ter sido essa, indiscutivelmente, a razão de eu ter perdido aqueles quarenta mil dólares no meu jogo social amigável.

— Sim, continue — disse Marshal, cada vez mais desconfiado. Embora inteiramente empenhado em apaziguar seu paciente de todas as maneiras possíveis e levar a terapia a uma conclusão imediata e satisfatória, ele estava começando a sentir o cheiro de um verdadeiro perigo. — Como a terapia se encaixa nisto? — perguntou a Shelly. — Acredito que o senhor não espera que eu jogue pôquer com o senhor. Não sou um jogador de risco, certamente não sou um jogador de pôquer. Como o senhor poderia aprender alguma coisa se jogasse pôquer comigo?

— Espera aí, doutor. Quem disse alguma coisa sobre jogar pôquer com o senhor? Mas não nego que isso passou pela minha cabeça. Não, o necessário é a situação real, fazer com que o senhor me observe jogar num jogo real, com apostas altas e a tensão que vem junto com isso, e usar suas habilidades de observação para identificar e me apontar o que estou fazendo para perder minhas mãos, e meu dinheiro.

— O senhor quer que eu vá ao seu jogo de pôquer e o observe jogar? — Marshal sentiu-se aliviado. Por mais bizarro que fosse este pedido, não era tão ruim quanto ele temia que fosse uns minutos atrás. Nesse exato momento, ele teria concordado com qualquer pedido que fizesse com que o dr. Sunderland parasse de importuná-lo e o deixasse em paz, e que expulsasse Shelly do seu consultório para sempre.

— Está brincando? O senhor me acompanhar no jogo com os rapazes? Cara, isso seria uma cena e tanto... chegar ao jogo com o meu próprio psiquiatra! — Shelly batia nos joelhos enquanto dava uma gargalhada. — Ah, cara... essa é ótima... Doutor, isso nos tornaria duas lendas, o senhor e eu. Eu por levar meu psiquiatra e o divã ao jogo... os rapazes falariam sobre isso durante o próximo milênio.

— Fico feliz que o senhor ache isto tão engraçado, sr. Merriman. Não tenho certeza se entendi. Talvez o senhor deva me contar: qual é o seu plano?

— Só existe uma maneira. O senhor vir comigo num cassino de jogos profissionais e me observar jogar. Ninguém nos conhece. Iríamos incógnitos.

— Quer que eu vá a Las Vegas com o senhor? Cancelar meus outros pacientes?

— Uau, doutor. Lá vai o senhor de novo. Está *nervosinho* hoje. É a primeira vez que o vejo assim. Quem disse qualquer coisa sobre Las Vegas ou cancelar qualquer coisa ou qualquer pessoa? Isso é simples assim. A vinte minutos ao sul daqui, bem perto da estrada até o aeroporto, tem uma sala de jogos de primeira classe chamada Avocado Joe's.

"O que estou lhe pedindo, e este é meu último pedido ao senhor, é uma noite do seu tempo. Duas ou três horas. O senhor presta atenção em tudo que faço no jogo de pôquer. No final de cada mão, mostro rapidamente as minhas cartas para que o senhor saiba exatamente o que eu estava jogando. O senhor me observa com cuidado: como ajo quando tenho uma boa mão, quando estou blefando, quando estou torcendo por uma carta para tentar fazer um *full house* ou um *flush*, quando estou resoluto e não me importo com as cartas que são viradas. O senhor observa tudo: minhas mãos, gestos, expressões faciais, meus olhos, como jogo com minhas fichas, quando puxo minha orelha, coço o saco, seguro o nariz, tusso, engulo, tudo que eu faço."

— E o senhor disse "último pedido"? — perguntou Marshal.

— É isso! E seu trabalho estará terminado. O resto é comigo: apreender o que o senhor me der, estudar e depois usar no futuro. O senhor estará de volta depois do Avocado Joe's; terá feito tudo o que um psiquiatra é capaz de fazer.

— E... ahn... poderíamos formalizar isso de alguma maneira? — As engrenagens de Marshal estavam se movendo. Uma carta formal de satisfação de Shelly poderia ser sua salvação: ele enviaria imediatamente por fax a Sunderland.

— Quer dizer uma espécie de carta assinada dizendo que o curso de tratamento foi um sucesso?

— Algo assim, alguma coisa bem informal, só entre mim e o senhor, algo que diga que tive sucesso em tratá-lo, que não restou nenhum sintoma — disse Marshal.

Shelly hesitou enquanto suas engrenagens também se moviam.

— Eu poderia concordar com isso, doutor... em troca de uma carta do senhor expressando sua satisfação com o meu progresso. Poderia se revelar útil em remendar algumas feridas conjugais.

— Está bem, deixe-me repassar — disse Marshal. — Vou ao Avocado Joe's, passo duas horas lá observando-o jogar. Depois trocamos as cartas e nossos negócios juntos estão terminados. Certo? Um aperto de mãos para selar este acordo? — Marshal esticou sua mão.

— Provavelmente duas horas e meia... preciso de tempo para prepará-lo antes do jogo e precisamos de algum tempo depois do jogo para que o senhor me conte em detalhes tudo o que observou.

— Está certo. Duas horas e meia, então.

Os dois homens apertaram as mãos.

— Agora — perguntou Marshal —, a hora do nosso encontro no Avocado Joe's?

— Hoje à noite? Às 20h? Amanhã viajo para La Costa com Willy por uma semana.

— Não posso esta noite. Tenho um compromisso docente.

— Muito ruim, estou realmente de prontidão para começar. Não daria para arranjar uma desculpa e faltar?

— Fora de cogitação. Assumi um compromisso.

— Certo. Vejamos, estou de volta em uma semana. Que tal uma semana a contar de sexta; 20h no Avocado Joe's? Encontro-o no restaurante lá?

Marshal assentiu. Depois que Shelly saiu, ele desabou na cadeira e sentiu uma onda de alívio percorrer todo o seu corpo. Assombroso! *Como é que isto tinha acontecido?*, ele se perguntou. Que ele, um dos melhores analistas do mundo, devesse se sentir aliviado, devesse, com gratidão, esperar ansiosamente por um encontro com um paciente no Avocado Joe's? Uma batida na porta e Shelly entrou e voltou a sentar.

— Esqueci de lhe contar uma coisa, doutor. É contra as regras ficar de pé ao redor da mesa e assistir ao jogo de pôquer no Avocado Joe's. O senhor terá que jogar também. Olha aqui, trouxe um livro para o senhor.

Shelly entregou a Marshal um exemplar do *Texas Hold'Em — à moda do Texas*.

— Não precisa se preocupar, doutor — disse Shelly em resposta ao olhar de horror no rosto do Marshal. — Jogo simples. Duas cartas fechadas e depois cinco cartas abertas na mesa. O livro explica tudo. Vou lhe dizer o que é necessário saber na próxima semana, antes de jogarmos. O senhor desiste de todas as mãos, só perde a aposta obrigatória. Não chegará a muito.

— Está falando sério? Tenho que jogar?

— Vou fazer o seguinte, doutor: vou dividir seus prejuízos. E se o senhor tiver uma mão arrasadora, continue na jogada e aposte e poderá ficar com os lucros. Leia antes o livro e explicarei melhor quando nos encontrarmos. É um bom negócio para o senhor.

Marshal observou Shelly se levantar e sair do seu consultório, afagando o globo laranja ao passar por ele.

Um bom negócio, é como ele chama. Sr. Merriman, o que chamo de um bom negócio é quando eu tiver visto pela última vez o senhor e os seus bons negócios.

CAPÍTULO
19

URANTE SEMANAS ERNEST teve que suar hora após hora com Carol. Suas sessões crepitavam de tensão erótica e, embora Ernest lutasse tremendamente para defender seus limites, Carol começou a abrir brechas. Eles se encontravam duas vezes por semana, mas, sem que Carol soubesse, ela ocupava muito mais que os cinquenta minutos que lhe cabiam. Nos dias de sua consulta, Ernest acordava ansioso. Imaginava o rosto de Carolyn no seu espelho, observando-o enquanto ele esfregava as bochechas com um vigor extra, fazia a barba mais rente e borrifava o pós-barba Royall Lyme.

"Os dias de Carolyn" eram dias de se vestir com elegância. Ernest guardava suas calças mais bem passadas para Carolyn, suas camisas mais joviais, mais coloridas e suas gravatas mais elegantes. Duas semanas antes, Carolyn tentara dar a ele uma das gravatas de Wayne — agora o marido estava doente demais para sair, ela explicou, e já que o apartamento deles de São Francisco tinha pouco espaço para guardar as coisas, ela estava se desfazendo de boa parte do guarda-roupa formal dele. Ernest, para a grande irritação de Carolyn, tinha, é claro, recusado o presente, mesmo ela tendo passado a sessão inteira tentando convencê-lo a mudar de ideia. Mas na manhã seguinte, enquanto se vestia, Ernest sentiu um forte desejo por aquela gravata. Era requintada: um tema japonês de pequenas flores escuras brilhantes dispostas em camadas ao redor de uma vigorosa florescência iridescente verde-floresta central. Ernest tinha saído para comprar uma como aquela, mas em vão — era sem dúvida um exemplar único. Quem sabe ele pudesse descobrir onde comprá-la. Talvez, se acontecesse de Carolyn voltar a oferecê-la, ele pudesse dizer que uma gravata no fim da terapia e dois anos no futuro poderiam não ser inteiramente impróprios.

Os dias de Carolyn eram também dias de roupas novas. Hoje, era o novo colete e a calça que tinha comprado na liquidação anual da Wilkes Bashford. O colete de tela bege-urze ficava soberbo sobre sua camisa rosa de botões embutidos e calça marrom espinha de peixe. *Talvez*, pensou ele, *o colete pudesse ser mais bem exibido sem um paletó. Ele deixaria o paletó dobrado sobre uma cadeira e usaria apenas camisa, gravata e colete. Ernest inspecionou-se no espelho. É, aquilo funcionava — um pouco audacioso, mas ele conseguiria impressionar.*

Ernest adorava observar Carolyn: aquele andar gracioso quando entrava no consultório, o modo como ela movia sua cadeira para mais perto da dele antes de se sentar, o som sexy do roçar das meias quando cruzava as pernas. Adorava aquele primeiro momento quando se olhavam nos olhos antes de iniciar a sessão. E, mais que tudo, adorava o modo como ela o venerava, a maneira como ela descrevia suas fantasias com masturbação pensando nele — fantasias que ficavam cada vez mais gráficas, cada vez mais evocativas, cada vez mais arrebatadoras. Cinquenta minutos nunca pareciam ser o bastante e, quando a sessão terminava, Ernest, mais de uma vez, corria até sua janela para arrebatar um último olhar para Carolyn enquanto ela descia a escada da frente. Uma coisa surpreendente que tinha percebido depois das duas últimas sessões foi que ela devia ter trocado os sapatos por tênis na sala de espera, pois viu seu trote descendo as escadas e subindo pela Sacramento Street!

Que mulher! Deus, que azar eles *não terem* se conhecido socialmente naquela livraria, em vez de se tornarem terapeuta e paciente! Ernest gostava de tudo em Carolyn: a rápida inteligência e intensidade, o fogo nos olhos, seu caminhar firme e o corpo flexível, suas meias estampadas de linhas elegantes, a absoluta desenvoltura e franqueza em discutir sexo — suas ânsias, sua masturbação, seus casos passageiros.

E ele gostava da sua vulnerabilidade. Embora ela tivesse uma *persona* externa firme e rápida (provavelmente exigida e reforçada por seu trabalho no tribunal), também estava disposta, com um convite diplomático, a entrar nas áreas da sua dor. Por exemplo, o medo de passar para a filha sua amargura pelos homens, ter sido abandonada pelo pai quando criança, a dor profunda pela mãe, o desespero por estar aprisionada num casamento com um homem que detesta.

Apesar da atração sexual que sentia por Carolyn, Ernest se apegou resolutamente à sua perspectiva terapêutica e se manteve sob uma contínua vigilância pessoal. Tanto quanto era capaz de perceber, ele ainda estava fazendo uma terapia excelente. Estava altamente motivado a ajudá-la, tinha se mantido focado e, vezes sem conta, a tinha levado a *insights* importantes. Ultimamente, ele a vinha confrontando com todas as implicações da amargura e ressentimento de toda uma vida — e sua falta de percepção de que os outros encaravam a vida de uma maneira diferente.

Sempre que Carolyn introduzia distrações ao trabalho de terapia — e isso acontecia em todas as sessões, com indagações irrelevantes sobre a vida pessoal dele ou implorando por mais contato físico —, Ernest resistia com habilidade e vigor. Talvez com excessivo vigor na última sessão, quando tinha respondido ao pedido de Carolyn de alguns minutos "no divã" com uma dose de terapia de choque existencial. Ele havia desenhado uma linha numa folha de papel, representado uma das pontas da linha como o dia de seu nascimento e a outra, o dia da sua morte. Ele lhe entregou o papel e lhe pediu que colocasse um X na linha para indicar em que ponto de sua vida ela se encontrava naquele momento. Depois, pediu-lhe que meditasse alguns momentos sobre sua resposta.

Ernest tinha usado este recurso com outros pacientes, mas nunca havia encontrado uma resposta tão poderosa. Carolyn colocou uma cruz na linha a três quartos em direção ao fim, olhou fixamente e em silêncio durante dois ou três minutos, depois disse:

— Uma vida tão pequena. — E explodiu em lágrimas.

MENTIRAS NO DIVÃ

Ernest pediu-lhe que falasse mais, mas tudo que ela conseguiu fazer foi balançar a cabeça e dizer:

— Não sei. Não sei por que estou chorando tanto.

— Acho que sei, Carolyn. Acho que está chorando por toda a vida não vivida dentro de você. Espero que, como resultado do nosso trabalho, ajudemos a libertar uma parte dessa vida.

Isso a fez soluçar ainda mais e, uma vez mais, ela saiu do consultório apressadamente. E sem um abraço.

Ernest sempre gostou do abraço de adeus, que tinha se tornado uma parte regulamentar da sessão, mas havia recusado obstinadamente todas as outras exigências de Carolyn por toques, além do pedido ocasional de se sentar ao lado dele durante um breve período no divã. Ernest invariavelmente terminava esses "interlúdios de sentar" depois de poucos minutos, ou antes se Carolyn avançasse pouco a pouco e ficasse perto demais ou se ele ficasse excessivamente excitado.

Mas ele não era cego aos perturbadores sinais de alerta vindos de dentro. Percebeu que sua animação com os dias de Carolyn era incomum. E também o era a insidiosa incursão de Carolyn na vida de fantasias dele e, particularmente, em suas próprias fantasias masturbatórias. E a parte de autoobservação de Ernest considerava cada vez mais agourento que o cenário das fantasias dele fosse invariavelmente o consultório. Era irresistivelmente excitante imaginar Carolyn sentada na frente dele no consultório, discutindo os problemas dela e, então, ele fazer um sinal para ela se aproximar com um mero gesto do dedo, instruí-la a sentar-se no seu colo e continuar falando enquanto ele desabotoava lentamente a blusa dela, soltava o sutiã e beijava os seios, tirava gentilmente as meias-calças e deslizava lentamente até o chão com ela, penetrando-a deliciosamente enquanto ela continuava a falar com ele como paciente, e então dar golpes longos e lentos até o orgasmo surdo.

Suas fantasias o excitavam e o desgostavam ao mesmo tempo; ofendiam o próprio alicerce da vida de serviços à qual ele tinha se dedicado. Entendia perfeitamente que a excitação sexual na sua fantasia era intensificada pelo senso de poder absoluto que exercia sobre Carolyn, por causa da proibição conferida pela situação clínica. Quebrar tabus sexuais era sempre excitante: Freud não tinha chamado a atenção, um século antes, de que não haveria nenhuma necessidade de tabus se o comportamento proibido não fosse tão sedutor? Mas tal entendimento lúcido da fonte da excitação em suas fantasias pouco diminuía o poder ou o feitiço.

Ernest sabia que precisava de ajuda. Primeiro, voltou a recorrer à literatura profissional sobre transferência erótica e encontrou lá mais do que esperava. Por um lado, sentiu-se confortado pelo conhecimento de que, durante gerações, outros terapeutas tinham enfrentado o seu dilema. Muitos tinham chamado a atenção, como Ernest concluíra por contra própria, no sentido de que o terapeuta não deve evitar o material erótico na terapia nem responder com gestos ou palavras de desaprovação ou condenação, para que o material não seja levado ao subterrâneo e a paciente sinta que seus desejos são perigosos e danosos. Freud insistira em que havia muito a aprender com a transferência erótica da paciente. Numa de suas primorosas metáforas, ele disse que deixar de explorar a transferência erótica seria análogo a convocar um espírito do mundo dos mortos e depois mandá-lo embora sem lhe fazer uma única pergunta.

Para Ernest, foi apaziguador ler que a grande maioria dos terapeutas que tinha se envolvido sexualmente com as pacientes alegava oferecer amor. "Mas não confunda isto com amor", escreveram muitos terapeutas. "Não é amor, mas uma outra forma de abuso sexual." Foi também tranquilizante ler que muitos terapeutas ofensores tinham sentido, como ele o sentira, que seria cruel negar amor sexual a uma paciente que ansiava e precisava tanto disso!

Outros sugeriram que nenhuma transferência erótica intensa conseguiria persistir por um tempo longo o bastante se o terapeuta não conspirasse inconscientemente. Um analista muito conhecido sugeriu que o terapeuta cuidasse de sua própria vida amorosa e se certificasse de que seu "orçamento libidinal e narcisista fosse suficientemente positivo". Isso soou verdadeiro para Ernest e, para equilibrar seu orçamento libidinal, ele se empenhou em retomar um relacionamento com Marsha, uma velha amiga com quem tivera um arranjo não passional, mas sexualmente satisfatório.

A ideia de conspiração inconsciente perturbou Ernest. Era bem possível que ele estivesse, de alguma maneira dissimulada, transmitindo seus sentimentos lascivos a Carolyn — confundindo-a por lhe dar verbalmente uma mensagem, e não verbalmente, outra.

Outro psiquiatra, a quem Ernest particularmente respeitava, escreveu que alguns terapeutas presunçosos às vezes recorriam aos relacionamentos sexuais quando estavam desesperados com sua falta de aptidão para curar o paciente, quando era frustrada a crença neles mesmos como curadores onipotentes. *Ele não se encaixava nisso*, pensou Ernest. *Mas sabia de alguém que se encaixava: Seymour Trotter! Quanto mais pensava em Seymour, em sua desmedida arrogância, seu orgulho em ser visto como "o terapeuta do último recurso", sua crença em que, caso se dispusesse a aceitar a tarefa, ele seria capaz de curar todos os pacientes, mais ficava claro o que tinha acontecido entre Seymour e Belle.*

Ernest recorreu à ajuda dos amigos, particularmente Paul. Conversar com Marshal estava fora de questão. A reação de Marshal era inteiramente previsível: primeiro, uma censura; depois, qualificar de ultraje o afastamento de Ernest da técnica tradicional; e, finalmente, uma insistência absoluta em que ele encerrasse a terapia com a paciente e voltasse a fazer análise pessoal.

Além do mais, Marshal não estava mais em cena. Na semana anterior, Ernest tivera que encerrar a supervisão dele por causa de uma curiosa série de eventos. Seis meses antes, Ernest aceitara um novo paciente, Jess, que havia encerrado abruptamente o tratamento com um analista de São Francisco com quem estivera se consultando por dois anos. Quando Ernest indagou sobre as circunstâncias de seu encerramento, Jess descreveu um incidente peculiar.

Certo dia, enquanto corria no parque Golden Gate, Jess, um incansável corredor, tinha visto uma estranha agitação num lugar escondido entre os ramos de um bordo-chorão japonês escarlate. Quando se aproximou, viu que era a esposa do seu analista encadeada num abraço apaixonado com um monge budista que vestia uma túnica cor de açafrão.

Que dilema! Não havia nenhuma dúvida de que era a esposa do seu analista: Jess estava tendo aulas práticas de *ikebana* e ela era uma conhecida mestra da escola Sogetsu, a mais inovadora das tradições de *ikebana*. Ele a tinha encontrado duas vezes antes em competições de arranjos florais.

O que Jess deveria fazer? Embora seu analista fosse um homem formal e distante por quem Jess não sentia nenhuma grande afeição, ainda assim ele era competente, decente e tinha sido tão útil que Jess se sentira relutante em magoá-lo se lhe contasse a dolorosa verdade sobre sua esposa. Ainda assim, por outro lado, como seria possível ele continuar sua análise e, ao mesmo tempo, guardar tão imenso segredo? Jess enxergava uma única saída: encerrar a análise sob o pretexto de algum conflito inevitável de agenda.

Jess sabia que ainda precisava de terapia e, por recomendação da irmã, uma psicóloga clínica, começou a trabalhar com Ernest. Jess era o herdeiro de uma antiga e rica família de São Francisco. Exposto à impetuosa ambição do pai e à expectativa de que ele acabaria entrando nos negócios bancários da família, Jess tinha se rebelado em todas as frentes possíveis: abandonando a faculdade por não conseguir ser aprovado, surfando por dois anos, abusando de álcool e cocaína. Depois da dolorosa dissolução de um casamento de cinco anos, ele lentamente começara a reconstruir sua vida. Primeiro, uma longa internação hospitalar e um programa ambulatorial de recuperação por abuso de drogas, depois um estágio em arquitetura paisagística, uma profissão que ele próprio escolheu, depois dois anos de análise com Marshal e um rigoroso regime de condicionamento físico e corridas.

Nos seus primeiros seis meses de terapia com Ernest, Jess descreveu por que tinha parado a terapia, mas se recusou a dar o nome do terapeuta anterior. A irmã de Jess havia lhe contado muitas e muitas histórias sobre como os terapeutas adoram fazer fofocas uns sobre os outros. Mas, à medida que as semanas passaram, Jess passou a confiar em Ernest e, certo dia, repentinamente, revelou o nome do seu terapeuta anterior: Marshal Streider.

Ernest ficou espantado. Marshal Streider não! Não seu inexpugnável supervisor, o Rochedo de Gibraltar! Ernest tinha sido lançado no mesmo dilema que Jess enfrentara. Ele não poderia contar a verdade a Marshal — estava preso ao sigilo profissional — nem continuar a supervisão enquanto estivesse em posse deste segredo abrasador. O incidente, contudo, não foi de todo inconveniente, pois já fazia algum tempo que Ernest considerava encerrar a supervisão, e a revelação de Jess fornecia o ímpeto necessário.

E, portanto, sem muita trepidação, Ernest contou a Marshal sobre sua decisão. "Marshal, já há algum tempo tenho sentido que está na hora de cortar o cordão. Você me conduziu por um longo caminho e agora, finalmente, aos 38 anos, decidi sair de casa e me sustentar sozinho."

Ernest se preparou para uma vigorosa contestação por parte de Marshal. Sabia exatamente o que Marshal diria: ele certamente insistiria em analisar seus motivos para um encerramento tão precipitado. Indagaria, sem dúvida, sobre o momento desta decisão. Quanto a esse patético desejo de Ernest por si só, Marshal iria prever e combater seus argumentos num instante. Diria que era mais uma evidência da iconoclastia juvenil de Ernest; poderia até insinuar que esta impetuosidade sugeria que faltava a Ernest a maturidade e o impulso para o autoconhecimento tão necessário para se candidatar ao Golden Gate.

Curiosamente, Marshal não fez nada disso. Parecendo abatido e distraído, respondeu de uma maneira superficial: "Sim, talvez esteja na hora. Sempre poderemos retomar no futuro. Boa sorte para você, Ernest! Meus mais sinceros votos."

Mas não foi com alívio que Ernest ouviu essas palavras e encerrou sua supervisão com Marshal. Pelo contrário, foi com perplexidade. E, também, decepção. Desaprovação teria sido preferível a tal indiferença.

Depois de gastar meia hora lendo um longo artigo sobre comportamento sexual entre terapeuta e paciente que Paul lhe enviara por fax, Ernest pegou o telefone.

— Obrigado pelo "Romeus de consultório e médicos perdidos de amor"! Bom Deus, Paul!

— Ah, vejo que recebeu meu fax.

— Infelizmente, sim.

— Por que "infelizmente", Ernest? Espere um minuto, deixe-me trocar para o telefone sem fio e me acomodar na minha cadeira confortável. Tenho a sensação de que isto vai ser uma conversa histriônica... Certo... vamos de novo, por que "infelizmente"?

— Porque "Romeu de consultório" não é o que está acontecendo. Esse artigo degrada algo muito precioso, uma coisa sobre a qual o autor não demonstra o menor conhecimento. Uma linguagem trivial pode ser usada para vulgarizar qualquer sentimento mais delicado.

— É como lhe parece porque você está muito perto para ver o que está acontecendo. Mas é importante que você veja como parece para quem está de fora. Ernest, desde nossa última conversa, estou preocupado com você. Ouça todas as coisas que você vem dizendo: "sinceridade profunda, amar sua paciente, ela ser carente de toque, você ser suficientemente flexível para dar a ela a proximidade física de que ela precisa para trabalhar na terapia". Acho que você está com um parafuso solto! Acho que está caminhando para um problema sério. Olha, você me conhece, estou ridicularizando os freudianos ortodoxos desde que entramos nesse campo, certo?

Ernest grunhiu um assentimento.

— Mas quando o decano disse que "encontrar um objeto de amor é sempre *reencontrar* um", ele estava ciente de uma coisa. Aquela paciente está instigando algo em você que tem origem em algum outro lugar, muito longe e há muito tempo.

Ernest manteve o silêncio.

— Certo, Ernest, aqui vai um enigma para você: que mulher você conhece que amou incondicionalmente toda pequena molécula do seu corpo? Três chances!

MENTIRAS NO DIVÃ

— Ah, não, Paul. Você não está se apegando à rotina da mãe de novo? Nunca neguei que tive uma boa mãe, que me criou bem. Ela me deu um bom começo nos primeiros anos; desenvolvi a boa e básica confiança; é provavelmente de onde se origina minha promíscua autorrevelação. Mas ela não foi uma boa mãe quando parti para viver por conta própria; nunca, até o dia em que morreu, ela conseguiu me perdoar por deixá-la. Então, qual o seu argumento? Que no alvorecer da vida, quando era um jovem patinho, recebi um *imprinting*, uma estampagem, e venho procurando por minha mãe pata desde essa época?

"E mesmo que fosse assim", continuou Ernest, pois conhecia bem as suas falas; Paul e ele já tinham tido conversas semelhantes no passado. "Concordo com você nisso. Em parte! Mas você está sendo tão reducionista que não sou *nada além* de um adulto ainda procurando pela mãe que aceita tudo. Isso é besteira! Sou, todos nós somos, muito mais que isso. Seu erro, e também o erro de todo o empreendimento analítico, é esquecer que existe um relacionamento real no presente que não é determinado pelo passado, que existe no momento duas almas se tocando, influenciadas mais pelo futuro do que pelo passado remoto; pelo 'ainda não', pelo destino que nos aguarda. Pelo nosso companheirismo, por nos juntarmos para enfrentar e aguentar os duros fatos existenciais da vida. E que esta forma de relacionamento, puro, de aceitação, mútuo, igual, é redentora e a força mais poderosa que temos para curar."

— Puro? Puro? — Paul conhecia Ernest bem demais para se deixar intimidar ou dominar por seus devaneios oratórios. — *Um relacionamento puro*? Se fosse puro, eu não lhe estaria atormentando. Você se sente excitado por essa mulher, Ernest. Pelo amor de Deus, confesse!

— Um abraço fraternal no final da sessão, é isso. E tenho isso sob controle. É verdade, tive fantasias. Já confessei. Mas mantenho-as na terra da fantasia.

— Bem, aposto que as suas fantasias e as dela estão fazendo um minueto único na terra da fantasia. Mas a verdade, Ernest, me tranquiliza. Nenhum outro toque? Na hora de ficar sentado ao lado dela no divã? Um beijo inofensivo?

O pensamento de afagar os belos cabelos de Carolyn enquanto ela se apoiava contra ele flutuava na mente de Ernest. Mas ele sabia que não seria entendido, que Paul também vulgarizaria isso.

— Não, é só isso. Nenhum outro contato. Paul, acredite em mim, estou fazendo uma boa terapia com esta mulher. Estou controlando isto.

— Se eu pensasse assim, não lhe estaria importunando. Existe algo nessa mulher que não consigo entender. Continuar a persegui-lo desse jeito assim, sessão após sessão. Mesmo depois que você deixa bem claro e se mantém firme sobre os limites. Ou pensa que está. Ora, não estou questionando se você é magnífico. Quem poderia resistir ao seu lindo traseiro? Mas tem mais alguma coisa acontecendo: estou convencido de que você a está encorajando inconscientemente... quer meu conselho, Ernest? Meu conselho é livrar-se dela. Agora! Encaminhá-la a uma terapeuta mulher. E também abandonar seu experimento de autorrevelação! Ou confiná-lo aos pacientes homens, pelo menos por ora!

Depois de desligar, Ernest ficou dando voltas no consultório. Sempre dissera a verdade a Paul e este raro lapso o fez sentir-se sozinho. Para se distrair, voltou a atenção para a correspondência. Para renovar seu seguro contra má conduta profissional, ele tinha que responder a um questionário cheio de perguntas sobre seu relacionamento com pacientes. Isso significava perguntas explícitas. Ele alguma vez tocou os pacientes? Em caso afirmativo, de que maneira? Ambos os sexos? Por quanto tempo? Que parte do corpo do paciente ele tocou? Tinha alguma vez tocado no seio, nas nádegas ou em outras partes sexuais do corpo do paciente? Ernest sentiu um impulso de rasgar o formulário. Mas não ousou. Ninguém ousava, nestes dias litigiosos, realizar uma terapia sem seguro contra erro médico. Ele voltou a apanhar o formulário e marcou "sim" à pergunta: "Você toca os pacientes?" À pergunta: "De que maneira?", ele respondeu: "Somente para apertar as mãos." Em todas as outras perguntas, marcou "não".

MENTIRAS NO DIVÃ

Ernest então abriu a pasta de Carolyn a fim de se preparar para sua próxima hora. Seus pensamentos voltaram rapidamente para a sua conversa com Paul. Encaminhar Carolyn para uma terapeuta mulher? Ela não iria. Desistir do experimento? Por quê? Está em progresso, está em processo. Desistir de ser honesto com os pacientes? Jamais! A verdade me colocou nisso e a verdade irá me tirar disso!

CAPÍTULO
20

NA SEXTA-FEIRA À tarde, antes de trancar o consultório, Marshal inspecionou as coisas que amava. Tudo estava no seu devido lugar: a reluzente vitrine de jacarandá que continha as taças de xerez de hastes torcidas, as esculturas de vidro, a Borda Dourada do Tempo. Ainda assim, nada iluminava seu humor sombrio nem afrouxava o nó na garganta.

Ao fechar a porta, ele fez uma pausa e tentou analisar seu desassossego. Não emanava unicamente da ansiedade que sentia pelo encontro com Shelly no Avocado Joe's em três horas — embora, Deus sabe, fosse bem preocupante. Não, era inteiramente sobre outra questão: Adriana. No início da semana, ela não tinha, novamente, comparecido à sua sessão nem telefonara para cancelar. Marshal ficou desconcertado. Simplesmente não fazia sentido: uma mulher de tão excelente educação e presença social simplesmente não se comporta dessa maneira. Marshal pagou a si mesmo outros duzentos dólares do dinheiro que Peter lhe dera, desta vez sem muita hesitação. Ele tinha telefonado para Adriana imediatamente e deixado uma mensagem pedindo-lhe que entrasse em contato com ele assim que possível.

Talvez ele tivesse cometido o erro tático de concordar em tratar dela, mesmo para uma terapia rápida. Ela poderia ter mais reservas com o casamento do que tinha admitido a Peter e, talvez, se sentisse constrangida em discuti-las. Afinal, ele era o ex-terapeuta de Peter, tinha sido pago por ele e agora fazia parte do seu grupo de investidores. Sim, quanto mais Marshal pensava sobre isso, mais suspeitava que tinha cometido um erro de julgamento. Isso, ele lembrou a si próprio, é exatamente o problema das violações dos limites — a tendência aos deslizes: um deslize leva a outro.

Três dias tinham se passado desde seu telefonema a Adriana, e ainda sem nenhuma resposta. Não era seu estilo telefonar a um paciente mais de uma vez, mas Marshal destrancou a porta, entrou de novo no consultório e discou novamente o seu número. Desta vez, ele foi informado de que a linha tinha sido desconectada! A companhia telefônica não poderia lhe fornecer nenhuma outra informação.

Enquanto Marshal voltava de carro para casa, considerou duas explicações diametralmente opostas. Ou Adriana e Peter, possivelmente com a provocação do pai dela, tiveram uma briga feia e ela não queria ter contato com um terapeuta ligado a Peter, ou Adriana tinha ficado farta de seu pai e impulsivamente entrara num avião para se encontrar com Peter em Zurique. Ela dera indícios durante sua última sessão de que seria difícil ficar afastada de Peter.

Mas nenhuma dessas hipóteses explicava o fato de Adriana não ter telefonado. Não, quanto mais Marshal pensava sobre isso, mais certeza começava a ter sobre algo profundamente significativo. Doença? Morte? Suicídio? Seu próximo passo era evidente: tinha de telefonar a Peter em Zurique! Marshal olhou de relance o seu Rolex, com precisão de milissegundo. Seis horas da tarde. Isso significava três da manhã em Zurique. Ele teria que esperar até depois de seu encontro com Shelly e telefonar a Peter à meia-noite — nove da manhã na Suíça.

Ao abrir a porta de sua garagem para estacionar, Marshal percebeu que o carro de Shirley não estava lá. Uma noite fora. Como de costume. Acontecia com tal frequência agora que Marshal tinha perdido a noção da agenda dela: se ela estava trabalhando até tarde em seu internato clínico, assistindo a uma das poucas aulas que faltavam de psicologia clínica, ensinando *ikebana*, participando de alguma exposição de *ikebana* ou sentada em meditação no Centro Zen.

Marshal abriu a porta da geladeira. Nada lá. Shirley ainda não estava cozinhando. Como de costume, ela havia deixado um novo arranjo floral na mesa da cozinha para ele. Sob a tigela estava um bilhete dizendo que estaria de volta antes das dez da noite. Marshal olhou rapidamente o arranjo: um tema simples, contendo três copos-de-leite, dois brancos, um açafrão. Os longos e graciosos caules de um copo-de-leite branco e outro cor de açafrão estavam entrelaçados e separados por um denso crescimento de bagas rubras do terceiro copo-de-leite, que descia se afastando o máximo possível dos outros dois e se inclinava perigosamente sobre a borda da bacia de cerâmica lilás rachada.

Por que ela deixava para ele esses arranjos florais? Por um momento, apenas por um momento, ocorreu a Marshal o pensamento de que, ultimamente, Shirley vinha usando muito os copos-de-leite açafrão e branco. Quase como se estivesse lhe enviando uma mensagem. Mas ele rejeitou o pensamento rapidamente. O tempo gasto em tal bobagem efêmera o oprimia. Tantas maneiras melhores de usar o tempo. Como fazer o jantar. Como pregar alguns botões de suas camisas. Como terminar a tese dela que, por mais excêntrica que fosse, tinha de ser concluída antes que ela pudesse começar a cobrar dos pacientes. *Shirley era ótima em exigir direitos iguais*, pensou Marshal, *mas também era boa em desperdiçar tempo e, desde que o marido estivesse ali para pagar as contas, ficava satisfeita em adiar indefinidamente o momento de entrar no mundo adulto de cobranças.*

Bem, *ele* sabia como usar o tempo. Tirando o arranjo floral do caminho, abriu o Examiner da tarde e calculou seus lucros diários com as ações. Então, ainda tenso e irrequieto, decidiu por uma malhação no Nautilus, apanhou sua bolsa de ginástica e saiu em direção ao YMCA. Mais tarde, no restaurante do Avocado Joe's, ele faria uma refeição ligeira.

Shelly assobiou durante todo o caminho até o Avocado Joe's. Ele tivera uma semana explosiva. Jogando o tênis da sua vida, levara Willy ao campeonato sênior de duplas na Califórnia e a uma vaga no campeonato nacional. Mas havia mais, muito mais.

Willy, montado numa crista de euforia, lhe fizera uma oferta que, com um rápido golpe, resolveria todos os problemas de Shelly. Ambos tinham decidido ficar um dia a mais no sul da Califórnia para assistir às corridas de cavalo no Hollywood Park — Willy tinha um cavalo de dois anos chamado Omaha correndo no páreo principal, o Derby Juvenil de Hollywood. Willy estava entusiasmado com Omaha, bem como com o jóquei que o montava; havia apostado uma nota preta e tinha insistido com Shelly para que fizesse o mesmo. Willy apostou primeiro, enquanto Shelly se deixou ficar para trás na sede do clube, estudando um cavalo em exibição para uma segunda aposta na corrida. Quando Willy voltou, Shelly saiu para fazer suas apostas. Entretanto, Willy, depois de ver os cavalos no *paddock* e admirar as elegantes linhas das ancas musculares negras de Omaha, percebeu que o favorito do páreo estava suando muito — "encharcado" — e voltou correndo para o guichê de apostas. Tinha acabado de colocar mais cinco mil quando viu Shelly fazendo suas apostas na janela de vinte dólares.

— O que está acontecendo, Shelly? Há dez anos venho às corridas e nunca o vi apostar em nada, exceto no guichê de cem dólares. Aqui estou, jurando pela minha mãe, minha filha, minha prostituta neste cavalo e você está na janela de vinte dólares?

— Bem... — Shelly ruborizou. — Cortando os gastos... você sabe... em prol da harmonia conjugal... apertando um pouco o cinto... mercado de trabalho em baixa... muitas ofertas, é claro, mas esperando pela coisa certa... sabe, dinheiro é apenas uma pequena parte disso, preciso sentir que estou agindo da maneira certa. Para dizer a verdade, Willy, é a Norma... rígida, *muito rígida*, sobre meus jogos de azar, sendo ela a provedora-líder da família. Tivemos uma grande briga na semana passada. Você sabe, minha renda sempre foi a renda da família... com o grande salário dela, ela sempre considera o dinheiro *dela*. Sabe como as mulheres resmungam e choramingam sobre não ter oportunidades, mas assim que as conseguem não ficam muito a fim de carregar o fardo.

Willy deu um tapa na própria cabeça.

— É *por isso* que você não esteve nos dois últimos jogos! Mas que droga, Shelly, devo ser um grande cego por não ter adivinhado... uau, espera aí, espera aí, eles deram a partida! Olha o Omaha! Olha aquele maldito cavalo voando! Número cinco, o McCarron está com o casaco amarelo, chapéu amarelo; ele vai permanecer no bando do lado de fora até três quartos da distância e depois levar aquele cavalo para uma outra direção! Olha lá, ele está fazendo isso agora. O Omaha está fazendo sua jogada, está decolando. Olha aquelas passadas largas, mal está tocando o chão! Você já viu *alguma vez na vida* um cavalo se movimentar daquele jeito? O cavalo do placê parece estar correndo para trás. Está com a adrenalina toda. Eu lhe digo, Shelly, ele conseguiria correr uma segunda milha.

Depois do páreo — Omaha pagou oito-oitenta —, quando Willy voltou das festividades no círculo do vencedor, ele e Shelly foram para o bar da sede do clube e pediram cerveja Tsingtao.

— Shelly, quanto tempo faz que você está sem trabalho?

— Seis meses.

— Seis meses! Por Cristo, isso é horrível. Olha, em pouco tempo eu ia me sentar com você para termos uma longa conversa e isto bem que poderia ser agora. Sabe aquele grande projeto que tenho em Walnut Creek? Bem, estamos passando pelo conselho municipal há cerca de dois anos e tentando conseguir o sinal verde para transformar em condomínio todas as quatrocentas unidades e estamos quase chegando lá. Todas as minhas fontes internas, e, digo a você, estou espalhando muito dinheiro por toda parte, dizem que estamos a um mês da aprovação. Nosso próximo passo é conseguir o sinal verde dos moradores. É claro que antes vamos ter que lhes oferecer os direitos a preços com grande desconto, e, então, começamos a construção da conversão.

— Tá. E daí?

— E daí... o fundamental é: preciso de um gerente de vendas. Sei que você não trabalhou com bens imobiliários, mas também sei que você é um vendedor fabuloso. Há alguns anos, você me vendeu um iate de um milhão de dólares e você o fez com tanta tranquilidade que saí do *showroom* realmente sentindo que você tinha me feito um favor. Você aprende rápido e tem algo que ninguém mais consegue copiar: confiança. Confiança total. Confio em você mil por cento. Jogo pôquer com você há 15 anos; e sabe aquela besteira que estamos sempre repetindo de que, se algum dia as estradas fossem fechadas por causa de um terremoto, ainda poderíamos jogar pôquer por telefone?

Shelly inclinou a cabeça.

— Bem, quer saber o que mais? Não é besteira não! Acredito nisso. É possível que sejamos o único grupo de pôquer no mundo que poderia fazer isso. Confio em você e em todos os rapazes, de olhos fechados. Então, trabalhe para mim, Shelly. Droga, vou precisar de você nas quadras de tênis por tantas horas treinando para os jogos do nacional que você seria despedido de qualquer outro emprego.

Shelly concordou em trabalhar para Willy. Com o mesmo salário de sessenta mil dólares anuais que ele tinha no último emprego. Mais as comissões. Mas isso não era tudo. Willy queria proteger o jogo, queria uma garantia de que Shelly poderia continuar a jogar.

— Sabe aquele iate de um milhão de dólares? Eu me diverti muito nele, mas não é uma diversão de um milhão de dólares, não como a diversão que tenho no jogo. Não tem comparação. Se eu tivesse que desistir do iate ou do jogo, o barco seria coisa do passado num piscar de olhos. Quero que o jogo continue para sempre, exatamente como tem sido sempre. E vou lhe dizer a verdade: não gostei tanto dos dois últimos jogos sem você. Dillon pegou o seu lugar, ele é tenso, apertando tão forte as cartas que as rainhas estavam chorando. Noventa por cento das mãos, ele sai sem nem mesmo ficar para o flop. Noite insípida. Uma parte da vida tinha desaparecido do jogo. É só perder um cara central como você e tudo desmorona. Então me diga, Shelly, e juro por Deus que isto fica entre nós. Quanto você precisa para jogar?

Shelly explicou que um cacife de quarenta mil o tinha mantido durante 15 anos, e ainda estaria mantendo se não fosse por aquela maré de cartas do inferno. Willy prontamente se ofereceu a bancar os quarenta mil. Um empréstimo de dez anos, renovável, sem juros, do qual Norma não seria informada.

Shelly hesitou.

— Vamos chamar... — disse Willy — de um bônus de assinatura.

— Bem... — Shelly vacilou.

Willy entendeu e procurou instantaneamente uma forma melhor de oferecer o dinheiro sem comprometer o relacionamento entre eles.

— Espere, tenho uma sugestão melhor, Shelly. Vamos cortar dez mil do seu salário oficial, o salário do qual Norma ficaria sabendo, e eu lhe darei um adiantamento de quarenta mil, escondido numa conta fora do país, nas Bahamas; e estaremos quites em quatro meses. De qualquer maneira, as comissões vão superar o seu salário.

E foi assim que Shelly conseguiu seu cacife. E um emprego. E um ingresso para o jogo para todo o sempre. E, agora, nem mesmo Norma poderia negar as vantagens comerciais do seu pequeno jogo de pôquer social. *Que dia!*, pensou Shelly depois da conversa entre eles, enquanto estava numa longa fila para coletar seu bilhete vencedor de vinte mil dólares. *Um dia quase perfeito. Só uma coisinha: se ao menos esta conversa tivesse acontecido na semana passada! Ou ontem. Ou mesmo esta manhã! Eu estaria na fila de cem dólares com um punhado de bilhetes. Oito-oitenta! Deus do céu, que cavalo!*

Marshal chegou cedo ao Avocado Joe's, um grande cassino com um neon vistoso que tinha um conversível Mazda Miata vermelho flamejante em exibição logo na entrada — um prêmio promocional a ser dado no próximo mês, explicou o porteiro. Depois de mergulhar por dez ou 15 degraus na densa nuvem de fumaça de cigarro, Marshal olhou rapidamente para todos os lados e então deu meia-volta e retornou ao seu carro. Ele estava bem-vestido demais, e a última coisa que queria era chamar a atenção para si. Os jogadores mais bem-vestidos no Avocado Joe's estavam usando os blusões de aquecimento dos Forty-niners de São Francisco.

MENTIRAS NO DIVÃ

Marshal respirou fundo algumas vezes para limpar os pulmões e depois se dirigiu ao carro num canto mais escuro do iluminado estacionamento. Depois de se certificar de que não havia observadores, subiu no assento traseiro, tirou a gravata e a camisa branca, abriu a bolsa de ginástica e colocou a parte de cima do seu conjunto de aquecimento. Ainda não estava certo, com sapatos pretos engraxados e calça azul-marinho: chamaria menos atenção para ele mesmo se fizesse o serviço completo. Calçou, então, os tênis de basquete e se enfiou na calça de aquecimento, escondendo o rosto das duas mulheres que tinham se aproximado do lugar e assobiado quando olharam para dentro do seu carro.

Marshal esperou até que elas tivessem ido embora, deu uma última respirada de ar puro e voltou a mergulhar no Avocado Joe's. A enorme galeria principal estava dividida em dois salões de jogos, um para o pôquer ocidental, outro para o jogo asiático. O salão ocidental tinha 15 mesas em forma de ferradura forradas com feltro verde, cada uma iluminada por um lustre pendurado que imitava o estilo Tiffany e cercada por dez assentos para os jogadores e um assento central do carteador. Máquinas de Coca-Cola ocupavam três cantos do salão e o quarto continha uma grande máquina lotada de bonecas e bichos de pelúcia baratos. Por quatro moedas de 25 centavos de dólar, era possível comprar o privilégio de manobrar um grande conjunto de pinças numa tentativa de agarrar um dos prêmios. Marshal não via uma dessas desde que era garoto, quando caminhava pelo passeio de tábuas de Atlantic City.

Todas as 15 mesas estavam jogando o mesmo jogo: o Texas Hold'Em. Só diferiam no valor da aposta permitida. Marshal caminhou até uma mesa de cinco e dez dólares e, de pé atrás de um dos jogadores, observou uma rodada. Tinha lido o suficiente do folheto que Shelly havia deixado com ele para entender os rudimentos do jogo. Cada jogador recebia duas cartas viradas para baixo, fechadas. Em seguida, cinco cartas eram postas com a face para cima na mesa, as três primeiras de uma só vez (o *flop*), as duas seguintes uma de cada vez (*fourth street* e *fifth street*).

357

Muito dinheiro estava sendo apostado. Marshal começou a se aproximar da borda da mesa para olhar melhor quando Dusty, o supervisor, de cabelos ruivos, fumando cigarrilha, parecido com Alan Ladd e que não precisava de nenhuma ajuda para autoconfiança, aproximou-se a largas passadas e olhou Marshal de alto a baixo, concentrando-se particularmente nos seus tênis de basquete.

— Ei, camaradinha — disse ele a Marshal —, o que está fazendo aqui? Intervalo do jogo?

— Assistindo — respondeu Marshal —, enquanto espero meu amigo chegar e, então, vamos jogar.

— Assistindo? Você deve estar de gozação! Acha então que pode simplesmente ficar aqui de pé e assistir? Já pensou como os jogadores poderiam se sentir sobre isso? Olha, aqui, a gente se preocupa com os sentimentos. Como se chama?

— Marshal.

— Certo, Marshal, quando estiver pronto para jogar, venha falar comigo e eu coloco seu nome na lista de espera. Todas as mesas estão lotadas.

Dusty começou a se afastar, mas, então, virou-se e sorriu:

— Ei, estou contente de ter você aqui, xerife. Falo sério. Bem-vindo ao Avocado Joe's. Mas, enquanto isso, até você começar a jogar, se quiser fazer alguma coisa, qualquer coisa... *não* faça. Venha falar comigo antes. Se quiser assistir, vá para lá — instruiu ele, mostrando com um gesto a distante galeria atrás de uma divisória de vidro —, ou para o salão asiático. Lá você tem muita ação e é ótimo para assistir.

Enquanto se afastava, Marshal ouviu Dusty dizer a um dos carteadores que estava saindo de uma mesa para um intervalo:

— Ele quer assistir! Acredita nisso? Estou surpreso que ele não tenha trazido uma câmera!

Sentindo-se acanhado, Marshal voltou discretamente para a galeria e perscrutou a cena. No centro de cada mesa de dez jogadores sentava-se o carteador, usando uma calça escura e um colete floral brilhante, o uniforme da casa. A intervalos de alguns minutos, Marshal via o ganhador de

MENTIRAS NO DIVÃ

cada mão lançar uma ficha para o carteador, que a estalava habilmente na mesa antes de jogá-la no bolso interno do seu colete. Um costume, imaginou Marshal, que tinha como objetivo sinalizar ao gerente do salão que o carteador estava colocando no bolso o dinheiro da sua gorjeta, e não o dinheiro da casa. Era um costume arcaico, é claro, já que a ação em cada mesa estava sendo inteiramente filmada para exame posterior, se surgissem quaisquer irregularidades. Normalmente um homem não sentimental, Marshal recebeu com alegria esta pequena reverência ao ritual no Avocado Joe's, um templo do oportunismo materialista de estalidos incessantes e um ritmo alucinante.

No início de cada rodada do Texas Hold'Em, três dos dez jogadores, sucessivamente, eram forçados a pingar. O carteador dividia o pingo em três partes: uma parte ficava na mão, outra parte era depositada na fenda da casa — para pagar o aluguel da casa pelo jogo — e a terceira ia para a fenda do *jackpot*, que, de acordo com um cartaz na parede, era pago quando alguém tivesse um jogo capaz de ganhar de um *full house* de ás sobre dez. O *jackpot* estava perto dos dez mil dólares, cuja maior parte ia para o ganhador e para a segunda melhor mão, mas parte dele era dividida entre os outros jogadores da mesa. Em intervalos de aproximadamente vinte minutos, o carteador tirava uma folga e um substituto assumia seu lugar. Marshal viu jogadores que tinham se saído bem durante o turno de um carteador deslizar algumas fichas extras quando ele estava saindo para o seu descanso.

Marshal tossiu e tentou expelir parte da fumaça de cigarro das suas narinas. Usar uma roupa de ginástica no Avocado Joe's era irônico, já que o cassino era um santuário da má saúde. Todo mundo parecia doente. Todos à sua volta tinham rostos amarelados, sombrios. Muitos dos jogadores estavam naquilo há dez ou 15 horas consecutivas. Todo mundo estava fumando. A carne de vários indivíduos obesos transbordava pelas suas cadeiras. Duas garçonetes anoréxicas moviam-se rapidamente, cada qual se abanando com uma bandeja vazia; vários jogadores tinham ventiladores elétricos em miniatura colocados diante deles para afastar a fumaça;

outros devoraram a comida enquanto jogavam — camarão com molho gelatinoso de lagosta era o jantar especial. O código de roupas era o casual--bizarro: um homem com uma barba branca cortada irregularmente usava chinelos turcos com bico curvo pontudo e um *fez* rubro; havia outros com pesadas botas de caubói e chapéus monstruosos; alguém estava com uma roupa de marinheiro japonês de cerca de 1940; muitos estavam com roupas de escritório; e várias mulheres idosas usavam vestidos florais bem--arrumados, no estilo dos anos 1950, abotoados até o queixo.

Por toda parte, conversas sobre o jogo. Não dava para fugir disso. Algumas sobre a loto estadual da Califórnia; Marshal ouviu alguém prendendo a atenção de um pequeno grupo com uma descrição de como as apostas de El Camino tinham sido abiscoitadas naquela tarde por um azarão de noventa por um que terminou o páreo aos trancos. Nas proximidades, Marshal viu um homem dar um maço de notas à namorada e dizer: "Lembre-se, não importa o que eu faça, mesmo que eu suplique, ameace, pragueje, chore, o que quer que seja, me diga para sumir da sua frente, me dê uma joelhada no saco, use seu caratê se for preciso. *Mas não devolva este maço para mim!* Estas são as nossas férias no Caribe. Saia correndo daqui e pegue um táxi para casa." Outro gritou para o gerente do salão para colocar na tela o jogo de hóquei dos Sharks. Havia uma dúzia de aparelhos de televisão, cada um mostrando um jogo diferente de basquete, cada um rodeado pelos clientes que tinham algum interesse naquele jogo. Todo mundo estava apostando em alguma coisa.

O Rolex de Marshal mostrou que faltavam cinco minutos para as 20h. O sr. Merriman deveria chegar a qualquer momento e Marshal decidiu esperar por ele no restaurante, um pequeno salão esfumaçado dominado por um grande bar de carvalho. Vidro imitando o estilo Tiffany por toda parte: lustres, cinzeiros, expositores de vidro, painéis. Um canto da sala abrigava uma mesa de sinuca em torno da qual uma grande multidão de espectadores-apostadores assistia a um jogo intenso de bola oito.

A comida era tão pouco saudável quanto o ar. Nenhuma salada no cardápio; Marshal estudou seguidas vezes os itens, procurando um prato menos tóxico. A garçonete anoréxica respondeu apenas "hein?" quando Marshal perguntou sobre a possibilidade de legumes ao vapor. E "hein?" de novo quando ele perguntou sobre o tipo de óleo usado no camarão e molho de lagosta. Finalmente, ele pediu rosbife sem molho e alfaces e tomates fatiados — a primeira carne que comeria em anos, mas, pelo menos, saberia o que estava comendo.

— Ei, doutor, como vai? Ei, Sheila — disse Shelly enquanto gesticulava, jogando um beijo para a garçonete —, me traga o que o doutor estiver comendo. Ele sabe o que faz bem. Mas não se esqueça do molho. — Ele se debruçou sobre a mesa do lado e apertou as mãos de um comensal que lia a tabela de corridas. — Jason, tenho um cavalo para você! O *derby* de Del Mar em duas semanas. Economize. Vou te enriquecer, e todos os seus descendentes também. Falo com você depois; tenho alguns negócios com meu camarada aqui.

Sem dúvida alguma ele estava em seu ambiente, pensou Marshal.

— O senhor parece animado esta noite, sr. Merriman. Um bom torneio de tênis?

— O melhor. O senhor está dividindo a mesa com metade da dupla campeã do campeonato de duplas da Califórnia! Mas, sim, estou me sentindo bem, doutor, graças ao tênis, graças aos meus amigos e graças ao senhor.

— Então, sr. Merriman...

— Psiu, doutor. Nada de "sr. Merriman". Precisa se misturar. Precisa passar. "Shelly", aqui. "Shelly" e "Marshal", certo?

— Certo, Shelly. Podemos ir em frente com a nossa agenda desta noite? Você ia me detalhar os meus deveres. Preciso lhe dizer que tenho pacientes amanhã de manhã bem cedo e, portanto, não posso ficar muitas horas. Lembre-se: um limite de duas horas e meia, 150 minutos, e estou fora.

— Entendido. Vamos ao trabalho.

Marshal inclinou a cabeça enquanto cortava cada nódulo de gordura do rosbife, fez um sanduíche, cobriu-o com tomate fatiado e alface murcha, colocou ketchup e mastigou enquanto Shelly descrevia em linhas gerais as atividades da noite.

— Você leu o folheto que dei sobre o Texas Hold'Em?

Marshal inclinou de novo a cabeça.

— Bom. Então entende o suficiente para se virar. Basicamente, tudo o que quero é que você saiba o bastante para não chamar atenção para você mesmo. Não quero que se concentre nas suas próprias cartas e não quero que você jogue: quero que me observe. É o seguinte: tem uma mesa de vinte-quarenta dólares que vai abrir logo. É assim que funciona: a aposta obrigatória gira, três caras precisam colocar dinheiro em cada mão. Um deles põe cinco dólares. É o que chamam de *butt*, ou "fundo", e é a comissão da casa: o aluguel da mesa e o carteador. O outro cara é o *small blind*, que aposta vinte dólares no escuro. O cara depois dele, o *big blind*, coloca quarenta mangos. *Capisce* até aqui?

— Isso significa — perguntou Marshal — que o cara dos vinte dólares então pode ver o *flop* sem colocar mais dinheiro?

— Certo. A menos que haja um aumento. Isso significa que você pagou pelo *flop* e deve conseguir vê-lo uma vez por rodada. Provavelmente, haverá nove jogadores; portanto, uma vez a cada nove mãos. Nas outras oito, você desiste. Não *pague a primeira aposta*. Repito, doutor, *não pague*. Isto significa que, em cada rodada completa, você terá a aposta obrigatória até três vezes, num total de 35 mangos. A rodada inteira de nove mãos deve durar mais ou menos 25 minutos. Então, você deve perder setenta mangos por hora, no máximo. A menos que você faça algo estúpido e tente jogar uma rodada.

"Quer sair em duas horas?", continuou Shelly, quando a garçonete trazia seu rosbife boiando em muito molho. "Vou lhe dizer o seguinte. Vamos jogar por uma hora e trinta ou quarenta minutos e então conversar durante meia hora depois disso. Decidi cobrir todos os seus prejuízos, estou me sentindo generoso hoje, então aqui estão cem mangos." E tirou uma nota de cem dólares da carteira.

Marshal pegou a nota.

— Vejamos... cem... o total está certo? — Ele pegou uma caneta e escreveu no guardanapo. — Trinta e cinco dólares a cada 25 minutos e você quer jogar por uma hora e quarenta minutos. Cem minutos. Isso dá um total de 140 dólares. Certo?

"Tá, tá. Aqui estão outros quarenta. E, olha, aqui estão mais algumas de cem. Só um empréstimo, durante esta noite. Melhor comprar trezentos dólares em fichas para começar, parece melhor, não vai chamar a atenção para você como um caipira local. Você troca por dinheiro quando formos embora."

Shelly continuou, devorando o rosbife com o pão encharcado de molho.

— Agora ouça com muita atenção, doutor: se perder mais que 140, estará por sua própria conta e risco. Porque a única maneira disso acontecer é jogar com as suas cartas. E eu não o aconselharia a fazer isso; esses caras são bons. A maioria deles joga três, quatro vezes por semana, e muitos ganham a vida fazendo isso. *E mais uma coisa*: se você jogar com as suas cartas, não ficará estudando o que estou fazendo. E é esse o objetivo deste esquema. Certo?

— Seu livro — disse Marshal — diz que existem algumas mãos valiosas que deveriam ver o *flop* todas as vezes: pares altos, ás-rei do mesmo naipe.

— Droga, não. Não no meu tempo. Depois que eu sair, doutor, a bola vai estar com você. Jogue tudo o que quiser.

— Por que *seu* tempo? — perguntou Marshal.

— Porque estou pagando todas as suas apostas obrigatórias para ver todas aquelas cartas. E, além de tudo, esta ainda é minha hora de terapia oficial, mesmo sendo a última sessão.

Marshal inclinou a cabeça.

— Bem, acho que sim.

— Não, não, espera, doutor. Vejo de onde você está tirando isso. Quem entende melhor do que eu como é difícil desistir de uma boa mão? Isso seria uma punição cruel e fora do normal. Vamos chegar a um meio-termo. A qualquer momento em que suas duas primeiras cartas forem um par de ases, de reis ou de rainhas, você paga a aposta para ver o *flop*. Se o *flop* não melhorar sua mão, quer dizer, se você não fizer uma trinca de reis ou dois pares no *flop, então* você desiste da mão: você não paga mais uma aposta. E então, é claro, dividiremos meio a meio todos os ganhos.

— Meio a meio? — perguntou Marshal. — É legal os jogadores da mesma mesa dividirem os ganhos? E ficamos também no meio a meio nos prejuízos que eu tiver?

— O.k. Certo. Estou me sentindo generoso, você fica com todos os ganhos, mas precisa concordar em jogar somente nos pares de ases, rainhas ou reis. Desista de todas as outras mãos. Mesmo ás-rei do mesmo naipe! Faça de qualquer outra maneira e todos os prejuízos serão seus. Estamos conversados agora?

— Estamos.

— Vamos falar agora sobre a coisa mais importante: a razão por que você está aqui. Quero que você me observe quando aposto. Vou blefar bastante esta noite; então, fique olhando para ver se deixo à vista alguma espécie de "gesto denunciador"; você sabe, o tipo de coisa que você percebeu no seu consultório: o pé se mexendo, coisas desse tipo.

Alguns minutos depois, Marshal e Shelly ouviram pelo alto-falante seus nomes serem chamados para participar do jogo vinte-quarenta. Todos os receberam amavelmente. Shelly cumprimentou o carteador:

— Como vai, Al? Vamos, me dê quinhentos dólares daquelas redondas e cuide bem do meu amigo aqui, um principiante; estou tentando corrompê-lo e preciso da sua ajuda.

Marshal comprou trezentos dólares em fichas — uma pilha de fichas vermelhas de cinco dólares e outra pilha de fichas de listras preto e branco de vinte dólares. Na segunda mão, Marshal era o *small blind* — teve que apostar vinte dólares nas duas cartas fechadas e conseguiu ver o *flop*: três espadas de baixo valor. Marshal estava com duas cartas de espadas — um dois e um sete — e, portanto, tinha um flush em cinco cartas. A carta seguinte aberta, o *fourth street*, era também uma carta baixa de espadas. Marshal, deslumbrado com o seu *flush*, desafiou as instruções de Shelly e continuou durante o restante da mão, duas vezes pagando apostas de quarenta dólares. No final da mão, todos os jogadores abriram as cartas.

Marshal exibiu seu dois e sete de espadas e disse orgulhosamente: "*Flush*".

— Mas outros três jogadores tinham *flushes* maiores.

Shelly se debruçou e disse, o mais gentilmente possível:

— Marshal, quatro espadas no *flop*, isso significa que *todo mundo* com pelo menos uma carta de espadas tem um *flush*. Suas seis cartas de espadas não são melhores que as cinco espadas de qualquer outro e suas sete cartas de espadas estão fadadas a serem derrotadas por uma carta de espadas maior. Por que você acha que os outros jogadores continuaram na aposta? Sempre se pergunte isso. Eles tinham que ter *flushes*! Neste ritmo, meu amigo, calculo que vai perder aproximadamente novecentos dólares por hora do *seu* — Shelly enfatizou o "seu" — dinheiro duramente ganho.

Ouvindo sem querer esses comentários, um dos jogadores que estava contando suas fichas, um homem negro e alto vestindo um Borsalino cinza e um Rolex no pulso, disse:

— Cara, estava quase trocando as fichas por dinheiro e saindo da mesa... ia dormir um pouco... mas... ahn, um sujeito jogando *flush* com sete sendo a maior carta... ah, acho que vou ficar por aqui mais um pouco.

Marshal ruborizou com a observação e o carteador disse num tom tranquilizador:

— Não deixe que eles te perturbem, Marshal. Tenho a sensação de que você vai pegar o jeito beeeeem rapidinho, e, quando pegar, vai dar um chute na bunda de alguém.

Marshal aprenderia que um bom carteador era um terapeuta de grupo frustrado e era sempre possível contar com ele para acalmar os sentimentos e oferecer apoio: tranquilidade na mesa era sempre sinônimo de ótimas gorjetas.

Depois disso, Marshal jogou de maneira conservadora e desistiu de todas as mãos. Ele ouviu algumas chacotas afáveis por jogar tão tenso, mas Shelly e o carteador o defenderam e insistiram que tivesse paciência até que se familiarizasse com a coisa. Então, meia hora depois, ele recebeu um par de ases e o *flop* era um ás e um par de dois, dando-lhe um *full house* com ás na cabeça. Não foram muitos os jogadores que pagaram a aposta na sua mão, mas ainda assim Marshal coletou uma mesa de 250 dólares. Marshal passou o resto do tempo observando Shelly atentamente como um falcão, de vez em quando rabiscando discretamente num pequeno bloco de notas. Ninguém pareceu se importar com ele tomando notas, exceto uma pequena mulher asiática, quase inteiramente escondida pelas pilhas bem altas de fichas vencedoras, que se esticou, inclinou-se sobre sua pilha de fichas preto e branco de vinte dólares e disse a Marshal, apontando para o bloco de notas:

— E não se esqueça: uma sequência grande bate um *full house* miudinho! Hee-hee-hee.

Shelly era de longe o apostador mais ativo na mesa e parecia saber o que estava fazendo. Mesmo assim, quando sua mão era vencedora, poucos jogadores pagavam sua aposta para continuar no jogo. E quando ele blefava, mesmo com a melhor posição possível na mesa, um ou dois jogadores com mãos fracas sempre pagavam e ganhavam dele. Quando alguém mais apostava uma rodada fechada, Shelly insensatamente permanecia. Embora Shelly tivesse cartas acima da média, sua pilha de fichas declinou continuamente e, ao final de noventa minutos, ele tinha acabado com seus quinhentos dólares. Não levou muito tempo para Marshal descobrir o motivo.

Shelly levantou-se, jogou para o carteador suas poucas fichas restantes como gorjeta e foi em direção ao restaurante. Marshal trocou suas fichas, não deixou nenhuma gorjeta e seguiu Shelly.

— Pegou alguma coisa, doutor? Alguns gestos denunciadores?

— Bem, Shelly, você sabe que sou um amador, mas me parece que a única maneira pela qual você conseguiria contar mais a eles sobre as suas mãos seria semaforicamente.

— Hein? Tenta de novo.

— Você sabe, aquele sistema de bandeirolas que os navios usam para fazer sinais para outros navios.

— Ah, tá. Mau assim, hein?

Marshal assentiu.

MENTIRAS NO DIVÃ

— Que tal uns exemplos? Me dê os detalhes.

— Bem, para começar, você lembra das mãos muito boas que você teve? Contei seis: quatro *full houses*, uma sequência alta e um *flush* alto.

Shelly sorriu melancolicamente, como se lembrando de velhos amores.

— É, lembro de cada uma delas. Não eram maravilhosas?

— Bem — continuou Marshal —, notei que qualquer outro na mesa que teve boas mãos sempre ganhou mais dinheiro que você com mãos comparáveis. Muito mais dinheiro: pelo menos o dobro ou o triplo. Na verdade, eu nem deveria chamar suas mãos de "boas mãos", talvez mãos razoáveis, porque você nunca ganhou uma mesa grande com nenhuma delas.

— E isso quer dizer...?

— Quer dizer que quando você tinha a mão razoável, a notícia se espalhava como um rastilho de pólvora na mesa.

— Como eu sinalizava?

— Bem, deixe-me passar pelas minhas observações. Parece-me que quando você tem cartas ótimas, você as aperta.

— Aperto-as?

— É, protege-as como se tivesse o forte Knox na sua mão. Aperta tão forte que entorta as rodas da bicicleta. E, outra coisa, quando consegue um *full house* você fica olhando para as fichas antes de apostar. Vejamos, tinha mais alguma coisa... — Marshal estudou suas anotações. — Ah, aqui está. Toda vez que você consegue uma mão ótima, você olha para longe da mesa, para bem longe, como se estivesse tentando assistir a um dos jogos de basquete da tevê, tentando, imagino, fazer com que os outros jogadores pensem que você não está muito interessado. Mas se você estiver blefando, você fica bem de cara com todo mundo, como se estivesse tentando derrubá-los com um olhar, intimidá-los, dissuadi-los de apostar.

— Tá brincando, doutor? Eu faço isso? Não acredito. Sei tudo isso. Está tudo no *Livro dos gestos denunciadores de Mike Caro*. Mas não sabia que eu fazia isso. — Shelly se levantou e deu a Marshal um forte abraço. — Doutor, é isto que eu chamo de terapia! Terapia de primeira linha! Mal posso esperar para voltar para aquele jogo. Vou reverter todos os meus gestos denunciadores. Vou dar um nó tão grande na cabeça deles que aqueles palhaços nem vão saber o que foi que os atingiu.

— Espera! Tem mais. Quer ouvir?

— Claro. Mas vamos rápido. Quero ter certeza de que consigo aquele lugar de volta na mesa. Pensando melhor, quero guardar pra depois. — Shelly foi correndo até Dusty, o supervisor, deu um tapa no ombro dele, cochichou alguma coisa e deu-lhe uma nota de dez. Voltando rapidamente até Marshal, Shelly era todo ouvidos.

— Continue... você está numa onda de sorte.

— Duas coisas. Se você olha para as fichas, faz talvez uma contagem rápida, então não há dúvida: você conseguiu uma ótima mão. Acho que já disse isso. Mas o que eu não disse é o seguinte: quando você blefa, nunca olha para as suas fichas. E, então, uma coisa mais sutil: baixo nível de confiança neste aqui...

— Desembuche. Qualquer coisa que você tenha a dizer, doutor, eu quero ouvir! Quero lhe dizer, você está cuspindo ouro!

— Bem, parece-me que, quando você tem uma boa mão, você coloca a sua aposta na mesa com grande delicadeza. E bem perto de você; não estica muito o braço. E quando blefa, você faz o oposto; mais agressivo, você arremessa as fichas exatamente no centro da mesa. Também quando você blefa, muitas vezes, mas nem sempre, você parece olhar repetidamente suas cartas vazias, como se esperasse que elas mudassem. Uma última coisa: você continua até o fim quando todos os outros na mesa parecem saber que o cara tem a mão fechada. Imagino, então, que você esteja jogando demais com as suas cartas e não esteja jogando com o outro cara. Bem, é isso.

Marshal começou a rasgar sua página de anotações.

— Não, não, doutor. Não rasgue. Deixe-me ficar com ela. Vou colocar numa moldura. Não, não, vou plastificar e carregar comigo, um amuleto de boa sorte, a pedra de toque da fortuna do Merriman. Escuta, tenho que ir; aquela oportunidade única... — Shelly acenou em direção à mesa de pôquer da qual eles tinham acabado de sair. — Pode ser que aquele

MENTIRAS NO DIVÃ

grupo especial de trouxas nunca mais volte a se reunir. Ah, sim, quase esqueci. Aqui está a carta que prometi a você.

Ele entregou uma carta e Marshal a examinou de ponta a ponta:

A quem interessar possa:

Atesto por meio desta que recebi um excelente tratamento do dr. Marshal Streider. Considero-me inteiramente recuperado de todos os efeitos nocivos que sofri em decorrência do meu tratamento com o dr. Pande.

Shelly Merriman

— Que tal? — perguntou Shelly.

— Perfeito — disse Marshal. — Agora, só falta colocar a data.

Shelly datou a declaração e, então, expansivamente, acrescentou uma linha.

Por meio desta, abro mão de quaisquer reclamações legais contra o Instituto Psicanalítico Golden Gate.

— Que tal?

— Ainda melhor. Obrigado, sr. Merriman. Amanhã, colocarei no correio a carta que prometi.

— Isso nos deixará quites. Uma mão lava a outra. Sabe, doutor, estive pensando... primeiros estágios, nada muito planejado ainda, mas o senhor poderia ter toda uma nova carreira em aconselhamento para pôquer. O senhor é fantástico nisso. Ou acho que é, vamos ver o que acontece quando eu voltar para a mesa. Mas vamos almoçar algum dia. Eu poderia ser convencido a atuar como seu agente. Basta dar uma olhada geral para este lugar, centenas de perdedores com seus pequenos castelos no ar, morrendo de vontade de melhorar. E outros cassinos são bem maiores... o Garden City, o Club 101... eles pagariam qualquer coisa. Eu conseguiria lotar sua clínica num instante, ou conseguiria encher um auditório para um workshop; duas centenas de jogadores, cem mangos por cabeça, vinte mil por dia. Eu receberia os honorários de um agente regular, é claro. Pense nisso. Preciso ir. Te telefono. A oportunidade me chama.

E, com isso, Shelly voltou à mesa de pôquer, cantarolando.

Marshal caminhou para fora do Avocado Joe's até o estacionamento. Eram 23h30. Em meia hora, telefonaria para Peter.

CAPÍTULO
21

NA NOITE ANTERIOR à sua próxima sessão com Carolyn, Ernest teve um sonho intenso. Sentou-se na cama e o anotou: *Estou correndo por um aeroporto. Reconheço Carolyn numa multidão de passageiros. Estou contente em vê-la e corro até ela e tento lhe dar um grande abraço, mas ela deixa a bolsa na frente, tornando-o um abraço volumoso e insatisfatório.*

Ao pensar sobre seu sonho de manhã, ele lembrou de sua resolução depois da conversa com Paul: "A verdade me colocou nisso e a verdade irá me tirar disso." Ernest decidiu fazer algo que nunca havia feito antes. Iria contar seu sonho à sua paciente.

Na sessão seguinte, Carol ficou intrigada quando Ernest lhe contou sobre o sonho de dar um abraço nela. Depois da última sessão, ela havia começado a se perguntar se poderia ter feito um mau julgamento de Ernest; estava perdendo as esperanças de que conseguiria incitá-lo a se comprometer. E aqui, hoje, ele lhe conta que sonhou com ela. *Talvez isto possa levar a algum lugar interessante*, pensou Carol. Mas sem convicção: ela não mais sentia que tinha qualquer controle da situação. *Para um psiquiatra, ele é inteiramente imprevisível*, pensou ela; praticamente em todas as sessões, Ernest fazia ou dizia alguma coisa que a surpreendia. E praticamente em todas as sessões, ele mostrava a ela alguma coisa sobre si mesma que ela não conhecia.

— Bem, Ernest, isso é muito estranho, porque tive um sonho com você na noite passada. Não é isso que Jung chama de "sincronicidade"?

— Não exatamente. Por "sincronicidade", acho que Jung se referia a uma concordância de dois fenômenos relacionados, um ocorrendo no mundo subjetivo, o outro no mundo físico, objetivo. Lembro que ele descreveu em algum lugar sobre ter trabalhado com o sonho de uma paciente que envolvia um antigo escaravelho egípcio e depois ter notado que um besouro vivo estava voando contra a vidraça, como se tentasse entrar na sala.

"Nunca entendi o significado daquele conceito", continuou Ernest. "Acho que muitas pessoas ficam tão pouco à vontade com a pura contingência da vida que encontram conforto em acreditar em alguma forma de interconexão cósmica. Nunca fui atraído por isso. De alguma forma, a ideia de aleatoriedade ou a indiferença da natureza nunca me perturbou. Por que uma simples 'coincidência' é tão horrível? Por que deve ser considerada algo mais que coincidência?

"Quanto a sonharmos um com o outro, isso é digno de espanto? Parece-me que, dado o volume de contato que temos e a intimidade da nossa conexão, seria surpreendente se *não entrássemos* nos sonhos um do outro. Desculpe falar assim, Carolyn, deve parecer que estou fazendo um sermão. Mas as ideias como 'sincronicidade' mexem com muitos sentimentos meus: muitas vezes sinto-me sozinho, caminhando com dificuldade na terra de ninguém entre o dogmatismo freudiano e o misticismo junguiano."

— Não, não me importo quando você fala sobre estas coisas, Ernest. Na verdade, gosto quando você me conta os seus pensamentos desse jeito. Mas você tem um hábito que realmente faz as coisas parecerem um sermão: você fica repetindo o meu nome a cada dois minutos.

— Não tinha consciência disso.

— Você se importa que eu lhe diga isso?

— Importar? Fico encantado. Faz com que eu sinta que você está começando a me levar a sério.

Carol se inclinou e deu um aperto na mão de Ernest.

Ele devolveu o aperto por um segundo e disse:

— Mas temos trabalho a fazer. Voltemos ao sonho. Pode me dizer quais os seus pensamentos sobre ele?

MENTIRAS NO DIVÃ

— Ah, não! É seu sonho, Ernest. O que você pensa?

— Muito justo. Bem, frequentemente a psicoterapia é simbolizada nos sonhos como alguma forma de jornada. Portanto, acho que o aeroporto representa a nossa terapia. Tento me aproximar de você, abraçá-la. Mas você coloca um obstáculo: a sua bolsa.

— E, então, Ernest, como você interpreta a bolsa? Eu me sinto um pouco estranha, é como se estivéssemos trocando os papéis.

— De forma alguma, Carolyn, estou estimulando; nada é mais importante que sermos honestos um com o outro. Então, continuemos assim. Bem, o que vem à mente é que Freud salienta repetidamente que uma "bolsa" é um símbolo comum para os genitais femininos. Como já mencionei, não me restrinjo ao dogma freudiano, mas tento não eliminar os erros junto com os acertos. Freud teve tantos *insights* corretos que seria insensato ignorá-los. E uma vez, anos atrás, participei de um experimento no qual pedíamos às mulheres, sob hipnose, que sonhassem que um homem que elas desejavam vinha até sua cama. Mas foram instruídas a disfarçar o ato sexual explícito no sonho. Um número impressionante de mulheres usou uma bolsa como símbolo, isto é, um homem se aproximando e inserindo alguma coisa na bolsa delas.

— Portanto, Ernest, o sonho significa que...?

— Acho que o sonho está dizendo que você e eu estamos embarcando na terapia, mas que você pode estar inserindo sexualidade entre nós de uma maneira que nos impede de sermos verdadeiramente íntimos.

Carol ficou em silêncio por alguns momentos e depois comentou:

— Há outra possibilidade. Uma interpretação mais simples e direta: que, bem no fundo, você me quer fisicamente, que o abraço é um equivalente. Afinal de contas, não foi você quem iniciou o abraço no sonho?

— E o que você me diz — perguntou Ernest —, sobre a bolsa como um obstáculo?

— Se, como disse Freud, um charuto às vezes pode ser um charuto, o que você me diz sobre o equivalente feminino, que, às vezes, uma bolsa pode ser apenas uma bolsa... uma bolsa contendo dinheiro?

— Sim, entendo aonde você quer chegar... você está dizendo que a desejo como um homem deseja uma mulher e que o dinheiro, em outras palavras, nosso contrato profissional, torna-se obstáculo. E que me sinto frustrado com isso.

Carol fez um gesto de aprovação.

— Sim, o que me diz *dessa* interpretação?

— Com certeza é mais parcimoniosa e não tenho a menor dúvida de que existe verdade nela, que se não tivéssemos nos aproximado como terapeuta e paciente, eu teria gostado de conhecê-la de uma maneira pessoal, não profissional. Conversamos sobre isso na nossa última sessão. Não fiz nenhum segredo de que a considero uma mulher bonita, cativante, com uma mente maravilhosamente ativa e aguçada.

Carol sorriu, radiante.

— Estou começando a gostar cada vez mais desse sonho.

— Entretanto — continuou Ernest —, os sonhos são geralmente supradeterminados: não existe nenhuma razão para pensar que meu sonho não esteja descrevendo os desejos de ambos: meu desejo de trabalhar com você como um terapeuta sem a intrusão nem o transtorno do desejo sexual e o desejo de conhecê-la como uma mulher sem a intrusão do nosso contrato profissional. É nesse dilema que preciso trabalhar.

Ernest ficou maravilhado com o quanto ele tinha avançado nessa história de contar a verdade. Aqui estava ele — com total naturalidade, sem acanhamento —, dizendo coisas a uma paciente que, poucas semanas antes, jamais se imaginaria dizendo. E até onde era capaz de perceber, ele tinha a si próprio sob controle. Ele não mais sentia que estava sendo sedutor com Carolyn. Estava sendo franco, mas, ao mesmo tempo, responsável e terapeuticamente útil.

— E quanto ao dinheiro, Ernest? Às vezes, vejo você olhar de relance o relógio e acho que represento apenas um cheque para você e que cada tique-taque é simplesmente mais um dólar.

— O dinheiro não é um assunto importante para mim, Carolyn. Ganho mais do que consigo gastar e raramente penso em dinheiro. Mas preciso

MENTIRAS NO DIVÃ

manter o controle do tempo. Exatamente como você faz quando atende um cliente e precisa manter um horário. Contudo, nunca quis que nosso tempo passasse rapidamente. Nem uma única vez. Espero ansiosamente vê-la, prezo nosso tempo juntos e a maioria das vezes fico triste quando ele acaba.

Carol voltou a ficar em silêncio. Como era irritante perceber que ela se sentia lisonjeada com as palavras de Ernest. Como era irritante perceber que ele parecia falar a verdade. Como era irritante perceber que, às vezes, ele não mais parecia repulsivo.

— Outro pensamento que tive, Carolyn, foi sobre o conteúdo da bolsa. É claro que, como você sugere, o dinheiro vem imediatamente à mente. Mas o que mais poderia estar recheando a bolsa que se torna um obstáculo para nossa intimidade?

— Não sei bem o que você quer dizer, Ernest.

— Quero dizer que, talvez, você possa não estar me vendo como realmente sou por causa de algumas ideias preconcebidas ou preconceitos que estão atrapalhando. Talvez você esteja carregando alguma velha bagagem que está bloqueando nosso relacionamento: mágoas de seus relacionamentos passados com outros homens, seu pai, seu irmão, seu marido. Ou, quem sabe, expectativas de uma outra época: pense em Ralph Cooke e com que frequência você me disse "Seja como o Ralph Cooke... seja meu amante-terapeuta". Num certo sentido, Carolyn, você está me dizendo: "Não seja *você*, Ernest, seja alguma outra coisa, seja alguma outra pessoa".

Carol não pôde evitar de pensar o quanto Ernest estava perto do alvo — mas não exatamente pelas razões que imaginou. Estranho o quanto ficou mais inteligente recentemente.

— E o seu sonho, Carolyn? Acho que não posso fazer mais com o meu agora.

— Bem, sonhei que estávamos juntos na cama, inteiramente vestidos, e acho que estávamos...

— Carolyn, você começaria de novo e tentaria descrever o sonho no tempo presente, como se estivesse acontecendo neste exato momento? Muitas vezes, faz reviver a emoção do sonho.

— Está certo, é assim que lembro. Você e eu estávamos sentados...

— Você e eu *estamos* sentados. Fique no tempo presente — Ernest se interpôs.

— Certo, você e eu estamos sentados ou deitados na cama inteiramente vestidos e estamos tendo uma sessão. Quero que você seja mais amoroso, mas você continua firme e mantém sua distância. Então, outro homem entra no quarto, um homem grotesco, feio, atarracado, preto como carvão, e imediatamente decido tentar seduzi-lo. Faço isso com grande facilidade e fazemos sexo bem na sua frente, na mesma cama. Durante todo o tempo, estou pensando que, se você vir o quanto sou sexualmente boa com ele, ficará mais interessado em mim e se aproximará e fará sexo comigo também.

— Os sentimentos no sonho?

— Frustração com você. Repugnância com a visão desse homem. Ele era nojento, emanava maldade. Não sabia quem ele era, no entanto, eu realmente sabia. Era Duvalier.

— Quem?

— Duvalier. Você sabe, o ditador haitiano.

— Qual a sua conexão com Duvalier? Significa alguma coisa para você?

— É essa a coisa curiosa. Absolutamente nada. Não penso no nome dele há anos. Estou espantada que tenha me ocorrido.

— Faça uma associação livre com Duvalier por um tempo, Carolyn. Veja o que aparece.

— Nada. Nem tenho certeza se algum dia vi uma fotografia dele. Tirano. Brutal. Sombrio. Bestial. Ah, sim, acho que li recentemente um artigo sobre ele estar vivendo na pobreza em algum lugar da França.

— Mas o velho está morto há muito tempo.

— Não, não, não é o velho. É o Duvalier mais jovem. O único que eles chamavam de "Baby Doc". Tenho certeza de que era o Baby Doc. Não sei como eu sabia, mas sei que era ele. Esse nome me veio à cabeça assim que ele entrou. Achei que tinha acabado de contar isso a você.

— Não, não contou, Carolyn, mas acho que é a chave do sonho.

— Como?

— Bem, em primeiro lugar, você rumina sobre o sonho. É melhor pegar as suas associações, exatamente como fizemos com meu sonho.

— Vejamos. Sei que estava me sentindo frustrada. Você e eu estávamos na cama, mas eu não estava chegando a lugar algum. Então esse homem desprezível aparece e faço sexo com ele, eca! Estranho que eu fizesse isso, e a lógica esquisita no sonho era que você veria meu desempenho e de alguma forma seria conquistado. Isso não faz sentido.

— Fale mais, Carolyn.

— Bem, não faz. Quer dizer, se eu fizer sexo com algum homem grotesco na sua frente, vamos falar sério, não vou conquistar seu coração. Muito mais provavelmente você seria repelido, e não atraído por aquilo.

— Isso é o que a lógica lhe diria se tomássemos o sonho pelo valor aparente. Mas sei de um jeito que o sonho *faria* sentido. Vamos supor que o Duvalier não é o Duvalier, mas que, pelo contrário, represente alguém ou alguma outra coisa.

— Por exemplo?

— Pense no nome dele: "Baby Doc"! Imagine que este homem represente alguma parte de mim: o bebê, a parte mais primitiva ou desprezível em mim. No sonho, então, você espera ter relações com esta parte de mim, na esperança de que o restante de mim, a parte mais natural, também fosse cativada.

"Você vê, Carolyn, que dessa maneira o sonho faria sentido? Se você pudesse seduzir alguma parte de mim, algum *alter ego*, então, o restante de mim poderia facilmente seguir o exemplo!"

Silêncio por parte de Carol.

— O que você acha, Carolyn?

— Inteligente, Ernest, uma interpretação bem inteligente. — E para si própria, Carol disse: *Mais inteligente do que você imagina!*

— Então, Carolyn, deixe-me resumir: minhas leituras dos dois sonhos, o seu e o meu, apontam para uma conclusão parecida: que, embora você venha me ver e professe fortes sentimentos dirigidos a mim e queira me tocar e me abraçar, ainda assim você não quer realmente ficar íntima de mim. E essas mensagens oníricas são semelhantes aos meus sentimentos gerais sobre o nosso relacionamento. Várias semanas atrás, deixei claro que eu estaria inteiramente aberto a você e abordaria honestamente todas as suas perguntas. Mesmo assim, você nunca buscou realmente esta oportunidade. Você diz que quer que eu seja seu amante, mas, exceto pelas perguntas sobre minha vida de solteiro, você nunca fez nenhuma tentativa de saber quem eu sou. Vou continuar persistindo com você nesse ponto, Carolyn, porque é bem central, muito próximo do núcleo. Vou continuar a insistir que você se relacione honestamente comigo, e, para fazer isso, você tem que me conhecer e confiar em mim o bastante para se deixar revelar inteiramente na minha presença. E essa experiência será o prelúdio de você se tornar você mesma, no mais profundo sentido, com outro homem que você ainda irá conhecer.

Carol continuou em silêncio e olhou para seu relógio.

— Sei que nosso tempo acabou, Carolyn, mas use mais um minuto ou dois. Consegue ir mais fundo?

— Não hoje, Ernest — disse ela, e então se levantou e saiu rapidamente do consultório.

CAPÍTULO
22

O TELEFONEMA DE MARSHAL a Peter Macondo à meia-noite trouxe pouco conforto — ele simplesmente ouviu uma mensagem eletrônica, em três idiomas, declarando que o Grupo Financeiro Macondo estava fechado durante o fim de semana e voltaria a abrir na segunda-feira de manhã. Nem a telefonista do serviço de informações de Zurique tinha o telefone da casa de Peter. Isso, obviamente, não era nenhuma surpresa: Peter havia falado muitas vezes da Máfia e da necessidade dos ultrarricos de proteger sua privacidade. Seria um longo fim de semana. Marshal teria que esperar e voltar a telefonar à meia-noite de domingo.

Às 2h da manhã, sem conseguir dormir, Marshal começou a esquadrinhar algumas das amostras grátis no seu armário de remédios em busca de um sedativo. Isto não era nada característico — ele frequentemente vociferava contra tomar comprimidos e insistia que o indivíduo corretamente analisado deveria lidar com o mal-estar psicológico somente por meio da introspecção e autoanálise. Mas, nesta noite, nenhuma autoanálise era possível: sua tensão estava nas alturas e ele precisava de alguma coisa para se acalmar. Finalmente, encontrou um certo Clor-Trimeton, um anti-histamínico sedativo, engoliu dois comprimidos e dormiu intranquilo por algumas horas.

À medida que o fim de semana avançava, crescia a inquietação de Marshal. Onde estava Adriana? Onde estava Peter? Concentração era impossível. Ele lançou o último número do *The American Journal of Psychoanalysis* até o outro lado do quarto, não conseguiu se interessar por aparar o seu bonsai, nem sequer calcular seus lucros semanais com as ações. Gastou uma hora extenuante na academia com pesos livres, jogou uma partida de basquete na YMCA, fez jogging pela Golden Gate. Mas nada afrouxou a garra da apreensão que o envolvia.

Ele fingiu ser seu próprio paciente. *Acalme-se! Por que tal comoção? Vamos sentar e avaliar o que realmente aconteceu. Uma única coisa: Adriana deixou de comparecer às sessões. E daí? O investimento está seguro. Em dois dias... vejamos... em 33 horas... você estará conversando com Peter pelo telefone. Você tem uma carta do Crédit Suisse garantindo o empréstimo. A ação da Wells Fargo caiu quase dois por cento desde que você a vendeu: o pior que poderia acontecer é você apresentar a nota do banco e recomprar suas ações a um preço menor. Sim, pode estar acontecendo alguma coisa com Adriana que você não atinou. Mas você não é um vidente; pode não compreender alguma coisa, às vezes.*

Intervenções terapêuticas sólidas, pensou Marshal. *Mas ineficazes vindo dele para ele mesmo. Existem limites para a autoanálise; como Freud fez todos aqueles anos?* Marshal sabia que precisava dividir suas preocupações com alguém. Mas quem? Não Shirley: hoje em dia, eles falavam muito pouco sobre qualquer coisa e o tema do seu investimento com Peter era incendiário. Ela havia sido contra desde o início. Quando Marshal tinha pensado alto sobre como eles gastariam o lucro de setecentos mil dólares, ela respondera com um impaciente: "Vivemos em dois mundos diferentes". A palavra *ganância* saía dos lábios de Shirley mais e mais agora. Duas semanas atrás, ela havia até sugerido que Marshal buscasse orientação do consultor budista dela para enfrentar a cobiça que estava tomando conta dele.

Além de tudo, Shirley tinha planos de fazer uma caminhada pelo monte Tamalpais no sábado a fim de procurar material para o *ikebana*. Naquela tarde, quando estava de saída, ela disse que poderia passar a noite fora: precisava de algum tempo para si mesma, um retiro curto de *ikebana*/meditação. Alarmado com a ideia de passar o resto do fim de semana sozinho, Marshal pensou em dizer a Shirley que precisava dela e lhe pedir que não fosse. Mas Marshal Streider não suplicava; não era seu estilo. Além do mais, sua tensão era tão palpável e contagiosa que, indubitavelmente, Shirley precisava fugir.

Marshal olhou impacientemente para um arranjo que Shirley tinha deixado: um ramo de damasco em forquilha coberta de líquen, um dos galhos se estendendo para longe e paralelamente à mesa, o outro galho se estendendo verticalmente. Na ponta do galho horizontal repousava uma única florescência branca de damasco. O braço que se esticava para cima estava rodeado por espirais de lavanda e ervilha-doce, que abraçavam suavemente dois copos-de-leite, um branco e um açafrão. *Que droga,* pensou Marshal, *para isso ela tem tempo!* Por que ela faz isso? Três flores... um copo-de-leite açafrão e um branco de novo... ele estudou o arranjo durante um minuto inteiro, balançou a cabeça e então o empurrou para baixo da mesa, fora da vista.

Com quem mais posso conversar? Meu primo Melvin? De jeito nenhum! Melvin pode oferecer um bom conselho de vez em quando, mas seria inútil agora. Não conseguiria suportar o desdém na sua voz. Um colega? Impossível! Não violei nenhum limite profissional, mas não tenho certeza se posso esperar que os outros — especialmente outros que me invejam — cheguem à mesma conclusão. Se uma só palavra disso vazar, posso me despedir para sempre da presidência do instituto.

Preciso de alguém... um confidente. Se ao menos Seth Pande ainda estivesse disponível! Mas cortei aquele relacionamento. Talvez eu não devesse ter sido tão duro com Seth... Não, não, não, Seth mereceu; era a coisa certa a fazer. Recebeu exatamente o que estava destinado a ele.

Um dos pacientes de Marshal, um psicólogo clínico, falava muitas vezes sobre seu grupo de apoio de dez terapeutas homens, que se encontravam por duas horas em semanas alternadas. Não apenas as reuniões eram sempre úteis, afirmava seu paciente, mas os outros membros frequentemente telefonavam um para outro em tempos de necessidade. Obviamente, Marshal desaprovava o seu paciente participar de um grupo. Em tempos mais conservadores, ele teria proibido. Apoio, afirmação, consolo — todas essas patéticas muletas meramente reforçam a patologia e atrasam o trabalho da verdadeira análise. Ainda assim, agora, neste momento, Marshal tinha fome de tal rede. Ele pensou nas palavras de Seth Pande na reunião do instituto sobre a falta de amizades masculinas na sociedade contemporânea. Sim, era disso que ele precisava — um amigo.

No domingo, à meia-noite — 9h da manhã de segunda-feira, horário de Zurique — ele telefonou e acabou ouvindo apenas uma perturbadora mensagem eletrônica: "Você telefonou para o Grupo Financeiro Macondo. O sr. Macondo encontra-se num cruzeiro por nove dias. O escritório permanecerá fechado durante esse período, mas, se o assunto for urgente, deixe uma mensagem. As mensagens serão verificadas e não serão poupados esforços para enviá-las ao sr. Macondo."

Um cruzeiro? Um escritório daquela magnitude fechado por nove dias? Marshal deixou uma mensagem pedindo que o sr. Macondo telefonasse para ele sobre um assunto realmente urgente. Mais tarde, deitado e desperto, a ideia de um cruzeiro fez mais sentido. *Obviamente houve uma briga séria, pensou ele, ou entre Peter e Adriana ou entre Adriana e o pai e, numa tentativa de consertar, Peter tomou uma decisão impetuosa de fugir — partir com ou sem Adriana num cruzeiro no Mediterrâneo. Não é nada além disso.*

Mas, à medida que os dias passavam sem nenhuma palavra de Peter, Marshal ficou mais apreensivo com o seu investimento. Sempre haveria a opção de resgatar a nota bancária, mas isso significaria o fim de qualquer possibilidade de lucro da generosidade de Peter: seria insensato entrar em pânico e sacrificar esta oportunidade única. E para quê? Por que Adriana faltou a uma consulta? Estupidez!

Na quarta, às onze da manhã, Marshal tinha uma hora livre. A hora de supervisão de Ernest ainda não tinha sido preenchida. Ele fez uma caminhada pela California Street, passou pelo Pacific Union Club onde tinha almoçado com Peter e, então, uma quadra adiante, subitamente voltou e subiu as escadas, atravessou o portão de mármore, passou pelas fileiras de caixas de correio de bronze lustrado e penetrou na diáfana luz da rotunda com cúpula de vidro. Lá, cercado nos três lados por sofás de couro cor de mogno, estava Emil, o reluzente mordomo de smoking.

MENTIRAS NO DIVÃ

As imagens do Avocado Joe's entraram na mente de Marshal: os blusões dos Forty-niners, a densa fumaça de cigarro, o almofadinha negro cheio de joias com o Borsalino cinza e o supervisor Dusty, repreendendo-o por ficar assistindo porque "a gente se importa com os sentimentos aqui". E os sons: o burburinho da ação no Avocado Joe's, os estalidos das fichas, as bolas de bilhar colidindo, as gozações, a conversa sobre jogo. Os sons do Pacific Union Club eram mais abafados. A prataria e os cristais tiniam ligeiramente quando os garçons colocavam as mesas do almoço; os membros sussurravam educadamente sobre as compras no mercado de ações, os sapatos de couro italiano batiam de leve em passos apressados nos assoalhos de carvalho encerados.

Qual desses lugares era sua casa? Ou ele tinha uma casa?, Marshal se perguntava, como fizera tantas vezes antes. *A que lugar ele pertencia — ao Avocado Joe's ou ao Pacific Union Club? Seria ele carregado pelo vento para sempre, sem âncoras, na região intermediária, gastando a vida tentando sair de um e chegar ao outro? E se algum diabinho ou gênio lhe ordenasse "É sua vez agora de decidir; escolha um ou outro — sua casa por toda a eternidade", o que ele faria?* Pensamentos de sua análise com Seth Pande vieram à mente. *Nunca trabalhamos nisso*, pensou Marshal. *Não estar "em casa" nem ter uma amizade e, de acordo com Shirley, tampouco com dinheiro ou ganância. Em que diabo ele realmente trabalhou durante novecentas horas?*

Por ora, Marshal fingiu estar em casa no Club e caminhou com passos apressados até o mordomo.

— Emil, como vai? Dr. Streider. Meu companheiro de almoço, o sr. Macondo, me contou há algumas semanas da sua prodigiosa memória, mas mesmo você pode não se lembrar de um convidado depois de um único encontro.

— Ah, sim, doutor, lembro-me muito bem do senhor. E do sr. Maconta...

— Macondo.

— Sim, perdão, *Macondo*. Pronto, não preciso dizer mais nada sobre a minha prodigiosa memória. Mas, realmente, lembro-me muito bem do seu amigo. Embora tenhamos nos encontrado uma única vez, ele deixou uma impressão indelével. Um cavalheiro fino e muito generoso!

383

— Você quer dizer que se encontrou apenas uma vez *em São Francisco*, certo? Ele me contou sobre ter se encontrado com você quando você era mordomo no clube dele em Paris.

— Não, senhor, o senhor deve ter se confundido. É verdade que trabalhei no Cercle Union Interalliée de Paris, mas nunca encontrei o sr. Macondo lá.

— Em Zurique, então?

— Não, em lugar nenhum. Estou bem certo de nunca ter visto o cavalheiro antes. O dia em que os dois almoçaram aqui foi a primeira vez que o vi.

— Então, bem... o que você quer dizer?... Isto é, como ele o conhecia tão bem... quero dizer... como ele até sabia que você trabalhou no clube em Paris? Como ele se qualificou para almoçar aqui? Não, quero dizer, ele tem uma conta aqui? Como ele paga?

— Existe algum problema, senhor?

— Sim, e tem a ver com você fingindo conhecê-lo tão bem, fingindo que são tão velhos amigos.

Emil pareceu perturbado. Olhou de relance seu relógio, depois olhou ao redor. A rotunda estava vazia, o clube, em silêncio.

— Dr. Streider, tenho alguns momentos livres antes do almoço. Vamos sentar e conversar por alguns instantes. — Emil apontou para uma sala do tamanho de um armário, logo ao lado da sala de jantar. Dentro, Emil convidou Marshal a se sentar e pediu permissão para acender um cigarro. Depois de exalar profundamente, ele disse: — Posso falar, francamente, senhor? E confidencialmente, por assim dizer?

Marshal assentiu.

— É claro.

— Há trinta anos trabalho em clubes exclusivos. Mordomo nos últimos 15. Sou testemunha de tudo. Nada me escapa. Vejo, dr. Streider, que o senhor não tem familiaridade com esses clubes. Perdoe-me se estiver presumindo demais.

— Não, de forma alguma — disse Marshal.

— Uma coisa que o senhor deveria saber é que, nos clubes privados, uma pessoa está sempre tentando conseguir alguma coisa, algum favor, um convite, uma apresentação, um investimento, alguma coisa, de outra pessoa. E para... vamos dizer... azeitar esse processo, a pessoa tem que causar uma certa impressão na outra. Eu, como todo mordomo, devo desempenhar meu papel nesse processo; tenho a obrigação de garantir que tudo corra harmoniosamente. Portanto, quando o sr. Macondo tagarelou comigo naquela mesma manhã e perguntou se eu tinha trabalhado em qualquer outro clube europeu, naturalmente respondi e, cordialmente, lhe contei que tinha trabalhado em Paris por dez anos. E quando ele pareceu extremamente amigável em me cumprimentar na sua presença, o que esperava que eu fizesse? Virasse para o senhor, o convidado dele, e dissesse: "Nunca vi este homem antes"?

— Claro que não, Emil. Entendo perfeitamente a sua explicação. Não tive nenhuma intenção de criticar. Simplesmente, fiquei admirado de você não conhecê-lo.

— Mas, dr. Streider, o senhor mencionou um problema. Espero que não seja sério. Eu gostaria de saber se fosse. O clube gostaria de saber.

— Não, não. Um assunto sem importância. Só que perdi o endereço dele e gostaria de entrar em contato.

Emil hesitou. Obviamente, ele não acreditou que fosse um assunto sem importância, mas como Marshal não se dispôs a dar outras informações, ele se levantou.

— Queira esperar por mim na rotunda. Farei o que puder para conseguir alguma informação para o senhor.

Marshal sentou-se, mortificado com sua própria falta de jeito. Era uma chance bem pequena, mas talvez Emil pudesse ajudar.

O mordomo voltou em poucos minutos e entregou a Marshal um pedaço de papel no qual estava escrito o mesmo endereço e telefone em Zurique que Marshal já tinha.

— De acordo com a recepção, o sr. Macondo recebeu uma afiliação de cortesia aqui, já que era um membro do Baur au Lac Club em Zurique. Se o senhor desejar, podemos enviar um fax a eles e solicitar informações mais atuais.

— Por favor. E, se puder, envie a resposta para mim por fax. Aqui está o meu cartão.

Marshal virou-se para sair, mas Emil o parou e acrescentou, num sussurro:

— O senhor perguntou sobre o pagamento. Digo o seguinte, também confidencialmente, doutor. O sr. Macondo pagou em dinheiro, e generosamente. Ele me deu duas notas de cem dólares, instruiu-me a pagar pelo almoço, deixar uma gorjeta generosa para o garçom e ficar com o resto para mim. Em assuntos como estes, minha memória prodigiosa é inteiramente confiável.

— Obrigado, Emil, você foi muito útil.

Marshal arrancou relutantemente uma nota de vinte do seu maço de dinheiro e colocou na mão empoada de Emil. Ele virou-se para sair e, então, de repente se lembrou de mais alguma coisa.

— Emil, posso lhe pedir um último favor? Na última vez, conheci um amigo do sr. Macondo, um cavalheiro alto muito bem-vestido: camisa laranja, paletó xadrez vermelho, acredito. Esqueci seu nome, mas o pai dele foi prefeito de São Francisco.

— Só poderia ser o sr. Roscoe Richardson. Eu o vi hoje. Ele está na biblioteca ou na sala de jogos. Uma sugestão, doutor: não fale com ele se estiver no gamão. Isso o faz ficar contrariado. Ele é um tanto intenso com seu jogo. Boa sorte, e cuidarei pessoalmente do seu fax. O senhor pode contar comigo. — Emil inclinou a cabeça e esperou.

— Novamente, obrigado, Emil. — E, mais uma vez, Marshal não teve outra escolha senão se desfazer de outros vinte dólares. Quando Marshal entrou na sala de jogos revestida de carvalho, Roscoe Richardson estava justamente saindo da mesa de gamão e indo em direção à biblioteca para o seu jornal antes do almoço.

— Ah, sr. Richardson, talvez o senhor se lembre de mim: dr. Streider. Eu o conheci há algumas semanas quando almocei aqui com um conhecido seu, Peter Macondo.

— Ah, sim, dr. Streider. Eu me lembro. O ciclo de palestras patrocinado. Meus parabéns. Maravilhosa homenagem. Maravilhosa. Acompanha-me para o almoço hoje?

— Ah, infelizmente não posso. Tenho uma agenda lotada de pacientes esta tarde. Mas peço-lhe um favor. Estou tentando entrar em contato com o sr. Macondo e me pergunto se o senhor sabe de seu paradeiro.

— Céus, não. Nunca o vi antes daquele dia. Sujeito agradável, mas, que coisa estranha, enviei a ele um material sobre minha nova empresa, mas a FedEx devolveu com um aviso de endereço inexistente. Ele lhe disse que me conhecia?

— Achei que sim, mas agora não tenho certeza. Lembro-me, na verdade, de que ele disse que o seu pai e o dele, um professor de economia, jogavam golfe juntos.

— Bem, quem sabe? É bem possível. Meu pai jogava com todo homem conhecido no mundo ocidental. E... — neste momento, ele contraiu seu rosto com uma imensa papada e produziu uma grande piscadela — com umas poucas mulheres também. Bem, 11h30. O *Financial Times* deve estar chegando. Há sempre uma corrida louca atrás dele; portanto, continuarei no meu caminho até a biblioteca. Boa sorte para o senhor, doutor.

Embora a conversa com Roscoe Richardson não tenha oferecido qualquer conforto, forneceu algumas ideias para ação. Assim que chegou ao seu consultório, Marshal abriu sua pasta Macondo e tirou o fax anunciando o Ciclo de Palestras Marshal Streider. Qual era o nome daquele diretor na Universidade do México? Aqui: Raoul Gomez. Em pouco tempo, ele estava com o sr. Gomez ao telefone — a primeira coisa a correr bem em dias. Embora o espanhol de Marshal fosse limitado, foi suficiente para entender a negativa do sr. Gomez de que alguma vez tivesse sequer ouvido falar de um Peter Macondo, quanto mais ter recebido uma grande doação dele para um ciclo de palestras Streider. Além do mais, quanto ao pai de Peter Macondo, não existia nenhum Macondo no Departamento de Economia, nem, por falar nisso, em qualquer departamento da universidade.

Marshal desmoronou na sua cadeira. Tinha absorvido golpes demais e agora se recostava, tentando clarear seus pensamentos. Depois de apenas alguns minutos, seu temperamento eficiente assumiu o controle: pegou uma caneta e um papel e elaborou uma lista de coisas a fazer. O primeiro item era cancelar os pacientes da tarde. Marshal fez as ligações e deixou mensagens para quatro pacientes, cancelando suas sessões. Não citou, obviamente, a razão. A técnica correta, Marshal tinha certeza, era permanecer em silêncio e explorar as fantasias dos pacientes do porquê ele tinha cancelado. E o dinheiro! Quatro horas a 175 dólares. Setecentos dólares em honorários perdidos — dinheiro que nunca seria recuperado.

Marshal se perguntou se o cancelamento da sua agenda da tarde representava algum ponto de virada da sua vida. O pensamento de que esta decisão era um divisor de águas invadiu sua cabeça. Nunca antes em sua carreira ele tinha cancelado uma sessão. De fato, nunca tinha faltado a nada — um treino de futebol, um dia de escola. Sua pasta de recortes estava cheia de prêmios de frequência que remontavam à escola primária. Não que ele nunca tivesse se machucado ou ficado doente. Ele ficava doente como todo mundo. Mas ele era duro o bastante para suportar a doença. Não poderia suportar uma hora analítica num estado de pânico.

Próximo item: telefonar para Melvin. Marshal sabia o que Melvin diria e Melvin não perdeu a oportunidade:

— É hora de ir ao banco. Leve aquela nota imediatamente ao Crédit Suisse. Peça-lhes que façam um depósito direto de noventa mil dólares na sua conta bancária. E fique grato, Marshal, beije as minhas botas, por eu ter insistido nesta nota. Você me deve uma. E, lembre-se, céus, eu não deveria ter que lhe dizer isso, Marshal, você cuida de loucos: não invista com eles! Uma hora depois, Marshal, garantia bancária nas mãos, andava pela Sutter Street em seu caminho para o Crédit Suisse. Durante o percurso, lamentou-se pelos sonhos perdidos: riqueza, acréscimos à sua coleção de arte, o tempo disponível para dar expressão escrita à sua mente fértil, mas, acima de tudo, lamentava a chave para o mundo seleto dos *insiders*, o mundo dos clubes privados, caixas de correio de bronze e cordialidade.

E Peter? Seria daquele mundo? Ele não lucraria financeiramente, é claro — ou, se o fizesse, aquilo era entre ele e o banco. Mas, pensou Marshal, se Peter não tinha um motivo financeiro, onde estavam seus motivos? Ridicularizar a psicanálise? Poderia existir uma conexão com Seth Pande? Ou Shelly Merriman? Ou até toda a facção dissidente do instituto psicanalítico? Seria possível que isso fosse uma maquinação? Pura malícia sociopática? Mas qualquer que fosse o jogo, qualquer que fosse o motivo, por que eu não consegui identificar antes? Tenho sido um grande imbecil. Um maldito e ganancioso imbecil!

O Crédit Suisse era um escritório bancário, não um banco comercial funcional, no quinto andar de um edifício de escritórios na Sutter Street. O diretor do banco que cumprimentou Marshal inspecionou a nota e lhe garantiu que estavam inteiramente autorizados para cuidar disso. Ele pediu licença, dizendo que o gerente da agência, que estava ocupado com outro cliente, iria atendê-lo pessoalmente. Além disso, haveria um pequeno tempo de espera enquanto eles enviavam a nota por fax a Zurique.

Dez minutos depois, o gerente, um homem magro e solene, com um rosto longo e um bigode à David Niven, convidou Marshal a entrar no seu escritório. Depois de inspecionar a identificação de Marshal e copiar os números de sua carteira de habilitação e cartões de banco, examinou a nota de garantia do banco e levantou-se para fazer uma fotocópia. Quando ele voltou, Marshal perguntou:

— Como receberei o pagamento? Meu advogado me informou...

— Desculpe-me, dr. Streider, posso ter o nome e o endereço do seu advogado?

Marshal lhe deu as informações relevantes sobre seu primo Melvin e continuou:

— Meu advogado me aconselhou a pedir um depósito direto na minha conta da Wells Fargo.

O gerente ficou em silêncio por vários segundos, inspecionando a nota.

— Há algum problema? — perguntou Marshal. — Isso não garante o pagamento mediante solicitação?

— Esta é realmente uma nota do Crédit Suisse garantindo o pagamento mediante solicitação. Aqui, como o senhor pode ver — ele apontou para a linha de assinatura —, foi emitida do nosso escritório em Zurique e assinada por Winfred Forster, vice-presidente sênior. Pois bem, conheço Winfred Forster muito bem, muito bem mesmo. Passamos três anos juntos na nossa agência em Toronto e, sim, dr. Streider, existe um problema: esta não é a assinatura de Winfred Forster! Além do mais, Zurique confirmou por fax: não há a menor semelhança. Lamento ter o desagradável dever de informá-lo que esta nota é uma falsificação!

CAPÍTULO
23

EPOIS DE SAIR do consultório de Ernest, Carol trocou suas roupas pelas de jogging e tênis na toalete do primeiro andar e foi de carro até a marina. Estacionou perto do Green's, um restaurante vegetariano da moda dirigido eficientemente pelo Centro Zen de San Francisco. Havia uma trilha ao longo do ancoradouro de iates que seguia a baía por pouco mais de três quilômetros e terminava em Forte Point, debaixo da Golden Gate. Era o percurso favorito de Jess e tinha também se tornado o dela.

A corrida começava nos velhos edifícios do Forte Mason, que abrigavam pequenas galerias, uma livraria cheia como uma biblioteca, um museu de arte, um teatro, uma oficina dramática. Continuava além dos ancoradouros dos barcos e ao longo da baía onde gaivotas descaradas desafiavam os corredores a pisoteá-las. Passava pelo campo gramado onde pipeiros soltavam as suas pipas, não aquelas pipas simples de formato triangular ou em caixa que ela e o irmão, Jeb, soltavam, mas modelos de vanguarda em formatos como o do Super-Homem ou um par de pernas de mulheres, ou então elegantes triângulos metálicos high-tech que zuniam quando davam uma forte guinada, mudavam de direção ou mergulhavam diretamente para baixo, brecando instantaneamente para fazer uma delicada pirueta nas suas caudas. Depois disso, uma praia minúscula com alguns banhistas cercando uma surreal escultura de areia de uma sereia, depois um longo trecho ao lado da água onde windsurfistas com roupas de neoprene preparavam suas embarcações de prazer. Em seguida, uma passagem com dezenas de esculturas de pedra — colinas de pedras primorosamente escolhidas e precariamente equilibradas por algum artista desconhecido para que lembrassem os fantásticos pagodes birmaneses; depois, um longo píer fervilhando com pescadores asiáticos diligentes e sombrios, nenhum dos quais, até onde Carol sabia, nunca pescou nada. Depois, o trecho final até o ventre da Golden Gate, onde é possível assistir aos surfistas sexy de cabelos longos se balançando de um lado para o outro na água fria, à espera de surfar as altas e escuras ondas.

Praticamente todos os dias agora, ela e Jess corriam, às vezes ao longo das trilhas no Parque Golden Gate ou ao longo da praia ao sul de Cliff House, mas a trilha da marina ainda era seu percurso regular. Ela se encontrava frequentemente com Jess várias noites também. Geralmente quando voltava para casa depois do trabalho, ele estava lá preparando o jantar e batendo um papo com os gêmeos, que estavam gostando cada vez mais dele. Apesar de satisfeita, Carol se preocupava. Jess parecia bom demais para ser verdade. E o que aconteceria quando ele se aproximasse ainda mais, se aproximasse o suficiente para ver como ela era por dentro? Seus pensamentos íntimos não eram bonitos. Ele recuaria? Ela desconfiava da facilidade com que ele tinha se insinuado tão profundamente na sua casa — e da maneira como se fez tão importante para as crianças. Teria ela uma livre escolha se decidisse que Jess não era o homem para ela? Ou estaria presa por aquilo que era melhor para os filhos?

Nas raras ocasiões em que o trabalho de Jess impossibilitava os encontros de corrida, Carol fazia a corrida de uma hora sozinha. Ela ficou espantada do quanto tinha passado a adorar o jogging: talvez fosse a leveza que sentia durante o resto do dia ou aquela intensa euforia que a varria de alto a baixo quando aparecia o segundo jorro de energia. Quem sabe, ainda, ela tenha simplesmente passado a se importar tanto com Jess que gostava das atividades de que ele gostava.

Fazer jogging sozinha não era tão mágico quanto fazer jogging com Jess, mas fornecia algo a mais: tempo para autorreflexão. No início, quando corria sozinha, ela carregava um walkman — música country, Vivaldi, música japonesa tocada em flauta, os Beatles —, mas ultimamente ela estava deixando o walkman no carro em prol da meditação.

A ideia de dedicar um tempo para pensar sobre a sua vida foi revolucionária para Carol. Durante a maior parte de sua vida, ela tinha feito o oposto, preenchendo cada pedaço de tempo livre com distrações. Qual era a diferença agora?, ela se perguntava enquanto avançava pelo percurso, espantando as gaivotas a cada passo. Uma das diferenças era a nova amplitude da sua vida emocional. No passado, sua paisagem interna tinha sido monótona e árida, consistindo numa estreita e negativa série de emoções: raiva, ressentimento, arrependimento. A maior parte delas tinha sido direcionada a Justin, o restante para a maioria das outras pessoas que cruzavam seu caminho diariamente. Além dos filhos, ela quase nunca tinha um bom pensamento sobre ninguém. Nisto, ela seguia a tradição familiar: era filha da sua mãe e neta da sua avó! Ernest a tornara ciente disso.

E se ela odiava tanto Justin, por que, em nome de Deus, ela tinha se aprisionado naquele casamento e jogado fora a chave? Ela bem que poderia tê-la atirado nas vagas inconstantes do Pacífico, agora a apenas alguns metros à medida que ela se aproximava do píer dos pescadores.

Ela sabia que tinha cometido um erro hediondo e soube disso logo depois de ter se casado. Como Ernest — maldito seja! — a tinha forçado a reconhecer, ela teve escolhas exatamente como qualquer outra pessoa: poderia ter saído do casamento ou poderia ter tentado mudá-lo. Tinha optado, optado deliberadamente — é o que parecia agora —, por nenhuma dessas opções. Em vez disto, chafurdou-se num erro infeliz.

Ela lembrava agora que Norma e Heather tinham insistido, naquela noite depois que Justin tinha fugido da vida dela, que ele tinha lhe feito um favor. Elas tinham razão. E a sua fúria por ter sido ele, e não ela, quem havia tomado a iniciativa? Quanta estupidez! Na longa meada das coisas — a frase pretensiosa de Ernest —, que diferença fazia quem deixou quem? Ambos estavam melhor fora daquele casamento. Fazia uma década que ela não se sentia tão bem. E Justin parecia melhor — dando, patética e fragilmente, o melhor de si para ser um pai mais presente. Na semana anterior, ele tinha até concordado, sem perguntas, a ficar com os gêmeos quando ela e Jess foram passar o fim de semana em Mendocino.

Que ironia, ela pensou, que Ernest, sem suspeitar de nada, estivesse trabalhando tão arduamente com ela agora para fazer alguma coisa por seu casamento fictício com Wayne, o quanto ele era incansável na insistência em que ela enfrentasse sua situação de vida e fizesse alguma coisa a respeito, seja para mudar ou para terminar o casamento. Que piada; se ele soubesse que estava fazendo com ela exatamente a mesma coisa que tinha feito com Justin, só que, agora, ficando do lado dela, planejando com ela uma estratégia, dando a ela o mesmo conselho que deve ter dado a Justin!

Carol estava respirando com dificuldade quando chegou na Golden Gate. Tinha corrido até o fim do percurso, tocado na barreira de arame mais distante sob a ponte e, sem parar, dado a meia-volta em direção ao Forte Mason. O vento, como de costume, estava soprando do Pacífico e agora, com o vento nas costas, ela voava sem esforço passando pelos surfistas, pelos pescadores, pelos pagodes birmaneses, a pipa do Super-Homem e as gaivotas descaradas.

Depois de almoçar uma maçã Red Delicious crocante no carro, Carol voltou aos escritórios de advocacia da Jarndyce, Kaplan e Tuttle, onde tomou uma ducha e se preparou para ver seu novo cliente, encaminhado a ela por Julius Jarndyce, o sócio sênior. O sr. Jarndyce, ocupado fazendo lobby em Washington, tinha lhe pedido que cuidasse particularmente bem deste cliente, um velho amigo, o dr. Marshal Streider.

Carol viu seu cliente andando de um lado ao outro, obviamente muito agitado, na sala de espera. Quando o convidou a entrar no escritório, Marshal entrou rapidamente, sentou-se na borda de uma cadeira e começou:

— Obrigado por me receber hoje, sra. Astrid. O sr. Jarndyce, a quem conheço há muitos anos, me ofereceu um horário na semana que vem, mas este é um assunto urgente demais para protelar. Para ir direto ao

MENTIRAS NO DIVÃ

ponto: ontem, tomei conhecimento de que fui fraudado em noventa mil dólares. A senhora pode me ajudar? Que recurso está aberto para mim?

— Ser fraudado é um sensação horrível e entendo inteiramente seu senso de urgência, dr. Streider. Comecemos pelo princípio. Em primeiro lugar, diga-me o que o senhor acha que preciso saber sobre o senhor e depois vamos estudar, em detalhe e meticulosamente, exatamente o que aconteceu.

— Com prazer, mas, antes, posso ser elucidado sobre o referencial do nosso contrato?

— O referencial, dr. Streider?

— Desculpe, é um termo analítico. Quero dizer que gostaria de ser esclarecido, antes de começarmos, sobre várias coisas. Sua disponibilidade? Honorários? E confidencialidade. Confidencialidade é extremamente importante para mim.

No dia anterior, assim que ficara sabendo da falsificação, Marshal tinha entrado em pânico e ligado para Melvin. Enquanto ouvia o telefone tocar, tomou uma súbita decisão de que não queria envolver Melvin; queria um advogado mais simpático e de maior poder. Desligou o telefone e discou imediatamente para o sr. Jarndyce, um ex-paciente, um dos advogados mais eminentes de São Francisco. Mais tarde, por volta das três da manhã, Marshal percebeu que era imperativo manter todo este incidente o mais oculto possível. Ele fizera um investimento com um ex-paciente — muitos o criticariam. Isso, por si só, já era bem ruim, mas ele se sentia um idiota por ter sido logrado dessa maneira. Tomado como um todo, quanto menos pessoas soubessem disso, melhor seria. Na verdade, ele não deveria ter telefonado para Jarndyce — isso, também, tinha sido um erro de julgamento, mesmo que a terapia com ele tivesse terminado muitos anos antes. Sua decepção, portanto, ao saber que o sr. Jarndyce não estava disponível agora tinha se transformado em alívio.

— Estou disponível para esta questão enquanto o senhor precisar de mim, dr. Streider. Não tenho planos de viajar, se é isto que o senhor quer saber. Meus honorários são 250 a hora e a confidencialidade é absoluta, a mesma que na sua profissão... talvez até mais rígida.

— Gostaria que isso incluísse o sr. Jarndyce. Quero que tudo permaneça estritamente entre nós dois.

— Aceito. Pode contar com isso, sr. Streider. Então, vamos começar.

Marshal, ainda inclinando-se para a frente na borda de sua cadeira, começou a contar a Carol a história toda. Não poupou nenhum único detalhe, salvo sua preocupação com a ética profissional. Depois de trinta minutos, ele terminou e afundou-se na cadeira, exausto e aliviado. Ele não deixou de notar o quanto foi consolador ter compartilhado tudo com Carol e o quanto já se sentia ligado a ela.

— Dr. Streider, agradeço a sua honestidade. Sei que não é fácil reviver todos estes detalhes dolorosos. Antes de prosseguirmos, deixe-me perguntar uma coisa: percebi a contundência com que o senhor disse, mais de uma vez, que isto era um investimento, e não um presente, e que o sr. Macondo era um ex-paciente. Existe alguma dúvida em sua mente sobre o seu comportamento... quero dizer, sobre a ética profissional?

— Não em minha mente. Minhas ações estão fora do alcance de qualquer reprovação. Mas a senhora tem razão em chamar a atenção para isso. Pode ser um problema para os outros. Tenho sido muito franco e eloquente no meu campo sobre a defesa dos padrões profissionais do comportamento ético; participei do Comitê Estadual de Ética Médica e fui chefe da força-tarefa psicanalítica sobre ética profissional, e, portanto, minha posição nessas questões é delicada; meu comportamento não apenas deve *estar* acima de qualquer censura, mas *parecer* acima de qualquer censura.

Marshal estava perspirando intensamente e tirou um lenço para limpar a sobrancelha.

— Por favor, entenda... e isto é realidade, e não paranoia... tenho rivais e inimigos, indivíduos que não apenas estariam bem ávidos em interpretar incorretamente alguma parte do meu comportamento, mas que ficariam encantados em me ver na sarjeta.

MENTIRAS NO DIVÃ

— Então — disse Carol, erguendo os olhos de suas anotações —, deixe-me perguntar novamente: é verdade que o senhor não tem absolutamente nenhuma dúvida pessoal sobre a violação dos limites financeiros entre terapeuta e paciente?

Marshal parou de limpar a fronte e olhou, surpreso, para a sua advogada. Obviamente, ela estava bem informada sobre tais questões.

— Bem, é óbvio demais para precisar ser dito, mas, em retrospecto, gostaria que eu tivesse me comportado de uma maneira diferente. Gostaria que eu tivesse sido mais rígido, como geralmente sou, em tais questões. Gostaria que eu tivesse dito a ele que nunca faço investimentos pessoais com pacientes ou ex-pacientes. Agora, pela primeira vez, começo a compreender que tais regras são uma proteção não apenas para o paciente, mas também para o terapeuta.

— Esses rivais ou inimigos, eles representam... quer dizer, seriam uma consideração importante?

— Não estou bem certo de o que a senhora quer dizer... bem, sim... tenho rivais. E, como deixei implícito, estou muito ansioso... não, deixe-me mudar isso... estou querendo desesperadamente... privacidade neste assunto... para a minha clínica, para as minhas associações profissionais. Portanto, a resposta é sim; quero que nada deste negócio nojento venha à tona. Mas por que a senhora persevera neste aspecto particular?

— Porque — respondeu Carol — sua necessidade de sigilo está diretamente conectada aos recursos a nós disponíveis. Quanto maior seu desejo por sigilo, menos agressivos poderemos ser. Explicarei isto em um minuto. Mas existe um outro motivo pelo qual pergunto sobre segredo; é acadêmico, já que é após o fato, mas pode ser de interesse para o senhor. Não quero ser presunçosa, dr. Streider, em falar ao senhor sobre questões psicológicas, mas deixe-me ressaltar uma coisa sobre a maneira como o vigarista profissional sempre trabalha. Ele faz questão de envolver sua vítima num esquema em que a vítima sente que ela, também, está envolvida em algo marginalmente desonesto. Dessa maneira, a vítima se torna, como diríamos?... quase um coconspirador e entra em um estado de mente diferente, em um estado no qual abandona sua cautela e discernimento normais. Além do mais, já que a vítima se sente até ligeiramente conspiratória, ela se mostra avessa a buscar ajuda de consultores financeiros confiáveis que, normalmente, ela poderia empregar. E, pelo mesmo motivo, depois da fraude, a vítima se mostra avessa a levar o processo judicial adiante, com determinação.

— Esta vítima não tem nenhum problema nessa esfera — disse Marshal. — Vou pegar aquele bastardo e o empurrar contra a parede. Não importa o que for necessário.

— Não de acordo com aquilo que o senhor acabou de me contar, dr. Streider. O senhor disse que privacidade é uma prioridade. Faça a si mesmo esta pergunta, por exemplo: estaria disposto a se envolver num julgamento público?

Marshal permaneceu em silêncio, a cabeça caída.

— Desculpe, dr. Streider, preciso enfatizar este ponto ao senhor. Não quero, de maneira alguma, desestimulá-lo. Sei que não é disso que o senhor precisa agora. Mas vamos em frente. Precisamos examinar rigorosamente cada detalhe. Parece-me, de tudo o que o senhor disse, que Peter Macondo é um profissional, já fez isto antes e é altamente improvável que tenha deixado pistas. Em primeiro lugar, conte-me sobre as investigações que o senhor mesmo realizou. Pode fazer uma lista das pessoas que ele mencionou?

Marshal narrou suas conversas com Emil, Roscoe Richardson e o reitor da Universidade do México. E seu fracasso de conseguir entrar em contato com Adriana e Peter. Ele lhe mostrou o fax que tinha recebido aquela manhã do Pacific Union Club — uma cópia de um fax do Baur au Lac Club de Zurique declarando que não tinham nenhum conhecimento de um Peter Macondo. Eles confirmaram que o fax tinha sido enviado em seu papel timbrado e da máquina de fax em sua biblioteca, mas ressaltaram que qualquer membro, qualquer convidado, mesmo um ex-convidado, mesmo um hóspede no hotel vizinho ao clube, poderia ter facilmente entrado, tomado emprestado seu papel timbrado e usado aquela máquina de fax.

MENTIRAS NO DIVÃ

— É possível — perguntou Marshal enquanto Carol lia — que evidências incriminatórias possam ser encontradas naquele fax, ou no fax da Universidade do México?

— Ou aquele fax supostamente enviado da Universidade do México! — respondeu Carol. — Provavelmente ele mesmo o enviou.

— Então talvez possamos descobrir o local da máquina de onde ele veio. Ou impressões digitais? Ou entrevistar de novo o vendedor da joalheria, aquele que vendeu a ele o meu Rolex? Ou os registros de companhias aéreas que voam para a Europa? Ou controle de passaporte?

— Se, de fato, ele foi realmente à Europa. O senhor só sabe daquilo que ele lhe contou, dr. Streider, o que ele queria que o senhor soubesse. Pense nisso: não há uma única fonte de informação independente. Ele pagou em dinheiro por tudo. Não, não há nenhuma dúvida: seu homem é um verdadeiro profissional. Naturalmente devemos informar o FBI. Indubitavelmente o banco já o fez: eles são obrigados a notificar fraude internacional. É este o número a telefonar; simplesmente pergunte pelo agente do turno. Eu poderia auxiliá-lo com isto, mas só aumentaria as suas despesas legais.

"A maioria das perguntas que o senhor está fazendo", continuou Carol, "é investigativa, e não legal, e seria mais bem respondida por um detetive particular. Posso lhe recomendar um bom detetive, se quiser, mas meu conselho é: tenha cuidado; não coloque muito mais do seu dinheiro e energia naquilo que provavelmente será uma perseguição em vão. Já vi muitos destes casos. Este tipo de criminoso raramente é apanhado. E, quando são, raramente têm algum dinheiro sobrando.

— No final, o que acaba acontecendo a eles?

— São basicamente autodestrutivos. Mais cedo ou mais tarde, o seu sr. Macondo irá se destruir; assumir um risco grande demais, talvez tentar fraudar a pessoa errada e acabar morto no porta-malas de um carro.

— É possível que ele já esteja começando a se destruir. Olhe o risco que ele assumiu aqui, olhe o seu alvo: um psicanalista. Admito que funcionou em mim, mas, ainda assim, ele está escolhendo um observador altamente treinado do comportamento humano, um que provavelmente identificará a trapaça.

— Não, dr. Streider, discordo. Tenho um bocado de experiência que sugere exatamente o oposto. Não tenho a liberdade de discutir minhas fontes, mas tenho evidências de que os psiquiatras podem estar entre as pessoas mais crédulas. Quer dizer, afinal de contas, eles estão acostumados com as pessoas lhes contando a verdade, pessoas que lhes pagam para ouvir suas histórias verdadeiras. Acho que os psiquiatras são fáceis de trapacear. É possível que o senhor não seja a primeira vítima dele desse tipo. Quem sabe? Trapacear os terapeutas poderia até ser seu nicho.

— Isto sugere que é possível pegá-lo numa armadilha. Sim, sra. Astrid, realmente quero o nome do seu detetive. Fui um *linebacker* de nível internacional; sei como perseguir e sei como abordar. Estou tão inteira e involuntariamente envolvido, tão tenso; agora até o limite possível, que não consigo esquecer. Não consigo pensar em mais nada, não consigo atender os pacientes, não consigo dormir. Só tenho dois pensamentos em minha mente agora: primeiro, dilacerá-lo, e segundo, conseguir de volta os meus noventa mil dólares. Estou desconsolado pela perda daquele dinheiro.

— Tudo bem, vamos nos dedicar a isso. Dr. Streider, forneça-me um quadro, se desejar, da sua situação financeira: renda, dívidas, investimentos, poupanças, tudo.

Marshal explicou detalhadamente toda a sua situação financeira enquanto Carol tomava notas rapidamente em folha após folha de um papel amarelo pautado.

Quando ele tinha terminado, Marshal apontou para as anotações de Carol e disse:

— Então, a senhora vê, sra. Astrid, que não sou um homem rico. E vê o que significa eu perder noventa mil dólares. É devastador, a pior coisa que já me aconteceu. Quando penso nos meses e meses que trabalhei para isto, acordando às seis da manhã para encaixar um paciente extra, acompanhando, comprando e vendendo as minhas ações, telefonemas diários ao meu corretor e conselheiro financeiro, e... e... quer dizer... não sei como poderei me recuperar disto. Deixará uma cicatriz em mim e na minha família, permanentemente.

Carol estudou suas anotações, repousou-as e, numa voz tranquilizadora, disse:

— Deixe-me colocar isto em perspectiva para o senhor. Primeiro, tente entender que isto não é um prejuízo de noventa mil dólares. Com o registro de uma nota de garantia bancária falsificada, seu contador irá tratar isto como uma perda de capital e descontar os ganhos substanciais de capital que o senhor teve no ano passado e provavelmente terá no futuro. Mais ainda, três mil por ano poderão ser usados para compensar a renda regular nos próximos dez anos. Portanto, num só golpe, acabamos de reduzir substancialmente o seu prejuízo para menos de cinquenta mil.

"O segundo e último argumento que terei de ter tempo para defender hoje, pois tenho outro cliente esperando, é que, ao examinar a sua situação financeira pelas informações que o senhor me forneceu, não vejo devastação. O senhor foi um bom provedor, um excelente provedor, para a sua família e foi um investidor bem-sucedido. A verdade é que este prejuízo não mudará materialmente a sua vida em qualquer sentido!"

— A senhora não entende... a educação do meu filho, minha coleção...

— Na próxima vez, dr. Streider. Preciso parar agora.

— Quando é a próxima vez? Tem algum horário amanhã? Não sei como vou conseguir passar os próximos dias.

— Sim, estou livre às três da tarde amanhã. O senhor poderia?

— Farei com que eu possa. Vou cancelar qualquer compromisso. Se me conhecesse melhor, dra. Astrid...

— Sra. Astrid, mas obrigada pela promoção.

— Sra. Astrid... mas o que eu ia dizer é que, se a senhora me conhecesse, entenderia que a situação deve ser realmente grave para que eu cancele os pacientes. Ontem foi a primeira vez que fiz isto em vinte anos.

— Vou me disponibilizar o máximo possível para o senhor. Entretanto, também queremos manter os custos baixos. Sinto-me constrangida em dizer isto a um psiquiatra, mas a melhor coisa para o senhor agora é conversar intimamente com um confidente: um amigo, um terapeuta. O senhor está preso a uma perspectiva que está aumentando o seu pânico e o senhor precisa de outro ponto de vista. O que me diz da sua esposa?

— Minha mulher vive num outro mundo, o mundo do *ikebana*.

— Onde? Ike... o quê? Desculpe, não entendi.

— *Ikebana*, sabe, o arranjo floral japonês. Ela é viciada nisso e nos seus camaradas budistas que fazem meditação. Mal a vejo.

— Ah... entendo... o quê? Ah, sim, *ikebana*... sim, já ouvi falar disso... arranjo floral japonês. Compreendo. E ela fica longe, o senhor disse perdida naquele mundo? Não fica muito tempo em casa?... Puxa, isso deve ser horrível para o senhor. Terrível. E o senhor está sozinho... e precisa dela agora. Terrível.

Marshal ficou surpreso, mas comovido, com a resposta de Carol, não muito própria de uma advogada. Ele e Carol ficaram em silêncio por alguns momentos até que Marshal quebrou o silêncio:

— E a senhora diz que tem outro cliente agora?

Silêncio.

— Sra. Astrid, a senhora diz...

— Desculpe, dr. Streider — disse Carol ao se levantar —, minha mente devaneou por um minuto. Mas encontre-me amanhã. Aguente firme. Estou do seu lado.

CAPÍTULO
24

EPOIS DA SAÍDA de Marshal, Carol ficou aturdida por vários minutos. *Ikebana*! Arranjo floral japonês! Não havia nenhuma dúvida — o cliente dela, dr. Streider, era o ex-terapeuta de Jess. Ele tinha, de tempos em tempos, conversado sobre seu terapeuta anterior — sempre em termos altamente positivos, sempre enfatizando sua decência, dedicação, o quanto ajudava. No início, ele havia se esquivado das perguntas de Carol sobre começar a terapia com Ernest, mas, quando o relacionamento entre eles se aprofundou, contou a ela sobre aquele dia em abril, quando, num lugar escondido entre os galhos do bordo-chorão escarlate, ele se deparou com a chocante visão da mulher do seu terapeuta encadeada num abraço intenso com um monge budista com túnica cor de açafrão.

Mas Jess fez questão de respeitar a privacidade de seu ex-terapeuta e não tinha revelado seu nome. *Mas não poderia haver nenhum engano nisto*, pensou Carol, *tinha de ser Marshal Streider. Quantos terapeutas têm uma esposa especialista em* ikebana *e budista?*

Carol mal podia esperar para ver Jess no jantar; não se lembrava da última vez que estivera tão ansiosa para compartilhar algumas notícias com um amigo. Ela imaginava a expressão de incredulidade de Jess, sua boca macia e redonda dizendo: "Não! Não acredito! Horrível. Noventa mil dólares! E, acredite, este homem trabalha duro por seu dinheiro. E de todas as pessoas no mundo, ele foi até você!" Ela se imaginava ouvindo cada palavra. Carol se estenderia nos detalhes para prolongar o máximo possível a história suculenta.

Mas, então, ela abruptamente se deteve ao perceber que não poderia contar a Jess. *Não posso contar nada sobre Marshal Streider*, pensou ela. *Não posso sequer revelar que o vi. Fiz um juramento explícito de defender o sigilo profissional.*

Ainda assim, ela estava morrendo de vontade de lhe contar. Talvez, algum dia, possa haver uma maneira. Mas, por ora, ela deveria se satisfazer com qualquer alimento escasso que conseguisse extrair do fino mingau do respeito ao código de ética da sua profissão. E de se satisfazer, também, em se comportar como Jess gostaria que ela se comportasse: oferecer toda a ajuda possível ao seu ex-terapeuta. Isto não seria fácil. Carol nunca tinha conhecido um psiquiatra de quem gostasse. E do dr. Streider em particular, gostou menos que da maioria: ele se lamentava demais, levava a si próprio exageradamente a sério e recorria a imagens machistas pueris do futebol americano. E, mesmo estando momentaneamente humilhado por esta fraude, ela conseguia sentir sua arrogância. Não era difícil de entender por que ele tinha inimigos.

Entretanto, Jess recebera muito do dr. Streider e, portanto, Carol, como um presente a Jess, assumiu o compromisso de se esforçar para ajudar este cliente de todas as maneiras possíveis. Ela gostava de dar presentes a Jess, mas um presente secreto — ser uma boa samaritana secreta, sem que Jess sequer ficasse sabendo das suas boas ações —, isso seria difícil.

Os segredos sempre foram o seu forte em termos de processos judiciais. Carol era uma mestre da manipulação e intriga no seu trabalho de litígio. Nenhum litigante gostava de estar do lado oposto ao dela no tribunal; ela tinha conquistado a reputação de ser engenhosa e perigosamente cheia de artimanhas. Dissimulação sempre foi fácil para ela e ela fazia poucas distinções entre seu comportamento profissional e pessoal. Mas nas últimas semanas, ela havia começado a ficar cansada das artimanhas. Existia algo de deliciosamente refrescante em ser honesta com Jess. Todas as vezes que ela o via, tentava assumir um novo risco. Depois de apenas umas poucas semanas, tinha revelado a Jess mais do que já havia compartilhado com qualquer outro homem. Salvo um único assunto, é claro: Ernest!

Nenhum deles falava muito sobre Ernest. Carol tinha sugerido que a vida seria menos complicada se eles não falassem um com o outro de suas respectivas terapias e não falassem um do outro para o seu terapeuta comum. No início, ela teria gostado de virar Jess contra Ernest, mas desistiu logo desse plano — não havia nenhuma dúvida de que Jess estava tirando um enorme proveito da terapia e gostava imensamente de Ernest. Carol, é claro, não revelou nada de seu comportamento tortuoso nem de seus sentimentos por Ernest.

— Ernest é um terapeuta extraordinário — exclamou Jess certo dia depois de uma sessão particularmente boa. — Ele é muito honesto e humano. — Jess continuou e descreveu a sessão deles naquele dia. — Ernest realmente tocou em um ponto importante hoje. Ele me disse que sempre que ele e eu ficávamos mais próximos, sempre que passávamos a ter uma maior intimidade, eu invariavelmente o repelia, seja contando alguma piada homofóbica ou entrando numa distração intelectual.

"E ele está certo, Carol, faço isso o tempo todo com os homens, especialmente com meu pai. Mas vou lhe dizer o que foi assombroso nele: ele continuou e reconheceu que *também* achava incômodo uma intimidade masculina intensa, que ele tinha conspirado comigo por se deixar distrair pelas minhas piadas ou por entrar em alguma discussão intelectualizada.

"Pois bem, não é raro esse tipo de honestidade vindo de um terapeuta", disse Jess, "especialmente depois de tantos anos com psiquiatras distantes, tensos? O mais surpreendente ainda é como ele consegue manter este nível de intensidade, sessão após sessão."

Carol ficou surpresa de saber o quanto Ernest era autorrevelador com Jess e, de uma maneira estranha, quase decepcionada de saber que ele não era assim apenas com ela. De uma maneira esquisita, ela se sentiu enganada. Contudo, Ernest nunca tinha dado a entender que a tratava de uma maneira diferente dos outros pacientes. Fortaleceu o pensamento de que ela poderia estar enganada sobre ele, que sua intensidade não era, afinal, um prelúdio para a sedução.

Na verdade, todo o seu projeto bizantino para com Ernest estava se transformando num lamaçal. Mais cedo ou mais tarde, Jess teria que mencioná-la na sua terapia e então Ernest ficaria sabendo da verdade. E seu objetivo de desacreditar Ernest, de colocá-lo fora da profissão e romper seu relacionamento com Justin já não fazia muito sentido. Justin tinha lentamente se tornado irrelevante, e Ralph Cooke e Zweizung tinham voltado para o passado. Qualquer prejuízo a Ernest resultaria em nada além de dor para Jess e, em última instância, para ela. Raiva e vingança tinham impelido Carol por tanto tempo que, agora, sem elas, ela se sentia perdida. Sempre que refletia sobre seus motivos — e ela o fazia cada vez mais —, sentia-se confusa sobre o que estava fazendo e por que estava fazendo.

Mesmo assim, ela continuou, como se em piloto automático, a ser sexualmente sedutora com Ernest. Há duas sessões, durante seu abraço de despedida, ela o puxou firmemente contra si. Ele imediatamente congelou e disse claramente: "Carolyn, é evidente que você ainda quer que eu seja seu amante, exatamente como Ralph era. Mas agora está na hora de você parar com isso. É impossível que eu me envolva sexualmente com você. Ou com qualquer uma de minhas pacientes!"

Ernest imediatamente se arrependera de sua resposta agressiva e, na sessão seguinte, voltara a ela.

— Peço desculpas por minha agressividade na última sessão, Carolyn. Não é frequente eu perder o controle daquele jeito, mas existe algo muito estranho, muito impetuoso, na sua persistência. E tão autodestrutivo, me parece... Acho que poderemos fazer um bom trabalho juntos, tenho certeza de que tenho muito a lhe oferecer, mas o que não entendo é por que você continua tentando sabotar nosso trabalho.

A resposta de Carol, suas súplicas sobre precisar mais dele, suas referências a Ralph Cooke, soavam vazias mesmo para ela, e Ernest respondeu impacientemente:

— Sei que isso deve parecer repetitivo, mas, enquanto você continuar fazendo pressão contra os meus limites, teremos de continuar a passar por isso, várias vezes seguidas. Em primeiro lugar, estou convencido de que me tornar seu amante será prejudicial a você. Sei que você acredita no contrário e tentei de todas as maneiras convencê-la. Você não crê que eu possa ter uma preocupação genuína. Portanto, hoje vou tentar alguma coisa mais. Vou conversar sobre o nosso relacionamento, do meu ponto de vista egoísta, da perspectiva daquilo que é bom para mim.

"O ponto fundamental é que vou evitar agir de uma maneira que me cause dor mais tarde. Sei qual será para mim o resultado de qualquer envolvimento sexual: irei me sentir mal comigo mesmo durante muitos anos no futuro, provavelmente para sempre. E não vou me tratar dessa maneira. E isso nem sequer chega a tocar nos riscos legais. Eu poderia perder minha licença. Trabalhei muito para chegar onde estou, adoro o que faço e não estou disposto a colocar em perigo minha carreira toda. E está na hora de você começar a examinar por que você está pedindo isso de mim."

— Você está enganado. Não existe nenhum risco legal — contra-argumentou Carol —, porque não pode haver nenhuma ação legal sem ser protocolada uma queixa, e eu nunca, jamais, farei isso. Quero que você seja meu amante. Nunca poderia prejudicá-lo.

— Sei que você se sente assim. *Agora*. Mas são centenas de processos judiciais iniciados a cada ano e, em todos os casos, sem exceção, o paciente já tinha se sentido exatamente da mesma maneira que você se sente neste momento. Então, deixe-me colocar de uma maneira bem franca e bem egoísta: estou me comportando de acordo com meu próprio interesse!

Nenhuma resposta de Carol.

— Bem, acho que é o bastante, Carolyn, falei sem rodeios. Não posso ser mais claro. Você tem uma decisão a tomar. Vá para casa. Pense cuidadosamente sobre o que eu disse. Acredite em mim quando digo que nunca serei fisicamente íntimo de você, estou sendo inteiramente sério a este respeito, e depois decida se ainda quer continuar a me consultar.

Eles se separaram com uma mensagem sombria. Sem abraço. E, desta vez, sem arrependimentos por parte de Ernest.

Carol sentou-se na sala de espera de Ernest para colocar seus tênis de corrida. Abriu a bolsa e releu algumas de suas anotações sobre as sessões:

Incita-me a chamá-lo "Ernest", telefonar para a casa dele, diz que sou atraente em todos os sentidos da palavra, senta-se ao meu lado no sofá, convida-me a lhe fazer perguntas sobre ele mesmo, afaga meu cabelo, diz que se tivéssemos nos conhecido em qualquer outro lugar, gostaria de ser meu amante...

Ela pensou em Jess, que estaria esperando por ela em frente ao Green's Restaurant. *Droga*. Carol rasgou as anotações e partiu correndo.

CAPÍTULO
25

A VISITA DE MARSHAL a Bat Thomas, o investigador particular que Carol tinha indicado, começou de forma promissora. Ele parecia se encaixar no papel: rosto de traços marcados, roupas enrugadas, dentes tortos, tênis, ligeiramente acima do peso e fora de forma — provavelmente o resultado de álcool demais e um número excessivo de operações sedentárias de vigilância. Suas maneiras eram bruscas e duras, sua mente, poderosa e disciplinada. Em seu escritório, um edifício dilapidado de quatro andares, sem elevador, ao lado de Fillmore, espremido entre uma quitanda e uma padaria, os equipamentos necessários estavam todos nos devidos lugares: um divã decadente e surrado de couro verde, assoalhos simples de madeira e uma mesa de madeira toda riscada, com uma caixa de fósforos servindo de calço sob uma das pernas.

Marshal gostou de subir correndo as escadas — tinha estado agitado demais para jogar basquete ou fazer jogging nos últimos dias e sentiu falta dos exercícios. E, no início, gostou de conversar com o investigador honesto.

Bat Thomas concordava inteiramente com Carol. Depois de ouvir Marshal descrever o incidente todo, inclusive a angústia com a sua estupidez, a magnitude do prejuízo e o terror com a exposição pública, comentou:

— Sua advogada está certa. Carol raramente erra e já trabalho com ela há anos. O sujeito é um profissional. Vou lhe dizer de que parte eu gosto: aquele pedaço sobre o cirurgião de Boston e o pedido de que o ajudasse a trabalhar a culpa dele... ei, ei, técnica dinamite! Também comprando o seu silêncio com aquele Rolex de 3.500 dólares. Coisa fina, superfina! Um amador teria lhe dado um relógio falsificado. E levá-lo ao Pacific Union Club. Ótimo! Ele conseguiu pescá-lo. Rápido. Você se revelou um pouco. Cara astuto. Tem sorte de ele não ter levado mais. Mas vejamos o que podemos conseguir dele. Tem qualquer outro nome que ele tenha mencionado? Como ele chegou até você, pra começo de conversa?

— Disse que uma amiga de Adriana tinha me indicado — respondeu Marshal. — Não deu nenhum nome.

— Você tem os números dele e da noiva? Vou começar com esses. E o número de telefone dele em Zurique também. Ele teve de fornecer alguma identificação para conseguir o serviço telefônico, então vou verificar isso hoje. Mas não tenha muita esperança. Provavelmente falsa. Como ele se locomovia? Viu um carro?

— Não sei como ele chegou ao meu consultório. Carro alugado? Táxi? Quando saímos do Pacific Union Club, ele foi andando até o hotel... apenas algumas quadras. Que tal rastrear o fax da Universidade do México?

— Os fax não levam a lugar algum, mas me dê e vou dar uma examinada. Sem dúvida, ele criou um logotipo no computador e ele próprio enviou por fax ou mandou a garota enviar. Vou seguir a pista dos nomes deles e ver se há alguma coisa no computador do CNIC; é o Centro Nacional de Informações sobre Crimes. Tenho alguém que, por um pequeno pagamento, pode entrar no computador e procurar por ele. Vale uma tentativa, mas não tenha muitas esperanças; seu homem está usando um codinome. Provavelmente faz isso três ou quatro vezes por ano, talvez apenas com psiquiatras. Nunca tinha ouvido falar desse *modus operandi*, mas vou checar por aí. Ou ele pode ir atrás de dinheiro mais grosso; cirurgiões, talvez. Mas, mesmo com um peixe pequeno como você, ele tira líquido quatrocentos ou quinhentos mil por ano. Nada mau quando você considera que é livre de impostos! Este cara é bom; ele vai longe! Vou precisar de um adiantamento de quinhentos só para começar.

MENTIRAS NO DIVÃ

Marshal fez um cheque e pediu um recibo.

— Certo, doutor, estamos conversados. Vou mergulhar direto nisso. Volte esta tarde por volta das cinco ou seis e veremos o que temos.

Marshal voltou naquela tarde só para ficar sabendo que nada tinha aparecido. Adriana havia conseguido um serviço telefônico usando uma carteira de motorista e um cartão de crédito roubados do Arkansas. Peter disse que pagou em dinheiro por tudo no Fairmont Hotel e usou um cartão American Express falsificado como garantia. Todos os fax foram de origem local. O telefone de Zurique foi conseguido com o mesmo cartão da AMEX.

— Sem pistas — disse Bat. — Zip! O sujeito é escorregadio, bem escorregadio. É preciso respeitá-lo.

— Peguei o quadro geral. Você gosta do trabalho desse sujeito. Fico contente de saber que vocês dois estão se dando tão bem — disse Marshal. — Mas, lembre-se, eu sou o seu cliente e quero pegá-lo.

— Quer pegá-lo? Só existe uma coisa a fazer: tenho amigos no Esquadrão de Fraudes. Vou falar com eles, almoçar com o meu amigo Lou Lombardi. Ele me deve um favor. Podemos checar trapaças semelhantes, outros psiquiatras ou médicos com quem fizeram do mesmo jeito: o cliente rico, curado, agradecido, a insistência de recompensar o cirurgião que faz milagres, o Rolex, o patronato para palestras, investimentos no exterior e a dica de culpa para médicos que foram malsucedidas no passado. Esse roteiro é bom demais para não ter sido usado antes.

— Vá atrás do safado de todas as maneiras que puder.

— Tem uma complicação: você tem que ir comigo fazer uma queixa formal: é o território do Esquadrão de Fraudes de São Francisco; você fez a transação nesta cidade. Mas precisa usar o seu nome e não há como esconder da imprensa; não dá para fazer, você tem que estar preparado. Sabe, aquela droga no jornal, uma manchete do tipo *Carteira de psiquiatra subtraída por ex-paciente!*

Marshal, as mãos segurando a cabeça, grunhiu.

— Isso é pior que a trapaça. Iria me arruinar! Reportagens de jornal falando que aceitei um Rolex de um paciente? Como pude ser tão estúpido? Como pude?

— É seu dinheiro e sua decisão. Mas não posso ajudá-lo se você amarrar minhas mãos.

— Aquele maldito Rolex me custou noventa mil dólares! Estúpido, estúpido, estúpido!

— Seja tolerante consigo mesmo, doutor. Não há garantia de que o Esquadrão de Fraudes consiga apanhá-lo... o mais provável é que ele esteja fora do país. Olha, sente-se de novo, quero contar uma história. — Bat acendeu um cigarro, jogando o palito de fósforo no chão.

"Uns anos atrás, fui de avião a Nova York a negócios e para ver minha filha, que tinha acabado de ter meu primeiro neto. Um lindo dia de outono, um tempo revigorante, estou andando pela Broadway pela altura da 39th ou 40th, pensando que talvez eu devesse ter trazido um presente. Meus filhos sempre acharam que eu era sovina. Então, eu me vi numa tela de tevê na rua; algum delinquente anunciando uma *minicamcorder* da Sony novinha em folha por 150 dólares. Uso isso o tempo todo no meu trabalho. Custa cerca de seiscentos. Regateio com ele até chegar a 75, ele manda um garotinho sair correndo e, cinco minutos depois, um velho Buick chega até a calçada com umas doze *camcorders* em caixas originais da Sony no banco traseiro. Eles ficam o tempo todo olhando furtivamente para todos os lados, me contando aquela típica besteira sobre terem caído de um caminhão. Roubadas, obviamente. Mas sonso avarento que sou, acabo comprando mesmo assim. Dou a eles os 75 mangos, eles vão embora e eu levo a caixa de volta ao hotel. Então, começo a ficar paranoico. Eu era um investigador importante num caso de fraude bancária de milhões de dólares e tinha que ficar limpo. Senti que estava sendo seguido. Depois que eu estava de volta ao hotel, fiquei ainda mais convencido de que estavam armando uma para mim. Fico com medo de deixar a *camcorder* roubada no meu quarto. Tranco-a numa maleta e coloco lá embaixo no hotel. No dia seguinte, pego a maleta, levo-a até a casa da minha filha, abro a caixa da *camcorder* Sony novinha em folha e lá está: um grande tijolo!

"Portanto, doutor, tire um pouco do peso que está sobre você mesmo. Acontece com os profissionais. Com os melhores entre nós. Você não pode viver a vida toda sempre olhando por sobre o ombro, sempre achando que os seus amigos vão te destroçar. Às vezes, só vai ser azarado o bastante para estar no caminho de um motorista bêbado. Desculpe, doutor. Mas são sete horas. Tenho um serviço esta noite. Mais tarde vou enviar uma conta, mas seus quinhentos praticamente cobrirão as despesas."

Marshal olhou para cima. Pela primeira vez, ele realmente entendeu que tinham lhe roubado os noventa mil dólares.

— E então? É isso? É o que consigo pelos meus quinhentos dólares? Sua historinha exótica sobre o tijolo e a *camcorder*?

— Olha aqui, eles te pegaram e você ficou mais limpo que bumbum de neném, chega aqui sem a menor noção de nada, sem uma pista, sem nada... pede minha ajuda, dou quinhentos dólares do meu tempo e do tempo do meu pessoal. E não é que eu não o tenha avisado. Mas você não pode amarrar as minhas mãos, não deixar que eu faça o meu trabalho, e depois ficar choramingando que seu dinheiro não foi bem gasto. Sei que você está furioso. Quem não estaria? Mas ou você me deixa ir atrás dele com tudo que tenho ou desista.

Marshal ficou em silêncio.

— Quer meu conselho? O taxímetro está desligado: nenhuma cobrança a mais por isso: *dê adeus àquele dinheiro*. Considere uma das duras lições da vida.

— Bem, Bat — disse Marshal olhando por cima dos ombros enquanto saía do escritório —, não desisto tão fácil assim. Aquele filho da mãe pegou o cara errado.

— Doutor — Bat o chamou enquanto Marshal descia as escadas —, se estiver pensando em bancar o Cavaleiro Solitário, não faça! Aquele sujeito é mais esperto que você! Muito mais esperto!

— Vá pro inferno — murmurou Marshal enquanto saía pela porta para a Fillmore.

Marshal fez uma longa caminhada até sua casa, considerando cuidadosamente suas opções. Mais tarde, naquela mesma noite, agiu com determinação. Em primeiro lugar, telefonou para a Pac Bell e acertou os detalhes para a instalação de mais uma linha telefônica em casa com um número que não constasse na lista e uma secretária eletrônica. Depois, enviou por fax um anúncio a ser publicado no próximo número do *Psychiatric News* da Associação Psiquiátrica Americana, enviado semanalmente para todos os psiquiatras do país:

AVISO: Você está tratando de um paciente por terapia rápida (masc., branco, rico, atraente, quarenta anos, esbelto) por causa de problemas com os filhos e a noiva, envolvendo dispersão de bens e acordo pré-nupcial, que oferece grandes oportunidades de investimento, presentes, palestras patrocinadas? Você pode estar correndo perigo. Telefone para 415-555-1751. Absolutamente confidencial.

CAPÍTULO
26

AS NOITES ERAM especialmente difíceis para Marshal. Agora, só conseguia dormir com a ajuda de sedativos pesados. Durante o dia, nada poderia impedir que ele revivesse continuamente cada minuto que tinha passado com Peter Macondo. Às vezes, esquadrinhava todos os recantos da sua memória em busca de novos indícios, outras vezes, inventava fantasias de vingança nas quais ele armava uma cilada para Peter nos bosques e o surrava até que perdesse os sentidos; às vezes, simplesmente ficava deitado acordado, se desprezando violentamente por sua estupidez e imaginando Peter e Adriana acenando alegremente enquanto passavam zunindo com um Porsche novo de noventa mil dólares.

Mas os dias também não eram fáceis. A ressaca do sedativo, apesar dos expressos duplos, durava até o meio-dia e era apenas com um enorme esforço que Marshal conseguia passar suas horas com os pacientes. Seguidas vezes, ele imaginava sair do seu papel e invadir a sessão analítica: "Pare de se lamentar" ele queria dizer. Ou: "Não conseguiu dormir por uma hora... chama isso de insônia? Fiquei acordado a metade da droga da noite!" Ou: "Então, depois de dez anos, o senhor viu a Mildred no armazém e, de novo, teve aquela sensação mágica, aquela dorzinha aguda de desejo, aquele pequeno lampejo de medo! Grande porcaria! Vou lhe contar o que é dor."

Mesmo assim, Marshal continuou se apegando a qualquer orgulho que conseguisse ter por saber que a maioria dos terapeutas, passando por seu nível de sofrimento, teria há muito jogado a toalha e tirado uma licença médica. Quando as coisas ficam difíceis, ele lembrou a si mesmo, o durão vai em frente. E, portanto, hora após hora, dia após dia, ele engolia a dor e a expelia.

Só duas coisas faziam Marshal ir em frente. Em primeiro lugar, o desejo ardente de vingança; ele verificava a secretária eletrônica várias vezes ao dia, na esperança de uma resposta ao seu anúncio no *Psychiatric News*, esperando alguma pista que o levasse a Peter. Segundo, as visitas calmantes à sua advogada. Uma ou duas horas antes de cada encontro com Carol, Marshal conseguia pensar em pouca coisa mais; ele ensaiava o que diria, imaginava as suas conversas. Às vezes, quando pensava em Carol, seus olhos se enchiam de lágrimas de gratidão. Cada vez que ele saía do escritório dela, seu fardo parecia mais leve. Ele não analisava o significado dos seus profundos sentimentos por ela. Não se importava muito. Em pouco tempo, as reuniões semanais não bastavam, ele quis se encontrar duas, três vezes por semana, até diariamente.

As necessidades de Marshal puseram Carol à prova. Em pouco tempo, ela havia exaurido tudo o que tinha a oferecer como advogada e estava perdida sobre como lidar com o sofrimento dele. Por fim, decidiu que poderia cumprir melhor seu papel de boa samaritana se o estimulasse a consultar um terapeuta. Mas Marshal nem quis ouvir falar nisso.

— Não posso consultar um terapeuta pelos mesmos motivos que não posso ter nenhuma publicidade sobre tudo isso. Tenho inimigos demais.

— O senhor acha que um terapeuta não conseguiria manter o sigilo?

— Não, não é tanto uma questão de sigilo, é mais uma questão de visibilidade — respondeu Marshal. — É necessário considerar que qualquer um que possa ser útil para mim terá que ter passado por um treinamento prático de análise.

— O senhor quer dizer — interrompeu Carol — que nenhum outro tipo de terapeuta, exceto um analista, seria capaz de ajudá-lo?

— Sra... eu me pergunto se a senhora se importaria de nos tratarmos pelo primeiro nome? Sra. Astrid e dr. Streider soa tão tenso e formal, considerando a natureza íntima da nossa discussão.

MENTIRAS NO DIVÃ

Carol inclinou a cabeça em aprovação, não deixando de se lembrar do comentário de Jess de que a única coisa que achava antipático em seu terapeuta era a formalidade: ele tinha menosprezado a sugestão de Jess de usar os primeiros nomes e insistiu em ser chamado de doutor...

— Carol... é, isto é melhor... diga-me a verdade: consegue me ver consultando algum terapeutazinho? Algum especialista em vidas passadas ou alguém que esteja desenhando diagramas de pais, filhos e adultos numa lousa, ou algum jovem tolo de terapia cognitiva tentando corrigir meus maus hábitos de raciocínio?

— Certo, vamos supor, por ora, que seja verdade que apenas um analista seria útil. Agora, continue com o seu argumento: por que isso se apresenta como um problema tão grande assim para você?

— Bem, conheço todos os analistas da comunidade e não acho que exista alguém que pudesse ter a neutralidade necessária em relação a mim. Tenho sucesso demais, sou ambicioso demais. Todos sabem que estou a caminho de me tornar presidente do Instituto Psicanalítico Golden Gate e que estou de olho na liderança nacional.

— Portanto, é uma questão de inveja e competição?

— É claro. Como qualquer analista poderia manter uma neutralidade analítica com relação a mim? Qualquer um que eu consultasse se deleitaria secretamente com minha má sorte. Eu provavelmente o faria se estivesse no lugar dele. Todos gostam de ver o desmoronamento dos poderosos. E logo correria a notícia de eu estar em terapia. Em um mês, todo mundo na cidade ficaria sabendo disso.

— Como?

— Não há como esconder. Os consultórios dos analistas estão agrupados. Alguém me reconheceria na sala de espera.

— E daí? É uma desgraça estar em terapia? Ouço as pessoas falarem com admiração dos terapeutas ainda dispostos a trabalhar neles mesmos.

— Entre os meus colegas, e na minha idade e nível, seria interpretado como um sinal de fraqueza, me arruinaria politicamente. E, lembre-se, sempre critiquei intensamente a má conduta profissional do terapeuta:

até elaborei as regras de disciplina e expulsão. Uma expulsão bem merecida, poderia acrescentar, do meu próprio analista do instituto. Leu sobre a catástrofe de Seth Pande nos jornais?

— O *recall* psiquiátrico? Sim, é claro! — disse Carol. — Quem conseguiria deixar de reparar nisso? Foi você?

— Fui um ator importante nisso. Talvez o principal. E, aqui entre nós, poupei o instituto. Uma história longa e confidencial, não posso entrar neste assunto, mas o ponto é este: como eu poderia voltar a falar em má conduta profissional de um terapeuta se existisse alguém na plateia que soubesse que aceitei um Rolex de um paciente? Sou forçado a ficar em silêncio, e em paralisia política, para sempre.

Carol sabia que havia algo seriamente errado com o argumento de Marshal, mas não conseguiu encontrar uma maneira de contestá-lo. Talvez sua desconfiança em relação aos terapeutas fosse parecida demais com a dela. Ela tentou outra via.

— Marshal, volte à sua declaração de que somente um terapeuta com treinamento em análise poderia ajudá-lo. Onde você e eu ficamos nisso? Olhe para mim, uma pessoa inteiramente sem treino! Como é que você me considera útil?

— Não sei *como*, só sei que você é. E, neste exato momento, não tenho energia para tentar descobrir o porquê. Talvez tudo o que você precise fazer seja simplesmente estar na sala comigo. Isso é tudo. Só deixar que eu faça o trabalho.

— Mesmo assim — disse Carol, balançando a cabeça —, não me sinto à vontade com o nosso arranjo. Não é profissional; pode até ser antiético. Você está gastando dinheiro para ver alguém que não tem nenhum conhecimento especializado na área que você precisa. E é um bom dinheiro. Afinal de contas, cobro mais que um psicoterapeuta.

— Não, pensei com muito cuidado em todos os aspectos. Como pode ser antiético? Seu cliente está solicitando porque acha que é útil. Assinarei uma declaração juramentada nesse sentido. E não é caro se você levar em consideração as consequências fiscais. Gastos médicos moderados no meu nível de renda não são dedutíveis, mas as despesas legais são. Carol, você é cem por cento dedutível. Na verdade, você é menos dispendiosa que um terapeuta, mas não é essa a razão para vê-la! A verdadeira razão é que você é a única pessoa que pode me ajudar.

E, portanto, Carol foi persuadida a continuar com suas reuniões com Marshal. Ela não teve nenhuma dificuldade em identificar os problemas de Marshal. Um por um, ele os descreveu minuciosamente para ela. Assim como tantos excelentes advogados, Carol se orgulhava de sua bela caligrafia, e suas meticulosas anotações em folhas de papel tamanho ofício logo continham uma lista convincente de questões. Por que era tão impossível para Marshal recorrer a qualquer outra pessoa em busca de ajuda? Por que tantos inimigos? E por que era tão arrogante, julgava com tanta intensidade os outros terapeutas e outras terapias? Ele era vorazmente julgador; não poupava ninguém, nem sua esposa, nem Bat Thomas, nem Emil, nem Seth Pande, nem seus colegas, nem seus estudantes.

Carol não conseguiu evitar insinuar uma pergunta sobre Ernest Lash. Sob o pretexto de que uma de suas amigas estava pensando em iniciar uma terapia com ele, pediu sua recomendação.

— Bem... e, lembre-se, isto é confidencial, Carol... ele não é a primeira pessoa que eu recomendaria a você. Ernest é um jovem brilhante e preocupado, que tem uma excelente formação em pesquisa de medicamentos. Nessa área, ele é de primeira. Sem dúvida alguma. Mas como terapeuta... bem... digamos simplesmente que ele ainda está em desenvolvimento, ainda está indiferenciado. O principal problema é que ele não teve nenhum verdadeiro estágio prático em análise além de uma limitada supervisão comigo. Nem, penso eu, ele é suficientemente maduro para assumir um treino analítico adequado: indisciplinado demais, irreverente demais e iconoclasta. Ainda pior, ele se vangloria de sua indisciplina, tenta dignificá-la sob o nome de "inovação" ou "experimentação".

Indisciplinado! Irreverente! Iconoclasta! Em consequência destas acusações, a ação de Ernest subiu vários pontos em sua avaliação.

A seguir na lista de Carol, depois de desconfiança e arrogância, vinha a vergonha de Marshal. Vergonha profunda. *Talvez arrogância e vergonha caminhassem juntas*, pensou Carol. *Talvez, se Marshal não julgasse tanto os outros, não seria tão duro consigo mesmo. Ou será que funcionava da maneira oposta? Se não fosse tão duro consigo mesmo, poderia ser mais clemente com os outros? Engraçado, agora que ela pensava nisso, viu que era exatamente dessa maneira que Ernest tinha colocado para ela.*

Na verdade, de várias maneiras, ela se reconhecia em Marshal. Por exemplo: sua fúria, seu estado de excitação, sua tenacidade, a obsessão por vingança faziam com que ela se lembrasse da reunião que tivera com Heather e Norma naquela terrível noite depois que Justin a deixara. Ela realmente nutrira a ideia de um pistoleiro, uma surra com corrente de ferro? Tinha realmente destruído os arquivos do computador de Justin, suas roupas, as lembranças da sua juventude? Nada disso parecia real agora. Parecia ter acontecido há mil anos. O rosto de Justin estava desaparecendo aos poucos da memória.

Como havia mudado tanto?, ela se perguntou. O encontro casual com Jess, provavelmente. Ou talvez simplesmente fugir do estrangulamento do casamento? E, então, Ernest passou por sua mente... seria possível que, apesar de tudo, ele tivesse conseguido contrabandear um pouco de terapia nas suas sessões?

Ela tentou raciocinar com Marshal sobre a falta de utilidade da sua fúria e ressaltou o caráter de autoderrota. Inútil. Às vezes, ela sentia vontade de transfundir um pouco de sua recém-desenvolvida moderação nele. Outras vezes, perdia a paciência e queria sacudi-lo para enfiar um pouco de sensatez nele. "Esqueça!", ela queria gritar. "Não percebe o que sua fúria e seu orgulho idiotas estão lhe custando? Tudo! Sua paz de espírito, seu sono, seu trabalho, seu casamento, suas amizades! Esqueça, simplesmente." Mas nenhuma destas abordagens ajudaria. Ela se lembrava intensamente da tenacidade de sua própria sede de vingança há apenas poucas semanas e conseguia facilmente empatizar com a raiva de Marshal. Mas não sabia como ajudá-lo a esquecer.

Alguns dos outros itens da sua lista, por exemplo, a preocupação de Marshal com dinheiro e prestígio, eram estranhos a ela. Ela não tinha nenhuma experiência pessoal com eles. Ainda assim, percebia a centralidade desses itens em Marshal: afinal, foram sua cobiça e ambição que o colocaram nesta confusão.

E sua mulher? Carol esperou pacientemente, hora após hora, que Marshal falasse dela. Mas mal falou uma palavra, a não ser para dizer que Shirley estava longe num retiro de três semanas, em Tassajara, para praticar meditação *vipassana*. Marshal também não respondeu às perguntas de Carol sobre o casamento deles, exceto para dizer que seus interesses tinham divergido e eles estavam seguindo caminhos diferentes.

Muitas vezes, enquanto corria, enquanto pesquisava os casos de outros clientes, enquanto estava deitada na cama, Carol pensava em Marshal. Tantas perguntas. Tão poucas respostas. Marshal detectava a inquietação dela e a tranquilizava dizendo que a simples ajuda para que ele formulasse e discutisse seus problemas básicos era suficiente para aliviar parte de sua dor. Mas Carol sabia que não era. Ela precisava de ajuda; precisava de um consultor. Mas quem? E então, um dia, ocorreu a ela: sabia exatamente a quem recorrer.

CAPÍTULO
27

N A SALA DE espera de Ernest, Carol decidiu que dedicaria toda a sua sessão para obter conselhos sobre como ajudar Marshal. Ela fez uma lista das áreas nas quais precisava de ajuda com o seu cliente e planejou como melhor apresentá-la a Ernest. Ela sabia que tinha de ser cuidadosa: os comentários de Marshal deixaram claro que ele e Ernest se conheciam e ela teria que enterrar a identidade de Marshal bem profundamente. Isto não assustava Carol; *au contraire*, ela circulava com desenvoltura e jovialidade nos corredores da intriga.

Mas Ernest tinha uma pauta bem diferente. Assim que ela entrou no consultório, ele iniciou a sessão.

— Sabe, Carolyn, sinto que a última sessão ficou inacabada. Terminamos no meio de algo importante.

— O que você quer dizer?

— Pareceu-me que estávamos no meio de um olhar mais investigativo do nosso relacionamento e você começou a ficar agitada. Você praticamente saiu feito um raio daqui no final da sessão. Pode falar sobre os sentimentos que teve no seu caminho do consultório até sua casa?

Ernest, assim como a maioria dos terapeutas, quase sempre esperava que o paciente iniciasse a sessão. Se ele chegasse a quebrar essa regra e introduzisse antes o tópico, era invariavelmente com a finalidade de explorar alguma questão que ficou pendente na sessão anterior. Ele tinha aprendido com Marshal há muito tempo que quanto mais as sessões de terapia fluíssem de uma para a outra, mais poderosa se tornava a terapia.

— Agitada? Não. — Carol balançou a cabeça. — Acho que não. Não me lembro muito da última sessão. Além do mais, Ernest, hoje é hoje e quero conversar com você sobre outra coisa. Preciso de algum conselho sobre um cliente que estou atendendo.

— Num minuto, Carolyn; primeiro deixe-me seguir com isso até o fim por alguns minutos. Existem algumas coisas que me parecem importantes e que quero dizer.

De qualquer maneira, de quem é esta terapia?, resmungou Carol consigo mesma. Mas assentiu amigavelmente e esperou que Ernest continuasse.

— Você se lembra, Carolyn, que eu lhe disse, na nossa primeira sessão, que nada era mais importante na terapia do que termos um relacionamento honesto? De minha parte, dei minha palavra que seria honesto com você. Contudo, a verdade é que não vivi de acordo com isso. Está na hora de purificar o ar e vou começar com meus sentimentos sobre a parte erótica... está havendo muito disso no nosso relacionamento e isso está me perturbando.

— O que quer dizer? — Carol se sentiu preocupada; o tom de Ernest deixou claro que esta não seria uma sessão comum.

— Bem, veja o que aconteceu. Desde a primeira sessão em diante, uma boa parte do nosso tempo foi dedicada a você falar sobre sua atração sexual por mim. Tornei-me o centro de suas fantasias sexuais. Várias vezes seguidas, você me pediu que tomasse o lugar de Ralph como seu amante-terapeuta. E, depois, existem os abraços no final da sessão, as tentativas de me beijar, a "hora do divã", quando você quer se sentar perto de mim.

— Sim, sim, sei disso tudo. Mas você empregou a palavra *perturbação*.

— Sim, sem dúvida alguma perturbação, e em mais de um aspecto. Em primeiro lugar, porque era sexualmente excitante.

— Você está perturbado porque eu ficava excitada?

— Não, porque eu estava. Você tem sido bem provocante, Carolyn, e já que a atividade mais importante aqui, e especialmente hoje, é honestidade, eu lhe contarei honestamente que isso tem sido perturbadoramente excitante para mim. Eu já lhe disse antes que a considero uma mulher muito atraente; é muito difícil para mim, como homem, não ser afetado por sua sedução. Você entrou nas *minhas* fantasias também. Penso em vê-la horas antes de você entrar, penso sobre o que vestir nos dias que a vejo. Tenho que admitir isso.

"Pois bem, a terapia não pode, obviamente, continuar assim. Veja você, mais do que ajudá-la a resolver esses... esses, como devo dizer?... sentimentos poderosos mas irreais por mim, acredito que eu os confundi, eu os encorajei. Gostei de abraçá-la, de tocar seus cabelos, de tê-la sentada ao meu lado no divã. E acredito que você sabe que gostei disso. Você balança a cabeça dizendo 'Não', Carolyn, mas acredito que aticei as chamas dos seus sentimentos por mim. Tenho dito 'Não, não, não' o tempo todo, mas, numa voz mais fraca, embora audível, venho também dizendo 'Sim, sim, sim'. E isso não tem sido terapêutico para você."

— Não ouvi o "Sim, sim, sim", Ernest.

— Talvez não conscientemente. Mas, se eu tenho esses sentimentos, estou certo de que você os percebeu em algum nível e foi estimulada por eles. Duas pessoas unidas num relacionamento íntimo, ou num relacionamento que está *tentando* ser íntimo, sempre comunicam tudo uma para a outra, se não explicitamente, então num nível não verbal ou inconsciente.

— Não estou certa de que concordo com isso, Ernest.

— Tenho certeza disso. Voltaremos a isso de novo. Mas quero que você pense no âmago da questão do que eu disse: seus sentimentos eróticos por mim não são bons para a terapia, e eu, com minha própria vaidade e minha própria atração sexual por você, devo assumir a responsabilidade por estimular esses sentimentos. Não tenho sido um bom terapeuta para você.

— Não, não — disse Carol, balançando vigorosamente a cabeça. — Nada disso é culpa sua...

— Não, Carolyn, deixe-me terminar... Há mais uma coisa que quero dizer a você... Antes mesmo que eu a conhecesse, tomei uma decisão consciente de que iria ser totalmente autorrevelador com meu próximo paciente. Senti, e ainda sinto, que o erro básico na terapia mais tradicional é que o relacionamento entre o paciente e o terapeuta não é genuíno. Meus sentimentos sobre isso são tão fortes que tive de romper com um supervisor analítico que eu admirava muitíssimo. É por esta mesma razão que recentemente tomei a decisão de não continuar com o treinamento psicanalítico formal.

— Não entendo as implicações disso na nossa terapia.

— Bem, significa que, com você, meu tratamento tem sido experimental. Talvez, em minha própria defesa, eu deva dizer que é um termo forte demais, já que, nos últimos anos, tenho tentado ser menos formal e mais humano com todos os meus pacientes. Mas com você há um paradoxo bizarro: eu me comprometi, comigo mesmo, a fazer um experimento de honestidade total e, contudo, nunca lhe contei sobre esse experimento. E, agora, ao fazer um inventário de onde estamos, não acredito que esta abordagem tenha sido útil. Falhei em criar o tipo de relacionamento honesto e autêntico que sei ser necessário caso você queira crescer na terapia.

— Acredito que nada disso foi culpa sua, ou culpa da sua abordagem.

— Não sei bem *o que* deu errado. Mas *alguma coisa* deu errado. Sinto um enorme abismo entre nós. Sinto uma enorme suspeita e desconfiança vindo de você, que se alterna subitamente com alguma expressão de grande afeição e amor. E sempre me sinto frustrado porque a maior parte do tempo não percebo você se sentir afetuosa ou mesmo positiva comigo. Com certeza, não estou lhe dizendo algo que você não saiba.

Carol, cabeça vergada, permaneceu em silêncio.

— Então, minha preocupação está crescendo: não fiz a coisa certa por você. Neste caso, a honestidade pode não ter sido a melhor política. Teria sido melhor se você tivesse consultado um terapeuta mais tradicional, alguém que promovesse um relacionamento terapeuta-paciente mais formal, alguém que mantivesse limites mais claros entre relacionamento terapêutico e pessoal. Entããããão, Carolyn, imagino que seja isto que queria lhe dizer. Alguma resposta?

Carol começou a falar duas vezes, mas se atrapalhou buscando as palavras. Por fim, ela disse:

— Estou confusa. Não consigo falar... Não sei o que dizer.

— Bem, posso imaginar em que você está pensando. À luz de tudo que eu disse, acho que está pensando que estaria melhor com outro terapeuta, que está na hora de dar um fim a este experimento. E acho que você pode ter razão. Eu a ajudarei nisso e ficarei feliz em dar sugestões de outros terapeutas. Você pode até estar pensando que fui desonesto em cobrá-la por um procedimento experimental. Se for isso, vamos falar a respeito; talvez devolver seus pagamentos seja a coisa correta a fazer.

O fim do experimento... há uma certa melodia nisso, pensou Carol. *É a saída perfeita para toda essa farsa pegajosa. Sim, está na hora de ir embora, está na hora de acabar com a mentira. Deixe Ernest para Jess e Justin. Talvez você esteja certo, Ernest. Talvez seja hora de encerrarmos a terapia.*

Era o que ela deveria ter dito; em vez disso, ela se viu dizendo algo muito diferente.

— Não. Errado em todos os aspectos. Não, Ernest, não é a abordagem da sua terapia que está errada. Não gosto da ideia de você a mudar por minha causa... isso me aborrece... me aborrece bastante. Certamente uma única paciente não é suficiente para que você chegue a tal conclusão. Quem sabe? Talvez seja cedo demais para dizer. Talvez seja a perfeita abordagem para mim. Dê-me tempo. Gosto da sua honestidade. Sua honestidade não me fez nenhum mal. Talvez tenha me feito muito bem. Quanto a devolver seus honorários, isto está fora de questão. E, a propósito, como advogada, quero aconselhá-lo contra tais declarações no futuro. Deixa você vulnerável a questões judiciais.

"A verdade?", continuou Carol. "Quer a verdade? A verdade é que você me ajudou. Mais do que você imagina. E, não, quanto mais penso nisso, não quero parar de vê-lo. E não verei mais ninguém. Talvez tenhamos encerrado um período difícil. Talvez, inconscientemente, eu estivesse testando você. Acho que estava. E testando-o severamente."

— Como me saí no teste?

MENTIRAS NO DIVÃ

— Acho que você passou. Não, melhor que isso... o melhor da sua classe.

— Do que se tratava o teste?

— Bem... não tenho certeza se sei... deixe-me pensar sobre o assunto. Bem, sei algumas coisas sobre isso, mas poderíamos guardar para uma outra vez, Ernest? Tem uma coisa que *preciso* conversar com você hoje.

— Tudo bem, mas estamos entendidos? Você e eu?

— Cada vez mais entendidos.

— Passemos à sua agenda. Você disse que envolvia um cliente.

Carol descreveu a situação dela com Marshal, revelando que ele era um terapeuta, mas, em todos os outros aspectos, disfarçando cuidadosamente a identidade dele e lembrando a Ernest do compromisso profissional dela com o sigilo e que, portanto, ele não poderia fazer perguntas importantes.

Ernest não foi cooperativo. Não gostou de transformar a hora de terapia de Carolyn numa consulta e apresentou uma série de objeções. Ela estava resistindo ao seu próprio trabalho; não estava fazendo bom uso do tempo ou do dinheiro dela; e seu cliente deveria estar consultando um terapeuta, não uma advogada.

Carol contra-atacou a cada uma das objeções habilmente. O dinheiro não era problema — ela não o estava desperdiçando. Ela cobrava mais do cliente do que Ernest cobrava dela. Quanto ao seu cliente consultar um terapeuta — bem, *ele simplesmente não queria* e ela não poderia dar maiores detalhes por causa do sigilo. E ela não estava evitando seus próprios problemas — estava disposta a ver Ernest mais frequentemente para compensar. E já que os problemas do cliente eram um reflexo dos seus próprios, ela estava trabalhando indiretamente nos seus problemas ao trabalhar nos dele. Seu argumento mais poderoso era que, ao agir de uma maneira puramente altruísta por seu cliente, ela estava encenando a exortação de Ernest de quebrar o círculo de egoísmo e paranoia passados a ela pela mãe e a avó.

— Você me convenceu, Carolyn. Você é uma mulher formidável. Se algum dia eu precisar ser defendido num caso, quero-a como minha advogada. Conte-me sobre você e o seu cliente.

Ernest era um consultor experiente e ouviu atentamente enquanto Carol descrevia o que ela estava enfrentando em Marshal: fúria, arrogância, solidão, preocupação com o dinheiro e o prestígio e a falta de interesse em qualquer outra coisa na vida, inclusive seu casamento.

— O que chama a minha atenção — disse Ernest — é que ele perdeu toda a perspectiva. Encontra-se tão preso a esses eventos e sentimentos que se identificou com eles. Precisamos encontrar uma maneira de ajudá-lo a se distanciar alguns passos dele mesmo. Precisamos ajudá-lo a se ver com mais distanciamento, até mesmo de uma perspectiva cósmica. É exatamente o que eu fazia com você, Carolyn, sempre que lhe pedia para considerar alguma coisa da longa série de acontecimentos da sua vida. Seu cliente *transformou-se* nessas coisas, perdeu o senso de um eu persistente que está passando por esses eventos por uma pequena fração da sua existência. E o que piora ainda mais é que ele pressupõe que seu atual tormento será seu estado permanente. Fixo para todo o sempre. Obviamente, essa é a marca distintiva da depressão: uma combinação de tristeza e pessimismo.

— Como rompemos isso?

— Bem, existem muitas possibilidades. Por exemplo, daquilo que você disse, é evidente que a realização e a eficiência são centrais em sua identidade. Ele deve se sentir absolutamente desamparado agora e aterrorizado com esse desamparo. O que aconteceu é que ele pode ter perdido de vista o fato de que tem escolhas e que essas escolhas lhe dão o poder de mudar. Ele precisa de ajuda para entender que sua difícil situação não é resultado de um destino predeterminado, mas sim de suas próprias escolhas. Por exemplo, sua escolha de venerar o dinheiro. Uma vez que ele aceite que é o criador de sua situação, também poderá ser levado à compreensão de que tem o poder de se libertar: as escolhas que fez o colocaram nisso; as escolhas que fizer poderão tirá-lo disso.

"Ou", continuou Ernest, "ele provavelmente perdeu de vista a evolução natural do seu presente sofrimento, que existe agora, que teve um início e terá um fim. Você poderá até repassar épocas no passado em que ele sentiu este mesmo tanto de fúria e sofrimento e ajudá-lo a se lembrar de como aquela dor desapareceu aos poucos; exatamente como sua dor atual, em algum momento, se tornará uma pálida memória."

— Bom, muito bom, Ernest. Espetacular. — Carol rabiscou apressadamente as anotações. — O que mais?

— Bem, você diz que ele é um terapeuta. Há mais uma alavanca aqui. Quando trato terapeutas, frequentemente descubro que consigo usar suas próprias qualificações profissionais com grande vantagem. É uma boa maneira de fazer com que eles se voltem para si mesmos, olhem para si mesmos de uma perspectiva mais distante.

— Como você faz isso?

— Uma maneira simples poderia ser pedir que imagine um paciente com as mesmas preocupações entrando no seu consultório. Como ele abordaria esse paciente? Pergunte-lhe: "O que você sentiria sobre esse paciente? Como você poderia ajudá-lo?"

Ernest esperou enquanto Carol virava uma página e continuava a fazer suas anotações.

— Esteja preparada, pois ele pode ficar aborrecido com isso; geralmente quando os terapeutas estão em profunda dor, são exatamente como qualquer outra pessoa: querem que cuidem deles, não querem precisar ser seu próprio terapeuta. Mas seja persistente... é uma abordagem eficiente, é uma boa técnica. Pode parecer duro, mas é para o bem dele.

"Isso não é o meu forte", continuou Ernest. "Meu ex-supervisor costumava me dizer que eu geralmente optava pela gratificação imediata dos meus pacientes me amando, em vez da gratificação mais importante de observá-los melhorando. Acho, não, eu *sei*, que ele tinha razão. Devo muito a ele por isso."

— E a arrogância? — perguntou Carol, consultando suas anotações. — Meu cliente é tão arrogante, pomposo e competitivo que não tem nenhum amigo.

— Geralmente "às avessas" é a melhor abordagem: sua pompa está provavelmente encobrindo uma autoimagem que é cheia de dúvidas, vergonha e autodepreciação. Pessoas arrogantes, muito dinâmicas, geralmente sentem que precisam ser grandes realizadoras só para continuar no mesmo nível. Portanto, não pensaria em explorar sua pompa ou seu amor-próprio. Concentre-se, pelo contrário, no seu autodesprezo...

— Psiu... — Carol levantou a mão para diminuir sua velocidade enquanto ela escrevia. Quando ela parou, ele perguntou:

— O que mais?

— Sua preocupação com dinheiro — disse Carol — e com seu prestígio de *insider*. E o isolamento e a estreiteza. É como se a mulher e a família não tivessem nenhum papel na vida dele.

— Bem, ninguém gosta de ser enganado, mas estou impressionado com a reação catastrófica de seu cliente: tal pânico, tal terror... é como se sua própria vida estivesse em jogo, como se, sem o dinheiro, ele não fosse nada. Estou inclinado a especular as origens desse mito pessoal, e, aliás, eu me referiria deliberada e repetidamente a isso como um "mito". Quando ele criou esse mito? De quem é a voz que o guiou? Gostaria de conhecer mais sobre as atitudes dos pais com relação a dinheiro. É importante, porque, daquilo que você me conta, sua reverência pelo prestígio é o que o arruinou; parece que um vigarista esperto deve ter identificado isso e usado para apanhá-lo numa armadilha.

"É um paradoxo", continuou Ernest. "Seu cliente, quase disse *paciente*, considera que o prejuízo é sua ruína, mas, se você conseguir guiá-lo corretamente, a fraude poderá ser sua salvação. Poderá ser a melhor coisa que já aconteceu a ele!"

— Como faço isso?

— Eu lhe pediria para olhar bem profundamente dentro dele mesmo e examinar se sua essência, seu próprio centro, acredita que a finalidade de sua existência seja juntar dinheiro. Às vezes, pedi a pacientes assim que se projetassem para o futuro, até o ponto de sua morte, de seu funeral, até imaginar seu túmulo e redigir um epitáfio. Como poderá ele, o seu cliente, se sentir se tiver um relato da sua preocupação com o dinheiro talhado na sua lápide? É assim que ele gostaria que sua vida fosse resumida?

MENTIRAS NO DIVÃ

— Exercício apavorante — disse Carol. — Faz-me lembrar daquele exercício de linha da vida que uma vez você me pediu para fazer. Talvez eu devesse tratar de resolver isso também... mas não hoje... não terminei com as perguntas sobre meu cliente. Diga-me, Ernest, como você interpreta a indiferença dele com a esposa? Fiquei sabendo por puro acaso que ela pode estar tendo um caso.

— Mesma estratégia. Eu perguntaria o que ele diria a um paciente que é assim indiferente à pessoa mais próxima dele em todo o mundo. Peça-lhe para imaginar a vida sem ela. E o que aconteceu a este eu sexual? Para onde foi? Quando desapareceu? E não é estranho como ele se sente bem mais disposto a entender seus pacientes que sua esposa? Você diz que ela também é terapeuta, mas que ele ridiculariza o treino e a abordagem dela? Bem, eu confrontaria isso, da maneira mais vigorosa possível. Qual a base da ridicularização? Tenho certeza de que não se baseia em evidências objetivas.

"Vejamos, o que mais? Quanto à incapacitação dele... se isso continuar, então talvez um período sabático de um ou dois meses longe da clínica pudesse ser bom para ele, tanto para ele quanto para seus pacientes. Talvez a melhor maneira fosse um retiro com a esposa. Talvez eles pudessem consultar um conselheiro de casais e experimentar alguns exercícios de escuta. Acho que uma das melhores coisas que poderia acontecer seria se ele permitisse que ela, mesmo com os métodos que ele despreza, o ajudasse..."

— Uma última pergunta...

— Não hoje, Carolyn, estamos ficando sem tempo... e estou ficando sem ideias. Mas vamos gastar apenas um minuto examinando a nossa sessão de hoje. Diga-me, por trás das palavras que trocamos hoje, o que você sentiu? Sobre o nosso relacionamento? E, hoje, quero ouvir toda a verdade. Fui honesto com você. Seja honesta comigo.

— Sei que você foi. E gostaria de ser honesta... mas não sei como dizê-lo... sinto que fiquei sóbria, ou humilde... ou, talvez, "privilegiada" seja o termo correto. E sinto que você se importa comigo. Que confia em mim. E sua honestidade faz com que eu ache difícil ocultar.

— Ocultar o quê?

— Olha o relógio. Acabou nosso tempo. Na próxima vez! — Carol levantou-se para sair.

Houve um momento de constrangimento à porta. Eles tinham de inventar um novo modo de despedida.

— Vejo-a na quinta — disse Ernest, enquanto esticava o braço para um aperto de mãos formal.

— Não estou pronta para um aperto de mão — disse Carol. — Maus hábitos são difíceis de corrigir. Especialmente em alguém presunçosa e fria. Vamos reduzir lentamente. Que me diz de um abraço paternal?

— Um acordo para "avuncular"?

— O que é "avuncular"?

CAPÍTULO
28

TINHA SIDO UM longo dia no consultório. Marshal caminhou penosamente até sua casa, perdido em devaneios. Nove pacientes atendidos naquele dia. Nove vezes 175 dólares. Mil quinhentos e setenta e cinco. Quanto tempo para ganhar de novo os noventa mil dólares? Quinhentas horas com pacientes. Sessenta dias inteiros no consultório. Mais de 12 semanas de trabalho. Doze semanas preso sob o jugo do arado, trabalhando para aquele maldito Peter Macondo! Para não mencionar os custos indiretos durante esse período: o aluguel do consultório, as obrigações profissionais, seguro de má conduta profissional, licença médica. Sem falar nos honorários perdidos quando ele cancelou os pacientes durante as duas primeiras semanas depois da fraude. Nem os quinhentos que o detetive abocanhou. Sem falar que as ações da Wells Fargo subiram na semana passada e estão valendo quatro por cento mais do que quando ele as vendeu! E os honorários da advogada! *Carol vale a pena*, pensou Marshal, *mesmo que não entenda que um homem não pode simplesmente desistir disso. Vou enforcar aquele canalha mesmo que leve o resto da minha vida!*

Marshal entrou em casa pisando forte e, como sempre, largou sua maleta na porta e correu até sua nova linha telefônica para verificar as mensagens. *Voilà!* Cultiva e colherás! Havia uma mensagem na secretária eletrônica.

"Alô, vi seu anúncio no jornal da APA. Bem, não o seu anúncio, mas o seu aviso. Sou psiquiatra na cidade de Nova York e gostaria de mais informações sobre o paciente que você descreve. Parece alguém que estou tratando. Por favor, telefone para minha casa no número 212-555-7082 esta noite. Pode telefonar a qualquer hora."

Marshal discou o número e ouviu um "Alô" no telefone, um "Alô" que, queira Deus, o levaria diretamente a Peter.

— Sim — respondeu Marshal —, recebi sua mensagem. Você diz que está tratando uma pessoa como a que descrevo no anúncio. Poderia descrevê-lo para mim?

— Só um minuto, por favor — disse a pessoa. — Vamos recomeçar. Quem é você? Antes de lhe dizer qualquer coisa, preciso saber quem é você.

— Sou um psiquiatra e analista em São Francisco. E você?

— Um psiquiatra com clínica em Manhattan. Preciso de mais informações sobre seu anúncio. Você usa o termo perigo.

— E *quero mesmo dizer* perigo. Este homem é um vigarista e, se estiver tratando dele, você está em perigo. Ele lhe parece seu paciente?

— Não tenho a liberdade, normas profissionais de sigilo, de simplesmente falar com um estranho sobre meu paciente.

— Acredite, esqueça as regras, é uma emergência — disse Marshal.

— Gostaria que você me contasse o que puder sobre esse paciente.

— Nenhum problema com isso — disse Marshal. — Cerca de quarenta anos, boa aparência, bigode, atende pelo nome de Peter Macondo...

— *Peter Macondo!* — a voz no telefone o interrompeu. — É o nome do meu paciente!

— Isso é inacreditável! — Marshal caiu numa cadeira, estarrecido. — Usar o mesmo nome! Por isso eu não esperava. O mesmo nome? Bem, atendi esse sujeito, Macondo, numa breve terapia individual por oito horas. Problemas típicos dos muito ricos: questões de herança com seus dois filhos e ex-mulher, todo mundo queria um pedaço dele, generoso ao extremo, mulher alcoólatra. Recebeu o mesmo *script*?

"Sim, ele me contou que a enviou ao Centro Betty Ford também", respondeu Marshal após ouvir a resposta. "E então quando vi a noiva e ele juntos... É isso mesmo, uma mulher alta, elegante. Nome, Adriana... Ela também usou o mesmo nome?... É, é isso mesmo, trabalhar num acordo pré-nupcial... parece uma fotocópia. Você conhece o resto... sucesso na terapia, queria me recompensar, queixou-se dos meus baixos honorários, palestras patrocinadas na Universidade do México...

"Ah, Buenos Aires? Bem, bom saber que ele ainda está improvisando. Ele mencionou seu novo investimento? Fábrica de capacetes para ciclistas?

"É isso mesmo. A chance que acontece uma vez na vida. Você recebe garantia absoluta contra o prejuízo. Sem dúvida você percebeu o grande dilema moral? Como ele deu uma péssima dica financeira ao cirurgião que salvou a vida do pai? Como ele se torturava por aquilo? Não conseguiria lidar com a culpa de fazer mal a um benfeitor. Como ele nunca mais permitiria que isso acontecesse?

"É isso mesmo... um cirurgião cardíaco... gastou uma hora inteira comigo, também, trabalhando muito nisso. Um detetive que consultei... um pé no saco... realmente ficou entusiasmado com essa parte, chamou de um estratagema criativo.

"Então, até onde você foi? Já deu um cheque para o investimento?

"Almoço na semana que vem no Jockey Club; logo antes de partir para Zurique? Soa familiar. Bom, você viu meu anúncio bem a tempo. O restante da história será curta e mais amarga. Ele me enviou um relógio Rolex, que, é claro, recusei-me a aceitar, e suspeito que ele fará o mesmo com você. Depois, pedirá que você trate Adriana e o pagará generosamente e adiantado pela terapia dela. É possível que você a veja uma ou duas vezes. E, então. Puf! Some. Ambos desaparecerão da face da Terra.

"Noventa mil. E, acredite, não posso me dar a esse luxo. E quanto a você? Quanto estava planejando investir?

"É? Só quarenta mil? Sei o que você quer dizer sobre sua mulher. Tenho o mesmo problema com a minha. Quer enterrar moedas de ouro debaixo do colchão. Neste caso, ela estava certa. Pela primeira vez. Mas estou surpreso que ele não tenha pressionado por mais.

"Ah, ele ofereceu emprestar outros quarenta, sem juros, enquanto você liberava mais dinheiro durante as próximas semanas? Bela jogada."

— Não conseguirei agradecer-lhe o bastante por seu aviso — disse a voz do outro lado do telefone. — Na hora H. Estou em dívida com você.

— Sim. Na hora H, sim. Não tem de quê. Feliz em ser útil a um colega de profissão. Como eu gostaria que outra pessoa tivesse feito isso por mim.

"Ei, ei, não desligue. Nem sei dizer o quanto estou feliz de tê-lo poupado de uma fraude. Mas não é por esse motivo... ou o único motivo... que coloquei o aviso. Este safado é uma ameaça. Precisa ser detido. Ele simplesmente continuará com outro psiquiatra. Precisamos tirar este sujeito de circulação.

"APA? Bem, concordo: conseguir que os advogados da APA se dedicassem seria uma maneira. Mas não temos tempo. Este sujeito só vem à tona por um breve tempo e depois desaparece. Tenho um investigador particular trabalhando nisso e, deixe-me dizer, quando Peter Macondo desaparece, ele desaparece. Impossível de ser encontrado. Você tem qualquer informação, qualquer indício de sua verdadeira identidade? Um endereço permanente? Já viu um passaporte? Cartões de crédito? Conta em banco?

"É, dinheiro para tudo? Fez isso comigo também. E quanto a placas de carro?

"Ótimo, se você conseguir pegar as placas dos carros, ótimo. Então, foi assim que você o conheceu? Alugou a casa na mesma rua da sua casa de verão em Long Island e lhe deu uma carona no seu novo Jaguar? Sei quem pagou por esse Jaguar. Mas, sim, sim, consiga o número da placa de qualquer jeito. Ou o nome da loja, se ainda estiver no carro. Não há nenhum motivo para não conseguirmos pegá-lo numa armadilha.

"Concordo plenamente. Você *deveria* consultar um investigador particular, ou, talvez, um advogado criminalista. Todos que consultei não pouparam esforços para me mostrar o quanto este sujeito é profissional. Precisamos de ajuda qualificada...

"Sim, muito melhor deixar que o detetive colha as informações, e não você. Se Macondo o vir bisbilhotando em volta da casa ou do carro dele, ele some.

MENTIRAS NO DIVÃ

"Honorários? Meu detetive cobrou quinhentos por dia, a advogada, 250 a hora. Em Nova York, vão explorá-lo mais.

"Não estou entendendo", disse Marshal. "Por que eu deveria pagar os honorários?

"Também não tenho nada a ganhar. Estamos no mesmo barco. Todo mundo me garantiu que nunca receberei de volta um centavo sequer do meu dinheiro, que, quando Macondo for pego, ele não terá nenhum bem e uma lista de um quilômetro de acusações contra ele. Acredite em mim, meus motivos aqui são iguais aos seus: justiça e a proteção de outros no nosso campo... Vingança? Bem, sim, tem um pouco disso, confesso. Certo, bem, que me diz do seguinte? Vamos dividir meio a meio toda e qualquer despesa que você tiver. Lembre-se, é dedutível do imposto de renda."

Depois de regatear um pouco, Marshal disse:

— Sessenta-quarenta por cento? É aceitável. Então, temos um acordo? O próximo passo é consultar um detetive. Peça uma recomendação ao seu advogado. Depois, deixe que o detetive nos ajude a desenvolver um plano para pegá-lo numa armadilha. Entretanto, uma sugestão: Macondo vai lhe oferecer uma nota garantida da sua escolha. Peça-lhe uma nota com garantia bancária; ele trará uma com uma assinatura falsa. E, então, poderemos pegá-lo por fraude bancária, um crime mais sério. Isso pode fazer o FBI entrar no caso... Não, não fiz. Não com o FBI. Não com a polícia. Vou ser honesto com você; eu estava apavorado demais com a má publicidade, com a censura das violações dos limites, por investir com um paciente, ou um ex-paciente. Um erro, eu deveria ter ido atrás dele com tudo que eu tinha. Mas, veja, você não se encontra nesse dilema. Você ainda não investiu e, quando o fizer, será apenas para pegá-lo numa armadilha.

"Não tem certeza se quer se envolver?", Marshal começou a se controlar ao falar. Percebeu que poderia facilmente perder esta oportunidade preciosa e escolheu as palavras com muito cuidado.

— Como assim? Você está envolvido! Como você vai se sentir quando souber de outros psiquiatras, talvez amigos seus, sendo lesados e souber que poderia tê-lo impedido? E como eles sentirão quando souberem que você foi uma vítima e ficou em silêncio? Não falamos isso aos nossos pacientes? Sobre as consequências das ações, ou das omissões?

"O que você quer dizer com 'você vai pensar sobre isso'? Não temos tempo. Por favor, doutor... sabe, não sei o seu nome.

"É verdade, você não sabe o meu. Estamos na mesma situação difícil, estamos os dois com medo da exposição. Precisamos confiar um no outro. Meu nome é Marshal Streider, sou analista didata com consultório em São Francisco, residência em psiquiatria em Rochester, Instituto Psicanalítico Golden Gate. Isso mesmo, quando John Romano era presidente de Rochester. Você?

"Arthur Randal... soa familiar... St. Elizabeth's de Washington? Não, não conheço ninguém lá. Então, você teve principalmente uma especialização em psicofármacos?

"Bem, estou começando a fazer mais terapia rápida também e um pouco de trabalho com casais... Mas, por favor, dr. Randal, voltemos ao que estávamos conversando. Não há tempo para você pensar sobre o assunto... está disposto a participar?

"Está brincando? É claro que irei a Nova York. Não perderia por nada. Não posso ir durante a semana. Tenho uma agenda cheia. Mas quando chegar o momento decisivo, estarei aí. Telefone para mim depois que tiver falado com o detetive, quero participar de todas as partes disso. Você está telefonando da sua casa? Qual o número mais fácil de encontrá-lo?"

Marshal anotou vários números: casa, consultório e número para os fins de semana em Long Island.

— Certo, telefonarei mais ou menos a esta hora para a sua casa. É quase impossível falar comigo no consultório, também. Você faz um intervalo? Eu geralmente faço um intervalo de dez minutos até a hora inteira. Nunca conseguiremos nos falar durante o dia.

Ele desligou o telefone sentindo um misto de alívio, euforia e triunfo. Peter atrás das grades. A cabeça de Peter caída. Adriana, abatida, com o uniforme cinza da prisão. O novo Jaguar, bom valor de revenda, estacionado na sua garagem. Vingança, finalmente! Ninguém ferra Marshal Streider impunemente!

Depois, ele foi à direção da APA em busca de uma fotografia de Arthur Randal: bonitas feições, cabelos louros penteados para trás, nenhum cargo, 42 anos, estágios em Rutgers e St. Elizabeth's, pesquisa em níveis de lítio e transtorno bipolar, dois filhos. O número do consultório conferia. Graças a Deus por dr. Randal.

Sujeitinho desprezível, pensou Marshal. *Se alguém me poupasse quarenta mil, eu não ficaria chorando ninharias com ele sobre os honorários do detetive. Ainda assim, do ponto de vista dele, por que ele deveria soltar o dinheiro? Ele não foi atingido. Peter pagou seus honorários. Por que ele deveria investir dinheiro para pegar numa armadilha alguém que não lhe fez mal?*

Os pensamentos de Marshal se voltaram para Peter. Por que ele usaria o mesmo nome em outro embuste? Talvez Macondo estivesse começando a se autodestruir. Todo mundo sabe que, mais cedo ou mais tarde, os sociopatas se destroem completamente. Ou ele simplesmente achou que o palerma deste Streider era tão estúpido que não valia o esforço de adotar um codinome? Bem, veremos!

Uma vez colocado em movimento por Marshal, Arthur mexeu-se rapidamente. Na noite seguinte, ele já tinha consultado um detetive que, ao contrário de Bat Thomas, se mostrou útil. Ele recomendou colocar Macondo sob vigilância por 24 horas (a 75 dólares a hora). Ele conseguiria as placas do carro e faria uma checagem completa. Se as circunstâncias permitissem, entraria no carro de Macondo em busca de impressões digitais e outros materiais para identificação.

O detetive tinha dito a Randal que não havia como agarrar Macondo enquanto ele não cometesse um crime em Nova York. Portanto, ele aconselhou que fossem em frente com um plano para uma armadilha, mantendo registros meticulosos de cada conversa e entrando imediatamente em contato com o Esquadrão de Fraudes do Departamento de Polícia de Nova York, a NYPD.

Na noite seguinte, Marshal soube de mais progressos. Arthur tinha entrado em contato com o Esquadrão de Fraudes de Manhattan e foi encaminhado ao agente Darnel Collins, que, tendo investigado um caso com um *modus operandi* semelhante seis meses antes, demonstrou interesse em Peter Macondo. Ele pediu que Arthur usasse uma escuta e se encontrasse com Peter, como planejado, para um almoço no Jockey Club, entregasse o cheque administrativo para ele e recebesse em troca a garantia bancária falsificada. O Esquadrão de Fraudes, tendo testemunhado e gravado em vídeo a transação, entraria em ação imediatamente para efetuar a prisão.

Mas a NYPD precisava de uma boa causa para uma operação dessa extensão. Marshal teria que cooperar. Teria que voar para Nova York, fazer uma queixa oficial formal sobre Peter junto ao Esquadrão de Fraudes e identificá-lo pessoalmente. Marshal estremeceu com o pensamento da publicidade, mas, com sua presa tão à mão, reconsiderou sua decisão. Verdade, seu nome poderia chegar a alguns tabloides menores de Nova York, mas qual eram as chances de que a história chegasse até São Francisco?

O Rolex? Que Rolex? Marshal disse em voz alta, como se estivesse num ensaio. *Ah, o relógio que Macondo enviou no final da terapia? O relógio que me recusei a aceitar e devolvi a Adriana?* Enquanto falava, Marshal tirou o relógio do pulso e o colocou no fundo da gaveta da sua cômoda. Quem o contestaria? Alguém acreditaria em Macondo? Só sua mulher e Melvin sabiam do Rolex. O silêncio de Shirley estava garantido. E Marshal era guardião de tantos segredos hipocondríacos e bizarros de Melvin que não tinha por que se preocupar com ele.

A cada noite, Marshal e Arthur conversavam durante vinte minutos. Que alívio para Marshal ter, finalmente, um verdadeiro confidente e colaborador, que talvez acabasse sendo um amigo. Arthur até encaminhou um de seus pacientes a Marshal, um engenheiro de software da IBM que seria transferido para a região da baía de São Francisco.

O único ponto de discórdia dizia respeito ao dinheiro a ser dado a Peter para o investimento. Arthur e Peter tinham acertado se encontrarem para um almoço em quatro dias. Peter havia concordado em providenciar uma

MENTIRAS NO DIVÃ

nota com garantia bancária e Arthur teria um cheque administrativo de quarenta mil dólares. Mas Arthur queria que Marshal arcasse sozinho com os quarenta mil dólares. Tendo acabado de comprar uma casa de verão, Arthur não tinha dinheiro disponível. Seu único recurso era o dinheiro da herança da esposa, deixada pela mãe dela, que tinha morrido no inverno anterior. Mas a esposa, membro de uma proeminente família da sociedade de Nova York há mais de duzentos anos, era extraordinariamente sensível com a aparição social e fez uma enorme pressão sobre Arthur para que não tivesse nada a ver com toda esta sórdida confusão.

Marshal, ofendido pela injustiça da situação, fez uma longa negociação com Arthur, durante a qual perdeu todo o respeito por seu pusilânime colega. Finalmente, Marshal, em vez de se arriscar a uma capitulação de Arthur à esposa e sua total retirada, concordou novamente com uma divisão sessenta-quarenta. Arthur precisava apresentar um único cheque administrativo, compensável num banco de Nova York. Marshal concordou em colocar 24 mil dólares na conta de Arthur no dia anterior ao almoço, ou ele levaria para Nova York ou faria uma transferência eletrônica. Arthur, relutantemente, concordou em arcar com os outros 16 mil.

Na noite seguinte, Marshal voltou para casa e encontrou uma mensagem do agente Darnel Collins, Esquadrão de Fraudes de Manhattan da cidade de Nova York, na secretária eletrônica. Marshal recebeu um tratamento lacônico ao retornar a ligação. A atribulada telefonista disse que ele voltasse a telefonar de manhã: o agente Collins não estava de serviço e a chamada de Marshal não parecia ser uma emergência.

O primeiro paciente de Marshal na manhã seguinte seria às 7h. Ele ajustou o despertador para as 5h e voltou a telefonar para Nova York assim que acordou. A telefonista da polícia disse: "Vou bipar. Tenha um bom dia", e bateu o telefone. Dez minutos depois o telefone tocou.

— Senhor Marshal Streider?

— *Doutor* Streider.

— Bem, desculpe. DOUTOR Streider. Agente Collins, Esquadrão de Fraudes de Nova York. Tenho *um outro* médico aqui, dr. Arthur Randal, que diz que o senhor teve um pequeno e desagradável negócio com alguém em quem estamos interessados. Responde às vezes pelo nome de Peter Macondo.

— Um negócio bem desagradável. Ele me roubou noventa mil dólares.

— O senhor não está sozinho. Outras pessoas também estão aborrecidas com o nosso amigo Macondo. Dê-me os detalhes. Tudo. Estou gravando a ligação, tudo bem?

Marshal levou 15 minutos para descrever tudo o que tinha acontecido com Peter Macondo.

— Cara, ô cara, você está dizendo que, simples assim, você lhe entregou noventa mil dólares?

— O senhor não pode avaliar a situação na totalidade se não entender a natureza, as complexidades da situação psicoterapêutica.

— É mesmo? Bem, sabemos que não sou médico. Mas lhe digo o seguinte: eu nunca entreguei dinheiro assim. Noventa mil é muito dinheiro.

— Eu lhe disse, recebi uma nota promissória. Verifiquei com o meu advogado. É assim que todos os negócios são feitos. A nota bancária obriga o banco a pagá-la mediante solicitação.

— Uma nota que o senhor finalmente resolveu averiguar duas semanas depois que ele foi embora.

— Escute aqui, agente Collins, o que é isso? Estou em julgamento? Acha que estou feliz com tudo isso?

— Está certo, meu amigo, fique calmo, e nos daremos bem. Olha o que vamos fazer para o senhor ficar bem. Vamos prender esse sujeito quando estiver almoçando, mastigando o seu *radicchio*, na próxima quarta-feira, talvez às 12h30, 13h. Mas para isso funcionar, precisamos do senhor em Nova York para fazer uma identificação doze horas depois da prisão; em outras palavras, antes da meia-noite de quarta-feira. Temos um acordo?

— Não perderia por nada.

— Certo, muitas pessoas estão contando com você. Outra coisa; ainda tem a nota falsificada e o recibo do cheque administrativo?

— Tenho. Quer que eu os leve?

MENTIRAS NO DIVÃ

— Quero, traga os originais quando vier, mas quero ver cópias deles imediatamente. Pode me enviar por fax hoje? 2-1-2-5-5-5-3-4-8-9. Coloque o meu nome, agente Darnel Collins, neles. Outra coisa: tenho certeza de que não preciso lhe dizer, mas *não* mostre sua cara no restaurante. Você o faz e o nosso pássaro foge e todo mundo fica muito triste. Espere por mim na estação da 54th. Fica entre a 8th e a 9th, ou então combine de encontrar seu amigo depois da prisão e venha com ele. Avise o que você decidir. Alguma outra pergunta?

— Uma. Isto é seguro? É um cheque de verdade, a maior parte é dinheiro meu que o dr. Randal está dando a ele.

— *Seu* dinheiro? Pensei que fosse o dinheiro *dele*.

— Dividimos sessenta-quarenta por cento. Estou colocando 24 mil.

— Seguro? Vamos colocar dois homens almoçando na mesa ao lado e outros três vigiando e gravando em vídeo cada movimento. Bem seguro. Mas *eu* não faria isso.

— Por quê?

— Sempre pode haver alguma coisa: terremoto, incêndio, todos os três policiais desmaiando juntos com ataques do coração... sei lá, acidentes acontecem. Seguro? É, bem seguro. Mesmo assim, eu não faria. Mas não sou um doutor.

A vida voltou a ser interessante para Marshal. De volta à corrida. De volta ao basquete. Cancelou suas horas com Carol porque se sentia envergonhado de confessar que estava furtivamente no encalço de Peter. Ela estava inteiramente empenhada na estratégia oposta: pressioná-lo a aceitar a perda e deixar de lado a raiva. *É um bom assunto para uma lição,* pensou Marshal, *sobre os perigos de dar conselhos em terapia: se os pacientes não seguirem o conselho, não voltarão.*

Toda noite ele conversava com Arthur Randal. À medida que se aproximava o encontro com Peter, Arthur foi ficando cada vez mais irritável.

— Marshal, minha esposa está convencida de que vou me sujar com todo esse negócio. Isso vai chegar aos jornais. Meus pacientes vão ler.

443

Pense na minha reputação. Ou serei ridicularizado ou acusado de investir com um paciente.

— Mas é essa a questão: você não está investindo com o paciente. Está agindo em harmonia com a polícia para pegar um criminoso numa armadilha. Isto *aumentará* sua reputação.

— Não é isso que a imprensa vai dizer. Pense nisso. Você sabe o quanto eles se matam por um escândalo, especialmente com psiquiatras. Cada vez mais, estou sentindo que não preciso disso na minha vida. Tenho uma boa clínica, tudo que sempre quis.

— Se você não tivesse lido meu aviso, Arthur, seria roubado em quarenta mil por esse bandido. E, se não o impedirmos, ele continuará, vítima após vítima.

— Você não precisa de mim, você o pega, eu o identifico. Estou me candidatando a um cargo clínico na Universidade de Colúmbia... mesmo uma insinuação de escândalo...

— Olha, Arthur, aqui está uma ideia: proteja-se e escreva uma carta detalhada sobre a situação e seus planos à Sociedade de Psiquiatria de Nova York. Faça-o *agora*, antes que Macondo seja preso. Se necessário, você pode fornecer uma cópia dessa carta ao seu departamento na Colúmbia e à imprensa. Isso lhe dará segurança absoluta.

— Não há meios de escrever essa carta, Marshal, sem mencionar você, seu anúncio, seu envolvimento com Macondo. Como fica você nisso? Você também estava relutante em que seu nome viesse a público.

Marshal empalideceu com a ideia de qualquer exposição adicional, mas sabia que não tinha opção. De qualquer maneira, fazia pouca diferença; sua sessão gravada com o agente Collins tornou seu envolvimento com Peter uma questão de registro público.

— Se precisar fazê-lo, Arthur, faça-o. Não tenho nada a esconder. A classe inteira não sentirá nada além de gratidão para conosco.

Então, houve a questão de usar uma escuta para que a polícia pudesse gravar o fechamento do negócio com Macondo. A cada dia que passava, Arthur ficava mais nervoso.

MENTIRAS NO DIVÃ

— Marshal, tem que haver alguma outra maneira de fazer isso. Isso não pode ser levado superficialmente; estou me colocando em grande perigo. Macondo é esperto e experiente demais para que consigamos fazer isso com ele. Conversou com o agente Collins? Seja honesto, acha que ele é um páreo intelectual para Macondo? Suponhamos que Macondo descubra a escuta enquanto estivermos conversando.

— Como?

— Ele descobrirá de alguma maneira. Você o conhece, está sempre dez passos adiante.

— Não dessa vez. Você tem a polícia na mesa do lado, Arthur. E não esqueça o senso de grandiosidade do sociopata, seu senso de invulnerabilidade.

— Os sociopatas também são imprevisíveis. Você pode afirmar que Peter não vai perder o controle e puxar uma arma?

— Arthur, não é o seu *modus operandi*... não é compatível com tudo que sabemos sobre ele. Você está seguro. Lembre-se, você está num restaurante elegante cercado por policiais. Você consegue fazer isso. Precisa ser feito.

Marshal teve uma premonição horrível de Arthur recuando no último momento e, na conversa de todas as noites, recorreu a todos os seus talentos retóricos para reforçar a coragem de seu tímido cúmplice. Transmitiu suas preocupações ao agente Collins, que se juntou a ele para acalmar Arthur.

Mas, para seu crédito, Arthur subjugou suas apreensões e antecipou seu encontro com Macondo com resolução, até equanimidade. Marshal transferiu eletronicamente o dinheiro de seu banco na terça-feira de manhã, falou com Arthur naquela noite para confirmar sua chegada e pegou o voo noturno para Nova York.

O avião estava com um atraso de duas horas e eram três da tarde quando ele chegou ao distrito policial da 54th para seu encontro com Arthur e o agente Collins. O funcionário informou que o agente Collins estava no meio de um interrogatório e o encaminhou para uma cadeira de couro caindo aos pedaços no corredor. Marshal nunca tinha estado num dis-

445

trito policial e estudou com grande interesse o fluxo constante de suspeitos macilentos levados para cima e para baixo pelas escadas por policiais atribulados. Mas ele estava grogue — estivera tão tenso que não conseguiu dormir no avião — e logo cochilou.

Cerca de trinta minutos depois, o funcionário o despertou com uma suave sacudidela no ombro e o instruiu a ir até uma sala no segundo andar onde o agente Collins, um homem negro de constituição física vigorosa, estava escrevendo à sua mesa. *Homem grande*, pensou Marshal, *do tamanho de um* linebacker *profissional. Exatamente como o tinha imaginado.*

Mas nada mais foi como ele imaginara. Quando Marshal se apresentou, ele ficou chocado com a estranha formalidade do agente. Num único e terrível momento, tornou-se evidente que o agente não tinha a menor ideia de quem era Marshal. Sim, ele era o agente Darnel Collins. Não, ele não tinha falado com Marshal por telefone. Não, nunca tinha ouvido falar do dr. Arthur Randal ou de Peter Macondo. Nem tinha ouvido falar de nada sobre qualquer prisão no Jockey Club. Nunca tinha sequer ouvido falar do Jockey Club. Sim, *é claro* que tinha certeza absoluta de que não tinha prendido Peter Macondo enquanto estava mastigando *radicchio. Radicchio?* O que é isso?

A explosão na mente de Marshal era ensurdecedora, mais ainda que a explosão detonada pela descoberta, semanas atrás, de que a garantia do banco era falsa. Ele ficou tonto e se deixou cair na cadeira que o agente lhe ofereceu.

— Calma, homem. Coloque a cabeça para baixo. Pode ajudar. — O agente Collins levantou-se e voltou com um copo de água. — Diga-me o que está acontecendo. Mas tenho a impressão de que sei.

Marshal contou aturdido toda a sua história. Peter, notas de cem dólares, Adriana, Pacific Union Club, capacetes para ciclistas, o anúncio no jornal de psiquiatria, o telefonema de Arthur Randal, a divisão sessenta-quarenta, o detetive particular, o Jaguar, a armadilha de 24 mil dólares, o Esquadrão de Fraudes, tudo, a catástrofe inteira.

O agente Collins balançava a cabeça enquanto Marshal falava.

MENTIRAS NO DIVÃ

— Cara, aqueles espertos, eu sei. Ei, você não parece bem. Precisa se deitar?

Marshal meneou a cabeça e a cobriu com as mãos enquanto o agente falava:

— Sente-se bem para conversar?

— Banheiro masculino, rápido.

O agente Collins o levou ao banheiro e esperou no seu escritório enquanto Marshal vomitou na privada, enxaguou a boca, lavou o rosto e penteou os cabelos. Lentamente, caminhou de volta ao escritório.

— Melhor?

Marshal assentiu com a cabeça.

— Posso falar agora.

— Só escute por um minuto. Deixe-me explicar o que aconteceu com você — disse o agente Collins. — É um golpe duplo. É famoso. Ouvi falar muito disso, mas nunca, nunca tinha visto. Aprendi sobre isso no curso de fraudes. É preciso muita habilidade para levar a cabo. O operador precisa encontrar uma vítima especial: esperto, orgulhoso... e, então, o que ele faz é *mordê-lo duas vezes*... na primeira vez, apanha-o pela cobiça... na segunda, apanha-o pela vingança. Grande habilidade. Cara, nunca tinha visto isso antes. É preciso ter nervos de aço, porque qualquer coisa pode dar errado. Pegue um exemplo: se você ficar só um pouco desconfiado e checar com o setor de informações de telefones de Manhattan para pegar o verdadeiro número de telefone do distrito policial, está tudo acabado. Cara, muita coragem. Coisa de primeira linha.

— Sem esperança, hein? — sussurrou Marshal.

— Bom, passe-me aqueles números de telefone. Farei uma checagem. Vou tentar tudo que puder. Mas a verdade? Quer a verdade?... Nenhuma esperança.

— E o que me diz do verdadeiro dr. Randal?

— Provavelmente em férias fora do país. Macondo entrou na secretária eletrônica dele. Não é difícil.

— E quanto a rastrear os outros envolvidos? — perguntou Marshal.

— Que outros? Não tem outros. A namorada dele foi provavelmente a telefonista da polícia. Ele próprio deve ter sido os outros. Esses caras são atores. Os bons fazem eles próprios todas as vozes. E este cara é bom. E, a esta altura, já está bem longe. Com certeza.

Marshal desceu as escadas aos tropeços, apoiado no braço do agente Collins, recusou uma carona até o aeroporto num carro de polícia, apanhou um táxi na 8th Avenue, foi ao aeroporto, pegou o próximo avião para São Francisco, dirigiu o carro até em casa em estado de atordoamento, cancelou seus pacientes da semana seguinte e se enfiou na cama.

CAPÍTULO
29

INHEIRO, DINHEIRO, DINHEIRO. Não podemos falar sobre alguma outra coisa, Carol? Deixe-me contar uma história sobre meu pai que responderá, de uma vez por todas, às suas perguntas sobre mim e o dinheiro. Aconteceu quando eu era bebê, mas ouvi isso a minha vida inteira. Parte do folclore familiar. — Marshal abriu lentamente o zíper da jaqueta do seu conjunto esportivo, tirou-a, recusou o braço esticado de Carol se oferecendo para pendurá-la e deixou-a cair no chão ao lado da sua cadeira.

"Ele tinha um armazém minúsculo, de 1,80 por 1,80m, na esquina da rua R com a Quinta, em Washington. Morávamos em cima da loja. Certo dia, um cliente entrou e pediu um par de luvas para trabalho. Meu pai apontou para a porta dos fundos, dizendo que tinha que pegá-las na sala dos fundos e que levaria alguns minutos. Bem, não havia uma sala dos fundos. A porta dos fundos dava para um beco. Meu pai correu pelo beco até a feira livre duas quadras abaixo, comprou um par de luvas por 12 centavos, voltou correndo e os vendeu ao cliente por 15 centavos."

Marshal tirou um lenço, assoou o nariz vigorosamente e limpou sem embaraço as lágrimas das bochechas. Desde sua volta de Nova York, ele tinha abandonado todas as tentativas de esconder sua vulnerabilidade e chorava em praticamente todas as reuniões com Carol. Ela ficava sentada em silêncio, respeitando as lágrimas de Marshal e tentando lembrar quando tinha sido a última vez que vira um homem chorar. Jeb, seu irmão, recusava-se a chorar, embora tivesse sofrido abusos rotineiros de todos: do pai, da mãe, dos valentões da escola... às vezes com a finalidade específica de fazê-lo chorar.

Marshal enterrou o rosto no lenço. Carol esticou o braço e apertou a mão dele.

— As lágrimas são para o seu pai? Ele ainda está vivo?

— Não, ele morreu jovem, enterrado para sempre naquele armazém. Muita correria. Muitos negócios de três centavos. Sempre que penso em ganhar, em perder ou em desperdiçar dinheiro, tenho uma visão do meu querido pai vestido com seu avental branco manchado de sangue de galinha, correndo por aquele beco imundo, o vento no rosto, cabelos pretos esvoaçantes, lutando para respirar, segurando de maneira triunfal no ar, como um bastão olímpico, um par de luvas de trabalho de 12 centavos.

— E você, Marshal, o seu lugar nessa visão?

— Essa visão é o berço das minhas paixões. Talvez o incidente determinante crucial da minha vida.

— Moldou o curso futuro das suas atitudes com o dinheiro? — perguntou Carol. — Em outras palavras, ganhe dinheiro o bastante e os ossos do seu pai vão parar de tilintar de um lado ao outro do beco.

Marshal ficou abismado. Olhou para sua advogada com um novo respeito. Seu vestido violeta feito sob medida, contrabalançando sua constituição física reluzente, fez com que ele se sentisse acanhado com seu rosto não barbeado e a roupa de jogging encardida.

— Esse comentário... tira o meu fôlego. Preciso pensar sobre os ossos tilintando.

Então, um longo silêncio. Carol estimulou:

— Para onde vão os seus pensamentos agora?

— Para aquela porta dos fundos. A história das luvas não é sobre o dinheiro; é também sobre portas dos fundos.

— A porta dos fundos da loja do seu pai?

— É. E a simulação de que a porta se abria para um grande depósito, e não para o beco. É uma metáfora para minha vida inteira. Eu finjo que

MENTIRAS NO DIVÃ

existem outros aposentos dentro de mim; entretanto, no fundo do meu coração, sei que não tenho nenhum depósito, nenhuma mercadoria escondida. Entro e saio através dos becos e das portas dos fundos.

— Ah, o Pacific Union Club — disse Carol.

— Exatamente. Você pode imaginar o que significou finalmente, finalmente, entrar pela porta da frente. Macondo usou o chamariz irresistível: o chamariz do *insider*. O dia inteiro, eu trato pacientes ricos. Somos íntimos, compartilhamos momentos íntimos, sou indispensável a eles. No entanto, conheço o meu lugar. Sei que, se não fosse pela minha profissão, se eu os tivesse conhecido em qualquer outro contexto, eles não me concederiam aquela hora do dia. Sou como o padre da paróquia vindo de família pobre que acaba recebendo a confissão da classe alta. Mas o Pacific Union Club, *aquilo* era o símbolo da chegada. Saindo do armazém da rua R com a Quinta, subindo pelas escadas de mármore, batendo a grande aldrava de cobre, marchando através das portas abertas para as câmaras internas de veludo vermelho. Eu tinha mirado esse alvo toda a minha vida.

— E, dentro, aguardava Macondo, um homem mais corrupto que qualquer um que tenha entrado na loja do seu pai.

Marshal assentiu.

— A verdade é que me lembro dos clientes do meu pai com grande afeição. Você se lembra de que contei sobre aquele paciente que, há algumas semanas, conseguiu me convencer a ir ao Avocado Joe's? Nunca tinha estado num lugar tão... tão baixo. Ainda assim, quer saber a verdade? Gostei de lá. Nada de dissimulação. Eu me senti em casa, mais à vontade que no Pacific Union Club. Eu pertencia àquele lugar. Era como estar com os clientes do meu pai na esquina da rua R com a Quinta. Mas odiei gostar de lá; não gosto de me afundar até aquele nível; existe algo de alarmante em ser tão profundamente programado pelos primeiros eventos da vida. Sou capaz de coisas melhores. Toda a minha vida eu disse a mim mesmo: "Estou tirando a serragem do armazém dos meus pés; estou me erguendo acima disso tudo."

— Meu avô nasceu em Nápoles — disse Carol. — Não me lembro muito dele, exceto que me ensinou a jogar xadrez e todas as vezes que acabávamos de jogar e estávamos guardando as peças, ele dizia a mesma coisa. Ouço a sua voz suave agora: "Veja, Carol, o xadrez é como a vida: quando o jogo acaba, todas as peças, os peões, os reis e as rainhas, voltam para a mesma caixa."

"É uma boa lição para você, também, meditar sobre isso, Marshal: *peões, reis e rainhas voltam todos para a mesma caixa no fim do jogo.* Vejo-o amanhã. À mesma hora."

Desde a sua volta de Nova York, Marshal tinha se encontrado com Carol todos os dias. Nas primeiras duas reuniões, ela o havia visitado em casa, depois ele começou a se arrastar até o escritório dela e, agora, uma semana depois, ele tinha começado a emergir de sua letargia depressiva e estava se esforçando para entender seu papel no que lhe acontecera. Os sócios dela perceberam a regularidade diária de sua reunião com Marshal e, mais de uma vez, perguntaram sobre o caso. Mas Carol sempre respondia:

— Caso complicado. Não posso dizer mais. Problemas delicados de sigilo.

Durante todo o tempo, Carol continuou a obter consultoria de Ernest. Ela usava suas observações e conselhos com bons resultados: praticamente todas as sugestões funcionavam como um encanto.

Certo dia, quando Marshal parecia paralisado, ela decidiu experimentar o exercício da lápide sugerido por Ernest.

— Marshal, muito da sua vida tem se centrado no sucesso material, em ganhar dinheiro e nos objetos que o dinheiro compra: seu prestígio, suas coleções de arte... esse dinheiro parece definir quem você é e o que sua vida significou. Vai querer que isso seja sua insígnia final, o resumo final da sua vida? Diga-me, você já pensou alguma vez no que gostaria que fosse inscrito na sua lápide? Seriam estes atributos: a escalada, a acumulação, o dinheiro?

MENTIRAS NO DIVÃ

Marshal piscou quando uma gota de suor rolou para dentro de um dos seus olhos.

— É uma pergunta difícil, Carol.

— E não é minha obrigação fazer perguntas difíceis? Seja tolerante comigo, gaste alguns minutos nisso. Diga qualquer coisa que vier à sua cabeça.

— A primeira coisa que vem à mente é aquilo que aquele agente de Nova York disse sobre mim: que eu era orgulhoso, cego pela cobiça e pela vingança.

— *É isso* o que você quer na sua lápide?

— Isso é o que *não* quero na minha lápide. Meu maior terror. Mas talvez eu mereça essas palavras; talvez toda a minha vida esteja caminhando em direção àquele epitáfio.

— Você não quer aquela lápide? Então — disse Carol, checando seu relógio —, seu curso futuro está claro: você precisa mudar o modo como vive. Nosso tempo acabou por hoje, Marshal.

Marshal assentiu enquanto apanhava o blusão do chão, vestia-o lentamente e se preparava para sair.

— De repente senti frio... Estou tremendo... Aquela pergunta da lápide. É uma pergunta chocante. Devastadora. Precisa ter cuidado com uma artilharia tão pesada como essa, Carol. Sabe de quem me lembrei? Lembra aquele terapeuta sobre quem você me perguntou uma vez para a sua amiga? Ernest Lash, a quem supervisionei? É o tipo da coisa que ele provavelmente perguntaria. Eu sempre o refreava para que não fizesse essas perguntas. Ele as chamava de "terapia de choque existencial".

Carol já estava se levantando, mas sua curiosidade venceu.

— Então, você acha que é uma terapia ruim? Você foi bem crítico sobre Lash.

— Não, eu não disse que foi uma má terapia para mim. Pelo contrário, é uma excelente terapia. Um bom despertador. Quanto a Ernest Lash, eu não deveria ter sido tão duro com ele. Gostaria de retirar algumas das coisas que eu disse.

— Em que sentido você foi tão duro?

— Minha arrogância. É exatamente aquilo que estávamos discutindo na semana passada. Fui intolerante com ele: estava muito convencido de que a minha maneira era a única válida. Não fui um bom supervisor. E não aprendi com ele. Não aprendo com ninguém.

— Então, qual é a verdade sobre Ernest Lash? — perguntou Carol.

— Ernest é bom. Não, melhor que isso. A verdade é: ele é um ótimo terapeuta. Eu costumava brincar que ele precisava comer tanto porque dava demais de si aos pacientes, se envolvia demais, se deixava sugar até ficar seco. Mas, se eu tivesse que consultar um terapeuta, eu agora escolheria aquele que errou na questão de dar mais de si próprio. Se eu não conseguir emergir deste poço logo e tiver que encaminhar alguns dos meus pacientes, eu pensaria em encaminhá-los para o Ernest.

Marshal levantou-se para sair.

— Passou da hora. Obrigado por se atrasar por minha causa hoje, Carol.

Passaram-se várias sessões sem que Carol trouxesse à baila o tema do casamento de Marshal. Talvez ela hesitasse por causa de seu próprio deserto conjugal. Finalmente, um dia, em resposta a uma das repetidas declarações de Marshal de que Carol era a única pessoa no mundo com quem conseguia falar honestamente, ela se arriscou e perguntou por que ele não conseguia conversar com a mulher. As respostas de Marshal deixaram claro que ele não tinha contado a Shirley sobre o golpe de Nova York. Nem sobre a intensidade de seu sofrimento. Não que ele não precisasse de ajuda.

O motivo pelo qual não tinha conversado com Shirley, disse Marshal, era que ele não queria interromper o retiro de meditação que ela estava fazendo em Tassajara. Carol sabia que era uma racionalização: as ações dele eram motivadas menos pela consideração que pela indiferença e vergonha. Marshal reconheceu que quase nunca pensava em Shirley, que ele se preocupava demais com seu estado interno, que ele e Shirley agora viviam em mundos diferentes. Encorajada pelo conselho de Ernest, Carol persistiu.

— Marshal, diga-me, o que acontece se um dos seus pacientes rejeita repetidamente seu relacionamento de 24 anos com a esposa de forma tão displicente? Como você reagiria?

Como Ernest tinha previsto, Marshal ficou ofendido com essa pergunta.

— Seu escritório é o único lugar onde eu *não preciso* ser o terapeuta. Seja coerente. Outro dia, você me confrontou me perguntando por que eu não deixava que se preocupassem comigo e agora você está tentando fazer com que eu seja o terapeuta *mesmo aqui*.

— Mas, Marshal, não seria uma tolice de nossa parte se não tirássemos proveito de todos os recursos à nossa disposição, inclusive seu amplo conhecimento e sua experiência terapêutica?

— Estou pagando por sua ajuda. Não estou interessado em autoanálise.

— Você me chama de especialista e, mesmo assim, rejeita meu conselho de especialista para usar sua própria experiência profissional.

— Sofisma.

Novamente, Carol aplicou as palavras de Ernest.

— Não é verdade que você não está interessado simplesmente em ser criado? Não é a autonomia a sua *verdadeira* meta? Aprender a se criar? Tornar-se sua própria mãe e seu próprio pai?

Marshal balançou a cabeça maravilhado com o poder de Carol. Ele não tinha outra opção senão se alimentar com as perguntas vitais para a sua própria recuperação.

— Tudo bem. A principal pergunta é o que aconteceu com o meu amor pela Shirley. Afinal, fomos amigos e amantes maravilhosos desde a escola. Portanto, quando e como as coisas se deterioraram?

Marshal tentou responder à sua própria pergunta.

— As coisas começaram a azedar há alguns anos. Na época em que nossos filhos entraram na adolescência, Shirley começou a ficar mais inquieta. Fenômeno comum. Muitas e muitas vezes, ela conversava sobre não se sentir realizada, sobre eu ficar muito absorvido com o meu trabalho. Achei que a solução ideal seria que ela se tornasse terapeuta e começasse a clinicar comigo. Mas meu plano foi um tiro pela culatra. Na graduação, ela começou a criticar cada vez mais a psicanálise. Ela optou por se envolver exatamente com as abordagens que eu mais criticava: as excêntricas abordagens alternativas, de orientação espiritual, particularmente aquelas baseadas nas abordagens de meditação oriental. Tenho certeza de que ela fez isso deliberadamente.

— Continue — instigou Carol. — Identifique outras questões importantes que eu deveria ter colocado para você.

De má vontade, Marshal falou de várias:

— Por que Shirley se esforça tão pouco em aprender comigo sobre o tratamento psicanalítico? Por que ela me desafia tão deliberadamente? Tassajara fica a apenas três horas. Imagino que eu poderia ir de carro até lá, dizer-lhe como me sinto e pedir-lhe que conversemos sobre a escolha dela de escolas terapêuticas.

— Isso não é o que estou querendo focar. Essas são perguntas para *ela* — disse Carol. — E quanto às perguntas para você mesmo?

Marshal inclinou a cabeça em aprovação, como se para indicar a Carol que a abordagem dela era correta.

— Por que tenho conversado tão pouco com ela sobre seus interesses? Por que fiz tão pouco esforço, na verdade nenhum, para entendê-la?

— Em outras palavras — perguntou Carol —, por que você está tão mais disposto a entender seus pacientes que sua esposa?

Marshal assentiu de novo.

— Você poderia colocar dessa maneira.

— Poderia? — perguntou Carol.

— Sem dúvida, você poderia colocar dessa forma — aquiesceu Marshal.

— Outras perguntas que você poderia fazer a um paciente na sua situação?...

— Faria a meu paciente algumas perguntas sexuais. Perguntaria o que aconteceu com o seu eu sexual. E com o da sua mulher. Perguntaria se

MENTIRAS NO DIVÃ

quer que esta situação insatisfatória perdure. Em caso negativo, por que não procurou por terapia conjugal? Ele quer se divorciar? Ou seria apenas orgulho e arrogância; simplesmente esperando que a mulher venha até ele rastejando?

— Bom trabalho, Marshal. Devemos mergulhar fundo em algumas respostas?

As respostas saíram aos trancos. Os sentimentos de Marshal por Shirley não eram diferentes daqueles que ele tinha por Ernest, disse ele. Ambos o tinham magoado por rejeitarem sua ideologia profissional. Sim, não havia nenhuma dúvida de que ele tinha se sentido magoado e não amado. E de que esperava ser consolado, esperava por alguma forma de grandes pedidos de desculpa e reparação.

Nem bem dissera essas palavras e Marshal balançou a cabeça e acrescentou:

— É isso o que meu coração e minha vaidade ferida dizem. Minha mente diz outra coisa.

— Diz o quê?

— Diz que eu não deveria considerar a propensão de um estudante por pensamento independente como um ataque pessoal. Shirley deve ter liberdade para desenvolver seus próprios interesses. Ernest, também.

— E devem estar livres do seu controle? — perguntou Carol.

— Isso também. Lembro-me do meu analista me dizendo que jogo a vida como jogava futebol americano. Inflexivelmente pressionando, bloqueando, movendo para a frente, impondo meu desejo sobre o do meu oponente. É como Shirley deve ter se sentido a meu respeito. Contudo, não foi apenas por isso que ela rejeitou a psicanálise. Teria sido bastante ruim, mas eu conseguiria conviver com isso. Não entendo que ela escolha a ala mais excêntrica possível do campo, a abordagem terapêutica, que é a abordagem idiota mais estouvada possível do Condado de Marin. Obviamente, ela estava deliberada e publicamente zombando de mim.

— Portanto, por ela escolher uma abordagem diferente, você supõe que ela zomba de você. E, consequentemente, você zomba dela em resposta.

— Minha zombaria não é retaliativa; é substantiva. Consegue imaginar tratar os pacientes por meio de arranjos florais? É difícil exagerar o ridículo desta ideia. Seja honesta comigo, Carol: é ou não é ridículo?

— Não acho que posso lhe dar o que você quer, Marshal. Não sei muito sobre isso, mas meu namorado é um aficionado do *ikebana*. Ele estuda *ikebana* há anos e me diz que lucrou com a prática de várias maneiras.

— O que você quer dizer com lucrou?

— Ele fez muita terapia ao longo dos anos, inclusive análise, que ele diz que o ajudou, mas diz que recebeu tanto quanto do *ikebana*.

— Você ainda não está dizendo como ajuda.

— O que ele me disse é que o *ikebana* oferece uma fuga da ansiedade, um refúgio de tranquilidade. A disciplina ajuda-o a se sentir centrado, oferece um senso de harmonia e equilíbrio. Deixe-me lembrar... o que mais ele disse? Ah, sim, que o *ikebana* o inspira a expressar sua criatividade e sua sensibilidade estética. Você é muito rápido em não dar nenhum valor a isso, Marshal. Lembre-se, o *ikebana* é uma prática respeitável, remontando a vários séculos, praticada por dezenas de milhares de pessoas. Você conhece bastante sobre isso?

— Mas terapia através do *ikebana*? Bom Deus!

— Ouvi falar de terapia por poesia, terapia por música, terapia por dança, terapia por arte, terapia por meditação, terapia por massagem. Você mesmo disse que trabalhar com o seu bonsai nas últimas semanas protegeu sua sanidade. Não seria possível que a terapia por *ikebana* fosse eficiente para determinados pacientes? — perguntou Carol.

— Acho que é isso o que Shirley está tentando defender na sua tese.

— Quais são os resultados dela?

Marshal balançou a cabeça e não disse nada.

— Devo presumir que isso significa que você nunca quis saber? — perguntou Carol.

Marshal inclinou a cabeça quase imperceptivelmente. Tirou os óculos e olhou para longe, como sempre fazia quando se sentia envergonhado.

MENTIRAS NO DIVÃ

— Então você se sente ridicularizado por Shirley e ela se sente...? — Carol fez um gesto para que Marshal falasse.

Silêncio.

— Ela se sente...? — Carol voltou a perguntar, a mão em concha no ouvido.

— Desvalorizada. Invalidada — respondeu Marshal a meia-voz.

Um longo silêncio. Finalmente, Marshal disse:

— Certo, Carol, eu confesso. Você demonstrou o seu argumento. Tenho coisas a dizer a ela. Então, para onde vou daqui em diante?

— Tenho a sensação de que você sabe qual a resposta para essa pergunta. Uma pergunta não é uma pergunta se você souber a resposta. Parece-me que seu caminho é claro.

— Claro? Claro? Para você, talvez. O que você quer dizer? Diga-me. Preciso da sua ajuda.

Carol continuou em silêncio.

— Diga-me o que fazer — repetiu Marshal.

— O que você diria a um paciente que finge não saber o que fazer?

— Droga, Carol, pare de agir como uma analista e me diga o que fazer.

— Como você responderia a esse tipo de declaração?

— Que merda — disse Marshal, segurando a cabeça entre as mãos e balançando para a frente e para trás. — Criei um maldito monstro. Piedade. Piedade. Carol, você alguma vez ouviu falar em piedade?

Carol manteve-se firme, exatamente como Ernest tinha aconselhado.

— Você está resistindo de novo. Este é um momento valioso. Vá em frente, Marshal, o que você diria àquele paciente?

— Faria o que sempre faço: interpretaria seu comportamento. Contaria-lhe que ele tem tal ânsia por submissão, tal luxúria por autoridade, que se recusa a prestar atenção em sua própria sabedoria.

— Então *você sabe* o que fazer?

Marshal assentiu resignadamente.

— E quando fazê-lo?

Outro assentimento.

Carol olhou para o relógio e se levantou.

— São 14h50 em ponto, Marshal. Nosso tempo terminou. Bom trabalho hoje. Telefone-me quando voltar de Tassajara.

Às duas da manhã, na casa de Len em Tiburon, Shelly cantarolou ao pegar mais uma vez todas as fichas da mesa. Não apenas as cartas tinham virado — *flushes, full houses* e os menores jogos perfeitos tinham sido entregues a ele a noite toda —, mas, ao reverter astutamente todos os indícios reveladores que Marshal tinha identificado, Shelly havia confundido os outros jogadores e acumulado apostas enormes.

— De jeito nenhum eu poderia imaginar que Shelly tinha um *full house* — resmungou Willy. — Eu teria apostado mil dólares contra.

— Você *apostou* mil dólares contra ele — Len o lembrou. — Olha aquela montanha de fichas. Vai tombar a mesa. Ei, Shelly, onde você está? Ainda está aí? Mal posso vê-lo atrás dessas pilhas.

Quando colocava a mão no bolso para pegar sua carteira, Willy disse:

— Nas duas últimas mãos, você blefou e me tirou da jogada, esta mão você me atraiu; que diabo está acontecendo, Shelly? Está tomando lições ou alguma coisa assim?

Shelly abraçou sua montanha de fichas, puxou-as mais para perto, olhou por cima e sorriu com os dentes à mostra:

— Ah, sim, lições, você sacou? O negócio é o seguinte: meu psiquiatra, um psicanalista autêntico, está me dando alguns conselhos. Ele monta o divã dele toda semana no Avocado Joe's.

— Então — disse Carol —, na noite passada, neste sonho, você e eu estávamos sentados na borda de uma cama e então tiramos nossas meias e sapatos sujos e nos sentamos um de frente para o outro, tocando os nossos pés reciprocamente.

— Sentiu o tom do sonho? — perguntou Ernest.

— Positivo. Eufórico. Mas um pouco apavorante.

— Você e eu sentados tocando nossos pés descalços reciprocamente. O que esse sonho está dizendo? Deixe sua mente andar livremente. Pense em você e em mim sentados juntos. Pense em terapia.

— Quando penso em terapia, penso em meu cliente. Ele saiu da cidade.

— E... — instigou Ernest.

— Bem, venho me escondendo por trás do meu cliente. Agora está na hora de eu sair, de dar a partida por mim mesma.

— E... basta deixar que seus pensamentos corram soltos, Carolyn.

— É como se eu estivesse apenas começando... bom conselho... sabe, você me deu bons conselhos para o meu cliente... muito bons... e ver o quanto ele estava recebendo me fez sentir inveja... me fez ansiar por algo de bom para mim mesma... preciso disso... preciso começar a falar com você sobre Jess, com quem tenho saído ultimamente, os problemas surgindo à medida que me aproximo dele... passando por maus bocados por confiar que algo de bom pode acontecer comigo... começando a confiar em você... passou em todos os testes... mas é apavorante demais, não sei bem por quê... sim, eu sei... não sei dizer bem por quê. Ainda.

— Talvez o sonho o diga por você, Carolyn. Veja o que você e eu estamos fazendo no sonho.

— Não entendi, tocando as solas dos nossos pés descalços. E daí?

— Olhe como estamos sentados: sola do pé contra sola do pé. Acho que o sonho está expressando um desejo de sentar de alma para a alma. Não tocar a sola, mas tocar a *alma*.

— Ah, legal. *Alma*. Ernest, você consegue ser muito esperto se eu lhe dou uma chance. Tocar a alma. É, parece correto. É, é isso o que o sonho está dizendo. Está na hora de começar. Um novo começo. A regra central aqui é honestidade, certo?

Ernest assentiu.

— Nada mais importante do que sermos honestos um com o outro.

— E qualquer coisa que eu diga aqui é aceitável, certo? *Qualquer coisa* é aceitável desde que seja honesto?

— É claro.

— Então tenho uma confissão a fazer — disse Carol.

Ernest assentiu de um modo tranquilizador.

— Está pronto, Ernest?

Ele assentiu de novo.

— Tem certeza?

Ernest deu um sorriso de quem sabe. E um certo ar de autossatisfação — ele sempre suspeitara que Carolyn tinha mantido escondidas algumas partes dela mesma. Ele apanhou o bloco de anotações, aninhou-se confortavelmente na sua cadeira e disse:

— Sempre pronto para a verdade.

Este livro foi impresso pela Eskenazi em
2019 para a HarperCollins Brasil.
O papel do miolo é o Pólen Soft 70 g/m², e o da capa é cartão 250 g/m².
A família tipográfica utilizada é a Requiem, de Jonathan
Hoefler, para a Hoefler & Co em 1992.